중 · 고교생을 위한

세계명작단편 50선(상)

도서출판 한 빛

중·고교생을 위한

세계명작단편 50선(상)

책머리에

모든 문학은 인간의 삶을 담아내는 그릇이다. 그 중에서도 소설은 삶을 좀더 면밀하고 자상하게 담아내는 그릇이라고 할 수 있겠다.

우리는 소설을 읽으면서 우리가 직접 겪지 못한 꾸며진 현실 속으로 들어가보게 된다. 거기서 우리는 각양각색의 인물들을 통해 다양한 삶의 모습을 발견하고 그들의 삶을 이해하는 동시에, 등장인물들을 둘러싸고 있는 상황이나 시대의 분위기를 간접적으로 체험하기도 한다. 그리하여 우리는 자신의 지나온 삶을 돌아보기도 하고 미래에 펼쳐질 새로운 삶을 설계해 보기도 한다. 또한 우리는 소설을 읽으면서 무엇보다 '재미'를 느낀다. 소설을 읽는 재미는 소설이 줄거리가 있는 이야기의 구조로 되어 있기 때문일 것이다. 하지만 소설읽기의 재미는 단순히 사건의 앞뒤를 쫓아가는 것에만 그치지 않는다. 세상을 속속들이 파악하는 작가의 남다른 시각과 독특한 문체도 소설 읽는 즐거움을 주는 중요한 요소들이다.

이러한 즐거움을 우리 청소년들은 그 동안 많이 가져 보지 못한 게 사실이다.

'입시만을 위해 꽉 채워진 가방' 속에는 소설책 한 권이 비집고 들어갈 틈이 없었던 것이다. 소설과 관련된 문학적 지식을 암기하는 데 몰두했을 뿐 제대로 소설을 감상하고 이해하기에는 많은 어려움이 있었다.

이 책은 우리 청소년들을 위해 꾸며졌다. 1820년대부터 발표된 수많은 세계 명작 단편 소설들 중에서 세계적으로 널리 알려진 작가를 선정했고 그 작가들의 작품 중에서도 훌륭한 대표작을 가려 실음으로써 청소년들의 소설읽기에 좀더 생생한 즐거움을 주고자 했다. 또한 소설 감상에 도움을 주고자 작가 소개, 작품 해설, 간단한 문제 출제와 그 해답도 곁들였다.

아무쪼록 학생 여러분들이 이 책 『세계명작단편 50선』을 통해, 세계 단편 문학사의 전체적인 흐름과 변화를 파악하는 문학 공부뿐만 아니라 참다운 가치관을 세울 수 있도록 인생 공부에도 많은 도움이 되길 기대한다.

강희근 • 김훈

상권 차례

상권 차례

검은 고양이

에드가 앨런 포우

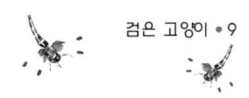

내가 이제부터 기록하려는 세상에서도 가장 괴이한, 또한 세상에서 가장 단순한 이 이야기를 어느 누구든 그대로 믿을 것이라고는 생각지 않으며, 또한 그러기를 바라지도 않는다.

그렇게 내가 직접 보고 듣고 했으면서도 인정하지 못하는 이 사건을 남이 믿어주기를 바란다는 것은 말 그대로 미친 잠꼬대 같은 짓이 아닐까.

그러나 나는 미치지도 않았으며 꿈을 꾸고 있는 것도 아니다. 어찌됐든 나는 이제 내일이면 교수대의 이슬로 사라질 몸이다. 하다 못해 오늘 안으로 마음의 이 무거운 짐이라도 벗어 놓고 싶다.

우선 내가 말하고자 하는 것은 하찮은 가정의 대수롭지 않은 일을 다만 있는 그대로 간결하게, 아무런 주석[1] 을 덧붙이지 않고 세상 사람들게 알려주고 싶다는 것이다.

결과적으로 이 사건은 나를 공포의 구렁텅이로 몰아넣어 괴롭혀 왔고 그리고 마침내 나를 파멸시켰다.

하지만 그것을 굳이 설명하려고 생각지는 않는다. 내게 있어서 그것은

1)주석(註釋): 낱말이나 문장의 뜻을 쉽게 풀이함. 또, 그 글.

전부가 공포였지만 — 다른 사람들에게는 두렵다기보다는 오히려 황당무계[2] 한 일쯤으로 여겨질 것이 분명하기 때문이다.

그리고 심지어 그 중에는 내게는 악몽(惡夢)이었던 것도, 다만 있을 수 있는 평범한 사건이라고 웃어버리고 마는 지성인도 있을 것이다.

나보다 더 냉정하고 논리적이고 쉽게 흥분할 줄 모르는 지성인들에게는 지금 내가 끝없는 두려움으로 적는 이 사건도 단순하고 평범하기 짝이 없는, 매우 자연스러운 인과[3] 관계의 얽힘이라고 생각할 것이다.

나는 어린 시절부터 인정 많고 차분한 성격의 아이로 알려져 왔었다. 상냥하고 부드러운 나의 면모는 흔히 친구들의 놀림감이 되었을 정도였다.

특히 나는 동물을 좋아했고 부모는 무엇이든 내가 원하는 대로 갖가지 애완 동물을 사다 주곤 했었다.

나는 하루종일 그 짐승들과 함께 지내며 그들에게 음식을 주거나 애무하거나 그럴 때가 내게 있어 가장 행복한 시간이라고 늘 생각했다.

게다가 이런 성격은 세월이 지남에 따라 더해 어른이 된 뒤에도 마찬가지였다.

만일 단 한 번만이라도 충실하고 영리한 개를 사랑해본 적이 있는 사람이라면, 이런 종류의 즐거움이 어떤 것인지, 얼마나 깊은 것인지 굳이 설명할 필요가 없을 것이다.

인간들의 치사한 우정이나 휴지 조각 같은 진실에 몇 번씩 고배(苦杯)[4]를 마셔본 경험이 있는 사람들이라면, 오히려 동물들의 자기 희생애(自己犧牲愛)에 더욱 마음이 끌리는 것이 당연하다.

---

2) 황당무계(荒唐無稽): 말이 허황하여 믿을 수 없음.

3) 인과(因果): 원인과 결과. 전생의 악업에 대한 불운의 응보.

4) 고배(苦杯): 쓴 술잔. 쓰라린 경험의 비유.

나는 젊은 나이에 결혼을 했다. 게다가 다행스럽게도 아내 역시 대체로 나와 맞는 성격의 소유자였다. 내가 동물을 좋아하는 것을 알자 그녀는 즉시 여러 가지 귀여운 동물들을 입수[5] 해 왔다. 참새, 금붕어, 개, 토끼, 원숭이 그리고 고양이도 한 마리 기르고 있었다.

마지막으로 말한 이 고양이는 매우 큰, 온몸이 새까만, 또한 대단히 영리한 아름다운 고양이었다.

원래 미신을 철저하게 신봉했던 아내는 흔히 이 고양이의 영리함을 화제로 삼아, 옛날부터 검은 고양이는 모두 마녀의 화신[6] 이라는 그런 이야기조차 꺼낼 정도였다. 물론 아내가 그렇다고 해서 이런 말을 곧이 곧대로 믿고 있었던 것은 아니다 — 내가 이 말을 한 것도 다만 어쩌다가 생각이 났기 때문인 것이다.

프루토 — 그것이 고양이의 이름이었다 — 는 내가 사랑하는 고양이이기도 하고 나의 장난을 받아주는 친구이기도 했다.

먹이를 주는 일은 내 일이었으므로 고양이는 집 안에서 내가 가는 곳이면 어디건 따라다녔다.

심지어 행길까지 따라 나오는 것을 나는 여러 번 간신히 쫓아 보냈을 정도였다.

우리의 우정은 이런 식으로 몇 년 동안 계속되어 왔고, 그 동안(부끄러운 얘기지만) 나의 성질과 성격이 — 그 술이라는 악마 때문에 완전히 타락해 버린 것이다.

나는 하루하루 무뚝뚝해지고, 공연히 화까지 내게 되었으며, 남의 입장은 아랑곳하지 않게 되었다. 아내에게도 태연히 거친 말과 상스런 말을 쓰게 되었고 마침내는 그것이 발전하여 폭력까지 서슴지 않았다.

---

5)입수(入手): 수중에 들어옴. 수중에 넣음.

6)화신(化身): 신들이 형상을 바꿔 인간으로 세상에 나타남. 추상적인 특질을 구체화함.

짐승들이 곧 나의 사나운 이 성격 변화에 영향을 입게 된 것은 두말할 나위도 없다. 나는 그들을 무시하는 것은 고사하고 갖은 학대로 그들을 괴롭혔다.

다만 프루토에게만은 그래도 아직 다소간 자제하는 마음이 남아 있었다고나 할까? 그것은 학대라고 할 정도의 것은 아니었다.

그럴 것이 집에 있는 다른 토끼나 원숭이나 개 따위는 우연이건 나를 따르는 마음에서건 어쨌든, 내 앞에 나타나기만 하면 인정 사정 없이 골탕을 먹이며 그것을 즐기고있었으니까.

그러나 나의 병, 정말 아아, 술처럼 무서운 병이 또 있을까? 병은 더욱 심해졌고 이윽고 마침내는 그 프루토 — 그 때는 이미 늙기 시작하고 있었고 따라서 얼마간 곰살궂은[7] 면이 사라졌지만, 그 프루토조차도 이따금 나의 괴팍스러움의 희생물이 되었다.

어느 날 밤, 역시 동네 술집에서 잔뜩 취해 가지고 돌아와보니 지레짐작인지 프루토가 내 눈을 피하는 것 같이 보였다. 나는 재빠르게 고양이를 잡았는데, 그 순간 폭력을 두려워했는지 내 손목에 희미하나마 이빨 자국을 남겼다.

순식간에 악마 같은 분노가 나를 들끓게 했다. 아무 것도 분간할 수가 없었다. 본래의 나의 넋은 순식간에 내 몸에서 사라지고 취기에 선동[8] 당한 악마 같은 증오의 감정이 나의 온몸을 격렬하게 부채질했다.

조끼 주머니에서 팬 나이프를 꺼내자 나는 고양이의 목덜미를 잡고 한쪽 눈알을 조심스레 후벼냈다. 말로 담기도 무서운 그 흉악함, 이제 그것을 표현하는 것조차도 나는 부끄럽고 떨리며 온몸이 달아오르는 것 같다.

이튿날 아침 — 전날 밤의 취기가 가셔버린 맑은 정신에서 — 다시금

7)곰살궂다: 성질이 부드럽고 다정하다.

8)선동(煽動): 남을 추기어 일을 일으키게 함.

이성으로 돌아오자마자 내가 저지른 죄의 두려움은 공포 반, 뉘우침 반이었다.

하지만 결국 그것은 약하고 애매한 감정에 불과했으며 잠깐뿐이었고 마음은 여전히 그대로였다.

나는 다시금 타락의 생활로 돌아갔으며 이윽고 그 끔찍한 사건의 기억도 술과 더불어 깨끗이 잊어버렸다.

그러는 가운데 고양이의 상처는 차츰 회복되었다. 물론 도려낸 눈알은 보기에도 끔찍했지만, 이제는 상처의 통증은 없는 모양이었다.

이제까지와 마찬가지로 집 안을 돌아다니는 것은 변함이 없었는데 다만 내가 다가가기라도 할라치면, 당연한 노릇일 테지만 지레 겁을 집어먹고 줄행랑을 치는 것이었다.

내게도 다소는 옛날의 마음이 남아 있어, 전에는 그렇듯 나를 따르던 동물이 이제는 이렇듯 분명히 나를 싫어하는 것을 보고 처음에는 몹시 괴로웠다.

그러나 그런 감정은 이윽고 격렬한 초조로 바뀌고, 마침내는 걷잡을 수 없는 나의 최후의 발악이라도 하듯이 될 대로 되라는 생각을 갖게 되었다.

이 정신 변화에 대해서는 철학도 아직 아무런 설명을 주지 못한다. 그러나 사실에 거역하는 심리야말로 인간의 심리 중 가장 원시적인 충동의 하나이며 — 그것은 사람의 성격을 결정하는 단계를 넘어선 근원적인 능력 내지 감정의 주체라는 사실은 마치 분명히 살아 있는 나의 넋처럼, 이미 의심할 여지가 없었다.

다만 해서는 안 된다고 정해져 있다는 이유 때문에 사람은 그 얼마나 자주 나쁜 짓과 어리석은 행동을 저지르고 있는가!

우리는 자칫 최고의 이성을 거슬러가면서까지 이른바 법(法)이라는 것을 어기려고 하는 경향이 있다. 그것은 어째서인지? 다만 그것이 우리가 지켜야 할 법이라는 사실을 알고 있기 때문이다.

바야흐로[9] 사실을 거스르고자 하는 근원적 성질이 마침내 나를 멸망의 구렁텅이로 이끈 것이다.

결국 이 죄 없는 동물을 여전히 괴롭힐 뿐만 아니라 마침내는 온갖 학대를 하게 만든 것은 실로 이 자기 학대 — 말하자면 자신이 자신의 본성을 모독하고 —, 다만 악을 위해 악을 행하는 불가사의[10] 한 넋의 감정에 지나지 않았다.

어느 날 아침 나는 아주 비정한 마음으로 이 고양이의 목을 잡아매어 나뭇가지에 매달았다 — 두 눈에는 눈물을 흘리며, 마음은 뼈아픈 뉘우침을 느끼면서…… 그것은 다만 그 고양이가 나를 사랑하고 있다는 것을 알고 있었고 학대할 만한 하등의 이유가 없었다는 사실을 의식하는 까닭에 그렇게 한 것이다.

그것이 크나큰(만일 그런 것이 있을 수 있다면) 나의 이 불멸의 넋마저 위태롭게 만들며, 이미 끝없는 신의 은총조차 미치지 않는 지옥의 밑바닥으로 떨어지는 그런 무서운 죄라는 것을 알기 때문에 저지른 것이다.

이 잔혹한 행위를 저지른 날 밤, 나는

"불이야!"하는 소리에 놀라 잠에서 깨어났다.

침대의 커튼이 훨훨 타오르고 있었고 사방은 온통 불바다였다. 그래도 아내와 심부름꾼과 나는 가까스로 불 속에서 도망쳐 나왔다.

그것은 완전한 파멸이었다. 땅 위의 나의 전 재산은 모조리 잿더미로 화하였고, 그 뒤로 나는 절망 속에 빠져버렸다.

이 화재와 그 잔인한 행위, 그렇다고 해서 두 사건 사이에 인과(因果)

---

9)바야흐로: 이제 한창. 이제 막.

10)불가사의(不可思議): 사람의 생각으로는 미루어 헤아릴 수 없이 이상 야릇함.

의 실오라기를 찾을 만큼 나는 어리석진 않다.

나는 다만 어떤 일련의 사실을 그대로 자세히 기록하고 싶을 따름이다—연달아 일어난 무서운 사건이라도 나로서는 상세하게 밝혀두고 싶다.

불이 난 이튿날 나는 불 탄 자리를 찾아가 보았다. 벽은 단 한 군데만을 빼놓고는 모조리 무너져 있었다. 그런데 예외지만 그것은 대략 집의 중앙, 마침 나의 침대 머리맡이었던 과히 두껍지도 않은 벽이었다. 이곳만은 석회가 불길에 강하게 저항한 모양이다—그것은 최근에 칠을 다시했기 때문일 것이다.

벽 근처에는 숱한 사람이 모여 있었고 특히 그 중 몇 사람은 그 어떤 곳을 연거푸 꼼꼼히 조사하고 있는 것 같았다.

"이상하다!", "묘한데!"하는 말이 문득 나의 호기심을 끌었다.

다가가 보니 이것이 웬일인가! 새하얀 벽면에 마치 엷은 살로 조각이라도 한 것처럼 커다란 고양이의 모양이 뚜렷이 새겨져 있는 것이 아닌가! 게다가 참으로 놀라운 것은 목 둘레에는 분명히 올가미[1] 자국마저 정확하게 새겨져 있었다.

처음으로 이 환영[11] — 그렇게밖에 표현할 수 없다 — 을 보았을 때의 나의 놀라움, 나의 공포, 그것은 끔찍한 공포, 바로 그것이었다. 하지만 겨우 침착하게 이것 저것을 생각해 보고 난 뒤 나는 안정을 되찾았다.

곰곰이 생각해 보니 내가 고양이를 매달은 곳은 바로 집 곁의 뜰이었다. 불이야 하는 고함 소리에 뜰은 사람들로 가득 찼을 것이다—그리고 아마도 그 사람들 가운데 한 사람이 고양이의 올가미[12]를 잘라내어 열린 창에서 나의 방으로 집어 던진 것이 분명하다.

필경 나의 잠을 깨게 하려고 한 것일 테지만, 마침 다른 벽이 모두 무

11)환영(幻影): 눈앞에 있지 않은 사람이나 물건의 모습이 있는 것처럼 삼삼거려 보이는 것
12)올가미: 새끼 따위로 고를 맺어 짐승을 잡는 장치. 사람이 걸려들게 꾸민 깜찍한 꾀.

너져 내리는 순간, 나의 잔인한 행위의 희생물을 막 칠한 석회 속에 집어 던진 것이다.

그리고 그 석회가 우연히 불길의 화력과 시체에서 나오는 암모니아와 결합되어 그야말로 우연스럽게 이 고양이 상(像)을 만든 것이다.

이리하여 나는 어쨌든 이제 말한 기괴한 일을 양심상으로는 만족할 수 없었지만, 이성으로는 힘 안 들이고 설명할 수 있었다.

그렇다고는 하지만 나의 인상에 준 심각한 상처에는 변함이 없었다. 몇 달 동안을 나는 이 환영을 떨쳐버릴 수가 없었다. 그리고 그 사이 나의 마음에는 다시 막연한 뉘우침 비슷한 감정(사실 그렇지만은 않은데도)이 샘물 솟듯 솟아났다.

나는 마침내 그 고양이가 없어진 것을 안타깝게 생각하고는, 그 무렵 드나들고 있던 불길한 곳에서 새삼스럽게 이 고양이와 똑같은 게다가 털빛마저 닮은 놈을 구하기 시작한 것이다.

어느 날 밤 나는 얼큰히 취해 더럽기로 이름난 어느 굴 속에서 노닥거리고 있었는데, 그 때 그 방에서 가구라고는 다만 그것뿐이었던 큰 술통 위에 뭔가 검은 것이 올라 앉아 있는 사실을 알았다.

술통 위는 아까부터 나의 시야에 들어 있었으므로 그 때까지 눈에 띄지 않았다가 새롭게 눈에 띈 것이 뜻밖이었다. 나는 가까이 가서 손으로 만져보았다. 검은 고양이었다.

무섭게 큰 마치 프루토와 똑같은 크기이고, 단 한 가지 점을 제외하고는 프루토와 똑같았다.

프루토에게는 온몸 어디에도 점이라고는 하나도 없었는데, 이 고양이는 가슴 전체에 걸쳐 윤곽이 뚜렷하지 않지만 흰 털의 얼룩점이 있었다.

손을 만지자 고양이는 곧 일어나서 목을 길게 늘이면서 나의 손에 몸을 비벼대는 것이었다. 자기를 발견해 준 것이 여간 기쁜 게 아닌 모양이었다.

이거야말로 내가 찾고 있던 고양이구나 생각한 나는 주인에게 당장 사겠노라고 말했다. 그런데 주인은 그 고양이는 자기 것이 아니라며 전혀 모르는, 본 적도 없다고 하는 것이었다.

나는 잠시 어루만져 주다가 얼마 후 집으로 돌아갈 채비[13]를 했다. 그러자 고양이도 따라오고 싶은 모양이었다.

따라오도록 내버려 두고 이따금 발을 멈추고는 몸을 굽혀 가볍게 두드려 주었다. 집에 닿자 곧 우리는 사귀게 되었고, 이내 아내의 마음에도 들게 되었다.

그런데 얼마간의 시간이 흐르자 나는 이 고양이가 몹시 싫어졌다. 예상했던 것과는 정반대인 셈이었는데, 그가 내게 애정을 나타내면 낼수록 — 어째서 그런지 그 까닭은 지금도 알 수 없지만 — 나는 못 견딜 정도로 싫어졌다.

게다가 이 혐오(嫌惡),[14] 이 불쾌는 이윽고 차츰 심한 증오로 변해 갔다. 나는 되도록 그를 피하려고 했다. 어떤 두려움과 게다가 전의 잔인한 소행에 관한 기억으로 섣불리 거치른 행위를 저지르지도 못하게 된 것이었다.

사실 몇 주일 동안은 전혀 때리거나, 그 밖에 학대하는 일이 한 번도 없었는데 그런 만큼 차츰 서서히 꼴조차 보기 싫게 되었고, 그 보기 싫은 모습이 눈에 띄면 마치 전염병 환자의 숨결을 피하기라도 하듯이 나는 말없이 허둥지둥 도망치게 되었다.

그런데다가 나의 증오심을 한층 불타오르게 한 것은 집으로 데리고 온 이튿날 아침, 문득 보니 그놈이 프루토와 마찬가지로 한쪽 눈이 없다는

13) 채비 : 갖추어 차림. 또, 그 일.

14) 혐오(嫌惡) : 싫어하고 미워함.

사실 때문이었다.

하지만 이와 같은 사정이 아내에게는 오히려 더 한층 동정심을 느끼게 하는 모양이었다.

앞에서도 말했지만, 전에는 나의 특질이었고 소박하고 순결한 행복의 원천이었던 마음의 상냥함을 아내 역시 다분히 갖추고 있었던 것이다.

그런데 내가 싫어하면 할수록 고양이는 나에게 따라붙는 것이었다. 물론 독자 여러분은 쉽사리 이해할 수 없겠지만, 고양이는 무서우리 만큼 내가 가는 곳을 따라다녔다.

내가 앉으면 의자 밑에 웅크리거나 아니면 무릎 위에 뛰어올랐다. 생각만 해도 소름이 쫙쫙 끼치는 아양을 떨었다.

일어서서 걸으면 두 다리 사이에 엉켜들어 자칫하면 나는 쓰러질 뻔하든가, 아니면 그 길고 날카로운 발톱을 나의 옷에 걸치고는 가슴까지 기어오르는 판이었다.

그런 때는 실상 단숨에 쳐 죽이고 싶은 마음이 굴뚝같았으나, 가까스로 그것을 참았다.

역시 지난날의 죄의 기억 때문이었는데, 하지만 더 큰 이유는 솔직히 말을 하면 — 무엇을 숨기랴 — 나는 그 고양이가 무서워서 견딜 수 없었던 것이다.

공포라고는 해도 그것은 반드시 육체적인 위해(危害)[15]에의 공포는 아니다— 그렇다고 해서 달리 뭐라고 말해야 할는지 그것은 나로서도 모른다. 게다가 그런 것을 고백하기도 창피하다 — 그렇다.

흉악한 범죄로 독방에서 신음하는 현재의 상황에서조차 이런 고백은 부끄러워 견딜 수 없는데 — 이 고양이에 대한 공포와 전율은 나의 헛된 공상에 의해 더 한층 고조되고 있었다.

15) 위해(危害): 위험한 재해.

앞에서도 말했지만, 현재의 이 낯선 고양이와 전에 내가 죽인 고양이와 눈에 띄는 유일한 다른 점이 있다면 그 흰 털의 얼룩점이었는데, 그것에 대해 아내는 벌써 수없이 내게 주의를 주고 있었다.

독자 여러분도 기억하고 있을 테지만 얼룩무늬란 제법 큰 것이었는데 처음에는 거의 이렇다 할 형태를 이루고 있지 않았다.

그런데 그것이 서서히 — 아니, 거의 눈에 띄지 않을 정도로 오랫동안 나 자신의 이성(理性)조차 대수롭지 않은 심적 갈등이라고 굳이 부정하고 있었을 정도였는데 — 그것이 드디어 어떤 뚜렷한 윤곽을 잡기에 이른 것이다. 말하기조차 두려운 어떤 형태였다 — 더더욱 나는 이 괴물을 미워하고 두려워했으며, 아아, 만일 가능하다면 단숨에 때려잡고 싶었다. 그 무서운 — 기막힌 — 오오, 그 전율과 죄의 슬프고 무서운 형벌 — 고통과 죽음의 형벌 — 실제로 그것은 교수대의 형태였던 것이다. 이제 나의 비참함은 세상 사람들의 흔히 말하는 그런 비참함을 넘어선 참담함이었다.

한마디로 경멸의 마음으로 죽였을 터인, 이 짐승의 모양이 — 감히 조물주의 모양을 닮은 인간인 내게 — 이렇게 견딜 수 없는 고뇌[16]를 주다니!

아아, 나의 마음은 이미 밤도 낮도 평화의 기쁨도 없었다. 낮에는 한 시도 내 곁을 떠나지 않았고 밤에는 밤대로 거의 한 시간마다 꿈속에서 이루 말할 수 없는 무서운 가위[17]에 짓눌려 눈을 떴다.

정신을 차리고 보면 그놈의 뜨거운 숨결이 내 얼굴에 뿜어지고 — 그 무서운 몸무게 — 그렇다, 나로서는 밀쳐낼 힘도 없는 악몽의 화신이 —

16)고뇌(苦惱): 괴로워하고 번뇌함.

17)가위: 자는 사람을 놀라게 하는 귀신.
가위 눌리다: 자다가 무서운 꿈을 꾸고 놀라서 몸짓을 하거나 소리를 지르다.

영원히 물러서지 않겠다는 듯이 나의 가슴에 파고들었다.

이런 고통의 압박 속에서 아직 나의 마음에 그나마 남아 있던 선심(善心)도 견디다 못해 마침내 사라지고 말았다.

흉악한 생각, 보기 드문 어둡고 무서운 생각만이 내 마음 속을 지배하고 있었다.

평소의 시무룩함은 더 한층 심해지고 이제는 모든 사물, 모든 인간에 대한 관계가 증오로 발산됐다.

이제는 다만 맹목적으로 진정한 나를 버린채 수없이 돌발하는 미쳐 날뛰는 나의 발작에 대해서 가엾게, 언제나 말없이 참아준 최대의 피해자는 잔소리 한마디 하지 않는 나의 착한 아내였다.

어느 날 집안 일로 그녀는 나를 따라 그 무렵 이미 찌들대로 찌든 가난한 우리 집 낡은 건물의 지하실로 내려갔다. 고양이도 우리 뒤를 따라 가파른 계단을 내려왔는데, 나는 어쩌다가 그에게 다리를 감겨 하마터면 거꾸로 떨어질 뻔했으며, 그렇게 되자 나는 흥분을 참지 못했다.

화가 나서 이제까지 참아왔던 어린애 같은 공포도 순식간에 잊고는 도끼를 들어올려 고양이를 향해 내리친 것이다. 물론 뜻대로만 되었더라면 고양이는 단숨에 죽었을 것이다. 그러나 나의 손은 아내의 손에 의해 저지되었다.

방해가 끼여들자 나의 분노는 마치 악마처럼 불타올랐다. 아내의 손을 뿌리치자 느닷없이 아내의 머리통 깊숙이 일격을 가하게 된 것이다. 아내는 신음 소리 하나 없이 그 자리에서 죽었다.

이 무서운 살인이 끝나자 이번에는 즉각, 게다가 용의 주도[18]하게 나는 시체의 은닉에 착수했다.

낮이건 밤이건 집 밖으로 시체를 끌어내려면 이웃의 눈에 뜨일 것은 분

18) 용의 주도(用意周到) : 마음의 준비가 두루 미쳐 빈틈이 없음.

명하다.

여러 가지 계획이 머리에 떠올랐다. 시체를 잘라 불에 태워 버릴까도 생각했다.

또한 지하실 바닥을 파서 매장(埋葬)하려고도 했다. 아니면 안 뜰에 있는 우물 속에 던져넣는 것 — 그렇지 않으면 보통 상품처럼 상자에 넣어 운반해 내려고도 했다.

그러나 결국 나는 그런 것보다도 훨씬 명안(名案)[19] 으로 생각되는 어떤 기막힌 방법을 생각해 냈다.

지하실 벽에 넣어 버리는 것이다 — 흔히 중세의 승려들이 그 희생물을 그렇게 했다고 책에 적혀 있듯이.

그렇게 맘을 먹고 나니 그 지하실은 참으로 안성맞춤이었다. 벽은 몹시 들쑥날쑥해 있고 게다가 근래 칠을 다시 한 것 같으며, 그것은 공기의 심한 습도 때문에 아직 제대로 마르지 않은 것이다. 게다가 그 중의 한군데는 겉보기에 굴뚝인지 난로인지 모르는 것이 불쑥 나와 있는데, 그곳이 나중에 칠해져서 보기에는 벽의 다른 부분과 마찬가지로 보였다.

이곳이라면 벽돌을 손쉽게 들어내어 시체를 집어넣고, 그 누구도 의심하지 못하도록 원래대로 칠해 버릴 수가 있을 것이다.

여기까지의 나의 계산은 모든 것이 순조로웠다. 곧 벽돌을 들어내어 조심스럽게 시체를 벽에 기대놓고, 그 자세로 막대기를 받쳐놓고는 손쉽게 모든 것을 원래대로 만들었다.

그리고 시멘트와 모래를 입수하여, 그야말로 세심한 주의를 기울여 먼저의 상태와 조금도 변함이 없는 석회로 배합하여 그것으로 새로운 벽돌 위를 덮어 칠해 나갔다.

모든 것을 마무리한 뒤 만족해 하며 벽면을 쳐다보았다. 벽면은 벽돌

19)명안(名案): 훌륭한 안(案). 좋은 생각.

하나 움직인 자취도 안 보였다. 바닥 위의 먼지며, 티끌 같은 것은 주의해서 소중히 주워 모았다. 나는 사방을 둘러보고 득의 양양[20] 하여 생각했다. '됐어. 적어도 헛수고는 아니었어.'

그 다음 문제는 다름 아닌 이 불행의 원인이 된 그 고양이를 찾는 일이었다. 이번에야말로 죽여 버리겠다고 굳게 결심했기 때문이다.

만일 이때 만났더라면 그의 운명은 뻔한 것이었는데 워낙 교활하고 영리한 짐승이라, 나의 격렬한 분노에 두려움을 느꼈음인지 모처럼 결심하고 있는 내 앞에 전혀 얼씬거리지 않았다.

그러나 한편으로 저주스러운 그놈의 모습이 안 보이게 된 것은 얼마나 다행스러웠는지 모른다.

어쨌든 그날 밤은 모습을 나타내지 않았다 — 그런 까닭에 그 고양이가 우리 집에 온 후로 비로소 나는 적어도 하룻밤은 정신 없이 포근한 잠을 잘 수가 있었다. 그렇다, 마음에는 살인의 무거운 짐을 짊어지고서 그래도 잠을 잔 것이다.

이틀째와 사흘째도 그렇게 무사히 지나갔다.

하지만 고양이는 돌아오지 않았다. 나는 비로소 간신히 다시금 자유로운 인간으로 돌아온 것이다. 괴물은 놀라서 영원히 이 집에서 도망쳐버린 것일 게다. 이제 두 번 다시 그 낯짝을 보는 일은 없을 것이다!

아! 나의 행복은 완전하다! 그 무서운 행위의 죄악감도 거의 나를 괴롭히지 않았다. 2, 3일 동안 아내의 실종에 관한 문책[21] 을 당했지만, 힘들이지 않고 벗어날 수가 있었다.

가택 수색까지 했으나 — 물론 발견될 리가 없었다.

이제 장래의 행복은 틀림없는 것이라고 생각한 것이다.

---

20)득의 양양: 뜻을 이루어 우쭐거리며 뽐냄.

21)문책(問責): 잘못을 캐묻고 책망함.

살인이 있은 지 나흘째였다. 그야말로 뜻밖에 경찰관들이 몰려들어서 새삼스럽게 엄중한 가택 수색을 시작하는 것이었다. 그러나 은닉 장소의 안전에 대해서는 자신이 있었던 만큼 나는 태연스럽게 담담해 했다. 경관들은 수색에 입회[22]하라는 것이었다.

구석구석을 빈틈 없이 뒤졌다. 세 번째였는지 네 번째였는지, 그들은 드디어 지하실로 내려갔다. 나는 근육 하나 움직이지 않았다. 나의 심장은 마치 무심히 잠을 자듯 조용히 뛰고 있었다. 나는 지하실의 끝에서 끝까지 걸어 보았다. 팔짱을 끼고 유유히 돌아다녔다.

경관도 이제는 만족하여 철수하려고 했다. 나는 환희를 누를 수 없었다. 한마디의 말이라도 좋으니 승리의 이 기쁨을, 또한 나의 무죄에 대한 그들의 심증(心證)[23]을 다짐해 두기 위해 무언가 한마디 하고 싶었다.

"이것 보시오, 여러분!"

나는 일행이 계단을 올라가려고 할 때 드디어 말했다.

"혐의[24]를 풀어 주셔서 고맙소. 건강을 빌겠소이다. 그리고 동시에 앞으로는 좀더 예의라는 것을 갖춰 주었으면 싶소. 그리고 얘기는 다르겠지만, 이 집 — 이놈은 참 잘 만들어진 집이오(뭔가 계속 지껄이고 싶은 격렬한 욕망에서 실은 무슨 말을 하고 있는지 나 자신 알 수 없었던 것이다)."

"정말 기막히게 잘 지은 집이오. 우선 이 벽을 말하자면 — 아니, 그만 가시렵니까 — 이 벽의 구조가 그야말로 기막히게 튼튼하단 말씀이야."

그리고는 나는 그야말로 제정신이라고는 생각되지 않는 행위였는데, 마침 손에 들고 있던 지팡이로 하필이면 그 아내의 시체가 들어 있는 벽돌 부근을 힘껏 친 것이다.

22)입회(立會): 현장에 나가 지켜봄.

23)심증(心證): 마음에 받는 인상(印象). 법관이 사건 심리에서 그 마음에 얻은 인식이나 확신.

24)혐의(嫌疑): 범죄를 저지른 사실이 있으리라는 의심.

아아, 신이여, 나를 그 큰 악마의 이빨에서 지켜 주시오! 나의 지팡이의 반향이 사라지자마자, 난데없이 무덤 속에서 대답하는 목소리가 있었던 것이다.

처음에는 어린 아이의 흐느낌처럼 무언가 중얼중얼하는 울음 소리가 순식간에 긴, 드높은, 뭐라고 표현할 수 없는 괴상한, 도저히 사람의 목소리로는 생각되지 않는 연속적인 비명이 되고, 울부짖음이 되어 마침내는 공포 반, 승리 반의, 마치 지옥의 맨 밑바닥에서 고통에 시달리는 연옥[25]의 비참한 신음과 그것에 미쳐 날뛰는 악마들의 개가(凱歌)[26]가 더불어 솟아오르는 그런 통곡이 되었다.

그 때의 나의 놀라운 심정, 그 때 그 심정을 말로 표현한다는 것은 어리석은 일이다.

나는 실신하여 건너편 벽에 쓰러졌다.

한 순간은 경관들도 너무나 놀랍고 두려운 나머지 계단 위에 못박혀 있었으나, 잠시 후 몇 사람의 우람스러운 팔이 벽을 부수고 있었다.

벽은 이내 허물어졌고 벌써 몹시 썩어 피가 엉겨붙은 시체가 사람들의 눈앞에 있었다.

그리고 그 머리 꼭대기에는 교묘히 나를 충동하여 살인을 시키고, 또한 이제 폭로자로서 나를 교수인(絞首人)의 손에 넘겨 준 그 악마의 고양이가, 새빨간 입을 벌리고 불 같은 애꾸눈을 반짝이면서 앉아 있었던 것이다.

나는 그 괴물을 무덤 속에 같이 넣어 버린 것이었다. ✻

---

25)연옥(煉獄): 죽은 사람이 바로 천국에 들지 못할 때 그 영혼이 불로 정화된다고 하는 곳 (천국과 지옥의 사이).

26)개가(凱歌): 승리를 축하하는 노래.

▦ 작가소개 **에드가 앨런 포우(Edgar Allan Poe ; 1809 ~1849)**

미국의 시인이며 소설가. 포우는 소설의 영역에 추리 소설이라는 장르를 확립시킨 작가로 유명하다. 포우는 어릴 때 고아가 되어 리치먼드의 상인 존 앨런 가에서 양육되었다. 일가와 함께 영국에 갔다가 11세 때 귀국. 어린 나이로 친구의 젊은 어머니를 열애하였는데, 그것이 뒤의 유명한 서정시 「헬렌에게」의 계기가 되었다. 그는 제3시집 출간까지는 별 반응을 얻지 못하다가, 단편소설 「병 속의 수기」가 현상공모에 당선되어 유명해졌다. 그 뒤 많은 작품을 발표했으나 아내의 죽음과 아편 복용 등으로 건강이 나빠진 상태에서 절창의 시 「종」, 「애너벨 리」 등을 쓴 후, 여행 도중거리에서 사망했다.

주요 작품으로 소설 「어서 가의 몰락」, 「모르그 가의 살인 사건」, 「검은 고양이」, 「풍뎅이」, 「병 속의 수기」, 「너무 일렀던 매장」 등과 시 「헬렌에게 부침」, 「애너벨 리」 등이 있다.

▦ 작품해설

이 작품은거칠어져 가는 인간의 심리를그로테스크한 검은 고양이의모습으로 상징하고 양심의 괴로움과 공포를 그린 이야기이다. 병적 심리를 가진 주인공이 파멸해 가는 과정을 1인칭 시점으로 묘사하고 있다. 그는 이 작품에서도 잡다하고 기괴한 현실세계를 창조자의 설계의 비밀에 의하여 재구성하는 기지를 발휘했으며, 전적으로 단일한 효과를 노려 불유쾌, 공포, 우울 등의 기분을 내는 데 성공했다. 특히 현대의부조리와 무상행위의 원형을 일종의 알레고리적 수법으로 제시하고 있다. 그의 『소설집』(1845) 에 수록된 포우의 대표적인 명작 중의 하나이다.

▦ 읽고나서

문제 이 작품을통해 작가가 내세우는글쓰기 요건을 알아보자.

– 인상의 통일, 효과의 전체성, 우울 · 공포의 정조론

문제 작품의 형식과 그 장점은 무엇인가?

– 고백형식, 독자와 거리를 좁힌다.

가난한 사람들

빅톨 위고

사정없이 폭풍우가 휘몰아치는 어두운 밤이었다.

가난한 어부의 오막살이집 안.

쟈니는 다 꺼져가는 난로 옆에서 넝마[1] 조각을 잇대어 헐어빠진 돛을 깁고 있었다.

밖에는 여전히 사나운 바람이 기승[2]을 부린 채 억수 같은 빗줄기가 사정없이 유리창을 때리고 있었다. 성난 파도가 바닷가 암벽에 부딪쳐 철썩철썩거리며 깨어지는 소리가 요란하게 들려왔다. 그 요란하고도 무서운 파도 소리가 쟈니는 몹시 싫었다.

밖은 여전히 춥고 어두웠고 몸서리 쳐지는 폭풍우가 끊임없이 계속되고 있었다.

하지만 가난한 어부의 오막살이집 안은 더없이 포근하고 아늑했다.

방바닥은 비록 흙바닥이긴 했지만 먼지 하나 없이 깨끗하게 잘 정돈되어 있었다.

---

1)넝마: 오래 된 헌옷 따위.

2)기승(氣勝): 억척스럽고 굳세어서 좀처럼 남에게 굽히지 않음.

마른 나무들이 바지직거리는 소리를 내며 난로 안에서 열심히 타고 있었다. 방 한쪽 구석 찬장에는 희고 깨끗한 접시와 그릇들이 가지런히 놓여 있었다.

또한 방 저편에는 낡긴 했지만 흰 보료를 깐 침대가 놓여 있었고, 그 침대에는 아무도 누워 잔 흔적이 없었다.

그러나 낡은 카펫이 깔린 방바닥에는 바깥 폭풍우의 요란스러운 소리는 아랑곳없다는 듯이, 어부의 아이들 다섯 명이 고이 쌔근거리며 꿈길을 헤매고 있었다.

돛을 깁고 있는 쟈니의 남편은 지금 바다에 나가 있다 — 고기를 잡으러.

이처럼 춥고 비바람이 몰아치는 사나운 날씨에 바다로 나가는 일은 위험하다.

그러나 목구멍이 포도청[3]이란 말처럼 그냥 앉아 있는다고 해서 누가 먹을 것을 거저 가져다 줄 리는 없지 않은가?

식구들을 앉아서 굶겨 죽일 수는 없는 일이었다. 쟈니는 바느질을 하면서도 마음은 줄곧 바다에 나가 있었다.

더구나 오늘 밤처럼 억세게 비바람이 몰아치는 날이면 한시라도 마음을 놓을 수가 없었다. 간간이 거센 폭풍우를 뚫고 애처럼 우는 갈매기 소리가 들려왔다. 그러나 비는 줄기차게 퍼붓고 있었다.

쟈니는 마음이 불안하고 불길한 예감마저 들었다. 폭풍우에 배가 난파[4] 당하는 무서운 장면이 자꾸 그림처럼 눈에 떠올랐다. 배는 암초[5]에 걸려 박살이 나고…… 물에 빠진 사람들은 저마다 살려달라고 아우성이다.

'아아 끔찍해!'

---

3)목구멍이 포도청: 살기 위하여 하지 못할 일까지 하게 된다는 말.

4)난파(難破): 배가 항행 중에 폭풍우 등을 만나 파선하는 일.

5)암초(暗礁): 해면 가까이 숨어 있어 보이지 않는 바위.

하고 쟈니는 몸을 웅크렸다.

그 때 낡은 괘종시계가 목쉰 소리로 땡 땡…… ! 하고 시간을 알려줬다. 그러나 철부지 어린것들은 아무 것도 모른 채 잠에 빠져 있었다.

쟈니는 생각에 잠겼다. 살아가는 일이란 결코 쉬운 일이 아니었다.

남편은 자신의 몸을 돌보지 않고, 추위와 비바람을 무릅쓰고 바다에 나가 시시각각으로 조여오는 위험 속에 자신의 몸을 맡기고 있다. 그리고 그녀는 이른 새벽부터 밤늦게까지 쉴새 없이 이렇게 일하고 있다.

그러나 한편 다시 생각해 보면 부지런히 일한다는 것은 얼마나 값지고 보람된 일인가!

어린것들은 춘하추동 신발도 없이 노상[6] 맨발로 뛰어다닌다. 그들에게 검은 빵은 고급 빵이다. 날마다 귀리밥이라도 배부르게 먹을 수만 있다면 얼마나 좋을까.

하지만 바다에 사는 덕분으로 생선 조각은 가끔 얻어먹을 수가 있었다.

어떻든지 아이들이 탈없이 그저 건강하게 자라주는 것만 해도 하나님께 감사할 뿐이었다.

쟈니는 두 눈을 지그시 감고 이렇게 마음 속으로 기도했다.

"하나님! 그이는 지금 어디에 있을까요. 부디 그이를 지켜 주십시오."

그러나 비바람 소리는 점점 더 기승을 부릴 뿐이었다.

아직 잠자리에 들기는 이른 시간이었다. 참다못해 쟈니는 외투를 걸치고 손에 램프를 켜든 채 밖으로 나갔다.

혹시 남편이 돌아오고 있는지…… 바다가 조금 잔잔해지기나 했는지…… 등대불이 켜져 있는지…… 알아보기 위해서였다.

그러나 밖은 여전히 춥고 심한 폭풍우가 휘몰아치고 있었다.

---

6)노상: 언제나. 변함없이.

7)어귀: 드나드는 목의 첫머리.

쟈니의 발길은 점점 더 아랫마을로 옮겨졌다. 동네 어귀,[7] 해변에 인접한 낡은 초가집 앞에까지 걸어 내려갔다.

벽은 허물어지고 벽의 앙상한 기둥에 매달려 있는 낡은 문짝 하나가 보였다. 그 문짝은 바람이 휘몰아칠 때마다 삐걱삐걱하고 이상한 소리를 내고 있었다.

오늘 밤 유난히 사나운 바람은 이 초가집을 한입에 삼키기라도 하려는 듯 세차게 몰아치고 있었다.

문짝은 쉬지 않고 삐걱거리고, 지붕을 덮은 낡은 지푸라기들은 마치 살려달라고 애걸하듯 바스락거렸다.

쟈니는 한참 머뭇거리다가 이렇게 생각했다.

'가엾은 사람! 내가 깜빡 잊었군, 저 불쌍한 환자를 진작[8] 돌봐줬어야 하는 건데. 바깥 양반이 저 사람은 외롭고 아무도 돌봐줄 사람이 없다고 노상 걱정을 했는데……'

쟈니가 집 안을 향해 노크했다.

그러나 안엔 아무도 없는지 대답도, 인기척[9]도 없었다.

쟈니는 다시 머뭇거리며 생각했다.

'가엾어라! 어린것들도 돌봐줘야 할 텐데…… 자신마저 앓아눕다니! 저 여잔 무슨 팔자가 저렇게 사나울까! 저이는 둘째 아이를 임신하면서부터 과부가 됐으니…… 어린것들은 저이 손 하나만 바라보고 사는 것이 아닌가…… 가엾어라!'

쟈니는 여러 차례 노크를 해봤지만 여전히 집 안엔 인기척이 없었다.

"안에 계세요? 왜 대답이 없죠?"

하고 소리쳐 보았다.

---

8)진작: 바로 그 때에. 좀 더 일찍이.

9)인기척: 사람의 거동을 느낄 수 있을 만한 자취와 소리.

"주무시거든 그냥 계세요."

하고 쟈니는 돌아서려고 했다.

온몸이 비에 젖은 쟈니는 갑자기 몸이 와들와들 떨렸다. 발길을 돌리려고 막 첫발을 내딛으려는 순간, 거센 바람이 쟈니의 외투를 날려버리기라도 하려는 듯 사납게 몰아쳤다. 자신도 모르게 쟈니의 몸이 문에 부딪치며 문이 활짝 열렸다.

쟈니는 그제서야 그 집 안으로 들어갔다.

그녀의 손에 든 램프불이 캄캄한 그 집 안을 두루 비쳐주고 있었다. 말이 집이지…… 집 안은 바깥보다 더욱 썰렁한 냉기가 감도는 방이었다.

천장 이 구석 저 구석마다 마치 키질[10)]이라도 하듯 빗물이 새어 흘러내리고 있었다.

문을 등진 벽가에는 지저분한 지푸라기 더미가 보였다. 그 위에 과부의 죽은 시체가 놓여 있었다.

머리를 뒤로 젖히고 커다란 입을 벌린 싸늘하고 푸르죽죽한 얼굴은, 절망과 고뇌가 이 한 여인의 시체에 모여 꽁꽁 얼어붙은 그대로였다. 더우기 임종하면서까지 뭔가 열심히 붙잡으려고 애쓴 것처럼 쭉 뻗은 여인의 푸르스름한 손은 지푸라기 침대 아래로 맥없이 축 처져 있었다.

그런데 죽은 여인의 시체 발치[11)] 아래에는 비록 때에 절은 포대기[12)]이긴 하지만 그 속에 아이들이 누워 있었다.

얼굴은 핼쑥하고 살은 빠졌어도 곱슬머리에 예쁜 얼굴을 하고 미간[13)]을 찌푸린 채 금발 머리를 한 두 아이가 서로 얼굴을 맞댄 채 잠들어 있었다.

언제 어디쯤에 시시각각으로 죽음의 그림자가 다가오는 줄도 모른 채,

---

10)키질: 키(곡식 따위를 까불러 고르는 그릇)로 곡식 따위를 까부르는 일.

11)발치: 누울 때 발을 뻗는 곳.

12)포대기: 어린 아이의 이불. 강보(襁褓)

13)미간(眉間): 양미간. 두 눈썹의 사이.

그 사나운 폭풍우를 까마득히 잊은 채, 아기들은 잠들어 있었다.

어머니는 마지막 순간까지 어린것들의 발부리[14)]를 큼직한 헌 이불로 감싸주고, 자기의 옷을 어린것들 위에 덮어주는 일을 잊지 않은 모양이었다.

참으로 죽음보다도 강한 어머니의 사랑이었다. 한 아기는 고사리 같은 뽀얀 손으로 뺨을 고이고 있었고, 다른 한 아기는 형의 목에 귀여운 자기 얼굴을 맞대고 있었다.

아기의 숨소리는 꺼져 갈 듯이 조용하고 가냘픈 것이었다.

이 세상의 어느 누구도 이들의 포근한 잠을 깨우지 못할 만큼 깊고 달콤한 잠을 자고 있는 것 같이 보였다.

밖은 비바람이 점점 더 거칠게 몰아치고 있었다.

천장을 타고 내리던 빗줄기 한 방울이 죽은 여인의 얼굴에 뚝 떨어져 뺨으로 슬슬 흘러내리고 있었다.

그것은 마치 근심과 걱정을 뒤에 남긴 채 죽어야만 했던 그 어머니의 한스러운 눈물처럼 램프불에 반짝이며 흘러내리고 있었다.

쟈니는 갑자기 외투 자락 속에 뭔가를 훔쳐 들고 도망치듯 그 집을 뛰쳐나왔다.

심장은 뛰고…… 누군가가 뒤에서 자기를 뒤쫓아오는 것 같았다.

그녀는 죽은 사람 집에서 뭔가를 훔쳐 온 것이나 아닐까?

집으로 돌아오자마자 쟈니는 외투 속에 싸들고 온 물건을 침대 위에 놓고 재빨리 보료로 덮어버렸다.

그리고 정신 없이 의자를 끌어당겨 그 위에 주저앉고 말았다. 그리고 침대 끝에 이마를 대고 엎드렸다. 그녀의 얼굴은 몹시 창백해지고 흥분에 들떠 있었다.

14)발부리: 발끝의 뾰족한 부분.

그녀는 마치 양심의 가책[15]을 받고 자신을 저주하고 있는 것처럼 보였다. 그녀는 간간이 실성[16]한 사람처럼 외쳤다.

"그이, 그이가 뭐라고 할까? 도대체 내가 무슨 짓을 했지? 아이 뒤치다꺼리에 지쳐서…… 아 흑흑…… 난 나는, 바보야 바보…… 혹시 그이가 오셨나? 아, 안 오셨군! 차라리 그이가 와서 나를 실컷 때려 주기라도 했으면! 난 몹쓸 짓을 했어. 아아, 그이가, 차라리 내가!"

그 때 문소리가 났다. 인기척이 나는 것 같았다. 쟈니는 몸을 벌벌 떨며 의자에서 일어났다.

"아, 안 오셨군! 하나님! 제가 왜 이런 짓을 했을까요? 이런 짓을 저지르고 어찌 지쳐 돌아오는 남편의 얼굴을 바로 대할 수 있을까요?"

쟈니는 말없이 한동안 침대 옆에 앉아 있었다. 온갖 고뇌에 가슴을 조이면서 그녀는 앉아 있었다.

비가 멎었다. 이윽고 먼동이 트기 시작했다.

그러나 바람은 여전히 세차게 불고, 바다는 성난 듯이 외치고 있었다.

갑자기 문소리가 났다.

이윽고 문이 열리면서 축축하고 시원한 바람 한줄기가 방안으로 흘러 들어왔다.

그 때 키가 크고, 햇볕에 그을린 건장[17]한 어부가 갈기갈기 찢어지고 물에 젖은 그물을 질질 끌며 오막살이 안으로 들어왔다.

"쟈니, 나 왔어!"

하고 그는 반가운 듯이 말했다.

"오, 당신이군요!"

---

15)가책(呵責): 꾸짖어 책망함.

16)실성(失性): 정신에 이상이 생겨 본성을 잃어 버림.

17)건장(健壯): 몸이 크고 굳셈.

하고 쟈니는 대답했지만 똑바로 일어서지도 못한 채 앉아서 고개를 숙이고 말았다.

"정말 무서운 밤이었어! 날씨 한번 정말 사납더군."

"정말 그래요, 그래 고긴 많이 잡으셨나요?"

"고기가 다 뭐야. 아주 망했어 멀쩡한 그물만 다 찢고 돌아왔지. 글쎄 내 머리털 나고 처음 보는 무서운 폭풍우였어. 뭐랄까, 꼭 미친 악마야! 마치 배를 공치기라도 하듯 밧줄이 금방 끊어지고…… 선체[18)]가 흔들리면서……, 이렇게 살아온 것만도 다행이지…… 그렇지? 그런데 당신은 혼자서 뭘하는 거야?"

어부는 피곤한 듯 그물을 끌고 방 안에 들어와 난로 옆에 앉았다.

"글쎄 그저 이렇게……"

하며 쟈니는 새파랗게 질린 채 남편을 멍하니 쳐다보았다.

"뜨개질하고 있지요…… 간밤에 어떻게 비바람 소리가 무섭던지…… 정말 혼자 있기가 무서울 정도였어요. 내내 당신 걱정만 했지요."

"그랬을 거야, 정말 지독한 날씨였어. 그래 간밤에 어떻게 지냈어?"

하고 남편은 걱정하듯 중얼거렸다.

두 내외는 한동안 말없이 멍하니 앉아 있기만 했다. 드디어 쟈니는 마치 큰 죄라도 지은 듯이 겁을 집어먹고 더듬더듬 말하기 시작했다.

"시몬 아주머니가 죽었어요. 언제 죽었는지는 몰라도…… 모르긴 해도…… 당신이 그 집에 다녀온 엊그제쯤 될까요…… 죽을 때 몹시 고통을 당했나봐요. 어린것들을 생각하면 가슴이 찢어지겠지요. 더구나 젖먹이 둘을 남겨놓고 죽었으니…… 큰놈은 겨우 기어다니기라도 하지만…… 작은 놈은 아직 말도 못하는 걸요."

쟈니는 갑자기 입을 다물었다. 남편은 쟈니의 말을 듣다가 두 눈을 껌벅

18)선체(船體): 배의 몸뚱이.

이며 엄숙한 표정을 지어 보였다.

정직하고 순박한 그의 얼굴은 더욱 굳어만 갔다.

"정말 안됐군! 앞날이 걱정인데……"

그는 못내[19] 안쓰럽다[20]는 듯이 목덜미를 손으로 벅벅 긁으며 말했다.

"그러니 어쩌오? 아기들이라도 당신이 데려와야 하지 않겠소. 잠이 깨면 엄마를 찾을 텐데…… 여보, 어서 가 어린것들부터 데려오오."

그러자 쟈니는 말뚝에 매인 사람처럼 좀처럼 일어서려고 하지 않았다.

"여보 빨리 가시오! 왜 당신 싫어? 아이들을 데려오는 게 마음에 내키지 않는단 말이오? 자 어서, 정말 당신답지 않군!"

그제서야 쟈니는 무거운 동작으로 일어섰다. 그리고 말없이 그녀의 남편을 침대 곁으로 끌고 갔다. 그리고 조용히 덮어 놓은 보료 자락을 걷어 보였다.

보료 속에는 죽은 이웃 과부의 아이들이 얼굴을 맞댄 채 깊은 잠에 빠져 평화스러운 꿈에 젖어 있었다. ✻

---

19)못내: 잊지 못하고 늘.

20)안쓰럽다: 약하거나 가냘픈 사람에게 도움을 받거나 폐를 끼쳤을 때, 또는 그런 사람이 힘에 겨운 일을 할 때 미안하고 가엾다.

▦ 작가소개 **빅톨 위고(Hugo, Victor Marie ; 1802~1885)**

프랑스의 시인이자 소설가, 극작가였던 위고는 낭만파의 기수로서 많은 작품을 남겼다.

그는 여러 가지 장르에 걸쳐 만인에게 공통적인 감정을 표현해 내었으며, 그의 인도주의, 진보주의가 전세계의 작가와 인류에게 심어준 사랑과 변혁의 사상은 오랫동안 세계를 지배했다. 그의 인도주의 사상은 1830년경부터 시작되어 그의 전 작품 세계를 관류하는 것으로, 그는 인간의 절대 악을 믿지 않았으며 그리스도교적인 사랑에 바탕을 두고 있다.

그의 대표작으로는 「낭만주의 선언서」, 「노틀담의 꼽추」, 「레미제라블」 등이 있다.

▦ 작품해설

위고의 문학을 꿰뚫는 사상의 바탕은 인간의 삶을 긍정하는 낙천주의이다. 그가 보수적 경향에서 출발하여, 차츰 자유주의, 공리주의, 사회주의로 그 사상이 이행되어 갔지만, 그의 문학적 전개는 항상 인류의 진보를 확신하는 낙천적 휴머니즘의 발전 과정이라 할 만하다. 이 작품에서도 가난한 어부와 그 아내를 통해 이와 같은 의도를 볼 수 있다. "그러니 어쩌오? 아기들이라도 당신이 데려와야 하지 않겠소. 잠이 깨면 엄마를 찾을텐데…… 여보, 어서 가 어린것들부터 데려오시오." 아이들 다섯을 키우기 위해 폭풍우가 몰아치는 날에도 고기를 잡아야 하는 가난 속에서도 아름답고 고운 마음을 지닌 어부 부부의 감동스럽기 그지없는 행동을 잔잔하게 그리고 있다. 이 작품은 〈위고 소품집〉에 실려 있다.

▦ 읽고나서

문제 작품 제목이 가지고 있는 이중적 의미는?

- 물질적으로는 가난하지만, 둘은 헌신적 사랑이 있기에 정신적으로는 가난하지 않다.

문제 아내가 고민하는 이유는?

- 경제적인 문제로 지쳐 있는 남편이 새로운 식구로하여 더 힘들어 질 것을 염려하기 때문에.

마지막 수업

알퐁스 도데

그날 아침 학교에 갈 시간이 매우 늦어버렸다. 꾸중을 들을까봐 몹시 겁이 났다. 나는 분사에 대해선 까막눈인데 아멜 선생님께서 분사[1]에 대해서 물어보시겠다고 말씀하셨기 때문이다. 그래서 학교엘 가지 말고 들판이나 어정거릴까 하는 생각도 문득 해 보았다.

날씨는 얼마나 따뜻했던가!

티티새들이 우는 소리가 숲에서 들려왔고, 프러시아 병사들의 훈련하는 소리가 제재소 뒤쪽에 있는 리페르 목장에서 들렸다. 이 모든 것이 분사의 규칙보다는 훨씬 나를 유혹했다. 하지만 나는 그 유혹을 억지로 참고 학교를 향해 달음질쳤다.

읍사무소 앞을 지나치다가 조그만 게시판 쇠창살 앞에 사람들이 멈추어 서 있는 것을 보았다. 2년 전부터 패전이며 징발[2]이며 포고령[3] 따위, 일체의 나쁜 소식들을 알게 된 것도 바로 이 게시판 앞에서였다. 나는 발

1)분사(分詞): 인도 게르만 어족 여러 나라 말의 동사 어형 변화의 하나.
2)징발(徵發): 전시에 정부가 군수물자 시설 등을 지방민에게 부과하여 징수하는 일.
3)포고령(布告令): 어떤 내용을 일반에게 널리 알리는 명령이나 법령.

걸음을 재촉하면서 생각해 보았다.

'또 무슨 일이 벌어졌나?'

광장을 뛰어 건너가자, 자기 제자와 함께 게시판 앞에서 방(榜)[4]을 보고 있던 대장장이 바슈테르 아저씨가 나에게 소리치는 것이었다.

"얘야, 서두를 건 없단다. 학교엔 언제 가더라도 늦지 않을 테니까!"

나는 바슈테르 아저씨가 나를 놀리는 줄만 알았다. 그래서 아멜 선생님의 조그마한 학교 안마당으로 숨을 헐떡이며 들어갔다.

보통 때 같으면 수업이 시작될 무렵에는 길에서도 들릴 만큼 왁자지껄한 소리가 일어나는 법이었다. 서랍을 여닫는 소리, 보다 잘 외우려고 두 귓구멍을 틀어막고 다같이 아주 큰소리로 학과를 반복하는 소리, 선생님이 큰 자로 교탁을 두드리며 '조용 조용!' 하는 소리 따위가.

이런 소란을 틈타 나는 들키지 않게 내 자리로 가서 앉을 셈이었다. 그러나 바로 그날은 모든 것이 조용하기만 했다. 흡사 일요일 아침처럼.

활짝 열린 창문 너머로 벌써 제자리에 앉은 친구들과 겨드랑이에 그 무시무시한 쇠자를 끼고 서성거리는 아멜 선생님의 모습이 보였다. 할 수 없이 문을 열고 이 고요의 중심으로 들어가지 않으면 안 되었다. 나는 얼마나 얼굴이 뜨거웠으며 또 얼마나 겁이 났던지!

그런데 뜻밖의 일이 생긴 것이었다.

아멜 선생님은 화도 내지 않고 나를 바라보셨다. 그리고는 무척 부드러운 목소리로 말씀하시는 것이었다.

"프란쯔야, 얼른 네 자리로 가 앉거라. 하마터면 너 없이 시작할 뻔했구나."

나는 걸상을 뛰어넘어 곧 내 책상 앞에 앉았다.

공포가 어느정도 가라앉은 뒤에야 비로소 나는 우리 선생님이 맵시있

---

4)방(榜): 방문(榜文). 여러 사람에게 알리기 위하여 길거리에 써 붙이는 글.

게 접은 장식이 달린 초록색 프록코트에, 수놓은 검은 비단 빵떡 모자를 쓰고 계시다는 것을 알았다.

이런 복장은 누가 시찰[5]을 오거나 상(賞)을 수여하는 날에만 선생님께서 입으시는 것들이다. 그뿐만 아니라 교실은 온통 이상하고도 엄숙한 분위기로 꽉 차 있었다.

그러나 무엇보다도 나를 놀라게 한 것은 교실 뒤쪽, 여느 때는 언제나 텅 비어 있던 걸상 위에 마을 사람들이 우리와 마찬가지로 조용히 앉아 있는 사실이었다.

삼각모(三角帽)를 쓴 오제르 영감님, 전 읍장님, 전 우체부 그리고 다른 사람들도 와 있었다.

모두들 슬픈 표정이었다. 오제르 영감님은 가장자리가 낡아빠진 낡은 교본책을 가지고 와서 그것을 무릎 위에 활짝 펴놓고서는, 커다란 안경 너머로 여기저기 훑어보고 있었다.

내가 이런 모든 광경에 어리둥절해 있는 동안 아멜 선생님은 교단으로 올라가셨다. 그러고는 아까 나를 교실로 맞아 주실 때와 같은 그 부드럽고 엄숙한 목소리로 말씀하셨다.

"애들아, 이 시간은 내가 너희들을 가르치는 마지막 수업 시간이다. 알사스와 로렌스 지방의 학교에서는 이제 독일어만을 가르치라는 명령이 베를린으로부터 왔단다. 새 선생님이 내일 오실 거야. 오늘 이 시간이 너희들로선 마지막 프랑스어 시간이다. 열심히 들어 주기를 바란다."

이 몇 마디 말이 내 마음을 온통 흔들어 놓았다.

'아아! 치사스러운 놈들, 읍사무소에 붙여 둔 방문(榜文)이 바로 그거였구나. 나의 마지막 프랑스어 수업……!'

그런데 나는 프랑스어를 제대로 쓸 줄도 모르는데……! 영영 못 배우고

5)시찰(視察): 돌아다니며 실지 사정을 살핌.

말게 되었구나! 그럼 여기서 그치고 말아야 하나……!

새둥주리나 찾으러 쏘다니고 사아르강에서 미끄럼이나 타느라고 빼먹은 수업, 잃어버린 시간을 이제사 얼마나 뉘우쳤던가! 조금 전까지만 해도 그렇게나 따분하고 가지고 다니기가 무겁게만 느껴지던 책들, 문법책, 거룩한 역사책 등이 이제는 몹시 헤어지기 힘든 오랜 친구들처럼 여겨졌다.

아멜 선생님에 대한 것도 마찬가지였다. 선생님이 떠나려 하신다. 이제는 다시 뵙지 못할 거야 하는 생각에 벌받던 일, 자로 매맞던 일들을 까맣게 잊어버렸다.

가엾은 분!

이 마지막 수업을 위하여 선생님은 성장(盛裝)[6]을 하신 거다. 그 때서야 나는 마을 노인들이 왜 교실 뒤쪽에 와 앉아 있는지를 알게 되었다.

이 학교에 자주 오지 못한 것을 마치 후회나 하고 있는 것 같았다. 그것은 우리 선생님의 40년 동안의 훌륭한 봉사에 대해 감사의 뜻을 표하며, 사라지려는 조국에 대해 그들의 경의를 표하는 방법인 것 같았다.

여기까지 골똘히 생각하고 있을 때 내 이름을 부르는 소리가 들렸다. 내가 외울 차례였다. 이 유명한 분사(分詞)의 규칙을 분명하고 커다란 목소리로 하나도 틀리지 않게 외울 수만 있다면, 나는 어떤 대가라도 기꺼이 치르지 않았을까!

그러나 나는 첫마디부터 엉망으로 되어서 가슴이 미어지는 것 같았으며, 감히 고개도 들지 못하고 걸상 위에서 몸을 건들거리며 우두커니 서 있었다. 아멜 선생님께서 나에게 말을 건네시는 소리가 들렸다.

"애, 프란쯔야, 난 너를 나무라지 않겠다. 넌 마땅히 벌을 받아야 하는 거야…… 그래서 이 꼴이 된 거란다. 사람들은 언제나 이렇게 생각하지

6)성장(盛裝): 훌륭하게 차려 입음.

— '시간은 얼마든지 있는 걸 뭐. 내일 배우면 될 텐데' 라고. 그런데 이 꼴이 되고 말았구나…… 아! 언제나 프랑스어 교육을 내일로 미뤄왔던 것이 우리 알사스 지방의 커다란 불행이었다. 이제 그들은 우리에게 이렇게 말하겠지! — '뭐라구! 자기 나라 말을 읽을 줄도 쓸 줄도 모르는 주제에 프랑스 사람이라고 주장하다니!' 이 모든 불행이, 프란쯔야, 네가 나빴던 탓은 아니란다. 우리 모두가 저마다 비난받을 점을 지니고 있단다. 너희들의 부모님들도 너희들의 학업에 관심을 충분히 쏟지 않으셨지. 다만 몇 푼이라도 더 벌려고 너희들을 밭이나 제사 공장으로 보내기를 더 좋아하셨으니까. 내 자신인들 나무랄 데가 없겠느냐? 너희들을 공부시키는 대신에, 걸핏하면 나의 정원에 물을 주는 일을 시키지 않았던가? 내가 송어 낚시라도 가고 싶을 때 서슴지 않고 너희들을 놀려 두지 않았던가?"

그러면서 이것저것 말씀하시더니 아멜 선생님은 프랑스어에 대하여 말씀하시기 시작했다.

이 세상에서 가장 아름다운 말이며, 가장 분명하고 가장 힘있는 말이라고 이야기하시는 것이었다. 프랑스어를 우리가 지켜야 하며 결코 잊어서는 안 된다고. 왜냐하면 한 민족이 노예 신세가 되었을 때도 제 나라 말을 잘 간직하고만 있다면 감옥의 열쇠를 쥐고 있는 거나 다름없다고 — 그러고 나서 선생님은 문법책을 집어들고 그날 배울 과(課)를 읽어 주시는 것이었다.

나는 얼마나 잘 이해가 되는지 깜짝 놀랐다.

선생님의 말씀은 모두가 쉽게 느껴졌다. 아니 정말 쉬웠다. 나는 여태껏 내가 이렇게도 열심히 귀기울여 들은 적이 한 번도 없었다고 생각했으며, 역시 선생님께서도 이렇게도 꼼꼼하게 설명해 주신 적이 한 번도 없었다고 느꼈다.

가엾은 선생님은 떠나시기 전에 당신의 모든 지식을 우리에게 전해 주시려는 모양이었다. 한꺼번에 우리 머리 속에 들어가게 하실 모양이었다.

모두들 얼마나 골똘했던지 볼 만했다. 그리고 얼마나 조용했던가! 종이 위에 미끄러지는 펜 소리밖에는 아무 소리도 들리지 않았다.

풍뎅이란 놈들이 한때는 들어왔으나 아무도 그 따위에는 관심을 쏟지 않았다. 아주 어린 꼬마들조차도 감동적으로, 또 의식적으로 마치 풍뎅이 소리마저도 프랑스어인 양 글씨 획을 긋는 데 여념이 없었다……

학교 지붕 위에서는 비둘기들이 나지막한 소리로 구구거리고 있었다. 나는 비둘기 소리를 들으면서 마음 속으로 생각했다.

앞으론 비둘기까지도 독일어로 노래하라고 강요당하지 않을까?

이따금 책에서 눈을 들어보니, 아멜 선생님은 교단 위에서 꼼짝도 않고 주위의 물건들을 눈여겨 보고 계시는 것이었다. 이 조그만 학교의 모든 것을 몽땅 당신의 눈 속에 집어넣어 가져가시고 싶은 듯이. 생각해 보라! 선생님은 40년 전부터 저기 바로 저 자리에 계셨던 것이다.

한결같이 변함 없는 교실에 눈앞에 교정을 마주한 바로 저 자리에 말이다. 다만 걸상과 책상만이 오랜 세월에 닳아서 반질반질 윤이 날 뿐이다.

교정의 호두나무들이 크게 자랐으며, 당신께서 손수 심으신 홉나무가 이제는 창문을 화환으로 두르듯 감싸며 지붕까지 뻗어 있는 것이 달라졌을 뿐이다. 이 모든 것과 헤어져야 하다니 가엾은 선생님으로서는 얼마나 가슴이 미어지는 일이었을까? 그리고 짐을 꾸리려고 선생님의 누이동생이 윗방에서 왔다갔다 하는 소리를 듣는다는 것은!

내일이면 그들은 영원히 이 고장을 떠나야 하기 때문이다.

그럼에도 불구하고 선생님은 끝까지 수업을 이끌어 나가실 용기를 가지셨던 것이다. 글씨 쓰기가 끝나자 우리는 역사를 배웠다. 다음에는 꼬마들이 모두 '바 · 베 · 비 · 보 · 부'를 합창했다. 저기 교실 뒷전에서는 오제르 영감님이 안경을 끼고 두 손으로 알파벳 책을 든 채 꼬마들과 함께 한 자 한 자 읽고 있었다.

그도 몹시 열중해 있는 모양이었다. 그의 목소리는 감동으로 떨고 있었다. 그가 읽는 소리를 듣고 있자니 너무도 이상해서 우리는 모두가 웃고 싶기도 했고 울고 싶기도 했다.

아! 난 이 마지막 수업 시간을 영원히 가슴 속에 간직하련다 —

문득 교회의 시계가 정오를 쳤다. 이윽고 삼종 기도[7]를 알리는 종소리.

바로 이 시각에 훈련을 마치고 돌아오는 프러시아 병정들의 나팔 소리가 우리들의 창문 밖에서 시끄럽게 들려왔다. 아멜 선생님은 얼굴이 새하얗게 질려서 교단에서 일어나셨다. 선생님이 그렇게 커 보인 적은 여태 없었다.

"얘들아." 선생님이 말씀하셨다.

"나 — 나는 —"

무엇인가가 선생님의 목을 메이게 했다. 말을 끝맺지 못했다.

그러자 칠판을 향하여 돌아서더니 분필 한 조각을 집어드시고 온 힘을 다하여 되도록 크게 쓰시는 것이었다.

'프랑스 만세!'

그러고는 벽에 머리를 기대고 한참 계시다가 말없이 우리에게 손짓으로 알렸다.

"끝났다 — 돌아가거라 —" ✲

---

7)삼종 기도: 매일 오전, 정오, 오후에 세 번 종을 칠 때마다 외우는 기도문.

▦ 작가소개 **알퐁스 도데(Alphonse Daubet ; 1840 ~1897)**

프랑스의 소설가, 극작가로 남프랑스의 니므에서 출생. 부친의 파산으로 리옹, 알레 등 각지를 전전하면서 괴로운 소년 시절을 보냈다. 1857년 형에 의지하여 파리로 상경하였으며, 이후 문학에 전념하였다. 그는 언제나 수첩을 가지고 다니면서, 현실을 직시하여 인상적인 것은 빠짐 없이 적어 두었다가 이를 소재로 하여 집필하였다고 하는데, 그는 당시의 자연주의 작가처럼 현실의 모습을 냉혹히 과학적 태도로 지켜보는 것이 아니라 괴로웠던 소년 시절의 경험을 살려, 자애의 눈으로 응시하고, 인정이 넘치는 그의 특유한 매력있는 작품을 만들고 있다. 따라서 객관적이며 섬세한 현실주의 속에 일견 모순되는 것 같은 시적 정서, 연민, 미소, 눈물, 유머 등이 용해된 사실주의 작품의 성향을 지니고 있다. 그는 문단적으로는 자연주의파에 속해 있지만, 편자들에 의해 오히려 인상주의자로 평가되었다.

주요 작품으로는 「월요 이야기」, 「아를르의 여인」, 「풍차 방앗간 편지」, 「타르타랭 드 타라스콩」 등이 있다.

▦ 작품해설

작가는 시인으로 데뷔했던 만큼 그의 소설도 본질적으로는 시적인 감수성과 상상력이 그 작품의 특징을 이룬다. 「마지막 수업」은 알사스 지방이 적군에 점령되어 마지막 수업을 하는 애닯고도 비참한, 그러면서도 자존심을 잃지 않으려는 애국심이 눈에 선하게 보이는 작품으로 〈월요 이야기〉에 들어 있는 작품이다. 〈월요 이야기〉는 알퐁스 도데가 보불 전쟁(1871)의 참화를 겪은 후 집필한, 나라와 이웃, 국토를 사랑하는 일이 무엇인가를 생각하게 하는 단편집이다.

세밀한 묘사와 더불어 풍부한 상상력과 시적인 정감이 물씬 느껴지는 도데의 단편들을 통해 근대 프랑스의 한 단면을 엿볼 수 있다.

▦ 읽고나서

문제 이 작품의 내용과 비슷한 시련이 한민족에게도 있었다. 언제인가?

- 일제 강점기, 조선어 말살정책을 실시할 때

문제 자국어의 중요성을 암시하는 문장을 아멜 선생님의 말에서 찾는다면?

- "한 민족이 노예 신세로 떨어졌을 때 제 나라 말을 잘 간직하고만 있다면 감옥의 열쇠를 쥐고 있는 거나 다름없다."

나 비

헤르만 헤세

여덟 살인가 아홉 살 때부터 나는 나비를 잡기 시작했다. 처음엔 별 관심도 없이 그저 다른 애들이 다 하니까 나도 해 보는 정도였다.

그런데 열 살쯤 된 두 번째 여름에 나는 완전히 이 놀이에 빠져서, 이 때문에 다른 일은 전혀 돌보지 않게 되었다. 그래서 주위에선 나에게 그런 짓을 못하도록 말리지 않으면 안 되겠다고까지 걱정을 하게 되었다.

나비잡기에 열중하면 학교의 수업 시간도, 점심도 잊어버리고, 탑시계가 우는 것도 귀에 들어오지 않았다.

학교를 쉬는 날은 빵 한쪽을 호주머니에 넣고는, 아침 일찍부터 밤늦게까지, 식사 때가 되어도 집에 가지 않고 뛰어다니곤 하였다.

지금은 아름다운 나비를 보면, 이따금 그 때의 열정[1]이 몸에 스미는 듯 느껴진다. 그럴 때면, 나는 잠시 어린이만이 느낄 수 있는 뭐라고 표현할 수 없는 황홀감에 사로잡힌다. 어린 시절에 처음으로 노랑나비를 찾아냈던 그 때의 기분을 그대로 느낄 수 있는 것이다.

또한 그럴 때면 어린 날의 무수[2]한 순간들이 홀연히[3] 떠오른다. 풀 향

1)열정(熱情): 열렬한 애정. 열중하는 마음.

기가 코를 찌르는 메마른 벌판의 찌는 듯한 무더운 낮과, 정원 속의 서늘한 아침과, 신비스런 숲 속의 저녁, 나는 마치 보물을 찾아 헤매는 사람처럼 포충망을 들고 나비를 노리는 것이었다.

그리하여 아리따운 나비를 발견하면 — 특별히 진귀한 것이 아니라도 좋다. 햇볕 아래 졸고 있는, 꽃 위에 앉아서 고운 빛깔의 날개를 호흡과 함께 파르르 떨고 있는 것을 보면 — 그것을 잡는 기쁨에 숨이 막힐 지경이 되어, 가만가만 다가섰다.

반짝이는 반점의 하나 하나, 날개 속에 드러난 맥줄의 하나하나가 눈에 뚜렷이 보이면, 그 긴장과 환희란 이루 다 말할 수가 없었다. 그 때의 그 미묘한 기쁨과 거센 욕망과의 교차를 그 뒤엔 자주 느낄 수 없었다.

부모님께서는 좋은 도구를 전혀 마련해 주시지 않았기 때문에 나는 잡은 나비들을 낡은 헌 종이 상자에 두는 수밖에 없었다. 병마개에서 뽑은 동그란 코르크를 밑바닥에 붙이고 그 위에 핀을 꽂는 것이었다.

이렇게 초라한 상자 속에다 나는 나의 보물을 간직했다. 처음 한동안 나는 이 수집물을 친구에게 즐겨 보여 주기도 하였으나, 친구들이 가진 도구는 대개 유리 뚜껑의 나무 상자에 푸른빛 가아제를 친 사육 상자와 그 밖의 사치스런 것들이므로, 내가 가진 유치한 설비를 더 자랑할 수가 없게 되었다. 뿐만 아니라, 아주 보기 드물고 센세이셔널[4] 한 나비가 손에 들어와도 남에게는 비밀로 하고, 내 누이들에게만 보여주곤 하였다.

어느 날 나는 우리 고장에서 보기 드문 푸른 날개의 나비를 잡았었다. 날개를 펴서 그것을 말린 다음에, 나는 하도 들뜨고 자랑스러워, 꼭 이웃집 아이에게만은 보여 주리라고 생각했다.

2)무수: 셀 수 없이 많은 수효.

3)홀연히: 뜻밖에 얼씬 나타나거나 사라지는 모양.

4)센세이셔널(Sensational): 선풍적인 인기의. 세상을 깜짝 놀라게 하는. 크게 물의를 일으키는. 눈부신. 두드러진.

그 아이는 뜰 건너편에 사는 교사의 아들이다. 이 소년은 흠을 잡을 수 없을 만큼 깜찍한 녀석으로, 아이로서는 어딘지 못마땅한 데가 없진 않았다.

그의 수집물은 그리 대단하지는 않았으나, 깨끗하고 섬세한 솜씨는 보석을 수집해 놓은 것 같았다. 게다가 그는 찢긴 헌 나비의 날개를 풀로 이어 붙이는, 남다른 어려운 기술이 있었다. 어쨌든 모든 점에서 모범적인 소년이었다. 그 때문에 나는 부러워하면서도, 내심 질투를 하고 있었다.

그에게 푸른 날개의 나비를 보였더니 무슨 전문가나 되는 듯이 그것을 세세히 보고 나더니, 신기한 것임을 인정하면서 10전짜리는 된다고 했다. 그러나, 한편 그는 트집을 잡기 시작하였다. 날개 편 방식이 나쁘다느니, 오른쪽 촉각[5]이 비틀어졌다느니, 제법 그럴 듯한 결함을 늘어놓았다.

나는 그러한 결점을 그다지 대단한 것이라고는 생각지 않았으나, 그의 혹평[6]으로 하여 내 푸른 날개의 나비에 대한 기쁨은 다분히 허물어지고 말았다. 그래서 나는, 두 번 다시 그에게 수집물을 보여주지 않았다.

이태가 지나서 우리는 꽤 머리가 굵은 소년이 되었는데, 그 때도 나의 나비잡기에 대한 열정은 변함이 없었다. 그 때, 이웃집 에밀이 점박이를 번데기에서 길러냈다는 소문이 퍼졌다. 나는 이 말을 듣고 대단히 흥분했다. 내가 아는 친구들 중에서는 아직 점박이를 잡은 사람이 없었다.

나 역시 내가 가진 낡은 책에서 그림으로 보았을 뿐이다. 나비 이름을 알면서도 아직 잡아보지 못한 것 중에서 나는 점박이를 어느 것보다도 가지고 싶어하였다. 몇 번이고 나는 책 속의 그림을 들여다보았다.

한 친구는 내게 이런 말을 하였다. 나무 둥지나 바위에 앉아 있는 이 갈색 나비는 새나 다른 짐승이 덤빌려고 하면 거무스름한 앞날개를 펼치고 아름다운 뒷날개를 드러내 보일 뿐인데, 그 빛나는 커다란 무늬가 매우 이

---

5)촉각(觸角): 대부분의 절지 동물의 두부에 있는 감각기.

6)혹평(酷評): 가혹하게 비평하는 일.

상한 모양을 나타내므로, 새는 겁을 먹고 함부로 덤비지 못한다고……

에밀이 이 이상한 나비를 가졌다는 소문을 듣고부터 나의 흥분은 절정에 이르러, 그것을 꼭 한번 보고 싶어 견딜 수 없었다.

나는 식사 뒤 틈을 이용해 곧 뜰을 건너서 이웃집 4층으로 올라갔다. 이 4층에 교사의 아들 에밀은 작으나마 제 방을 하나 차지하고 있었다. 그것이 내게는 얼마나 부러웠는지 모른다.

방으로 가는 도중에 나는 아무와도 만나지 않았다. 문을 두드려 보았지만 아무런 대답이 없었다. 에밀이 없는 모양이었다. 문의 손잡이를 돌려보니, 문은 그대로 열려 있었다. 어쨌든 실물을 한 번 보리라는 생각에 나는 안으로 발을 들여놓았다. 그리고, 에밀이 나비를 보관하는 두 개의 커다란 상자를 집어들었다. 어느 상자에도 점박이는 들어 있지 않았다.

그런데 문득 날개판에 물려져 있는지도 모른다는 생각이 들어 찾아보니 과연 생각한 바 그대로였다. 갈색 비로드 날개가 길쭉한 종이쪽 위에 펼쳐진 채 날개판에 걸려 있었다.

나는 그 앞에 허리를 굽히고, 털이 돋친 적갈색의 촉각과, 그지없이 아름다운 빛깔을 띤 날개의 선과, 밑날개 양쪽 선이 있는 양털 같은 털을 바로 곁에서 들여다볼 수 있었다. 그러나, 그 유명한 무늬가 종이쪽에 가려져 보이지 않았다. 가슴을 두근거리면서 나는 유혹에 끌려 종이쪽을 떼어내고, 꽂혀 있는 핀을 뽑았다. 그러자, 네 개의 커다란 무늬가 그림에서보다는 훨씬 더 아름답게, 훨씬 더 찬란하게 나의 눈앞에 드러났다.

이것을 본 나는, 이 보배를 내 손에 넣고 싶은, 견딜 수 없는 욕망으로 난생 처음 도둑질을 했다. 나비는 벌써 말라 있어서, 웬만큼 손을 대어도 형체가 일그러지지 않았다. 나는 그것을 손바닥 위에 받쳐들고 에밀의 방을 나왔다. 그 때는 어떤 커다란 만족감 이외에는 아무 생각도 없었다.

나비를 오른쪽 손에 감추고 층계를 내려섰다. 이 때였다. 아래쪽에서 위로 올라오는 발자국 소리가 났다.

이 순간, 나의 양심의 눈은 떠졌다. 나는 별안간, 내가 도둑질을 했다는 것과 비겁한 놈이란 것을 깨달았다. 그와 동시에, 들키면 어쩌나 하는 무서운 불안에 사로잡혀, 나는 본능적으로, 나비를 감추었던 손을 그대로 양복저고리 주머니 속에다 우겨 박았다. 그리고 천천히 발을 떼어놓았다. 그러면서 속으로, 안 될 일을 했다는 부끄러운 생각에 가슴이 서늘해졌다. 나는 뒤미처 올라온 하녀와 어물어물 엇갈려서 가슴이 두근거리고 이마에 땀을 흘린 채 침착을 잃어 벌벌 떨며 현관에 우뚝 섰다.

이 나비를 가져서는 안 된다. 될 수만 있으면 그전대로 돌려놓아야겠다. 나는 이런 생각으로 마음이 괴로웠다.

그리고 혹시 사람의 눈에 띄지나 않을까, 이 점을 가장 두려워하면서도 날쌔게 발을 돌려 층계를 뛰어올라, 1분 후에는 다시 에밀의 방 가운데 자신이 서 있는 것을 알게 되었다.

나는 주머니에서 손을 뽑아 나비를 책상 위에다 꺼내놓았다. 나는 그것을 보기 전에 벌써 어떤 불행한 일이 생겼다는 것쯤은 미리 짐작했었다. 그저 울고 싶은 생각뿐이었다. 아니나 다를까, 점박이는 보기 싫게 망가져서 앞날개 하나의 촉각 한 개가 떨어져 버렸다. 떨어진 날개를 조심스레 주머니 속에서 끄집어내려고 하니까, 그나마 산산이 부서져서 이제는 이어 붙일 수조차 없게 되었다.

도둑질을 했다는 생각보다도, 그 아름답고 찬란한 나비를 내 손으로 망가뜨렸다는 것이 나로서는 더 괴로운 일이었다. 날개에 있는 갈색 분이 온통 나의 손끝에 묻은 것을 보았다. 그리고 또 산산이 부서진 날개가 책상 위에 이리저리 흩어진 것도. 그것을 완전하게 원형대로 고쳐놓을 수만 있다면, 나는 그 대신 내가 가진 어떤 물건도 기꺼이 버릴 수 있었을 것이다.

우울한 생각으로 가득 차 집에 돌아온 나는 하루 종일 좁은 뜰 안에 주저

앉아 있었다. 그러다가 마침내 나는 용기를 내어, 모든 일을 어머니에게 말씀드리고 말았다. 어머니는 놀라움과 슬픔에 어쩔 줄 몰라 하였다.

그리고, 이 나의 고백이, 그대로 벌을 받는 일보다 나 자신으로서는 몇 배 더 괴로운 사실이란 것도 넉넉히 짐작하시는 눈치였다.

"너는 지금 곧 에밀에게 가야 한다." 어머니는 한마디로 잘라 말했다.

"에밀을 찾아가서 사실을 고백하고 용서를 빌어라. 그것밖에는 다른 길이 없다. 네가 가진 것 중에서 하나를 대신 바꾸자고 말해보렴. 그리고, 용서를 빌어야지."

만일 모범 소년인 에밀이 아니고 다른 친구였다면, 나는 용서를 비는 것쯤 서슴지 않았을 것이다. 그가 나의 고백을 이해해 준다거나 나의 사과를 받아주지 않을 것을 나는 미리부터 잘 알고 있었다.

그럭저럭 밤이 되었으나 나는 그 때까지도 그를 찾아갈 용기를 얻지 못한 채 주저하고만 있었다. 어머니는 내가 뜰에 있는 것을 보고 나직한 소리로 말하였다.

"오늘 중으로 갔다 와야 해. 지금 곧 가."

나는 에밀을 찾아갔다. 그는 나를 만나자 곧 점박이에 관한 말을 꺼냈다. 누가 그랬는지 점박이를 아주 못쓰게 만들어 놓았다고 하면서, 사람의 소행[7]인지 혹은 고양이가 그랬는지 알 수 없는 일이라 하였다. 나는 좀 보자고 했다. 두 사람은 방으로 올라갔다. 그는 촛불을 켰다. 못쓰게 된 그 나비가 날개판 위에 올려져 있었다. 에밀이 그 날개를 손질하느라고 무척 고심[8]한 흔적이 역력히 보였다. 그는 부서진 날개를 정성껏 주워 모아서 작은 압지 위에 펴놓았다. 그러나, 그것은 도저히 원래 모양으로 바로잡힐 가망이 없었다. 촉각도 떨어진 그대로이다.

7)소행(所行): 이미 행한 짓.

8)고심(苦心): 마음과 힘을 다하여 애씀.

나는 그제서야 그것이 나의 소행인 것을 밝혔다. 그랬더니, 에밀은 격분한다거나 큰소리로 꾸짖지 않고, 혀를 차며 한동안 나를 지켜보다가, 나직한 소리로 말하였다.

"알았어. 말하자면 너는 그런 자식이란 말이지."

나는 그에게 내 장난감을 모두 주겠다고 하였다. 그래도 그는 듣지 않고 냉담하게 도사리고 앉아, 여전히 나를 비웃는 눈으로 지켜보고만 있으므로, 이번에는 내가 수집한 나비의 전부를 주겠다고 하였다.

"그럴 필요 없어. 나는 네가 모은 것이 어떤 것인지 잘 알고 있어. 게다가 오늘은 네가 나비를 다루는 태도가 어느 정도인지 알 만큼은 알았어."

그 순간, 나는 녀석의 멱살을 움켜쥐고 늘어지고 싶었다.

이제는 아무런 도리가 없음을 알았다. 나는 아주 나쁜 놈으로 결정이 나고 에밀은 천하에 정직한 사람이 되어, 정의를 방패삼이 냉정하고 모멸[9)]적인 태도로 내 앞에 버티는 것이다.

그는 욕설을 늘어놓지도 않았다. 다만 나를 경멸[10)]할 따름이었다.

그 때 나는 비로소, 이미 한 번 저지른 일은 어떻게도 바로잡을 도리가 없다는 것을 깨달았다.

나는 그 자리를 물러섰다. 경과를 물어보려고도 하지 않고, 나에게 키스만을 하고 내버려 두는 어머니가 고마웠다. 어머니는 나더러 그만 잠자리에 들라고 하였다. 여느 날보다는 시간이 늦어진 편이기는 하였다.

나는 가만히 식당으로 가서, 갈색으로 된 두껍고 커다란 종이 상자를 찾아가지고 와서 침대 위에 올려놓고, 어둠 속에서 뚜껑을 열었다.

그리고 그 속에 든 나비들을 하나하나 끄집어내어 손끝으로 비벼서 못쓰게 가루를 내어버렸다. ✻

---

9)모멸(侮蔑): 멸시하고 낮추어 봄.

10)경멸(輕蔑): 업신여김.

▦ 작가소개 **헤르만 헤세(Herman Hesse ; 1877 ~ 1962)**

독일의 시인이며 소설가로 토마스 만과 함께 독일 최대 작가로 불리며, 20세기 독일의 양심을 대표하는 지성으로 꼽힌다. 22세 때 첫 시집을 냈으나 별로 주목을 받지 못하다가, 27세 때 소설 「향수」로 일약 문명을 떨치게 된다. 그는 복고주의적 서정성이 짙은 독일 신낭만파적 경향의 작품을 썼으나, 1차 세계대전을 겪으면서 깊은 사고와 고뇌가 곁들여진 내면 세계를 탐구하는 작품으로 바뀌어졌다. 1,2차 세계대전 당시 순수한 휴머니스트의 입장에서 반전의 대열에 섰으며, 나찌의 박해가 심해지자 스위스로 귀화했다. 1946년에는 노벨 문학상과 괴테상을 받았다.

자연과 인간을 사랑하고 방랑과 자유를 만끽하는 서정적인 문학으로 출발한 헤세는, 신로맨티시즘 문학의 완성자로서 추앙받고 있다. 그의 작품의 진가는 체험과 생활을 아름답고 원숙한 필치로 조형화시켜 자연을 배경으로 하는 평화스런 생활을 동경하고, 내면적 변화와 성장을 깊은 관찰을 통해서 표현하는 데 있다.

주요 작품으로 「데미안」, 「수레바퀴 아래서」, 「유리알 유희」,「청춘 시집」 등이 있다.

▦ 작품해설

작품에 등장하는 인물은 단지 셋으로 나비잡기에 열중하다 결국 에밀이 가지고 있는 점박이 나비를 훔치게 되는 '나'와 두 번이나 '나'의 자존심을 상하게 하는 모범적인 에밀, 그리고 '나'의 잘못을 깨닫게 해 주는 그의 어머니가 전부이다. 잘못을 시인하는 '나'에게 에밀은 그저 "알았어. 말하자면 너는 그런 자식이란 말이지."로 비웃으며 심지어 나비에 대한 성의가 없다는 것으로 '나'의 자존심마저 짓이기고 만다. 어린 시절을 회상하며 쓴 작품으로 사람의 욕심이 어떻게 과오를 저지르게 하는지, 그 과오가 자존심을 가지고 사는 사람의 일을 어떻게 가로막는지를 깨닫게 하는 작품이다. 헤세의 작품 밑바닥에는 분열 · 대립의 기초 위에 세워진 유럽 문화에 대한 몰락 의식과 동양적 신비에 대한 동경이 주조를 이루고 있다.

▦ 읽고나서

문제 이 작품의 교훈을 한국 속담으로 말한다면?

- 엎질러진 물은 다시 주워 담지 못한다.

문제 '나'의 자존심이 상했다는 것을 보이는 대표적인 예는?

-자신이 소중하게 여기던 나비들을 하나하나 꺼집어내어 못쓰게 가루를 내어버렸다는 것

뚱뚱한 신사

워싱턴 어빙

우울한 11월, 어느 비오는 날이었다. 여행 도중에 몸의 상태가 약간 좋지 못하여 길을 멈추고 있었던 것이지만 그 병도 거의 나아갔다. 하지만 아직 열이 좀 오르는 것 같아서 다비라는 조그마한 읍의 한 여관에서 하루 종일 갇혀 있지 않으면 안 되었다.

시골 여관의 비오는 일요일!

똑같은 경험을 해보지 않은 사람이라면 도저히 내 처지를 이해할 수 없을 것이다. 비가 후두둑 창문을 들이치고 있었다. 교회의 종소리가 서글프게 울려왔다. 눈요기[1]할 만한 것이 없을까 하고 창가에 다가갔지만 가까운 데에는 위안이 될 만한 것이 전혀 있을 것 같지 않았다. 침실 창 밖에는 기와지붕과 굴뚝이 가까이에 있고 거실의 창으로는 마구간 앞의 공터가 훤히 보였다. 세상에서 비오는 날의 마구간 앞마당처럼 지긋지긋한 것이 또 있을까. 그곳에는 나그네와 마부들이 흩어놓은 젖은 지푸라기들이 너저분했다. 한쪽 구석에는 가축의 똥이 섬처럼 쌓여 있고 그 주변에 샛노랗게 물이 고여 있었다. 짐수레 아래에는 흠뻑 젖은 몇 마리의 닭이 있었는데, 그

1)눈요기: 보는 것만으로도 어느 정도 만족하는 일.

가운데 벼슬을 척 늘어뜨린 가련한 수탉이 한 마리 끼여 있었다. 산 것 같지도 않게 흠뻑 젖어 축 늘어진 꼬리기 달라붙어 깃은 하나처럼 되었고 잔등에서 그 꼬리를 따라 물이 뚝뚝 흘러내렸다. 짐수레 곁에는 꾸벅꾸벅 조는 듯한 젖소가 우물거리고 반추[2]하면서 끈기있게 비를 맞으며 서 있고 등에선 무럭무럭 김이 나고 있었다. 허옇게 흐린 눈을 한 말은 쓸쓸한 마구간에 질력[3]이 났는지 긴 목을 창문으로 귀신처럼 내놓고 있었는데 추녀에서 빗물이 뚝뚝 그 목에 떨어지는 것이었다. 바로 그 옆에 강아지 집이 있고 거기에 묶인 가련한 똥개가 이따금 짖는 것도 아니고 깽깽 우는 것도 아닌 소리를 내고 있었다.

타락한 여자 같은 식모는 파텐[4]을 신은 발로 무겁게, 마치 오늘의 날씨처럼 찌푸린 얼굴을 하고 마구간 앞마당을 왔다갔다 했다. 요컨대 하나서부터 열까지 모두가 무미 건조하고 쓸쓸하고 다만 오리떼만이 아랑곳하지 않고 다정한 술친구처럼 웅덩이 둘레에 모여서 그 술을 둘러싸고 시끄럽게 지껄여댈 뿐이었다.

외톨이가 된 나는 맥이 풀려 뭐든지 마음을 위로해 줄 것이 있었으면 하였다. 도저히 방에서는 견딜 수 없게 되자, 그곳을 빠져나와서는 '장돌뱅이 방' 이라는 특별한 이름으로 불리우는 방을 찾아갔다. 그것은 흔히 어느 여인숙에서나 장돌뱅이라든가 세일즈맨 같은 여행자 — 즉 이륜 마차나 말이나 합승 마차를 타고 줄곧 온 지방을 두루 돌아다니는 돈벌이의 무사 수행자들을 받아들이기 위하여 특별히 마련한 공용 방이었다. 그들은 내가 아는 바로서는 옛날의 무사 수행자들의 오늘날의 유일한 후계자이다. 창을 채찍으로 바꾸고, 방패를 상품 견본표로 바꾸고, 갑옷을 외투로 바꾸었을

2)반추(反芻): 한 번 삼킨 먹이를 게워내어 되씹는 일.

3)질력나다: 사물에 질리어 싫증나다.

4)파텐: 나무로 만든 신바닥에 쇠를 단 일종의 오버슈즈.

뿐, 그들은 옛날과 똑같이 모험투성이의 편력적 생활을 보낸다. 어느 누구도 견주지 못할 미녀를 수호하는 대신에 그들은 여러 나라를 편력하면서 어느 부자나 제조업자의 명성을 넓히고 그들을 대신해서 언제나 기꺼이 거래를 한다. 지금은 싸움이 아니라 거래가 시대의 유행으로 되었기 때문이다. 옛날같이 걸핏하면 싸우는 시대라면 여인숙의 방은 밤이 되면 갑옷이나 청룡도나 얼굴만을 내놓는 투구 따위, 여행에 지친 무사들의 갑주류가 즐비하게 방 주위에 걸렸었겠지만, 이 '장돌뱅이 방'은 두터운 나사 외투, 여러 가지의 채찍과 박차[5), 각반[6), 기름 헝겊으로 싼 모자 등등 무사 수행자의 후계자들 차림새로 장식되어 있다. 나는 이러한 분들 중에 말 상대가 돼 줄 만한 훌륭한 분을 누구든 만나 보았으면 했던 것인데 기대는 어긋나고 말았다. 방에는 두세 사람이 있긴 했지만 별수가 없었다. 한 사람은 마침 아침 식사를 끝내려던 참이라 버터와 빵을 정신 없이 먹으면서 급사를 나무라고 있고, 한 사람은 각반의 단추를 채우면서 구두를 잘 닦지 않았다고 여인숙의 구두닦이에게 마구 욕지거리를 하고 있었다. 또 한 사람은 앉아서 손가락으로 식탁을 마냥 두들기면서 유리창에 흐르는 비를 바라보고 있는 것이었다. 모두들 한마디의 말도 주고받지 않은 채, 연이어 방을 나가 버리고 말았다.

나는 맥없이 창가에 가서, 모두가 아랫도리를 무릎까지 걷어 올리고 우산에서 물방울을 튕기며 교회로 정신 없이 가고 있는 것을 보았다. 교회의 종소리가 그쳐 거리는 조용했다.

나는 곧 맞은편 상점의 딸들을 보면서 눈요기를 할 수 있었다. 딸들은 나들이옷이 젖을까봐 집을 나가지 않고 여인숙에 숙박하는 손님들의 마음을

5)박차(拍車): 승마 구두의 뒤축에 댄 쇠로 만든 물건.
끝에 톱니바퀴가 달려 있어 말의 배를 차서 빨리 달리게 하는데 씀.
6)각반(脚絆): 걸음을 걸을 때 가볍고 단출하게 하려고 다리에 감은 헝겊 띠.

끌려고 앞의 창에서 아름다운 모습을 내보이는 것이었다. 하지만 감시가 심한 어머니가 못마땅한 얼굴을 하고 딸들을 불러들였는지 또다시 나는 바깥에서 아무런 즐거움도 찾을 수 없게 되었다.

이 기나긴 낮을 뭘하며 지낼까 하고 나는 몹시 속상했고 쓸쓸했다. 거기에다 여인숙에서 보이는 것으로 말하자면 모두가 다 지루한 하루를 10배도 더 지루하게 만드는 모양이었다. 맥주와 담배연기 냄새가 풍기는, 벌써 대여섯 번 되풀이 읽은 오랜 신문, 비보다도 더 못 견딜 아무 짝에도 소용이 없는 책들, 나는 옛날 잡지 〈부인의 벗〉을 손에 들고 속이 상해 죽을 지경이었다. 유리창에 휘갈겨 쓴 기운찬 장돌뱅이들의 흔해빠진 이름을 몽땅 읽었다. 스미스 가, 브라운 가, 잭슨 가, 존슨 가 등등 조금도 변하지 않는 틀에 박힌 가족이나 그 외의 별의별 자손의 이름, 여태까지 여기저기에서 마주친 듯한 넌덜머리가 나는 여인숙 창에 낙서한 시 몇 줄도 나는 판독할 수 있었다.

그날은 우울하고 험악한 대로 지나갔다. 군데군데 찢긴 뜬구름이 느릿느릿 떠내려갔다. 내리는 비조차 아무런 변화가 없었다. 단조롭고 지루하게 주룩주룩 끊임없이 내리고 있었다. 기껏 어쩌다 지나가는 사람의 우산을 툭툭 때리는 빗방울 소리에 나는 이따금 시원스런 소낙비를 연상하고 기분이 개운해지는 것이 고작이었다.

정오가 지날 무렵 경적이 울리고 역마차가 큰 거리를 달려오는 것을 보았을 때는 정말 가슴이 후련해 지는 기분이 들었다. 차 밖으로 나온 승객들은 무명 우산을 쓰고 옷이 쭈글쭈글 구겨졌고 비에 젖은 두터운 나사 외투나 반외투에서는 김이 오르고 있었다.

이 소리를 듣고 근방을 기웃거리던 소년들의 떼거리, 똥강아지들, 빨강머리의 마부, 구두닦이, 그 밖에 여인숙 일대에서 뜯어먹고 사는 부랑자들이 그들의 은둔지에서 우르르 몰려나왔다. 그러나 이 소동도 잠시였다. 역마차는 다시 급히 가버리고 소년도, 개도, 마부도 구두닦이도 모두 본 소굴로 슬슬 되돌아갔다. 또다시 조용해진 거리, 비는 여전히 내리고 있었다. 도저히 개일 것 같은 기미는 보이지 않았다. 청우계[7]는 우천을 가리켰다. 여인숙 안주인이 기르고 있는 고양이는 불 옆에 쭈그리고 앉아서 얼굴을 비비고 그 손으로 귀를 긁고 있었다.

달력에는 끔찍한 예보가 위에서 아래까지 한 달 동안 계속이었다.

'이 — 즈음 — 비 — 많음!'

나는 기가 막혔다. 시간이 가는 것 같지 않았다. 기둥시계의 뚝딱 소리조차 권태로웠다. 그러나 급기야 벨소리가 울려와서 이 여인숙의 정적은 깨졌다. 이어 여인숙 주방에서 급사의 소리가 들렸다.

"13번의 뚱뚱한 분이 아침을 드십니다. 차, 버터와 빵, 그리고 햄과 계란이에요, 계란은 너무 삶지 않도록."

나는 자유로운 상태에서는 어떤 일이라도 중대해진다. 이것으로 머리를 써서 생각할 문제가 제출된 것이며 생각나는 대로 상상을 전개할 수 있었다. 나는 혼자서 여러 가지를 마음 속으로 그려보기를 좋아하는 성격이지만, 이 경우 마음 속에서 그릴 만한 재료가 부여된 셈이었다. 위층의 손님이 스미스 씨라든가 브라운 씨, 잭슨 씨, 존슨 씨 혹은 단지 '13번' 이라고만 불리웠던들 전혀 상상의 실마리를 잡지 못할 말이었는지 모른다. 그에 대해서는 아무 것도 생각지 않았을 것이다. 그런데 '뚱뚱한 분!' 이 호칭에는 뭔가 눈에 떠오르는 것이 있다. 곧 체격을 짐작한다. 그 인물을 내 마음의 눈에 뚜렷하게 보이게 하고, 그 뒤로는 넉넉히 상상하게 해 주었다. 그 사나이는 뚱뚱하다고 했지만 다른 표현으로는 육중하다고 할 수 있을는지 모른다. 그러니까 아마도 상당히 나이가 들었는지 모른다. 나이가 들어서 점점 살쪄가는 사람도 적지 않으니까. 느지막이 아침을, 더구나 자기 방에

7) 청우계(晴雨計) : 기상 관측에 쓰이는 기압계.

서 먹는 것으로 미루어, 하고픈 대로 살고 아침 일찍 일어나지 않아도 되는 신분일 것 같았다. 틀림없이 뚱뚱하고 얼굴이 붉고 육중한 노인일 것이다.

벨이 요란하게 울리는 소리가 또 들렸다. 뚱뚱하게 생긴 신사가 아침밥을 재촉하는 모양이었다. 상당한 신분의 사람임에 틀림없다. '이 세상에 어떤 억압도 받지 않는' 신분일 것이다. 언제나 그의 치다꺼리[8]는 금세 누군가가 해주겠지. 식욕이 왕성한 공복이면 다소 기분이 언짢아지고.

'혹시 어느 런던의 시참사회원일지도 모르고 혹은 하원 의원일지도 모르지' 하고 나는 생각하였다. 아침 식사를 위로 가져가고 잠시 조용했었다. 신사는 차를 마시는가 보다. 또 요란스레 벨이 울렸다. 그에 대답할 겨를도 없이 다시 벨소리가 요란했다. '웬일일까! 굉장히 악쓰는 노인인가 보군!' 급사가 잔뜩 성이 나서 내려왔다. 버터에서 썩은 냄새가 난다, 계란을 너무 익혔다, 햄이 짜다는 등. 뚱뚱한 신사는 확실히 음식에 대해 까다로운 편이다. 먹고는 고래고래 소리치고 급사를 못살게 심부름 시키고 집안 사람들과는 응얼대며 사는 그런 사람인가 보다.

안주인이 잔뜩 화가 났다. 그녀는 팔팔한, 색정[9]적인 여자라고나 할까, 잔소리가 좀 심하고 채신머리[10]가 없어 보이기는 하나 꽤 예쁘기는 한 편이다. 잔소리가 심한 여자는 흔히 그런 법이듯 남편은 반편이였다.

그녀는 그 좋지 못한 아침 식사를 2층으로 보냈다고 고용인들을 몹시 나무랐지만 뚱뚱한 신사에 대해서는 아무런 군소리도 하지 않았다. 그런 점으로 봐서 그 신사는 틀림없이 상당한 신분의 사람으로서 시골 여인숙에서 떠들썩하게 폐를 끼쳐도 그다지 거리낄 것이 없다는 것을 넉넉히 짐작할 수 있었다. 새로 계란과 햄, 버터와 빵을 위로 가져갔다. 이번에는 그런대

---

8)치다꺼리: 남을 도와서 바라지해 주는 일. 일을 치러내는 것.

9)색정(色情): 남여간의 정욕. 색욕.

10)채신머리 없다: 처신을 얕잡아 쓴 말로 언행이 경솔하고 위신이 없어 꼴이 매우 언짢다.

로 기분 좋게 받아들인 모양이었다. 그 이상 잔소리가 없었다.

내가 장돌뱅이 방을 채 몇 번밖에 왔다갔다 하지 않은 사이에 또 벨이 울렸다. 그러자 곧 집 안을 샅샅이 뒤지느라 부산스러워 졌다. 뚱뚱한 신사께서 '타임스' 나 '크로니클' 신문을 읽겠다는 분부였다. 그렇다면 호이크 당(黨)이군, 하고 나는 단정했다. 그렇지 않고, 핑계만 있으면 제 멋대로 행패를 부리는 것으로 보아 이건 혹시 급진파인지도 모른다고 생각했다. 헌트[11]는 걸때[12]가 굵다더니 '바로 그 헌트 당자가 아닐까!' 하고 생각했다.

나는 호기심이 나기 시작했다. 아까부터 그토록 떠들어대는 그 뚱뚱한 신사란 도대체 누구냐고 나는 급사에게 물었으나 아무 것도 가르쳐 주는 것이 없었다. 아무도 그의 이름을 아는 것 같지 않았다. 여인숙의 분주한 주인이라는 사람은 잠깐 머물다 가는 손님의 이름이나 직업에 대해서 그다지 머리를 쓰는 일이 드물다. 옷의 색깔과 몸차림만으로도 충분히 나그네로서의 그 이름을 만들어 낼 수 있는 것이다. 키 큰 신사이기도 하고 혹은 키 작은 신사이기도 하며, 검은 옷을 입은 신사, 다색 옷의 신사, 때로는 지금의 경우처럼 뚱뚱한 신사로도 되는 것이다. 이러한 이름이 일단 생각나서 지어지면 그것으로써 어떠한 경우에도 쓰이고 그 이상 아무 것도 묻지 않아도 된다.

비! 비! 비! 인정 사정 없는, 그칠 줄 모르는 비! 집 밖으로는 발 내디딜 엄두도 안 나고 집 안에서는 또한 아무런 위로가 될 만한 것이 없었다. 이윽고 그 동안에 머리 위에서 누군가 걸어가는 소리가 들려왔다.

뚱뚱하게 살찐 신사의 방이었다. 그 발자국 소리의 육중함으로 보아 반드시 큰 몸집의 사람이었다. 그리고 삐걱대는 구두창을 댄 것을 보니 늙은

11)헌트: 리 헌트, 영국의 수필가(1784~1859년. 급진파로서 영웅시되었다).
12)걸때: 사람의 몸피의 크기.

이일 것 같았다. 나는 추측했다. '이 사람은 꼭 규칙적인 습관의 구식 부자 노인이며 지금 식사 후의 운동을 하고 있는가 보다' 라고.

나는 이번에는 난로 위 선반 둘레에 붙어 있는 합승 마차, 여관 따위의 광고를 모조리 읽었다. 〈부인의 벗〉은 더 참을 수 없었던 것이다. 어떻게 해야 좋을지 모른 채 나는 급히 방을 나와서 다시 내 방으로 올라갔다. 방에 돌아와서 얼마나 되었을까. 이웃 침실에서 폭풍이 일어났다. 문이 열리자 다시 쾅 닫혔다. 혈색이 좋고 명랑한 얼굴이어서 눈을 끌게 한 여급이 몹시 낭패한 꼴로 아래로 내려갔다. 뚱뚱한 신사가 무언가 난폭한 말을 그녀에게 한 것이다!

이로써 지금까지 내가 했던 대충 짐작은 완전히 뒤집혀지고 말았다. 이 미지의 인물은 아마도 노신사는 아닌 모양이었다. 노신사란 여급에게 난폭하게 소리를 지르지 않는 법이다. 그렇다고 젊은 신사도 아닌 것 같았다. 젊은 신사라는 것은 상대방을 그렇게까지 화나게 하지를 않는다. 그러니까 반드시 중년배임에 틀림없다. 그리고 반드시 추남이다. 그렇지 않으면 여급도 저편의 이야기에 그토록 심하게 성내지 않았을 것이다. 도시, 나는 전혀 까닭을 알 수 없었다.

잠시 후, 여인숙 안주인의 소리가 귀에 들렸다. 그녀가 퉁탕퉁탕 2층으로 올라오는 모습이 얼핏 보였다. 얼굴에 열을 띠고 모자를 흔들면서 연방 입을 움직이고 가만히 두지를 않았다.

"이 지붕 밑에선 절대 그런 짓은 못하게 하지. 설령 손님이 아무리 돈을 잘 뿌려도 이 집에선 어림도 없지. 우리 집 여급이 일하고 있는데 그렇게 취급되기는 싫으니까. 이런 건 아주 질색이야."

나는 본시 싸움은 싫어했고 특히 여자, 그 중에도 미녀가 상대라면 더욱 어쩔 줄 모르는 터라, 몰래 내 방으로 돌아와서 문을 반쯤 닫아버렸다. 그러나 호기심 때문에 귀를 기울이지 않을 수 없었다. 안주인은 조금도 굽히는 기색 없이 적의 보루[13]로 뛰어들어갔다. 들어가자 문을 꽝 닫았다. 한동안 닦아세우는 소리가 들렸다. 그러자 차츰 그 소리는 다락방의 돌풍처럼 누그러졌다. 이어 웃음소리가 들리고 그 이상은 아무 것도 들리지 않았다.

잠시 후 안주인은 약간 비뚤어진 모자를 바로하면서 그 얼굴에 이상한 웃음을 띠고 방에서 나왔다. 아래층으로 내려가자 바깥 주인이 어찌된 영문인가 묻는 것이 들렸다. 안주인은 '아무 것도 아니예요. 그 애가 바보예요' 라는 대답이었다. 나는 성질 좋은 여급을 그토록 성내게 하고 잔소리가 심한 안주인을 싱글벙글하게 하는 불가해[14]한 인물을 어떻게 생각해야 할지 점점 더 알 수 없었다. 이 사나이는 필연 늙은이도, 심술꾼도 아닐 것 같았다.

나는 이 사나이의 화상[15]을 다시 한 번 고쳐서 아주 다르게 그리지 않으면 안 되었다. 그래서 나는 이 사나이를 시골 여인숙 대문에서 흔히 보는 배를 불쑥 내민 뚱뚱한 신사의 한 사람으로 생각했다. 얼룩 염색을 한 목도리를 두르고 맥주 탓으로 다소 얼굴이 불그레하고 진득진득한 인상의 사람. 세상의 안팎을 두루 보아 술집 분위기에도 익숙해서 좀체로 급사에게도 속지 않고 악랄한 술집 주인의 술법을 잘 아는 '하이게이트의 맹세' [16]를 한 그러한 사나이다. 다소 식도락을 즐기는 편으로 1기니 정도의 돈쯤은 뿌리기도 하고, 어느 급사라도 불러내어 여급을 마음대로 다루며 카운터 옆에서 마담과 쑥덕거리기도 하고, 식후의 1파운드의 붉은 포도주나 니가스 주[17] 한 잔으로 말이 많아지는 말하자면 그러한 사람이다.

대개 이러한 추측을 하고 있는 동안에 오전은 지나가 버렸다. 어떤 하나

13)보루: 적의 접근을 막기 위하여 돌 · 흙 · 콘크리트 등으로 만든 견고한 구축물.

14)불가해(不可解): 이해할 수 없는.

15)화상(畵像): 사람의 얼굴을 그림으로 그린 형상.

16)하이게이트의 맹세: 옛날 런던의 하이게이트 술법에서 유행한 장난 같은 맹세, '여주인에게 키스하는 경우는 여급에게 키스하지 않는다' 는 등등.

의 확신을 종합하기가 바쁘게 무언지 까닭 모를 그 무엇이 나타나서 그것을 부숴 버려, 나는 또 어떻게 생각해야 좋을지 분간을 못한다. 열이 오른 머리로 혼자서 이것저것 생각하다 보면 그만 그렇게 돼 버리고 만다. 아직 얼굴조차 보지도 못한 인물에 대해서 이러쿵저러쿵 생각하다 보니 나는 점점 이상해졌다. 가만히 있을 수 없는 초조에서 우러나온 발작이었던 것이다.

식사 때가 왔다. 뚱뚱한 신사가 '장돌뱅이 방'에서 식사를 한다면 그제사 그 모습을 볼 수 있겠지, 하고 나는 기대했지만 그 기대는 어긋나고 말았다. 신사는 자기 방으로 식사를 나르게 하였던 것이다. 그렇게 혼자만 있고 싶어 하면서 불가해한 태도를 취하는 까닭은 도대체 무엇일까? 이건 아무래도 급진파일 리는 없다. 세상 사람들과 이렇게 사귀기 싫어하고 비오는 하루 종일을 할 일 없이 혼자 있다는 것은 너무나도 귀족적이다. 더구나 불만을 품은 정치가로서는 사치스런 생활이다. 갖가지 음식에 대해서 이러니저러니 까다롭게 굴고 사치스런 생활을 찬미하는 사람처럼 술잔만 기울인다. 그러나 이 점, 내가 품고 있던 의혹은 곧 풀렸다. 그것은 최초의 한 병을 아직 비우지 않았으려니 하고 생각할 때, 한가락 노랫소리가 희미하게 들렸다, 나는 귀를 기울였다. 그것은 '신이여, 우리 국왕을 보호하옵소서' 하는 영국 국가였다. 이렇다면 급진파가 아니라 충성스런 시민임이 분명하다. 술잔을 기울이며 충성심이 우러나고, 달리 고수[18] 할 것이 없는 경우라도 기꺼이 왕과 헌법만은 고수할 인간인 것이다.

그러나 도대체 어떤 사람일까? 나는 엉뚱한 억측을 하기 시작했다. 어느 암행하는 귀한 사람이 아닐까. '천만에 그럴 리야!' 하고 생각다 못해 중얼댔다.

---

17)니가스 주: 포도주, 온수, 설탕, 향료를 섞은 음료.

18)고수(固守): 굳게 지킴.

'혹시 왕실 사람인지도 모르지. 아무튼 그 사람은 뚱뚱하다니까.'

날씨는 여전했다. 이상한 미지의 인물은 방에 틀어박힌 채, 내가 알기로는, 의자에 앉은 채인 것 같았다. 왜냐하면 움직이는 기미가 들리지 않았기 때문이었다. 그러는 사이에 시간이 가고 '장돌뱅이 방'에는 사람들이 모이기 시작했다. 방금 도착한 사람들 중에는 두터운 나사 외투의 단추를 낀 채 있는 사람도 있었다. 또 여기저기 도시에 갔다가 돌아온 사람도 있었다. 어떤 사람은 식사를 하고 어떤 사람은 차를 마셨다. 나는 만일 오늘, 지금 같은 기분이 아니었더라면 이러한 여러 사람들을 자세히 관찰했을지도 모른다. 그 중에는 여행하는 진짜 장난꾸러기가 둘이 있어서 나그네에게 정해져 있는 갖가지 농담을 마구 지껄이고 있었다. 루이자라든가 에세린다라든가 그 외에도 대여섯 가지 귀여운 이름을 불러대면서 여급에게 여러 가지를 암시하다가는 자기 농담에 자기가 히죽이 웃는 것이었다.

그러나 나의 머리는 뚱뚱한 신사일로 가득하였다. 기나긴 하루를 내내 이 신사를 대상으로 상상의 나래를 펴오다가 이제는 그 짓을 그만둘 수도 없게 되었다.

차츰 밤이 깊어갔다. 나그네들은 신문을 두세 번 거듭 읽었다. 불 주변에 모여서 말 이야기나 갖가지 경험담이나 실패담을 계속 늘어놓는 사람도 있었다. 두 장난꾸러기는 예쁜 여급 이야기, 친절한 여관집 안주인 이야기까지 도맡아서 숱한 이야기를 하였다. 이러한 이야기들은 그들의 소위 나이트캡 말하자면 물과 설탕을 가한 브랜디라든가 그렇지 않으면 그러한 종류 외의 혼합주 등 독한 술잔을 조용히 비우는 동안에 계속되었다.

그것이 끝나자 그들은 차례로 벨을 울려서 슈샤인이나 여급을 불러대고, 불편해진 헌 신발을 개조한 슬리퍼를 끌면서 잠자리로 돌아갔다.

나중에는 한 사람밖에 남지 않았다. 그 사람은 다리가 짧고 허리가 긴, 다혈증[19]의 사나이로서 엷은 갈색 머리에 머리통이 컸다. 붉은 포도주가

든 니가스 컵에 스푼을 꽂은 채 그 컵을 손에 들고 단지 혼자서 앉아 있는 것이었다. 한 모금 마시고는 젓고 곰곰이 생각하다가는 다시 한 모금 마셔서 마침내 스푼밖에 남지 않았다. 빈 컵을 앞에 둔 채 이 사나이는 의자에 몸을 곧바로 하고 차츰 잠들고 말았다. 그러자 촛불도 졸음이 오는 듯이 보였다. 촛불 심지가 길어져서 검어지고 끝이 돌돌 말려 방 안에 그나마 남아 있던 빛이 더욱 어두워진 것이다. 이렇게 퍼진 어둠이 모든 것을 휩쓸어 갔다. 이미 방을 나가 벌써 잠이 들었을 나그네들의 두터운 나사 외투가 귀신같이 후줄근히 방의 사방 벽에 걸려 있었다.

다만 기둥시계의 시간을 알리는 소리에 섞인 잠든 술꾼들의 코고는 소리와 집 추녀에서 뚝뚝 떨어지는 빗방울 소리가 들릴 뿐이었다.

한밤중이 되자 몇몇 교회의 종소리가 엇갈려 들려왔다. 갑자기 머리 위에서 뚱뚱한 신사가 왔다갔다 하기 시작했다. 어쩐지 무서운 생각이 들었다. 나처럼 신경 과민인 사람에게는 유달리 그러했다. 어쩐지 오싹하게 하는 외투, 목구멍에서 골골하는 것 같은 잠결 소리, 거기다 이 이상한 인물이 삐걱삐걱 내는 발자국 소리, 그 발자국 소리는 차츰 작아지고 마침내 없어졌다. 나는 더 참을 수 없게 되었다. 극도로 흥분해서 이야기의 주인공같이 저돌적인 기분이었다. '어떤 녀석인지 이 사내를 한 번 보리라!' 하고 나는 중얼댔다.

방의 불빛을 더듬어 13호실로 걸음을 재촉했다. 문이 약간 열려 있었다. 나는 잠시 주저하다가 안으로 들어갔다. 방은 비어 있었다. 테이블 앞 커다란 좌석엔 넓은 안락의자가 놓여 있고 테이블 위에는 비어 있는 큰 컵과 타임스 신문이 놓여 있었다. 방에서는 스틸튼 치즈의 냄새가 풍겼다.

이상한 미지의 인물은 틀림없이 방금 잠자리로 물러간 모양이었다.

---

19)다혈증(多血症) : 혈액 중의 적혈구의 양이 이상 증가하는 증상으로 호흡 곤란과 구토를 일으키며 때때로 혈압이 올라감.

나는 몹시 실망해서 내 방으로 돌아오는 복도를 걷다가 침실 입구에 밀랍 먹인 더럽고 커다란 가죽 장화가 맨 위쪽에 놓여 있는 게 눈에 띄었다. 이것은 분명히 그 미지의 사람의 것임에 틀림없었다. 그러나 그 굴 속으로 들어간 무서운 인물을 시끄럽게 해서는 안 될 일이라고 생각했다. 내 머리에다 피스톨이나 그보다 더 무서운 것으로 쏘아댈는지도 모를 일이었다.

그리고 잠자리에 들어가서도, 또 꿈속에서도 이 뚱뚱한 신사와 위쪽에 놓여져 있는 밀랍[20] 먹인 가죽 장화에 쫓기었다.

이튿날 아침은 약간 늦잠을 자다가 무슨 떠들썩한 소리에 눈은 떴지만, 처음에는 그것이 무슨 소리였는지 몰랐다. 그러나 더 뚜렷이 깨자 문 밖에서 역마차가 출발하려 한다는 것을 알았다. 갑자기 아래층에서 외치는 소리가 들려왔다.

"손님께서 우산을 잊으셨대! 13번에서 손님의 우산을 찾아와!"

이어 복도에서 여급이 퉁탕탕 뛰어가는 소리가 나고, 뛰면서 큰소리로 대답하는 것이 들렸다.

"있어요! 손님의 우산이 있어요!"

그렇다면 그 이상한 인물이 막 출발하려는 것이다. 이것이 그 사나이를 볼 수 있는 마지막 남은 유일한 기회다. 나는 침상에서 벌떡 일어나 창가로 뛰어가서 커튼을 제치고 역마차 안으로 막 들어가려 하는 사람의 뒷모습을 얼핏 보았다.

갈색 윗옷의 뒷자락이 둘로 갈라져 있고 갈색 바지의 커다란 엉덩이가 완전히 보였다. 문이 닫히자, '오라잇!' 하는 소리가 들리고 마차는 달리기 시작했다.

뚱뚱한 신사에 관해서 내가 본 것은 다만 그것뿐이었다. *

20)밀랍 : 꿀을 짜낸 찌끼를 끓여 만든 기름으로 빛이 누렇고 단단하게 굳음.

▦ 작가소개 **워싱턴. 어빙(Washingto n Irving, 1783~1859)**

미국의 문학가. 몸이 약해 정규 교육을 받지 못하고 유럽 등지를 여행했고 변호사 자격을 얻었다. 17년간 외국의 여러 나라에 머무르며 「스케치북」을 출판하여 국제적으로 널리 알려졌다. 스페인의 역사에 대한 흥미로 「콜럼버스전」, 「그라나다의 정복」, 「앨햄브러」 등의 역사물을 쓰기도 했다. 스페인 공사로 임명되어 마드리드에서 살았고 만년은 뉴욕 근처에서 보냈다. 약혼녀가 죽은 이후 평생 독신으로 살아온 그는 현실에서 등을 돌리고 과거에 살려고 한 작가로 그의 작품은 그만큼 로맨티시즘의 기조를 이루고 있다. 온아하고 매력있는 문장으로 미국 문학을 처음으로 세계적인 수준에 올려 놓았다는 평을 듣는다.

▦ 작품해설

무료한 시간을 배경으로 일상의 주변을 세밀한 느낌으로 바라보면서 어떤 사람에 대한 호기심을 갖고 그의 작은 행동이나 낌새로 상상의 나래를 펼치는 등 외면적인 증거를 통해 그가 누구인지를 알아내고자 했으나 그러한 수고는 원래 헛된 것으로서 일상생활에서 어떤 사람을 완전히 이해한다는 것은 불가능한 일이다. 이 작품은 '뚱뚱한 신사' 라고 불리는 어떤 사람에 대한 호기심이 결국 충족되지 못하고 만다는 간단한 내용으로, 아무런 정보도 주어지지 않은 가운데 독자는 화자인 '나' 의 상상을 따라갈 수밖에 없다. '나' 는 '뚱뚱한 신사' 에 대한 사소한 정보를 얻게 될 때마다 그에 대한 상상은 계속 뒤바뀌고 단절되면서 그가 어떤 인물인지 끝까지 알아내지 못한다. 이 작품에서는 일반적인 소설이 갖는 형식을 배제시키고 있으며 이 작품을 통해 작가가 보여 주고자 하는 것은 인간 관계의 본질에 대한 섬세한 통찰이다.

▦ 읽고나서

문제 '뚱뚱한 신사' 가 제시하고 있는 인물 설정 방법과 일반적인 소설 속의 인물들이 제시되는 방법의 차이점에 대해 알아보자.

-일반적인 소설에서는 등장 인물의 외면과 내면이 자세하게 제시되어 독자가 완전히 이해하는 가운데 전개되는 반면 여기서는 등장 인물에 대해 아무런 정보도 주어지지 않은 가운데 매순간 감지되는 정보에 의해 변화를 겪는 화자인 '나' 의 상상을 따라갈 수밖에 없다.

목걸이

기드 모파상

하급 공무원의 집에 운명의 장난으로 태어났다고밖에 할 수 없는 세련되고 아름다운 아가씨가 간혹 있는데, 그녀도 그런 사람 중의 한 사람이었다. 지참금[1]도 없고 유산이 굴러들어올 만한 데도 없으며, 행세깨나[2] 하는 돈 많은 남자를 만나 귀여움을 받으며 아내로 맺어질 그런 연줄도 없었다. 결국 문교부에 근무하는 한 하급 공무원이 청혼하는 대로 결혼해 버리고 말았다.

그녀는 몸치장[3]할 여유가 없어 소박한 차림새로 지내고는 있었으나, 마음 속으로는 궁색한 느낌이 들고 자신이 가엾어 견딜 수가 없었다. 여자란 본래 신분이나 혈통을 떠나 그들이 지닌 아름다움과 매력이 그들의 태생과 가문의 구실을 하기 때문이었다. 타고난 기품, 우아의 본능, 재치, 그것만이 그들의 유일한 등급이며, 하층계급의 처녀도 높은 신분의 귀부인과 나란히 설 수 있게 한다.

---

1)지참금(持參金): 신부가 시집갈 때 친정에서 가지고 가는 돈. 현재 가지고 있는 돈.

2)깨나: '어느 정도는' 의 뜻.

3)몸치장: 몸차림새에 대한 치장. 몸단장.

갖가지 좋은 것, 값진 것 때문에 자기가 태어났다고 생각하고 있는 만큼 그녀는 매일 구차스런 살림이 고통의 연속이었다. 초라한 집, 얼룩진 벽, 부서져가는 의자, 누덕누덕 기운 빨랫줄에 널린 빨래, 모두가 보기 싫은 괴로움의 씨였다. 같은 계급의 딴 여자라면 그다지 상심치 않을 그런 모든 것이 그녀를 괴롭히고 부아를 돋구었다.

부루타뉴 태생의 소녀가 그녀의 호젓한 가정에 있는 단 한 사람의 가정부였지만 이 소녀를 볼 적마다 절망적인 안타까움과 미칠 것만 같은 꿈을 불러일으키곤 했던 것이다.

그녀가 항상 꿈에 그리고 있는 것은, 동양풍의 벽걸이가 걸려 있는 조용한 건넛방, 청동제의 높은 촛대에 비쳐서, 짧은 바지를 입은 몸집이 큰 두 하인이 방안이 무더워 의자에 묻혀서 깜박 졸고 있고. 옛날 비단을 깐 넓다란 객실도 그녀의 몽상에 떠올랐다. 더없이 귀한 골동품을 올려놓아 장식한 으리으리한 가구, 아주 가까운 친구들 - 여자란 여자는 모두가 주의를 끌고 부러워하는 유명인들 뿐, 그런 가까운 친구들과의 오후 다섯 시의 잡담을 위해 마련한, 그윽한 향기로 가득 찬, 멋진 작은 객실도.

저녁을 먹을 때, 사흘이나 빨지 않은 식탁보를 씌운 둥근 식탁 앞에 남편과 마주 앉는다. 남편은 수프 그릇의 뚜껑을 열며 기쁜 듯이 말에 힘을 주어,

"야! 수프가 맛있겠는데! 이보다 맛있는 건 못 먹어 봤어……" 한다. 그럴 때면 으레 그녀는 으리으리한 만찬[4]을 생각지 않을 수 없다. 번쩍거리는 은식기, 요정이 사는 숲의 한가운데에 이상한 새나 옛날 이야기의 인물을 벽 위에 펼쳐 놓은 벽걸이, 희한한 그릇에 담뿍 담아 내놓는 산해 진미[5], 빨간 숭어 고기나 기름진 병아리의 보드라운 날개 쪽을 입에 넣으면서

4)만찬(晩餐): 저녁식사.

5)산해진미(山海珍味): 산과 바다의 산물을 다 갖추어 썩 잘 차린 진귀한 음식.

속삭이고, 듣는 것도 스핑크스의 미소를 띠고 주고받는, 여성의 환심을 사는 회화, 그런 것을 연상치 않고는 못 배겼다.

그녀는 나들이옷도 없으려니와 장신구도 없고 뭣 하나 갖고 있는 게 없었다. 그래도 그런 것만이 그녀가 좋아하는 것이었다. 자기는 그런 것 때문에 태어났다고 생각하고 있었다.

사람들의 마음에 드는 것, 사람들이 부러워하는 것, 사람들의 화제의 대상이 되는 것, 이것이 그녀의 간절한 소원이었다.

그녀에게는 돈 많은 친구가 하나 있었다. 수도원의 기숙사 동창인데 지금으로선 찾아갈 마음이 내키지 않았다. 그만큼 만나고 돌아올 때의 마음이 괴로웠던 것이다. 며칠이고 연거푸 울며 새우는 때도 있었다. 분하고 억울하고 절망과 비탄[6]이 얽힌 마음에서였다.

그런데 어느 날 저녁, 남편이 손에 큰 봉투를 들고 신이 난다는 듯이 돌아왔다.

"이것 봐, 이게 당신에게 주는 선물이야."

아내는 바삐 봉투를 뜯고는 인쇄한 카드를 꺼내었다.

이와 같이 써 있었다.

"문교 장관 및 죠르쥬 랭뽀노 부인은 오는 1월 8일 월요일 밤, 로와젤 씨가 동부인[7]해서 관저[8]에 오십사 초대합니다."

그러나 남편의 기대처럼 기쁜 마음으로 어쩔 줄 몰라하기커녕, 아내는 분한 듯이 식탁 위에 초대장을 내던지면서 중얼거렸다.

"이걸 어쩌라는 거죠?"

"아니 여보, 난 당신이 기뻐할 줄 알았는데, 여간해서 외출하는 일도 없

---

6)비탄(悲嘆): 슬프게 탄식함.

7)동부인(同夫人): 아내와 함께 동행함.

8)관저(官邸): 장관급 이상의 고관의 관사.

고 이건 참 좋은 기회야. 이걸 얻으려고 무척 애를 썼지. 다들 갖고 싶어했으니까. 희망자는 많고 더구나 아랫사람들에겐 몇 장 나오질 않는 거야. 가봐요, 이름 있는 사람들만 모이거든."

아내는 약이 오른 눈초리로 남편의 얼굴을 쳐다보다가 참을 수 없다는 듯, 소리쳤다.

"뭘 입고 가라는 거예요, 그런 곳에 가는데?"

남편은 거기까지는 생각지 않았었다. 말을 더듬었다.

"하지만 극장에 갈 때 입는 옷이 있잖아, 그게 참 좋아 보이던데……."

남편은 입을 다물었다. 멍하니 아내를 살폈다. 울고 있는 것이 아닌가. 커다란 눈물 방울이 두 눈 끝에서 양쪽 입가로 스르르 떨어지는 것이었다.

"왜, 왜 그래?"

남편은 더듬듯 말했다.

간신히 괴로움을 참은 아내는 젖은 볼을 닦으면서 조용히 말했다.

"아무 것도 아녜요. 다만, 제겐 나들이옷이 없어요. 그러니까 축하하는 모임에는 가질 못해요. 나보다도 옷을 많이 가진 부인이 있는 동료가 계시다면, 어느 분에게든지 초대장을 드리세요."

남편은 어떻게 하면 좋을는지 몰라 했다.

"여보 마칠드, 얼마쯤이나 하는 거야? 그런데 입고 나가서 부끄럽지도 않고 딴 때도 입을 만한, 어딘가 시원하고 수수한 것으로 말이야?"

그녀는 잠시 생각에 잠겼다. 여러 가지의 속셈을 하고 또 조금밖에 벌지 못하는 하급 공무원인 남편이 깜짝 놀래어 대뜸[9] 거절의 비명을 지르지 않을 한도내에서 청구할 수 있는 금액이 얼마나 될까, 하며 생각하고 있었다.

마침내 주저주저하면서 그녀는 대답했다.

9)대뜸: 이것 저것 생각할 것 없이 그 자리에서 얼른.

“정확히는 나도 말할 수 없지만 4백 프랑[10]만 있으면 되지 않을까 생각해요.”

남편은 약간 창백한 얼굴을 했다. 바로 그만한 액수의 돈을 남겨 두었던 것이다. 엽총을 사서 요다음 여름에 너댓 친구들과 함께 낭떼르의 근교에 사냥을 갈 작정이었다. 그 친구들은 매주 일요일마다 그 방면으로 종달새를 잡으러 간다. 그렇지만 남편은 대답했다.

“좋아. 4백 프랑은 어떻게 변통[11]하지. 대신 고운 옷을 만들어야 해요.”

축하회가 열리는 날이 가까워졌다. 로와젤 부인은 생각에 잠겨 불안해하고 있는 듯이 보였다. 그러나 나들이옷의 준비는 되어 있었던 것이다. 하루는 남편이 물었다.

“어떻게 된 거요? 당신 사흘 전부터 거동[12]이 이상한데.”

아내는 대답했다.

“장신구랄 게 하나라도 있어야죠. 보석 한 개 없어요. 몸에 붙일 것이 하나도 없다니, 궁색해 보이겠죠. 그날 밤 모임엔 숫제[13] 안 가는 편이 나을 것 같아요.”

남편은 대꾸했다.

“꽃이라도 달면 되잖아. 계절이 계절인 만큼 산뜻할 거야. 10프랑쯤 내면 아주 훌륭한 장미꽃 두세 송인 살 걸.”

아내는 좀체 납득하지 않았다.

“안 돼요…… 돈 많은 여자들 틈에 끼인 궁색한 꼴은 창피해요.”

그러자 남편은 큰소리로 말했다.

“당신도 바보군! 당신 친구 훠레스체 부인을 찾아가서 장신구 좀 빌려

10)프랑(franc): 프랑스 · 스위스 · 벨기에의 화폐 단위.

11)변통(變通): 물건을 이리 저리 돌라 맞춰 씀.

12)거동(擧動): 일에 나서서 움직이는 태도. 몸가짐.

13)숫제: 하기 전에 차라리. 아예.

달라고 부탁해 보면 되잖아. 친한 사이니까 그쯤은 빌려줄 거야."

아내는 환호성을 올렸다.

"참 그래요. 어쩜 생각도 못했어요."

다음날, 그녀는 친구 집에 찾아가 자기의 처지를 이야기했다. 훠레스체 부인은 거울 달린 장농 쪽으로 가서 커다란 상자를 꺼내 가지고서는 뚜껑을 열며 로와젤 부인에게 이렇게 말했다.

"자, 좋은 걸로 골라 봐."

로와젤 부인은 팔찌를 보고 그리고 진주 목걸이, 다음에는 기막히게 세공[14]한 금과 보석으로 된 베네치아제의 십자가를 살펴보았다. 거울 앞에 서서 이것저것 달아보고, 망설이고, 그렇다고 단념하고 돌려줄 생각은 없었다.

"딴 건 없어?"

"또 있어, 찾아 봐, 어떤 게 네 마음에 들지 난 모르니까."

언뜻 로와젤 부인은 찾았다. 까만 비단으로 싸인 상자 속에 찬연한 다이아 목걸이였다. 그녀의 가슴은 억제할 수 없는 욕망 때문에 몹시 울렁거렸다. 그것을 집으며 그녀의 손은 떨렸다. 목덜미가 덮이는 옷이었지만 그래도 그 목걸이를 달아보고 거울 속의 제 모습을 보면서 도취[15]되었다.

그리고 주저하며, 불안에 목메인 소리로 물었다.

"이거 빌려줄 수 있어? 이것 하나면 좋겠는데."

"그럼, 그럼, 괜찮아."

로와젤 부인은 친구의 목을 껴안고 마구 입을 맞추곤 보석을 갖고 도망치듯 돌아갔다.

축하회날이 되었다. 로와젤 부인은 대성공이었다. 어느 여자보다도 아름

---

14)세공(細工): 작은 물건을 만드는 수공.

15)도취(陶醉): 어떤 것에 마음이 끌려 취하다시피 됨.

다웠다. 점잖고, 우아하고, 명랑하게 웃고, 너무 기뻐서 정신이 없었다. 남자란 남자는 모두 그녀에게 시선을 집중하고, 그녀의 이름도 소개받기를 원했다. 정부의 높은 사람들이 모두 그녀와 함께 왈츠를 추고 싶어했다. 대신도 그녀의 존재에 주목했다.

그녀는 취한 듯한 기분으로 정신 없이 춤을 추었다. 쾌락에 취한 것이었지만 딴 것은 아무 것도 생각지 않았다. 그녀 미모의 승리, 이 밤 성공의 영광, 이 모든 치사(致辭)[16]와 찬미, 각성된 욕망, 여자의 가슴에 더할 나위 없는 달콤한 승리, 그러한 것에서 생기는 일종의 행복의 구름, 그 속에서 일체[17]를 잊었다.

아침 네 시경에야 겨우 끝이 났다. 남편은 오밤중이 지나자 다른 세 사람의 신사와 함께 사람이 드문 조그마한 살롱[18]에서 자고 있었다. 이 세 신사의 부인들도 한바탕 멋대로 즐겼던 것이다.

남편은 아내의 어깨 위에, 돌아갈 때 입으려고 갖고 온 옷을 걸쳐 주었다. 평상시 입는 소박한 옷으로 그 초라함이란 무도회 의상의 화려함과는 너무나도 어울리지 않았다. 그녀는 그것을 느끼고 달아나려 했다. 화사한 모피로 휘감은 부인에게 안 보이려 했던 것이다.

로와젤이 그것을 말렸다.

"기다려, 그대로 밖에 나갔다간 감기에 걸리기에 알맞지, 내가 마차를 불러올 테니까."

그러나 그녀는 귀담아 듣지도 않고 재빨리 계단을 내려가고 말았다. 두 사람이 거리에 나오니 거리엔 차라곤 한 대도 없었다. 멀리서 달려가는 마차꾼을 부르면서 둘은 차를 찾기로 했다.

---

16)치사(致辭): 경사가 있을 때에 올리는 찬양의 말.

17)일체(一切): 모든 것.

18)살롱(salon): 객실. 응접실.

차를 좀처럼 찾지 못하고 둘은 맥이 풀려 추위에 벌벌 떨면서 세느강 둑 쪽을 향해 내려갔다. 겨우 강가에서 한 대를 잡았다. 헐어빠진, 밤에만 나타나는 꾸페로 파리에선, 대낮에는 그 초라함을 부끄러워나 하는 듯, 해가 저물기 전에는 나타나지 못하는 것이다.

이 누더기 마차가 두 사람을 마르치르가(街)의 그들의 집 문까지 데려다 주었다. 그들은 침울한 기분으로 자기네 집으로 들어갔다. 이제는 모든 것이 끝나고 말았다. 이것이 그녀의 감개[19]였다. 그리고 그는, 남편이 열 시에는 직장에 나가야 한다고 생각해 보았다.

그녀는 어깨를 감싼 옷을 벗어버리고는 거울 앞에 서서 다시 한번 자기의 모습을 영광 속에서 바라보려 했다. 돌연 그녀는 앗, 하고 소리쳤다. 목걸이가 없어진 게 아닌가.

벌써 반쯤 옷을 벗고 있던 남편이 들었다.

"왜 그래?"

아내는 미칠 것 같이 남편을 돌아보았다.

"그…… 글쎄…… 휘레스체 부인한테서 빌려온 목걸이가 없어졌어요."

남편도 놀래서 벌떡 일어섰다.

"뭐…… 뭐라고…… 설마!"

둘은 함께 드레스의 갈피, 망토[20]의 구석구석, 포켓 속 등을 다 찾아보았다. 아무 데도 보이지 않았다. 남편은 몇 번이나 물었다.

"무도회에서 나올 땐 갖고 있던 게 분명하지?"

"분명해요. 관서 현관을 나올 때 손으로 만져 본 걸요."

"하지만 거리에서 없어졌다면 떨어질 때 소리가 났을게 뻔한데, 반드시 마차 속에 떨어졌음이 틀림없어."

---

19)감개(感慨): 어떤 사물이나 일에 대하여 깊은 회포를 느낌.

20)망토(manteau): 소매가 없이 어깨로부터 내리 걸치는 외투의 한 가지.

"그래요. 그럴 것 같애요. 마차의 번호 기억하세요?"

"아니 당신은? 당신은 번호 안 보았오?"

"안 봤어요."

두 사람은 실망해서 얼굴을 마주 보았다. 결국 로와젤은 도로 옷을 입었다.

"우리들이 걷던 길을 다시 한 번 걸어보지. 혹 찾을는지 모르니까."

이렇게 말하고 그는 나갔다. 그녀는 야회복을 입은 채, 잠자리에 들어갈 힘도 빠져 털석 의자에 주저앉아 불기 없는 곳에서 아무 것도 생각할 기력도 없이 꼼짝 않고 있었다.

남편은 일곱 시경에 돌아왔다. 아무 것도 찾지 못했다.

경찰서에도 가고 신문사에도 나가서 현상 수속을 밟았다. 마차조합에도 가 보았다. 요컨대 조금이라도 마음 닿는 곳은 수고를 불구하고 돌아다녔다.

아내는 하루 종일 이 뒤집혀진 무서운 재난 앞에 어쩔 줄 모르고 혼나간 사람처럼 절망의 상태에서 기다렸다.

로와젤은 저녁에 창백한 얼굴로 핼쑥해서 돌아왔다. 전연 아무런 수확도 없었다.

"목걸이의 걸쇠를 망가뜨려 고치러 보냈다고 하는 뜻의 편지를 쓰는 편이 낫겠어. 그 동안에 백방[21]으로 방법을 강구[22]해 봐야지."

아내는 남편이 일러주는 대로 편지를 썼다.

일주일이 지나고 모든 희망의 줄이 끊기었다.

로와젤은 갑자기 대여섯 살 늙었다.

"다른 것을 찾도록 생각해야겠어."

---

21)백방(百方): 여러 방향 또는 방면. 여러 가지 방법.

22)강구(講究): 좋은 도리를 연구함.

다음날, 부부는 목걸이가 들어 있던 상자를 들고 상자 속에 이름이 써 있는 보석상을 찾아갔다. 보석상은 장부를 조사해 주었다.

“이 목걸이는 저희가 판 것이 아닙니다, 부인. 저희는 상자를 드렸을 뿐인데요.”

두 사람은 이 보석상에서 저 보석상으로 기억을 더듬으며 또 하나의 비슷한 목걸이를 찾아 헤맸다. 둘 다 심통과 불안으로 앓는 사람 같았다.

파레 로와이 야르의 어느 상점에서 두 사람은 찾고 있는 다이아의 목걸이와 똑같은 다이아를 찾아냈다.

4만 프랑이었다. 3만 6천 프랑까지는 에누리[23)]해 준다는 것이었다.

두 사람은 3일 동안 팔지 않도록 보석상에게 부탁했다. 2월 말까지 만약 먼저의 목걸이가 발견되면 이번에는 3만 4천 프랑으로 물려줄 약속도 했다.

로와젤은 부친이 남겨준 1만 8천 프랑을 갖고 있었다. 나머지는 빌릴 수밖에 없었다.

그는 돈을 꾸었다. 한 사람에게 천 프랑, 딴 사람에게 5백 프랑 하는 식으로 부탁하고 여기서 5루이, 저기서 3루이를 꾸어 적지 않은 증서를 쓰고, 목숨과 같은 증서를 잡히기도 하고, 고리대금업자[24)]와도 거래를 하고 별의별 종류의 대금업자의 신세를 졌다.

나머지 반생을 몽땅 바쳐도 갚을 힘이 있을는지조차 생각지 않고 마구 서류에 서명을 했다.

그리고는 미래의 불안에 떨며 금후 자기에게 부딪칠 절망적인 생활과 모든 물질적 부자유, 정신적 고뇌의 전망에 마음 아파하면서 새 다이아 목걸이를 찾으러 보석상의 계산대 위에 3만 6천 프랑이란 돈을 늘어놓았던 것이다.

---

23)에누리: 값을 깎는 일.

24)고리대금업자(高利貸金業者): 높은 이자를 받고 돈을 빌려 주는 것을 업으로 하는 사람.

로와젤 부인이 훠레스체 부인에게 목걸이를 돌려주러 갔을 때 부인은 감정이 상한 양 쌀쌀한 말투였다.

"좀 일찍 갖다줘야 옳지 않아. 나도 언제 쓸지 모르는데……."

훠레스체 부인은 상자 뚜껑을 열어 보지도 않았다. 그것은 로와젤 부인이 은근히 마음 속에서 두려워하던 것이었다. 만약 물건이 바뀌어진 것을 알아 차렸다면 어떻게 생각했을까? 뭐라고 말했을까? 로와젤 부인을 도둑으로 생각지는 않았을까?

로와젤 부인은 먹느냐 굶느냐 하는 빈민들이 지내는 무서운 생활을 체험하게 되었다. 하긴 그 점에 있어서 그녀는 이미 각오한 바 있었다. 이 무서운 빚을 갚아야 하는 것이었다. 갚지 않으면 안 되기에 꼭 갚아야 했다. 그녀는 식모를 내보내고 집도 이사하기로 했다. 다락방을 빌렸다.

살림의 고된 일, 하기 싫은 부엌일의 맛이 어떤가를 알았다. 식기도 손수 씻었다. 장밋빛 손톱은 기름 묻은 질그릇[25]과 냄비 바닥을 닦는 데 닳았다. 더러워진 속내의, 셔츠, 걸레도 자기가 빨고 줄을 매고 널어 말렸다. 매일 아침 큰길까지 부엌 쓰레기를 운반하고 물을 길어 올렸다. 계단마다 한 번 멈춰 숨을 돌리면서, 하층계급 여자들 같은 차림으로 가리지 않고 바구니를 팔에 낀 채 과일집에도 잡화점에도 고깃간[26]에도 가서, 에누리하고, 막된 말을 들으면서도 한푼씩 아꼈다.

매달 어음의 지불을 해야 했다. 새로 써야 하는 것도 있었다.

그래서 유예(猶豫)[27]받지 않으면 안 되었다.

남편은 매일 밤 어떤 상점의 장부 정리 일을 했다. 밤에는 때때로 한 페

25)질그릇: 진흙만으로 구워 만들고, 잿물을 덮지 않은 그릇.

26)고깃간: 쇠고기 · 돼지고기 등을 파는 가게.

27)유예(猶豫): 시일을 늦춤.

이지에 5스우 하는 복사 일을 맡아 했다.

이런 생활이 십 년 계속되었다.

십 년이 지나서야 두 사람은 한푼 남기지 않고 일체를 갚았다.

고리대금의 터무니 없는 이자, 쌓이고 쌓인 이자의 일체를 지불한 것이었다.

로와젤 부인이 지금은 할머니처럼 보였다. 강하고 우락부락하고 지독한 여자로, 가난에 젖은 단단한 여편네가 되었다. 머리도 제대로 빗질을 못하고 스커트가 모양 없이 구겨져도 태연했고, 붉은 손을 하고, 굵은 목소리로 지껄이고, 물을 풍덩풍덩 쓰면서 마루를 닦았다. 그렇지만 이따금 남편이 직장에 나가고 없는 동안 창가에 앉아서 그 옛날 야회의 일, 자기가 그렇게도 아름다웠고 그렇게도 대우를 받아 여왕처럼 행세하던 무도회의 일로 생각에 잠기는 것이었다.

그 목걸이를 잃지 않았더라면 어떤 일이 일어났을까? 그 누가 알랴! 인생이란 참으로 기묘한 것, 참으로 변하기 쉬운 것이다. 사람 하나를 파멸하고 구원하는 데 어쩌면 그렇게 작은 것 하나로 충분할까!

어느 일요일, 연달아 일주일 내내 일하던 생활에서 잠시 숨을 돌리려고 샹젤리제를 산책할 때였다. 아이와 함께 산책하고 있는 여인의 모습이 보였다. 훠레스체 부인이었다. 여전히 젊고 매력적이었다.

로와젤 부인은 뭉클 가슴에 치밀어 오르는 것을 느꼈다. 물론 말해 줘야지, 지금은 이미 빚은 몽땅 청산[28]했으니까 전부 말해야지. 무엇을 꺼려 못한단 말인가?

그녀는 터벅터벅 곁으로 가까이 갔다.

"잘 있었어, 쟈느?"

28)청산(淸算): 상호간에 채무 · 채권관계를 셈하여 깨끗이 정리함.

상대는 로와젤 부인의 지금 모습을 알아보지 못하고 그렇게 허물없이 아낙네 차림의 여인이 부르는 데 놀래어 말을 더듬으며 말했다.

"저, 실례지만…… 혹시 아주머니께서 잘못 생각하시지나……."

"아아니, 나 마칠드 로와젤이야."

"뭐! …… 마칠드! 많이 변했구나!"

"그래, 변했어. 무척 고생을 했단다. 그 전에 너를 만나고부터야. 그것도 너 때문이었어!"

"나 때문에…… 어쩜, 왜?"

"너 기억 나니, 그 다이아 목걸이 말이야, 관저의 야회에 가는데 내게 빌려준 거?"

"그럼 기억해. 그게 어쨌다는 거니?"

"그게 말이야, 그걸 내가 잃어버렸어."

"뭐라구? 하지만 돌려줬잖아."

"아주 비슷한 딴 걸로 갖다줬어. 꼭 십 년이 걸렸구나, 그 돈을 갚는데. 우리들처럼 재산도 아무 것도 없는 처지로선 그리 쉽지 않다는 건 알고 있었지만…… 아무튼 겨우 끝장이 난 셈이야. 이제야 마음을 놓겠어."

훠레스체 부인은 우뚝 멈추었다.

"내 것 대신 딴 다이아 목걸이를 샀단 말이지?"

"응, 그래. 너 몰랐었구나. 하긴 똑같은 목걸이였으니까."

이렇게 말하면서 그녀는 자랑스러운 듯 순진한 웃음을 띠었다.

훠레스체 부인은 숨이 탁 막혀 친구의 양손을 잡았다.

"어쩜! 어떡하면 좋아, 마칠드! 내건 가짜였어, 기껏해야 5백 프랑밖에 안 되는 물건인데……." *

▦작가소개 **기드 모파상(Guy de Maupassant ; 1850 ~ 1893)**

프랑스 자연주의의 대표적 작가의 한 사람이다. G. 플로베르가 프랑스 자연주의 문학의 아버지라면, 그의 제자였던 모파상은 그 자연주의 문학의 완성자요, 아들이라 할 수 있다.

그의 문체는 명석하고 강인하며, 결정론적인 인간관에서 오는 강한 염세 사상을 지녔고 신의 존재를 인정치 않았다. 그가 즐겨 다루는 주제는 남녀 사이의 애정 이야기, 전쟁 · 살인 · 자살 · 복수 등의 잔인한 이야기, 돈 · 물욕에 관한 이야기 등이다. 그의 독특한 사실주의적 수법은 이런 이야기들을 통하여 불과 수백 줄 속에 현실을 잘 집약하고, 재구성하여 인생의 단면을 재현하는데 성공했다.

대표작으로는 「여자의 일생」, 「비계덩어리」, 「목걸이」, 「벨아미」, 「수상」 등이 있다.

▦작품해설

작품의 동기인 '목걸이' 는 여성의 허영과 욕망을 상징한다. 이로 인해 파생되는 아름다운 청춘의 파멸이 교묘한 극적 반전을 통한 자연주의 기법으로 묘사되어 있다. 가난하고 무기력한 하급관리의 가정생활을 바탕으로 하는 이 작품은 하급관리의 아내가 장관이 초대하는 야회에 나가기 위해 친구에게 빌린 가짜 진주 목걸이를 잃어버리고 그것이 가짜인 줄도 모르고 10년 동안 그 빚을 갚기 위해 허송세월 하는 이야기로 한때의 허영이 얼마나 크게 삶을 파괴했는지를 알려주는 작품이다. 명석한 문체, 간결하고 객관적인 묘사가 돋보인다.

▦읽고나서

문제 이 글의 극적 반전이 가지고 있는 의미는?

- 인간의 삶이 얼마나 사소한 계기에 의해 좌우될 수 있는가.
- 인간의 어리석은 욕망이 어떤 결과를 불러오는가.

문제 이 글의 형식은 어떠한가?

- 간결하고 객관적인 묘사에 의한 콩트적 구성.

경찰관과 찬송가

오 헨리

메디슨 공원의 벤치에 앉아 소피는 초조하게 몸을 움직이고 있었다. 기러기가 밤하늘에서 높이 울고, 물개 모피 외투가 없는 아내들이 남편에게 더욱 부드러워지고, 소피가 공원 벤치에서 초조하게 몸을 간들거리게 되면 여러분은 이제 겨울이 눈앞에 다가왔다는 것을 알게 된다.

마른 나뭇잎 하나가 소피의 무릎 위에 떨어졌다. 그것은 서리 아저씨의 명함이다. 서리 아저씨는 매디슨 공원을 정규적인 보금자리로 삼는 주민들에게 매우 친절해서 해마다 확실하게 경고를 해준다. 네거리의 모퉁이에서 서리 아저씨는 하늘을 지붕 삼는 모든 족속들의 저택 문지기인 북풍 씨에게 명함을 주면서, 그곳 거주자들에게 미리 준비를 할 수 있게 해준다.

소피의 마음 속에서는 닥쳐올 엄동 설한에 대비하여 자기 혼자만의 예산 세입 위원회가 되어야 할 시기가 왔다는 사실을 깨닫고 있었다. 그래서 그 벤치에 앉아 초조하게 몸을 움직이고 있었던 것이다.

겨울을 피하고 싶은 소피의 욕망이래야 뭐 대단한 것도 아니었다. 지중해를 두루 돌아보고 싶다든가, 노곤한 남쪽 하늘 밑으로 떠나고 싶다든가, 또는 베스비어스만에 배를 띄워보고 싶다든가 하는 따위의 생각은 꿈에도

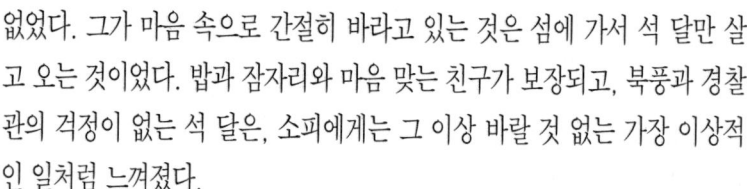

없었다. 그가 마음 속으로 간절히 바라고 있는 것은 섬에 가서 석 달만 살고 오는 것이었다. 밥과 잠자리와 마음 맞는 친구가 보장되고, 북풍과 경찰관의 걱정이 없는 석 달은, 소피에게는 그 이상 바랄 것 없는 가장 이상적인 일처럼 느껴졌다.

여태껏 여러 해 동안 그 대우 좋은 블랙웰 섬은, 그가 겨울 동안 몸 담는 숙소가 되어 왔다. 같은 뉴욕에 살면서도 좀더 재수 좋은 친구들은 겨울마다 팜비치나 리비에라로 가는 표를 끊곤 했지만, 마찬가지로 소피도 해마다 섬으로 달아날 수 있는 조촐한 채비를 해 왔다. 간밤에 그는 이 해묵은 공원의 분수 옆에 있는 벤치에서 일요 신문 석 장을 등에도 깔고 발목에도 두르고 무릎도 덮고 잤지만, 이것으로 추위를 없앨 수는 없었다. 그래서 그 섬 생각이 때를 만난 양 소피의 마음 속에서 커다랗게 부풀어오른 것이다. 그는 도시의 식객들을 위해 자선이란 이름으로 마련해 놓은 시설을 경멸했다. 소피는 법률이 자선사업보다 더 자비롭다고 생각하고 있었다.

시에서 경영하거나 자선사업체에서 마련한 시설은 얼마든지 있어서, 그곳에 찾아가면 간단한 숙식을 해결할 수는 있었다. 그러나 소피 같은 긍지 높은 인간에게 있어서는 자선의 보시[1]란 빚을 지는 일이었다.

박애의 손에서 얻는 모든 은혜라는 것은 그것에 대해서 비록 돈으로 지불하지는 않는다 하더라도, 정신의 굴욕으로 그 대가를 지불하지 않으면 안 된다.

시저에 브루투스가 있었듯이 자선의 침대에서 잠을 자려면 반드시 굴욕이라는 세금을 지불하지 않으면 안 되고, 한 조각의 빵을 얻어먹을 때마다 사사로운 개인 사정에 대한 심문을 받는 따위의 보상을 지불해야 했다. 그래서 법률의 신세를 지는 편이 낫다는 것이다. 법률은 비록 규칙에 따라 운영되기는 하나, 신사의 개인 사정에 대해서 부당한 간섭을 하지는 않는다.

1)보시(布施): 깨끗한 마음으로 법이나 재물을 아낌 없이 사람에게 베풂.

섬으로 갈 결심을 한 소피는 당장 소원 성취를 위해 일에 착수[2] 했다. 이것을 하는 데는 여러 가지 손쉬운 방법이 있었다. 가장 유쾌한 방법은 어디 고급 식당에 들어가서 진탕 먹은 다음 돈이 없어 값을 치르지 못한다고 선언하고는 조용히 얌전하게 경찰관에게 넘겨지는 일이다. 나머지는 친절한 판사님이 처리해 준다.

소피는 벤치에서 일어나 공원을 어슬렁어슬렁 걸어나와서 수면처럼 평평한 아스팔트 길을 가로질러 갔다. 거기는 브로드웨이와 5번가가 합류하는 곳이었다. 그는 브로드웨이 쪽으로 발길을 돌려, 어느 번듯한 카페 앞에서 발을 멈추었다. 밤마다 최고급 포도주와 가장 값진 비단옷과 내로라하는 인간들이 모여드는 곳이다.

소피는 조끼 제일 아랫단추에서부터 위쪽 차림은 자신이 있었다. 면도도 했고 윗도리도 별로 흉하지 않았으며 매듭이 지어진 채로 쓸 수 있는 말쑥한 넥타이는 감사절에 전도하는 부인한테서 선물받은 것이었다. 아무런 의심도 받지 않고 이 식당의 테이블에 앉을 수만 있다면 성공은 틀림없다. 테이블 위에 나온 상반신을 보아서는 웨이터도 전혀 의심을 품지 않을 것이다. 통째로 구운 청둥오리 한 마리쯤 먹을 만하겠지 하고, 소피는 생각했다. 그리고 '샤블린' 백포도주 한 병, 흑맥주, 치즈, 블랙커피 한 잔, 게다가 여송연[3] 한 개, 여송연이래야 1달러밖에 더 하겠는가, 식사대를 전부 다 합해 봐야 카페의 회계원이 엄청난 앙갚음을 하고 싶을 만큼 그리 대단한 액수도 아니리라. 더욱이 먹은 고기는 속을 가득 채워 주어서 기분 좋게 겨울의 피난처로 길을 떠나게 해 주리라.

그런데 소피가 식당 안으로 한 발을 들여놓았을 때 웨이터 주임의 재빠른 시선이, 그의 헤진 바지와 쭈그러진 구두 위에 멈췄다. 억센 손이 재빨

---

2)착수(着手): 어떤 일에 손을 대어 시작함.

3)여송연: 담배잎을 통째로 돌돌 말아서 만든 담배.

리 그를 돌려세우더니 빠른 걸음으로 말없이 보도까지 끌고 나가, 하마터면 봉변을 당할 뻔했던 청둥오리의 불명예스러운 운명을 사전에 막아버렸다. 소피는 브로드웨이에서 다른 길로 빠졌다. 그리운 섬으로 가는 길은 맛있는 음식을 먹고 갈 수 있는 길은 못 되는 모양이었다. 달리 형무소로 들어가는 방도를 생각하지 않으면 안 되었다.

6번가 모퉁이에 판유리 너머로 전등빛 아래 교활하게 진열한 상품으로 쇼윈도를 한결 눈에 띄게 해 놓은 상점이 있었다. 소피는 돌멩이를 한 개 주워 유리를 향해 힘껏 내던졌다. 경찰관을 앞세우고 사람들이 모퉁이에서 달려왔다. 소피는 두 손을 호주머니에 꽂은 채 서서 경찰관을 보고 빙그레 웃었다.

"이런 짓 한 놈 어디 갔어?" 하고 경찰관은 흥분해서 물었다.

"내가 이 일과 관계가 있다고 생각하시지는 않나요?"

하고 소피는 야유하는 말투가 전혀 없지는 않았으나, 마치 행운을 향해 인사하듯 다정하게 말했다.

경찰관은 소피의 말을 하나의 단서로조차 받아들이지 않았다. 유리창을 때려부순 인간이라면 법률의 앞잡이와 이야기하려고 현장에 남아 있지는 않는다. '걸음아 날 살려라' 하고 달아나는 법이다. 경찰관은 반 블럭쯤 저편에서 한 사나이가 전차를 잡으려고 뛰어가는 것을 보았다. 그는 곤봉[4]을 빼들고 사람들과 더불어 그 뒤를 쫓았다. 두 번이나 실패한 소피는 시무룩한 기분으로 휘청거리며 걷기 시작했다.

한길 건너편에 그다지 훌륭하지 않은 식당이 있었다. 식욕은 왕성하되 주머니 사정이 좋지 않은 사람들에게 음식을 파는 곳이었다. 분위기와 음식 그릇은 두꺼웠지만 스프와 식탁보는 얇았다. 소피는 그 꺼림칙한 구두와 감출 재간 없는 바지를 입은 채 아무런 눈총도 받지 않고 식당 안으로

4)곤봉: 총 대신 허리에 차고 다니는 경비용 방망이.

들어갔다. 그는 식탁 하나를 차지하여 비프스테이크와 플랩잭, 빵, 케이크, 도넛과 파이를 먹어치웠다. 그리고는 웨이터에게 자기는 일 전 한푼, 돈과는 인연이 먼 인간이라는 사실을 밝혔다.

"자, 얼른 순경을 불러와요."

하고 소피는 말했다. "신사를 오래 기다리게 해선 못써요."

"네까짓 놈한테 순경이 무슨 필요가 있어!"

하고 웨이터는 버터케이크같이 납작하게 눌린 목소리와 맨해튼 칵테일 속의 버찌 같은 눈으로 말했다.

"야 콘, 이리 좀 와!" 두 사람의 웨이터는 소피를 들어 딴딴한 보도 위에 왼쪽 귀가 바닥에 닿도록 보기 좋게 내동댕이쳤다.

그는 마치 목수가 접은 자를 펴듯 관절을 하나하나 펴면서 일어나 옷에 묻은 먼지를 털었다. 경찰관에게 붙잡힌다는 것은 한갓 장밋빛 꿈에 지나지 않는 듯한 생각이 들었다. 섬은 아주 먼 곳에 있는 듯했다. 두 집 건너, 드러그스토어 앞에 서 있던 경찰관은 웃으면서 길 저쪽으로 걸어갔다.

시가지를 다섯 블럭쯤 걸어갔을 때 소피는 체포되고 싶은 용기가 되살아났다. 이번에는 그가 어리석게도 '이건 문제없다' 고 생각되는 일을 할 기회가 찾아온 것이다. 얌전하고 산뜻하게 차려 입은 젊은 여자 한 사람이 쇼윈도 앞에 서서 면도용 비누 그릇, 잉크스탠드 같은 진열품을 정신 없이 들여다보고 있고, 그 진열장에서 2야드 떨어진 곳에 허우대가 큰 경찰관이 엄숙한 태도로 소화전에 기대어 서 있었다.

천하고 고약한 난봉꾼의 연기를 하자는 것이 소피의 계획이었다. 자기가 노리는 고기밥의, 세련되고 우아한 맵시와 근엄한 경찰관이 바로 가까이에 있다는 것 때문에 힘을 얻은 그는, 아담하고 알찬 조그마한 섬에서의 월동의 보금자리를 보장해 줄, 기분 좋은 경찰관의 손이 멀지 않아 자기 팔을 잡는 것을 느끼게 되리라 믿었다.

소피는 전도부인에게 얻은 기성품의 넥타이를 바로 고치고 쭈그러든 와이셔츠 소매를 밖으로 끌어내고는 모자를 멋있게 비딱하게 쓴 채 젊은 여자 쪽으로 옆걸음질쳐 갔다. 그리고 여자에게 추파[5]를 던지는 한편 공연한 마른 기침과 '으흠' 소리를 연발하고는 능글능글 빙긋거리면서 천하고 능글맞은 난봉꾼의 상투적인 말투를 뻔뻔스럽게 뇌까렸다. 소피는 곁눈으로 경찰관이 자기를 똑바로 지켜보고 있는 것을 확인했다. 젊은 여자는 두어 걸음 비켜서서 다시 면도용 비누 그릇에 넋을 잃은 듯 주의를 기울였다. 소피는 따라가서 대담하게 옆에 다가서 모자를 벗고 말했다.

"아, 이거, 버텔리어 아냐! 나하고 놀러 안 갈래?"

경찰관은 아직 보고 있었다. 성가셔 하는 이 젊은 여자가 손가락으로 신호를 하기만 하면 소피는 섬의 안식처로 가는 도중에 있는 것이 된다. 벌써 그는 경찰서의 아늑한 다사로움을 느끼는 듯한 기분이 들었다. 젊은 여자는 소피 쪽으로 얼굴을 돌려 한 손을 내밀어 그의 소매를 잡았다.

"그래 가요, 마이크." 하고 여자는 기쁜 듯이 말했다.

"맥주 한잔 사 주면 말야. 진작 말을 걸고 싶었지만 저 순경이 지켜보고 있어서 어쩔 수가 없었어요."

완전히 기분을 잡친 소피는 오크 나무에 말려붙는 덩굴과 같은 젊은 여자를 데리고 경찰관의 옆을 지나갔다. 그는 자유를 벗어나지 못할 운명 아래 태어난 듯이 보였다.

다음 모퉁이에서 소피는 따라오는 여자를 뿌리치고 뛰었다. 그는 밤이면 휘황한 거리와 사랑과 맹세와 달콤한 말들이 자취를 드러내는 구역에서 발을 멈추었다. 모피를 두른 여자들과 외투를 걸친 남자들이 겨울의 찬 공기 속을 들떠서 오가고 있었다. 그 어떤 무서운 마력이 자기를 체포하지 못하게 하고 있나 하는 불안이 느닷없이 소피를 휘감았다. 그렇게 생각하자 약

5)추파(秋波): 사모의 정을 나타내는 은근한 눈짓. 윙크.

간 무서워졌다. 그래서 휘황찬란한 극장 앞을 떡 버티고 서성거리는 또 한 사람의 경찰관과 마주쳤을 때, 눈에 띄는 지푸라기에라도 매달리듯, 그는 즉시 '안녕 질서 방해 행위'에 착수했던 것이다.

보도 위에서 소피는 거친 목소리로 술주정꾼 같은 헛소리를 고래고래 지르기 시작했다. 그는 춤을 추다가 소리를 지르고 그러다가 다시 외치고, 별의별 짓을 다하면서 소란을 피웠다.

경찰관은 곤봉을 빙글빙글 돌리면서 돌아서더니 한 시민에게 말했다.

"예일대학 학생인데 스탠퍼드대학을 연패시킨 축하를 하느라고 저런답니다. 시끄럽지만 위험은 없습니다. 내버려 두라는 명령을 받고 있지요."

우울해진 소피는 그 보람없는 법석을 중단했다.

무슨 일이 있어도 경찰관은 나를 잡아가지 않겠단 말인가? 그의 환상 속에서 그 섬이 마치 도달할 수 없는 무릉 도원 같은 느낌이 들었다. 그는 차가운 바람을 맞으면서 얇은 윗도리의 단추를 끼웠다.

담배 가게에서 근사하게 차려 입은 남자 하나가 매달려 있는 라이터로 여송연에 불을 붙이고 있는 것이 눈에 띄었다. 그 사나이가 들어가면서 세워 놓은 비단 우산이 문턱에 보였다. 소피는 안으로 들어가서 우산을 집어 들고 유유히 걸어가기 시작했다. 여송연에 불을 붙이고 있던 사나이가 부랴부랴 쫓아왔다.

"내 우산이야." 하고 사나이는 의젓하게 말했다.

"아, 그런가요?" 소피는 도둑질을 해놓고도 모욕까지 곁들여 비웃었다.

"그럼 왜 순경을 부르지 않나요? 내가 훔쳤소. 당신 우산을 말이요! 왜 순경을 부르지 않소? 저 모퉁이에 한 사람 서 있던데."

우산 임자는 걸음을 늦추었다. 소피는 또다시 행운이 자기에게서 달아날 것 같은 예감을 느끼며 따라서 걸음을 늦추었다. 경찰관이 의아한 눈초리로 두 사람을 바라보았다.

"물론," 하고 우산 임자는 말했다.

"말하자면 — 저 — 이런 착오는 흔히 있을 수 있는 일이라서 — 나는 — 만일 — 그것이 — 선생의 우산이라면 용서해 주셔야겠습니다. 실은 — 오늘 아침 어느 식당에서 주웠는데 — 선생 것이 확실하다면, 그야 — 제발……."

"물론 내 거요." 하고 소피는 퉁명스럽게 말했다.

우산의 전 주인은 물러갔다. 경찰관은 두 구획 저편을 달려오는 전차 앞에서, 야회용 외투를 입은 한 금발의 부인이 길을 건너는 것을 도와 주려고 얼른 그 쪽으로 갔다.

소피는 도로 공사로 파헤쳐진 길을 동쪽으로 걸어갔다. 울화가 치밀어서 우산을 구덩이 속에 집어던졌다. 헬멧을 쓰고 곤봉을 찬 사나이들을 향해 마구 투덜거렸다. 이쪽에서 잡아주기를 바라고 있었기 때문에 오히려 그들은 그를, 나쁜 짓 할 것 같지 않은 군자처럼 생각하는 모양이었다.

마침내 소피는 찬란한 불빛도, 어수선한 시끄러움도 희미하게 멀어진 동쪽 큰길로 나왔다. 거기서 매디슨 공원 쪽으로 방향을 돌렸다. 비록 공원의 벤치가 집이지만 집에 간다는 본능은 그대로 작용하기 때문이다.

그러나 이상하게 적적한 길모퉁이에서 소피는 우뚝 발을 멈추었다. 그곳에는 높고 낮은 지붕을 가진 해묵은 교회가 흥취 있게 서 있었다. 보랏빛 유리창 너머로 부드러운 불빛이 비치고 그 안에서는 분명 오르간을 치는 사람이, 다가오는 안식일[6]의 찬송가를 능숙하게 치기 위해 건반 위를 더듬고 있음이 틀림없었다. 왜냐하면, 그곳에서 소피의 귓전에 감미로운 음악이 흘러나와서 소용돌이 모양의 철책 옆에다 꼼짝도 못하게 그를 묶어 버렸기 때문이다.

교교[7]한 달이 하늘에 떠 있었다. 차량도, 행인도 이젠 거의 보이지 않았

6)안식일(安息日): 유태교, 기독교 등에서 세속적 일을 쉬고 종교적 헌신을 하는 날.

7)교교(皎皎): 달이 맑고 밝음.

다. 참새가 처마 밑에서 졸린 듯 재잘거리고 있었다. 잠시 동안 주위의 풍경은 마치 시골 교회의 마당과 같았다. 그리고 오르간에서 흘러나오는 찬송가는 소피를 철책에서 떨어지지 못하게 했다. 그의 생활에도, 어머니며 장미꽃이며 희망, 그리고 친구며, 더러움을 모르는 생각이며, 개성 같은 것이 있었던 시대에, 그는 이 노래를 잘 알고 있었기 때문이다.

소피의 마음이 순순히 무엇을 받아들일 수 있는 상태가 되었다는 것과 이 옛스러운 교회 주위에 감도는 감화력이 함께 엉켜 그의 영혼에 갑자기 놀라운 변화를 가져왔다. 그는 자기가 굴러떨어져 있는 구렁텅이며,그의 생활을 구성하고 있는 타락한 나날, 야비한 욕망, 사라진 희망, 망가진 재능, 천한 동기 같은 것을 섬뜩한 느낌으로 재빨리 돌이켜보았다.

그러자 다음 순간 그의 마음은 다시 이 새로운 기분에 감격적으로 호응했다. 즉각적이고 강렬한 충동이 자기의 절망적인 운명과 싸우겠다는 감동을 그에게 불러일으켰다. 시궁창에서 빠져 나와야겠다, 다시 한 번 참된 인간이 되어 보자, 점령당한 악과 싸워 이겨야 한다, 시간은 늦지 않았다, 아직도 비교적 젊다, 지난날의 열렬했던 포부를 되살려 굽히지 않고 꾸준히 추구해 나가자. 이 엄숙하고 아름다운 오르간의 가락이 마음 속에 혁명을 일으켜 놓았다. 내일은 분주한 상가로 나가서 직업을 구하자, 어느 모피 수입상이 언젠가 운전수로 채용해 주겠다고 말한 적이 있다. 내일은 그 사람을 찾아가서 그 일자리를 달라고 해야지. 나도 이 세상에서 이렇다 할 만한 인간이 되어 보자. 나는…….

소피는 자기 팔에 닿는 누군가의 손을 느꼈다. 얼른 돌아보니 틀림없는 경찰관의 얼굴이 눈에 들어왔다. "여기서 뭘 하고 있나?"

"뭐 별로." 하고 소피는 말했다.

"그럼 따라와" 하고 경찰관이 말했다.

'섬에서 3개월 복역' 이튿날 아침 즉결 재판소의 치안 판사가 선언했다. *

▦ 작가소개　　　　**오 헨리(O. Henry ; 1862 ~ 1910)**

미국의 단편 작가로 본명은 윌리엄 시드니 포터. 그의 소설은 모파상의 영향을 받아, 풍자와 기지가 넘치면서도 애수가 감도는 것이 특징이다.
대표작 「크리스마스 선물」, 「마지막 잎새」가 나타내고 있는 것 같이 서민의 애환과 유머를 절묘한 구성으로 나타내고, 뜻밖의 결말을 짓는 데에 그의 특징이 있다. 그의 작품들 속에 나오는 주인공들은 대개가 가난하고 힘없는 불쌍한 사람들이지만 한결같이 착하기만 하다. 이것은 그가 인생을 낙관적으로 보며 따뜻하게 감싸주려는, 인정미 넘치는 세계관을 가지고 있다는 것을 느낄 수 있게 한다. 또한 파란곡절이 많은 과거의 경험에서 깊은 인생의 지혜를 터득했음을 짐작할 만하다.
주요 작품으로 「마지막 잎새」, 「크리스마스 선물」 등 수백 편의 단편이 있다.

▦ 작품해설

가난하고 힘없는 사람의 애환과 그의 삶의 한 단면을 통해 사회의 부조리를 고발하고 있는 이 작품은 오 헨리의 위트와 유머가 넘치는 풍자적인 성격과 따뜻하고 훈훈한 인정미를 강조해 온 다른 작품과 맥을 같이 하면서도 날카로운 비판의식이 곁들여져 있다. 경찰관의 면전에서 범죄가 일어나도 방관하기도 하고, 희망과 용기로 새삶을 꿈꾸는 무고한 시민을 구속할 수도 있다는 경찰관의 모순된 행동양상을 통해 사회와 제도의 모순을 고발하고 있다.

▦ 읽고나서

문제 이 작품에서 말하는 올바른 의미의 자선이란?
- 혜택을 받는 사람이 굴욕감이나 모욕감을 느끼지 않고 실질적인 도움을 받을 수 있도록 심적인 배려까지 해주는 것.

문제 이 작품에 나타난 비판의식과 풍자정신의 대상과 그것이 의미하는 것은 무엇인가 ?
- 경찰관(법률과 제도의 모순)을 통한 사회와 제도에 대한 비판 .

문제 작가가 극적인 인생의 아이러니를 표현하고 있는 상황은?
- 추운 겨울 동안 체포되어 섬에서 지내려는 몇 번의 계획이 실패로 돌아가자, 교회 앞에서 찬송가를 들으면서 인간답게 살아보겠다고 결심하자마자 경찰관에게 체포되는 상황, 즉 찬송가와 경찰의 만남.

파괴자들

그레이엄 그린

1

1월 '은행 휴일(銀行休日)'의 하루 전날 최근의 신참이 웜즐리 코먼 갱단의 두목이 된 것이다. 그 사실에 놀란 사람은 마이크 이외에는 한 사람도 없었다. 아홉 살이었던 마이크는 평소 대수롭지 않은 일에도 놀라는 버릇이 있었다. '너 만일 입을 다물고 있지 않으면' 하고 언젠가 누가 그에게 말한 적이 있었다. '그 목구멍으로 개구리가 기어들어간다!' 그 뒤로 마이크는 너무도 크게 놀랐을 때 말고는 항상 굳게 이를 악물고 있었다.

이 신참(新參)은 여름 휴가 첫날부터 갱단에 들어 있었다. 게다가 그의 깊은 생각에 잠긴 듯한 그 침묵에는 가지가지의 가능성이 있음을 누구나 다 인정하는 바였다. 한마디의 말도 낭비하는 일이라고는 없었다. 심지어 제 이름을 말하기 위해서조차도 그러했다 — 규칙으로 말미암아 그것이 요구되지 않는 한 그랬다. 그가 '나 트리버야' 라고 말했을 때 그것은 하나의 사실의 진술이었지, 다른 사람들의 경우처럼 수치나 아니면 도전의 진술과는 다른 것이었다. 그러면 마이크 이외에는 누구 한 사람도 웃는 사람이 없었다. 마이크는 지원이 없음을 발견하고 그 신인(新人)의 어두운 응시에 부딪치면 입을 벌리고는 다시금 잠잠해졌다. 그가 뒤에 가서는 T와 인연을 맺게 되었는데, 그 T가 조소[1]의 대상이 된 데는 충분한 이유가 있었다 — 첫째 그의 이름이 그랬고(게다가 그들이 이름 대신에 T라는 약자를 쓴 이유말고는 그를 조소할 구실이 없었기 때문이다), 다음에는 그의 아버지가 전에는 건축가였으나 현재는 서기인지라 '낙향을 하게 된 셈이었고', 또 게다가 그의 어머니는 자신을 이웃 사람들보다 신분이 높다고 생각하고 있었기 때문이다. 이상한 위험과 예측 불능의 기질이 아니고서야 수치스러운 과정도 거치지 않고서 어떻게 갱단에서 자리를 차지할 수가 있었으랴?

갱단은 매일 아침 자동차의 즉석(卽席) 주차장에 집합하였다. 이 터는 맨 첫 공습의 맨 나중 폭탄이 떨어진 자리였다. '블래키' 라고 알려진 두목은 자신이 그 마지막 폭탄 소리를 들었노라고 주장했다. 그런데 아무도 그의 생년월일을 정확히 아는 사람이 없었으므로, 그가 그 때 불과 한 살이었을 뿐만 아니라 '웜즐리 코먼' 의 지하철 플랫폼 바닥에서 깊은 잠이 들어 있었으리라는 점을 지적할 사람이 없었다. 주차장 한쪽에는 산산이 부서진 노트드테라스 3번지의 사람이 들어 있는 맨 처음 집이 기울어져 있었다 — 말 그대로 기울어져 있었다. 그 집은 폭풍의 피해로 옆의 벽들이 나무 기둥들을 겨우 의지하고 있었다. 그 앞에는 그보다 좀 작은 폭탄 하나와 몇 개의 소이탄(燒夷彈)[2]이 떨어졌었고, 그래서 그 집은 마치 삐죽 솟은 이빨처럼 우뚝 서서 이웃집의 잇닿은 담의 잔해나 기둥 뿌리나 벽난로의 잔해 따위에 이어져 있었다. T가 입 밖에 내는 말은 오직 블래키가 매일 제안하는 작전 계획에 '가(可)' 혹은 '부(否)' 표를 던지는 데 국한되

1)조소(嘲笑): 비웃는 웃음. 비웃음.

2)소이탄(燒夷彈): 적의 가축이나 가옥을 불살라 버리는 데 쓰는 포탄이나 폭탄.

어 있었는데, 언젠가 한 번은 생각에 잠긴 모양으로 다음과 같은 말을 하여 갱 전원을 놀라게 한 적이 있었다.

"우리 아버지가 그러시는데 렌이 그 집을 지었대."

"렌이 누군데?"

"세인트폴 대성당을 지은 사람 말이야."

"그런 거 우리가 알 바가 아니지." 블래키가 말했다.

"그건 다만 머저리 노인의 집일 따름이지."

노인 머저리 — 그의 이름은 토머스였다 — 는 옛날에 건축가요 장식가인 적이 있었다. 그는 그 불구의 집에서 혼자 살면서 제 일을 제가 하고 있었다. 빵과 채소를 손에 들고 웜즐리 벌판을 횡단하여 돌아오는 그의 모습을 한 주일에 한 번은 볼 수가 있었다. 한 번은 이곳 아이들이 주차장에서 놀고 있노라니까 그가 집 뜰의 부서진 담 위에 얼굴을 내밀고 아이들을 바라보았다.

"변소에 다녀왔지."

소년 중의 하나가 말했다. 왜냐하면, 누구나가 알고 있는 일이었지만 폭탄이 떨어진 뒤부터 이 집의 파이프의 어딘가가 고장이 나 있었지만, 이 노인 머저리는 너무나도 구두쇠라 집에다가 돈을 쓰지를 않았기 때문이다. 그는 실내 장식은 제 손으로 다시 할 수는 있었지만, 파이프 공사는 할 줄을 몰랐던 것이다. 변소는 좁은 뜰 안 저쪽에 있는 판잣집이었는데, 출입문에 별 모양의 구멍이 하나 나 있었다. 폭풍이 이웃집을 부숴 버리고 3번지의 창틀을 날려 버리긴 했지만 이 조그만 판잣집만은 그 폭풍을 면했다.

다음 번에 그 갱단이 토머스 씨의 존재를 깨달았을 때는 더욱 놀라웠다. 블래키, 마이크, 그리고 또 하나, 무슨 이유에서인지는 몰라도 사머즈라는 성(姓)으로 불리고 있는 여위고 노란 얼굴의 소년이 시장에서 돌아오는 머저리 노인을 벌판에서 만났다. 토머스 씨가 그들을 불러세우고는 음산한 얼굴로 말했다.

"너희들은 주차장에 와서 노는 무리와 한패지?"

마이크가 막 대답을 하려는 순간 블래키가 그를 제지하였다. 두목으로서 그는 책임이 있었던 것이다.

"만일 그렇다면?" 하고 그는 모호한 대답을 했다.

"내가 초콜릿을 좀 가지고 왔는데." 토머스 씨가 말했다.

"난 초콜릿을 좋아하지 않거든. 자, 이거. 모두에게 돌아갈 만큼 안 되는데, 안 될 거야. 도저히 안 되는군"

하고 그는 음산한 음성으로 덧붙이며 세 상자의 '스마티' 초콜릿을 내놓았다.

갱단은 이 행위에 어리둥절해하며 어떻게든지 설명을 해 보려고 했다.

"틀림없이 누가 떨어뜨린 것을 주운 거겠지."

누군가가 그런 소리를 했다.

"날치기를 하긴 했지만, 그래놓곤 겁에 질려버린 거야."

또 하나가 혼자말처럼 중얼거렸다.

"그건 뇌물이야." 사머즈의 말이었다.

"우리가 그의 집 담 위에 공을 던지는 걸 그만두어 달라는 거야."

"우리는 뇌물 따위를 받지 않는다는 사실을 그에게 보여 주어야지."

블래키가 말했다. 그리하여 그들은 아침 한나절을 온통 희생하여 공던지기를 했지만, 그것을 즐길 만큼 나이가 어린 사람은 오직 마이크 하나뿐이었다. 토머스 씨에게서는 아무런 반응도 없었다.

다음날 T가 그들을 모두 놀라게 했다. 그는 집회에 지각했고, 그래서 그날의 행동을 결정하는 투표는 그를 빼놓고 이루어졌다. 블래키의 제안에 따라서 일당은 두 사람씩 짝이 되어 요령껏 버스에 올라탄다. 그리하여 몇 차례나 멍청한 차장의 눈을 속여 무임 승차를 할 수 있는지 해 보자는 것이었다(속이지 못하도록 두 사람씩 짝을 지어 이 일을 하기로 했다). 그들이 짝을 정하는 제비[3)]를 뽑고 있을 때 마침 T가 도착했다.

"어디에 갔었니, T?" 하고 블래키가 물었다.

"인제 투표 못해. 너 규칙을 알지?"

"나 거기에 갔었어." T가 말했다. 그는 땅바닥을 내려다보았다 — 마치 감추어야 할 무슨 생각이 있는 사람과도 같이.

"어디에?"

"그 머저리 노인 집에." 마이크의 입이 열렸다가 다시금 쩝 소리를 내면서 황급히 닫혔다. 개구리 생각이 났던 것이다.

"머저리 노인 집에?" 블래키가 말했다.

규칙에는 그것이 불가능하다는 항목은 전혀 없었다. 그럼에도 불구하고, 그는 T가 위험한 짓을 하고 있다는 느낌이 들었지만 그렇지 않기를 바란다는 듯이 그가 물었다.

"너 침입해 들어갔니?"

"아니, 내가 초인종을 울렸어."

"그래 뭐라고 했니?"

"그의 집을 좀 보고 싶다고 했지."

"그래 그가 어떻게 하던?"

"응, 집을 보여 주던데."

"뭘 집어 왔니?"

"아니."

"그럼 무슨 목적으로 그런 짓을 했어?"

일당이 모두 주위로 모여들었다. 그것은 마치 이제부터 즉결 재판을 열

3)제비 : 가부를 결정하는 한 방법으로 쓰는 물건.

어서 비행을 재판하려는 것과도 같았다.

"아름다운 집이던데." T가 말했다.

그리고는 여전히 땅바닥을 지켜보면서 누구 한 사람의 눈길과도 마주치지 않으려고 입술을 이리저리 핥고 있었다.

"그게 무슨 소리야, 아름다운 집이라니?" 블래키가 조롱조로 물었다.

"2백 년이나 된 나선형 층계가 달려 있어. 포도주병의 코르크 뽑기처럼 생긴 층계야. 거기엔 받침대가 전혀 없더라."

"그건 무슨 소리야, 받침대가 없다니. 공중에 떠 있단 말이야, 그럼?"

"대립(對立)의 힘과 관계가 있는 거래. 머저리 노인의 말이 말이야."

"그 밖엔 뭐가 있던?"

"모자이크 마루가 있어."

"블루 보어에 있는 것 같은?"

"2백 년 된 거래."

"머저리 노인이 2백 살이나 됐단 말이야."

마이크가 갑자기 웃음을 터뜨리고는 다시 잠잠해졌다. 모인 일당은 심각한 표정을 하고 있었다. 여름 휴가인 맨 첫날 T가 어정어정 이 주차장으로 걸어 들어온 이래 처음으로 그의 위치가 위태로워졌다. 오직 그의 정말 이름을 한 번만 입 밖에 내는 것만으로도 일당이 온통 그에게 대들었을 것이다.

"무슨 목적으로 그 집엘 갔니?" 블래키가 물었다.

그는 공정했고 질투도 없었고, 할 수만 있다면 T를 일당에 그대로 남아 있게 하고 싶었다. 그가 염려한 것은 '아름다운' 이란 말이었다 — 이 말은 윔즐리 엠파이어 주차장에서 아직도 볼 수 있는 실크 해트에 외알박이 안경을 쓰고 조롱조의 사투리로 서투르게 흉내내는, 그런 대상이 된 그 상류사회에서나 쓰는 말이었던 것이다. 그는

"애 트래비야, 이 자식아"

라는 말로써 그 악동들에게 행동의 자유를 주고 싶은 유혹을 느꼈다. "만일 네가 그 집에 침입해 들어간 거라면 그건 좋지만."

그는 약간 슬픈 어조로 말했다 — 그랬다면 그것은 진정 그 갱단의 이름에 손색이 없는 하나의 공격이었으리라.

"더 좋은 소식이 있어." T가 말했다.

"몇 가지 발견했거든."

그는 여전히 자기 발밑만을 응시하고 아무의 눈길과도 마주치지 않으려고 했다. 그래서 그것은 마치 그가 같이 나눠 가지고 싶지 않은 — 아니면 그러기를 수치로 여기는 — 그러한 어떤 꿈에 마음을 빼앗기고 있는 것과도 같았다.

"무슨 사실을 발견했는데?"

"머저리 노인이 내일 하루와 '은행 휴일'에 온통 집을 비울 거야."

블래키가 안도감을 느끼면서 말했다.

"그래, 우리가 침입해 들어갈 수가 있다는 거냐?"

"그래 가지구 물건을 들어낼 수 있다는 거냐?"

누군가가 물었다. 블래키가 말했다.

"아무도 물건을 집어내진 마라. 침입하는 거다…… 그거면 그만이야, 그렇지 않아? 우린 재판이나 하는 따위를 원치 않으니까."

"아무 것도 집어 올 생각은 없어." T가 말했다.

"그보다 더 좋은 생각이 있거든."

"그게 뭔데?" T가 눈을 치떴다. 마치 우중충한 8월의 날씨처럼 회색을 띤 불안정한 눈길을.

"그 집을 끌어내려서 그걸 파괴하는 거야."

그가 말했다. 블래키가 와 하고 크게 웃었다. 그러고는 마이크처럼 잠잠해졌다. 그 진지하고 집념에 찬 응시에 위압을 당한 것이었다.

"그 동안 경찰은 종시[4] 무얼하고 있을 건데?" 그가 말했다.

"경찰은 절대로 몰라. 우린 집 안에서 할 거니까. 들어갈 길을 발견했거든." 그가 일종의 열을 띠고 말했다.

"우린 마치, 알겠어. 사과 속에 든 벌레들 모양일 테니까. 우리가 그 집에서 다시 나왔을 적에는 거기엔 이미 아무 것도 없을 테니까. 나선형 층계도, 모자이크 마루도, 아무 것도. 오직 벽밖에는 남지 않을 거야. 그 다음엔 그 벽까지도 쓰러뜨리겠어…… 무슨 짓을 해서든지 말이야."

"다음엔 감옥으로 가겠지." 블래키가 말했다.

"누가 증명해? 그러나 저러나 우린 아무 것도 집어 오진 않을 거니까."

그는 눈 하나 깜박거리지 않고 이렇게 덧붙였다.

"우리가 그 일을 끝낸 뒤엔 집어 올 게 하나도 없을 거야."

"물건을 부순다고 해서 형무소에 간다는 얘긴 들어본 일이 없는데."

사머즈가 말했다.

"그만한 시간이 없을 거야." 블래키가 말했다.

"집을 허는 일을 난 봤거든."

"우린 열두 명이니까" T의 말이었다.

"잘 짜면 되겠지."

"그 일을 아는 앤 하나도 없지 않니……"

"내가 알아." T가 말했다. 그는 블래키를 건너다보았다.

"이보다 나은 계획이라도 있어?"

"오늘은"하고 마이크가 눈치 없이 말했다.

"우린 무임 승차[5]를 할 거야……"

4)종시(終是): 처음부터 끝까지.

5)무임승차(無賃乘車): 차비를 내지 않고 차를 타는 것.

“무임 승차?” T가 말했다.
“그만두지, 블래키. 그런 걸 하려면……”
“갱단엔 투표란 게 있으니까.”
“그럼 투표에 걸어.” 블래키가 불안한 듯이 말했다.
“내일과 월요일엔 머저리 노인 집을 헐자는 안이 나왔다.”
“어서 어서.” 조라는 이름의 뚱보 소년이 말했다.
“누가 찬성이냐?”
“의결됐다.” T가 말했다.
“어떻게 시작하는 거냐?” 사머즈가 물었다.
“T가 알려 줄 게다.” 블래키가 말했다.

그것이 그의 지도권의 종말이었다. 그는 주차장 뒤로 가버렸다. 그리하여 돌을 걷어차서 이쪽저쪽으로 굴렸다. 주차장에는 낡아빠진 모리스가 한 대 있을 뿐이었다. 그럴 것이, 거기에는 화물 자동차 외에는 별로 차가 남아 있지 않았으니까. 차에 사람이 없으면 안전하지 않았던 것이다. 그가 걷어찬 돌 하나가 날아가 자동차에 부딪쳐 뒤편에 있는 흙받이의 칠이 조금 벗겨졌다. 저쪽에는 T 주위에 모여서 마치 모르는 사람이나 보는 것처럼 그에게는 아무런 주의도 기울이지 않았다.

블래키는 얼마나 쉽게 인기가 바뀌었는지를 어렴풋이 깨닫는 것이었다. 그는 집으로 돌아가서 다시는 이리로 오지 않으리라. 두목으로서 T가 이끌어 가는 일이 얼마나 싱거운지를 일당이 깨닫게 내버려 두리라 생각했다.

그러나 결국 T가 제안한 일이 가능하다면 어찌될 건가 — 그와 같은 일은 오늘까지 해 본 적이 없지 않은가. ‘웜즐리 코먼’의 주차장 갱단의 명성은 틀림없이 런던 일대에까지 미치리라. 신문에도 큰 활자로 나리라. 심지어 프로 레슬링의 내기를 직업으로 하고 있는 어른 갱단이나 손수레꾼들까지도 머저리 노인의 집이 파괴되었음을 듣고는 경의를 표하리라. 일당의 명성을 바라는 순수 소박한 애타주의적(愛他主義的)[6]인 야심에 끌려 블래키는 노인의 집 담 뒤의 T가 서 있는 곳까지 되돌아왔다.

T는 결단성 있게 가지가지 지령[7]을 내리고 있었다. 그것은 마치 이 계획이 그의 온 생애에 걸쳐 꾸며져 온 것이며, 여러 계절을 두고 깊이 연구해 온 것으로 이제 그의 열다섯이 되는 해를 맞아 사춘기의 발동이 진통과 더불어 결정(結晶)이 되는 순간과도 같았다.

"넌" 그가 마이크에게 일렀다.

"커다란 못 몇 개하고, 네가 본 중에서 제일 큰 놈으로 망치 하나를 가져오렴. 누구든지 좋아, 다른 애도 망치와 드라이버를 가져올 수만 있으면 가져와. 그건 얼마든지 필요할 테니까. 또 끌도 가져오구. 끌도 아무리 많아도 부족할 지경이야. 누구든지 톱을 가져올 수 있는 애 있어?"

"내가 가져올 수 있어." 마이크가 말했다.

"장난감 톱이 아니라 정말 톱 말이야." T가 말했다.

블래키는 마치 일당의 한 부하 모양 자기도 손을 들었음을 깨달았다.

"좋아, 네가 가져와, 블래키. 그런데 한 가지 난관이 있다. 쇠톱이 필요할 텐데."

"울워트 백화점에 가면 살 수 있어."

사머즈의 말이었다. 조라고 하는 뚱보 소년이 우울한 어조로 말했다. "난 알고 있어. 끝판에 가서는 모두들 헌납을 해야 할 거야."

"나도 하나 사올 테니까" T가 말했다.

"난 네 돈을 원치 않아. 그렇지만 나도 '큰 쇠톱'은 살 능력이 없는데."

"지금 15번지에서 공사를 하고 있어. '은행 휴일'에 그들이 연장들을

6)애타주의(愛他主義): 다른 사람의 행복의 증진을 도덕상 행위의 표준으로 삼는 입장.

7)지령(指令): 지휘명령.

두는 곳을 난 알아." 블래키가 말했다.

"그럼 이렇게 하자." T가 말했다.

"우리 아홉 시 정각에 여기서 만나자."

"난 교회에 가야 하는데." 마이크가 말했다.

"담을 넘어와서 휘파람을 불어. 그러면 들어오게 해줄 테니까."

2

일요일 아침엔 블래키만 빼고는 모두가 시간을 지켰다. 마이크조차도 지켰다. 마이크는 정말 운이 좋았다. 그의 어머니가 기분이 좋지 않았고, 그의 아버지는 토요일 밤의 일로 지쳐 있었다. 그래서 마이크는 혼자 교회에 가도록 분부를 받았다. 그러나 교회를 가지 않고 다른 데를 어정거린다면 혼나리라는 경고도 함께 들었다. 블래키는 톱을 몰래 가지고 나오느라고, 그리고 15번지 집 뒤에서 큰 메[8]를 찾아오느라고 고생고생하였다. 그는 정원 위의 샛길로 해서 집으로 접근했다. 큰길에는 경찰이 순찰을 돌고 있을까 봐 두려워서였다. 피곤한 상록수가 폭풍 같은 태양을 가려주고 있었다. 대서양 위에는 또 하나의 비 내리는 '은행 휴일'이 다가오고 있는지 나무 밑에서 먼지의 소용돌이가 일기 시작했다. 블래키는 담을 기어올라 머저리네 정원으로 들어갔다.

아무 데도 인기척이라곤 없었다. 마치 버려 둔 묘지의 무덤처럼 쓸쓸히 변소가 서 있었다. 커튼이 모두 드리워져 있어서 집은 온통 쥐죽은 듯 고요했다. 블래키는 톱과 큰 메를 들고 비틀비틀 다가갔다. 결국은 아마 아무도 나타나지 않을는지 모른다. 그렇다, 그 계획은 애당초 허황된 착상[9]이었다. 잠이 깨어서야 모두들 깨닫게 되리라. 블래키는 이렇게 생각했다.

---

8)메: 물건을 칠 때에 쓰는 무거운 방망이.

9)착상(着想): 일의 실마리가 될 만한 생각.

그러나 그가 뒷문에 가까이 가자 잡다한 소리가 들렸다. 잉잉대는 벌떼의 소리처럼 들렸다. 때각때각 소리, 쾅쾅쾅 소리, 깍는 소리, 삐걱 소리, 갑작스럽고 고통스러운 듯 빨라지는 소리. 아니, 정말이었구나 하는 생각이 들어서 그는 휘파람을 불었다.

뒷문이 열리자마자 그는 성큼 들어갔다. 그는 곧 조직화된 작업이라는 인상을 받았다. 그가 두목으로 있을 때의 그 옛 안일주의의 방식과는 달랐다. 한참 동안 그는 층계 위아래를 어정거리면서 T를 찾아보았다. 아무도 그에게 말을 건네지 않았다. 그는 커다란 긴박감을 느꼈다. 그리하여 이 계획의 뜻을 알 수가 있었다. 집 내부가, 바깥 벽을 하나도 다치지 않고 조심스레 부서지고 있었다. 사머즈는 망치와 끌을 가지고 일층 식당 안의 판자들을 뜯어내고 있었다. 방문의 판자는 이미 부숴버린 뒤였다. 같은 방에서 조는 모자이크 마루 판자를 뜯어내고 있었는데, 그러면 지하실 위의 마루 판자가 온통 드러나게 되어 있었다. 부서진 징두리[10)]에서 전선(電線)의 코일이 나오자, 마이크는 즐거운 모양으로 마루 위에 앉아서 전선을 싹독싹독 끊어냈다.

커브를 이룬 층계 위에서는 일당 중의 두 명이 부적당한 장난감 톱으로 난간을 열심히 켜고 있었다 — 블래키의 큰 톱을 보자 그들은 말없이 그걸 달라는 신호를 했다. 다음에 그가 보았을 때에는 이미 난간의 반의반이 현관으로 떨어져 내려가 있었다. 그는 드디어 T를 목욕실에서 찾아냈다 — 그는 이 집에서 가장 한적한 실내에 앉아서 생각에 잠긴 듯 아래층에서 들려오는 갖가지 소리에 귀를 기울이고 있었다.

"정말 했군 그래." 블래키가 엄숙한 기분으로 말했다.

"앞으로 어떻게 되는 거야?"

"지금 막 시작한 데 불과한 걸." T가 말했다.

---

10)징두리 : 집채의 안팎 둘레의 밑동.

그는 큰 메를 바라보면서 블래키에게 지시를 내리는 것이었다.

"너는 여기 있어. 그랬다가 욕조와 세면대를 부숴라. 파이프는 그냥 내버려 둬. 사람들은 나중에야 올 테니까."

마이크가 방문 쪽에 나타났다.

"전선 일은 끝냈다, T." 그가 말했다.

"됐어. 인제 약간 걸어가야 한다, 부엌은 지하실에 있으니까. 사기 그릇과 유리 그릇, 병들을 손에 닿는 대로 온통 부숴버려. 수도꼭지를 비틀어 열어 놓지는 말고…… 우린 홍수는 원치 않으니까…… 아직은 말이야. 그리고 방마다 들어가서 서랍을 모두 뒤집어 놔. 만일 잠겨 있거든 누구 하나 불러서 부수고 열어 달라고 해. 어떤 서류든지 눈에 띄는 대로 모조리 찢어버리고 장식품(裝飾品)은 모조리 부수라구. 부엌에서 부엌칼을 하나 들고 가는 게 좋을 게다. 침실이 이 반대쪽에 있다. 베개는 모두 발기고, 시트는 모두 찢어버려. 우선 당장은 그 정도면 돼. 그리고 넌 말이다, 블래키, 여기 일이 끝나면 네 그 큰 메로 복도의 페인트칠을 죄다 두드려 벗겨라."

"넌 뭘 할 거냐?" 블래키가 물었다.

"난 무언가 특별한 일을 찾고 있는 중이거든." T가 말했다.

블래키가 일을 마치고 T를 찾으러 갔을 때는 이미 점심 시간이 가까웠을 때였다. 혼돈은 이미 꽤 진행되어 있었다. 부엌은 부서진 유리와 사기로 수라장을 이루었다. 식당은 모자이크로 붙인 마루 판자가 뜯기고 징두리는 떨어져 나가고 방문은 경첩에서 떨어져 나갔다. 그렇게 해 놓고 파괴자들은 한 층 위로 올라가버린 뒤였다. 닫힌 덧문 틈으로 몇 줄기의 햇빛이 흘러 들어왔다. 거기서 그들은 조물주와도 같은 진지함으로 열중하고 있었다 — 따지고 보면 파괴 역시 창조의 한 형태인 것이다. 어떤 종류의 상상력이 이 집을 지금 보고 있는 것 같은 생각이 들었다.

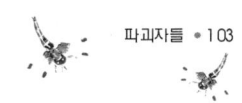

"난 점심을 먹으러 가야겠어." 마이크가 말했다.

"또 누가 갈 거냐?" T가 물었다.

그러나 다른 애들은 죄다 이런 저런 구실을 만들어 먹을 것을 준비해 왔었다. 그들은 폐허가 된 방 안에 쭈그리고 앉아서 내키지 않는 샌드위치를 서로 바꾸어 먹었다. 점심 식사 시간은 반 시간. 그러고는 다시 일을 시작했다. 마이크가 돌아왔을 때까지는 벌써 그들이 꼭대기 층계에 와 있었고, 여섯 시까지에는 표면의 파괴는 완전히 끝이 나 있었다. 방문들은 모두 떨어져 나갔고 징두리들은 온통 드러났고, 가구들은 문이 떨어지고, 조각조각 부서지고 — 부서진 석고벽의 침대 위를 제외하고는 이 집에서는 어디에도 잘 만한 곳이 없었다. T가 여러 가지 지시를 내렸다 — 저녁 여덟 시. 남의 눈을 피하기 위해서 한 사람 한 사람 정원의 담을 기어올라 주차장으로 나가도록 했다. 다만 블래키와 T만이 남아 있었다. 빛은 거의 사라져 버려서 전등의 스위치를 만져 보았지만 아무 소용이 없었다 — 마이크가 맡은 일을 철저히 해냈기 때문이다.

"뭐 특별한 걸 발견했니?" 블래키가 물었다.

T가 고개를 끄덕이며 말했다. "이리 와서 이것 좀 봐."

양쪽 주머니에서 그는 여러 다발의 지폐를 꺼냈다.

"머저리 노인이 저축한 거야." 그가 말했다. 마이크가 매트를 찢어 발겼지만, 그건 보지 못했던 것이다.

"그걸 어떡할 생각이야? 나누어 가질 거야?"

"우린 도둑이 아니니까." T가 말했다.

"이 집에서 아무 것도 훔쳐 가진 않기로 했지. 이건 너와 나의 것으로 넣어 둔 거야…… 축하의 뜻으로."

그는 마루에 무릎을 꿇고 앉아서 그것을 세어보았다. 전부 70장이었다.

"태워 버리기로 하자." 그가 말했다.

"한 장 한 장씩."

그러고는 번갈아가며 한 장씩 뽑아서 위로 치켜들고는 귀퉁이에 불을 붙였다. 그러자 불길은 천천히 타면서 손가락 쪽으로 내려왔다. 회색 재가 두 소년의 머리 위에 떠 있다가 아래로 떨어져, 마치 나이 많은 노인처럼 회색 머리를 만들어놓았다.

"우리가 일을 모두 끝낸 뒤엔 머저리의 얼굴을 좀 보고 싶은데."

T가 말했다.

"너 그를 몹시 증오하는구나?" 블래키가 물었다.

"물론 증오하지는 않아." T가 말했다.

"만약 내가 그를 증오한다면 조금도 신이 나지 않을 게다."

마지막 타는 지폐가 그의 생각에 잠긴 얼굴을 비추었다.

"이 모든 증오와 사랑." 그가 말했다.

"그건 가벼운 거야, 잠꼬대야. 이 세상에는 오직 물건들이 있을 뿐이야, 블래키." 그런 다음 그는 방 안을 둘러보는 것이었다 — 갖가지 반토막의 물건들, 깨어진 물건들, 옛날에는 물건들이라고 할 수 있었던 그 물건들의 그림자들로 혼잡을 이룬 방 안을.

"내 빨리 너를 집까지 데려다 줄 테다, 블래키." 그가 말했다.

3

다음날 아침에 본격적인 파괴가 시작되었다. 두 명이 없어졌다. 마이크와 또 한 소년이었다. 그들의 부모는 천천히 한 방울씩 떨어지기 시작한 빗방울에도 불구하고, 또 그 옛날의 그 공습의 최초의 포성(砲聲)과도 같이 템즈 강구(江口)에서 우르릉거리는 천둥에도 불구하고, 사우스엔드와 브라이튼 해수욕장으로 떠난 것이었다.

"서둘러야 해." T가 말했다.

사머즈는 온순히 따르진 않았다. "이만하면 다 된 거 아냐?" 그가 말했다. "나는 자동 도박기에 쓸 돈으로 1실링[11]을 타 가지고 나왔거든. 그런데 이건 일 중에도 큰일이잖아?"

"우리는 간신히 시작했을 뿐인데." T가 말했다. "아직도 마루들이 온통 남아 있고, 층계도 그렇고, 유리창은 아직 한 장도 들어내지 못했어. 너도 다른 애들과 마찬가지로 투표한 거지. 우린 이 집을 파괴하는 거야. 우리가 일을 끝낸 뒤에는 남은 거라곤 아무 것도 없을 테지."

그들이 다시금 1층에서 시작하여 바깥쪽의 벽에 잇닿은, 제일 표면에 붙은 마루 판자를 뜯어내자 들보[12]가 모두 노출되었다. 그들은 톱으로 그 들보들을 잘라 남은 마루가 비스듬히 떨어져 내리는 동안에 현관으로 철수했다. 그들은 실천을 통해 많이 배웠으므로 2층은 좀더 쉽게 무너졌다. 저녁이 되자 그들은 그 집의 커다란 공동(空洞)[13]을 내려다볼 수 있었다. 그 공동을 내려다보면서 그들은 야릇한 쾌감에 휩싸였다. 그들은 모험도 하였고, 실수도 하였다. 가령, 유리창 생각을 했을 때에는 이미 늦었다 — 손이 닿지가 않았던 것이다. "제기랄"하고 조는 1페니[14]짜리 동전 한 닢을 물 대신 쓰레기가 꽉 찬 우물 속으로 떨어뜨렸다. 순간 동전은 짤랑 소리를 내면서 깨어진 유리 조각들 사이를 굴렀다.

"왜 우리가 이 일을 시작했지?" 사머즈는 자기도 모르게 놀라 물었다. T는 이미 땅바닥으로 내려가서 쓰레기더미를 파헤쳐, 바깥쪽 벽을 따라 공지를 터놓는 중이었다.

"수도꼭지를 틀어라." 그가 말했다.

"이제는 어두우니까 아무에게도 보이지 않을 거고, 내일 아침엔 문제가

11)실링(shilling): 영국 은화의 하나. 화폐의 단위(파운드의 1/20).

12)들보: 칸과 칸 사이의 두 기둥을 건너질러서 도리와는 ㄱ자, 마룻대와는 +자 모양을 이루는 나무.

13)공동(空洞): 아무 것도 없이 텅 빈 굴.

14)페니(penny): 영국의 화폐 단위(파운드의 1/100).

안 될 테니까."

물이 그들이 있는 층계 위에까지 올라와서는 마루가 없는 방을 통해 떨어져 내렸다.

바로 그 때였다. 뒤에서 마이크의 휘파람 소리가 들렸다.

"무슨 사고가 났구나." 블래키가 말했다.

그리고 방문을 열자 마이크의 급한 숨소리가 들렸다.

"도깨비냐?" 하고 사머즈가 물었다.

"머저리 노인이야. 노인이 돌아오는 중이야." 그는 양 무릎 사이에 고개를 파묻고 헐떡거렸다.

"난 종시 뛰어왔어." 그가 자랑스럽게 말했다.

"그렇지만, 알 수 없는 일인데." T가 말했다.

"노인이 내게 하던 얘기로는……" 어린이였던 적이 한 번도 없었던 그가 어린이처럼 분개하며 항의하는 것이었다.

"공정치 못한데."

"노인이 사우스엔드에 와 있었거든." 마이크가 말했다.

"그랬다가 지금 기차로 돌아오는 중이었어. 노인의 말이, 너무 춥고 비가 오고 해서……" 그가 말을 끊고 물을 바라보았다.

"아이, 비바람은 여기도 있군. 지붕이 새는 건가?"

"얼마나 있으면 노인이 돌아올까?"

"5분. 난 엄마를 내버려둔 채 달려왔거든."

"우린 꺼지는 게 옳지. 이만하면 우린 할 대로 했지, 하여간에" 하고 사머즈가 말했다.

"아냐. 천만에, 아직도 멀었어. 이 정도는 누구나 할 수 있어, 이 정도는……"

'이 정도'란 몇 개의 벽 이외에는 아무 것도 없이 부숴져 텅 빈 집을 가리킨 것이었다. 그러나 벽들은 보존될 수 있을 것이다. 외관(外觀)은 값진 것이다. 내부야 전보다 더 아름답게 다시 지을 수 있지 않은가. 그리고 다시 '집'이 될 수도 있지 않은가. 그가 성난 어조로 말했다.

"우린 끝을 내야 해. 가만히 있어, 내가 생각 좀 하게."

"시간이 없어." 한 소년이 말했다.

"무엇인가 길이 있을 거다." T가 말했다.

"우리가 여기까지 할 수 있었던 건……"

"굉장한 일을 했지." 블래키가 말했다.

"아냐, 아냐. 아직도 멀었어. 누구 가서 정문을 지켜라."

"인젠 이 이상 할 수 없잖아?"

"노인이 뒤로 들어올지도 모르잖아?"

"뒤도 지켜라." T가 애원하기 시작했다.

"제발 1분만 시간을 줘. 내가 어떻게든지 할 테니까. 맹세해, 어떻게든지 할 테니까."

그러나 그의 권위는 그런 모호한[15] 말과 동시에 사라져버렸다. 그도 이제는 일당 중의 한 사람일 뿐이었다.

"제발." 그가 말했다.

"제발"하고 사머즈가 그의 흉내를 냈다.

그러자 별안간 그 숙명적인 이름으로 그에게 타격을 주었다.

"이젠 뛰어서 집으로 돌아가, 트래비!"

T는 로프에 몰린 그로키 상태의 선수처럼 쓰레기더미에 등을 향하고 서 있었다. 그는 아무 말도 없었지만 그 동안 그의 뇌리엔 갖가지 꿈이 그를 사로잡았다간 사라지곤 하였다. 그러자 블래키가 행동했다. 그리하여 일당이 비웃을 시간의 여유를 주지 않았다. 사머즈를 뒤로 떼밀고 나서 블래

15)모호한 : 흐리어 똑똑하지 못한.

키가 말했다. "내가 현관을 지킬 테다, T."

그러고는 조심스럽게 현관 덧문을 열었다. 비 내리는 회색의 '벌판'이 일대에 펼쳐져 있었고, 물이 괸 곳에서는 램프 불빛이 흔들렸다.

"누가 오고 있다, T. 아니 노인은 아니야. 네 계획은, T?"

"마이크에게 변소로 가서 그 뒤에 숨어 있으라고 해 줘. 그리고 내가 휘파람을 불거든 열을 세고 나서 소리를 지르기 시작해야 한다고 해."

"뭐라고 소릴 질러?"

"음, '살려 줘요'나, 뭐든지."

"너 들었지, 마이크?" 블래키가 말했다.

그가 다시 두목이 된 것이었다. 그는 덧문과 덧문 사이로 재빨리 보았다.

"노인이 온다, T."

"빨리, 마이크, 변소로. 여기 있어, 블래키, 모두 여기 있어. 내가 소리를 지를 때까지."

"넌 어딜 가는 거냐, T?"

"염려할 것 없어. 이건 내가 어떻게든지 할 테니까. 한다고 그랬잖아."

머저리 노인은 절름거리면서 '벌판'에서 걸어오고 있었다. 구두에 흙이 묻어 있었으므로 그는 걸음을 멈추고 서서 보도 가장자리에 문질러 털었다. 집에 흙을 묻히고 싶지 않아서였다. 폭격을 맞아 택지와 택지 사이에 하나의 톱날 모양을 하고 서 있는 그 시커먼 집, 마치 기적처럼 간신히 파괴를 면한 — 그는 그렇게 생각하고 있었다 — 집, 심지어 문의 채광창[16] 조차도 그 폭풍(暴風)에 깨지지 않고 남아 있었다. 어디선가, 누군가가 휘파람을 분다. 머저리 노인은 날카롭게 주위를 둘러본다. 그는 휘파람 소리를 신용하지 않았던 것이다. 어린이 하나가 소리를 지르고 있다. 그 소리

16)채광창(採光窓) : 햇빛이 들어오게 하기위해 만든 창문.

는 바로 자기 집 정원에서 나는 소리같이 생각되었다. 그러자 한 소년이 주차장에서 도로를 향해 뛰어온다.

"토머스 아저씨, 토머스 아저씨"하고 소년이 소리쳤다.

"뭐냐?"

"대단히 미안해요, 토머스 아저씨. 우리 친구 한 놈이 갑자기 변소에 가고 싶어졌지 뭐예요. 우리 생각엔 아저씨께서 이해해 주실 것 같았어요. 그런데 지금은 나오질 못하고 쩔쩔매고 있지 뭡니까……"

"도대체 그게 무슨 소리냐, 이놈아?"

"애 하나가 아저씨네 변소에 빠져버렸어요."

"그놈이 무슨 일로…… 내 전에 널 만난 적이 있었던가?"

"아저씨가 제게 아저씨 집을 보여 주셨어요."

"응, 그랬지. 응, 그랬어. 그렇다고 네게 그런 권리가……"

"빨리요, 토머스 아저씨. 그 앤 질식할 거예요."

"바보 같은 소리. 그럴 리가 있나? 내 가방을 들여놓을 때까지 기다려."

"제가 가방을 들고 가죠."

"아니다, 아냐. 왜 네가 들어. 내 가방은 내가 들어야지."

"이 쪽이에요, 토머스 아저씨."

"그 쪽으로는 정원엘 들어가지 못한다. 집으로 해서 가야 해."

"글쎄, 이리로도 정원 안에 들어갈 수가 있어요, 토머스 아저씨. 우리가 번번이 들어가는걸요."

"너희들이 번번이 들어간다구?"

그는 분개하면서도 관심을 갖고 소년의 뒤를 따랐다.

"언제? 무슨 권리로……"

"보시다시피…… 담이 낮잖아요."

"내가 내 집에 들어가는데 담을 넘어 들어가진 않을 테다. 그건 어리석은 일이야."

"우린 이렇게 하거든요. 한 발은 여길 딛고, 또 한 발은 저기를 딛고, 그렇게 넘는 거예요." 소년의 얼굴이 아래를 향했고 동시에 팔 하나가 불쑥 나왔다. 그러자 토머스 씨는 자기 가방을 빼앗겼음을 발견했다. 가방은 담 저 쪽에 놓여 있었다.

"내 가방은 돌려다오." 토머스 씨가 말했다.

변소에서는 한 소년이 자꾸만 소리를 질렀다.

"내 경찰을 부를 테다."

"가방은 안전해요, 토머스 아저씨. 여길 보셔요. 한 발은 저 쪽으로요, 아저씨 오른쪽이에요. 이제 조금 더 위로요. 왼쪽으로요."

토머스 씨는 자기 집 정원의 담을 기어올라 넘어갔다.

"여기 아저씨 가방 있어요, 토머스 아저씨."

담을 더 높이 쌓아 올려야겠다." 토머스 씨가 말했다.

"나는 네놈들이 이리로 넘어와서 변소를 쓰게 하지 않을 테다."

그는 길 위에서 돌부리에 걸려 넘어질 뻔했으나, 소년이 그의 팔꿈치를 붙들어 그를 부축해 주었다.

"고맙다, 아가야" 하고 그는 기계적으로 중얼거렸다.

누군가가 다시금 어둠 속에서 소리를 지른다.

"내 가는 중이다, 가는 중이야." 토머스 씨가 소리쳤다.

그가 자기 옆의 소년에게 말했다.

"내가 벽창호[17] 짓을 하고 있는 건 아니다. 내게도 소년 시절이 있었거든. 일이 정상적으로 이루어지는 한 말이다. 나는 너희들이 토요일 아침녘에 이 근처에서 노는 건 상관치 않아. 때로는 내게도 동무가 있는 게 좋거든. 다만 어디까지나 정상적이라야 한단 말이다. 너희들 중의 하나가 허가

17)벽창호 : 고집이 세고 무뚝뚝한 사람을 비유하는 말.

를 청하면 난 좋다고 할 게다. 때로는 안 된다고 할 적도 있겠지. 그럴 기분이 나지 않을 때는 말이다. 그러면 너희들은 정문으로 들어와서 뒷문으로 나가는 거다. 정원의 담을 넘는 법이 아냐."

"저 애를 꺼내 주셔요, 토머스 아저씨."

"내 변소에서라면 무슨 상처를 입거나 하지는 않아."

토머스 씨가 말했다. 그리고 그는 발부리에 걸려 넘어질 뻔하면서 천천히 정원을 내려갔다.

"아이, 이놈의 신경통." 그가 말했다.

"언제나 '은행 휴일' 때만 되면 생긴단 말야. 난 조심조심 가야 해. 이곳 돌들은 흔들흔들한단 말이야. 네 손을 좀 다오. 내, 내 점별(占星)이 어제 뭐라고 했는지 아니? 이 주의 전반에는 어떠한 거래도 삼가라, 중대한 와해[18]의 위험이 있느니라. 그게 아마 이 길에 대한 얘긴지도 모르지." 토머스 씨가 말했다.

"점(占)에서는 비유의 말을 하거나 또는 두 가지 뜻으로 말을 하는 법이거든."

그는 변소 문 앞에서 걸음을 멈추었다.

"뭐가 어떻게 된 거냐, 그 안에서?" 그가 소리쳤다.

그러나 안에서는 아무런 대답도 없었다.

"아마 기절했나 봐요." 소년이 말했다.

"내 변소에서는 그럴 리가 없다. 자, 나오너라."

토머스 씨가 말했다. 그러면서 문을 홱 잡아당겼다. 그러자 문이 너무도 쉽게 열리는 바람에 하마터면 그가 벌렁 나자빠질 뻔했다. 손 하나가 처음에는 그를 부축하는 듯하더니 이어 그를 힘껏 떼밀었다. 그의 머리가 맞은편 벽에 부딪침과 동시에 그는 털썩 주저앉고 말았다. 그의 가방이 그의

18)와해(瓦解) : 사물이 헤어져 흩어짐.

두 다리를 때렸다. 손 하나가 자물쇠를 홱 뽑자 문이 쾅 소리를 내며 닫혔다.

"날 나가게 해 줘, 얘." 그가 소리쳤다.

그러자 자물쇠에서 찰카닥 열쇠 소리가 들렸다. '엄청난 와해로구나' 생각하니, 그는 몸이 후들후들 떨리고 머리가 혼란하고 갑자기 늙어버린 느낌이 들었다.

변소 문에 별 모양으로 뚫린 구멍으로부터 부드러운 말소리가 들렸다. "염려 마셔요, 토머스 아저씨. 우리가 아저씨를 해치지는 않을 테니까요. 조용히 계시기만 하면 말예요."

토머스 씨는 얼굴을 두 손에 파묻고 생각해 보았다. 주차장에는 화물 자동차가 단 한 대밖에 없었음을 아까 보았다. 게다가 그 차의 운전사는 내일 아침이 되기 전에는 차를 가지러 오지 않으리라는 것을 알고 있었다. 그가 소리를 지른댔자 집 앞길에서는 소리가 들릴 리가 없었고, 집 뒤의 샛길은 거의 사용하지 않는 길이었다. 누구나 그 길을 지나는 사람은 서둘러 집으로 돌아갈 뿐, 걸음을 멈추고 서서 틀림없이 주정뱅이의 고함 소리로 들릴 자기 소리에 귀를 기울이거나 하지는 않을 것이다. 그리고 비록 그가 '사람 살려' 소리쳐 보았자, 적막한 은행 휴일 저녁에 무슨 일인가 확인할 용기를 가진 사람이 누가 있을 것인가? 토머스 씨는 변소에 앉아서 온갖 지혜를 짜내어 곰곰 생각해 보는 것이었다.

잠시 후에 그 고요 속에서 뭔가 여러 가지 소리가 나는 듯함을 그는 깨달았다 — 그것은 희미한 소리였고, 그의 집 쪽에서 들려오는 소리였다. 그는 일어나서 통풍기 구멍으로 내다보았다 — 한 짝의 덧문 틈으로 한 가닥 불빛이 보였다. 전등 불빛이 아니라 마치 촛불과도 같이 흔들리는 불빛이었다. 그리고 그에게는 망치 소리, 깎는 소리, 끊는 소리 따위가 들리는

19)척후(斥候): 적의 상황이나 지형 등을 정찰 · 탐색하는 일. 또는 그 일을 맡은 사람.

듯 싶었다. 그는 강도들이 아닌가 생각했다 — 아마도 그 강도단이 그 소년을 척후(斥候)[19]로 고용했는지도 모른다. 그런데 대체 무슨 일로 그 강도단이 이런 일에 종사하고 있는 것일까 — 점점 더, 마치 비밀리에 하는 목공일과도 같이 들려오는 그런 일에. 토머스 씨는 시험삼아 한 번 소리를 질러보았으나 아무도 대답하는 사람이 없었다.

그 소리는 적(敵)의 귀에조차도 미치지 못했을 것이다.

4

마이크는 집으로 돌아가서 잤지만, 나머지 아이들은 그냥 남아 있었다. 누가 두목이 되느냐 하는 문제는 이미 일당의 관심사가 아니었다. 못과 끌과, 나사 돌리개와 그 밖에 날카로워서 뚫릴 만한 물건이면 무엇이든 다 모아 가지고 그들은 집 안의 벽 주위를 돌아다니면서 벽돌과 벽돌 사이의 회반죽을 긁어댔다. 처음에는 너무 높은 곳에서부터 시작했었지만, 블래키가 벽 속의 방습층[20]을 발견하고는, 그 위의 접속부를 벗겨버리면 작업이 절반으로 줄어들 수 있다는 사실을 발견했다. 시간이 걸리고 재미도 없는 일이었지만, 그 일도 끝이 났다.

텅 빈 집은 방습층과 벽돌 사이에 있는 몇 인치의 회반죽 위에 간신히 균형을 유지하고 있었다.

이제는 모든 일 중 가장 위험한 일이 남아 있었다. 그것은 바깥의, 폭탄이 떨어진 바로 가장자리에 있었다. 도로로 지나가는 사람들을 지켜보기 위해서 사머즈가 파견되었다. 한편, 토머스 씨는 변소에 앉아서 이제는 톱질하는 소리를 분명히 들을 수가 있었다. 그 소리는 이미 그의 집에서 들려오는 소리가 아니었다. 그래서 그는 약간이나마 안심이 되었다. 이제는 아까보다 마음이 가벼워졌다. 어쩌면 다른 소리들도 모두 별다른 뜻이 있

20)방습층(防濕層): 외벽의 습기를 막기 위해 벽 속에 시공하는 부분.

는 소리가 아닌지도 모른다.

목소리 하나가 구멍을 통해 그에게 말을 건넸다.

"토머스 아저씨."

"날 내보내라." 토머스 씨의 엄한 말소리였다.

"이거, 담요예요." 그 목소리가 말했다.

그러자 누가 기다란 회색 소시지 모양의 물건을 구멍으로 쑤셔넣었다. 그것이 토머스 씨의 머리 위에 똘똘 말린 채 떨어졌다.

"개인적인 감정은 아무 것도 없어요."

그 목소리가 말했다.

"오늘 밤을 편히 지내시기 바랍니다."

"오늘 밤을?"

토머스 씨는 믿을 수 없는 소리라는 듯이 되풀이했다.

"받으셔요." 그 목소리가 말했다.

"달콤한 빵이에요…… 버터를 발랐어요. 또 이건 소시지구요. 우린 아저씨가 굶주리시는 건 원치 않으니까요, 토머스 아저씨."

토머스 씨는 필사적으로 애원했다.

"농담에도 정도가 있는 거다, 아가. 날 내보내 줘, 그러면 아무 소리도 안 할 테니까. 난 신경통이 생겨서 편히 자야 된단 말이야."

"나오셔도 편치 않으실 거예요. 아저씨 댁에서는 그렇지 못하실 거예요. 지금은 그렇지 못하실 거예요."

"그게 무슨 소리냐, 아가?"

그러나 그 누군가의 발자국 소리가 멀어져 갔다. 오직 밤의 고요가 있을 뿐이었다. 톱소리도 전혀 나지 않았다. 토머스 씨는 한 번 더 소리를 질러 보았다. 그러나 그 고요로 말미암아 그는 위압을 당하고 견책[21]을 당하는

21)견책(見責) : 허물을 들어 꾸짖음을 당함.

것이었다 — 멀리서 올빼미 한 마리가 울어댔다. 그것도 날개 소리를 죽인 채 소리 없는 세계 속으로 다시 날아가버렸다.

다음날 아침 일곱 시에 운전사가 그의 화물차를 가지러 왔다. 그는 운전대로 올라가 발동을 걸려고 했다. 그 때 무슨 목소리 하나가 소리치고 있음을 어렴풋이 들었지만 상관하지 않았다. 드디어 엔진이 걸렸다. 그래서 그는 화물차를 후진하다가 토머스네 집을 받치고 있는 커다란 나무 버팀대에 닿아서야 멎었다. 그렇게 하면 곧바로 주차장에서 방향을 바꾸지 않고 빠져나갈 수가 있는 것이었다. 차가 앞으로 가다가 갑자기 주춤 멎었다. 그것은 마치 뒤에서 무언가가 차를 잡아당긴 것과도 같았다. 그러나 차는 계속 앞으로 부르릉 소리를 내면서 나아갔다. 운전사는 눈앞에서 벽돌들이 날아오고 있음을 보고 깜짝 놀랐다. 순간 돌멩이들이 날아와 차 지붕을 때렸다. 그는 차에 브레이크를 걸었다. 차에서 기어나가 보니 그곳 경치가 온통 갑자기 달라져 있었다. 주차장 옆에 이제는 집이 한 채도 없었고 오직 쓰레기더미가 언덕을 이루고 있을 뿐이었다. 그는 자동차의 뒤로 가서 파손된 곳이 있나 살펴보았다. 그런데 웬일인가. 차 뒤에 밧줄이 매어져 있고 그것은 또 한쪽 끝에서 다시금 벽의 버팀대 일부에 감겨 있지 않는가.

운전사는 다시금 누가 소리를 지르고 있음을 알았다. 그 부서진 무참한 벽돌 산더미 속의 가까운 판잣집에서 들려오는 소리였다. 운전사는 부서진 담을 기어올라가 판잣집 문 자물쇠를 열었다. 토머스 씨가 변소에서 나왔다. 그는 회색 담요를 뒤집어 쓰고 있었으며, 그 담요에는 과자 부스러기가 달라붙어 있었다. 그는 흐느끼며 말했다.

"내 집이," 그가 말했다.

"내 집이 어디 갔어?"

---

22) 잔해(殘骸) : 남아 있는 사해(死骸)나 물건의 뼈대.

"난 몰라요." 운전사가 말했다.

그의 눈길은 욕실과 옛날의 화장대의 잔해[22] 위에서 빛났다.

그러다 갑자기 웃음을 터뜨렸다.

어디에도 아무 것도 남아 있지 않았다.

"어떻게 감히 웃음이 나올까."

토머스 씨가 말했다.

"그건 내 집이었어, 내 집이었단 말이야."

"안됐습니다."

운전사가 말했다.

엄청나게 애써서 하는 말이었다.

그러나 그는 자기 차가 갑자기 제지당한 일과 그 벽돌들이 무너져 떨어지던 일을 생각하고는 다시금 몸을 뒤흔들었다. 조금 전만 해도 그 폭격의 자국들 틈에서 마치 실크 해트[23]를 쓴 사내와도 같이 그렇게 굉장한 위엄을 지니고 거기에 서 있던 그 집이, 다음 순간에는 우르르 무너져 버린 것이다.

아무 것도 남아 있지 않았다 — 전혀, 아무 것도.

그가 말했다.

"미안해요. 저도 어쩔 수가 없어요, 토머스 아저씨. 개인적인 감정은 아무 것도 없어요. 그렇지만 이것만은 인정하지 않을 수가 없어요, 정말 우습군요." ✻

23)해트(hat): 중절 모자

▦ 작가소개 **그레이엄 그린(Graham Greene ; 1904~)**

영국 버컴스테드 출신 소설가인 그린은 현존하는 영국 최대 작가로 추앙받고 있다. 원초적인 인간의 모습을 찾아보려고 아프리카와 남미 등 원시 지방을 여러 차례 여행하기도 한 그린은 궁극적으로 인간을 지배하는 것이 제도나 인위적인 것만이 아니라고 생각했다. 더 원초적인 것, 가령 뭔가 숙명적인 것, 원죄적인 것이 있다고 보았으며, 이를 통해서 인간이란 무엇인가를 파악하려 한 것이 그의 소설들이다.

그린은 어린아이와 그 세계 속에서 인간의 원형(原型)이 찾아질 수 있다고 믿고 유심히 관찰하기도 하는데, 특히 그의 단편에서는 소년 내지 소년 시절의 얘기가 많이 나온다. 선과 악, 정의와 불의, 사랑과 미움 등의 이율 배반적인 속성이 인간의 모습을 구성하고 있다고 생각한 그는 이율 배반성을 즐겨 주제로 다루었다.

주요 작품으로 장편 「사건의 핵심」, 「제3의 사나이」, 「사생의 종말」, 「조용한 미국인」 등이 있다.

▦ 작품해설

소년들의 세계를 그린 작품으로, 소년들이 조직적이며 무자비하게 한 헌 집을 파괴하는 모습이 스릴과 박진감 넘치는 수법으로 묘사되어 있다. 그러나 이것은 단순한 소년들의 이야기가 아니라 소년들의 이야기를 빌린 두려운 인간의 이야기이며, 여기 등장하는 소년들은 바로 인간의 원형인 것이다.

▦ 읽고나서

문제 이 작품에 등장하는 소년들의 행동을 통해 작가가 나타내고자 한 것은?

- 원초적인 것에 의해 지배되고 있는 인간의 단면

문제 갱단이 토머스의 집을 파괴하는 것과 반대되는 단어를 찾는다면?

- 애타주의(愛他主義) : 자신의 복리를 바라지 않고 남의 행복을 목적으로 삼는 주의

문제 블래키가 갱단의 우두머리를 T에게 빼앗겼음을 증명하는 문장을 그의 대화에서 찾는다면?

- "T가 알려 줄 게다."

귀여운 여인

안톤 체홉

팔등관(八等官)으로 퇴직한 플레마니코프의 딸 올렌카는 자기 집 현관 층계에 앉아 생각에 잠겨 있었다. 무더운 날씨에 파리까지 극성이라 저물어 가는 해가 빨리 넘어가기만 기다렸다. 검은 비구름이 간간이 습기찬 미풍[1]을 일으키며 동쪽에서 몰려왔다.

뜰에는 이 집 건넌방에 세들어 살고 있는 치볼리 야외 극장 지배인 쿠킨이 하늘을 쳐다보며 서 있었다.

"젠장!" 그는 얼굴을 잔뜩 찌푸린 채 투덜거렸다. "또 비야! 일부러 그러는 것처럼 허구[2]한 날 비만 오니, 이건 내 모가지를 졸라매자는 건가! 날마다 손해가 이만저만이 아니니! 이러다간 파산[3]이로군 파산이야!" 그는 올렌카에게 두 손을 쳐들어 보이며 불평을 계속했다.

"우리들의 생활이란 요 모양 요 꼴입니다, 올리가 세묘노브나. 울어도 시원찮을 지경이죠! 별고생을 다 하고 죽도록 기를 쓰며 일해 봐야, 그리

1)미풍(微風): 살살 부는 바람.

2)허구(許久): 매우 오램.

3)파산(破産): 가산을 모두 잃어 버림. 채무자가 그 채무를 완제할 수 없는 상태에 빠졌을 때 그 채무자의 모든 재산을 모든 채권자에게 공정히 변제할 것을 목적으로 하는 재판상의 제도.

고 어떡하면 좀더 나아질까 하고 밤잠도 자지 않고 별궁리를 다 해 봐야 그게 무슨 소용이겠습니까? 첫째로, 관중은 야만인이나 다름없이 무지막지하단 말이에요. 나는 그들에게 일류 가수들을 동원해서 가장 고상한 오페레타나 무언극[4]을 공연해 주지만, 과연 관중이 그런 것을 필요로 하겠습니까? 설사 그걸 구경한다 해도, 도대체 무엇을 그들이 이해할 수 있겠습니까? 관중은 광대를 요구합니다. 아주 저속한 것을 상연해야 한단 말입니다. 게다가 날씨까지 이 모양입니다. 거의 매일 저녁 비가 오지 않습니까? 5월 10일부터 시작해서 6월 내내 장마니, 이런 기막힌 일이 어디 있겠어요! 구경꾼은 얼씬도 하지 않는데 그래도 텃세는 물어야 하고, 배우들에겐 보수를 줘야 합니다!"

이튿날도 저녁녘쯤 또 검은 구름이 몰려왔다. 쿠킨은 미친 듯이 웃어대며 말하는 것이었다.

"어쩌겠다는 거야? 퍼부을 테면 얼마든지 퍼부어라! 극장이 몽땅 물에 잠기고, 나는 물 속에서 헤어나지 못하도록 실컷 퍼부으란 말이야! 이 세상뿐만 아니라 저승에서까지 나를 못살게 하겠다는 게로군! 배우들이 나를 걸어 고소해도 좋다. 재판이 무엇이야? 시베리아로 유형[5]을 보내도 좋고, 교수대에 올려놔도 겁날 것 없다! 핫핫핫!"

그 다음날도 마찬가지였다……

올렌카는 쿠킨의 넋두리를 가슴 아프게 생각하며 말없이 듣는 것이었고, 그러한 그녀의 눈에는 눈물이 글썽해지는 때도 있었다. 쿠킨의 불행은 드디어 올렌카의 마음을 흔들어 놓고 말았다. 그를 사랑하기 시작한 것이다. 그는 안색이 누렇고 이마에 곱슬머리가 덮인 작달막한 키에 몸집이 여윈 사람이었다. 음성은 가느다란 테너였는데, 얘기할 적마다 입을 실룩거렸

4)무언극(無言劇): 말을 하지 않고 몸짓과 얼굴 표정만으로 하는 연극. 팬터마임.

5)유형(流刑): 중죄에 대한 형벌로 죄인을 먼 곳이나 섬으로 귀양 보냄.

고, 얼굴에는 언제나 절망의 빛이 떠돌고 있었다. 그러나 그는 올렌카의 마음 속에 순결하고도 깊은 애정을 일으키게 한 것이었다. 올렌카는 언제나 누구를 사랑하지 않은 때가 없었고, 또 그러지 않고는 살아갈 수 없는 여자였다. 어릴 적에는 아버지를 무척 따랐다. 그 아버지는 지금 숨을 몰아쉬며, 어두운 방 안에서 안락의자에 앉아 앓고 있었다. 그리고 2년에 한 번쯤이나 브란스크에서 다녀가는 작은어머니도 사랑했다. 여학교 시절에는 프랑스어 선생을 사랑했었다. 올렌카는 고운 마음씨를 가진 착하고 인자한 여자였다. 그녀의 눈길은 잔잔하고 부드러웠으며 신체는 매우 건강한 편이었다. 그녀의 통통하고 불그레한 뺨이며, 보드랍고 흰 살결에 까만 점이 박힌 목덜미며, 무슨 재미있는 얘기를 들을 때 떠오르는 티없이 상냥한 미소 같은 것을 보는 사내들은 으레

"거 괜찮게 생겼는걸……" 하며 자기들도 미소를 짓는 것이었고,

여자 손님들은 얘기를 주고받다가도 "참 귀엽기도 하지!"

하며 느닷없이 그녀의 손을 잡아보지 않고는 못 견디는 것이었다.

올렌카가 태어날 때부터 살아왔고, 또 아버지의 유언장에도 그녀의 명의로 돼 있는 이 집은, 도심지에서 떨어진 츠이간스카야 슬로보드카에 있었다. 치볼리 야외 극장이 가까워서 저녁마다 늦도록 음악 소리와 폭죽이 터지는 소리가 들려왔다. 그런 소리를 듣고 있노라면, 올렌카는 자기의 운명과 싸우며, 자기의 가장 큰 적인 무관심한 관중을 향해 공격을 가하고 있는 쿠킨의 모습을 연상하는 것이었고, 그러면 그녀의 심장은 달콤한 감격으로 벅차 오는 것이었다. 잠을 청할 생각은 아예 하지도 않았다. 새벽녘쯤에 그가 돌아오면 침실 창문을 똑똑 두드리며 커튼 사이로 얼굴과 한쪽 어깨만을 내밀며 상냥한 미소를 지어 보이곤 했다.

쿠킨은 올렌카에게 청혼해서 그들은 결혼했다. 그리하여 그녀의 목덜미며 포동포동한 두 어깨를 보게 되었을 때, 그는 두 손을 번쩍 쳐들고 이렇

게 말했다. "정말 당신은 귀염둥이로구려!"

그는 행복했다. 그러나 결혼식날에도 밤낮을 두고 비가 온 것처럼, 그의 얼굴에서도 절망의 빛이 아주 사라지지는 못했다.

결혼 후에 그들은 다정스레 살았다. 올렌카는 입장권을 팔기도 하고 극장 안의 여러 가지 일을 거들어 주기도 하며, 계산서를 꾸미고 월급을 치러 주기도 했다. 그녀의 불그레한 두 뺨과 티없이 맑고 귀여운 미소가 매표구(賣票口)에서 보였는가 하면, 무대 뒤나 구내 식당에 나타나곤 하는 것이었다. 그리고 그녀는 어느덧 자기 친지들에게, 연극이야말로 인간 생활에서 가장 보람 있고, 또 없어서는 안 될 중요한 것이며, 연극을 통해서만 인간은 참다운 위안을 느낄 수 있으며, 교양을 지닌 인도주의[6]적 인간이 될 수 있는 거라고 곧잘 설명하게 되었다.

"하지만 관중이 과연 그걸 이해할 수 있겠어요?" 그녀가 말했다.

"그들이 요구하는 건 광대라니까요! 어제 「파우스트」의 개작(改作)을 공연했더니 관람석이 텅 비어 있었어요. 그렇지만 우리 주인 바니치카와 내가 저속한 신파극[7]이나 공연했더라면 틀림없이 대만원이었을 거예요. 내일 바니치카와 나는 「지옥에서의 오르페우스[8]」를 상연하기로 했지요. 꼭 보러 오세요."

그리고는 연극이나 배우들에 관해서 쿠킨의 말을 그대로 되풀이하곤 했다. 남편이 하는 그대로 예술에 대한 관중의 냉담과 무지를 탓하기도 하고, 무대 연습을 하는 배우들의 포즈와 악사(樂士)들의 몸짓을 감독하기도 했다. 어쩌다 지방 신문에 연극에 관한 악평이 실리는 일이 있으면 눈물을 흘렸고, 그 악평을 해명하려고 직접 신문사에 찾아다니기도 했다.

6)인도주의(人道主義): 박애적 정신에 의해 인류의 공존을 꾀하는 것을 이상으로 하는 주의. 휴머니즘.

7)신파극(新派劇): 전통적 형식에서 벗어나 풍속과 인정비화 등을 제재로 한 통속적인 연극.

8)오르페우스: 그리스 전설에 나오는 시인.

배우들도 올렌카를 좋아했다. 그들은 '바니치카와 나' 라거나 '귀여운 여인' 이라고 그녀를 불렀다. 그녀는 배우들을 동정해서 많지 않은 돈이면 빌려주기도 했다. 그러다가 만일 배우들이 약속을 못 지켜도 남편에게 일러바치는 일은 없었고, 그저 혼자서 눈물을 찔끔찔끔 짜고 마는 것이었다.

두 내외는 겨울에도 잘 지냈다. 야외극장은 시내에 있는 극단이 공연하지 않는 대신에, 소러시아에서 흘러 온 소규모의 극단이나 마술사, 그렇지 않으면 시골 아마추어 연극 동호회 같은 데 단기간씩 빌려주었다. 올렌카는 점점 몸이 나기 시작했고, 흡족한 표정으로 얼굴이 환해져갔다. 그러나 쿠킨은 노랗게 말라만 가면서, 경기[9]가 나쁘지 않은데도 손해가 막심하다고 투덜거리기만 했다. 그는 밤마다 쿨룩쿨룩 기침을 했다. 그래서 올렌카는 남편에게 딸기라든가 라임[10]을 짜서 끓여 먹이기도 하며, 오 드 콜로뉴[11]로 찜질도 해 주었고, 자기의 따뜻한 숄을 씌워 주기도 했다.

"난 당신이 얼마나 좋은지 몰라요!"

남편의 머리를 쓰다듬으며 그녀는 다정스럽게 말하는 것이었다.

"정말 당신은 좋은 분이셔!"

사순절이 되어 쿠킨은 극단을 부르러 모스크바로 떠났다. 남편이 없이 올렌카는 잠을 이룰 수 없었고, 그래서 밤이 새도록 별들만 바라보며 들창가에 앉아 있었다. 그런 때 그녀는 닭장에 수탉이 없으면 괜히 겁을 집어먹고 밤새 잠을 못 자는 암탉과 자기를 비교해 보기도 했다. 쿠킨은 모스크바에서 한동안 머물러 있었는데, 부활절까지는 돌아갈 테니 극장 일은 여차여차하게 하라는 편지를 보내왔다. 그러나 부활절을 1주일 남긴 월요일 밤 늦게, 불길한 예감을 주는 노크 소리가 들려왔다. 문 밖에서 누가 커다란

---

9)경기(景氣): 기업을 중심으로 한, 여러 가지 경제 사상(事象)의 상태.

10)라임: 보리수의 꽃.

11)오 드 콜로뉴: 향수의 일종.

나무통을 쿵쿵 두드리고 있는 것 같은 소리였다. 잠이 채 깨지 않은 식모가 맨발로 물이 질퍽하게 괸 뜰을 거쳐 대문으로 달려나갔다.

"문 좀 열어 주시오!" 밖에서 거칠고 굵직한 목소리가 들렸다.

"댁에 전보요!"

올렌카는 이전에도 남편으로부터 전보를 받은 일이 있었지만, 이번만은 어쩐지 정신이 아찔해지는 것 같았다. 그녀는 부들부들 떨리는 손으로 전보 용지를 펴 들었다. 전보에는 이렇게 적혀 있었다.

'이반 페트로비치 금일 돌연 사망. 화요일 장례식. ××× 지시를 바람'

장례식 다음에 적힌 글자는 전혀 뜻 모를 말이었다. 발신인은 소가극단 무대 감독이었다.

"여보!" 올렌카는 흐느껴 울었다.

"나의 소중한 바니치카! 이게 어떻게 된 노릇이에요! 왜 나는 당신과 만났을까요? 왜 나는 당신을 사랑했을까요? 불쌍한 당신의 올렌카를 두고, 이 가엾고 불행한 올렌카를 두고, 당신은 혼자 어디로 가버렸단 말이오?"

쿠킨의 장례식은 화요일에 모스크바에서 치렀다. 그리고 수요일에 올렌카는 집으로 돌아왔다. 방에 들어서자마자 그녀는 침대에 몸을 던지고, 한길에서나 이웃집에서도 들릴 만큼 큰소리로 통곡하는 것이다.

"가엾기도 해라!" 이웃집 사람들은 가슴에 성호[12]를 그으며 말했다.

"귀여운 올리가 세묘노브나가 저렇게 상심해 하다가는 몸을 망쳐 버리겠네!"

그로부터 석 달이 지난 어느 날, 수심에 찬 올렌카는 상복을 입고 미사에서 돌아오는 길이었다. 이웃에 사는 바실리 안드레이치 푸스토발로프도 역시 교회에서 돌아오는 길이었는데, 우연하게도 올렌카와 나란히 걷게 되었

12)성호(聖號): 신자가 가슴에 그리는 '+'의 표.

13)맥고 모자: 밀짚 같은 것으로 만든 위가 납작한 서양식 여름 모자.

다. 그는 바바카예프라는 목재상의 주인이었다. 맥고 모자[13]를 쓰고 금으로 만든 시계줄을 드리운 흰 조끼를 받쳐 입은 폼이, 상인이라기보다는 차라리 시골 지주라는 편이 어울릴 것 같은 사람이었다.

"세상의 모든 일은 다 주의 안배(按配)[14]하심에 따라 결정되는 것입니다, 올리가 세묘노브나."

그는 동정어린 음성으로 침착하게 타이르듯 말했다.

"우리가 아끼고 귀중히 여기는 사람 중의 누가 죽는다 해도 그것은 주의 뜻입니다. 우리는 슬픔을 참고 그 뜻에 순종해야 할 것이 아니겠습니까?"

대문까지 올렌카를 바래다 준 다음 그는 작별 인사를 하고 돌아갔다. 이 일이 있은 후, 그의 침착하고 위엄 있는 음성은 그녀의 귓전에서 온종일 사라지지 않았고, 눈을 감기만 하면 그의 검은 수염이 떠오르는 것이었다. 올렌카는 그를 퍽 좋아하게 되었다. 남자 편에서도 그녀에게 관심을 가지고 있는 것이 틀림없었다. 그것은 며칠 후 조금 안면이 있는 중년 부인이 커피를 마시러 집으로 찾아와서, 식탁에 앉기가 무섭게 푸스토발로프 얘기를 꺼내며, 그가 아주 착실하고 믿음직스러운 신랑감이기 때문에, 그 사람한테 시집가라면 뉘집 색시든지 혹하고 덤빌 것이라는 말을 장황[15]히 늘어놓고 간 일만으로도 넉넉히 짐작할 수 있었다. 그리고 사흘 후에는 푸스토발로프 자신이 찾아왔다. 그는 불과 10분이나 앉아 있었을까, 말도 몇 마디 하지 않고 돌아갔으나 올렌카는 벌써 그를 사랑하고 있었다. 얼마나 그에게 반해 버렸는지, 그날은 밤새도록 잠을 이루지 못하고 열병에 걸린 사람처럼 들떠 있었다. 그래서 아침이 되기가 바쁘게 그 중년 부인을 불러오게 했다. 곧 혼담이 성립되었고, 그 다음 결혼식도 끝났다.

결혼한 후, 푸스토발로프와 올렌카는 의좋게 지냈다. 남편은 보통 점심

---

14)안배(按配): 알맞게 잘 배치함.

15)장황(張皇) : 번거롭고도 길.

때까지 상점에 앉아 있다가 일을 보러 밖으로 나가곤 했다. 그러면 올렌카가 그를 대신해서 저녁 때까지 앉아서 계산서를 꾸미기도 하고 물건을 팔기도 했다. "목재는 해마다 2할씩이나 값이 오르고 있답니다."

물건을 사러 오는 사람이나 아는 사람들에게 그녀는 이렇게 설명하는 것이었다. "그도 그럴 것이, 이전에는 이 지방 목재만 가지고도 장사가 되었는데, 지금은 우리 주인 바실리가 목재를 구입하러 모길레프 현(縣)까지 해마다 다녀와야 합니다. 그리고 또 그 운임은……"

이렇게 말하며, 그녀는 두 손으로 뺨을 감싸며 아주 놀란 표정을 지어보이는 것이었다. "아주 엄청나게 먹힌다니까요!"

올렌카는 벌써 오래 전부터 자기가 목재상을 경영해 온 것처럼 느끼는 것이었고, 또 목재야말로 인간 생활에서 가장 중요하고 필요 불가결한 물건인 것처럼 생각하게 되었다. 그리고 대들보, 통나무, 서까래,[16] 판자, 각재, 창재(窓材), 기둥, 톱밥 등등 이런 말들은 어릴 적부터 귀에 익은 것처럼 다정스럽게 들리는 것이었다. 잠을 잘 때에도, 차곡차곡 쌓아 올린 두껍고 얇은 판자의 산더미라든가, 어디론지 시외로 나무를 운반해 가는 우마차의 기다란 행렬이라든가, 길이가 30척이 넘는 일곱 치 들보 각재가 곤두서서 마치 군대처럼 재목 저장고로 행군하는 꿈을 꾸었다. 통나무, 들보, 판자 같은 마른 나무가 요란한 소리를 내고 서로 부딪치며 한꺼번에 무너져 내렸다가는 다시 저절로 쌓아지는 꿈도 꾸었다. 그럴 때 올렌카는 소스라쳐 깨어나곤 했다. 그러면 푸스토발로프가 어린애 달래듯 말했다.

"왜 그러지, 올렌카? 어서 성호를 그어요!"

남편의 생각은 바로 아내의 생각이기도 했다. 가령 남편이 방이 너무 넓다고 생각하거나 장사가 시원치 않다고 생각하면, 그녀도 역시 그렇게 생각하는 것이었다. 남편은 어떤 종류의 오락도 좋아할 줄 몰랐다. 공휴일에

16)서까래 : 도리에서 처마 끝까지 건너지른 나무.

도 그는 집 안에만 틀어박혀 있었고, 아내도 역시 매한가지였다.

"매일 집 안에나 사무실에만 박혀 있지 말고 극장 같은 데 구경이라도 좀 다녀보시지."

가깝게 지내는 사람들은 그녀에게 이렇게 권했다.

"우리 바실리와 나는 극장엔 가지 않기로 하고 있지요."

그녀는 위엄 있는 말투로 대답했다.

"우리 근로인에게는 그런 우스꽝스러운 구경을 하고 다닐 여가가 없습니다. 극장에 다녀와야 뭐 하나 이로울 게 있어야죠."

토요일이면 푸스토발로프 내외는 저녁 기도에 참석했고, 일요일엔 아침 미사에 참례했다. 교회에서 돌아올 때 그들은 부드러운 표정으로 나란히 걸었다. 아내의 비단옷은 사락사락 기분 좋은 소리를 내었고, 남보기에도 두 사람은 행복스러웠다. 집에 돌아와서는 버터빵에 여러 가지 잼을 발라 먹고 난 뒤 차를 마셨으며, 그 다음 케이크를 먹었다. 매일 점심 때가 되면 이 집에서는 수프며, 양고기며, 요리를 볶는 냄새가 대문 밖 한길까지 풍겨 나왔다. 육식을 금하는 소재(小齋)[17]날에는 생선으로 요리를 만들었다. 그래서 누구나 이 집 앞을 지날 때 군침을 삼키지 않는 사람이 없었다. 사무실에는 언제나 사모바르가 끓고 있어서 손님들은 차와 도넛을 대접받았다, 일주일에 한 번씩 이 부부는 목욕탕에 갔다가 불그레하게 상기된 얼굴로 나란히 집으로 돌아오곤 했다.

"덕분에 잘 지내고 있지요." 올렌카는 아는 사람을 만나면 이렇게 말했다.

"남들도 모두 바실리와 내가 사는 것처럼 행복하게 살 수 있게 해 달라고 주께 기도한답니다."

푸스토발로프가 목재를 구입하러 모길레프 현에 다녀오는 동안 그녀는 적적해 했고, 밤잠도 못 자고 눈물만 짜고 있었다. 그녀의 집 건넌방을 빌

17)소재(小齋): 사순절 매금요일과 사순절 첫 수요일에 육식을 끊고 재계하는 일.

려 쓰고 있는 젊은 군수의관(軍獸醫官)[18]인 스미르닌이 저녁이면 이따금 놀러왔다. 그는 올렌카에게 여간 위로가 되는 게 아니었다. 스미르닌의 가정 얘기는 특히 그녀의 관심을 끌었다. 수의관에게는 처와 아들 하나가 있었는데, 처의 행실이 좋지 못해서 헤어졌다는 것이다. 그는 지금 자기 처를 몹시 원망하고 있기는 하지만, 아들의 양육비로 매달 40루블씩 보내 주고 있다는 것이었다. 그런 얘기를 들으며 올렌카는 한숨을 쉬고 머리를 흔들었다. 그가 측은히 여겨졌던 것이다.

"주께서 당신을 구해 주시도록 기도하겠어요."

층계까지 촛불을 들고 나와서 그를 보내며 올렌카는 말했다.

"심심한데 와 주셔서 참 고마웠어요. 주께서 당신에게 건강을 주시고, 또 성모 마리아께서도……"

그녀의 말투는 남편을 닮아 침착하고 위엄이 있었다. 아래층 문을 열고 나가려는 수의관을 일부러 불러 세우고 그녀는 이렇게 충고했다.

"블라지미르 플라토니치, 부인과 화해하셔야 합니다. 아이를 봐서라도 부인을 용서해 줘야지요! 아이의 마음에 그늘을 지게 해서는 안 돼요."

푸스토발로프가 돌아오자, 그녀는 남편에게 수의관의 불행한 가정 얘기를 소곤소곤 들려주었다. 그리고 그들 내외는 한숨을 쉬고 머리를 저으면서, 그 어린애는 얼마나 아버지가 보고 싶겠느냐고 남의 일 같지 않게 동정을 하는 것이었다. 그러던 내외는 어떤 이상한 생각이 떠올라 성상(聖像)[19] 앞에 무릎을 꿇고, 자기들에게도 자식을 갖게 해 달라는 기도를 드리는 것이었다.

이리하여 푸스토발로프 내외는 깊은 사랑 속에서 말다툼 한 번 한 일 없이 6년 동안 조용하고 평화로운 나날을 보냈다. 그러던 것이 어떤 겨울날,

18)군수의관(軍獸醫官): 군대에서 사육하는 가축의 병을 고치는 의사.

19)성상(聖像): 성인 · 임금의 화상 · 초상.

바실리 안드레이치는 상점에서 뜨거운 차를 한 잔 마시고, 목재가 반출되는 것을 살피러 모자도 쓰지 않은 채 밖으로 나갔다가 그만 감기에 걸려서 드디어는 앓아 눕게 되었다. 이름난 의사들을 불러 보았지만 그의 병세는 조금도 차도가 없더니, 넉 달을 누워 앓고는 끝내 죽어버리고 말았다. 올렌카는 다시금 과부가 된 것이다.

"나를 두고 당신은 혼자 어디로 가신단 말이에요, 여보."

남편의 장례식을 치르고 그녀는 이렇게 통곡하는 것이었다.

"당신 없이 나 혼자 앞으로 어떻게 살아가면 좋아요. 내가 가엾고 불쌍하지도 않으세요? 이웃의 여러분들이 나를 보살펴 주세요. 나는 이제 사고무친[20]의 고아가 돼 버렸어요……"

올렌카는 상장(喪章)[21]이 달린 검은 옷을 입고 모자나 장갑을 끼지 않았으며, 교회나 남편의 묘지에 가는 경우 외에는 밖으로 나오는 일이 없었다. 마치 수녀원의 수녀와 같은 생활을 하는 것이었다. 푸스토발로프가 죽은 후 6개월이 지나자, 올렌카는 상복을 벗었고 들창에 무겁게 닫았던 덧문을 열어놓기 시작했다. 아침이면 이따금 식모를 데리고 시장에 나가는 그녀의 모습을 사람들은 볼 수 있게 되었다. 그러나 집 안에서 그녀가 어떻게 지내고 있는지, 또 무슨 일이 일어나고 있었는지, 그런 것은 그저 제멋대로 추측을 해 보는 수밖에 다른 도리가 없었다. 그녀가 뜰 안에 앉아 수의관과 함께 차를 마시고 있다느니, 수의관이 그녀에게 신문을 읽어 주고 있는 것을 누가 보았다느니, 또 우체국에서 어떤 친구를 만난 올렌카가 이런 말을 하더라 하는 소문이 그러한 추측의 근거가 되었다.

"이 고장에서는 가축 관리가 제대로 돼 있지 않아요. 그것이 여러 가지 병이 생기는 원인이지요. 우유로부터 병을 얻게 되고, 말이나 소로부터는

20)사고 무친(四顧無親): 의지할 데가 도무지 없음.

21)상장(喪章): 거상이나 조상의 뜻을 옷가슴, 소매 따위에 나타내는 표.

무서운 병이 사람에게로 옮겨진다는 사실쯤은 알 만도 할 텐데. 사실은 가축의 건강에 대해서도 사람의 건강 못지 않게 세심한 주의가 필요해요."

수의관의 견해를 그대로 남에게 되풀이한 것이다. 그리고 무슨 일에 대해서나 그녀는 벌써 수의관과 꼭 같은 의견을 가지게 된 것이었다. 올렌카는 그 누구에 대한 애정 없이는 단 1년도 살아갈 수 없는 여자임이 분명했다. 그래서 그녀는 자기 집 건넌방에서 새로운 행복을 찾은 것이었다. 이것이 다른 여자였더라면 사람들로부터 비난을 받았겠지만, 올렌카의 경우에는 누구도 악으로 해석하려는 사람이 없었다. 그것이 그녀에게는 너무도 당연하다고 생각했기 때문이었다. 올렌카와 수의관은 누구에게도 자기들의 관계가 달라졌다는 말을 입 밖에 내지 않았고, 될수록 감추려 했지만, 그것은 안 될 일이었다. 올렌카는 비밀이라는 것을 가질 수 없는 여자였다. 연대(聯隊)에 같이 근무하는 수의관의 친구들이 오면 올렌카는 그들에게 차를 대접하기도 하고 어떤 때는 밤참을 차리기도 했다. 그런 좌석에서 그녀는 페스트, 결핵 등 가축의 질병이나, 도회지의 도살장과 같은 문제에 대해 늘어놓기가 일쑤여서 수의관을 난처하게 만드는 것이었다. 손님들이 돌아간 후 수의관은 그녀의 손을 붙잡고 화를 내며 나무랐다.

"제대로 알지도 못하는 그런 얘긴 하지 말라고 그러지 않았소!"

우리 수의사끼리 얘기할 땐 제발 말참견 좀 그만둬요. 내 꼴이 뭐가 되겠소!"

그러면 올렌카는 놀라서 불안한 얼굴로 그를 쳐다보며 묻는 것이었다.

"그럼 블라지미르, 난 무슨 말을 하면 좋아요?"

그리고 눈물이 글썽해서 그를 껴안으며, 성내지 말아 달라고 애원하는 것이었다. 두 사람은 행복했다.

그러나 그 행복도 오래 계속되지는 못했다. 연대가 딴 곳으로, 시베리아로 가는 것은 아니지만 아주 먼 곳으로 이동하게 되어, 수의관도 연대와 함께 영영 떠나가 버린 것이다. 그리하여 올렌카는 다시 혼자 남아 있게 되었다. 인제 그녀는 그야말로 외톨이가 되고 말았다. 아버지도 이미 오래 전에 세상을 떠났고, 그가 앉았던 의자는 다리가 하나 부러진 채, 먼지를 가득 쓰고 지붕 밑 창고 속에 틀어박혀 있다. 그녀의 복스럽던 얼굴도 이제는 여위고 귀염성은 사라졌다. 거리에서 만나는 사람들도 이전처럼 그녀에게 미소를 던지는 일이 없었다. 분명히 젊고 아름답던 시절은 이미 지나가 버리고 다시는 그녀에게 되돌아올 수 없게 된 것이다. 그리고 인제 행복이란 꿈도 꿀 수 없는 그늘진 생활이 새로 시작된 것이다. 해가 기울어지면 올렌카는 현관 층계에 앉아 있었다. 야외 극장으로부터 음악 소리와 폭죽이 터지는 소리가 예나 다름없이 들려왔지만, 그러나 지금은 아무런 감흥도 일어나지 않았다. 아무 생각도 없이, 그리고 아무 욕망도 없이 그저 멍하니 정원을 바라보고 있을 따름이었다. 그러나 밤이 오면 잠자리에 들어가서 폐허 같은 자기 집 정원을 다시 꿈속에 보는 것이었다. 음식은 마지못해 먹는 흉내만 냈다.

그러나 그녀에게 무엇보다도 가장 큰 불행은 이미 아무 일에도 자기 의견을 가질 수 없게 되었다는 것이었다. 물론 자기 주위의 사물이 눈에 띄었고, 또 주위에서 일어나는 일을 알고 있기는 했지만, 그런 일에 대한 아무런 자기 의견도 세울 수 없었을 뿐더러, 무슨 얘기를 할지 갈피[22]를 잡을 수가 없었다. 자기 의견을 가질 수 없다는 그것이 그녀에게는 얼마나 무서운 일이었는지 모른다. 가령, 병(甁)이 놓여 있다든지, 비가 온다든지, 농부가 달구지[23]에 올라타고 간다든지 하는 것을 보았다 해도, 무엇 때문에 있는 병이며, 무엇 때문에 비는 오며, 또 농부는 뭣하러 가는지 제 생각으

22)갈피: 사물의 부분과 부분이 구별되는 어름.
23)달구지: 소 한 필이 끄는 짐수레.
24)루블(rouble): 소련의 화폐 단위.

로는 얘기할 수 없었다. 아마 천 루블[24]을 줄 테니 말해 보라 해도 뭐라 입을 뗄 재주가 없었을 것이다. 쿠킨이나, 푸스토발로프나, 수의관과 함께 지낼 때에는 모든 일에 대해 설명할 수 있었고, 그럴싸한 자기 의견을 말할 수 있었다. 그러나 지금 그녀의 머리 속과 가슴 속은 자기 집 뜰 안처럼 공허했다. 그것은 소름이 끼치도록 무섭고 괴로운 일이었다.

시가지는 점점 사방으로 퍼져 나와서 츠이간스카야 슬로보드카도 이제는 큰거리가 되었다. 치볼리 극장과 목재상이 있던 자리에는 집들이 즐비하게 늘어서서, 이리저리 골목길이 생겼다. 참으로 세월은 빠른 것이다. 올렌카의 집은 연기에 그을고, 지붕은 녹이 슬고, 헛간은 한쪽으로 기울어졌으며, 뜰에는 잡초와 가시나무가 무성했다. 집주인인 올렌카의 얼굴에도 흉하게 주름이 늘어갔다. 여름이면 허전한 마음으로 시름없이 층계에 나와 있었고, 겨울에는 눈 내리는 것을 바라보며 들창가에 앉아 있었다. 훈훈한 봄바람이 불기 시작하고, 그 바람을 타고 교회의 종 소리가 들려오면, 문득 지난날의 추억이 한꺼번에 되살아나서 가슴이 미어질 것 같았다. 그리고 저도 모르게 눈물이 흘러 내리는 것이었다. 그러나 그 눈물도 오래 가는 것은 아니었다. 다시금 무엇 때문에 사는지 알 수 없는 공허감이 그 자리를 차지하는 것이다. 브리스카라고 부르는 새까만 고양이가 야옹거리며 곁에 와서 재롱을 부렸으나, 그러한 고양이의 재롱이 올렌카의 마음을 움직이게 할 수는 없었다. 그녀에게 고양이의 재롱이 무슨 소용이 있겠는가? 그녀에게 필요한 것은 자기의 모든 존재, 자기의 이성과 영혼을 독점[25]하고 생각할 수 있는 생활의 방향을 제시해 주며, 식어가는 피를 따뜻하게 해 줄 수 있는 그러한 사랑이었던 것이다. 그녀는 옷깃에 매달리는 고양이를 떼어내 밀어버리며 싫은 소리를 했다.

"저리 가거라! 귀찮다!"

---

25)독점(獨占): 혼자서 전부를 차지하는 것.

날이면 날마다 아무런 기쁨도, 아무런 자기 의견도 없이 이렇게 세월을 보내며 해가 거듭되었다. 살림은 식모 마브라가 하는 대로 맡겨두었다.

무더운 6월 어느 날 저녁이었다. 시외로 나갔던 가축들이 집 안에 온통 먼지를 뒤집어 씌우며 지나갈 무렵 누군가 대문을 두드리는 사람이 있었다. 올렌카가 나가서 문을 열었다. 그리고 밖을 보았을 때, 하마터면 기절을 할 뻔했다. 문 밖에는 이미 머리가 희끗희끗한 수의관이 평복[26]을 입고 서 있었다. 순간 그녀에게 잊어버렸던 모든 과거가 되살아났다. 그녀는 어쩔 줄 몰라, 한마디 말도 입 밖에 내지 못한 채 그의 가슴에 머리를 파묻고 흐느끼는 것이었다. 걷잡을 수 없는 흥분 속에서, 그 다음 두 사람이 어떻게 집으로 들어오고, 어떻게 차를 마시러 식탁에 와서 마주 앉았는지 알 수 없었다.

"당신이 오셨군요!" 기쁨에 떨리는 목소리로 그녀는 속삭이듯 말했다.

"블라지미르 플라토니치! 어디 계시다 이렇게 찾아오셨어요?"

"아주 이 고장에 와서 살기로 했습니다." 수의관이 입을 열었다.

"군대도 그만두고, 인제 내 맘껏 일을 해서 안정된 생활을 해 보려고 왔지요. 그리고 아들놈도 학교에 입학시킬 때가 되었습니다. 다 자랐어요. 나는…… 알고 계신지 모르겠지만, 아내와 화해를 했습니다."

"그럼 부인은 어디 계신데요?" 올렌카가 물었다.

"아이와 여관에 있습니다. 그래서 지금 셋방을 얻으러 다니는 길이지요."

"아니 셋방이라니, 그게 무슨 말씀이세요? 우리 집에 와 계시면 될 텐데, 여기가 마음에 안 드시나요? 방세는 한푼도 안 받을 테니 우리 집으로 오세요. 네!"

올렌카는 다시 흥분해서 눈물을 흘렸다.

"이 방을 쓰도록 하세요. 나는 건넌방 하나면 되니까. 그렇게 하시면 난

26)평복(平服): 평상시에 입는 옷.

얼마나 좋을지 몰라요!"

이튿날, 지붕에는 벌써 페인트칠을 하고 벽도 희게 칠하게 했다. 올렌카는 가슴을 펴고 두 손을 허리에 얹고서 집 안을 돌아다니며 여러 가지로 일을 감독하고 있었다. 얼굴에는 예전과 같은 미소가 떠올랐으며, 마치 오랜 잠에서 깨어난 것처럼 그녀의 온몸에서는 활기가 넘치는 것 같았다. 수의관의 부인이 아들과 함께 이사를 왔다. 밉게 생긴 얼굴에 머리를 짧게 자르고, 성미가 까다로울 것 같은 여윈 몸집의 여자였다. 아들 사샤는 열 살 난 어린애치고는 키가 작고 뚱뚱한 편이었는데, 눈이 파랗고 볼엔 보조개가 오목 패어 있었다. 아이는 뜰 안에 들어서기가 무섭게 고양이를 쫓아서 달려가더니 곧이어 명랑하고 즐거운 웃음소리가 들려왔다.

"아주머니, 이거 아주머니네 고양이지?" 사샤가 올렌카에게 물었다.

"새끼 낳으면 우리 하나 주세요. 우리 어머닌 쥐새끼를 제일 싫어해요."

올렌카는 차를 따라 주며 사샤와 이야기를 하고 있노라면 가슴이 훈훈해오고, 이 아이가 제 자식처럼 여겨지는 것이었다. 저녁에 사샤가 책상에 앉아 복습을 하고 있으면, 그녀는 대견스럽게 그것을 바라보며 이렇게 속으로 중얼거렸다.

"참 귀엽기도 하지…… 어쩌면 어린것이 저렇게 똑똑하고, 깨끗하담!"

"섬(島)은 사면(四面)이 바다로 둘러싸인 육지의 한 부분입니다."

사샤가 소리를 내어 읽었다.

"섬은 사면이 바다로 둘러싸인……" 올렌카도 받아 읽었다. 이것이, 여러 해 동안 자기 주견이라는 것을 모르고 침묵 속에서만 살아 온 그녀가 자신을 가지고 입 밖에 낸 처음 의견이었다. 이제야 올렌카는 자기 자신의 의견을 가지게 된 것이다. 밤참 때 그녀는 사샤의 양친과 이야기하면서, 중학교 과목은 어린애들에게 어렵긴 하지만, 실업 교육을 받게 하는 것보다는 역시 기초적인 고전들을 교육시키는 중학교가 장래를 위해서 더 좋다고 했다. 즉, 중학교를 마치면 의사라든가 기사(技師)라든가, 자기가 원하는 대로 진출할 수 있는 길이 트이기 때문이라는 것이었다.

사샤는 중학교에 다니게 되었다. 그의 어머니는 하리코프에 있는 자기 언니네 집에 가서 돌아오지 않았고, 아버지는 자주 가축 검사를 하러 출장[27)]을 가서 어떤 때는 2, 3일씩 묵었다가 오는 일도 있었다. 그러고 보면 사샤는 자기 가정에서 거추장스러운 존재가 되었고, 따라서 완전히 버림을 받은 것이나 다름이 없었다. 그래서 아이를 데려다가 자기가 거처하는 건넌방에 붙은 조그만 방 하나를 마련해 주었다.

사샤가 올렌카에게 온 지도 벌써 반 년이 지났다. 아침이 되면 그녀는 아이 방으로 들어갔다. 사샤는 한쪽 뺨 밑에 손바닥을 괴고 죽은 듯이 잠자고 있었다. 아이를 깨우는 것이 가엾어서 그녀는 망설이는 것이었다.

"얘, 사센카야!" 올렌카는 애처로운 듯이 아이를 불렀다.

"인제 일어나거라, 학교에 갈 시간이 되었어!"

사샤는 일어나서 옷을 갈아입고 아침 기도를 드린 다음, 차 석 잔과 커다란 도넛 두 개, 그리고 버터가 발린 빵을 조금 먹었다. 조반은 잠이 채 깨지를 않아서 언제나 뾰로통해서 먹기가 일쑤였다.

"그런데 사센카야, 너 학교에서 배운 그 우화(寓話)[28)]를 제대로 따라 외우지 못했더구나." 마치 아이를 어디 먼 곳으로 떠나 보내기나 하는 것처럼 그녀는 이렇게 타일렀다.

"나는 항상 네 일이 걱정이란다. 열심히 공부하고…… 선생님 말씀도 명심해 들어야 한다. 알겠니?"

"아이, 그런 말 제발 그만둬요!" 사샤는 이렇게 내쏘곤 했다.

이윽고 소년이 자기 머리보다 훨씬 큰 모자를 쓰고 책가방을 둘러메고

27)출장(出張): 용무를 위해 외부에 나감. 용무를 위해 임시로 파견됨.

28)우화(寓話): 다른 사물에 빗대어 의견이나 교훈을 은연중에 나타내는 말.

한길에 나가 학교 쪽으로 걸어가면, 올렌카도 그 뒤를 슬금슬금 따라 나서는 것이었다.

"사센카야!" 뒤에서 불러 세워서는 대추나 캐러멜을 손에 쥐여 주기도 했다. 학교가 있는 골목길로 접어들면 사샤는, 몸집이 큰 여자가 자기 뒤에 따라오는 것이 부끄러워서 뒤를 돌아보며 말했다.

"인제 돌아가요, 아주머니 나 혼자서도 갈 수 있어요."

올렌카는 멈추어 서서 소년이 교문 안으로 사라질 때까지 물끄러미 바라보는 것이었다. 소년에 대한 그녀의 애정이 얼마나 깊었는지를 아는 사람은 없다! 과거에 사랑한 일이 있는 어느 누구에게도 그처럼 깊은 애정을 바친 적은 없었다. 모성[29]으로서의 사랑이 날이 갈수록 불타오르는 지금처럼 그렇게 헌신적이고 순결하며, 자기에게 희열(喜悅)[30]을 주는 애정이 그녀의 영혼을 독차지해 버린 일은 결코 없었다. 자기와는 핏줄도 다른 이 소년에게, 볼에 팬 오목한 그 보조개에, 커다란 학생모에 그녀는 자기의 한평생을 눈물과 기쁨을 가지고 바칠 수 있었다. 어째서 그런지 누가 그것을 대답할 수 있으랴!

사샤를 학교에 바래다 주고 올렌카는 흡족하고 평온한 마음으로 천천히 집으로 돌아오는 것이었다. 이 반 년 동안에 한결 젊어진 그녀의 얼굴에는 밝은 미소가 떠날 줄 몰랐다. 길에서 만나는 사람들은 옛날처럼 그녀에게 친밀감을 느끼며 말을 걸어오게 되었다.

"안녕하시오, 귀여운 올리가 세묘느브나! 요새 어떻게 지내십니까?"

"중학교 학과가 아주 어려워졌더군요." 시장에서 그녀는 이런 말을 했다.

"글쎄 어제는 1학년 애들에게 우화의 암송과 라틴어 번역과 또 수학 문제까지 숙제를 내주었으니, 그게 말이 됩니까…… 아직 어린 아이들에게

---

29) 모성(母性): 여성이 어머니로서 갖는 감정으로 이성, 의지 등의 특징.

30) 희열(喜悅): 기쁨과 즐거움.

부담이 너무 과하지 않겠어요?" 그리고 교원들이며, 학과며, 교과서 등에 대해 사샤에게서 들은 얘기를 그대로 늘어놓기 시작하는 것이었다.

오후 세 시에 점심을 먹고, 저녁에는 함께 예습을 하기에 진땀을 빼곤 했다. 사샤를 잠자리에 뉘며 그녀는 몇 번이고 성호를 긋고 입 속으로 기도를 드렸다. 그 다음에야 자기도 자리에 누웠다. 그리고는 사샤가 대학을 마치고, 의사나 기사가 되어 마구간과 마차까지 있는 커다란 저택을 가지게 되고, 또 결혼해서 자식을 낳고…… 이와 같이 아득히 먼 미래에 대한 환상에 잠기는 것이었다. 눈을 감고 그런 생각을 하고 있노라면 뺨에는 하염없이[31] 눈물이 흘러 내렸다. 겨드랑이 밑에서 고양이가 가르릉 코를 골고 있었다.

밤중에 별안간 대문을 꽝꽝 두드리는 소리가 났다. 올렌카는 겁을 먹고 벌떡 일어나 앉았다. 숨이 콱 막혔다. 가슴에서는 마구 방망이질을 했다. 잠깐 사이를 두고 다시 문을 두드리는 소리가 들려왔다.

'하리코프에서 전보가 왔구나.' 올렌카는 온몸이 후들후들 떨렸다. 그녀는 불현듯 이런 생각이 들었다. '사샤의 어머니가 그 애를 하리코프로 보내라고 전보를 쳤나봐…… 아…… 이 일을 어쩌면 좋아!'

올렌카는 실망 속에 빠져들어갔다. 머리와 사지가 얼음장처럼 얼어붙는 것 같았다. 그리고 이 세상에서 자기보다 더 불행한 사람은 없을 거라고 생각하는 것이었다. 그러나 잠시 후 사람의 목소리가 들렸다. 수의가 클럽에서 돌아온 것이다.

"아이, 고마워라!" 그녀는 숨을 몰아쉬었다. 가슴 속에 뭉쳤던 무거운 것이 차차 풀리며 다시 가벼워졌다. 올렌카는 옆방에서 깊이 잠들어 있는 사샤를 생각하며 자리에 누웠다. 이따금 사샤의 잠꼬대가 들려왔다.

"난 싫어, 저리 가, 때리지 말아!" *

31)하염없다 : 끝맺는 데가 없다.

▦ 작가소개 **안톤 체홉(Anton Pavlovich Chekhov ; 1860 ~ 1904)**

러시아의 소설가이며 희곡 작가. 모스크바 대학 의학부를 나와 잠시 개업을 하기도 했으나, 이내 문학에 전념, 44세의 젊은 나이로 세상을 떠나기까지 약 20년간의 작가 생활 동안에 무려 1천 편의 소설과 11편의 희곡을 썼다. 프랑스의 모파상, 미국의 O. 헨리와 더불어 세계의 3대 단편 작가로 꼽힌다.

「우수」, 「정조」, 「약제사 부인」 등 체홉의 초기 작품은 순수한 웃음을 노린 경쾌한 소품과 사회를 풍자한 우울한 작품으로 나눌 수가 있다. 이 시기의 작품에서 체홉은 도시의 소시민층에 속하는 인물들을 경쾌한 필치로 희화화(戱畵化)했다. 천재적인 착상, 날카로운 기지와 해학에 비극적인 요소가 가미된 이 무렵의 작품들은 그를 러시아 제1의 단편 작가로 만들었다. 「6호실」, 「상자 속에 든 사나이」 등 제2기의 작품들은 사회 고발에 역점을 두게 된다.

주요 작품으로 단편 「6호실」, 「골짜기」, 「정조」, 「약혼녀」, 「우수」, 희곡 「세 자매」, 「갈매기」, 「바나나 아저씨」, 「벚꽃 동산」 등이 있다.

▦ 작품해설

작품은 작가 자신이 유머러스한 단편이라고 말한 바 있는 그리 단순하지만은 않은 체홉의 여성관을 알기에 알맞은 비교적 초기의 작품이다. 톨스토이의 격찬을 받은 바 있는 이 작품의 주인공 올렌카는 티없이 상냥하고 아름다운 여인으로 표현된다. 남편 복이 없는 그녀는 남편을 잃을 때마다 새 남편을 맞아들이고, 그때마다 새살림에 적응하며 행복을 찾으려 애쓴다. 그러는 동안에 세월은 덧없이 흘러가고 드디어 주름이 늘어난 늙은이로 변해 가는 모습을 예리하게 붙잡고 있다. 사랑을 떠나서는 살아갈 수 없는 사랑스러운 여인의 전형을 창조하는데 성공한 작품이라고 볼 수 있다. 작품이 발표되고 난 뒤 남녀관에 대한 논란이 많이 있었다고 한다. 하지만, 작가가 등장 인물에 혼을 불어넣는 과정에서 오렌카는 작가의 손을 떠나 시비를 넘어선 한 여성으로서 성립해 버리고 말았다.

▦ 읽고나서

문제 이 글의 소재는 무엇인가?

- 한 여인의 진실되고 헌신적인 사랑

문제 작가가 궁극적으로 묘사하고자 하는 것은 무엇인가?

- 인생의 단면과 숙명적인 비극.

국화(菊花)

존 스타인벡

회색 플란넬 천과 같은 겨울의 짙은 안개는 살리나스 골짜기를 하늘로부터, 그리고 나머지 모든 세계로부터 차단하고 있다. 안개는 뚜껑처럼 산 위를 덮어 거대한 골짜기를 마치 하나의 뚜껑 덮인 항아리로 만들었다. 넓은 평지에서는 복식(複式) 보습[1]이 땅을 깊이 파헤쳐, 보습 날에 베인 검은 흙이 금속처럼 빛나고 있었다. 살리나스 강 건너편 산기슭에 있는 한 농장의 누런 그루터기 밭은 차디찬 햇빛을 받고 있는 것 같았다. 그러나 선달인 지금, 그 골짜기엔 햇빛이라곤 없었다. 강가를 따라 우거진 버드나무 숲은 누런 나뭇잎으로 불타고 있다.

정적(靜寂)과 대기[2]의 계절이었다. 공기는 찼지만 가벼운 바람이 서남쪽에서 불어오므로, 오래지 않아 비가 한바탕 쏟아질 거라고 농민들은 은근히 기대하고 있었다. 하지만 안개와 비는 함께 오지 않는 법이다.

그러나, 강 건너 산기슭에 있는 헨리 앨렌의 농장에는 할 일이라곤 거의 없었다. 건초는 베어 잔뜩 쌓아 두었고, 과수원은 도랑을 파 놓아서 비만 오면 물을 깊숙이 받아들이게 되었다. 더 높은 산비탈에서 기르고 있는 가

---

1)보습: 땅을 갈아서 흙덩이를 일으키는 일을 하는 삽 모양의 쇳조각.

2)대기(待機): 준비를 마치고 명령을 기다림.

축들은 털이 한껏 자라서 복슬복슬해지고 있었다.

엘라이자 앨렌은 꽃밭에서 일하다, 마당 건너편에서 남편 헨리가 신사복을 입은 두 남자와 애기하고 있는 것을 보았다. 세 사람은 트랙터 차고 옆에 서서 각기 한쪽 발을 소형 포드슨 가장자리에 올려놓고 있었다. 그들은 담배를 피우며 이야기를 주고받으면서 차를 자세히 조사하고 있었다.

엘라이자는 그들을 잠깐 살피고 나서 다시 일을 계속했다. 그녀의 나이는 서른다섯이었다. 얼굴은 여윈 편이나 몸은 튼튼했으며, 두 눈은 샘물과 같이 맑았다. 원예용 작업복(作業服)을 입고 있는 그녀의 모습은 꿋꿋하면서도 믿음직하게 보였다. 남자용 검은 모자를 눈이 덮일 정도로 깊숙이 내려쓰고 농사꾼 신발을 신고, 무늬 박은 갱사(更紗) 옷을 걸치고 있었는데, 그 옷에는 그녀가 늘 사용하는 전정 가위, 이식용 삽, 씨, 칼 등을 넣어두는 큼직한 호주머니가 네 개나 달려 있었다. 손에는 두꺼운 가죽 장갑을 끼어 손을 보호하고 있었다.

그녀는 굵다란 국화 줄기를 조그만 전정 가위로 자르며 이따금, 트랙터 차고 옆에 서 있는 남자들을 내려다보았다. 그녀는 정력이 넘치는 아름다운 얼굴을 하고 있었다. 가위질을 하는 데도 정력이 흘러 넘치고 있었다. 그녀의 정력에 비하면 그 국화 줄기는 너무나도 작았고 그 일은 너무나도 쉬운 것 같았다.

눈 위로 흘러 내린 머리칼을 장갑 낀 손등으로 쓸어올렸다. 그러나 그 때 턱에 얼룩이 졌다. 그녀의 뒤쪽에는, 창가에까지 빨간 제라늄이 빽빽이 들어찬, 하얀 칠을 한 농가가 아담하게 서 있었다. 들창이 깨끗이 닦여 있었고, 현관에는 말쑥한 신발닦개가 깔려 있어서 깔끔하게 청소가 잘 되어 있는 것 같은 그런 조그만 집이었다.

엘라이자는 또 한 번 트랙터 차고 있는 쪽으로 시선을 옮겼다. 세 명의 낯선 남자들이 쿠페형 포드 차에 막 타려는 참이었다. 엘라이자는 한쪽 장갑을 벗고 늙은 국화 뿌리 둘레에 돋아난 새싹 속으로 억센 손가락을 밀어 넣었다. 그리고 빽빽하게 자란 줄기를 헤치며 자세히 살펴보았다. 진딧물도 붙어 있지 않았고, 집신벌레도, 달팽이도, 굼벵이도 없었다. 테리어와 같은 그녀의 날쌘 손가락이 그런 따위 벌레가 날뛰기 전에 벌써 없애버렸던 것이다.

엘라이자는 남편 목소리에 깜짝 놀랐다. 남편은 소리 없이 가까이 와서 가축이나 개, 그리고 닭들이 들어오지 못하게 만들어 놓은 쇠줄 울타리 위에 기대고 있었다.

"또 꽃밭 가꾸기군." 그는 말했다.

"이번에도 탐스런 국화꽃이 필 것 같은데."

엘라이자는 허리를 펴고 다시 가죽 장갑을 끼었다.

"아무렴요, 내년에는 모두가 탐스럽게 필 거예요."

그녀의 말투와 얼굴에는 다소 뽐내는 기색이 있었다.

"당신은 일 재주가 있는가 보지?" 헨리는 말했다.

"올해 심은 황국화만 해도 지름이 10인치나 되니 말이오. 한 번 과수원에 나와서 그만큼 큰 사과가 열리도록 해 보구려."

그녀의 두 눈은 날카롭게 빛났다.

"그런 일도 아마 할 수는 있겠죠. 전 태어날 적부터 일 솜씨가 있으니 말이에요. 친정어머님도 그랬었죠. 무엇이건 땅에다 심기만 하면 길러 냈거든요. 그런 방법을 잘 알고 있는 정원사의 손을 갖고 있다고 어머님은 늘 자랑하셨죠."

"글쎄, 꽃에는 확실히 효력이 있단 말이오." 그는 말했다.

"헨리, 아까 당신과 얘기하던 사람들이 누구예요?"

"아 참, 그것 때문에 여기에 온 건데, 깜박 잊었군. 그 사람들은 서부 식육 회사(西部食肉會社)에서 온 사람들인데, 세 살 먹은 황소 서른 필을 팔았지. 내가 요구한 값을 거의 다 받았어."

"그것참 잘됐군요." 아내는 말했다.

"참 잘하셨어요."

"그래서 나는 생각했지." 그는 말을 계속했다.

"토요일 오후이기도 하니, 살리나스로 내려가 요리집에서 저녁을 먹고 영화 구경이라도 했으면 어떨까 하고 — 축하하는 뜻에서 말이오."

"그거 좋지요. 그것참 좋을 거예요." 그녀는 되풀이했다.

헨리는 농담조로 나갔다.

"오늘 밤 권투 시합이 있다던데, 그것을 보러 가는 게 어떻겠소?"

"전 싫어요." 그녀는 숨가쁜 듯이 말했다.

"전 권투는 싫어요."

"좀 놀려 본 거지. 엘라이자, 영화 구경이나 합시다. 그런데 지금이 두 시지. 그럼 나는 스코티를 데리고 가서 산에서 황소를 몰고 내려오지. 두 시간은 걸릴걸. 다섯 시쯤 읍내에 들어가서 코미노스 호텔에서 저녁 식사를 하도록 합시다. 괜찮겠지?"

"물론 괜찮아요. 밖에서 식사를 하다니, 얼마나 좋아요."

" 그럼 됐어. 난 가서 말 두 필을 준비해 놓겠어."

"저는 그 동안에 이 묘목을 충분히 옮겨 심을 수 있을 것 같군요."

아내는 말했다.

저 아래 헛간 옆에서 남편이 스코티를 부르는 소리가 들렸다. 조금 후 황소를 찾으려고 누르스름한 산허리를 말을 타고 올라가는 두 사람이 보였다.

국화 뿌리를 내리기 위해 조그맣고 네모진 묘판[3]이 마련되어 있었다. 그녀는 모종삽으로 몇 번이나 흙을 뒤집어 고르게 해서는 단단해질 때까지

3)묘판: 못자리. 못자리 사이 사이를 떼어 직사각형으로 다듬어 놓은 조각 조각의 구역.

4)고랑: 두둑의 사이. 두두룩한 두 땅의 사이.

가볍게 두드렸다. 그러고 나서 묘목을 심기 위해 열 줄의 고랑[4]을 같은 방향으로 나란히 팠다. 그리고 국화밭으로 되돌아와서 쪼글쪼글한 어린 가지를 뽑아서 그 잎사귀를 가위로 잘 다듬어 얌전하게 쌓아올렸다.

바퀴가 삐걱거리는 소리와 함께 무거운 말발굽 소리가 길 저편에서 들려왔다. 엘라이자는 얼굴을 들었다. 강 주위를 둘러싸고 있는, 버드나무와 미루나무가 울창한 둑을 따라 시골길을 달리고 있었으며, 이 길 위를 괴상하게 생긴 마차가 이상하게 끌려오고 있었다. 그것은 낡은 스프링이 달린 마차로, 커다란 포장 마차같이 둥그런 휘장을 드리우고 있었다.

밤색의 늙은 말과 회색과 흰색이 반씩 섞인 당나귀가 마차를 끌고 있었다. 수염을 짧게 깎은 커다란 사내가 펄럭이는 포장 속에 자리잡고, 느릿느릿 움직이는 그 두 필의 말을 몰고 있었다. 마차 뒷바퀴 사이로 깡마른 잡종개 한 마리가 어슬렁어슬렁 걸어오는 것이 보였다. 휘장 위엔 서툰 글씨로 무엇이라 씌어 있다. '냄비 · 솥 · 칼 · 제초기 수선'. 물건 이름이 두 줄, 그리고 그 밑에 '수선'이라는 글자가 보라는 듯이 뚜렷하게 씌어 있었다. 글자마다 밑으로 검은 페인트가 흘러 내려 조그맣고도 뾰족한 검은 점을 이루고 있었다.

엘라이자는 땅바닥에 웅크리고 앉아서, 마구 흔들리며 다가오는 마차의 모습을 바라보았다. 그러나 마차는 지나가버리지 않았다. 비틀어진 낡은 바퀴를 삐걱거리면서 집 앞의 밭길로 꼬부라져 들어섰다. 깡마른 개 한 마리가 마차 바퀴 사이에서 뛰어나와 마차를 앞장 서서 달렸다. 즉시 농장의 셰퍼드 두 마리가 그 개를 향하여 쏜살같이 뛰어나갔다. 이들 세 마리의 개들은 꼬리를 빳빳이 세우고 네 다리로 떡 버티고, 대사(大使)와 같은 위엄을 보이며 서서히 빙빙 돌면서 까다롭게 서로의 냄새를 맡고 있었다.

포장 마차는 엘라이자의 쇠줄 울타리에서 멈추었다. 이렇게 되자 그 새

5)중과부적(衆寡不敵): 적은 수효가 많은 수효를 대적하지 못함.

로 온 개는 중과부적(衆寡不敵)[5)]이라는 것을 느꼈던지, 꼬리를 내려뜨리고 목덜미 털을 빳빳이 세운 채 이빨을 드러내고 마차 밑으로 사라지고 말았다. 마차에 앉아 있던 사내가 소리를 질렀다.

"저 개도 싸움을 하면 무섭습니다."

엘라이자는 웃었다. "그런 것 같네요. 보통 며칠에 한 번씩 싸우죠?"

사내는 그녀의 웃음을 받아 소리 내어 웃었다.

"때에 따라선 몇 주일씩 싸움을 하지 않을 때도 있죠."

이렇게 말하고서 뻣뻣한 자세로 차에서 내렸다. 말과 당나귀는 마치 물 안 준 꽃과도 같이 머리를 푹 숙이고 있었다.

엘라이자는 그가 몸집이 매우 큰 사내임을 알았다. 머리칼과 수염은 허옇게 세었지만 늙어 보이지는 않았다. 다 해진 검은 옷은 곳곳이 구겨지고 여기저기 기름이 묻어 있었다.

웃음소리가 그치자 얼굴과 눈에서도 웃음이 사라졌다. 검은 두 눈에는 마차꾼이나 뱃사람들의 눈에서 흔히 보듯 수심이 가득했다. 쇠줄 울타리에 올려놓은 그의 못박인 두 손은 갈래갈래 갈라져서 그 금마다 하나의 검은 선을 이루고 있었다. 그는 그 손으로 찌그러진 모자를 벗었다.

"늘 다니던 길에서 벗어나 옆길로 들어섰는데요, 아주머니." 그는 말했다. "이 흙탕길을 따라가면 강 건너 로스앤젤레스 고속도로로 나갈 수 있습니까?"

엘라이자는 일어서서 그 투박한 가위를 앞치마 호주머니에 넣었다.

"글쎄요, 물론 갈 수야 있지만, 빙 돌아가야 하는데다가 강을 건너야 해요. 그런데, 그런 말이면 당나귀를 끌고 모래사장을 갈 수 있을까요?"

그는 좀 무뚝뚝하게 대꾸했다. "이래봬도 놀라우리 만큼 힘이 세지요."

"싸움 할 때나 그렇겠지요?" 그녀가 물었다.

그는 두 번째 미소를 지었다. "그럼요, 싸움할 때 바로 그렇지요."

"저어……" 엘라이자가 말했다.

"살리나스 가도를 되돌아서 거기서 고속도로로 나가시는 것이 시간상 크게 절약이 될 것 같은데요."

그는 굵은 손가락으로 닭장 철사줄을 아래로 잡아당겨 띵 하는 소리를 냈다.

"아주머니, 저는 바쁠 것이 없어요. 매년 시애틀과 샌디에고 사이를 내왕[6]하고 있죠. 넉넉히 시간을 잡아서 말이오. 가는 데만도 보통 여섯 달 걸려요. 그저 좋은 날씨만 택해서 가니까요."

엘라이자는 장갑을 벗어 주머니 속에 쑤셔넣었다. 그리고 쓰고 있던 남자용 모자의 가장자리 밑창으로 손을 갖다 대고 흩어진 머리칼을 매만졌다.

"생활이 멋있어 보이는군요." 그녀는 말했다.

그는 안심하고 울타리 위로 몸을 기댔다.

"제 마차에 써 놓은 글을 보셨겠지만, 저는 냄비를 고치고 칼이니 가위를 갑니다. 무슨 고치실 건 없으신지요?" 그는 재빨리 말했다.

그녀의 두 눈은 저항의 빛으로 굳어졌다.

"가위란 놈이 제일 까다롭지요." 그는 설명했다.

"사람들은 갈 줄도 모르면서 함부로 갈다가 끝내는 망치고 말아요. 그러나 전 가는 법을 알지요. 특별한 도구를 갖고 있거든요. 표면이 깔깔한 것인데, 특허받은 연장이죠. 아주 썩 잘 갈린답니다."

"그런 말씀 마세요. 제 가위도 다 잘 드니까요.

"그럼 좋습니다. 냄비는 어떻습니까?" 그는 열심히 말을 계속했다.

"구부러진 거나 구멍난 거나 다 새 것으로 만들어 놓겠습니다. 새 것을 사실 필요가 없어요. 댁에서는 그만큼 절약될 겁니다."

"없다니까요." 그녀는 잘라 말했다.

---

6)내왕(來往): 오고 감. 서로 사귀어 상종함.

"당신이 할 만한 일거리란 정말 없어요."

그는 과장하여 슬픈 표정을 지어 보였다. 목소리마저 마치 애소[7]라도 하듯 나지막하게 변했다.

"오늘은 일거리가 하나도 없었거든요. 이러다간 저녁도 굶어야 할 판이에요. 제가 늘 다니던 길에서 벗어나 잘못 들어섰단 말씀이에요. 큰길에 나서면 시애틀에서 샌디에고에 이르는 사이에서는 절 모르는 사람이 없지요. 그 분들은 칼 갈 것이 있으면, 제게 시키려고 모아두고 있어요. 제가 일을 잘 한다는 것을 알고 있으니까요."

"미안하지만, 당신께 부탁할 일거리가 없어요."

엘라이자는 짜증스럽게 말했다.

그의 눈은 그녀의 얼굴을 떠나 무엇을 찾는 듯 땅바닥을 내려다보았다. 그리고 여기저기 왔다갔다 하다가 마침내 그녀가 일하고 있던 국화밭 쪽으로 발길을 옮겼다.

"저 화초들은 뭐예요. 아주머니?"

노기와 반항심이 엘라이자의 얼굴에서 사라졌다.

"저것 말이죠. 네, 저건 국화예요. 흰 국화와 노란 국화예요. 저는 해마다 이 근처 어느 누구네 것보다 큰 국화를 심지요."

"저건 꽃잎이 길다란 꽃이죠? 물들인 연기를 훅훅 뿜어 놓은 것 같은?"

그는 물었다.

"바로 그래요. 그것 정말 그럴 듯한 표현이군요."

"익숙해질 때까진 냄새가 좀 고약하죠?" 그는 말했다.

"쓸쓸하고 좋은 냄새지요." 그녀는 대꾸했다.

"조금도 나쁜 냄새가 아니예요." 그의 말투는 재빨리 바뀌었다.

"저 자신은 사실 그 냄새를 좋아한답니다."

7)애소(哀訴): 슬프게 하소연함.

"올해는 10인치나 되는 꽃이 필 거예요." 그녀는 말했다.

그 사내는 아까보다 더욱 바싹 울타리 위로 몸을 기댔다.

"아참, 아주머니, 이 길을 좀더 내려가면 제가 아는 부인이 있는데요, 아주 훌륭한 정원을 가꾸고 있어요. 거의 온갖 꽃이 다 있지만 국화만은 없나 봅니다. 지난번 제가 구리로 밑바닥을 댄 세숫대야를 고쳐 주었을 때인데요, 참 힘든 일이었지만 제가 근사하게 고쳐 드렸죠. 그 부인이 제게, 좋은 국화를 보거든 그 씨를 좀 얻어다 줄 수 없겠느냐고 부탁하더군요. 제가 그런 부탁을 받은 일이 있어요."

엘라이자의 눈은 민첩해지며 생기를 띠었다.

"그분은 국화를 잘 모르는가 보군요. 국화는 물론 씨를 뿌려 길러내는 수도 있지만, 저기 있는 작은 새싹이 뿌리를 내리게 하는 것이 훨씬 쉽답니다."

"그렇군요." 그는 말했다.

"그럼 그 분에게 드릴 수는 없겠습니까?"

"드릴 수 있어요." 엘라이자는 소리를 질렀다.

"습기 찬 모래흙에 넣어 드릴 테니, 그대로 가져가면 될 거예요. 습하게 해 두면 화분 속에서도 뿌리를 내릴 거예요. 그 때 다른 장소에 옮겨 심으면 돼요."

"아주머니, 그렇게 해 주신다면 그 분이 아주 좋아할 겁니다. 아주 훌륭한 국화꽃이라고 말씀하셨죠?"

"아름답고말고요."

그녀의 눈은 빛났다. 구겨진 모자를 벗어 팽개치고 머리를 흔들어 검은 머리를 늘어뜨렸다.

"화분에 넣어 드릴 테니, 가지고 가시면 될 거예요. 마당으로 들어오세요."

사내가 말뚝문으로 들어오는 동안에 엘라이자는 흥분하여, 제라늄으로 가장자리를 꾸민 좁은 길을 따라 집 뒤쪽으로 달려갔다. 그리고는 크고 붉은 화분 하나를 들고 되돌아왔다. 이젠 장담[8]은 쑥 들어갔다. 그녀는 묘판 옆 땅바닥에 꿇어앉아 손가락으로 모래흙을 파헤쳐 번쩍이는 새 화분에다 끌어넣었다. 그러고 나서, 아까 조그맣게 잘라서 쌓아올린 싹을 집었다.

그리고 손가락으로 새싹을 모래흙 속에 밀어넣고 주먹으로 둘레를 다졌다. 사내는 이 광경을 내려다보았다.

"가꾸는 방법을 가르쳐 드릴 테니, 잘 기억해 두었다가 그 부인에게 알려 드려야 해요." 그녀는 말했다.

"네, 그렇게 하죠."

"자, 그러면 잘 들으세요. 이 싹은 약 한 달 지나면 뿌리가 내립니다. 그땐 이것을 옮겨 심어야 하는데, 한 자 가량 사이를 두고 이처럼 기름진 땅에다 심어야 해요. 알았지요?"

그녀는 검은 흙을 한 주먹 쳐들어 그에게 보였다.

"그러면 빨리 자랄 거예요. 그런데 이걸 잘 기억하세요. 7월이 되면 땅바닥에서부터 약 8인치 가량만 남기고 잘라내야 해요."

"꽃이 피기 전에 말이죠?" 그는 물었다.

"네, 꽃이 피기 전에요." 그녀의 얼굴에는 열중한 나머지 긴장이 감돌았다.

"그러면 쑥쑥 자라날 거예요. 9월 말쯤 되면 봉오리가 나올 거예요."

그녀는 말을 멈추자 당황해하는 것 같이 보였다.

"제일 조심해야 할 때는 이 봉오리가 나올 때예요." 조심스럽게 덧붙였다.

"어떻게 설명했으면 좋을지 모르겠는데?"

엘라이자는 사내의 마음을 살피듯이 그의 눈을 주의 깊게 들여다보았다. 그는 입을 약간 벌리고 있는 것이, 귀를 기울이고 있는 듯했다.

"그럼 이렇게 말해 볼까?" 그녀는 말했다.

---

8)장담(壯談): 확신을 갖고 자신 있게 하는 말.

"꽃 심는 손이란 말을 들은 적이 있어요?"

"글쎄요, 그런 말은 못 들었는데요, 아주머니."

"네에, 그 기분만은 말할 수 있겠군요. 필요 없는 봉오리를 따 버릴 때 말이지요. 온갖 신경이 손끝에 다 모이지요. 손끝의 움직임만 보면 되는 거예요. 손끝이 저절로 움직이지요. 그것을 육감으로 느낄 수 있어요. 손끝이 봉오리를 자꾸만 따 나가지요. 절대로 실수하는 게 없어요. 손끝과 식물이 일체가 된단 말이에요. 알아듣겠어요? 손가락과 식물이 말이에요. 그것을 팔 위까지 느낄 수 있어요. 손끝이 잘 알고 있으니 절대로 틀림이 없어요. 육감으로 알고 있어요. 그렇게만 되면 실수할 리가 없는데, 어디 알 것 같아요? 내 말을 이해할 수 있겠어요?"

그녀는 땅바닥에 무릎을 꿇은 채 그를 쳐다보았다. 그녀의 가슴은 정열적으로 부풀어올랐다.

사내는 눈을 가늘게 뜨고 수줍은 듯 외면을 했다.

"알 것도 같군요." 그는 말했다. "가끔 저 마차 안에서 밤에……"

엘라이자는 목쉰 소리로 그의 말을 가로막았다.

"전, 당신처럼 살아 온 일은 없어도 — 당신이 말하고자 하는 그 뜻을 잘 알겠어요. 어두운 밤 — 글쎄요, 별은 총총하고 사방이 한없이 고요할 때, 그래요, 몸이 자꾸만 하늘 높이 솟아오르고 뾰족한 별들이 우리들 몸 속으로 뛰어들어오는 것 같은 느낌, 뜨겁고 날카롭고, 그리고 뭐라 말할 수 없는 상쾌한 기분……"

무릎을 꿇은 채 그녀의 손은, 기름때 낀 바지를 입은 남자의 다리 쪽으로 뻗어나갔다. 수줍은 손가락이 거의 그의 바지에 닿을 뻔했다. 그러자 손이 땅으로 수그러졌다. 재롱 부리는 강아지처럼 그녀는 몸을 움츠렸다.

그가 말했다. "그거야 아주머니가 말씀하신 대로 근사한 생활이지요. 하지만 저녁거리가 없을 때는 그렇지도 않습니다만……"

그러자 그녀는 자리에서 잽싸게 일어섰다. 수줍음이 깃든 표정으로 그녀는 화분을 그에게 내밀어 그의 팔에 가만히 안겨 주었다.

"자 이걸 마차 의자에다 갖다 놓으세요. 거기선 지켜 볼 수가 있을 테니까요. 혹시 당신에게 시킬 일거리가 있는지 찾아보지요."

그녀는 뒷마당에서 깡통 속을 뒤적거려 낡아빠지고 찌그러진 알루미늄 소스 팬 두 개를 찾아냈다.

그것을 가지고 돌아와서 그에게 주었다.

"자, 이거나 고쳐 줘요."

그의 태도는 일시에 직업적으로 변했다.

"신품이나 다름없이 고쳐 드리죠."

그는 마차 뒤에다 조그만 모루를 세워놓고는 기름투성이 연장 궤짝에서 조그만 망치를 꺼냈다. 엘라이자는 밭에서 나와, 그가 쭈그러진 냄비를 펴고 있는 동안 줄곧 그를 지켜보았다. 그의 입매에는 자신이 넘쳐 흘렀다. 그러나 어려운 부분에 오면 아랫입술을 빨아댔다.

"그래, 이 마차 안에서 잠을 자는가요?" 엘라이자가 물었다.

"그렇습니다, 아주머니. 비가 억수같이 퍼부어도 저 마차 안에서야 외양간 암소 모양으로 덤덤하지요."

"재미있겠는데요." 그녀는 부러운 듯 말했다.

"아주 재미있겠어요. 여자들도 그런 생활을 할 수 있다면 오죽 좋을까."

"여자들이 할 만한 생활이 못 됩니다."

그녀의 윗입술이 약간 올라가며 이가 드러났다.

"어떻게 아시고 그런 말을 하세요?" 그녀는 말했다.

"전 모르겠습니다만, 아주머니." 그는 대꾸했다.

"물론 저야 그런 건 모르죠. 자, 여기 냄비를 다 고쳐 놓았어요. 인제 새 것을 사실 필요가 없습니다."

"얼마죠?"

"50센트면 됩니다. 값은 싸게 받고 일은 잘해 올리는 것이 저의 주의입니다. 그러므로 한길가에선 어디서고 단골 손님들을 만족하게 해 드리고 있지요." 엘라이자는 집에서 50센트 은화 한 닢을 가져다가 그의 손바닥에 떨어뜨렸다.

"그 사이 경쟁자가 생겨 당신을 놀라게 할는지도 몰라요. 저도 가위를 갈 줄 아니 말이에요. 조그만 냄비 찌그러진 것쯤은 두들겨 펼 수 있으니 말이에요. 여자의 능력이 어떻다는 것을 보여 줄 수 있지요."

그는 망치를 기름 묻은 궤짝에다 도로 넣은 다음, 그 작은 모루[9]를 눈에 띄지 않는 곳으로 밀어젖혔다.

"여자에겐 괴롭고 쓸쓸한 생활일 겁니다. 그리고 무섭기도 하고요. 밤새도록 짐승들이 마차 밑을 기어다니니까요."

그는 당나귀의 하얀 꽁무늬에 손을 대어 몸을 안정시키면서 위로 올라탔다. 자리에 앉아 고삐를 잡았다. "아주머니, 고맙습니다." 그는 말했다.

"말씀하신 대로 하겠어요. 살리나스 가도로 돌아서 나가겠어요."

"조심하세요." 그녀는 소리를 질렀다.

"그곳까지 가는 데 시간이 오래 걸리거든, 잊지 말고 모래에 물을 줘요."

"모래흙이오? 아주머니, 모래흙? 네 잘 알아요. 국화의 모래 말이죠? 네, 그렇게 하지요."

그는 쯧쯧하고 혀를 찼다. 말들은 기분이 좋은지 목사리[10]를 끌었다. 잡종개는 뒷바퀴 사이의 제자리로 돌아갔다. 마차는 방향을 돌려 아까 들어왔던 길로 나가, 오던 길과는 반대쪽으로 강을 따라 느릿느릿 되돌아갔다.

---

9)모루: 단조(금속을 가열하여 두드려서 필요한 형체로 만듦)작업에서, 단조 재료를 올려 놓고 해머로 때려서 가공하는, 쇠로 만든 바탕틀.

10)목사리: 소 굴레의 한 부분(모가지 위와 밑으로 각각 두른 가는 줄).

엘라이자는 울타리 앞에 서서 천천히 미끄러져 나아가는 마차를 바라보고 있었다. 어깨를 쭉 펴고 머리를 뒤로 젖히고는 눈을 반쯤 감은 채 바라보았다. 그러자 마차를 둘러싼 정경이 희미하게 눈에 떠올랐다.

"잘 가요. 잘 가요." 입술은 이렇게 말하듯 소리 없이 움직였다.

"저 길을 가면 행복이 있을 거야, 그곳엔 광명이 있을 거야."

그녀는 속삭이다가 자기의 소리에 깜짝 놀랐다. 그런 생각을 쫓아버리고 누가 듣지나 않았나 주위를 살펴보았다. 개들만이 듣고 있을 뿐이었다. 개들은 먼지 속에서 자다가 머리를 쳐들어 주인을 보았으나, 이내 턱을 쭉 빼고 잠들어버렸다. 엘라이자는 돌아서 재빨리 집으로 뛰어들어갔다.

부엌에 들어가 난로 뒤로 손을 뻗쳐 물통을 만졌다. 낮에 취사(炊事)할 때의 열 때문에 더운물이 가득했다. 목욕실에 들어가 더러워진 옷을 벗어서 한쪽 구석에 집어 던졌다. 그러고 나서 조그만 경석(輕石)[11]으로 몸을 문질렀다. 종아리와 넓적다리, 허리와 가슴, 그리고 팔뚝, 이렇게 피부가 긁혀서 빨갛게 될 때까지 싹싹 문질렀다. 몸을 닦고 침실의 체경[12] 앞에 서서 자기 몸을 여기저기 살펴보았다. 돌아서서 어깨너머로 자기의 뒷모습을 보았다.

조금 있다가 그녀는 천천히 옷을 주워 입기 시작했다. 한 번도 입지 않았던 새 옷을 입고, 제일 좋은 양말을 신고, 그녀의 아름다움을 상징하는 드레스를 걸쳤다. 공들여 머리를 빗고, 눈썹을 그리고, 연지를 찍었다.

아직 화장이 채 끝나기도 전에 말발굽 소리와 함께 헨리와 그의 일꾼들이 떠드는 소리가 들렸다. 그들은 붉은 황소떼를 가축 우리로 몰아 넣고 있었다. 문이 탕 하고 닫히는 소리를 듣고, 헨리가 들어오는 데 대비했다.

그의 발자국 소리가 현관을 울렸다.

"엘라이자, 어디 있어?" 그는 아내를 부르면서 집으로 들어왔다.

---

11)경석(輕石): 속돌(분출된 용암이 갑자기 식어서 된 다공질의 가벼운 돌).

12)체경(體鏡): 온몸이 비치는 큰 거울.

"저 방에서 옷을 입고 있어요. 아직 다 준비가 안 되었어요. 더운물이 있으니 빨리 목욕을 하세요. 늦기 전에!"

그가 물통에서 물을 튀기는 소리가 들려올 때 엘라이자는 남편의 검은 양복을 침대 위에 내놓고, 셔츠와 양말, 그리고 넥타이를 그 옆에 나란히 놓았다. 침대 옆 마룻바닥에다 윤이 나는 그의 구두를 놓았다. 그러고 나서 현관으로 나가 시치미를 떼고 새침하게 앉아 있었다. 강둑 쪽을 바라보니, 줄지어 늘어선 버드나무는 서리맞은 잎 때문에 아직도 누렇게 보였다. 이것만이 이 회색의 오후에 볼 수 있는 유일한 빛이었다. 그녀는 오랫동안 꼼짝도 않고 앉아 있었다. 눈조차 깜박거리지 않았다.

헨리가 넥타이를 조끼 아래로 밀어넣으며 문을 거세게 닫고 밖으로 나왔다. 엘라이자는 몸이 굳어지면서 얼굴에 긴장의 빛이 감돌았다. 헨리는 갑자기 발을 멈추고 아내를 쳐다보았다.

"야! 엘라이자, 아주 멋있는데……"

"멋? 멋이 있다고요? 멋이라니 무슨 뜻이죠?"

헨리는 머뭇거렸다.

"뭐라고 말해야 좋을까. 글쎄, 당신이 달라 보인단 말이지. 힘차고 행복하게 보인단 뜻이지."

"제가 힘차다고요? 그럼요, 튼튼하지 않고요. 하지만 '힘차다'는 게 무슨 뜻이죠?"

그는 당황했다. "당신은 지금 말장난을 하고 있군." 그는 어처구니없다는 투로 말했다. "그건 말장난이야. 내 말은, 당신이 무릎 위에서 송아지를 부러뜨릴 만큼 힘차 보이고, 그놈을 수박같이 먹어버릴 수 있을 만큼 행복해 보인단 말이야."

잠깐 동안 그녀는 긴장을 풀었다.

"여보, 그런 말을 하지 마세요. 아무 것도 모르고 그런 말을 하는 게 아니예요." 그리고는 본래의 모습으로 돌아왔다.

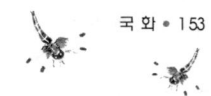

"전 힘차요. 제가 힘차다는 걸 여태 몰랐지만!" 그녀는 자랑스레 말했다.

헨리는 트랙터 차고 쪽을 내려다보았다. 그리고 눈을 그녀에게로 다시 돌렸을 땐, 언제나 다름없는 그녀의 눈으로 돌아와 있었다.

"내가 차를 가지고 올 테니, 시동을 걸고 있는 동안 외투를 입고 나와요."

엘라이자는 방 안으로 들어갔다. 그가 문 앞까지 차를 몰고 나와서 시동을 걸고 있는 소리를 듣고서도 시간을 끌며 모자를 썼다. 모자의 이곳을 잡아당기고 저곳을 눌렀다. 헨리가 시동을 껐을 때, 그녀는 외투를 걸치고 밖으로 나왔다.

조그만 차는 강가의 흙탕물을 튀기며 달렸다. 새는 날아 도망치고 토끼는 숲 속으로 뛰어들어갔다. 두 마리의 학이 무겁게 날개를 푸드덕거리며 버드나무를 넘어 강가로 내려가 앉았다.

길 앞쪽 저 멀리에서 엘라이자는 검은 점을 발견했다.

그것이 무엇인지를 그녀는 이내 알았다.

차가 그곳을 지나갈 때, 그것을 보지 않으려 했으나 눈이 말을 듣지 않았다. 그녀는 슬프게 혼자 중얼거렸다.

'그 꽃을 길에서 멀리 던져 버릴 수도 있었을 텐데. 그것쯤 대단한 수고도 아니었을 텐데. 그렇지만 화분만은 가진 게지? 화분을 가지고 가려다 보니 새싹을 길바닥 멀리 던져 버리지 못했나 보지?'

차가 굽이를 돌아서자, 앞에 그 포장 마차가 가는 것이 보였다. 차가 마차 옆을 지나갈 때 그녀는 남편 쪽으로 몸을 돌려, 휘장친 조그만 마차와 묘하게 짝지어진 두 필의 말을 보지 않으려 했다.

차는 곧 옆을 지나갔다. 엘라이자는 돌아보지 않았다.

그녀는 엔진 소리에도 들리게 큰소리로 말했다.

"오늘 밤에는 유쾌할 거예요. 맛있는 저녁 식사를 할 수 있을 거예요."

"당신은 또 기분이 달라졌군." 헨리는 불평하듯 말했다.

그는 핸들에서 한 손을 떼더니, 아내의 무릎을 가볍게 두드렸다.

"이제부턴 자주 나와서 저녁 식사를 해야겠어. 그 편이 우리 두 사람에게는 좋겠지. 농장 생활은 힘이 드니까."

"헨리." 하고 그녀는 불렀다. "식사 때 술 좀 마실 수 있나요?"

"물론이지, 마실 수 있고 말고. 그거 아주 잘되었는데."

그녀는 잠시 동안 가만히 있다가 말했다.

"여보, 저 권투 시합말이에요, 서로 막 때리고 하나요?"

"그럴 때도 있지만, 늘 그런 것은 아니지. 드물지, 왜?"

"글쎄, 코가 부러진다는 둥 피가 가슴팍을 흐른다는 둥 책에서 읽은 일이 있어서 그래요. 권투용 장갑이 피에 젖어 묵직해진다고도 씌어 있더군요."

그는 그녀 쪽으로 돌아앉았다.

"엘라이자, 어떻게 된 거야? 언제 그런 책을 읽었어?"

그는 차를 오른편으로 돌려서 살리나스강 다리를 건넜다.

"여자들도 권투 시합을 보러 가나요?" 하고 그녀는 물었다.

"그럼, 가고 말고. 엘라이자, 왜 그래. 정말 가고 싶어서 그러는 거요? 좋아할 것 같지도 않지만, 정말 가고 싶다면야 데리고 가지."

그녀는 자리에 맥없이 기대고 있었다.

"천만에요, 전 가기 싫어요. 정말 가기 싫어요." 그녀는 그로부터 얼굴을 돌렸다. "포도주나 마시면 돼요. 그것으로 족하지요 뭐."

그녀는 외투 깃을 올려, 가냘프게 — 마치 늙은 할머니와도 같이 — 울고 있는 모습을 그에게 보이지 않으려고 했다. ✻

▦ 작가소개 **존 스타인벡(Jonh Steinbeck ; 1902 ~ 1968)**

미국의 작가. 그는 캘리포니아 주 출신으로 집안이 가난하여 신문 기자, 공사장 벽돌 운반공, 별장지기 등의 일을 하면서 작가 생활을 시작했는데, 영화로도 제작되어 더 유명해진 「분노의 포도」가 그의 대표작이다.

그의 소설들은 대체로 사회 현실에서 소재를 구하고 있다. 미국의 자본주의 체제가 만들어 놓은 구조적 모순을 파헤친 작품도 적지 않다. 그래서 그의 소설 속의 인물들은 대개 가난한 노동자, 농민이거나 뿌리 없이 떠돌아다니는 건달들이다. 특히 대표작으로 일컬어지는 「분노의 포도」는 천재(天災)와 자본가에게 농토를 빼앗기고 가혹한 노동과 극심한 가난에 육체적, 도덕적으로 붕괴되어가는 농민들을 그리고 있는 바, 이 소설로써 그는 30년대 미국 리얼리즘을 대표하는 작가로 불리게 되었다. 그는 〈분노의 포도〉로 퓰리처상을 수상하고 〈불만의 겨울〉로 노벨 문학상을 수상했다.

그의 단편은 1938년에 나온 단편집 〈긴 계곡〉에 실려 있는데, 자연과 인간에 대한 예리한 관찰을 바탕으로 자연과 인간의 교감(交感)을 서정적으로 재구성했다는 데서 그 특징이 찾아진다.

주요 작품으로는 「분노의 포도」, 「달은 지다」, 「생쥐와 인간」, 「도털과 플랫」, 「에덴의 동쪽」, 「불만의 계절」, 단편 소설 「선물」, 「지도자」 등이 있다.

▦ 작품해설

이 소설은 평범한 여인과 떠돌이 수선쟁이의 이야기이다. 냄비를 고치거나 칼을 가는 일 따위를 하면서 떠돌아다니는 사내는 일거리를 얻기 위해서 국화에 대해서 관심을 보이고, 그로 인해서 여자는 잠시 일상성에서 벗어나 또 다른 기쁨을 맛본다. 인간에 대한 믿음과 배신의 문제, 일상적인 행 · 불행의 문제가 아름다운 미국 농가를 배경으로 시적으로 전개되고 있다.

▦ 읽고나서

문제 수선쟁이가 갑자기 국화에 관심을 갖는 척한 이유는?

- 고객이 좋아하는 대화를 통해 친밀도를 높여 일거리를 얻으려고

문제 엘라이자가 일상에서 벗어나 권투를 보고 싶다고 말한 속내는 무엇인가?

- 애지중지하며 잘 가꾸라고 준 국화 모종이 길바닥에 버려져 있는것을 보고 인간에 대한 배신감과 슬픔을 느꼈기 때문

벙어리들

알베르 까뮈

한겨울이지만 쾌청한 날이 벌써 활기를 띤 시가지 위에 밝아왔다. 부두 끝에는 바다와 하늘이 서로 어우러져 그냥 같은 색으로 빛나고 있었다.

그러나 이바르의 눈에는 그것이 보이지 않았다. 그는 항구가 내려다보이는 길을 자전거를 타고 허덕허덕 저어가고 있었다. 딱 붙은 채로 있는 자전거의 발걸이에는 못 쓰는 쪽 다리가 까딱 않고 놓여 있고, 남은 쪽 다리는 밤이슬에 아직도 축축한 아스팔트 길을 굴러가느라고 애를 쓰고 있었다.

고개를 푹 박은 채 털썩 안장에 주저앉아서 전차 선로를 피해 가기도 하고, 자동차가 추월할라치면 핸들을 와락 틀어주기도 하고, 또 가끔씩 팔꿈치를 가지고 페르낭드가 싸준 점심 보따리를 흔들어 보고는 부아[1]가 치밀었다. 두 조각의 식빵 사이에는 좋아하는 스페인식 오믈렛이나 기름에 볶은 비프 스테이크가 아니라, 겨우 치즈가 약간 물려 있는 것이었다.

공장 가는 길이 그처럼 멀어 본 일은 없었다. 그도 늙은 것이었다. 나이 마흔이며 포도 덩굴처럼 바싹 마른 그지만, 살갈피에 그리 얼른 불이 붙진 않는다. 이따금 스포츠 논평[2]을 읽다가 30세의 선수를 가지고 노장(老

1)부아: 분한 마음.

將)[3]이라 부르는 것을 보면, 그는 어깨를 으쓱하곤 했다.

"그 나이가 노장이고 보면, 그럼 나는 벌써 송장이로군."

이렇게 그는 페르낭드에게 말하는 것이었다.

그렇지만 그 신문 기자의 말도 아주 잘못은 아님을 그는 알고 있었다. 30세가 되면, 벌써 어느 결에 숨이 꺾인다. 40이면, 그야 송장은 아니지만, 좀 일러도 어딘지 마음에 송장 티가 잡힌다. 아마 그 때문이 아닐까? 벌써 전부터, 시가지 한쪽 끝 제통 공장으로 가는 길을 내내 두고 그는 바다를 바라보는 일이 다시 없게 되었다.

그가 20세 때엔 암만 봐도 바다에 싫증이 날 줄 몰랐었다. 바다는 매양 즐거운 해변의 주말을 약속해 주었던 것이다. 절름발이면서도, 또는 절름발이라서 그랬던지 그는 늘 수영을 좋아했다. 그러다가 몇 해가 지나가더니 페르낭드는 아들을 낳아, 그래서 살아가느라고 덧벌이로 토요일엔 제통공장에서, 일요일은 이리저리로 다니면서 꿈지럭거리곤 했다. 격렬하게 그날을 한껏 즐기며 살던 버릇이 차츰차츰 느슨해져 가고 말았다. 깊고 맑은 물, 힘찬 태양, 계집들과의 육체 생활, 그의 고장에서는 다른 행복이란 없었다. 그리고 이 행복은 청춘과 더불어 가버리는 것이었다.

이바르는 항상 바다를 좋아했지만 이젠 낮이 기울어 물굽이[4] 물이 좀 짙어 올 무렵이나 즐길 뿐이었다. 일이 끝난 뒤 자기 집 테라스에 앉아서, 페르낭드가 솜씨 있게 다려주는 속옷을 입고 김 서린 아니스 술잔을 기울이는 시간이면 달콤하였다.

밤이 내린다. 하늘엔 한 토막 부드러움이 감돌아온다. 이바르와 얘기하는 옆 사람들의 음성은 갑자기 나지막해진다. 이럴 때면 그는 자기가 행복

---

2)논평(論評): 시비(是非)를 논술해 비평함.

3)노장(老將): 늙은 장수. 노련한 장군. 경험 많고 뛰어난 노련가.

4)물굽이: 바다 · 강에서 물이 구부러져 흐르는 곳.

한지 또는 울고 싶은지 알 수 없었다. 아무튼 그럴 때면, 뭔가 뚜렷이 알 수 없어도 별수없이 순순히 기다리고 있는 수밖에 없다는 데는 수긍한다.

아침이 되어, 다시 자기 일자리로 갈 때에는 아주 딴판으로 바다를 바라보고 싶은 마음은 나지 않고, 언제나 정해진 시간 저녁에나 또다시 보려드는 것이었다.

그날 아침 그는 어느 때보다 더 힘들어하며, 고개를 푹 떨어뜨린 채 걸어가고 있었다. 그의 마음 또한 무거웠었다. 전날 저녁 때 회합에서 돌아와 다시 일을 하게 된다는 말을 했을 때, 페르낭드는 기뻐하며

"그럼, 주인이 올려주는 건가요?" 주인이 올려주는 게 아니고, 파업이 실패하고 만 것이었다. 공작[5]이 서툴렀었다. 그건 인정해야만 된다. 분노에 의한 파업에 조합이 힘없이 넘어가고 만 것도 무리는 아니었다. 게다가 십오륙 명의 직공들쯤, 그리 대수로울 것도 없었다. 조합에서는 다른 제통 공장들을 생각했던 것인데 응해 주질 않은 것이었다.

그들을 너무 원망할 수도 없었다. 선박의 급수자가 생산되는 바람에 제통업은 그리 신통하지가 않았다. 조그마한 통이건 큰 통이건 생산은 점점 줄어들었다. 주로 하는 일이란 이미 있는 큰 통들을 수선하는 작업이었다. 업자들은 사실 자기들의 사업이 이제 시원치 않음을 보고는 있으면서도, 그래도 옛날처럼 수지[6]나마 맞춰 가려고들 들었다. 제일 손쉬운 것은 역시 물가가 어떻든 급료를 누르는데 있다고들 여겼다. 제통업이 망하는데 통쟁이가 어떻게들 할 테야?

애써서 한 기술을 얻은 사람은 직업을 바꾸지 않는다. 통 메우기란 어려운 일이어서 오랫동안 수련을 쌓아야만 되었다. 훌륭한 통쟁이, 휜 통쪽들을 잘 맞추고 메꿈이니 빔[7]이니 쓸 필요 없이, 불에 쬐어 쇠테를 거의 빈

---

5)공작(工作): 어떤 목적을 위하여 미리 꾸미어 계획하거나 준비함.

6)수지(收支): 수입과 지출.

틈 없이 꼭꼭 맞게 메우는 통쟁이란 흔하지 않다.

이바르는 그것을 할 줄 알았고, 그것이 큰 자랑이었다. 직업 전환쯤은 아무 것도 아니었지만, 자기의 지식, 손에 익은 기술을 버리고 만다는 것은 손쉬운 일이 아니었다. 훌륭한 직공으로서 매인 데가 없다.

한구석에 처박혀 있다. 체념이 아니고는 할 수 없는 짓이다.

그러나 체념 역시 쉬운 일이 아니다. 입을 닫고 산다. 말 한마디 못하고 똑같은 길을 매일 아침, 하루하루 더 가빠지는 길을 가서는, 주말이면 나날이 쓰잘것 없이 되는 액수를 그저 주는 대로 타온다. 못할 노릇이다.

그래서 그들은 화가 치민 것이었다. 그 중 두세 명 주저하는 사람이 있었지만, 주인과 최초의 담판이 있은 뒤로 그들 역시 화가 나서 가담하고 말았다. 주인은 싫거든 아주 그만두라는 것이었다.

"그런 법이 어딨어! 껍질이라도 벗기는 줄 아나?"

에스뽀지또는 말했던 것이다. 주인은 그러나 나쁜 친구가 아니었다. 자기가 아버지 업을 이은 것이며, 공장에서 잔뼈가 굵어[8] 직공들은 거의 모두 여러 해를 사귀어 온 사람이었다. 그는 가끔 가다 그들을 불러다가 간단한 음식을 대접했다. 나무 부스러기 불에 석쇠를 걸고 비웃(청어)이랑 순대랑 구워도 주며, 술이나 한 잔 들어가 놓으면 정말 좋은 사람이었다.

새해가 오면 언제나 직공들 한 사람 한 사람에게 좋은 포도주를 다섯 병씩 주는가 하면, 또 자주 직공 중에 누가 앓는다든가, 조그마한 사고가 있다든가, 결혼이나 성체배수식이 있곤 하는데, 그는 그 때마다 돈으로 인사를 치르곤 했다. 딸을 낳았을 때는 모든 사람들이 설탕 묻힌 살구를 한턱씩 받았다. 두 번인가 세 번인가 그는 이바르를 청해 바닷가 자기 소유지로 사냥을 간 일이 있었다. 그는 물론 자기 직공들을 사랑은 했다. 그리고 자기

---

7)빔: 촉·장부 등의 구멍이 헐거울 때 종이, 헝겊 등을 감아 끼우는 일.

8)잔뼈가 굵어지다: 어려서부터 어떤 일을 하면서 자라나다.

아버지가 견습공으로서 출발했음을 늘 생각도 했다.

그러나 한 번도 그들의 집엘 가본 일이 없어 이해가 어두웠다. 자기밖에 생각하지 않았다. 따라서 이렇게 되니 싫거든 아주 그만들 두라는 것이었다. 달리 말하면 그는 그대로 심술이 난 것이었다. 그는 그대로 버티어 갔다. 그들은 할 수 없이 조합을 조직했고, 공장은 문을 닫게 되었다.

"파업 장난에 싫증일랑 내지를 마슈. 공장이 일을 쉬면 난 돈이 굳으니까." 이렇게 주인은 말했었다. 그건 멀쩡한 말이었지만 그러나 선심을 써서 일하게 놔 두고 있는 거라고 유들유들 말하고 있으니, 파업으로 일이 해결되지는 않았던 것이다. 에스뽀지또는 분통이 터져 사람이 아니라고 말했었다. 주인이 불끈 대드는 바람에 모두들 덤벼들어 둘을 뜯어말려야만 했었다. 그러나 동시에 직공들의 충격은 적지 않았다.

파업은 20일을 끌었다. 집에선 아내들이 슬퍼한다. 직공 두셋은 꺾이고 만다. 그래서 마침내 조합은 중재[9] 조정[10]을 한 결과 초과 시간을 가지고 파업 일수를 메꿀 것을 계약하고, 파업 포기를 권유했던 것이다.

그들은 철회하기로 했다. 물론 실패한 게 아니다, 다시 생각해 보자는 둥 꺼떡거려가면서. 그러나 그날 아침 패배의 중량과도 같은 피로, 고기 아닌 치즈. 이젠 착각도 가셔야만 되었다. 태양이 반짝인들 소용 없었고, 바다는 아무런 약속을 주지 않았다.

이바르는 한쪽 발걸이만을 의지하여 젓노라니, 한 바퀴 돌릴 때마다 조금씩 더 늙는 것만 같았다. 이제 다시 보게 될 공장이랑, 동료들이랑, 주인을 생각하면 그의 가슴은 사뭇 더 무거워지는 것이었다. 페르낭드는 근심이 됐다. "가서 뭐라구 하시겠어요?"

"가만 있지 뭐." 이바르는 자전거에 걸터앉더니 고개를 저었다. 이를 악

---

9)중재(仲裁): 다툼질의 사이에 들어 화해를 붙임.

10)조정(調停): 분쟁을 중간에 서서 화해시킴.

물었다. 곱게 생긴 검붉고 주름진 얼굴엔 표정이 없었다.

"일이나 해. 그럼 그만이야." 지금 그는 여전히 이를 악문 채, 하늘까지 자욱이 뻗친 쓸쓸하고 메마른 분노를 안고서 저어가는 것이었다.

쌍림가와 바다를 등 뒤에 남기고, 그는 스페인 구가의 질편한 거리로 접어들었다. 이 거리가 닿은 곳에는 온통 곳간이니, 고철 창고니, 차고들로 빽빽한데 거기 공장이 솟아 있었다. 그것은 창고 비슷한 건물로 반쯤 돌로 쌓아올리고, 그 다음엔 흠이 진 생철 지붕 밑까지 유리벽이었다. 그 공장 맞은편에는 그 전의 제통소가 있는데 그것은 삥 둘러 헌 헛간으로, 간이 벽으로 막힌 빈 마당을 사업을 확장할 때 버려 두었던 것인데, 지금은 못 쓰게 된 기계와 헌 통을 쌓아 두는 자리가 되어 있었다.

그 저쪽으로 헌 기왓장들을 깐 한 줄기 길 같은 것을 사이에 두고 주인의 정원이 나 있고, 그 정원 막다른 그곳에 집이 서 있었다. 크고 모양도 없으면서 그래도 싱싱한 포도원과 바깥 층계를 휘감고 있는 가느다란 인동 덩굴 때문에 아담스러워 보였다.

이바르가 슬쩍 보니 공장의 문들이 닫혀 있었다. 직공들이 그 앞에 옹기종기 모여서 잠자코 있었다. 여기서 일하게 된 후 오늘날까지 출근했을 때 문이 닫혀 있는 일이라곤 이번이 처음이었다. 주인은 한 번 맛을 보여 줄 작정이었던 것이다.

이바르는 왼쪽으로 가 그쪽에 내달아 놓은 차양 밑에다 자전거를 세우고 문 쪽으로 걸어갔다. 저만큼서부터, 자기 옆에서 일하는 크고 헌걸찬[11] 검붉은 털보 에스뽀지또, 조합 대표요 테노리노 가수 같은 머리를 한 마르꾸, 공장에서 단 한 사람의 아랍인인 사이드, 그 밖에 모두들 잠자코 그가 오는 것을 바라보고 있는 모습들을 볼 수 있었다.

그러나 그들 곁까지 다 가기 전 그는 문득 발길을 돌려 막 삐끔히 열려오

11)헌걸차다: 기운이 매우 장하다. 키가 매우 크다.

는 공장 문을 향해서 갔다. 감독 발레스떼르가 문간에 나타났다. 그는 육중한 문짝 하나를 열더니 직공들 쪽으로 등을 대고는 쇠홈을 따라 천천히 문짝을 밀어젖히는 것이었다.

발레스떼르는 직공들 중 제일 연장[12]으로 파업을 반대했었다. 그러나 에스뽀지또에게 주인의 배나 불려주고 있는 사람이란 소리를 들은 뒤로는 아무 말도 하지 않고 있는 터였다.

이윽고 그는 문 곁에 선 채로 헐렁헐렁하지만 짧은 청색 해군 메리야스를 입고, 벌써 맨발로(사이드와 그만이 맨발로 일을 했었다) 하나하나 그들이 들어오는 것을 보고 있었다. 그 눈은 어찌나 맑은지 해에 그을은 늙은 얼굴이며, 빽빽이 돋아 늘어진 수염 밑의 그 허술한 입과 비교해 볼 때 무색할 지경이었다.

이 꼴로 굴복하고 들어서는 자기들 모습이 겸연쩍기도 하고, 침묵만 지키자니 제풀에 부아도 나지만, 끌면 끌수록 말은 더욱 안 나와 그들은 잠자코 있었다.

이런 식으로 들이는 걸 보니 어떤 명령을 받아 하는 것이 뻔했고, 잔뜩 찌푸린 못마땅한 눈치로 보아 그 심보를 알 수 있어서 그들은 발레스떼르는 쳐다보지도 않고 지나가는 것이었다. 이바르만은 그를 쳐다보았다. 발레스떼르는 워낙 그를 좋아하는 터라 아무 말없이 고개를 끄덕였다.

이윽고 그들은 모두 조그마한 탈의실로 갔다. 그것은 입구 바른 쪽에 있는 방인데 몇 개의 문 없는 칸이 널판때기로 나뉘어져 있고, 양쪽 널판때기 사이에 조그맣게 벽장을 내어 잠그도록 되어 있었다. 입구에서 세어 맨 끝 공장 벽에 붙은 칸은 샤워실로 개조했는데, 바닥은 그냥 맨 봉당[13]에다가 좀 우묵하게 배수구를 뚫어놓았다.

---

12)연장(年長): 자기보다 나이가 많음.

13)봉당: 안방과 건넌방 사이의 마루를 놓을 자리에 마루를 안놓고 흙바닥 그대로 둔 곳.

공장 복판에는 일자리에 따라서는 벌써 다 되었지만 탕개[14]가 늦어 이제 불에 쬐어 조여야 되는 큰 통들이며, 길게 갈라져서 패인 몽툭한 걸상들이며(그리고 그것들을 만들려고 둥그렇게 깎아 놓은 밑판들이 이제 대패틀에 오르기를 기다리며 거기 끼워져 있었다), 기어코 까맣게 꺼지고 만 화덕들이 보였다.

입구 왼쪽 벽 곁에는 연장들이 즐비하게 있었다. 그 연장들 앞에는 다듬어야 할 통조각들이 수북하게 쌓여 있었다. 탈의실에서 멀지 않은 바른 쪽 벽을 향해 기름 잘 준 두 대의 기계통이 번쩍이고 있었다.

오래 전부터 공장은 몇몇 사람들로 채우기에는 너무 휑하게 되었다. 삼복 더위 때는 덕을 보지만 겨울에는 곤란했다.

그러나 이날 이 큰 장소에 작업은 정지되었다. 통들은 발목에다 단 한 둘레 탕개를 감고 있을 뿐, 커다란 나무때기 꽃 모양처럼 윗조각은 떡 벌어져 가지고 구석에 주저앉아 있다. 톱밥은 걸상 위에 뒤덮여 있다. 연모 상자들이랑 기계류랑 이 모두가 공장을 살풍경하게 만들고 있다.

이제 헌 메리야스와 빛 바래고 여기저기 기운 바지로 갈아입은 그들은 이 광경을 보고는 어리둥절해졌다.

발레스떼르는 그들을 자세히 보더니, "자, 시작해 볼까?" 하고 말했다.

한 사람 한 사람, 말없이 자리로 갔다. 발레스떼르는 이 자리 저 자리로 다니며 시작할 일을, 혹은 끝마칠 일을 간단히 말해주곤 하였다.

아무도 대답은 없었다. 이윽고 첫 망치 소리가 울리더니 쇠 감은 나무 귀퉁이를 내쳐서 불룩하던 통 허리에 탕개를 죄어 박았다.

대패는 씨근거리며 나무 옹두리[15]를 밀어댔다.

그리고 에스뽀지또가 발동시킨 한 대의 톱이 야단스럽게 마주치는 소리를 내며 움직였다. 사이드는 시키는 대로 혹은 통쪽을 날라도 오고, 나무

14)탕개: 물건의 동인 줄을 죄어치는 제구.

15)옹두리: 나무의 가지가 병들거나 벌레가 파서 결이 맺히어 불퉁해진 부분.

부스러기 불을 피워 놓으면 거기다가 통을 쬐어 쇠탕개 끼운 자리를 부풀리고는 했다. 아무도 자기를 찾는 이가 없을 때엔, 힘차게 망치를 휘둘러 연장들의 커다란 녹슨 띠를 두들겨 죄곤 했다. 나무 부스러기들 타는 냄새가 공장 안에 자욱해졌다. 이바르는 에스뽀지또가 잘라 놓은 통쪽들을 대패로 밀고 다듬어 가다가 이 냄새를 맡고는 마음이 좀 풀렸다. 모두들 잠자코 일하고 있건만 그러나 공장 안에는 하나의 열이, 하나의 생명이 차츰차츰 다시 움터 오는 것이었다.

커다란 창들 너머로 싱싱한 햇빛이 공장 안에 그득 들었다. 노란 공기 속에 연기가 파랗게 아롱지고 있었다. 이바르의 귀에는 자기 곁에서 붕붕거리는 무슨 벌레 소리가 다 들렸다.

이 때였다. 그전 제통소 쪽으로 난 문이 안쪽 벽으로 열리더니 주인 라살씨가 문턱 위에 와 섰다. 강파르고[16] 검붉은 남자로 이제 겨우 30이 넘어 보였다. 회갈색 개버딘 양복 위에 흰 셔츠를 넓게 젖혀 입었다. 몸에 잘 맞는 모양이었다. 얼굴은 뼈가 울퉁불퉁해 칼날 같은 선을 하고 있지만 은퇴한 운동 선수에게서 흔히 그런 모습을 볼 수 있듯이, 어딘지 동정이 가는 사람이었다.

문을 넘어설 때는 그래도 좀 어색한 모양이었다. 그의 인사 소리는 어느 때보다 더 세차게 시작되었다. 라살은 대중없이 몇 발자국을 건더니, 와서 일하게 된지 겨우 1년밖에 안 되는 나이 어린 발르리를 향해서 갔다. 그는 이바르와 몇 발자국 사이를 두고 기계톱 곁에서 큰 통의 밑조각을 끼우고 있었다. 주인은 그 모양을 보고 있었다. 발르리는 아무 말없이 작업을 계속했다.

"애, 그래 어떠냐?" 하고 라살은 말했다.

소년은 갑자기 더 어릿어릿해졌다. 그는 자기 곁에서 이바르에게 갖다

16)강파르다: 몸이 파리하고 성질이 까다롭고 고집이 세다.

주려고 두 팔에다 통조각들을 잔뜩 쌓아 올리고 있는 에스뻔지또를 흘긋 보았다. 에스뻔지또도 계속 쌓아올리며 그를 바라보고 있었다. 그래서 발르리는 주인에게 아무 대꾸도 않고 다시 통 속에다 코를 박았다.

라살은 좀 어처구니가 없어, 잠깐 동안 소년 앞에 우두커니 서 있더니, 어깨를 으쓱하고는 마르꾸에게로 몸을 돌렸다. 그는 걸상을 말타고 앉아서 천천히, 그러나 정확한 솜씨로 싹독싹독 밑조각 부리를 다듬고 있었다.

"잘 있었소, 마르꾸?"하고 좀더 나긋나긋한 소리로 말했다.

마르꾸는 대꾸도 않고, 아주 얇게 한 꺼풀만 깎아내느라고 정신은 거기에 가 있었다.

라살은 더 큰소리로 이번엔 다른 직공들을 돌아다보며,

"어떻게들 된 거요? 난 들어준 일 없거든, 천만에. 그래 다들 와서 일해도 상관 없어? 그럼 뭣 하자는 짓들이었소?" 이렇게 말했다.

마르꾸는 일어나서 밑조각을 들고 손바닥으로 둥글게 자른 모서리를 만져보더니, 매우 만족한 듯 그 기운 없는 두 눈에 주름살이 잡혔다. 그러더니 여전히 잠자코 발을 옮겨 통을 모으고 있는 다른 직공에게로 갔다. 넓은 공장 안엔 들리는 소리라곤 망치 소리와 기계톱 소리뿐이었다.

"좋아, 일이 끝나걸랑 발레스떼르에게 말해줘요."

라살은 이렇게 말해 놓고 뚜벅뚜벅 공장에서 나갔다.

거의 바로 그 뒤를 이어 공장의 소란스런 소리들을 물리치고 초인종이 두 차례 울렸다. 막 앉아서 담배를 한 대 말려던 발레스떼르는 마지못한 듯이 일어나 안쪽 작은 문으로 갔다. 그가 나가자마자 망치 소리들은 좀 뜸해졌다. 어떤 직공은 망치 든 손을 쉬기까지 했다. 바로 그 때 발레스떼르가 돌아왔다. 문에 선 채 그는 한마디 했다.

"주인이 부르시네, 마르꾸하고 이바르하고."

이바르는 우선 손을 씻으려고 했지만 마르꾸가 길을 막고 팔을 잡는 바람에 절름거리며 그의 뒤를 따랐다.

밖에 나오니 마당에는 햇빛이 싱싱하고 아주 맑았다. 이바르는 얼굴과 드러난 두 팔뚝 위에서 햇살을 느꼈다. 벌써 몇 송이의 꽃이 보이는 인동 덩굴 아래로, 바깥 층계를 타고 그들은 올라갔다.

무슨 증서들로 뒤덮인 복도에 들어섰을 때 그들의 귀에는 아이 우는 소리와, "점심 먹고 나면 애를 재워 보구려. 정히 보채거든 의사를 불러올 테니"하는 라살 씨의 목소리가 들려왔다. 그러더니 주인이 복도로 나타나 조그마한 사무실로 인도하는데, 그것은 골동품 시골 가구들이 놓여 있고, 벽에는 경기 우승품들이 장식되어 있는 이미 낯익은 방이었다.

"거기들 앉소."

자기 책상으로 가 앉으면서 라살은 말했다. 그들은 그냥 서 있었다.

"두 사람을 부른 것은 마르꾸, 당신은 조합 대표구, 자네 이바르는 발레스떼르 다음으로 제일 오래된 사람이란 말야. 이미 지나간 문제는 다시 건드리고 싶지 않소. 난 도저히 절대로 당신들의 요구를 들어줄 수가 없소. 일은 타협이 돼서 다시 일들을 하기로 결말을 봤는데, 날 원망하고들 있으니 아주 섭섭해요. 털어놓구 하는 말이오. 간단히 한마디만 덧붙여 두는데 늘 내가 해 줄 수 없는 일은, 경기가 회복되면 아마 해 줄 수 있을지도 모르겠소. 그리고 내가 해 줄 수 있게 되면 당신들이 요구하기도 전에 해 줄 것이요. 어쨌든 합심해서 일들이나 하도록 합시다."

여기서 말을 멈추고 생각에 잠기는 듯하더니, 이윽고 눈을 들어 두 사람을 보았다.

"그런데?"하고 그는 말했다. 마르꾸는 밖을 내다보고 있었다. 이바르는 이를 악물고 할 말이 있건만 못하고 있었다.

"이것 봐요. 당신들은 모두 심술이 난 모양이야. 그도 그렇겠지. 하지만 그게 가라앉거든 지금 내가 한 말을 잊지 말도록 하시오." 이렇게 말했다.

그는 일어나 마르꾸에게로 와서 손을 내밀었다.

"카오!"하고 그는 말했다.

마르꾸는 단번에 핼쑥해지며 멋쟁이 가수 같은 그 얼굴이 딱딱해지더니 일순 표독스러워졌다. 그러더니 홱 발꿈치를 돌려 나가버렸다. 라살 역시 머쓱해진 얼굴로 손을 내밀지 않고 이바르를 바라보았다.

"빌어나 먹어라!"하고 그는 소리를 쳤다.

그들이 공장에 돌아왔을 때, 직공들은 점심을 먹고 있었다. 발레스떼르는 나가고 없었다. 마르꾸는 그냥 '짖더구먼'이라고만 하고 다시 자기 일자리로 갔다. 에스뽀지또는 빵을 베어물던 입을 멈추고 뭐라고 대답을 했냐고 물어보았다. 이바르는 아무런 대답도 안 했다고 말했다. 그리고는 가서 자기 보따리를 찾아가지고 돌아와 자기가 일하는 걸상에 걸터앉았다. 먹기 시작하려니까 얼마 멀지 않은 곳에 사이드가 수북한 나무 부스러기들 속에 벌렁 누워서, 이제 볕이 좀 숙인 하늘로 파랗게 물든 유리창들 쪽을 멀거니 바라보고 있는 것이 눈에 띄었다.

그는 벌써 다 먹었느냐고 물어보았다. 사이드는 손가락만 빨았다고 말했다. 이바르는 먹기를 멈추었다. 라살을 만나고 온 뒤로 도무지 떠나지 않던 찝찝한 마음은 한 가닥 온정이 깃들어오자 싹 가셔가는 것이었다.

그는 일어나 자기 빵을 가르더니 사이드가 그만두라는 것도 듣지 않고 다음주부터는 모든 것이 나아질 것이라고 하며,

"그 땐 자네가 좀 주게그려"하고 말했다. 사이드는 빙그레 웃었다. 이윽고 그는 이바르의 샌드위치 조각을 그것도 조금씩 마치 배고프지 않은 사람처럼 베어무는 것이었다.

에스뽀지또는 헌 냄비 하나를 들더니 나무 부스러기와 토막들을 가지고 조그맣게 불을 피웠다. 그는 병에 넣어 가지고 온 커피를 거기다 데웠다. 이것은 파업이 실패한 걸 알자, 식료품 가게 주인이 일동에게 보내온 선물

이라고 그는 말했다.

양념 담는 유리컵 한 개가 이 손 저 손으로 빙빙 돌았다.

한 잔 한 잔 에스뽀지또는 아주 설탕까지 타 놓은 커피를 따라 주었다. 사이드는 빵을 먹을 때와는 달리, 아주 맛있게 들이켰다. 에스뽀지또는 남은 커피를 입술을 쩝쩝대며 욕을 해대며, 뜨거운 냄비에다 그냥 대고 마셨다. 이 때 발레스떼르가 들어와 작업 시작을 알렸다.

그들이 일어나 종이랑 그릇들을 모아서 자기들 보따리에 넣고 있자니까 발레스떼르가 그들 한복판으로 와 서더니 느닷없이, 모두들 그렇고 또 자기 역시 그렇게 단단히 한 번 혼들 났다. 그러나 그렇다고 해서 애들 같은 짓을 해선 안 되며, 시무룩해 본댔자 아무 소용 없는 일이라고 말했다.

에스뽀지또는 냄비를 손에 든 채 그에게로 돌아섰다. 그 긴 털복숭이 얼굴이 대번 빨개졌었다. 이바르는 그가 하고 싶은 얘기를, 또 그와 이구동성으로 모두들 품고 있는 생각을 알고 있었다.

그들은 스스로 시무룩한 건 아니었다. 그들의 입을 막아 놓은 것은, 싫거든 아주 그만들 두라는 말이었다. 화는 나고 힘은 없고 하면 경황이 없어 끽소리도 못 지르게 되는 법이다. 그들은 사내들이었다. 그것뿐이다. 그래서 웃음을 짓고 아양 부리고 하려 들지 않는 것이다.

그러나 에스뽀지또는 이런 말을 한마디도 안 했고, 마침내 얼굴이 누그러지더니 부드럽게 발레스떼르의 어깨를 툭툭 쳤다. 이 때 다른 사람들은 다시 자기들의 일자리로 돌아들 가고 있었다.

또다시 망치 소리가 울려나고, 넓은 공장은 귀에 익은 소음과 나무 부스러기니 땀에 젖은 낡은 윗도리들에서 풍기는 냄새로 가득해졌다. 그 큰 톱은 웅웅 소릴 내면서, 제 앞에서 에스뽀지또가 천천히 먹여 놓은 통조각 생나무들을 물어뜯고 있었다. 가다가 구멍이 난 곳이 닥치면 축축한 톱밥이 뿜겨 올라 번쩍번쩍하는 톱날 양쪽에서, 단단히 나무를 잡고 있는 그의 왁살스런[17] 털복숭이 두 손을 무슨 빵가루처럼 흠뻑 덮곤 하였다. 통조각이 잘린 다음엔 모터 소리만이 들려오는 것이었다.

이바르는 이제 대패에 구부리고 서 있자니까 등살이 발라옴[18]을 느꼈다.

이제껏 보면 피로는 더 있어야 왔다. 한 주일 안 놀리고 있는 동안에 잡은 손이 떠진 것도 그야 물론이다.

그러나 자기 하는 일이 별로 정밀만을 요하는 일이 아니고 볼 때, 손 움직이는 일에 이토록 힘이 드는 자기 나이를 또한 생각해 봤다. 이렇게 등살이 바르다는 것은 역시 늙음을 말해 주는 것이었다. 근육은 늘어지고 하는 일은 날마다 진저리[19]가 나고 간신히 목숨만 붙어, 밤이면 고생고생해서 잠들면 그냥 죽어 까부러지는[20] 늙음이다. 아들놈은 학교 선생이 되고 싶어했다. 잘 생각한 것이다. 수공업을 운위[21]하는 친구들은 멋도 모르고 떠들고들 있는 것이었다.

이바르가 숨을 돌리고, 또한 이런 꺼림칙한 생각들을 쫓아버리려고 몸을 다시 일으켰을 때, 또 초인종이 울렸다.

오래 두고 그러면서도 아주 이상스럽게 잠깐 멎었다가는 다시 야단스럽게 울리고 하는 바람에 직공들은 일하던 손을 멈추었다. 발레스떼르는 귀를 기울이더니 깜짝 놀라며, 이윽고 무슨 맘을 먹었는지 천천히 문으로 갔다. 그가 사라진지 몇 분이 지나더니 마침내 종소리가 그쳤다.

그들은 다시 일을 잡았다. 또 한 번 문이 왈카닥 열렸다. 그리고 발레스떼르가 탈의실로 뛰어갔다. 운동화를 신고 저고리 소매를 꼬여가며 나왔다. 지나는 길에 이바르에게,

---

17)왁살스럽다: 매우 밉살스럽게 우악스럽다.

18)등살이 바르다: 신경의 탈로 등의 힘살이 뻣뻣하여 굽혔다 폈다 하기에 거북하다.

19)진저리: 몹시 귀찮거나 지긋지긋하여 떨리는 몸짓.

20)까부라지다: 힘이 빠져 몸이 고부라지다.

21)운위하다: 일러 말하다.

"어린애가 심해. 가서 제르멩을 불러와야 되겠어"하고 말했다.

그리고는 큰 문을 향해 달음질쳤다.

의사 제르멩은 이 공장 전속의로 교외에 살고 있었다. 이바르는 아무 설명도 없이 그 소식을 되풀이해 들었다. 그들은 그의 주위에 모여 서로 바라다보며 어리둥절하고 있었다. 저 혼자 돌고 있던 기계톱의 모터 소리도 이젠 들리지 않았다.

"괜찮을 거야." 그 중 한 사람이 말했다. 그들은 다시 자기들 자리로 갔다. 공장은 또다시 그들로 해서 법석거렸지만, 뭘 기다리기라도 하는 것처럼 그들은 천천히 일을 하고 있었다.

15분쯤 지나서 발레스떼르가 다시 들어와 저고리를 벗더니 말 한마디 없이 작은 문으로 다시 나갔다.

유리창들 위에는 햇살이 아주 꺾였다. 잠시 후 톱날에 나무를 갉아먹일 그 사이사이에 구급차의 무딘 소리가 들려왔다. 처음엔 멀리, 그 다음엔 가까이 그리고 바로 곁에서 나더니 이제는 잠잠해졌다. 조금 있더니 발레스떼르가 돌아오자 모두들 그에게로 다가갔다. 에스뽀지또는 모터를 정지시켜 놓았던 것이었다. 발레스떼르는 자기 방에서 옷을 벗으며, 애가 별안간 누가 발이라도 감은 것처럼 자빠졌었다고 말했다.

"그래, 그래서!"하고 마르꾸가 말했다. 발레스떼르는 고개를 저으며 일동을 향해 멍하니 있었다. 그러나 그의 기색은 질려 있었다. 또다시 구급차의 소리가 들렸다. 유리창들에서 펑펑 쏟아져 드는 노란 햇볕을 받고, 톱밥에 뒤덮인 낡은 바지에 맥풀린 그 거친 손들을 축 늘어뜨린 채 그들은 거기, 공장 안에 모두 잠자코들 있었다.

남은 오후 시간은 지루했다. 이바르는 그저 피곤하기만 하고 가슴은 몹시 뭉클했다. 얘기라도 하고 싶었다. 그러나 아무 할 말이 없고, 다른 이들 역시 그랬다. 뚱한 그들의 얼굴에는 다만 서글픔과 일종의 고집만을 읽을 수가 있었다. 때로는 그의 머리에 불행이라는 두 글자가 그려졌다가는 곧 마치 생겨나자마자 바로 터져버리는 거품 방울처럼 꺼져버리곤 했다.

그는 자기 집으로 돌아가 다시 페르낭드와 아들과, 그리고 또한 테라스를 보고 싶었다. 바로 그 때 발레스떼르가 작업 종료를 알려왔다. 기계들은 멎었다. 서두르는 빛도 없이 그들은 불을 끄고 자기들의 자리를 정돈하고, 그리고는 한 사람 한 사람 탈의실로 가기 시작했다.

사이드가 맨 뒤에 남았다. 그는 작업장을 모두 소제[22]하고 먼지 나는 땅바닥에 물을 뿌려야 했다. 이바르가 탈의실에 다다랐을 때는 털복숭이 거한[23] 에스뽀지또는 벌써 샤워를 하고 있었다. 그는 남들에게 등을 대고 야단스럽게 비누질을 하고 있었다.

여느 때 같으면, 그렇게 수줍어하는 그를 놀려대곤 했다. 이 큰 곰은 자기 하체를 한사코 가리는 것이었다. 그러나 그날은 한 사람도 그런데 눈이 가는 사람은 없었다. 에스뽀지또는 뒷걸음질로 나오며, 수건 한 장을 허리싸개처럼 자기 엉덩이에다 감아 동였다. 다른 사람들은 자기 차례를 기다리고 있는데 마르꾸가 그의 벌거벗은 옆구리를 되게 후려쳤다. 그 때 큰 문이 쇠흠을 타고 천천히 구르는 소리가 들렸다. 라살이 들어왔다.

그는 처음 들어왔을 때와 같은 복장을 하고 있지만, 그러나 머리는 좀 흐트러져 있었다. 그는 문턱에 멈춰 서서 사람이 없는 휑한 공장을 한참 보고는 몇 발자국을 걷더니 다시 멈춰 탈의실을 바라보았다. 에스뽀지또는 여전히 그 허리싸개를 감은 채 그를 돌아보았다. 벌거벗은 채 어리둥절한 그는 발길마다 좀 휘청거렸다.

이바르는 마르꾸가 먼저 무슨 말을 해야 옳다고 생각했다. 그러나 마르꾸는 끝내 자기 언저리로 퍼부어 내리는 물줄기 속으로 숨고 말았다. 에스

22)소제(掃除): 떨고 쓸고 닦아서 깨끗이 함. 청소.

23)거한(巨漢): 몸집이 큰 사나이.

뽀지또는 속옷 하나를 잡더니 황급히 꿰 입는데 그 때 라살이 좀 멋적은 소리로, "잘들 가슈"하고 말했다.

그리고는 작은 문을 향해 걸어가기 시작했다. 이바르가 불러야 되겠다고 생각을 했을 때 문은 벌써 닫혔다. 이바르는 그러자 목욕도 하지 않고 다시 옷을 입고 자기도 잘들 가라는 인사를 그러나 진정으로 했다. 그리고 그들도 그렇게 다정하게 인사를 받아줬다.

그는 재빨리 나와 자전거를 찾았다. 그리고 올라탔을 때, 또 등살이 발랐다. 이제 그는 저무는 오후, 복닥거리는[24] 거리 속을 헤치고 나갔다. 빨리 달렸다. 낡은 자기 집과 따라오는 바다를 바라보기 전에, 먼저 세탁실에서 몸을 씻으리라 마음먹었다. 그러나 막내딸이 매번 따라오는 건, 그건 생각 안 할 수가 없었다.

집에 가보니 아들은 학교에서 돌아와 그림책을 보고 있었다. 페르낭드는 이바르에게 모든 게 잘됐느냐고 물어보았다. 그는 말없이 세탁실로 들어가 세수를 하고는 테라스의 낮은 벽을 향하고 걸상에 앉았다.

손질한 속옷들은 머리 위에 널려 있고, 하늘은 맑아졌다. 벽 저 너머론 부드러운 저녁 바다가 눈에 들어왔다. 페르낭드가 아니스주와 두 개의 컵과, 새로 담은 냉수 병을 날라왔다. 그는 자기 남편 바로 곁에 자릴 잡았다. 그는 마치 신혼 시절에 그랬던 것처럼 아내의 손을 잡고서 그날 얘기를 다 해 주었다. 얘기가 끝나자 수평선 왼쪽 끝에서 오른쪽 끝까지 벌써 황혼이 재촉해 오는 바다를 향해 돌아선 채로 그는 서 있었다.

"아아, 그가 잘못이야!"

이렇게 그는 말했다. 그는 젊었다면, 그리고 페르낭드 역시 아직 젊었다면 하고 있는지도 몰랐다. 그랬더라면 그들은 바다 저 너머로 떠나갔으리라 싶었다. ✻

---

24)복닥거리는: 많은 사람이 좁은 곳에 모여 수선스럽게 뒤끓다.

▦ 작가소개　　　**알베르 까뮈(Albert Camus ; 1913 ~1960)**

프랑스 작가. 1957년 노벨 문학상을 수상했다.

까뮈는 빈곤과 병고를 철저히 체험한 소년 시절부터 끊임없이 죽음의 관념에 위협당하며 생과 사, 자신과 세계와의 모순, 대립에 괴로워했다. 그는 자연 속에 묻혀 있을 때에도 도취와 불안을 깨닫고, 사회에 있어서는 절망을 느끼면서도 종교에 의지하지 않고 이 세상에서의 행복을 추구하는 숙명적인 부조리의 의식을 지니고 있었다. 이러한 자기의 사색 과정으로부터 인간은 생과 사의 모순 사이에서 살도록 운명지어졌다고 생각하여, 죽음이 있음으로써 삶의 가치가 있고 삶은 사랑스러운 것이 된다고 했다.

절망과 부조리를 말한 까뮈는 사람들이 종종 오해하듯이 그렇게 '절망' 하지 않는다. 불안과 공포로 조성된 현대를 위기의 시대로 보고, 그렇게 위기를 설정한 이상 현대인은 반드시 그것을 해결하려 노력해야 한다고 생각했던 것이다. 또한 조국 알제리아가 식민지화된 데 대하여 반식민 운동을 펼쳤다.

대표작으로는「이방인」,「시지프의 신화」,「페스트」,「전락」 등이 있다.

▦ 작품해설

한 제통 공장에서 일하는 직공들이 자신들의 정당한 권리를 요구했지만, 제통업이 쇠락하던 때이고 공장을 아예 없애려 하자 결국 그들은 파업을 중단하고 체념할 수밖에 없었지만, 최소한 분노를 표출하는 한 방법으로 가장 원시적인, 즉 침묵을 선택한다. 작품에서 서글픔과 일종의 고집으로 표현되는 침묵은 그들이 택할 수 있는 가장 하급 단위의 시위였던 것이다. 파업에 대한 내용보다 인정에 끌리고 곤란해하는 이들의 모습이 잔잔하게 담긴 따스한 인간미를 더 느낄 수 있는 작품이다.

▦ 읽고나서

문제 이 작품 제목의 '벙어리들' 이란?

- 말을 할 수 있는 입이 있어도 하고 싶은 말을 못한다는 의미

문제 다시 일을 시작하는 직공들을 침묵하게 하는 이유는?

- 싫거든 아주 그만들 두라는 말 때문에

문제 직공들 중에서 파업을 반대하는 사람과 그 이유는?

- 발레스떼르, 파업을 해도 오히려 직공들만 손해를 본다는 생각때문에

에밀리에게 장미를

윌리엄 포그너

I

에밀리 그리어슨 양이 죽었을 때 마을의 모든 사람들이 그 장례식에 참석했다. 남자들은 사라져 간 기념비적 인물에 대한 애정어린 존경심 때문에, 여자들은 대부분 그녀의 집 안을 들여다보려는 호기심 때문이었다. 지난 십 년 동안 정원사이자 요리사였던 늙은 하인을 빼놓고는 누구도 그 집엘 들어가 본 적이 없었던 것이다.

에밀리 양이 살던 집은 한때 흰색으로 칠해진 커다랗고 네모난 목조 건물이었는데, 이 건물은 1870년대 특유의 대단히 우아한 양식을 살려 지은 것이다. 작고 둥근 지붕들, 첨탑[1]들, 소용돌이 무늬로 장식한 발코니[2]들이 이를 보여주고 있다. 위치도 한때 우리 마을에서 가장 좋았던 곳에 자리잡고 있다. 그러나 자동차 수리 공장이라든가 면화[3]에서 면섬유를 분리해 내는 공장이 들어서기 시작하면서 인근의 건물은 물론 존엄한 명

1)첨탑(尖塔): 뾰족한 탑.
2)발코니: 서양식 건축에서 방의 문 밖으로 길게 달아내어 위를 덮지 않고 드러낸 대.
3)면화(棉花): 목화.

사들의 이름까지도 사라지게 되었다. 다만 에밀리 양의 집만이 남아서, 완고하면서도 교태[4]를 부리는 듯한 자태로 자신의 쇠락[5]한 모습을 면화 운반용 짐수레나 주유소의 주유기들 위쪽으로 드러내고 있었던 것이다. 이거야말로 눈에 거슬리는 것들 가운데에서도 가장 눈에 거슬리는 것이었다고 할 수 있다. 그리고 이제 에밀리 양도 그 장엄한 이름들을 대표하던 사람들과 자리를 함께 하게 되었다. 그들은 향나무가 생각에 잠긴 듯 가지를 늘어뜨리고 있는 공동묘지에 자리잡고 누워 있는 제퍼슨 전투에서 산화한 북군과 남군의 유명 무명 용사들이었던 것이다.

살아 있을 당시 에밀리 양은 일종의 전통이자 의무였고 또한 관심을 보여야 할 존재였다. 말하자면, 마을 사람들이 대대로 짊어져야 했던 세습[6]적인 짐이었던 것이다. 싸토리스 대령이 에밀리 양의 아버지가 세상을 뜬 날부터 영구히 그녀에게 세금 면제의 혜택을 부여했는데 그날은 1894년 어느 날이었다. 바로 그날부터 에밀리 양은 마을 사람들에게 일종의 짐이 되었던 것이다(싸토리스 대령으로 말하자면, 흑인 여자는 누구도 앞치마를 두르지 않은 채 거리 바깥으로 나올 수 없다는 포고령을 내린 사람이었다). 에밀리 양이 그러한 자선을 순순히 받아들일 리는 없었다. 그래서 싸토리스 대령은 이와 관련하여 이야기를 하나 꾸며냈다. 즉, 일찍이 에밀리양의 아버지가 마을에 돈을 꿔준 적이 있는데 마을로서는 사무 절차상 이런 식으로 돈을 변제[7]해 주는 방식을 택하지 않을 수 없게 되었다는 취지로 이야기를 꾸며냈던 것이다. 아마도 싸토리스 대령 세대의 사람들이나 그 세대의 생각에 동조하는 사람들이 이런 식의 이야기를 꾸며낼 수 있었을 것이다. 또한 에밀리 양과 같은 여자만이 그런 이야기를 믿을 것이다.

4)교태(嬌態): 아름답고 아양부리는 자태(모습과 태도).

5)쇠락(衰落): 쇠약하여 말라서 떨어짐.

6)세습(世襲): 한 집안의 재산 · 작위 · 업무 등을 자자 손손 물려받음.

7)변제(辨濟): 빚을 갚음.

보다 더 근대적인 사상을 지닌 다음 세대의 사람이 시장과 시의원이 되자, 이런 조처에 불만을 표시하는 목소리가 크지는 않지만 어느 정도 새어 나오게 되었다. 그래서 그들은 정초에 세금 고지서를 그녀에게 우송하였다. 2월이 되었으나 답이 없었다. 그들은 아무 때고 편리한 시간에 보안관 사무실로 방문해 줄 것을 요청하는 공문[8]을 그녀에게 발송하게 되었다. 일주일이 지난 다음 시장이 몸소 그녀에게 편지를 써서, 직접 모시러 가든가 아니면 차를 보내겠다는 뜻을 전했다. 답장으로 시장은 아주 고풍스러운 모양의 종이 위에 사연을 써 놓은 쪽지 하나를 받게 되었다. 색이 바랜 잉크를 사용하여 흐르는 듯한 필체로 가늘게 써 놓은 사연에 의하면, 그녀는 더 이상 결코 외출을 하지 않는다는 것이었다. 또한 아무런 언급도 없이 세금 고지서도 함께 반송되어 왔다.

그들은 시의원들을 소집하여 회의를 했다. 그녀의 문제를 담당할 대표자가 선정되자 그는 사람들과 함께 그녀의 집을 찾아가 문을 두드렸다. 그 문은 8년 전인가 10년 전 그녀가 하던 도예 그림 강습을 그만두고 난 이래 아무도 통과해 본 적이 없던 문이었다. 늙은 흑인이 그들을 맞이하여 어둠 침침한 현관으로 안내하였는데, 현관 쪽에서 하나의 계단이 더욱 어둠에 싸여 있는 곳으로 통하고 있었다. 집 안에서는 오랫동안 사용하지 않은 집이나 밀폐된 공간에서 나는 축축한 냄새가 났다. 흑인이 그들을 응접실로 안내하였다. 그곳에는 가죽으로 덮인 육중한 가구들이 갖추어져 있었다. 흑인이 덧문 하나를 열자 가죽에 금이 가서 터져 있는 것을 볼 수 있었다. 이윽고 그들이 자리를 잡고 앉자 허벅지 근처에서 희미한 먼지가 굼뜨게[9] 일더니 한줄기 햇살 속을 천천히 움직이던 티끌들과 합쳐져 함께 맴도는 것이 보였다. 벽난로 앞에는 변색된 금빛의 이젤[10]이 세워져 있었는데,

---

8)공문(公文): 국가나 공공 단체의 사무에 관한 서류. 공식 서면.

9)굼뜨다: 동작이 둔해 재빠르지 못하다.

그 위에는 크레용으로 그린 에밀리 양 아버지의 초상화가 얹혀 있었다.

자그마한 체구에 살찐 여자 하나가 검은 옷을 입은 채 들어서자 그들은 자리에서 일어섰다. 그녀는 허리께까지 드리워진 가느다란 금줄을 두르고 있었는데, 그 줄의 끄트머리는 허리띠 안쪽으로 감추어져 있었다. 그녀는 또한 변색이 된 금빛 손잡이가 달린 흑단 지팡이에 몸을 의지하고 있었다. 그녀의 골격은 작고 빈약하였다. 다른 여자의 경우라면 통통해 보인다고 할 정도의 살집을 갖고 있는데도 그녀가 그렇게 뚱뚱해 보였던 것은 아마도 그 때문이었을 것이다. 그녀는 마치 움직이지 않는 물에 오랫동안 몸을 담가 놓았던 것처럼 부어 있었으며, 또한 피부는 창백한 빛을 띠고 있었다. 퉁퉁 부은 것처럼 살이 쪄서 움푹 들어가 잘 보이지 않는 그녀의 눈은 밀가루 반죽 덩어리에다 석탄 두 조각을 눌러 박은 듯한 모양을 하고 있었다. 방문객들이 용건을 말하는 동안 그 눈은 이 사람의 얼굴에서 저 사람의 얼굴을 향해 움직이고 있었다.

그녀는 그들에게 자리에 앉도록 권유하지 않았다. 대변자[11]가 더듬거리며 겨우 말을 마칠 때까지 그녀는 그저 조용히 서서 듣고 있을 뿐이었다. 이윽고 그들은 금줄 끄트머리에서 보이지 않는 시계가 째깍째깍 움직이는 소리를 들을 수 있었다.

그녀의 목소리는 메마르고 차가웠다.

"제퍼슨 마을에서는 저에게 세금을 부과[12]하지 않게 되어 있습니다. 싸토리스 대령이 그것에 대해 저에게 설명해 주셨습니다. 아마도 당신네들 가운데 누구든 마을의 기록 문서를 살펴보면 그걸 알 수 있을 겁니다."

"물론 그렇게 했었습니다. 우리들이 바로 마을의 행정 담당자들이니까

10)이젤(easel): 그림 그릴 때 화판을 받치는 삼각의 틀.

11)대변자(代辯者): 어떤 개인 · 기관을 대신하여 그의 의견 · 태도 등을 책임지고 말하는 자.

12)부과(賦課): 세금 및 부담 의무를 구체적으로 결정하여 지우는 일.

요. 보안관이 서명을 해서 보낸 세금 고지서를 받으셨지요?"

"예, 물론 무언가 종이쪽 한 장을 받았어요."

에밀리 양이 대답했다.

"아마도 그 사람은 자기가 보안관이라고 생각하나 본데…… 제퍼슨 마을에서는 저에게 세금을 부과하지 않게 되어 있습니다."

"그러나 당신도 아시겠지만 문서상으로는 그걸 증명해 주는 것이 없습니다. 우리가 따라야 할 것은 그저……."

상대의 말을 끊고 에밀리 양이 말했다.

"싸토리스 대령을 만나 보세요. 제퍼슨 마을에서는 저에게 세금을 부과하지 않게 되어 있습니다."

"그렇지만……."

"싸토리스 대령을 만나 보세요."

다시 한 번 상대의 말을 끊고 에밀리 양이 말했다.

싸토리스 대령은 세상을 뜬 지 벌써 10년이 다 되어간다.

"제퍼슨 마을에서는 저에게 세금을 부과하지 않게 되어 있습니다. 토비!"

흑인이 나타났다.

"이분들을 밖으로 안내해 드려요."

2

이렇게 해서 그녀는 이들 전부를 내쫓게 되었다. 마치 30년 전에 악취 건으로 그들의 아버지들을 쫓아냈던 것과 마찬가지로. 그것은 그녀의 아버지가 세상을 뜬 지 2년 후였고, 그녀와 결혼할 것이라고 우리 모두가 믿었던 그녀의 애인이 그녀를 버리고 떠난 지 얼마 안 되어서였다.

아버지가 세상을 뜬 다음 그녀는 별로 외출을 하지 않았다. 그녀의 애인이 떠난 다음 사람들은 그녀를 거의 볼 수가 없었다. 몇몇 부인네들이 무모[13]하게도 에밀리 양을 찾아가 만나려 하였으나 문 밖에서 따돌림을 당했다. 그리고 그 장소에 사람이 살고 있다는 것을 유일하게 말해 주는 것은 그 당시에는 젊은이였던 흑인 남자가 시장 바구니를 들고 드나드는 모습뿐이다.

"마치 남자가, 어떤 남자든 남자 하나만으로 부엌일이 다 될 수 있는 것처럼 그러네요."

부인네들은 이렇게 말하곤 했다. 그래서 냄새가 나기 시작했을 때 사람들은 놀라지 않았다. 그 냄새야말로 비천하고 사람들로 들끓는 이 세상과 고귀하고 막강한 그리어슨 가를 이어주는 또 하나의 연결 고리와도 같았다.

이웃에 사는 여인 하나가 시장 일을 맡아 하던 여든 살 나이의 스티븐즈 판사에게 불만을 호소했다.

"그렇지만, 부인, 그 문제를 놓고 제가 어떤 조처를 취할 수 있겠습니까?" 그가 물었다.

"아, 그거야 냄새 좀 그만 피우라는 명령을 내릴 수 없을까요?"

여인이 반문했다.

"그런 걸 다스리는 법 같은 것이 없나요?"

"그럴 필요가 있겠습니까?"

스티븐즈 판사가 말을 이었다.

"아마 그녀가 데리고 있는 검둥이 녀석이 마당에서 잡은 뱀이나 쥐 때문이겠지요. 그 녀석한테 내가 한 번 따끔하게 말하지요."

이튿날 두 건의 불평이 더 접수되었다. 그 가운데 하나는 어떤 남자한테서 나온 것인데, 그는 자신이 없는 어투로 진정[14]을 했다.

13)무모(無謀): 꾀와 수단이 없음. 깊은 사려가 없음.

14)진정(陳情): 실정을 진술함. 심정을 펴서 말함.

"판사님, 이 일과 관련해서 정말 무언가 조처를 취하지 않으면 안 됩니다. 저야 추호[15]도 에밀리 아씨를 귀찮게 하고 싶지는 않습니다만, 이번엔 무언가 조처를 취해야 해요."

그날 밤 시의원 모임이 있었다. 흰 수염을 기른 세 분의 노인과 신세대의 일원이라고 할 수 있는 젊은이가 모여 숙의[16]를 했던 것이다.

"간단해요." 젊은이가 말을 이었다.

"집 안을 대청소하라는 명령을 내리면 되지요. 얼마 동안 시간을 주고 기다리다가 그래도 청소를 하지 않는다면……."

"당치도 않은 말이요." 스티븐즈 판사가 말했다.

"숙녀를 앞에 놓고 냄새가 난다고 책망을 할 수 있겠소?"

그래서 그 다음날 밤 자정이 지난 다음 네 명의 남자가 에밀리 양 집 잔디밭을 가로질러 가서 마치 도둑처럼 집 주위를 돌아다녔다. 그들은 벽돌담 아래쪽이나 지하실 입구를 따라 킁킁 냄새를 맡으며 돌아다녔는데, 그들 가운데 한 명은 계속 씨를 뿌리는 사람처럼 잔등에 걸머진 자루에 손을 넣었다 뺐다 하는 동작을 취했다. 그들은 지하실 문을 강제로 열고 석회를 뿌렸으며, 모든 부속 건물 안을 석회로 소독하였다. 그들이 다시 잔디를 가로질러 나오려고 할 때 지금까지 어두웠던 창문 하나가 밝아졌다. 그들은 그 창문을 통해 에밀리 양이 등불을 뒤쪽으로 하고 마치 조상[17]처럼 상체를 꼼짝도 하지 않은 채 앉아 있는 것을 볼 수 있었다.

숨을 죽인 채 기어서 잔디를 가로질러 나온 다음 길을 따라 줄지어 서 있는 아카시아 나무 그늘에다 몸을 숨겼다. 1~2주일이 더 지난 다음 냄새는 사라졌다.

---

15)추호(秋毫): 가을철에 가늘어진 짐승의 털(몹시 적음의 비유).

16)숙의(熟議): 깊이 생각하여 의논을 거듭함.

17)조상(彫像): 조각한 상(像).

그 일이 있고 나서 사람들은 그녀에게 정말로 미안하다는 느낌을 갖기 시작했다. 마을 사람들은 그녀의 대고모[18]였던 와이어트 노부인이 끝내는 완전히 미쳐 버렸다는 점을 기억하고는 그리어슨 가의 사람들은 별것도 아니면서 좀 대단한 체하는 사람들이라고 믿었다. 젊은 청년들 가운데 누구도 에밀리 양과 같은 처녀에게는 어울리지 않는다는 투였던 것이다. 우리는 오랫동안 그들을 그림 속의 인물들로 생각했다. 말하자면, 에밀리 양이 흰옷을 입은 날씬한 자태로 후면에 서 있고, 그녀의 아버지는 실루엣[19]처럼 다리를 벌린 상태로 그녀에게 등을 돌린 채 말 채찍을 움켜쥐고 전경[20]에 서 있다. 이들 두 사람은 뒤쪽으로 문을 열어 놓은 채 문틀을 액자 삼아 서 있는 형상이었던 것이다.

그래서 그녀가 서른 살이 되어서도 아직 미혼이었을 때 우리의 기분이 꼭 유쾌했었다고 말할 수는 없지만 우리들의 판단이 맞았다는 생각을 하게 되었다. 아무리 가계[21]에 정신병이 유전된다고 하더라도 결혼할 기회가 실제로 주어졌다면 에밀리 양이 그 모든 기회를 다 뿌리치지는 않았을 것이다.

그녀의 아버지가 세상을 떠났을 때 그녀에게 남겨진 유산이라고는 그 집이 전부라는 이야기가 떠돌았다. 그리고 어떤 의미에서 사람들은 그 점을 기쁘게 생각했다. 적어도 이제 에밀리 양을 불쌍히 여길 수 있게 되었기 때문이다. 거지와 같은 처지로 혼자 남게 되었다면 인간다운 모습을 보이게 되지 않겠느냐는 것이 사람들의 생각이었다. 이제 한푼이라도 돈이 더 많고 적음에 황홀해 하거나 절망하는 오랜 인간의 습성을 그녀 또한 체득[22]하게 될 것이 아닌가.

18)대고모(大姑母): 아버지의 고모.

19)실루엣(silhouette): 윤곽 안이 검은 화상(畵像).

20)전경(前景): 그림 · 사진 등에서 사람 · 물건의 앞에 있는 경치.

21)가계(家系): 한 집안의 계통.

부친이 세상을 떠난 다음날 우리의 관습이 그러하듯이, 모든 부인네들이 그녀의 집을 방문하여 위로의 말과 도움을 줄 준비를 하였다. 에밀리양은 평소와 같은 차림에 얼굴에는 아무런 슬픈 표정도 없이 그네들을 문간에서 만났다. 그녀는 사람들에게 아버지가 돌아가시지 않았다고 말했다. 목사님들과 의사들이 그녀를 방문하여 시신을 처리하자고 설득하였으나, 그녀는 그런 식으로 사흘을 버텼다. 마침내 법률상의 강제 수단을 동원하자 그녀는 굴복하였고, 사람들은 재빨리 시신을 처리하였다.

그 당시에 우리는 누구도 그녀가 미쳤다고 말하지는 않았다. 그녀로서는 그렇게 하지 않을 수 없었을 것이라고 믿을 뿐이었다. 우리는 그녀의 아버지가 그 많은 젊은 청년들을 쫓아 보냈던 것을 기억하고 있었고 또한 그녀에게 남은 것이라고는 아무 것도 없다는 것을 알고 있었기 때문에, 그녀는 자신한테서 모든 것을 빼앗아간 그 무엇에 매달리지 않을 수 없었을 것이라고 생각했다. 누구라도 그녀와 같은 처지가 되면 그렇게 했을 것이라고 생각했던 것이다.

3

오랫동안 그녀는 병석에 누워 있었다. 우리가 다시 그녀를 보았을 때 그녀는 머리를 짧게 잘라 마치 소녀와 같은 모습을 하고 있었다. 그리고 그녀는 교회의 창문을 장식하고 있는 채색 유리로 된 천사들과 어딘가 닮은 모습을 하고 있어서, 일종의 비극적인 고요함 같은 것을 느끼게 했다. 마을은 막 보도를 포장하기 위한 계약을 체결하였던 참이었고, 그녀의 아버지가 세상을 뜬 그 해 여름, 일에 착수하게 되었다. 건설회사가 검둥이들과 노새[23]들과 기계들을 들여왔다. 그리고 호머 배론이라는 이름의 현장

22)체득(體得): 몸소 체험하여 얻음. 뜻을 받아서 본뜸.

23)노새: 수나귀와 암말과의 사이에서 난 변종.

감독도 마을에 오게 되었다. 북부 출신의 호머 배론은 키가 크고 피부가 검고 행동에 주저함이 없는 사람으로, 커다란 목소리에 얼굴빛보다 더 밝은 눈빛을 하고 있었다. 어린 아이들이 떼를 지어 그의 뒤를 따라다니면서, 그가 검둥이들에게 퍼붓는 욕설을 듣거나 검둥이들이 곡괭이의 오르내림에 맞추어 부르는 노래 소리에 귀를 기울이기도 했다. 얼마 지나지 않아 그는 마을 사람들을 모두 알게 되었다. 광장 어디에선가 커다란 웃음소리가 들리면 거기에는 반드시 호머 배론이 사람들에게 둘러싸여 있기 마련이었다.

이윽고 그와 에밀리 양이 일요일 오후 노란 바퀴의 사륜 마차를 타고 다니는 것이 우리의 눈에 띄기 시작했다. 그 마차는 마차 대여업소에서 빌린 것으로 잘 어울리는 갈색 말들이 끌고 있었다.

처음에 우리들은 에밀리 양이 무언가에 흥미를 갖게 되었다는 사실만으로도 즐거워했다. 부인네들은 모두가 이렇게 말할 정도였으니 말이다. "물론 그리어슨 가문의 사람이라면 북부 사람, 그것도 일당 노동자를 심각하게 생각하진 않을 거예요."

그러나 할머니들 가운데에는 아무리 비통하더라도 진정한 숙녀라면 '대갓집[24] 사람으로서의 의무'를 저버려서는 안 된다고 말하는 분들도 있었다. 물론 '대갓집 사람으로서의 의무'라는 표현을 직접 사용한 것은 아니다. 그네들은 다만 이렇게 말했을 뿐이었다.

"불쌍한 에밀리. 그녀의 친척들이 와서 돌봐야 할 건데."

알라바마 주에 그녀의 친척이 몇 있었지만, 미친 여자였던 와이어트 노부인이 상속한 재산 문제를 놓고 수년 전에 의가 상하게 되어 두 가족 사이에 연락이 완전히 두절[25]되고 말았다. 그들은 심지어 장례식에도 나타

24)대갓집: 세력과 살림이 큰 집안.

25)두절(杜絶): 교통이나 통신이 막혀서 끊어짐.

나지 않았을 정도였다.

"불쌍한 에밀리"라는 표현을 할머니들이 쓰게 되자 곧 사람들은 수군거리기 시작하였다.

"정말 그렇다고 생각해요?" 그들은 서로 말을 주고받았다.

"물론이지요. 그렇지…… 않다면."

이는 손으로 입을 가리고 한 말이었다. 짝을 잘 이룬 두 필의 말이 가늘게 딸깍딸깍 소리를 내며 재빠르게 지나갈 때면, 일요일 오후의 햇빛을 막기 위해 내려놓은 덧문 뒤에서 목을 길게 뺀 사람들의 비단 옷이나 공단 옷 스치는 소리에 섞여 들리는 말이 있었으니 그것은 바로

"불쌍한 에밀리"였다.

우리가 그녀는 몰락했다고 생각하고 있었을 때 그녀는 고개를 아주 빳빳하게 들고 다녔다. 마치 그녀는 그리어슨 가문의 마지막 사람으로서 그녀의 위엄을 인정하는 것 이상의 것을 우리에게 요구하는 것 같이 보였다. 그녀는 감히 이러쿵저러쿵 할 수 없는 사람이라는 점을 사람들에게 재확인시켜 주기 위해 그 정도의 속물성을 감수[26]하는 것처럼 행동하였던 것이다. 그녀가 쥐약으로 사용하는 비소[27]를 사려고 했을 때도 사람들은 비슷한 것을 느꼈다.

그러니까 사람들이 "불쌍한 에밀리"라고 말하기 시작하고 1년이 지났을 무렵이었다. 당시 에밀리 양에게 사촌이 되는 두 여자가 손님으로 방문하고 있었을 때였다.

"독약이 좀 필요한데요." 그녀가 약제사에게 말을 건넸다.

그녀는 당시 서른 살이 넘었으며, 보통 때보다 더 여위어 있긴 했지만 아직 날씬한 몸매를 하고 있었다. 그녀의 얼굴에서는 검은 눈이 차갑고 거

---

26)감수(甘受): 달게 받음. 주어진 것을 어쩔 수 없는 일이라고 생각하고 받아들임.

27)비소(砒素): 원소의 하나로 금속 광택이 있는 푸른 결정성의 유독한 고체.

만한 빛을 띠고 있었으며, 등대지기의 얼굴 모습을 상상할 때 떠올릴 수 있는 것과 같이 관자놀이 쪽과 눈자위 주변의 근육이 부자연스럽게 긴장되어 있었다.

"독약이 좀 필요한데요." 그녀는 이렇게 말했다.

"예, 아가씨. 어떤 종류 말씀이죠? 쥐를 잡을 때 쓰는 그런 것 말씀하시나요? 제가 추천하고 싶은 게……"

약제사의 말을 끊고 에밀리 양이 말했다.

"댁이 갖고 있는 것 가운데 효력이 제일 센 것으로 주세요. 종류는 아무래도 좋아요."

약제사는 몇 가지 독극물의 이름을 열거했다.

"이놈들로는 코끼리까지 죽일 수 있습니다. 그렇지만 아가씨가 원하는 것은……."

다시 상대의 말을 끊고 에밀리 양이 말했다.

"비소예요. 그 정도면 괜찮은 거겠죠?"

"비소…… 라구요? 예, 알겠습니다. 그렇지만 아가씨가 원하는 것은……."

다시 한 번 말을 끊고 그녀가 말했다.

"저한테는 비소가 필요해요."

약제사가 그녀를 내려다보았다. 그녀는 팽팽하게 긴장된 깃발과도 같은 얼굴을 곧게 세우고는 그를 마주 바라보았다.

"아, 예, 알겠습니다." 약제사가 말했다.

"그걸 원하신다면 드리지요. 그렇지만 어디에다 쓰실 건지 법률상 밝히게 되어 있는데요."

에밀리 양은 눈과 눈이 마주치도록 고개를 뒤로 젖히고 그를 빤히 쳐다볼 뿐이었다. 결국 그는 눈싸움에서 밀린 채 시선을 돌리고 말았다. 그리고 안으로 들어가서 비소를 꺼내 포장했다. 점원으로 일하는 검둥이 소년이 그녀에게 포장물을 가져다 주었다. 약제사는 다시 나타나지 않았던 것이다. 그녀가 집에 가서 포장을 끌러보니, 극약물임을 표시하는 해골과 뼈 그림이 상자 위에 그려져 있었고 그 아래에 '쥐잡이용' 이라고 씌어 있었다.

4

그리하여 이튿날 우리들은 "그녀가 자살을 하려나봐."라고 수군거렸다. 그게 아마 최선책[28]일 거라고 말하기도 했다. 그녀가 호머 배론과 같이 있는 것이 처음 우리의 눈에 띄었을 때 우리는 다음과 같이 말했었다.

"결혼하려나 봐." 얼마간 시간이 지난 다음 이렇게 말하곤 했다.

"아직 그를 설득중인가 봐."

왜냐하면 호머 스스로 자신은 결혼할 타입의 남자가 아니라고 공언[29]했기 때문이다. 그는 사실 남자들끼리 어울리는 것을 좋아했고, 그가 엘크스 자선 및 사교 모임에서 자주 젊은이들과 어울려 술을 마시곤 한다는 사실은 누구에게나 알려져 있었다. 이어서 우리는 일요일 오후 머리를 높이 치켜든 에밀리 양과 모자를 젖혀 쓴 채 여송연을 이빨 사이에 물고 노란 장갑을 낀 손에 말고삐와 채찍을 쥔 배론이 함께 번쩍이는 마차를 타고 지나갈 때 덧문 뒤에서

"불쌍한 에밀리"라고 말하게 되었던 것이다.

그리고 나서 몇몇 부인네들이 에밀리 양과 배론의 결혼은 마을의 수치이고 젊은들한테 좋지 않은 본보기가 될 것이라는 투의 비판을 하기 시작했다. 남자들은 끼어들고 싶어하지 않았으나, 결국에는 부인네들의 성화

28)최선책(最善策): 가장 좋은 방책.

29)공언(公言): 공공연히 말함.

에 못 이겨 침례교 목사가 에밀리 양을 방문하게 되었다(에밀리 양의 가족들은 성공회[30] 소속이었다). 그 목사는 그녀와 만나서 이야기하는 동안 어떤 일이 일어났는지에 대해 일체 발설[31]하려고 하지 않았지만, 어쨌든 다시 찾아가기를 완강히 거부했다.

다음 일요일에도 그들은 여전히 마차를 탄 채 거리를 지나갔다.

결국 그 다음날 목사님 부인께서 알라바마에 있는 에밀리 양의 친척에게 편지를 띄우게 되었다.

그리하여 그녀는 핏줄이 같은 사람들과 다시 한 지붕 아래 기거[32]하게 되었고, 우리는 느긋이 뒤로 물러앉아서 일이 어떻게 진전되는가를 지켜보았다. 처음에는 아무 일도 일어나지 않았다. 그래서 우리는 그들이 틀림없이 결혼할 것이라고 확신하게 되었다. 우리는 에밀리 양이 보석 가게에 들렀다는 사실과 은으로 된 남성용 화장 도구 한 벌을 주문했다는 사실도 알게 되었다. 그런데 남성용 화장 도구 하나하나에 모두 H.B.라는 글자를 새기게 했다고 한다. 이틀이 더 지난 다음 우리는 그녀가 잠옷을 포함하여 남성용 의복을 하나도 빼지 않고 사들였다는 사실도 알게 되었다.

그리하여 우리는 "결혼을 한 거로군."이라고 말하게 되었다. 우리는 정말로 반겼다. 우리가 반겼던 이유는 에밀리 양의 사촌이었던 두 여인이 에밀리 양 본인보다도 한결 더 그리어슨 가문의 티를 냈기 때문이었다.

그리하여 우리는 호머 배론이 마을을 떠난 것에 별로 놀라지 않았다. 도로 포장 공사가 얼마 후에 끝났던 것이다. 공식적인 행사가 없었던 것에 우리가 다소 실망했던 것은 사실이다. 그러나 우리는 배론이 에밀리 양을

30)성공회: 기독교 신교의 한 파. 영국 교회의 전통과 조직을 같이하는 교회의 총칭.

31)발설(發說): 말을 내어 남이 알게 함.

32)기거(寄居): 덧붙어서 삶.

맞이할 준비를 하기 위해서이거나 그 지겨운 사촌들을 쫓아보낼 기회를 그녀에게 주기 위해서 떠난 것이라고 믿었다(그 때쯤에는 에밀리 양의 사촌들을 따돌리는 일이 비밀 음모 같은 것으로 바뀌었고, 우리 모두가 에밀리 양의 편이 되어 이 일에 동조하고 있었다). 아니나 다를까 일주일이 더 지난 다음 그녀들은 떠났다. 그리고 우리들이 처음부터 예상하고 있었던 것처럼 사흘도 채 되지 않아서 호머 배론이 다시 마을로 돌아왔다. 어느 날 저녁 해가 지고 어둑어둑해졌을 무렵 검둥이 하인이 부엌문으로 그를 맞아들이는 것을 누군가가 보았다고 하였다.

그것이 우리가 호머 배론의 모습을 볼 수 있었던 마지막 기회였다. 게다가 에밀리 양의 모습도 그 후로는 얼마 동안 볼 수 없었다. 검둥이 하인이 시장 바구니를 들고 드나들었지만, 건물의 현관 문은 굳게 닫혀진 채였다. 이따금씩 창가에 모습을 드러낸 그녀의 모습을 언뜻 볼 수는 있었다. 어느 날 밤엔가 사람들이 그녀의 집에 가서 석회를 뿌릴 때 보았던 것과 같은 그녀의 모습을 볼 수 있었던 것이다. 그러나 거의 6개월 동안 그녀는 거리에 모습을 드러내지 않았다. 이윽고 우리는 이것 또한 예상했던 일이었음을 깨닫게 되었다. 여자로서의 에밀리 양의 삶을 그렇게도 수없이 좌절시켰던 그녀 아버지의 성품이 너무도 독기에 차 있고 너무도 강렬한 것이어서 아직 죽지 않은 채로 집 안에 떠돌고 있는 양 여기게 되었던 것이다.

우리가 다음에 에밀리 양을 보았을 때 그녀는 많이 뚱뚱해져 있었고 머리는 잿빛으로 변하고 있었다. 그리고 다음 몇 년 동안 머리는 점점 더 잿빛으로 변하더니 마침내 희끗희끗한 철회색(鐵灰色)을 띠게 된 다음 변색을 멈추었다. 74세로 그녀가 세상을 뜨던 날까지 그녀의 머리는 활동적인 남자의 머리가 그러하듯이 여전히 힘에 넘친 철회색을 띠고 있었다.

그 무렵부터 줄곧 그녀의 집 현관 문은 닫힌 채였다. 그녀가 마흔 살이 되었을 무렵 약 5~6년 동안 현관 문이 열려 있었는데, 그 때가 바로 도예 그림 강습을 하던 때였다. 아래층에 있는 방 하나에 화실을 만들어 놓았는데, 싸토리스 대령과 동일한 연배의 사람들이 딸이나 손녀딸들을 그녀에게 보냈다. 마치 일요일 날 헌금함에 넣을 25센트짜리 동전을 쥐어주고 교회에 보내듯 아주 규칙적으로 또한 교회를 보낼 때와 비슷한 마음으로 아이들을 그녀에게 보냈던 것이다. 그 동안 내내 그녀는 세금 면제의 혜택을 받고 있었다.

이윽고 새로운 세대의 사람들이 마을의 중추[33] 세력이 되어, 시대 조류를 이끌어 가게 되었다. 그림 강습을 받던 아이들이 자라서 어른이 되었지만, 자기 아이들에게까지 물감통과 지겨운 붓들, 여성잡지에서 오려 낸 그림들을 들고서 그녀를 찾아가게 하지는 않았다. 마지막 학생이 떠나자 현관 문은 다시 닫힌 채 그 후로는 영원히 열리지 않았다.

마을이 무료 우편배달 제도를 실시하게 되었을 때, 현관 문 위쪽에 금속으로 된 번호판을 부착하는 일과 문짝에 우편함을 다는 일에 거부 의사를 표시한 것은 유일하게 그녀뿐이었다. 그녀는 도대체 사람들의 말에 귀를 기울이려 하지 않았다. 날이 가고 달이 가고 해가 가는 동안 우리는 내내 시장 바구니를 들고 드나들던 검둥이 하인의 머리가 점점 더 희어지고 허리가 굽어 가는 것을 지켜보았다. 매년 12월이 되면 우리는 그녀에게 세금 고지서를 보냈고, 일주일 후에는 그것이 수취인 불명이라는 이유로 우체국을 통해 되돌아왔다. 이따금씩 아래층 창문 안쪽에 있는 그녀의 모습을 볼 수 있었는데, 명백히 집의 이층 부분은 폐쇄해 버린 것 같았다. 창을 통해 보이는 그녀의 모습은 마치 벽면을 움푹 파놓고 그곳에다 세워 둔 상반신 조각품과도 같아 보였다. 그런데 창 밖을 향해 있는 그녀가 우리에게 눈길을 주고 있는지 그렇지 않은지조차 알 수 없었다. 이리하여 그녀는 한 세대를 지내고 또 한 세대를 지내게 되었다. 모두에게 소중한 동시에 피할

33)중추(中樞): 사물의 중심이 되는 중요한 부분이나 자리.

수도 없고 어쩔 수도 없는 여인으로, 또한 냉정하고도 고집 센 여인으로 에밀리 양은 세월을 비껴가며 살았던 것이다.

그리고 이제 그녀가 세상을 떴다.

거들어 주는 이라고는 비틀거리는 늙은 검둥이 하인 하나밖에 없는 집에서, 먼지와 그림자로 가득 찬 바로 그 집에서 그녀는 병이 들었던 것이다. 우리는 심지어 그녀가 아프다는 사실조차 알지 못했다. 검둥이 하인에게 무언가 정보를 얻으려는 시도조차 포기한 지 오래되었기 때문이었다. 그는 아무하고도 말을 하지 않았다. 그의 목소리가 오랫동안 사용하지 않은 것처럼 거칠고 녹슬어 있었던 것을 보면, 심지어 에밀리 양과도 말을 하지 않았을 것이라는 추측도 해볼 수 있다.

그녀는 아래층에 있는 어느 한 방에서, 커튼이 드리워진 육중한 호도나무 침대 위에 누워 숨을 거두었다. 오랜세월과 햇빛의 부족으로 누렇게 곰팡이가 낀 베개 위에 그녀의 잿빛 머리를 얹은 채.

5

검둥이 하인이 첫 번째로 찾아온 부인네들을 현관에서 맞이하여 안으로 들어오게 했다. 목소리를 죽인 채 수군거리면서 호기심어린 시선을 재빨리 여기저기로 던지는 부인네들을 남겨 놓은 채 하인은 사라졌다. 그는 집 안을 가로질러 뒷문을 통해 나가서는 다시금 모습을 보이지 않았다.

에밀리 양의 사촌인 두 여인이 즉각 왔다. 그들은 이틀째 되던 날에 장례식을 거행했는데, 마을 사람들은 가게에서 사온 한 아름의 꽃 속에 파묻혀 있는 에밀리 양에게 작별 인사를 하러 찾아왔다. 크레용으로 그린 그녀 아버지의 얼굴이 관 위쪽에서 깊고 깊은 명상에 잠겨 있었고, 부인네들은 으스스한 표정으로 소곤소곤 이야기를 하였다. 그리고 아주 늙은 사람들이 베란다와 잔디에서 마치 에밀리 양이 그들과 같은 또래인 양 그녀에 관해 이야기를 나누고 있었는데, 그 가운데 몇몇 노인은 남군의 군복을 손질해서 차려 입고 있었다. 그들은 한때 그녀와 춤을 추기도 했고 어쩌면 구혼[34]을 했었는지도 모른다. 그들은 노인네들이 흔히 그러하듯이 시간은 수학적으로 정확히 진행되는 것이라는 사실을 모르고 있는 것 같았다. 흔히 노인네들은 모든 과거는 사라져 가는 희미한 길이 아니라 겨울의 손길이 전혀 닿은 적이 없는 광활한 초원으로 생각하고, 그 초원에 이르지 못하는 이유는 최근의 십여 년이라는 세월이 병목처럼 그 사이를 죄고 있기 때문이라고 믿고 있지 않은가.

이미 우리들은 지난 40년 동안 아무도 보지 못한 구역이 위층에 있으며 그곳에 방이 하나 있다는 것을 알고 있었고, 또한 그 방을 열려면 문을 부셔야 할지 모른다는 사실도 알고 있었다. 격식을 갖추어 에밀리 양을 땅에 묻을 때까지 사람들은 기다렸다가 마침내 그 방을 열게 되었다.

문을 거칠게 부수어 여는 바람에 먼지가 일어 방안을 가득 채웠다. 무덤의 관 덮개와도 같은 엷고 매캐한 먼지가 신혼 첫날밤을 위해 꾸미고 장식한 이 방 어디에나 덮여 있었다. 침대를 장식한 희미하게 퇴색된 장밋빛 빛깔의 커튼 위에도, 장밋빛 전등 갓 위에도, 화장대 위에도, 일련[35]의 섬세한 크리스탈 그릇과 변색된 은으로 감싸인 남성용 화장 도구 위에도 엷고 매캐한 먼지가 덮여 있었다. 남성용 화장 도구의 은은 너무도 심하게 변색되어 그 위에 새겨진 글자가 보이지 않을 정도였다. 그런 물건들 사이에 장식용 옷깃과 타이가 마치 방금 벗어 놓은 것 같은 상태로 놓여 있었다. 그것을 들자 가구의 표면 위에 희미한 초승달과도 같은 자국이 먼지 한가운데에서 드러났다. 의자에는 정성들여 개킨 양복 한 벌이 놓여 있었

34)구혼(求婚): 결혼을 제의함.

35)일련(一連): 하나로 연계된 것.

으며, 의자 밑에는 벗어 던진 양말과 함께 한 켤레의 구두가 말없이 자리를 차지하고 있었다.

남자 자신도 침대 위에 누워 있었다.

육탈(肉脫)[36]이 되어 심오[37]한 웃음을 짓는 듯한 해골을 뚫어지게 바라보면서 우리는 오랫동안 그곳에 그저 서 있었을 뿐이었다. 분명히 남자는 한때 포옹의 자세를 취한 채 누워 있었던 것처럼 보였다. 그러나 이제 사랑보다 오래 계속되는 길고 긴 잠이, 고통에 일그러진 사랑까지도 정복해 버린 잠이 그를 능멸[38]하고 있었다. 잠옷이었던 천 조각 아래에 서 썩은 그의 육체는 누워 있는 침대와 뗄 수 없을 만큼 뒤엉켜 붙어 있었다. 그리고 그의 몸 위에, 그리고 옆에 놓여 있는 베개 위에도 끈질긴 먼지가 고르게 덮여 있었다.

우리는 두 번째 베개 위에 누군가가 누워 있었던 것처럼 움푹 들어가 있는 것에 주목하게 되었다. 우리들 가운데 누군가가 거기에서 무언가를 들어올렸다.

희미하고 눈에 잘 띄지 않는 마르고 매캐한 냄새의 먼지가 코를 찌르는 가운데 우리는 몸을 굽혀 들여다보았다.

그것은 철회색을 띤 길다란 머리카락이었다. ✻

---

36)육탈(肉脫): 시체를 매장한 후, 살이 완전히 썩어 떨어져 뼈만 남음. 몸이 여위어 살이 빠짐

37)심오(深奧): 깊고 오묘함.

38)능멸(陵蔑): 업신여겨 깔봄.

▦ 작가소개　**윌리엄 포그너(William Faulkner ; 1897 ~ 1962)**

20세기 전반 미국문학을 대표하는 작가로 1947년에는 노벨문학상을 받았으며 1962년에는 「자동차 도둑」을 발표하여 퓰리처상을 수상했다.

그는 27세 때 첫 시집 「대리석 목신상」을 발표한 이후 「사토리스」, 「음향과 분노」를 발표하면서 주목받기 시작했다. 31년에는 「성역」을 발표하여 일반 독자들의 관심을 끌었다. 복잡다기한 수법으로 남부의 숙명적 역사 속에 오늘의 인간 고뇌와 희망을 추구한 획기적인 작품 「압살롬 압살롬」, 남부의 과거를 묘사한 「정복되지 않는 사람들」, 사랑의 2가지 형태를 치밀하게 묘사한 「야생의 종려」, 「가거라 모세야」, 「마을」, 「묘지의 침입자」 등 왕성한 활동을 했다.

포그너의 작품 배경은 대개가 미국 남부의 작은 마을에 한정되어 있다. 그러므로 그의 작품을 제대로 이해하려면 남북 전쟁에 패배하고, 다시 재건된 남부의 역사적 배경을 알아야 한다.

▦ 작품해설

포그너는 주로 남부 사회를 배경으로 한 작품을 썼으며 후에는 로스트 제너레이션의 환멸을 다루기도 했다. 그의 수법은 매우 복잡한 형태를 지니며 남부의 숙명적 역사 속에 오늘의 인간 고뇌와 희망을 추구하는 면이 그의 작품 도처에 잘 드러나고 있다. 또한 그가 다루는 등장 인물들은 어딘가 괴팍하고 병적인 특이 인물이다. 초기의 작품에는 세기말적인 탐미주의 영향이 현저하지만, 이미 그 독특한 문체와 테마의 싹을 틔워, 훗날 그의 작품의 예술적 깊이의 주춧돌이 마련되어 있었다.

이 작품 역시 세월과 죽음을 뛰어넘는 사랑의 전율을 느끼게 하는 작품이다. 훌륭한 추리 소설적 수법으로 그려져 있는 이 작품의 복잡한 갈등이야말로 포그너 문학의 핵심이라 할 수 있다.

▦ 읽고나서

문제 에밀리가 마을 사람들에게 관심의 대상뿐만 아니라 짐이 된 이유는?

- 싸토리스 대령이 세금 면제의 혜택을 주었기 때문에

문제 아버지가 죽고 에밀리에게 유산이 단지 집뿐이라는 말이 떠돌았을 때 마을 사람들이 한편으로 기쁘게 생각했던 이유는?

- 오랜 인간의 습성(세상사)을 에밀리가 체득하게 되어 보통사람이 되지 않을까, 즉 귀족이었던 에밀리와 동일시 될 수도 있겠다는 기대심리

묘지(墓地)로 가는 길

토마스 만

묘지로 가는 길은 국도를 끼고 곧게 뻗어 있었다. 길의 양편에는 인가가 있었는데 아직 새로 짓고 있는 집들도 눈에 띄었다. 그리고 인가를 지나면 들판이 있었다.

국도(國道) 연변[1]은 마디가 울퉁불퉁한 여러 해 묵은 너도밤나무 숲으로 덮여 있었으며, 도로의 반은 포장이 되어 있었으나 반은 아직 포장이 되어 있지 않았다. 그러나 묘지로 가는 길은 자갈이 깔려 있어 포장된 길이나 다름이 없었다. 국도와 묘지로 가는 길 사이에 패어 있는 물 없는 도랑에는 풀과 꽃이 무성했다.

늦은 봄, 여름이 가까이 와 있었다. 세상은 온통 하느님의 축복에 싸여 있었다. 하느님의 피조물[2]인 하늘에는 솜털 같은 뭉게구름이 피어오르고 있었다. 너도밤나무 숲에서는 새들이 지저귀고, 살살대는 훈풍이 들을 스쳐갔다.

마을 쪽에서 한 대의 마차가 도시를 향해 국도를 달리고 있었다. 한쪽 바

---

1)연변(緣邊): 둘레. 테두리

2)피조물(被造物): 조물주에 의해 만들어진 모든 물건.

퀴는 포장이 된 곳을, 다른 바퀴는 포장이 안 된 쪽을 달리고 있었는데, 마부는 다리를 쭉 뻗고 되지도 않은 휘파람을 불고 있었다. 마차의 뒤편에는 누런 강아지가 마부의 반대쪽을 향해 의젓하고 차분한 모습으로 행길을 바라보고 앉아 있었다. 그 귀여운 모습이 한 번 안아주고 싶을 정도였다. 그러나 이 강아지는 이 이야기와는 아무 관계가 없으므로 이만 해 두어도 좋을 것 같다.

병정들의 행렬이 지나가고 있었다. 이곳에서 멀지 않은 병영으로부터 먼지를 일으키며 군가에 발맞춰 행진해 오고 있었다. 도시에서 오는 둘째 번 마차가 마을로 들어갔다. 마부는 졸고 있었으며, 강아지도 없어서 별로 구경거리가 못 되었다.

직공 차림의 두 젊은이가 행길로 오는 게 보였다. 한 직공은 꼽추였으며 다른 젊은이는 체구가 건장하였다. 그들은 아예 장화를 벗어 어깨에 메고 맨발로 마차 뒤를 따르면서 마부와 농담을 주고받고 있었다. 행길은 알맞게 붐볐다. 그래서 혼잡이나 사고가 일어나지 않았다.

묘지로 가는 길에는 어떤 사내 하나가 걷고 있을 뿐이다. 고개를 떨구고 검은색 단장(短杖)[3]에 몸을 의지하고 천천히 걸었다. 그 사람은 로프고트 피프삼이라는 사내였다. 그의 이름을 잘 기억해 둘 필요가 있다. 그는 아주 괴상한 사내이니까.

그는 검은 상복(喪服) 차림이었다. 사랑하던 사람들을 찾아 묘지로 향하는 길이었다. 낡아 빳빳하게 된 실크 모자를 쓰고, 반지르르하게 닳아 빠진 프록 코트[4]와, 통이 좁고 짤막한 바지를 입고 있었다. 그리고 손에는 군데군데 구멍이 뚫린, 에나멜칠을 한 장갑을 끼고 있었다. 후골(喉

---

3)단장(短杖): 손잡이가 꼬부라진 짧은 지팡이.

4)프록 코트(frock coat): 남자용 예복으로 검은 색인데 저고리 길이는 무릎까지 이름.

5)후골(喉骨): 성년 남자의 목구멍 속에 있는 갑상 연골의 돌기 부분.

骨)[5]이 유난히 크고 가늘고 긴 그의 목은 역시 다 떨어진 스탠딩 칼라 위로 불쑥 솟아 있었다. 가끔 묘지가 얼마나 남았나를 살피기 위해서 고개를 쳐들 때면 그는 이상한 표정을 지었다. 그의 얼굴은 쉽게 잊혀지지 않을 보기 드문 얼굴이었다.

면도를 깨끗이 한 얼굴은 몹시 창백했다. 움푹 들어간 양 볼 사이에는 끝이 뭉툭한 유난히 붉은 콧날이 서 있었으며, 작은 종기가 군데군데 나 있어 매우 환상적인 모습이었다. 붉은 코가 깡마르고 창백한 얼굴과 좋은 대조를 이루어 어쩐지 균형을 잃고 있었다. 익살스럽게 보인 게 흡사 사육제[6] 때의 가면 코를 연상하리 만큼 이상하고 우습게 보였다.

그러나 그것은 오히려 약과[7]였다. 양쪽 끝이 처진 커다란 입을 꽉 다물고 앞을 바라볼 때마다 희끗희끗한 눈썹이 모자 차양을 건드리는 것이었다. 빨갛게 충혈된 눈에는 수심이 가득했으며, 얼핏 보기에도 우리가 동정해야 할 그런 얼굴이었다.

로프고트 피프삼의 용모는 한마디로 기분 좋은 것은 못 되었다. 더구나 이렇게 맑게 갠 화창한 날씨에는 어울리지가 않았다. 사랑하던 사람의 묘지를 찾아가는 행색으로는 너무 비참한 차림이었다.

그러나 그의 심중에는 그럴 만한 사유가 있었다. 우리는 그 점으로 충분히 이해해야만 할 것이다. 그는 지금까지 억눌려 살아왔기 때문이다. 어떻게? 하기는 여러분들처럼 매사가 즐겁기만 한 사람들에게 그 까닭을 설명하기란 그리 쉬운 일이 아니겠지만.

그저 불행했었던 것이겠지. 그렇지 않겠어? 세상에서 버림을 받았을 테고 — 여러분은 단순하게 생각할지 모른다. 사실 그는 그의 외모가 말해 주

6)사육제(謝肉祭): 카톨릭교 국가에서 사순재 직전의 3일 동안 술과 고기를 먹으며 가면을 쓰고 행렬하거나 극과 놀이로 즐거이 노는 날. 카니발.

7)약과(藥果): 감당하기 어렵지 않은 일.

는 것처럼 그런 비참한 생활을 했던 것이다. 나중에 이야기하겠지만 그는 술을 꽤 좋아했다. 그는 부인을 잃고 홀아비가 되었으며 세상에서 버려진 몸이었다. 이 세상에 사랑하는 사람이 하나도 없었다.

레프첼트 가문 태생의 그의 처는 반 년 전에 셋째 아이를 낳다가 목숨을 잃었다. 그리고 그 아이도, 이어 다른 두 아이마저 잃게 되었다. 하나는 장티푸스로 죽고 다른 아이는 특별한 병도 없는데 시름시름 앓다 죽었다. 아마 영양 부족이 아니었던가 싶다. 그러나 불운은 거기에서 그치지 않았다. 얼마 안 되어 직장마저 불명예스런 일로 쫓겨났던 것이다. 이런 연속된 불행한 일들이 그의 마음을 시들게 하였다. 처음에는 그러한 불행을 참고 견디려고 했으나, 때때로 그를 우울하게 만들었다. 그러던 중 아내와 자식들을 잃고부터 마음을 의지할 곳이 없게 되어 좋지 않은 습성이 몸에 배게 되고 정신적인 의지심을 잃고 말았다.

그는 어느 보험 회사에 일자리를 얻었으나, 월급이라고는 겨우 90마르크에 불과한 말단 서기였다. 그러나 심신이 혼란한 탓으로 몇 번씩이나 실수를 해서 여러 차례 견책[8]을 받았으며, 마침내는 불신을 받고 그 자리에서도 쫓겨나고 말았다.

그래서 마침내 그는 개심[9]할 기회를 잃고 점점 자멸의 구렁텅이로 떨어지게 되었다. 여러분도 아시다시피 불행이란 사람의 신용을 타락시킨다. 이런 문제에서 어느 정도 살펴보는 것은 좋은 일이다. 거기에는 그럴 만한 불가항력적인 내막이 숨어 있는 것이다.

스스로 자기의 결백함을 부르짖어도 믿는 사람은 없다. 인간이란 불행에 빠지면 자칫 자신을 학대한다. 그리고 이 자기 학대와 타락과는 불가분의 관계가 있어 서로 맞붙어 손을 잡고 있으며, 마침내는 가공할 결말을 초래

8)견책(譴責): 공무원 등에 대한 징계 처분의 하나(잘못을 꾸짖고 장래를 훈계하는 것).

9)개심(改心): 나쁜 마음을 고침.

하는 법이다. 피프삼의 예가 바로 그랬다.

그는 자기 혐오감에 젖어 술을 마셨다. 그렇게 되어 순진한 마음씨에 날로 더러움이 끼이고 나중에는 자기를 학대했다. 장롱에는 항상 유독한 노란색의 약이 담긴 약병이 놓여 있었다. 우리는 조심하기 위해 그 약 이름을 밝히지 말기로 하자. 그는 이 장롱 앞에서 몇 번씩이나 무릎을 꿇고 엎드려 혀를 깨물고 자결[10]하려 했으나 실행하지 못하고 있었다. 이런 이야기는 여러분에게 들려주고 싶지 않으나 참고로 말씀드린 것이다.

그런 그가 지금 검은색 단장을 휘두르며 묘지를 향해 가고 있다. 그의 볼에도 부드러운 미풍이 스쳤으나, 그는 그것을 느끼지 못하고 있었다. 그저 눈썹을 치켜세우고 슬픈 듯한 눈으로 앞을 바라보고 걷고 있을 뿐이다.

실로 그는 비참할 정도로 타락한 사람이었다. 그는 등 뒤에서 무슨 소리가 들려왔으므로 귀를 기울였다. 그 소리는 먼 곳에서부터 점점 가까이 들려오고 있었다. 그는 돌아서서 걸음을 멈췄다. 그것은 자전거가 달려오는 소리였다. 자전거 바퀴가 자갈길을 가면서 쐐 하는 소리를 내고 있었다. 빠른 속도로 달려오던 자전거가 피프삼이 서 있기 때문에 속도를 늦추었다.

어느 젊은 청년이었다. 그는 세상 근심이라고는 전혀 모르고 자란 소풍객이었다. 그 청년은 자기가 세상에 알려진 위대한 사람이나 유명 인사에 한몫 끼이는 일 같은 생각을 가져 본 일이 없었다. 그는 어느 공장에서 만든 중질의 자전거를 몰고 소풍을 나선 길이었다. 잘해야 2백 마르크가 될까말까한 자전거로 시골길에 바람을 쐬러 나온 것이다. 재빨리 도심지를 벗어나 반짝거리는 페달을 밟으며 하느님이 지으신 자연을 즐기며 달리고 있는 참이다. 자, 힘껏 달리자! 청년은 멋있는 셔츠에 회색 점퍼를 입고 운동용 각반을 찼으며, 머리에는 야릇한 모자였다. 그 모자 밑으로 길다란 금발이 흘러내렸으며, 번갯불처럼 파란 눈이 반짝거렸다.

---

10)자결(自決): 자살.

그는 힘차게 다가오더니 벨을 시끄럽게 울렸다. 그래도 피프삼은 비킬 줄을 모르고 그저 그 활기에 넘친 청년을 빤히 바라보고 있었다. 그래서 화가 난 청년은 흘기는 듯한 눈으로 피프삼을 쏘아보고는 옆으로 지나치려고 했다. 청년이 그의 앞에 이르자 피프삼은 다시 걸으면서 제법 무게 있는 어조로 천천히 입을 열어 이렇게 말하는 것이었다.

"9707번이었구먼!"

피프삼은 자기를 노려보는 젊은 친구의 눈길을 알아채자 입을 다물고 다른 곳을 바라보는 체했다.

청년은 손으로 안장 뒤를 잡고 천천히 자전거를 몰면서 이렇게 물었다.

"뭐라구요?"

"9707번이라고 했지!" 피프삼은 계속해서 "뭐 별다른 뜻이 있어 말한 것은 아니라네. 나는 자네를 고발하려고 생각했을 뿐이니까."

"뭐라구? 나를 고발하다니?"

청년은 이렇게 묻고는 몸을 돌리고, 페달을 너무 천천히 밟았으므로 핸들을 잡고 몸의 균형을 겨우 유지했다.

"암, 고발을 해야지." 피프삼은 넘겨짚고 이렇게 말했다.

"무엇 때문에 그러지요?"

청년은 이렇게 묻고는 자전거에서 내렸다. 그는 매우 궁금한 모양이었다.

"그건 자네가 더 잘 알 게 아닌가?"

"아니오, 나는 전혀 모르겠는데요."

"그렇게 시치미를 떼다니?"

"정말 모르겠는데요."

이렇게 말하고 청년은 자전거를 다시 타면서

"좋을 대로 하시지."하고 급히 떠나려고 했다.

"난 자네를 고발하겠어. 자네는 분명 이 길을 자전거로 달렸지? 건너편

국도를 봐 두고 말이네. 묘지를 자전거로 달리지 않았나?"

"그렇지만 여보시오!"

화가 치민 청년은 화를 짓눌러 가며 억지로 웃으면서

"이 길에는 다른 자전거 자국도 많지 않소 — 여기는 누구나 자전거를 타고 다니지 않소?"

"그건 내 알 바 아니지!"

"그렇다면 어서 고발하시구려! 그게 당신의 취미이니 말이오."

청년은 크게 외치고는 자전거에 올랐다. 잘못해서 넘어져 웃음거리가 되는 일은 없을 정도로 능숙하게 안장에 앉더니 힘껏 자전거를 몰았다.

"그래도 자네는 여전히 이 길로 자전거를 타겠다 이거지? 그럼 할 수 없어. 고발할 수밖에."

피프삼은 떨리는 목소리로 외쳤다. 청년은 딱하다는 듯이, 그러나 조금도 개의[11]치 않고 속력을 내었다. 만일 여러분이 이 때의 로프고트 피프삼의 모습을 보았다면 아주 놀랐을 것이다. 그는 입술을 어찌나 꼭 다물었던지 두 볼이 불그레해지고 코는 완전히 일그러지고 억지로 치켜진 눈썹 밑으로 눈을 부릅뜬 채, 떠나가는 자전거를 미친 사람처럼 노려보고 있었다.

느닷없이 그는 얼마 가지 못한 자전거를 뒤쫓아가더니 안장을 붙들고 늘어지는 것이었다. 입을 꼭 다물고 앞으로 나아가려고 비틀거리는 자전거에서 눈을 떼지 않고 실랑이를 벌였다. 이런 광경을 본 사람이면 누구나 이렇게 의심하기에 알맞았다. 즉 그 사나이가 심술이 나서 젊은이가 자전거 타는 일을 방해하고 있거나, 아니면 자전거에 매달려 가다가 나중에 자기도 올라타 반짝이는 페달을 함께 밟으며 하느님께서 창조한 대자연 속으로 함께 달리겠다는 심보가 아닌가 했을 것이다.

---

11)개의(介意): 마음에 두고 생각함.

이렇게 되자 이번에는 그 젊은이의 기세가 험악해졌다. 그는, 한쪽 다리로 몸을 가누고 오른손으로 피프삼의 가슴을 힘껏 내리치느라고 비틀거리면서 이렇게 위협을 했다.

"이놈의 작자가 술이 취했나? 한 번만 더 방해를 해 봐라, 죽도록 때려줄 테니! 알아듣겠어? 뼈가 두 동강 날 것이니 명심하라구!" 노기 등등[12] 해서 외치고는 모자를 눌러쓰고 다시 자전거에 올랐다.

그도 보통내기가 아니었다. 그는 자전거에 얌전히 오르더니 페달을 힘껏 밟고는 쓱쓱 앞으로 나아갔다.

피프삼은 사라져 가는 그의 뒷모습을 멍하니 바라보고 있었다. 멍청하게 서서 거품을 내뿜으면서 젊은이를 노려보았다. 청년은 아무 일도 없었다는 듯이 태연하게 달리고 있었다. 넘어지거나 다른 사고도 없었고, 타이어도 그대로였으며, 돌멩이 하나도 걸리지 않고 기분 좋게 달리고 있었다.

그런 청년을 보자 피프삼은 큰소리로 마구 욕설을 퍼부었다. 마치 그 소리는 짐승이 으르렁대는 소리지 사람의 목소리는 아니었다.

"자전거에서 당장 내리란 말이야!" 그는 목이 터져라 외쳤다.

"그 길로는 못 가, 썩 옆길로 가지 못하겠어? 어, 내 말이 안 들리나! 어서 내리지 않을래? 네놈을 당장 고발할 테니 두고 보라지! 야 이놈아! 그 자리에 곤두박질이나 해라! 어서 제발! 이 우라질 건달패야! 저놈을 그냥 뭉개 버릴 테다. 구둣발로 면상[13]을 짓이겨 버리겠다. 이 후레자식[14]아!"

여러분들은 일찍이 이런 광경을 목격하지 못했을 것이다. 묘지 입구에서 마구 욕설을 해대는 사나이, 뒤헝클어진 머리로 고래고래 악담을 하는 사나이, 길길이 날뛰며 사지를 허우적거리는 사나이를 본 일이 있겠는가? 자

12)노기등등(怒氣騰騰): 성난 빛이 얼굴에 가득함.

13)면상(面相): 얼굴의 생김새 용모.

14)후레 자식: 후레 아들. 배운 데 없이 제멋대로 자라서 버릇이 없는 놈.

전거는 완전히 시야에서 멀어졌으나 피프삼은 제자리에서 여전히 날뛰면서 악담을 퍼붓고 있었다.

"저 나쁜 놈을 잡아라! 저놈을! 저 흉칙한 놈이 묘지 길을 자전거를 타고 갔단 말이야. 저 주리[15]를 틀 날강도 같은 놈을…… 저런 놈은 껍질을 벗겨 놓아야 내 속이 시원하겠는데. 이 개 같은 놈아! 이 불한당아! 이 밥통 천치야! 무식한 깡패놈아! 어서 당장 내리지 않을 테냐? 어서 당장 내려! 저놈을 붙들어 쓰레기통에 버릴 자는 없는가? 저 악당을! 뭐 되지 못하게 산책을 한다고? 묘지 입구에서 무슨 되지 못한 개수작이야! 뻔뻔스러운 강도 같으니라구. 되지 못한 원숭이새끼 같은 놈아! 번개 같은 푸른 눈깔을 한 놈아! 그래 네놈이 무엇을 어떻게 한다고 했지? 귀신이 네놈의 눈깔을 뽑겠다. 무식하고 개 같은 악질아!"

피프삼은 어떻게 흉내도 낼 수 없는 욕을 마구 퍼부었다. 게거품을 물고 찢어지는 목소리로 악담을 늘어놓았다. 거의 광적으로 발광을 한 것이다.

국도 쪽에서 바구니를 낀 아이들과 테리어 종의 개 한 마리가 달려오더니 도랑을 넘어와, 고래고래 고함을 지르는 피프삼을 에워싸고 호기심에 가득 찬 눈으로 일그러진 그의 얼굴을 바라보고 있었다. 저 쪽 신축 공사장의 일꾼들과 점심을 먹으러 돌아오던 농부들도 분위기가 심상치 않음을 알아채고 몰려들었으며, 나중에는 부인들까지도 길을 건너서 사람들이 모여 있는 곳으로 몰려들었다.

피프삼은 여전히 악을 쓰고 있었다. 그리고 점점 그 정도가 심해 갔다. 하늘을 향해 두 주먹을 미친 듯이 휘둘렀으며, 발을 동동 구르기도 하고 맴을 빙빙 돌다가 무릎을 구부리고 고래고래 소리를 지르며 날뛰기도 했다. 욕설을 계속 퍼붓느라고 숨을 돌릴 겨를이 없을 지경이었다. 그런 숱한 욕설이 어디서 나오는지 놀라운 일이었다.

---

15)주리: 죄인의 두 다리를 묶고 그 틈에 두 개의 주릿대를 끼우고 비트는 형벌.

그러다가 그의 얼굴이 무섭게 부어올랐다. 실크 모자는 목덜미에 걸리고 셔츠 앞자락은 조끼에서 빠져나와 있었다.

그는 나중에는 이번 사건과는 전혀 무관한 일을 들추어내어 엉뚱한 말을 지껄이기 시작했다. 자기의 부도덕한 생활에 대하여 암시하기도 하고 얼토당토 않은 신앙 이야기를 끄집어내기도 하였다. 그러나 욕설은 그치지 않았다.

"자, 어서들 모여요! 모두 모이란 말이야!" 하고 그는 큰소리로 외쳤다.

"너희들은 물론이고 다른 놈들도 말이다. 모자를 눌러쓰고 번개같이 푸른 눈을 가진 놈들은 모두 모이란 말이야. 너희 귓구멍이 아프도록 일러줄 터이니까. 정신이 바짝 들도록 말이다. 이 얼치기[16] 같은 놈들아! 왜들 웃는 거야? 왜 어깨들을 들먹여? 그래, 난 술주정뱅이다. 암, 마시구 말구! 듣고 싶은 놈들은 모두 들어라. 나는 폭음[17]도 한다. 그게 어쨌다는 거냐? 아직도 마음을 놓기는 이르고…… 언젠가는 하느님께서 우리들을 심판하시는 날이 올 것이다. 이 넋빠진 쓰레기들아! 아 구세주가 구름 속으로 오실 날이 있을 것이다. 그 분이 네놈들을 천 길 암흑 속에 던지실 것이다. 이 무지막지한 놈들아, 거기서 네놈들은 울고불고 야단을 한대도……"

공사장에서 더 많은 일꾼들과 여자들이 몰려들었다. 어느 마부 한 사람은 길가에 세워 놓은 마차에서 뛰어내려 회초리를 손에 든 채 도랑을 건너 달려왔다. 어느 남자가 피프삼의 팔을 잡아 흔들었으나 막무가내였다. 지나가던 병사들도 빙그레 웃으면서 목을 뽑고 그곳을 넘겨다보았다. 테리어종의 개는 더 참지를 못하고 앞발을 땅바닥에 버티고 꼬리를 사리고 그의 얼굴을 맞대 놓고 짖어댔다.

로프고트 피프삼은 계속해서 외쳤다.

---

16)얼치기: 이것도 저것도 아닌 중간치기. 탐착지 않은 사람.

17)폭음(暴飮): 술을 한 차례에 아주 많이 마심.

"어서 내려! 빨리 썩 내리지 못해! 이 무식한 건달아!"

그는 한 팔로 공중에 커다란 원을 그리며 휘저으며 그 자리에 털썩 주저앉더니 벌렁 넘어졌다.

그는 입을 굳게 다문 채, 호기심에 가득 찬 사람들에 둘러싸여 시커먼 덩어리처럼 꼼짝 않고 누워 있었다. 그의 빳빳한 실크 모자가 땅바닥에 떨어져 구르더니 저편에 가 멎었다.

꼼짝도 않고 있는 피프삼은 위로 두 명의 미장이[18]가 몸을 굽히고 단순히 노동자다운 순진한 말씨로 무슨 일이냐고 물었다. 그러나 군중 속에 끼어 있던 한 사람이 그 자리를 빠져 급히 달려가고, 남은 사람들은 그가 의식이 남아 있는지 다시 한 번 건드려보았다. 다른 사람은 물통에 있는 물을 퍼서 끼얹어 보기도 했다. 그러나 그는 끄떡도 하지 않았다.

얼마간의 시간이 흘렀다. 마차 한 대가 요란하게 바퀴 소리를 내면서 이쪽으로 달려오고 있었다. 구급차가 현장에 와서 멎었다. 귀엽게 생긴 두 필의 말이 끄는 마차에는 커다란 붉은 십자가가 양쪽으로 그려져 있었다. 몸에 꼭 맞는 제복을 입은 두 남자가 마부석에서 내렸다. 그 중 한 사나이가 마차 문을 열고 들것을 꺼내려고 뒤쪽으로 가는 사이, 다른 사나이는 무덤으로 향한 길로 뛰어가 구경꾼들을 밀치고 한 사람의 도움을 얻어 피프삼을 마차로 끌고 왔다. 그리고 그를 들것에 눕힌 채, 마치 빵을 가마 속에 넣듯이 밀어넣고 마차 문을 쾅 하고 닫아버렸다. 그리고 두 남자는 다시 마부석에 올랐다. 모든 일을 연극이나 하는 것처럼 익숙한 솜씨로 해치웠던 것이다.

이렇게 그들에 의해서 피프삼은 마차에 실려 그 자리를 떠났다. ✲

---

18)미장이 : 집을 짓거나 고칠 때 흙을 바르는 일을 업으로 하는 사람. 토공.

▦ 작가소개 **토마스 만(Thomas Mann ; 1875~1955)**

독일 태생인 토마스 만은 장편 「부덴브로크 가의 사람들」로 일약 세계적인 작가가 되었고, 그 후 예술과 시민성과의 갈등을 그린 일련의 뛰어난 단편들을 발표했다. 그는 사상가이며 소설가인 형 하인리히 만에 반대하여 낭만파적인 범독일주의적 반지성주의측에 가담하기도 했으나, 제1차 세계대전을 겪으면서 반지성주의에서 벗어나 새로운 휴머니즘을 구상하게 되었고, 제2차 세계대전 기간 중에는 민주주의를 옹호하는 영웅적인 투쟁을 전개했다.

독일의 문화와 정신 속에서 꽃 피어난 가장 독일적인 소설가라고 평가받는 그는, 사상적인 깊이, 높은 식견, 다듬어진 표현, 꽉 짜인 구성 등으로 20세기 최대의 작가로 알려져 있다. 특히, 한 사람의 성장 과정을 관찰 기록하는 것을 내용으로 함으로써 교육 소설로 불리는 그의 소설들은 자본주의 사회를 구조적으로 파악, 재현해 보임으로써 루카치 등에 의해서 금세기 최고의 리얼리스트로 격찬받기도 했다.

주요 작품으로 장편 「부덴브로크 가의 사람들」, 「바이마르의 로테」, 「마의 산」, 중편 「베니스에서 죽다」, 「토니오크뢰거」, 단편 「트리스탄 」, 「바꾸어 붙여진 머리」, 평론집 「유럽에 고함」 등이 있다.

▦ 작품해설

「20세기 초 가장 위대한 독일 소설가」로 불리는 토마스 만의 작품으로 초기 소설에서 보이는 흔히 다루던 예술성과 시민성의 문제, 예술의 길과 소시민의 길의 갈등이 변형되어 주제가 되고 있다. 묘지에 연고가 있다면 그 '묘지로 가는 길' 은 신성한 길이다. 그러나 그 밖의 사람에게는 다른 평범한 길일 수밖에 없다. 때문에 작품에 등장하는 소중한 사람들에게 가는 길은 주인공 로프고트 피프삼에게는 특히 중요한 길일 수밖에 없다. 따라서 그 길을 통해 자전거를 타고 소풍을 가는 청년에게 '게거품을 물고 찢어지는 목소리로 악담' 을 늘어놓을 수밖에 없었던 것이다. 하지만, 그 청년과 군중은 끝내 그를 이해하지 못한다.

▦ 읽고나서

문제 자전거를 타고 묘지로 가는 젊은이에게 주인공이 화를 내는 이유는?

- 주인공과 젊은이가 느끼는 그 길에 대한 감정이 전혀 다르기 때문에

문제 주인공의 삶이 변하게 된 가장 큰 이유는?

- 가정의 파탄(부인과 아이의 죽음)

마크하임

로버트 루이스 스티븐슨

"예……." 상인은 말하였다.

"뜻밖의 수입으로는 여러 경우가 있습니다. 어떤 손님은 골동품에 대해서 아무 것도 모릅니다. 그런 때는 지금까지 쌓아 온 다양한 경험을 활용해서 벌어들이지요. 때때로 어떤 사람은 정직하지 못하기도 합니다."

상인은 잠시 말을 멈추고 촛불을 들었으므로 그 빛은 방문객을 강하게 비췄다.

"그런 경우는……." 상인은 말을 이었다.

"당당하게 벌어들이죠."

마크하임은 햇빛이 밝은 밖에서 막 들어온 참이라, 밝음과 어둠이 뒤섞인 상점 안을 잘 분간할 수 없었다. 그리고 이와 같은 신랄한 말을 들으면서 촛불 바로 곁에 있던 그는 괴로운 듯이 눈을 껌벅이며 시선을 돌렸다.

상인은 싱글싱글 웃었다.

"당신이 오신 오늘은 크리스마스입니다. 오늘은 내가 혼자 있으면서 가게를 닫고 장사는 안 하는 줄 당신도 아실 겁니다. 그러니까 그만큼 돈으로 받겠습니다. 장부 결산을 하는 데 빼앗기는 시간도 돈으로 받아야겠어요. 그리고 또 오늘 좀 이상한 것이 확실한데 그것도 돈으로 받겠습니다. 나는 사려 분별이 깊은 사람이니까 실례되는 것은 묻지 않겠습니다만, 저를 못 보는 일이 생길 경우에는 그 보상도 돈으로 받아야겠습니다."

상인은 재차 싱글싱글 웃었으나 곧 여느 때의 사무적인 말투로 돌아갔다.

"어떻게 해서 그 물건을 손에 넣으셨는지 요전같이 얘기해 줄 수 없으신지." 그는 말을 계속하였다.

"이번에도 숙부님의 진열장에서인가요. 정말 숙부님은 굉장한 수집가이시군요."

몸집이 작고 안색이 좋지 않은, 밋밋한 어깨의 이 상인은 거의 뒤꿈치를 들고 서 있다고 하여도 과언이 아니었다. 그는 멋진 금테 안경 너머로 마크하임을 보면서 어쩐지 믿을 수 없다는 듯이 끄떡거리는 것이었다.

마크하임도 상인을 뚫어지게 보았다. 알 수 없는 연민과 일말의 공포를 느끼면서.

"이번엔……." 그는 말하였다.

"잘못 생각하셨습니다. 오늘은 팔러온 것이 아니라 사러왔습니다. 이제 팔아먹을 골동품은 하나도 없으니까요. 숙부의 진열장은 이미 비었습니다. 하지만 지금 예전처럼 골동품이 있다고 하더라도 내가 증권으로 벌었으니까 진열장의 골동품을 늘였으면 늘였지 줄게 하지는 않지요. 그건 그렇고, 오늘 용건은 지극히 간단한 것입니다. 어느 여성에게 보내는 크리스마스 선물을 찾고 있습니다."

그는 이미 준비해 온 얘기를 늘어 놓으며 아까보다는 달변[1]이 되었다.

"사실, 이런 사소한 것으로 폐를 끼쳐 미안합니다. 어제 준비했어야 하는데 게을러서요. 오늘 정찬 때는 조그마한 선물이라도 보내지 않으면 안 되겠어요. 잘 아시겠지만 부잣집과의 결혼인데 그냥 지나갈 수는

1)달변(達辯): 썩 능란하고 재치있는 말솜씨.

없잖아요."

한동안 침묵이 흘렀다. 그 사이에 상인은 의심스러운 듯이 그의 얘기를 반추[2]하고 있는 것 같았다. 상점의 잡동사니 골동품 속에 끼여 있는 숱한 시계의 재깍재깍하는 소리와 가까운 거리를 달리는 마차의 소리가 그 침묵의 시간을 메꾸는 것이었다.

"그래요?" 상인은 말하였다.

"좋은 말씀이시군. 아무튼 당신은 내 오래된 단골이시지. 당신 말대로 훌륭한 결혼을 하실 기회라면 방해해서야 되겠습니까. 여기, 여자 분들이 좋아할 만한 것이 있습니다."

그는 말을 계속하였다.

"이 손거울입니다. 15세기 것으로 보증이 붙은 아주 희한한 컬렉션[3] 속에 들어 있는 거죠. 그 손님을 위해 이름은 말씀드리지 못하겠습니다만. 그 분도 당신같이 굉장한 수집가의 조카님인데 외아들이랍니다."

상인은 무뚝뚝하고 신랄[4]한 말투로 거리낌 없이 지껄이면서 손거울을 집으려 몸을 굽혔다. 그것을 본 마크하임은 섬뜩한 것이 온몸으로 파고드는 것을 느꼈다. 순간적으로 혼란스런 별의별 생각이 표정에 나타났다. 그것은 엄습해 올 때와 마찬가지로 재빨리 지나가 버렸다. 그리고 지금 거울을 받아 쥔 손이 약간 떨리는 것 외에 아무런 흔적도 남기지 않았다.

"거울."

그는 목쉰 소리로 말하였다. 그렇게 말하고는 약간 말이 띄엄띄엄 끊겼으나 다시 더 분명하게 되풀이하였다.

"거울이라고요? 크리스마스를 위한? 당치도 않지."

---

2)반추(反芻): 되풀이하여 음미하고 생각함.

3)컬렉션(collection): 수집. 수집품. 특히 미술품 · 골동품 등을 말함.

4)신랄(辛辣): 수단이 몹시 가혹함.

"왜 안 되죠?" 상인의 언성이 커졌다.

"왜 거울이 안 되나요."

마크하임은 뭐라고 말할 수 없는 표정으로 상인을 응시하였다.

"왜 안 되느냐 이 말씀이군요."그는 말하였다.

"이건 이건……. 그럼, 거울 속을 들여다보세요. 거울 속에 비친 당신의 모습을. 당신은 그것이 보고 싶으신가요, 보고 싶지 않으시죠. 나 역시. 누구라도 보고 싶은 사람은 없습니다."

작은 몸집의 사나이는 돌연 마크하임이 거울을 눈앞에 들이대는 통에 뒤로 물러섰다. 그러나 보아하니 그 이상의 나쁜 일은 일어날 것 같지 않아 곧 싱글싱글 웃었다.

"당신의 아내가 될 사람은 그다지 예쁘지 않으신 모양이군요."

그는 말하였다.

"난." 마크하임이 말하였다.

"크리스마스 선물을 주십사 말했오. 한데 당신은 이런 것을 내놓다니. 옛날 일을, 범죄와 방탕을 회상하게 하는 이런 저주스런 것을 내놓다니. 이런 양심의 손거울이 될 것을! 고의로 그랬지요? 무슨 수작을 꾸미는 거요? 말해 보시오. 말하는 게 좋을 거요. 어서 당신의 속마음을 말해 주시오. 당신도 실은 깊은 연민의 마음을 가진 사람이 아닙니까, 그렇지요?"

상인은 말똥말똥 상대방을 쳐다보았다. 그것은 참으로 우스운 것이었다. 마크하임의 얼굴에는 웃는 빛이 없는 것 같았다. 그 얼굴은 강렬한 희망이 비쳤지만 즐거운 표정은 아니었다.

"당신은 어쩌자는 겁니까?" 상인이 물었다.

"당신은 연민[5]의 마음이 없습니까?"

마크하임의 답변은 음울한 것이었다.

---

5)연민(憐憫): 불쌍하고 가련함.

"연민의 마음도 없고, 경건함도 없고, 진심도 없으며, 사람을 사랑하지도 않으려니와 사람으로부터 사랑을 받지도 않습니까. 돈을 받는 손, 돈을 넣어 두는 금고, 다만 그뿐인가요. 아아, 그뿐인가요."

"어쨌든 내 얘기 좀 들어 보세요." 약간 날카로운 말투로 상인은 말하였으나, 갑자기 말을 끊고 다시 킥킥 웃기 시작하였다.

"하지만 당신으로 말하면, 연애 결혼이라는 것이겠군요. 그리고 당신은 그 여자의 건강을 위해 축배를 들고 왔군요."

"그래요!" 마크하임은 기묘한 호기심을 보이면서 소리를 질렀다.

"그러시군요. 연애를 한 적이 있으세요? 그 얘기를 좀 하시죠."

"내가." 상인이 말하였다.

"내가 연애를 했다니! 그런 시시한 짓을 할 시간이 어딨어요. 이전에도 없었고 지금도 없지요. 그런데 이 거울은 갖고 가시겠습니까?"

"그리 바삐 서둘 건 없습니다." 마크하임이 대답하였다.

"여기 서서 얘기하는 게 즐겁군요. 인생이란 짧고 불안정한 것이니까 즐거움을 빨리 끝내고 싶지 않습니다. 정말 이런 조그마한 즐거움이라도요. 절벽에 매달린 사람처럼 손에 잡히는 것은 아무리 작은 것이라도 꽉 쥐고 있어야만 되지요. 만일 당신이 그런 것을 안다면 1초 1초가 절벽으로 생각될 겁니다. 높이가 1마일이나 되는 절벽, 만일 떨어지기라도 하면 콩가루가 되어 사람의 흔적조차 찾지 못할 높이입니다. 그러니까 즐겁게 이야기하고 있는 것이 가장 좋습니다. 자, 얘기나 합시다. 우리는 왜 이런 가면을 쓰고 있지요? 탁, 터놓고 얘기합시다. 우리들도 친구가 될 수 있을지 모르죠."

"당신한테 한 말씀만 드리죠." 상인이 말하였다.

"사실 것인가, 아니면 나가 주실텐가."

"옳은 말씀입니다."

마크하임은 말하였다.

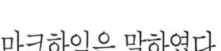

"쓸데없는 소릴 했군요. 그럼 장사 얘깁니다만 딴 것은 볼 수 없습니까?"

상인은 다시 몸을 굽혔다. 이번에는 손거울을 진열장의 제자리에 갖다 놓는 것이었다. 그의 엷은 금발은 눈을 덮고 있었다. 마크하임은 외투 주머니에 한 손을 찌른 채 약간 다가갔다. 그는 몸을 젖히면서 심호흡을 했다. 그 때 한꺼번에 여러 감정이 그의 얼굴에 나타났다. 공포, 전율, 결의, 황홀, 육체적 반발, 그리고 초조…… 꼭 다문 그의 윗입술에서 이가 드러났다.

"아마, 이거라면 마음에 드실 겁니다."

상인이 이렇게 말하면서 다시 상체를 일으켜 세우려 할 때 마크하임은 등 뒤에서 급습[6]하였다. 긴 대꼬치 같은 단도가 번쩍이며 아래로 떨어졌다. 상인은 진열장에 관자놀이를 부딪치고 암탉처럼 꿈틀거리다가 마루 위에 풀썩 쓰러지고 말았다.

그 때, 스무 개 가량의 시계가 가게 안에 있었다. 어떤 것은 노령에 어울리는 위엄을 지닌 육중한 소리를 내고, 어떤 것은 바삐 지저귀는 것 같은 소리를 내었다. 이들 소리는 각각 재깍재깍 시간을 제기고[7] 있었지만, 그것은 마치 여러 가지 재깍거리는 소리가 뒤섞인 합창 같았다. 그 때, 도로 위를 후다닥 뛰어오는 한 젊은이의 발자국 소리가 돌연 이 작은 소리 속에서 들려와서 마크하임은 멈칫하고 비로소 주위의 정황에 정신을 차렸다. 그는 공포에 휩싸여 주위를 둘러보았다. 초가 계산대 위에 있고 불빛이 샛바람[8]에 하늘하늘 흔들리고 있었다. 이 하찮은 불빛의 흔들림으로 인해

---

6)급습(急襲): 갑자기 습격함.

7)제기다: 있던 자리에서 빠져 달아나다.

8)샛바람: '동풍'의 뱃사람 말.

방 전체가 소리 없는 고요로 꽉 차고 바다같이 계속 흔들렸다. 키가 큰 그림자는 흔들리고, 큰 얼룩 같은 검은 그림자는 마치 숨이라도 쉬듯이 불룩 커졌다가 오므라들었다. 초상화의 얼굴, 도기(陶器)로 된 제신상(諸神像)이 물에 비친 그림자와 같이 모양을 바꾸면서 움직였다.

안쪽 문이 반쯤 열려, 방향을 가리키는 손가락처럼 가늘게 뻗은 햇빛이 그늘에 싸인 방 안을 들여다보고 있었다.

이같이 공포에 싸여 흔들리고 있는 속에서 그는 자기가 죽인 사나이의 시체에 눈을 돌렸다. 그 시체는 허리를 구부리고 보기 흉하게 손발을 뻗은 채 쓰러져 있었지만 그렇게 작아 보일 수가 없고 살았을 때와 비교해서 너무나 초라하였다. 초라한 육신을 하고 이렇게 흉한 꼴로 뻗은 상인은 마치 나무토막 같았다. 그는 그것을 보기가 무서웠다. 그러나 어떤가, 그것은 아무 것도 아니었다.

이 시체는 여기에 누워 있지 않으면 안 된다. 교묘하게 만들어진 경첩[9]이라고 할 수 있는 관절을 움직인다거나 몸을 움직인다고 하는 놀라운 짓은 조금도 못할 것이다. 이것은 발견될 때까지 여기에 누워 있지 않으면 안 된다.

발견된다! 그렇겠지. 그리고 그 다음은, 그것은 온 영국이 울릴 만큼 소리를 지르고 그 소문은 자꾸자꾸 퍼져 가겠지, 그렇다, 죽었든 살았든 이것은 역시 적(敵)이다. '옛날에는 뇌장[10]이 흘러나오면 사람은 죽고 모든 것은 끝났는데' 그는 생각하였다. 그러자 그 때 최초의 말이 다시 그의 머리에 떠올랐다. 때〔時〕, 이미 일은 끝난 것이다. 때, 피해자로서는 끝나 버리고 만 때가 살해자로서는 절박하고 중대한 것이 된다.

이러한 생각에 빠져 있을 때 연이어 갖가지 곁들여진 소리 — 어떤 것은

---

9)경첩: 돌쩌귀처럼 문짝을 다는데 쓰는 장식으로 두 쇳조각을 맞물려 만듦.

10)뇌장(腦漿): 뇌수 속의 점액.

대성당의 조그마한 탑에서 울리는 종소리같이 장중하고, 어떤 것은 최고음인 왈츠의 전주곡 같았다 — 에 섞여 시계가 오후 3시를 치기 시작하였다.

이 조용한 방 안에서 그토록 많은 것이 갑자기 소리를 내서 그는 당황하였다. 그러나 그는 요동하는 그림자에 둘러싸인 채 초를 들고 용기를 내어 여기저기 걷기 시작하였다. 그리고 이따금 그림자를 보고는 간이 콩알만 해지는 것을 의식하였다. 많은 값진 거울 — 어느 것은 영국제, 어느 것은 베니스, 어느 것은 암스테르담제였지만 — 속에 마치 간첩의 한 무리같이 숱하게 비친 자기의 얼굴을 보았다.

그의 눈은 거울 속에 비친 자기 자신의 눈과 마주치고 거울 속에서 자신을 보았다. 그는 발자국 소리를 죽이면서 걷고 있었으나 그의 발자국 소리는 주위의 정적을 깨뜨리고 있었다. 주머니 속에 손을 잔뜩 집어넣고 그 계획의 무수한 결함을 되풀이하며 괴로워하고 자책하고 있었다. 더 조용한 시간을 택했어야 했다. 알리바이[11]를 준비했어야 했다. 단도를 쓸 일이 아니었다. 더 용의주도[12]하게 해서 상인을 묶은 다음 입마개를 채우고 죽였더라면 좋았다. 더 대담하게 행동하고 하인도 죽였어야 했다. 처음서부터 끝까지 이렇게 할 것이 아니었다. 심한 회한이 그를 엄습했다. 이미 바꿀 수 없는 일을 바꾸고, 이제는 아무런 소용도 없을 계획을 세우며 되돌아갈 수 없는 과거를 쌓으려고 끊임없이 심로를 되풀이하는 것이었다. 한편 이러한 마음 이면에는, 인기척 없는 지붕을 뛰어다니는 쥐같이, 광포한 공포가 그의 뇌리를 소란스레 꽉 채우고 있었다. 경찰의 손이 그의 등덜미에 덥썩 얹히겠지. 그의 신경은 낚시에 걸린 고기같이 경련할 것이다. 그는 또 피고석, 감옥, 교수대, 검은 보를 씌운 관, 그러한 것이 열을 지어

11)알리바이: 형사사건이 있었을 때, 그 현장에 있지 않았다는 증명.

12)용의주도(用意周到): 마음의 준비가 두루 미쳐 빈틈이 없음.

지나가는 것을 보았다.

공포에 휩싸인 통행인들의 모습이 포위하려는 군대처럼 그의 마음에 나타났다. 이 격투의 소란이 사람들에게 알려지고 그들의 호기심을 끌지 않을 리가 없다고 생각하였다. 지금 근처의 집집마다 사람들은 귀를 기울이고 가만이 앉아 있을 것이다. 한갓 과거를 회상하며 크리스마스를 지낼 운명을 가진 고독한 사람들, 그리고 그 그리운 회상에서 얼핏 제정신으로 돌아온 사람들, 어머니는 아직 손가락을 든 채 놀라서 갑자기 식탁 둘레에서 입을 다물어 버린 행복한 가족의 모임, 온갖 계급, 온갖 연령, 온갖 성질의 사람들은 난롯가에 앉아 속을 꿰뚫는 눈초리로 보고, 귀를 기울이면서 그의 목을 맬 줄을 꼬고 있는 것이다.

때로는 그가 아무리 조용히 걸어도 소리가 나는 것 같았다. 보헤미아제의 높은 대가 달린 잔이 종처럼 커다란 소리를 내었다. 그는 또 시계의 재깍재깍하는 소리가 큰 데 놀라 시계를 멈추게 할까 하는 생각도 하였다. 그러나 그의 공포는 순식간에 다시 바뀌어 가게 안에 잠긴 침묵조차 위험의 근원으로 거리를 지나가는 사람의 주의를 끌어 간담을 서늘하게 하지 않을까 하는 생각이 들었다. 그는 더 대담하게 걷고 가게 안에 있는 물건 사이를 큰소리를 질러 떠들며 돌아다니고 허세를 부려 자기 집 안에서 바쁘게 일하는 체할까 하는 생각도 하였다.

그러나 그는 마음 한구석은 아직도 교활하게 치밀했음에도 불구하고, 별의별 것에 놀라 혼비 백산[13]하였으므로, 나머지 부분은 공포에 휩쓸려 미칠 지경이었다. 그 중에도 특히 하나의 망상[14]이, 망상을 받아들이기 쉬운 그의 마음에 짓궂게 붙어 떨어질 줄을 몰랐다. 시퍼런 얼굴을 하고 창 옆에서 귀를 기울이고 있는 근처의 사람들, 무서운 추측으로 발을 멈추

13)혼비 백산(魂飛魄散): 몹시 놀라 혼백이 흩어짐.

14)망상(妄想): 이치에 어그러진 생각.

는 거리의 통행인, 이들은 최악의 경우에는 의심을 품을 것이다. 하지만 알 수는 없다. 벽돌 벽과 덧문을 내린 창을 지날 수 있는 것은 다만 소리뿐이다. 한데 이 집 안에 있는 것은 그 혼자일까. 그는 자기 혼자뿐이라는 것을 알고 있었다. 하인은 초라한 나들이옷을 입고, 리본에도 미소에도 크리스마스로 여가가 생겼다고 하는 기쁨을 띠고 연인을 만나러 나가는 것을 목격했던 것이다. 그렇다. 두말할 나위 없이 이 집에는 그 혼자였다. 그런데 웬일일까, 그를 뒤덮은 휑뎅그렁하니 거대한 집 안에서 확실히 발자국 소리가 가늘게 들리는 것이었다. 그는 분명히 뭔가가 있다는 것을 느꼈다. 이유는 설명할 수 없었지만, 그의 상상은 이 집의 방에서 방으로 구석에서 구석으로 뭔가를 쫓아다니는 것이었다. 그것은 자신의 그림자였다.

그러자 다시 교활함과 증오를 품은 상인의 모습이 눈에 떠올랐다.

때때로 비상한 노력으로 아직 그의 눈을 돌리지 못하게 하는 열린 문에 힐끔 시선을 돌렸다. 집은 높고 창문은 작고 더러웠다. 그리고 바깥은 안개로 인해 어두웠다. 아래층으로 새어 나오는 빛은 극히 희미하고 가게 입구를 뿌옇게 비칠 뿐이었다. 한데 그 희미한 빛의 가느다란 줄기 속에 하나의 그림자가 흔들리면서 걸려 있는 게 아닌가.

돌연, 바깥 거리에서 매우 경쾌한 신사 하나가 지팡이로 가게의 문을 두드리기 시작하였다. 연이어 흔히 이름을 부르면서 사람을 찾아올 때와 같이, 외치는 소리와 조소[15]하는 소리가 계속해서 일어났다.

마크하임은 갑자기 오싹해지면서 죽은 사나이의 몸을 힐끔 쳐다보았다. 그러나 아무런 일도 없었다. 그 시체는 조금도 움직이지 않고 누워 있는 그대로였다.

그 시체는 문을 두드리는 소리도, 외치는 소리도 들리지 않을 먼 곳으로 가 버린 것이다. 그것은 침묵의 바다 밑으로 가라앉았다. 전에는 폭풍의

15)조소(嘲笑): 비웃음.

포효 이상으로 그의 주의를 끈 이 사나이의 이름도 이제는 무의미한 울림을 가질 뿐이었다. 이윽고 경쾌한 신사도 문 두드리는 것을 그만두고 가 버렸다.

하지 않으면 안 될 나머지 일을 빨리 하고, 자기를 비난하고 있는 이 지역에서 물러나, 런던의 군중이라는 목욕탕 속으로 뛰어들어, 저녁에는 안전하고 겉으로 보아 결백하게 보이는 안식처, 즉 자기의 잠자리로 돌아가야 한다. 그러한 뚜렷한 암시[16]를 그는 지금 느낀 것이었다. 방금 한 사람의 손님이 있었다. 언제 어느 때 딴 손님이 나타나서 방금 온 손님보다도 더 오래 안 가고 있을는지 모른다. 살인이라는 행위를 하고도 쥘 돈은 아직 쥐지 못했다는 것은 가장 시시껄렁한 실패였다. 돈, 그것이 지금 마크하임의 관심사였다.

그는 어깨너머로 열린 문을 보았다. 그곳에는 아직도 예의 그림자가 흔들리며 서 있었다. 별로 의식적으로 혐오[17]를 느끼지는 않았으나 그는 피해자의 시체에 가까이 갔을 때 뱃속이 떨리는 것을 느꼈다. 산 사람의 특징은 하나도 남아 있지 않았다. 반쯤 속을 넣어 입힌 한 벌의 양복처럼 손발이 바닥에 축 늘어져 있고 동체는 둘로 꺾여 있었다. 그러나 그 시체는 그를 가까이 오지 못하게 하였다. 겉보기엔 몹시 불결하고 하찮은 것 같았지만 만져보면 엄청난 것이 될는지 모르는 두려움이 있었다.

그는 시체의 어깨를 쥐고 천장을 향하게 움직였다. 그것은 묘하게 가볍고 부드러웠다. 그리고 부러져 있는 것 같이 보이는 손발이 기묘한 모양으로 보였다.

얼굴은 모든 표정을 잃고 있었다. 납처럼 새파랗고 한쪽 관자놀이는 피로 몹시 더럽혀져 있었다. 그것은 마크하임에게는 불쾌한 것이었다. 어느

16)암시(暗示): 넌지시 깨우쳐 줌.

17)혐오(嫌惡): 싫어하고 미워함.

어촌의 장날을 생각나게 하였기 때문이었다. 날씨가 흐린 날이었다. 바람이 불고, 거리에는 사람들이 들끓고, 취주악기(吹奏樂器)소리가 울리고 북소리가 나며 노랫가락이 코멘 소리로 들렸다. 한 소년이 군중 틈에 끼어 흥미와 두려움에 뒤섞인 마음으로 여기저기 돌아다니고 있었다. 마침내 사람이 제일 많이 모인 곳으로 갔다. 그는 날림집과 알록달록한 색으로 음산한 의장(意匠)[18]의 그림이 그려져 있는 커다란 막을 보았다. 부하를 거느린 브라운리그, 죽여 버린 손님과 함께 있는 마닝그 부부, 사텔에게 목을 졸려 죽어 가는 위아, 그 유명한 범죄들이 숱하게 그려져 있었다. 그것은 환영(幻影)[19]과 같이 선명한 것이었다. 그는 다시 그 어린 시절로 되돌아갔다. 그 때와 똑같은 생리적 반발을 느끼면서 그 메스꺼운 그림을 본 것이었다. 지금도 둥둥 치는 그 북소리가 그의 귀에 들리는 것 같았다. 그 날의 음악 한 구절이 그의 기억에 되살아났다. 그 때 처음으로 구역질이 났다. 입에서는 구역질이 나고 관절에서는 갑자기 힘이 빠졌다. 그러나 그는 곧 그것에 저항하고 극복하지 않으면 안 되었다.

그는 이러한 생각에서 도피하느니보다 그에 맞서는 편이 현명하다고 생각되었다. 그래서 전보다도 더 대담하게 죽은 사나이의 얼굴을 들여다보고 자기가 범한 범죄의 성질과 그 크기를 애써 실감하려 하였다.

얼마 전까지만 해도 그 얼굴은 하나하나의 감정의 변화에 따라 움직이고, 그 창백한 입으로 말을 하던 몸은 자재(自在)로운 힘으로 불타고 있었던 것이다. 그러나 지금은, 시계를 파는 상인이 느닷없이 손가락으로 시계를 멈추게 하듯이 하나의 생명을 그의 행위로 멈춰버렸다. 이치를 따져도 소용없었다. 더 이상 깊이 후회할 수도 없었다. 채색된 범죄의 그림 앞에서 두려움에 떨고 있던 그 똑같은 마음이 이제 엄연히 눈앞의 범죄를 바라

18)의장(意匠): 물품에 외관상의 미감을 위해 관련사항을 연구하여 거기에 응용한 특수 고안.
19)환영(幻影): 눈앞에 있지 아니한 것이 있는 것처럼 그 모양이 삼삼거려 보이는 것.

보고 있는 것이다. 세상을 매혹의 화원으로 만들 능력을 조금도 갖지 못했던 사나이, 지금까지 보람 있는 생활을 했다고는 못할, 지금 완전히 죽어버린 사나이에 대해서 그는 한 가닥 연민을 느끼는 것이 고작이었다. 그리고 후회하는 생각은 조금도 없었다.

그는 이러한 모든 생각을 떨쳐버리고 열쇠를 찾아서는 가게의 열린 문쪽으로 갔다. 밖은 비가 몹시 퍼붓기 시작하였다. 그리고 지붕을 때리는 소낙비 소리가 근처의 침묵을 깨는 것이었다. 빗방울이 떨어지는 동굴같이 이 집의 방은 끊임없이 반향(反響)[20]이 울렸다.

그것은 사람의 귀청을 때리고 재깍재깍하는 시계 소리와 뒤섞였다. 그런데 문께로 가까이 가니 그의 조심해서 걷는 발자국 소리에 맞추어 계단 위로 후퇴하는 다른 발자국 소리가 들린 것 같이 생각되었다. 그리고 예의 그림자는 아직 입구에서 가누지 못하고 흔들리고 있었다. 그는 단호한 결심으로 근육에 힘을 주고 문을 뒤로 밀었다.

희뿌연 햇빛이 아무 것도 깔지 않은 마루와 계단, 또 홀에 놓여 있는, 손에 창을 쥔 갑옷과 검은 나무의 조각, 노랑빛 벽 판자에 걸려 있는 그림을 희미하게 비치고 있었다.

그러나 빗방울 소리가 집 전체에 너무 크게 울려 마크하임의 귀에는 그것이 여러 가지의 소리로 분류되어 들렸다. 발자국 소리와 한숨, 멀리서 행진하는 군대의 발자국 소리, 계산대에서 돈 세는 소리, 조금 열려 있는 문의 가느다란 삐꺽대는 소리, 그러한 소리가 둥근 지붕에 마구 떨어지는 빗방울 소리와 추녀받이 속을 콸콸 흐르는 물소리와 한데 섞인 것 같았다. 이곳에 있는 것은 자기만이 아니라는 느낌이 더욱더 심해지고 거의 그를 미치게 할 지경이었다. 어디를 향하나 그는 무엇이 있는 것만 같은 생각에 사로잡혀 버렸다. 무엇인지 위층에서 움직이는 소리가 그의 귀에 들렸다.

20)반향(反響): 메아리처럼 음향이 어떤 물체에 부딪쳐 반사하여 들리는 현상.

가게 쪽에서는 죽은 사람이 일어서는 소리가 들렸다. 비상한 노력 끝에 계단을 오르기 시작하니 숱한 발이 소리도 없이 그 앞에서 사라지고 살살 뒤를 밟는 것이었다. 만약 소리가 들리지 않는다면 얼마나 조용한 마음으로 있을 수 있을까, 그렇게 그는 생각하였다. 그리고 다시 끊임없이 새로운 주위에 귀를 기울이면서 그의 생명을 지키는 전초(前哨)[21]가 되고 신뢰할 만한 보초로 그 쉼없이 움직이는 감각이 있다는 것에 감사하는 것이었다. 그는 고개를 목 위에서 간단없이[22] 돌렸다. 당장 튀어나올 것 같은 그의 눈은 사방 팔방을 정찰하고 있었다. 그러나 어디를 보아도 사라져 가는 그 무어라 할 수 없는 것이 얼핏 보일 뿐 아무런 소용이 없었다. 2층으로 올라가는 스물네 개의 계단은 곧 스물넷의 고뇌 외에 아무것도 아니었다.

2층에는 3개의 문이 있고 모두 반쯤 열려 마치 복병(伏兵)[23]같이 보였으며 대포의 포신(砲身)처럼 그의 신경을 뒤흔드는 것이었다. 그는 이미 완전하게 숨어 수색하는 듯한 사람의 눈을 피해 몸을 보호할 수는 없다고 느꼈다. 그의 간절한 소원은 자기의 집에서 이불을 뒤집어쓰고 신 이외의 어느 누구의 눈에도 띄지 않는 것이었다. 그러나 다른 살인범들의 얘기라든가 그들이 하늘의 복수에 대한 공포를 생각하고 지금의 자기 생각에 다소 의문을 품었다. 적어도 그는 신을 두려워하지는 않을 것이다. 하지만 그는 자연의 법칙이 무서웠다. 무정하고 영구 불변한 방법으로 그의 범죄에 대한 확실한 증거를 갖는 그것이 무서웠다. 생각지도 않은, 법칙을 무시하고 자연이 고의로 일으키는 행위에 비굴해지고 미신적인 공포로 더욱 두려워졌다.

---

21)전초(前哨): 군대가 주둔할 때에 경계의 임무를 띠워 배치하는 부대. 또 그 임무.

22)간단없이: 끊임없이.

23)복병(伏兵): 적을 불시에 내치기 위해 요긴한 장소에 군사를 숨겨둠. 또 그 군사.

그는 법칙을 믿고 원칙에서 결과를 쪼개내어 교묘한 도박을 한 것이다. 하지만 패배한 폭군이 장기판을 뒤집어 놓듯 만일 자연이 여태까지 지속시키던 법칙을 돌연 변경시키면 어떻게 될 것인가. 겨울이 그 출현[24] 시기를 바꾸었을 때, 그와 비슷한 일이 나폴레옹에게 일어났던 것이다(이건 저술가들이 많이 쓰지만). 그와 똑같은 일이 마크하임에게도 일어날는지 모른다. 주위의 두터운 벽이 투명해져서 유리의 벌집 속에 있는 꿀벌처럼 그가 한 짓이 밖에서 보일는지도 모른다. 단단한 마룻바닥이 그의 발 아래에서 흐르는 모래같이 패여 그 오목 패인 곳에 그를 붙잡아 놓을는지도 모른다. 혹은 현실에 있을 수 있는 뜻밖의 일이 일어나 그를 멸망시킬는지도 모른다. 가령 이 집이 무너져 그가 죽인 사나이의 시체 곁에 그를 가두어 둔다면, 혹은 이웃집에 불이 나서 소방대가 사방 팔방에서 그가 있는 데로 침입해 온다면 어떻게 될까. 그가 두려워한 것은 이러한 것이었다. 하긴 어떤 의미로는 이러한 것도 죄에 대해 뻗친 신의 손길이라고 할 수 있을 것이다. 하지만 신 그 자체에 대해서는 안심이 되었다. 아무튼 그의 행위는 말할 것도 없이 예외적인 것이었고 그 이유도 또 예외적인 것이었다. 그것은 신이 아는 바였다. 그가 정당한 벌을 받으리라고 확신한 것은 신의 세계이지 인간의 세계는 아니었던 것이다.

무사하게 객실에 들어가서 문을 닫았을 때 그는 푹 한숨을 돌렸다. 그 방은 부속품이 제거되고 양탄자도 없었다. 그리고 짐꾸리는 데 쓰는 상자와 조화되지 않은 가구가 흩어져 있었다. 여러 개의 커다란 거울 속에는 무대 위의 배우처럼 여러 각도로 자기 자신의 모습이 보였다. 적지 않은 그림이 어떤 것은 액자 속에 끼어져 있고, 어떤 것은 액자에 넣지 않고 벽에 세워져 있었다. 또 훌륭한 셰라튼의 찬장과 나무 세공의 장식 선반과 누빈 덧이불이 씌워져 있는 커다란 구식 침대 등이 있었다. 창은 열려 있

24)출현(出現): 나타남. 나타나서 보임.

었다. 하지만 다행히도 덧문의 아래 부분은 닫혀 있어서 근방 사람의 눈에 그의 모습이 띄지는 않았다. 마크하임은 포장용 상자 하나를 장식 선반 앞에 끌어다 놓고 열쇠를 찾기 시작하였다. 열쇠의 수가 많아서 그것은 무척 시간이 걸리는 일이었다. 더구나 까다로운 일이기도 하였다. 결국 장식 선반 안에는 아무 것도 없을는지도 모른다. 그리고 시간은 날 듯이 지나갔다. 그러나 일하는 데 요하는 면밀[25] 한 주의가 그를 침착하게 하였다. 그는 곁눈으로 문을 보았다. 때로는 수비의 상태가 만족할 만큼 좋은가 확인하는, 포위당한 지휘관처럼 똑바로 문 쪽을 바라보기도 하였다. 그러나 실은 그의 마음은 편안하였다. 거리에 퍼붓는 비는 여느 때와 다름없이 즐거운 소리를 내고 있었다. 이윽고 저 쪽에서 피아노 소리가 나고 찬미가가 시작되었다. 그리고 많은 아이들이 장단에 맞추어 노래를 부르기 시작하였다. 참으로 엄숙하고, 참으로 사람의 마음을 진정시키는 선율이었다. 젊음의 소리, 생기에 가득 찬 것이었다. 마크하임은 열쇠를 고르면서 미소를 띠고 귀를 기울였다. 교회에 가는 아이들, 높은 오르간의 울림, 들에서 뛰노는 아이들, 가시덤불이 많은 공유지(公有地)를 거니는 아이들, 바람이 세고 구름이 떠 있는 하늘에 연을 날리는 아이들, 그의 마음에는 그에 관련된 생각과 이미지가 차례차례로 떠올랐다. 찬미가의 장단이 바뀌자 그의 마음은 다시 교회로 돌아가고, 졸리운 여름의 일요일, 목사의 의젓한 높은 목소리(그는 그것을 생각하고 싱끗 웃었다)와 제임스 1세 시대의 색칠한 묘(墓) 안 벽에 새긴 다 지워져 가는 십계(十戒)의 문자를 회상하였다.

이렇게 멀거니 차례차례로 여러 가지 상념에 잠기고 앉아 있을 때 그는 섬뜩해 일어섰다. 그는 일순 얼음에 맞고 불에 쏘이고 피가 몹시 분출하는 듯한 기분으로 움칫하였다. 심한 전율을 느꼈다. 발자국 소리가 천천히 침착한 보조로 계단을 올라오는 것이었다. 그러나 곧 하나의 손이 손잡이를

25)면밀(綿密): 자세하고 빈틈이 없음.

쥐고 자물쇠가 철컥 하면서 문이 열렸다.

두려운 나머지 마크하임은 몸을 움츠렸다. 무슨 말을 해야 할지 몰랐다. 그 죽은 사나이가 걷는 것일까. 인간 사회의 정의를 다스리는 관리들이 오는 것일까. 혹은 우연하게 목격한 사나이가 그를 교수대로 넘기기 위해 뛰어든 것일까. 그는 알 수 없었다. 한데 어떤 얼굴이 틈 사이로 들이밀며 방 안을 둘러보고는 그에게 마치 친한 벗이나 만난 것처럼 고개를 끄덕이고 미소를 짓는 것이었다. 다음에 목을 빼고 문을 닫았다. 그는 공포를 억제하지 못하고 목쉰 소리를 냈다. 이 소리를 듣고 방문객은 되돌아왔다.

"나를 부르셨나요."

그는 거리낌 없이 물으면서 방 안으로 들어서며 문을 닫았다.

마크하임은 선 채 물끄러미 그 사나이를 보았다. 아마도 그의 눈에는 안개가 끼었는지도 모른다. 그 새로운 윤곽은 가게 안에서 촛불빛에 하늘거리던 우상(偶像)과 같이 흔들리면서 자꾸 바뀌는 것 같았다. 그는 그 사나이를 본 기억이 있는 듯이 생각되었지만 그 사나이가 자기 자신과 비슷한 것 같이도 생각되었다. 그러나 자꾸 이 사나이는 이 세상 사람도 아니고 신의 세계의 것도 아니라는 확신이 공포의 덩어리처럼 그의 가슴에 자리잡고 있었다.

그러나 미소를 띠며 마크하임 쪽을 보며 서 있을 때 이 사나이는 기묘하게도 보통 인간의 모습을 지니고 있었다. 그리고 그 사나이가,

"당신은 돈을 찾고 있는 것이 아닙니까."

라고 말했을 때, 그 말투는 조금도 어색하지 않은 은근한 것이었다.

마크하임은 대답하지 않았다.

"나는 당신에게 경고해 둡니다만."

그 사나이는 말을 이었다.

"하녀는 연인과 여느 때보다도 일찍 헤어졌으니까 곧 여기로 올 겁니다.

만일 마크하임 씨가 이 집에 있는 것을 들킨다면 그 결과는 당신한테 얘기할 필요도 없겠지요."

"당신은 나를 알고 있습니까."

살인자는 큰소리를 질렀다.

방문객은 웃음지었다.

"당신은 오랫동안 내 마음에 들었었지요."

그는 말하였다.

"오랫동안 나는 당신을 봐 왔지요. 그리고 몇 번 도와 드리려 했었어요."

"당신은 무엇입니까?" 마크하임이 외쳤다.

"악마인가요?"

"내가 누구이든." 상대방은 대답하였다.

"그것이 당신을 도와 드리려는 생각에는 아무런 영향이 없습니다."

"그럴 리가 없지." 마크하임이 외쳤다.

"영향이 있지요. 당신의 도움을 받는다구요? 어리석게. 당신의 도움 따위를 어떻게 받습니까. 당신은 아직 나를 몰라, 고맙게도 당신은 아직 나를 모릅니다."

"알고 있지요."

인정이 있는 준엄성이라기보다는 오히려 단호한 태도로 방문객은 대답하였다.

"당신의 일이라면 마음 속까지 압니다."

"나를 안다구요." 마크하임은 외쳤다.

"어느 누가 그런 걸 알 수 있어요. 내 생활이란 참으로 우스운 흉내이며 거짓 모습에 지나지 않는데, 난 내 천성을 속이고 살아왔어요. 모든 인간이 하는 짓, 아니 어떤 인간도 성장해서 사람을 질식시키는 이 가면보다는 낫습니다. 사람은 누구나 악한에게 붙들려 외투 속에 끌려들어가는 사람과 같이 생활에 의해 끌려갑니다. 만일 사람이 자기 자신을 제어할 수 있다면, 그리고 당신이 그의 얼굴을 볼 수 있다면 그들은 아주 딴 인간이 되고 영웅이나 성인으로서 빛날 것입니다. 나는 대부분의 사람들보다도 나쁩니다. 나의 본성은 보통 사람 이상으로 덮어씌워져 있어요. 내 행위의 이유는 나와 신 외에는 모릅니다. 하지만 만약 시간만 있다면 나의 본성을 보여 줄 수도 있습니다만."

"나에게 보여준다는 겁니까." 방문객은 물었다.

"우선 첫째로 당신에게." 살인자는 대답하였다.

"당신은 잘 이해해 줄 만한 사람 같군요. 당신이 나타나고부터 당신은 사람의 마음을 짐작하는 사람이려니 생각했었지요. 그런데 당신은 나를 행위로써 판단하려고 생각하는가 봅니다. 그것을 잘 생각해 보십시오. 내가 해온 짓. 나는 거인의 나라에서 태어나 거인의 나라에서 생활해 왔습니다. 그리고 내가 어머니로부터 태어난 이래 거인이 내 손목을 잡고 끌고 왔어요. 환경이라는 거인이. 그런데도 당신은 나의 행위에 의해서 나를 판단하려고 해요. 당신은 마음 속을 들여다볼 수 없습니까. 내가 악을 혐오하는 줄 당신은 모릅니까. 내 마음 속에, 여태까지는 여러 번 무시당해 왔지만 고의[26]의 궤변술[27]에 의해서는 결코 흐려지지 않았다는 깨끗한 양심의 문자를 볼 수 없습니까. 당신은 나를, 인간으로서 보통의 것, 즉 본의가 아니면서 죄를 범하는 자를 볼 수는 없습니까."

"지금 당신이 말하고 있는 것은 감정이 많이 들어 있습니다."

그 사나이는 대답하였다.

"그러나 그런 것은 나와는 무관계, 이와 같이 기분이 일치하는 것은 내

---

26)고의(故意): 일부러 함.

27)궤변(詭辯): 옳지 않은 것을 옳은 것인 양 꾸며대는 논법.

담당 이외의 것입니다. 그리고 당신이 올바른 방향으로 인도되어 간다면 당신이 어떻게 무리로 끌려간들 나는 조금도 걱정하지 않습니다. 그러나 시간은 날 듯이 흘러갑니다. 하녀는 행인(行人)의 얼굴을 들여다보며 또 광고 게시판의 그림을 보면서 꾸물거리고 있지만 그래도 점점 가까이 오고 있습니다. 그리고 잊어서는 안 됩니다. 그것은 교수대라는 것이 당신 쪽으로 걸어오는 것 같습니다. 도와 드릴까요. 뭐든지 알고 있는 이 사람이 돈이 어디 있는지 가르쳐 드릴까요."

"보수로는 어떤 것을 원하죠?" 마크하임이 물었다.

"크리스마스의 선물로 당신을 도와 드립니다."

상대방은 대답하였다.

마크하임은 일종의 쓰디쓴 승리의 미소를 짓지 않을 수 없었다.

"아니, 당신의 손으로는 아무 것도 받고 싶지 않아요. 만약 내가 목이 말라 죽을 지경이라도 내 입술이 닿은 물주전자가 당신의 손에 쥐여진 것이라도 나로서는 그것을 거절할 용기가 있습니다. 덕 있는 생활을 가볍게 믿는 것처럼 보일는지 모르지만, 나는 이제 앞으로 악에 몸을 맡길 짓은 일체 하지 않을 작정입니다."

"임종시에 참회하는 것을 이러쿵저러쿵하지 않는 법입니다."

방문객은 말하였다.

"그것은 당신이 그러한 것의 효력을 믿지 않기 때문이야."

마크하임이 외쳤다.

"그렇기 때문은 아니죠."

상대방은 대답하였다.

"그러나 나는 그러한 것을 다른 방면에서 봅니다. 사람의 일생이 끝나버리면 나의 흥미도 시들어집니다. 인간은 나를 받들기 위해 살아왔습니다. 종교에 핑계삼아 어두운 얼굴을 한다든가 당신처럼 힘없이 욕망을 따라서 밀밭에 독이 든 씨앗을 뿌려 왔습니다. 얼마 후에 구원되려 할 때 사람은 단 하나 도움이 되는 행위를 할 수 있습니다. 즉 뉘우치고 웃으면서 죽어 가는 것, 그래서 살아 남은, 더 겁 많은 내 수종자(隨從者)[28]들에게 자신과 희망을 쌓아 줄 수가 있습니다. 나는 그다지 잔혹한 임자는 아닙니다. 나를 시험해 보십시오. 내 도움을 받아 보십시오. 지금까지 당신이 해 오던 것 같이 인생을 즐기십시오. 더 실컷 즐겨 보십시오. 식탁에서 더 즐겨도 좋습니다. 그리고 늙어서 죽음이 가까이 왔을 때 당신에게 커다란 위안을 주기 위해 내 말해 드리리라. 양심과 타협해서 싸움을 해결하고 머리를 숙여 신과 화해하는 편이 오히려 쉬운 것이라는 것을 당신도 알게 되리라는 것을. 나는 방금 그러한 죽음의 자리에서 왔습니다. 그 죽어가고 있던 사람의 방은 마음으로부터 슬픔에 잠겨 있는 사람으로 가득 찼습니다. 그리고 그 사나이의 마지막 말에 귀를 기울이고 있었습니다. 연민에 대해서 꿋꿋이 마음을 닫고 있는 사나이의 얼굴을 들여다보니 그의 얼굴은 희망에 차서 웃는 것이었어요."

"그럼, 당신은 나를 그런 사나이라고 생각합니까." 마크하임이 물었다.

"숱하게 죄를 연거푸 범하고도 마지막에는 슬쩍 천국으로 도망치려는 치사스런 희망밖에 없는 것으로 생각합니까. 그런 것은 생각만 해도 메스꺼워요. 그것이 당신의 인간에 대한 경험입니까. 아니면 그런 더러운 것을 구태여 말하는 것은 내 손이 피로 물들어 있는 것을 보았기 때문입니까. 이 살인은 정말 선(善)의 샘을 말라 버리게 할 만큼 악한 것입니까."

"살인은 나에게 그다지 특별한 것이 아닙니다." 상대방은 대답하였다.

"모든 죄는 살인이니까요. 마치 모든 인생이 싸움이듯이. 나는 당신네 인간이 뗏목 위에서 굶고 있는 뱃사람과 같이 굶주림의 손에서 빵껍질을 서로 뺏고 서로의 생명을 잡아먹고 사는 것을 보고 있습니다. 나는 죄를

28)수종자(隨從者) : 따라다니며 심부름하는 하인.

저지른 뒤에도 그 뒤를 쫓아갑니다. 그리고 어떠한 경우에도 그 결과는 죽음으로써 끝나는 것을 보게 됩니다. 무도회에서는 그토록 얌전한 태도로 부모에게 행동하는 사랑스런 소녀도 내 눈에는 당신과 같은 살인자와 똑같이 분명히 사람의 피를 흘리게 하는 것이 비칩니다. 나는 죄의 뒤를 쫓아간다고 말했습니다만 또 선덕(善德)[29]의 뒤도 밟습니다. 선덕이든 죄악이든 간에 불과 종이 한 장 두께의 차에 지나지 않아요. 그것은 다 함께 죽음이라고 하는 걷어들이는 천사가 쓰는 큰 낫입니다. 나는 악 때문에 살고 있습니다만 그 악은 행위 속에 있는 것이 아니라 성격 속에 있는 것입니다. 내가 사랑하는 것은 악인이지 악의 행위는 아닙니다. 그 결과는, 만일 우리들이 그것을 따라 굉장하게 소리를 내어 낙하하는 시대라고 하는 폭포의 가장 깊은 곳까지 내려간다고 한다면 가장 희한한 덕의 결과보다도 더 축복할 수 있는 것을 알 수 있을는지 모릅니다. 그러니까 내가 당신의 도피를 도와주려고 생각하는 것은 당신이 상인을 죽인 것 때문이 아니라 당신이 마크하임이라는 사나이이기 때문이죠."

"내 마음 그대로를 당신에게 보여 드리죠." 마크하임은 대답하였다.

"당신한테 들킨 이 범죄는 내 마지막 범죄입니다. 예까지 오는 도중 나는 많은 교훈을 배웠지요. 이 범죄 자체도 중요한 교훈입니다. 지금까지는 좋아하지 않는 것에 대한 반항심에서 행동했습니다. 나는 쫓기고 매맞는 빈곤의 노예였던 것입니다. 이러한 유혹에 견디는 씩씩한 힘도 있겠지요. 그러나 나는 견딜 수 없었어요. 나는 쾌락에 굶주렸던 겁니다. 그러나 나는 이 행위에서 훈계와 재보(財寶),[30] 즉 자기 자신이 되려고 하는 힘과 새로운 결의를 빼 버렸습니다. 나는 모든 점에 있어서 이 세상의 자유로운 배우가 된 것입니다. 내 자신이 아주 달라지고 이 손이 선의 대리인이 되

---

29)선덕(善德): 바르고 착한 덕행.

30)재보(財寶): 보배로운 재물.

면 마음이 편안해지는 것을 알기 시작했어요. 지난날의 그 무엇이 내 마음에 찾아왔습니다. 안식일의 저녁, 교회의 오르간 소리를 들으며 꿈꾸던 것, 좋은 책을 읽고 눈물을 흘린 천진했던 어린 시절, 어머니와 얘기했을 때 예측하고 있던 그 무엇이 내 마음에 찾아온 겁니다. 이것이 진짜 내 모습입니다. 나는 몇 년 동안 정처 없이 헤맸습니다. 하지만 지금 다시 나는 내가 갈 마을이 보이게 되었어요."

"당신은 이 돈을 증권 거래에 쓸 작정이었지요." 방문객은 말하였다.

"아마 내가 틀리지 않는다면 당신은 벌써 몇 천은 넘는 돈을 잃었을 것입니다."

"아아."

마크하임은 말하였다. "하지만 이번만은 확실해요."

"이번에도 또 돈을 잃어버리고 말 겁니다."

방문객은 조용하게 대답하였다.

"아아, 그러나 반쯤은 남겨 둘 작정이죠." 마크하임이 외쳤다.

"그 반도 또 잃어버리고 말게 될 걸요." 상대방이 말하였다.

마크하임의 이마에서 땀이 솟아났다.

"한데 그게 어쨌다는 거요." 그는 소리쳤다.

"설령 그것이 없어진대도, 설령 빈궁[31]의 제자리로 돌아간대도, 내 일부분, 나쁜 부분이 최후까지 좋은 부분을 계속 유린[32]할 수 있을까요. 나는 하나만을 사랑할 수는 없습니다. 나는 모든 것을 사랑합니다. 나는 위대한 행위, 자제, 헌신을 마음에 품을 수 있습니다. 또 나는 살인 같은 범죄를 저질렀지만 연민이라는 것도 내 마음은 잘 알고 있어요. 나는 가난한 사람들을 불쌍하게 생각합니다. 나 이외의 누가 그들의 고생을 잘 알고 있

31)빈궁(貧窮): 가난하고 궁함.

32)유린(蹂躪): 함부로 짓밟음. 압제를 가해 자유를 속박함. 폭력을 써 남의 권리를 침해함.

을까요? 나는 그들을 불쌍히 생각하고 그들을 돕습니다. 나는 애정을 귀히 여기고 정직한 웃음을 사랑합니다. 이 세상에 있는 좋은 것, 진실한 것으로써 내가 진정으로 사랑하지 않는 게 있을까요. 악덕만이 내 인생을 이끌고, 나의 선덕은 마음 속에 있는 아무런 일도 못하는 쓰레기같이 아무런 소용도 없이 누워 있어야만 하나요. 그럴 리는 없어요. 선도 또한 행위의 원천입니다.

방문자는 그의 손을 들었다.

"변화가 많은 운명과 갖가지 기분 속에서 당신이 살아 온 36년 동안 나는 줄곧 당신이 타락해 가는 것을 지켜 보고 있었지요. 15년 전의 당신은 절도를 보고는 놀랬습니다. 3년 전에는 살인범의 이름만 들어도 무서워했습니다. 그러나 아직도 당신이 꽁무니를 뺄 범죄가 있을까요. 잔혹함과 비열함이 있을까요. 앞으로 5년 뒤에는 당신을 현행범으로 볼 수 있을 것입니다. 아래로 아래로 당신은 자꾸 떨어져 갑니다. 죽음 이외에 당신을 멈추게 할 것이 없을 겁니다."

"그건 사실입니다." 목쉰 소리로 마크하임은 말하였다.

"나는 어느 정도까지 악을 따랐습니다. 그러나 어떠한 사람도 모두 그렇죠. 성인이라고 불리우는 사람조차 그 실생활에 있어서는 우아하고 아름다운 데가 점점 없어져 환경에 물들고 맙니다."

"간단한 질문을 하나만 하겠습니다." 상대방이 말하였다.

"당신의 대답 여하에 따라 당신 마음의 선악에 관한 성점(星占)[33]을 해봅시다. 당신은 여러 가지로 타락하고 있습니다. 다분히 그렇게 된 것이 당연하겠지요. 그것은 누구의 경우라도 같습니다. 그러나 그거야 어떻든 당신은 아무리 하찮은 짓을 하더라도 왠지 당신이 하고 있는 것에 전보다도 만족하기가 곤란합니까. 혹은 무엇이든지 전보다는 고삐를 늦추어서

33)성점(星占): 별자리로 보는 점.

해 나가려고 합니까?"

"어떤 특별한?" 생각에 번민하면서 마크하임은 되풀이하여 말하였다.

"아뇨." 그는 절망적이었다.

"특별한 경우 같은 건 하나도 없어요. 나는 모든 점에서 타락했어요."

"그러면." 방문객은 말하였다.

"현재의 당신에 만족하고 있으면 그만이죠. 왜냐하면 당신은 결코 변하지 않을 테니까. 인생이라는 이 무대에서 당신이 지껄이는 대사는 취소할 수 없게끔 분명히 적히고 있지요."

한동안 마크하임은 한마디도 하지 않고 서 있었다. 결국 그 침묵을 방문객이 깨뜨렸다.

"그러니까." 그는 말하였다.

"돈 있는 데를 가르쳐 드릴까요?"

"그리고 성총(聖寵)[34]이 있는 곳도?"

마크하임이 외쳤다.

"당신은 성총을 얻고자 힘쓴 일이 없었나요. 2, 3년 전에는 신앙부활 운동의 회합에서 단 위에 당신이 섰지 않았습니까. 또 그 때 노래한 찬미가의 소리 중에서 당신의 목소리가 가장 높았잖아요."

"당신 말대롭니다."

마크하임은 말하였다.

"지금 나는 의무로써 나에게 남은 것을 똑똑이 압니다. 여러 가지로 가르쳐 주신 데 대해 진심으로 감사하고 있습니다. 내 눈이 뜨이고 마침내 현재의 내 모습을 보게 되었어요."

이 때 현관의 벨이 요란스럽게 온 집 안에 울렸다. 그러자 방문객은 마치 이것이 미리 정해 놓은 신호이고 지금까지 그것을 기다리기라도 하였

---

34)성총(聖寵): 천주가 내리는 은총.

던 것 같이 홀연히 그 태도를 바꿨다.

"하녀!"

그는 외쳤다.

"앞서 말한 대로 하녀가 돌아왔습니다. 지금 당신 앞에는 또 하나의 골치 아픈 일이 생긴 겁니다. 주인이 앓고 있다고 당신은 말하지 않으면 안 됩니다. 왜냐하면 당신은 확신에 찬 약간 진지한 표정으로 하녀를 안에 들어오게 해야 하니까요. 웃어도 안 되고 과장해도 안 됩니다. 그러나 지금 말한 것을 지키면 성공합니다. 하녀를 안에 들이고 문을 닫고 나면 얼마 전에 상인을 처치한 것과 똑같이 민첩하게, 당신의 가는 길에 가로놓인 마지막 위험을 제거하십시오. 그 후는 당신의 시간입니다. — 필요하면 밤새도록이라도 — 그리고 당신은 아주 안전해진 가운데 이 집에 있는 재산을 샅샅이 뒤질 수 있습니다. 이것이 위험이라는 가면을 쓰고 당신 앞에 나타난 원조지요. 자! "그는 외쳤다.

"자, 당신의 생명은 저울 위에 떨면서 매달려 있습니다. 자 한 번 해보시오! "

마크하임은 물끄러미 권고자의 얼굴을 바라보았다.

"설령 나쁜 짓을 하기로 정해진 몸이라도."

그는 말하였다.

"열려 있는 자유로운 하나의 문이 있다. 나는 지금부터 하려고 하는 나쁜 짓을 그만둘 수도 있다. 또 만약 내 목숨이 나쁘다면 그것을 버릴 수도 있다. 설령 내가 당신의 갖은 유혹에 넘어간다고 하더라도 결단적인 몸짓 하나로 아무도 손대지 못할 곳으로 갈 수도 있다. 나의 선(善)을 사랑하는 마음은 마르고 말랐다. 그럴지도 모른다. 그렇다면 그래도 좋다. 그러나 나에게는 지금도 악을 미워하는 마음이 있다. 당신은 답답하게 생각하고 실망하겠지만 거기서 나는 힘과 용기를 끌어낼 수 있다."

순간 방문객의 얼굴에는 놀랍게도 아름다운 변화가 일었다. 그것은 애정이 깃든 승리감으로 밝고 온화한 빛을 띠는 것이었다. 그리고 밝아지면서 차츰 빛이 사라지며 없어져 버렸다. 그러나 그 변화를 지켜보며 이해하려는 생각을 그만두지는 않았다. 그는 문을 열고 깊이 생각하면서 무척 느린 걸음걸이로 아래로 내려갔다. 그의 과거는 무겁게 눈앞을 지나갔다. 그의 적나라[35]한 과거 모습을 보는 것이었다. 꿈같이 추하고 치열한 고투[36] 투성이었던, 과실[37] 살인같이 엉망이었던 과거를, 목전에 전개된 패배의 광경을. 인생, 그것은 그가 이렇게 회상할 때 그를 유혹하려 하지 않았다. 그리고 먼 피안[38]으로 그는 자기의 배를 정박시킬 조용한 항구가 있는 것을 깨달은 것이었다. 그는 복도에서 멈춰 서서 가게 안을 들여다보았다. 그 시체 옆에 아직도 초가 타고 있었다. 기묘한 침묵이 일대에 떠돌고 있었다. 그렇게 서서 바라보고 있으려니까 상인에 대한 갖가지 생각이 떠올랐다. 이 때 갑자기 벨 소리가 또다시 울렸다.

그는 미소 같은 것을 얼굴에 띠고 문께서 하녀와 얼굴을 마주했다.

"당신은 경찰에 가는 게 좋아."

그는 말하였다.

"내가 당신의 주인을 죽였어." *

35)적나라(赤裸裸): 아무 가림이 없이 진상이 그대로 드러남.

36)고투(苦鬪): 힘드는 싸움을 함. 고전.

37)과실(過失): 어떤 결과의 발생을 부주의로 예견하지 못한 일. 잘못한 일.

38)피안(彼岸): 이승의 번뇌를 해탈하여 열반의 세계에 도달하는 일. 또는 그 경지.

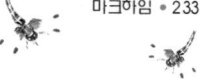

▦ 작가소개 　　　　**로버트 루이스 스티븐슨(Robert Louis Stevenson, 1850~1894)**

영국의 소설가이며 수필가. 에든버러 출신인 그는 출생지의 대학에서 공학을 배웠으나, 법률로 전향하여 변호사 자격을 얻었다. 어릴 때 병약하여 요양을 위해 프랑스, 벨기에 등지를 여행한 것을 바탕으로 「기행문」, 「내륙여행」, 「나귀기행」 등을 썼다. 미국으로 건너갔으며 그곳에서 결혼했다. 귀국 후 신 아라비아 야화 등을 간행했고 모험 소설 보물섬을 내어 문명을 떨쳤다. 이어 선악 이중 인격의 주인공 이야기 「지킬박사와 하이드씨」, 「유괴」등을 발표했다. 다시 여행을 떠나 남양으로 향해, 사모아 섬에 이르러 그곳에서 거주했으며, 그곳에서 지병인 결핵에서도 한때 회복되었으나, 뇌출혈로 사망했다. 사후에 미완성의 걸작인 「허미스톤의 위어」가 간행되었고 서간집 두 권이 출판되었다. 그의 소설은 환상적이며 우의적인 경향을 보이고 가끔 상징을 사용하는 일도 있다.

▦ 작품해설

선에 대한 의지로 악을 극복하고 구원의 강에 이르는 인물을 묘사하고 있는 이 작품은 같은 작가의 작품인 「지킬박사와 하이드씨」와는 인간에 내재하고 있는 악을 모티브로 다룬 유사한 경향을 띤 가운데 결말에서 구원과 파멸이라는 큰 차이를 보인다. 평범한 일상 속에서 선량했던 주인공이 조금씩 범죄에 발을 들여놓게 되고 마침내 살인까지 하게 되는데 자신의 내부에는 선에의 의지가 있지만 환경 때문에 일어날 수밖에 없었다고 생각하며 내면과 행동의 괴리, 선과 악 사이의 갈등에 두려워한다. 자신에 잠재된 악의 존재와의 긴 대화를 통해 유혹에서 벗어나 자신에게 남아 있는 선에의 의지를 선택함으로써 최후의 결단을 내려 연속되는 악의 고리에서 벗어나 재생의 문을 바라본다.

▦ 읽고나서

문제 작품의 중반에 나타나는 이 세상의 것도 신의 세계의 것도 아닌 존재, 범죄의 목적 달성과 완전 범죄를 위한 또 다른 살인을 부추키는 존재의 의미는?

- 마크하임의 내면에 잠재되어 있는 악한 자아의 형상화된 모습

문제 작품의 후반부에서 표현한 '열려 있는 자유로운 하나의 문이 있다 -' 에서 문이 의미하는 것은 무엇인가

- 악한 자아에서 벗어나 선한 자아로 삶을 시작할 수 있는 재생의 문

보헤미안 소년

쥘르 르나아르

마을에 있는 반찬 가게에서 병을 하나 가지고 나온 그 소년은 목동이 농가로 몰고 돌아가는 양떼 뒤를 따라 달음질쳤다. 그러나 자기보다 머리 하나만큼은 더 큰 목동에게 한마디도 말을 걸지는 못했다. 말을 걸어보았자 대꾸도 하지 않을 것이 뻔하기 때문이다.

그러나 그 소년은 계속 양떼를 따라갔다. 그리고 목동의 보조라도 되는 것처럼 멀찌감치 뒤따라가면서 양떼를 보살펴주었다.

암놈이 한 마리 뒤처져 남아 있게 되면 그것은 그의 차지가 된다. 어루만져 주고, 털 속으로 손가락을 넣어 보고, 개가 와서 몰고 갈 때까지 그 양에게는 마치 주인이라도 된 것과 같이 굴었다.

양 우리 문전에 다다르게 되면 이제 정말로 보헤미안 소년의 역할이 필요해진다.

새로 태어난 새끼 양이 저녁 때까지 어미를 보지 못하고 있다가 밖으로 달려와 어미 배 밑으로 기어들어가려고 한다.

그는 그 새끼 양들이 제 어미를 찾아내는 것을 도와준다. 같은 어미의 배에 머리를 들이민 채, 서로 고집을 피며 엉켜 있는 두 마리의 새끼 양을 따로 떼어 주기도 한다.

또 자유를 얻은 것이 좋아서 젖 빠는 것도 잊고 늪 쪽으로 들어가려는 녀석도 있다.

그는 마치 자기의 일인 것처럼 돌봐 주었다.

그런데 목동은 아래위 두 쪽으로 갈라져 있는 문의 아래쪽을 열고 자기 혼자만 들어가고는 소년의 코앞에서 문을 쾅 닫아버렸다.

보헤미안 소년은 병을 땅바닥에 내려놓고 낮은 문에 매달려서 어두운 속을 들여다보았다. 그의 눈은 어둠 속을 헤쳐보려고 애썼다.

매달렸던 손목이 지칠 만한 시간도 안 걸렸다.

목동은 볼일을 마치고 다시 나왔다.

이번에는 문을 위아래 모두 걸어 닫고 빗장[1]을 질렀다. 그리고 개를 데리고 저녁을 먹으러 가 버렸다.

보헤미안 소년은 또 그 뒤를 따라 갔으나 목동은 집 안으로 들어가서 다른 머슴[2]들과 함께 공용 식탁에 가 앉았다. 소년은 중앙 뜰 한복판에 혼자서 있었다.

아무도 그에게 관심을 기울이는 사람이 없었다. 농가의 여주인도 일부러 그를 쫓아버리려고 하지는 않았다.

그는 훌쩍 코를 들이마셨다. 그리고 양 우리로 돌아와서 문에 바싹 다가서서 귀를 기울였다. 새끼 양은 이미 진정이 되어서 한 마리씩 잠잠해졌다.

그는 바깥의 빗장이 잘 잠겨져 있는가를 확인하고 만일의 경우를 생각해서 문을 괴어[3] 놓을 수 있는 큰 돌을 찾았다. 그 일을 마치고 이제는 아무것도 할 일이 없다고 생각했음인지 병을 집어들고 농가를 떠나기로 결심

1)빗장: 문빗장. 문을 닫고 가로 질러 잠그는 나무때기나 쇠장대.

2)머슴: 농가에서 고용살이하는 남자.

3)괴다: 밑을 받쳐 안정하게 하다.

했다.

바로 그 때 노상[4]에서 한 신사를 발견한 것이다.

그 소년은 나막신[5]을 벗어서 양손에 하나씩 꿰어 든 채 맨발로 재빨리 신사를 쫓아왔다.

소년은 인사를 하지는 않았다.

그는 손에 들고 있던 나막신을 발에 신었다. 그리고 잠자코 내 옆에서 걸었다. 나와 같이 큰 걸음으로 보조[6]를 맞추려고 애쓰고 있었다. 그는 잠자코 내가 가고 있는 방향으로 걸어가고 있었다. 내가 먼저 입을 열어 말했다.

"그 병 속의 노란 것이 무엇이냐?"

"기름과 초예요, 반찬 가게에서 산 거예요."

"왜 그렇게 병을 흔드니?"

"기름하고 초하고 잘 섞어지라고 그러는 거예요."

"어디로 가지고 가니?"

"우리 차로요."

"너의 수레로?"

"예, 저기 운하 다리 있는 데 있어요, 우린 오늘 아침에 도착했는데 오늘 저녁에 또 떠나요."

"그렇게 길을 돌아다니는 것이 재미있니?"

"아니요! 저는 일을 하게 되면 더 좋겠어요."

"네 나이로 일을 해? 이놈 제법 거창하구나."

---

4)노상(路上): 길바닥. 길 위.

5)나막신: 앞뒤에 높은 굽이 있어 진 땅에서 신게 된, 나무를 파서 만든 신.

6)보조(步調): 걸음걸이의 속도, 모양 등의 상태.

"저는 벌써 아홉 살인데요."

"아홉 살에 무엇을 할 수 있겠니?"

"고용살이[7]를 하죠."

"너는 너무 작다."

"저는 저보다 더 작은 아이를 아는데 그 애는 일곱 살밖에 안 먹었는데도 달구지를 끌고 다니는 걸요."

"이 녀석, 거짓말하지 마라."

"정말이에요, 아저씨. 찌르는 막대기를 가지고 다니면서요. 그래서 제가 이렇게 말해 주었죠. '야! 너 둘러엎겠다. 얘야 조심하는게 좋겠어!' 그런데 이렇게 대답하는 것이었어요, '여보게, 걱정 말게.' 결국 둘러엎지는 않았어요."

"거짓말 같구나."

"제 말이 거짓말이라면, 하느님께 맹세해도 좋아요!"

"너는 네가 소를 몰 수 있을 것 같으냐?"

"하여튼 양떼나 돼지는 지킬 수 있어요."

"너의 아버지가 못하게 하실 게다. 너의 아버지는 네가 밤낚시꾼의 곁에서 강 속에 주낙[8] 넣는 심부름이라도 하는 편을 좋아하실 게다."

"우리 아버지는 아저씨께서 제게 일자리를 하나 구해 주시면 아주 기뻐하실 거예요. 엄마도 그렇구요."

"다시 말하지만 너는 너무 작다."

"아니예요, 아저씨 그건 정말 아니예요!"

보헤미안 소년은 발을 동동 구르면서 말했다.

---

7)고용살이: 삯을 받고 남의 일을 해주는 생활.

8)주낙: 물고기를 잡는 제구의 하나로, 낚싯줄에 여러 개의 낚시를 달아 물 속에 떨어뜨려 두었다가 물린 고기를 잡음.

"네가 그렇게 자신만만하다면, 농가에라도 들어가보지 그러냐."

"거기서 오는 길인 걸요. 거기서 저를 썼을 것이지만 벌써 인원이 다 찼나봐요."

이렇게 해서 우리들은 같이 얼마 동안 길을 걸었다.

그는 낡은 자전거꾼 모자를 쓰고 있었다. 이 모자는 지금 많이들 쓰는 모자이기 때문에 가장 흔하게 버려지기도 해서 유랑자[9]들이 쉽게 주워 쓸 수 있는 모자인 것이다.

그는 누덕누덕 기운, 또 기운 조각이 다시 찢어진 옷을 입고 있었다. 무릎에서 머리까지 새털을 뽑아 붙여놓은 것 같았다. 입고 있는 누더기가 마치 관목[10] 잎사귀 전체가 바람에 뒤집히듯이 바람에 떨리고 있었다.

"제겐 누이가 셋인데 한 누이는 이제 노래를 부를 수 없게 되고 말았어요."

"그래? 감기라도 들었나보구나."

"아녜요, 죽었어요."

"너는 나한테 아무 것도 달라고 하지 않는구나. 너 가끔 돈 가져본 적 있니?"

"한 번도 없었어요."

"한 푼 가져보고 싶지 않으냐?"

"가져보고 싶어요!"

"그것을 가지고 무얼 하고 싶니?"

"빵을 사겠어요."

"하필 왜 빵이냐? 내가 다르게 생각할까봐 그러니? 그건 나한테는 상관없다. 차라리 눈깔사탕을 사려무나."

---

9)유랑자: 일정한 목적 없이 헤매어 떠돌아다니는 사람.]

10)관목: 키가 크지 아니한 목본(木本)식물(밑동에서 가지가 갈라져 나감. 앵두나무, 진달래 등).

"전 아저씨가 사라고 하시는 걸로 사겠어요."

"그러면……"

하고 자기가 준 돈이 유익하게 쓰이기를 바라는 관대[11]한 사람의 엄숙한 어조[12]로,

"자, 내가 네게 돈을 한 푼, 반짝반짝하는 돈을 한 푼 줄 테다. 그것을 가지고 과자를 사거라. 빵을사지 말고, 알겠니? 빵은 사지 말고 과자를 사는 게 낫단다."

"예,꼭 그러겠습니다."

"너의 집에 가서 보이면 안 된다."

"예."

"너는 예라고 대답했지만 집에 가지고 가면 들켜서 빼앗기고 말게다."

"감춰 두면 괜찮아요."

"어디에?"

"여기요."

그는 주머니 노릇을 하는 찢어진 자락을 벌리면서 말했다.

나는 주머니에서 다섯 푼을 꺼냈다. 그러다가 나도 모를 어떤 생각에 한 푼을 도로 집어넣고 작은 보헤미안[13]에게 네 푼을 주었다.

"야아! 네 푼이다."

"그래, 네 푼이다. 한 푼, 두 푼, 서 푼, 너 푼."

그의 두 눈은 갑자기 꽃같이 환해졌다.

그리고 녀석의 애어른같이 사뭇 꼬장꼬장[14]했던 목소리가 다시 어린이다운 귀여운 소리가 되었다.

---

11)기묘(奇妙): 기이하고 묘함.

12)교차(交叉): 종횡으로 엇갈림.

13)보헤미안(Bohemian): 보헤미아 지방 사람. 집시에대한 호칭. 방랑자.

"고맙습니다. 정말 고맙습니다. 대단히 고맙습니다. 아저씨, 안녕히 가세요."

그 소년은 멀어져 갔다.

그러다가 마치 무엇이라도 잊은 것 같이 되돌아와서는 손을 내게 내밀었다.

나는 그 손을 아무도 없는 노상에서 남몰래 힘 주어 꼭 쥐었다.

그것이 평생 그 소년과의 이별이었던 것이다. *

14)꼬장꼬장: 사람됨이 곧고 결백한 모양. 가늘고 긴 물건이 곧은 모양.

▦ 작가소개 쥘르 르나아르(Jules Renard ; 1864 ~ 1910)

프랑스 마이엔느 출신. 르나아르는 「홍당무」와 「박물지」의 작가로 우리에게 잘 알려져 있다. 르나아르는 허위를 싫어했고, 모든 것에 대한 이른바 '문학'에 의해 넓혀진 잘못된 관념에 반대하였다. 그의 최대 걸작이라고 할 수 있는 「홍당무」도 이런 생각이 드러나 있다. 「포도밭의 포도를 가꾸는 사람」, 「박물지」에서 농민이나 자연, 동물도 과장을 섞지 않고 있는 그대로를 정확하게 묘사하고 있다.

1888년에 소설집「마을의 범죄」를 출판한 것을 비롯하여 본격적인 활동을 시작한 그는 1889년에는 상징파 잡지 「메르귀르 드 프랑스」의 창간에 힘썼으며, 문예 비평이나 이야기를 발표하여 작가들 사이에 이름이 알려지기 시작했다. 1892년 이후 차례로 여러 신문이나 잡지에 「홍당무」, 「박물지」, 「포도밭의 포도를 가꾸는 사람」, 희곡 「애인」 등을 출판하였다.

▦ 작품해설

한창 어리광을 부리고 귀여움을 받으며 자라야 할 어린 나이에 떠돌아다니며 생활고에 시달려 동심이 가려진 채 돈을 벌 수 있는 일을 찾아 헤매는 가련한 모습 가운데서도 어린이다운 맑은 면모는 살아 있다. 굳이 자신에게 득이 되지 않는 일이라도 일 자체에 대한 애정어린 관심으로 자기가 처한 주변을 보살피고 있는 소년에게서 따뜻함이 느껴진다. 화자인 신사는 그러한 소년에게 잠시라도 어린이가 맛볼 수 있는 달콤함을 느끼게 해주고 싶어하는 따뜻한 인간적인 아름다움을 표현하고 있다.

▦ 읽고나서

문제 보헤미안 소년이 목동의 뒤를 따라가서 양떼를 돌보고 있는 이유는?

- 동기는 고용살이라도 하나 얻을 수 있을까 하는 직접적 이유였지만 양떼가 편해지고 모든 것들이 좋게 처리되어야 한다는 본능적 자각에 의해

문제 신사가 빵을 사지 말고 사탕을 사야한다고 강조한 이유는?

- 어린아이임이 분명한데도 아이들이 누리는 작은 행복조차 모르고 있는 아이에게 잠시라도 동심의 세계를 맛보게 하고 싶어서

사랑에 대하여

안톤 체홉

이튿날 아침 식탁에는 맛있는 러시아 만두와 새우와 양고기가 나왔다. 아침밥을 먹고 있을 때 요리사인 니카노르가 점심에 무엇을 드시겠냐고 손님들한테 물으러 2층으로 올라왔다. 얼굴이 퉁퉁하고 눈이 작은 중키의 사내였다. 어찌나 깨끗이 면도질을 했는지 코밑 같은 데도 면도질을 한 것이 아니라, 수염을 한 개 한 개 모조리 뽑아 버린 것처럼 매끈하게 보였다.

알료힌은 미인인 필라게야가 이 요리사와 함께 있다는 얘기를 했다. 이 사내는 주정뱅이인데다가 성격이 아주 과격[1]했기 때문에, 그녀는 정식으로 결혼을 할 생각은 없었지만, 그저 그렇게 산다는 데는 찬성이었다. 그러나 사내는 독실[2]한 신자여서, '그저 그렇게' 산다는 것은 그의 종교적 신념이 용서치 않는 것이었다. 그래서 그는 무슨 일이 있어도 정식으로 결혼을 해야만 된다고 우기고 있었다. 그리고 술이 취해 가지고는 그녀에게 욕설을 퍼붓는가 하면, 심지어는 두들겨 패기까지 했다. 그가 술에 취하면 그녀는 2층에 숨어서 흐느껴 울곤 했다. 그런 때에는 알료힌도 다른 하인

1)과격(過激): 지나치게 격렬함.

2)독실(篤實): 열성 있고 성실함.

들도 집을 비우지 않았다. 만일의 경우엔 그녀를 보호해 주어야 할 필요가 있었기 때문이다.

이 이야기가 동기가 되어, 사랑이라는 것이 화제에 올랐다.

"사랑은 어떻게 해서 생기는 것일까?" 하고 알료힌이 말했다.

"어째서 필라게야가 자기 성격이나 용모에 잘 어울리는 사내한테 반하지 않고, 하필이면 저렇게 도깨비 같은 낯짝을 한 니카노르(여기서는 모두 그를 도깨비라고 부른답니다)한테 반했을까? 사랑에 있어서 개인의 행복이란 문제는 과연 얼마만큼이나 중요할까 — 생각해 보면 모든 것이 알 수 없는 것뿐인데, 그렇기 때문에 누구나가 제멋대로 해석을 할 수도 있는 것이겠지요. 그러나 여태까지 사랑에 관해서 말한 것 중에서 확고한 진리는 하나밖에 없습니다. '사랑은 위대한 신비'라는 말이 바로 그것이지요. 이것 이외에 사람들이 사랑에 관해서 말하거나 쓰거나 한 것은 그 어느 것이나, 문제를 해결한 게 아니라 문제를 제기한 데 지나지 않는 것입니다. 그러니까 문제 자체는 여전히 해결되지 않은 채 남아 있는 셈이지요. 어떤 특정한 경우엔 적용될 수가 없습니다 그래서 내 생각으론 하나하나의 경우를 각각 따로 해석해 가지고 일반적인 결론을 얻으려고 시도하지 않는 편이 좋을 것 같습니다. 다시 말해서, 의사들이 말하듯 하나하나의 경우를 따로 떼어 놓고 볼 필요가 있다는 것이지요."

"그건 어디까지나 옳은 말입니다." 부르킨이 동의했다.

"우리 러시아의 교양인들은 사랑하는 걸 이상화해서, 장미니 꾀꼬리니 하는 것으로 수식하려고 들지만, 우리 러시아인들은 자기의 사랑을 숙명[3]적인 문제들로 수식합니다. 그것도 하필이면 가장 재미 없는 문제들로 말입니다. 그 전에 모스크바에서 대학에 다닐 때 나는 어떤 사랑스러운 여인과 동거 생활을 한 일이 있는데, 그 여자는 내가 포옹하고 키스를 해 줄 때

3)숙명(宿命): 선천적으로 타고난 운명.

마다 이 남자는 한 달에 돈을 얼마를 줄까 쇠고기는 지금 한 근에 얼마나 할까 하는 따위 생각만 하고 있었습니다. 우리들도 그 여자와 다를 게 없지요. 누구를 사랑하게 되기만 하면, 이 사랑은 과연 떳떳한 것일까 아닐까, 현명한 것일까 아닐까, 끝에 가서는 결국 어떻게 될까 하는 따위 문제를 쉴새 없이 제기해서는 골치를 앓는단 말입니다. 이것이 좋은 일인지 나쁜 일인지…… 하여튼 그런 생각을 자꾸 하게 되면 흥이 깨져버리고 마음이 초조해지는 것만은 사실입니다."

알료힌은 무언가 하고 싶은 이야기가 있는 모양이었다. 고독한 이야기를 하고 있는 사람들은 늘 마음 속에 가득 엉킨 것이 있어, 기회만 있으면 그것을 기꺼이 남에게 털어놓고 싶어하는 법이다. 도시에서는 독신 생활을 하는 사내들이 남에게 이야기가 하고 싶어서 일부러 목욕탕이나 식당 같은 데를 찾아가곤 한다. 그래서 목욕탕 주인이나 식당의 급사들은 이따금 재미있는 이야기를 듣는 수가 있다. 그리고 시골에 사는 독신자들은 흔히 자기를 찾아온 손님들에게 속마음을 털어놓곤 한다. 그래서 지금처럼 창 밖의 하늘은 잿빛으로 보이고 수목들은 이슬에 젖어 있는 이런 날씨엔 밖에 나갈 수도 없는 일이어서, 집 안에 들어앉아 이야기나 듣는 것 이외에는 아무 것도 할 일이 없는 것이다.

"내가 이 소피노에 살면서 영지[4]를 경영하게 된 것은 꽤 오래 전의 일입니다" 하고 알료힌은 이야기를 시작했다.

"실은 대학을 졸업하면서부터 줄곧 여기서 살고 있지요. 나는 나 자신이 받은 교육으로 본다면 창백한 인텔리[5]고, 선천적인 취미로 보아도 역시 학문에 종사해야 할 인간입니다만, 내가 여기 왔을 때만 해도 이 영지는 막대한 부채[6]를 걸머지고 있었습니다. 아버지가 이렇게 빚을 지게 된 것

---

4)영지(領地): 영토. 봉토.

5)인텔리: 지적 노동에 종사하는 사회층. 지식계층. 러시아 제정 시대의 서구파 자유주의자.

도 따지고 보면 어느 정도는 내 교육에 너무 많은 돈을 소비했기 때문이었습니다. 그래서 나는 이 빚을 청산할 때까지는 여기 남아서 일을 하기로 결심했던 것입니다. 하기는 솔직히 말해서 그렇게 결심하고 일을 시작하기는 했지만, 별로 마음이 내키지 않았던 것은 사실입니다. 여기는 원래 토질이 좋지 않아서, 결손 없는 농업 경영을 하려면 농노 내지는 품팔이꾼(어느 쪽이나 비슷비슷합니다만)을 쓰든가, 아니면 일반 농민들처럼 온 집안 식구가 나서서 손수 들일을 하든가 하는 수밖엔 없습니다. 그 중간의 방법은 있을 수가 없지요. 그러나 나는 그 당시 그런 세세한 문제엔 구애되지 않았습니다. 단 한 평의 땅도 놀리지 않도록, 인근 부락의 농부라는 농부는 아낙네들까지도 죄다 동원해 가지고 그야말로 악착스레 일을 했습니다. 나 자신도 물론 밭을 갈고 씨를 뿌리고 풀을 베고 했습니다만, 원래가 좋아서 시작한 일이 아니었으므로 자연히 이맛살이 찌푸려지고, 마치 배가 고파 채소밭에서 참외를 훔쳐 먹는 시골 고양이처럼 우울한 얼굴을 하게 되었습니다. 온몸이 쑤셔 오고 걸으면서 졸기가 일쑤였습니다. 처음 얼마 동안은 이러한 노동 생활을 나의 문화적인 습관과 쉽게 조화시킬 수 있을 것이라고 생각했습니다. 그러기 위해서는 몇 가지 외면적인 규칙만을 지키며 생활하기만 하면 된다고 판단했었지요. 그래서 여기 2층의 훌륭한 방들을 내가 쓰기로 하고, 조반과 점심 후에는 리큐르를 탄 커피를 내오게 하고, 밤에 자기 전에는 자리에서 '유럽 시보'를 읽기도 했습니다. 그러던 어느 날, 우리 교구의 사제(司祭)인 이반 신부가 놀러 와서 집에 있는 리큐르를 전부 마셔 버리는가 하면 '유럽 시보'는 신부의 딸들이 가져가 버렸습니다. 왜냐 하면 여름엔 특히 풀베기를 할 때에는 어찌나 바쁜지 침실에까지 올라가지도 못하고 창고에 놔둔 썰매 위나 숲 속 초막[7] 같은 데 쓰러져 자곤 하는 형편이어서, 책 같은 걸 손에 들 겨를이 없기 때문이었

6)부채(負債): 남에게 빚을 짐. 또 그 진 빚.

지요. 나는 점점 아래층에서 대부분의 시간을 보내게 되었고, 식사도 하인들과 함께 부엌에서 하게 되었습니다. 호화롭게 살던 옛날 생활에 비해 달라지지 않은 것은, 여전히 많은 하인을 거느리고 있다는 것뿐이었습니다. 그 하인들은 모두 아버지 때부터 이 집에 있던 사람들이어서 그들을 내보낸다는 것은 어쩐지 마음 아픈 일이기 때문이었습니다. 처음 몇 해 동안 나는 이 지방 명예 치안 판사로 선출되었습니다. 이따금 읍내에 나가서 판사 회의나 지방 재판소 회의에 참석해야 했는데, 이것은 기분 전환으로 썩 좋은 일이었습니다. 특히 겨울철에 2, 3개월씩이나 여기만 틀어박혀 있으면 나중에는 검은 프록코트가 그리워집니다. 그런데 지방 재판소에 나가면 프록코트를 입은 사람도 있고, 개중에는 연미복(燕尾服)을 입은 사람도 있습니다. 모두가 교양을 지닌 법률가들이라 누구와 이야기를 해도 말이 통합니다. 썰매 위에서 자기도 하고 하인들과 같이 부엌에서 식사를 하기도 하다가, 깨끗한 셔츠를 입고 가벼운 구두를 신고 가슴엔 시계줄 같은 걸 드리우고서 안락의자에 앉아 있게 되면 그야말로 하늘에 오른 것 같은 기분이지요.

읍내에서는 어디를 가나 모두들 나를 환대[8] 해 주었습니다. 그래서 나는 기꺼이 그들과 사귀게 되었지요. 그렇게 사귄 사람들 중에서 가장 가까이 사귄 사람, 그리고 솔직히 말해서 가장 재미있었던 사람은 지방 재판소 차장으로 있는 루가노비치라는 사람이었습니다. 그 사람은 당신들도 잘 아시겠지요. 정말 좋은 사람이었습니다. 그 때가 바로 그 유명한 방화[9] 사건이 일어난 직후였습니다만, 사건 심리가 이틀이나 계속되어 모두들 지쳐버렸을 때 루가노비치가 나를 보고 이렇게 말했습니다.

---

7)초막(草幕): 조그마하게 지은 초가의 별장.

8)환대(歡待): 반갑게 맞이함.

9)방화(放火): 일부러 불을 지름.

'어떻습니까, 우리 집에 가셔서 식사라도 함께 하지 않으시렵니까?' 나로서는 참으로 뜻밖이었습니다. 그 때까지 루가노비치와는 공식 석상[10]에서 몇 번 만나서 그저 안면이 있을 뿐, 그의 집에는 한 번도 가 본 일이 없었기 때문입니다. 나는 잠깐 여관에 들러 옷을 갈아입고 그 집으로 식사를 하러 갔습니다. 그 기회에 루가노비치 부인인 안나 알렉세예브나와 사귀게 되었습니다. 그 때만 해도 그 여자는 아주 젊은 나이여서 아마 스물두어 살 가량밖에 안 되었을 겁니다. 약 반 년 전에 첫아이를 낳았다고 하더군요. 벌써 꽤 오래 전의 일이기 때문에 그 여자의 어디가 그렇게 뛰어나 보였는지, 어디가 그렇게 마음에 들었는지, 지금은 뭐라고 한마디로 설명할 수가 없을 것 같습니다만, 그날 저녁 함께 식사를 했을 때에는 모든 게 내 마음을 매혹[11]할만 했었습니다. 나는 그 때까지 한 번도 본 일이 없을 만큼 아름답고 상냥한 지적 매력을 지닌 젊은 여자를 만났던 것입니다. 그녀를 보자마자 나는 그녀가 옛날부터 잘 아는 친근한 사람인 것처럼 느껴졌습니다. 그 얼굴과 상냥하고 영리한 눈을 언젠가 소년 시절에 어머니의 장롱 위에 있던 앨범 속에서 본 일이 있는 것 같은 기분이 드는 것이었습니다.

방화 사건의 피고는 네 명의 유대인이었는데 그들이 함께 모의를 해서 방화한 것으로 인정되고 있었지만, 내가 보기엔 전혀 근거가 없는 것 같았습니다. 식사를 하는 동안 나는 너무나 흥분해서 괴로울 지경이었습니다. 내가 그 때 무슨 말을 했는지 지금은 다 잊어버렸습니다만, 안나 알렉세예브나가 고개를 가로저으며 남편에게 이렇게 말하던 것만은 기억하고 있습니다. '여보, 드미트리. 어떻게 돼서 그런 일이 일어났을까요?'

원래가 호인인 루가노비치는, 누구나 일단 재판을 받게 되면 그것은 그 사람에게 죄가 있다는 증거가 된다, 판결의 정당성에 대해 의혹을 표명하

10)석상(席上): 여러 사람이 모인 자리.

11)매혹(魅惑): 남을 호려 현혹하게 함.

는 일은 합법적 절차를 거친 서명으로만 가능한 일이며, 식탁에서나 사회적인 자리에선 절대로 안 된다라는 의견을 고수[12)]하고 있는 소박한 인간들 중의 하나였습니다.

'당신이나 나나 방화를 한 일은 없지 않소?' 하고 그는 부드러운 어조로 말했습니다. 예를 들면 둘이 같이 커피를 끓인다든지, 한마디도 채 하기 전에 벌써 상대방이 하려는 말을 알아채는 폼이라든지 그런 것만 보아도 두 사람의 가정 생활이 원만하다는 것, 그리고 둘이 다 손님을 맞아 기뻐하고 있다는 것을 알 수 있었습니다. 식사가 끝난 후 부부가 함께 피아노를 쳤습니다. 얼마 후 밖이 어두워졌으므로 나는 여관으로 돌아왔습니다. 이것은 이른 봄에 있었던 일입니다. 그 후 나는 여름 내내 소피노에만 틀어박혀 읍내 일을 생각할 겨를도 없었습니다만, 그 금발의 우아한 부인의 모습만은 쉴새 없이 눈앞에 어른거렸습니다. 그녀를 특별히 생각하고 있었던 건 아닌데, 어쩐지 그녀의 가벼운 그림자 같은 것이 내 마음에 걸려 있는 듯 싶었습니다.

늦가을에 읍내에 자선 잔치가 있었습니다. 지방 재판소 차장이 앉아 있는 특별석에 가보니(막간[13)]에 나는 그리로 초대되었던 것입니다) 부인 안나 알렉세예브나가 앉아 있었습니다. 나는 이번에도 그 아름다움과 그 귀엽고 상냥한 눈에 뜨거운 인상을 받았습니다. 그리고 지난번과 마찬가지로 그윽한 친근감을 느꼈습니다. 그녀와 나는 잠시 동안 나란히 앉아 있다가 밖으로 나와 함께 복도를 거닐었습니다.

'좀 여위신 것 같아요' 하고 그녀는 말했습니다. '그 동안 편찮으셨는가 보죠?'

'네, 실은 등에 비를 흠뻑 맞은 일이 있는데, 그 후부터 비가 오는 밤 같

12)고수(固守): 굳게 지킴.

13)막간(幕間): 연극에 있어서, 한 막이 끝나고 다음 막이 시작되기까지의 동안.

은 땐 잠을 잘 못 자서 그렇습니다.'

'어쩐지 기운이 없어 보여요. 지난 봄에 저희 집에 식사하러 오셨을 땐 좀더 젊고 힘차게 보였는데. 그 때는 활기 있게 여러 가지 말씀을 해 주셔서 정말 재미있는 분이라고 생각했었죠. 솔직히 말씀드려서 약간 마음이 끌리기까지 했어요. 웬일인지 여름 동안 자주 당신 생각이 나곤 했어요. 그래서 오늘도 집에서 나올 때, 어쩌면 만나 뵙게 될지 모른다는 예감이 들었어요.' 이렇게 말하고 그 여자는 소리를 내어 웃었습니다. '그렇지만 오늘은 정말 기운이 없으신 것 같아요' 하고 같은 말을 되풀이했습니다.

'아마 그래서 늙어 보이는가 보죠?'

이튿날 나는 루가노비치네 집에서 점심 대접을 받았습니다. 점심이 끝난 후에 그들 부부는 월동 준비를 시키러 별장으로 갔습니다. 나도 함께 따라갔지요. 그 다음, 그들과 다시 읍내로 돌아와서 밤중에 조용한 가정적 분위기 속에서 차 대접을 받았습니다. 페치카[14]는 빨갛게 타오르고 젊은 주부는 자기 딸아이가 잘 자고 있는지 살피려고 몇 번이나 자리를 떴습니다.

이 때부터 나는 읍내에 나갈 적마다 루가노비치네 집을 방문하곤 했습니다. 두 사람은 나한테 정을 붙이게 되었고, 나도 허물 없는 태도로 그들을 대하게 되었습니다. 나는 그 집을 방문할 때에는 하인에게 안내도 청하지 않고 한집안 식구처럼 그냥 안으로 들어가기가 일쑤였습니다.

'누구세요?' 안쪽에서 이렇게 묻는 소리가 들려옵니다. 그것이 내 귀에는 참으로 아름답게 들리는 것이었습니다.

'파벨 콘스탄티느이치께서 오셨습니다' 하고 하녀나 유모가 대답합니다. 안나 알렉세예브나는 근심스런 얼굴을 하고 나와서 언제나 이렇게 묻곤 했습니다. '왜 그렇게 오랫동안 안 왔죠?', '혹시 무슨 일이라도 있었

14)페치카(pechka): 벽난로. 러시아식 가옥의 난방장치로 벽을 가열하여 난방을 함.

나요?'

그녀의 눈길, 나한테 내미는 우아한 손, 집 안에서의 옷차림, 머리 모양, 음성, 발걸음 소리 — 그 집을 방문할 때마다 나는 이러한 모든 것이 무언가 새로운, 내게는 희귀하고도 중대한 것이라는 똑같은 인상을 번번이 받게 되는 것이었습니다. 우리는 오랜 시간 이야기를 주고받기도 하고, 저마다 자기 생각에 골몰해서 말없이 앉아 있기도 했습니다. 그리고 그녀는 나를 위해 피아노를 치기도 했습니다. 나는 집에서 주인이 없을 때에도 그냥 안으로 들어가서 주인이 돌아오기를 기다리며 아이들을 상대해 주기도 하고 유모와 이야기를 하기도 하며, 서재에 있는 소파에 누워 신문을 읽기도 했습니다. 그러다가 안나 알렉세예브나가 돌아오면 그녀를 맞으러 현관까지 달려나가서, 사 오는 물건 꾸러미들을 받아듭니다. 나는 그 물건 꾸러미에 어린애 모양 애착을 느끼며 의기 양양[15]하게 그것을 안으로 날라들이곤 했습니다.

'여자는 심심하면 돼지새끼를 사들인다' 라는 속담이 있는 것처럼, 루가노비치 부부도 하는 일 없이 한가해서 나와 가까이 사귀게 되었던 것입니다. 내가 오랫동안 읍내에 나가지 않으면, 그들은 혹시 앓고 있는 것이 아닌가, 혹시 내게 무슨 일이라도 일어난 건 아닌가 하고 몹시 걱정을 합니다. 그들은 상당한 교육도 받고 외국어도 몇 가지나 알고 있는 내가 학문이나 문학 방면에 종사하지를 않고, 시골에 틀어박혀 뼛골이 빠지게 일을 하면서 언제나 돈 한푼 없이 쩔쩔매는 것을 보기가 몹시 민망했던 모양입니다. 그리고 내가 말을 하거나 웃거나 먹거나 하는 것은, 단지 그 괴로움을 숨기려는 데 지나지 않는다고 생각하고 있었던가 봅니다. 무엇보다 감동한 것은, 내가 빚 독촉을 받거나 정기적인 불입금이 모자라거나 해서 기분이 울적해 있을 때의 그들의 태도였습니다. 그럴 때에는 둘이 창가로 가

15)의기 양양(意氣揚揚): 득의한 빛이 외모와 행동에 나타남.

서 무언가 소곤소곤 얘기를 하고는 남편이 나한테로 다가와서 정색을 하고 이렇게 말합니다.

'파벨 콘스탄티느이치, 당신이 만일 지금 돈에 쪼들리고 계시다면 사양하지 말고 우리 돈을 쓰십시오. 이건 우리 두 사람이 함께 간청하는 것이니까요.' 이렇게 말하며 그는 흥분한 나머지 두 귀가 빨개지곤 했습니다.

그리고 또 이런 일도 종종 있었습니다. 역시 창가에서 아내와 함께 소곤거린 후 두 귀가 빨개져서 나한테 와서 이렇게 말합니다. '이건 나와 아내가 특별히 간청하는 것이니 이 선물을 꼭 받아 주셔야 하겠습니다.'

그리고는 커프스 버튼이니 담배 케이스니 램프니 하는 것을 나한테 주곤 합니다. 나는 답례로 시골에서 사냥해 온 새나 버트나 꽃 같은 것을 선사했지요. 말이 나왔으니 말입니다만, 그들은 둘이 다 상당한 재산을 가지고 있었습니다. 처음 얼마 동안 나는 남의 돈을 자주 돌려쓰곤 했습니다. 돌려주겠다는 사람이 있으면 누구의 돈이든 가리지 않고 얻어 썼습니다만, 루가노비치한테서는 아무리 급한 일이 있어도 절대로 얻어쓰지 않기로 작정하고 있었습니다. 하긴 이런 얘기 하나마나한 얘기지만요.

나는 불행했습니다. 집에서나 밭에서나 헛간에서나 늘 그녀를 생각하고 있었으니까요.

그처럼 젊고 아름답고 총명한 여자, 거의 노인이 다 된(그녀의 남편은 벌써 40이 넘은 사람이지요) 무미 건조[16)]한 남자와 결혼해서 아이까지 낳은 그 여자는 대체 무엇을 생각하고 있는 걸까? 그리고 그 무미 건조하고 단순하기만 한 남자, 흥미도 없는 상식적인 소리만을 늘어놓으며, 무도회나 야회에 나가서도 높은 사람 곁에만 붙어 선 채 마치 시장에 나온 소 모양 공손하고 무표정한 얼굴을 하고 있는 남자, 그러면서도 자기에겐 행복을 향유[17)]할 권리, 그녀에게 아이를 낳게 할 권리가 있다고 확신하는 남자 — 도

16)무미 건조: 재미나 취미가 없고 메마름.

대체 그는 무엇을 생각하고 있는 걸까? 나는 그 비밀을 알고 싶었습니다. 그리고 또 어째서 그녀는 나 같은 사람이 아니라, 하필이면 그런 남자와 만나게 되었을까? 우리 인생에서 그런 무서운 착오가 일어나야 하는 이유는 무엇일까 하는 것을 열심히 생각해 보았습니다.

나는 읍내로 가서 그녀와 만날 때마다, 그녀 역시 나를 기다리고 있었다는 것을 그 눈빛으로 알 수 있었습니다. 그녀는 아침부터 내가 오리라는 예감이 들었다는 말을 직접 나한테 하곤 했지요. 우리는 장시간 이야기를 하기도 하고 그저 묵묵히 시간을 보내기도 했습니다만, 서로의 애정을 고백하지는 않았습니다. 마치 무슨 종처[18]를 건드릴까 겁내는 것처럼, 될 수 있는 대로 그것을 감추려고만 들었습니다. 다시 말해서, 우리는 우리의 비밀이 우리들 자신 앞에 드러나게 될까봐 무척 신경을 썼던 것입니다. 나는 그녀에게 극진한 애정을 느끼고 있었습니다. 그러나 나는 줄곧, 만약에 이 사랑을 쟁취(爭取)할 만한 힘이 우리들에게 부족하다면 그 때에는 대체 어떠한 결과가 초래될 것인가 하고 자문해 보기도 했습니다. 나의 이 고요하고도 슬픈 사랑이 그녀의 남편과 아이들, 나한테 그처럼 깊은 애정과 신뢰를 품어온 이 집안 전체의 행복한 생활의 흐름을 무참하게 끊어 버린다는 것은 거의 있을 수 없는 일인 것 같이 생각되었습니다. 만약에 그렇게 된다면 과연 그것은 떳떳한 사랑이라 할 수 있을까? 그녀는 나를 따라 나설 것이다. 그러나 어디로 가는가? 나는 그녀를 어디로 이끌고 간단 말인가? 만약에 내 생활이 아름답고 흥미 있는 것이었다면, 만약에 내가 조국의 해방을 위해서 싸우는 투사나 유명한 학자, 아니면 배우나 화가였다면 물론 다르다. 그러나 실제에 있어서는 그녀를 판에 박은 듯 평범한 환경으로부터 그와 똑같은, 아니 그보다도 못한 또 하나의 환경으로 끌어

17)향유(享有): 누려서 가짐.
18)종처(腫處): 부스럼이 난 자리.

들이는 데 지나지 않는 것이다. 그리고 우리의 행복이 과연 얼마나 오래 계속될 수 있다는 건가? 내가 앓아서 죽거나 또는 서로의 애정이 식어버리게 된다면, 그 때 그녀는 대체 어떻게 될 것인가? — 나는 줄곧 이런 생각에 구애되고 있었습니다.

그녀 쪽에서도 아마 똑같은 생각을 하고 있었던가 봅니다. 그녀는 남편과 아이들과 자기 어머니 일을 생각하고 있었습니다. 그녀의 어머니는 자기 사위를 친자식 이상으로 사랑하고 있습니다. 만약 그녀가 자기의 감정에 져버리고 만다면 거짓말을 하든가, 아니면 사실대로 말을 해야 하겠지요, 그러나 그녀의 입장에서는 그 어느 쪽도 똑같이 불행한 결과를 초래할 수밖엔 없었습니다. 그리고 또 하나의 의문이 그녀를 괴롭히고 있었습니다. 그것은 그녀의 애정이 과연 나한테 행복을 안겨 줄 수 있을까, 그러잖아도 불행에 찬 나의 괴로운 생활을 더욱 혼란된 것으로 만드는 것이나 아닐까 하는 것이었습니다. 그녀는 또한 나에 비해 자기 나이가 너무 많을 뿐더러 새로운 생활을 시작하는 데 필요한 노동 의욕이나 능력이 자기에겐 부족하다고 생각하고 있었습니다. 그녀는 자기 남편에게 이런 말을 하곤 했습니다 — 나의 결혼 상대로는 훌륭한 살림꾼으로 내 한쪽 팔이 될 만한 영리하고 착실한 아가씨라야 한다고요. 그러나 말은 그렇게 하면서도 그런 아가씨는 온 읍내를 찾아다녀 봐도 좀처럼 발견하기 어려울 거라고 곧 덧붙이는 것이었습니다.

그러는 사이에 한 해가 가고 또 한 해가 갔습니다. 안나 알렉세예브나에겐 벌써 아이가 둘이나 생겼습니다. 내가 루가노비치네 집을 찾아갈 때면 하녀들은 언제나 상냥한 미소로 맞아 주었고, 아이들은 파벨 콘스탄티느이치 아저씨가 오셨다고 반가워하며 내 목에 매달리곤 했습니다. 이렇게 온 집안 식구가 나를 환영해 주는 것이었습니다. 내가 무엇을 생각하고 있는지 그런 건 알 리가 없으니까, 그저 나도 자기들처럼 기뻐하는 줄로만 알고 있었겠지요. 모두들 나를 훌륭한 인격자로만 생각하고 있었습니다. 어른들도 아이들도 나와 함께 있을 때에는, '지금 이 방 안에 훌륭한 사람이 한 분 와 계시다' 라고 생각한단 말입니다. 그리고 그것은 나를 대하는 그들의 태도에 일종의 독특한 매력을 부여하는 것이었습니다. 마치 내가 함께 있으면 그들의 생활도 여느 때보다도 훨씬 깨끗하고 아름다워지기라도 하는 것처럼 생각하는 모양이었습니다. 나와 안나 알렉세예브나는 둘이서 극장 구경을 갔는데, 언제나 걸어서 가곤 했습니다. 특별석에 나란히 앉아 있으면 어깨가 서로 맞닿았습니다. 아무 말 않고 그녀의 손에서 오페라 글라스를 받아들거나 할 때면 나는 그녀가 내 사람이라는 친근감을 느꼈고, 우리 두 사람은 서로 떨어질 수 없는 사이라는 것을 느끼는 것이었습니다. 읍내에서는 벌써 우리 두 사람 사이에 대해 여러 가지 소문이 돌고 있었습니다만, 그것은 모두 헛소문이었습니다.

마지막 몇 해 동안 안나 알렉세예브나는 친정어머니와 자기 언니를 방문하기 위해 전보다 더욱 자주 여행을 했습니다. 그 무렵부터는 기분이 좋지 않은 날이 많아졌고, 자기 일생을 망쳐버렸다는 불만감이 얼굴에 역력히 드러나 있었습니다. 그런 때에는 남편이나 아이들과도 만나려 하지 않았습니다. 그녀는 그 때 이미 신경쇠약증 때문에 치료를 받고 있었습니다.

우리는 아무 말도 하지 않고 시종 침묵을 지키고 있었습니다. 그러나 그녀는 다른 사람이 있는 자리에선 왜 그런지 나한테 반감을 표시하는 것이었습니다. 내가 무슨 말을 꺼내기만 하면 번번이 내 말에 반대했고, 무슨 토론이 벌어질 때에는 반드시 내 논적(論敵)[19]의 편을 들었습니다. 그리고 내가 무엇을 떨어뜨리거나 하면, '그것참 잘됐군요' 하고 시침을 떼고 말했습니다. 함께 극장을 갈 때, 내가 오페라 글라스를 잊고 안 가져가면 나중에 그녀는 꼭 이런 소릴 했습니다. '틀림없이 잊고 안 가져올 거

19)논적(論敵): 무엇을 논할 때 반대되는 의견을 진술하는 사람.

라고 생각했어요.'

다행인지 불행인지 우리 인생에는 종말이 없는 것은 하나도 없습니다. 무슨 일이든 조만간에 종말이 있게 마련이지요. 우리들에게도 이별의 날이 오고야 말았습니다. 루가노비치가 서부 러시아의 어느 현(縣) 재판소장에 임명되었기 때문입니다. 그래서 가구와 마필(馬匹)과 별장도 팔지 않으면 안 되었습니다. 별장에 갔다가 돌아올 때, 초록빛 지붕과 정원을 마지막으로 다시 한 번 돌아보고는 모두들 서글픈 심정이 되었습니다. 그리고 나는 별장뿐만 아니라, 그녀와도 이별을 고해야 할 때가 온 것을 알고 있었습니다. 의사의 권고로 8월 말에 크림반도로 전지 요양[20]을 떠나는 안나 알렉세예브나를 보내고 나서, 며칠 더 있다가 루가노비치가 아이들을 데리고 서부 지방의 부임지로 떠나기로 결정되었습니다.

우리는 여럿이서 안나 알렉세예브나를 배웅하러 기차역까지 나갔습니다. 그녀가 남편과 아이들에게 작별 인사를 끝내고, 곧 세 번째 벨이 울리려 할 때, 나는 그녀가 잊을 뻔한 바구니 하나를 선반에 갖다 얹어 주려고 그녀가 앉아 있는 객실로 뛰어 들어갔습니다. 마지막 작별 인사를 해야 했습니다. 객실 안에서 서로 눈이 마주치는 순간, 마침내 우리는 자제심을 잃고 말았습니다. 나는 그녀를 포옹했고, 그녀는 내 가슴에 얼굴을 묻었습니다. 눈에서는 눈물이 흘러내렸습니다. 눈물에 젖은 그녀의 얼굴이며 어깨며 손에 입을 맞추면서(아아, 우리는 참으로 불행한 인간들이었습니다) 가슴에 간직해 온 나의 사랑을 그녀에게 고백했습니다. 그리고 바로 그 때 나는 가슴에 뜨거운 아픔을 느끼며, 우리의 사랑을 방해하고 있던 모든 것이 실은 무의미하기 짝이 없고 일고[21]의 가치조차 없는 것이었다는 걸 비로소 깨달았던 것입니다. 사랑하는 사람이 그 사랑에 대해서 생각하는 경우, 일반

20)전지 요양(轉地療養): 기후 좋고 공기 신선한 곳으로 가서 병을 요양함.

21)일고(一考): 조금 생각해 봄.

적인 통념[22]에서의 행복이니 죄악이니 미덕이니 하는 것보다는, 좀더 높고 좀더 중요한 것으로부터 출발해야 한다. 그것이 안 되면 차라리 전혀 생각지 않는 편이 낫다 — 내가 깨달은 것은 바로 이것이었습니다. 나는 마지막 키스를 하고 그녀의 손을 꼭 쥐어 주었습니다. 그것이 우리의 영원한 이별이었습니다. 기차는 벌써 움직이기 시작했습니다. 나는 옆 객실에 가 앉아서(거기는 아무도 없었습니다) 기차가 다음 정거장에 닿을 때까지 혼자 울었습니다. 거기서 내린 나는 소피노까지 걸어서 집으로 돌아왔습니다……"

알료힌이 이야기를 하고 있는 사이에 비는 이미 그치고 태양이 구름 사이로 얼굴을 내밀었다. 부르킨과 이반 이바느이치는 발코니로 나왔다. 정원과 저수지의 아름다운 경치가 한눈에 바라다보였다. 저수지의 수면은 햇빛을 받아 거울처럼 반짝이고 있었다. 두 사람은 그러한 경치에 도취되면서도 한편으로는, 그 선량하고 총명한 눈을 가진 사람이, 그들에게 그처럼 솔직히 이야기를 털어놓은 그 사람이, 광대한 영지를 다람쥐처럼 부지런히 쫓아다니고 있을 뿐, 학문이라든지 그 밖의 자기 생활을 좀더 유쾌하게 하기 위한 일 같은 건 아무 것도 하고 있지 않다는 것을 못내 아쉽게 여기는 것이었다. 그리고 또 그들은 알료힌이 기차의 객실에서 그 젊은 유부녀와 이별을 하며 얼굴과 어깨에 키스를 했을 때, 그녀는 굉장히 슬픈 표정을 했을 거라고 상상하는 것이었다. 두 사람 다 읍내에서 그녀를 만난 적이 있었고, 특히 부르킨은 그녀와 잘 아는 사이여서 전부터 그녀를 미인이라 생각하고 있었던 것이다. *

22)통념(通念): 일반 사회에 널리 통하는 개념.

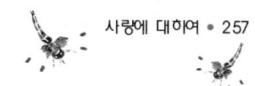

▦ 작가소개　**안톤 체홉(Anton Pavlovich Chekhov ; 1860 ~ 1904)**

러시아의 소설가이며 희곡 작가. 모스크바 대학 의학부를 나와 잠시 개업을 하기도 했으나, 이내 문학에 전념, 44세의 젊은 나이로 세상을 떠나기까지 약 20년간의 작가 생활 동안에 무려 1천 편의 소설과 11편의 희곡을 썼다. 프랑스의 모파상, 미국의 O. 헨리와 더불어 세계의 3대 단편 작가로 꼽힌다.

「우수」, 「정조」, 「약제사 부인」 등 체홉의 초기 작품은 순수한 웃음을 노린 경쾌한 소품과 사회를 풍자한 우울한 작품으로 나눌 수가 있다. 이 시기의 작품에서 체홉은 도시의 소시민층에 속하는 인물들을 경쾌한 필치로 희화화(戱畵化)했다. 천재적인 착상, 날카로운 기지와 해학에 비극적인 요소가 가미된 이 무렵의 작품들은 그를 러시아 제1의 단편 작가로 만들었다. 「6호실」, 「상자 속에 든 사나이」 등 제2기의 작품들은 사회 고발에 역점을 두게 된다.

주요 작품으로 단편 「6호실」, 「골짜기」, 「정조」, 「약혼녀」, 「우수」, 희곡 「세 자매」, 「갈매기」, 「바냐나 아저씨」, 「벚꽃 동산」 등이 있다.

▦ 작품해설

한 젊은이와 유부녀의 사랑 이야기를 소재로 한 소설이다. 글을 이끌어 가는 주인공 알료힌은 지극히 정상적인 가정의 주부인 안나알렉세예브나와 사랑에 빠진다. 그들은 자신의 감정에 솔직해질 것인가와 그녀의 남편 루가노비치에 대한 신뢰와 일반적인 통념 때문에 고민한다. 그녀와의 마지막 만남에서 그들은 사랑을 확인하지만, 결국 영원한 이별을 하고 만다. 참된 사랑은 행복이니 불행이니 또는 도덕이니 하는 세속적 통념에서 한 단계 높은 것으로부터 출발해야 한다는 것이 강조되어 있다.

▦ 읽고나서

문제 알료힌이 계속 고민하고 있는 문제를 그가 나타낸 말에서 찾는다면?

- '사랑에 있어서 개인의 행복이란 문제는 과연 얼마만큼이나 중요할까'

문제 알료힌이 안나 알렉세예브나를 사랑하면서도 마음을 나타내지 못하다가 이별의 순간에서야 고백을 하게 된 이유는 무엇인가?

- 유부녀를 사랑해서는 안 된다는 사회적 관념과 도덕적 제약, 인간적 도리 따위의 세속적 통념 때문에

환상의 여인

토마스 하디

웨섹스 상부 지방에 있는 유명한 해변 휴양 도시 쏠런트시에서 윌리엄 마치밀은 기거할 집을 구한 다음 아내가 있는 호텔로 돌아왔다. 아내는 마침 아이들과 함께 바닷가로 산책을 나가고 없었다. 군인 복장의 호텔 급사[1]가 가르쳐 준 방향으로 마치밀은 가족들을 찾아나섰다.

"세상에, 멀리도 나왔군! 아이고, 숨차라."

마치밀은 아내 곁에 도착하자 짜증을 내며 입을 열었다. 그녀는 걸으면서 책을 읽고 있었고, 세 아이들은 유모[2]와 함께 훨씬 앞서가고 있었다.

마치밀 부인은 책을 읽으며 명상에 잠겼다가 깜짝 놀라면서 대답했다.

"네, 당신이 너무 오래 안 오셔서요. 적막한 호텔 방에 남아 있기가 지겨웠어요. 이렇게 찾으시게 해서 미안해요, 여보."

"집을 구하느라 아주 고생했어. 공기 좋고 쾌적한 방이라고 해도 들어가보면 답답하고 불편한 집이더라고. 간신히 하나 정했는데 그 정도면 괜찮을지 한 번 가보지 않겠소? 그 집엔 방이 별로 많지는 않지만 더 이상 좋

1)급사(給仕): 관공서 등에서 심부름하는 아이. 사환.

2)유모(乳母): 어머니를 대신하여 유아에게 젖을 먹여 양육하는 여자. 젖어미.

은 집을 찾을 수가 있어야지. 전부 다 사람들이 살고 있더군."

부부는 아이들과 유모는 그대로 산책을 하도록 놔두고 돌아왔다.

나이도 그렇고, 용모도 빠지지 않을 만큼 서로에게 잘 어울리고, 집안 형편도 괜찮았지만, 이들은 성격이 달랐다. 남편은 둔하다고까지는 할 수 없고 차분한 편인데 비해 아내는 예민하고 활발했다. 그러나 그렇게 자주 충돌하는 것은 아니었다. 그들에게 무엇보다도 공통되지 않는 점이 있다면, 취미나 기호처럼 아주 사소하지만 특색이 확실히 드러나는 면에서였다. 마치밀은 아내의 기호와 습성을 다소 유치하다고 생각했다. 한편 그녀는 남편의 취미를 천박[3]하면서 물질주의적이라고 생각했다. 그녀의 남편은 북부 지방의 번화한 도시에서 총기 제조업을 하고 있었는데, 그는 정신적으로 언제나 이 사업에 몰두해 있었다. 반면 그의 아내는 '시신(詩神)의 숭배자' 라는, 우아하지만 시대에는 뒤떨어진 명칭이 잘 어울리는 여인이었다. 매우 감수성이 예민하고 소심한 이 여인은 엘라라는 이름으로 불리웠다. 그녀는 남편이 만들어내는 물건들이 생명을 빼앗기 위한 도구라는 것에 생각이 미칠 때마다 남편의 직업에 대해 더 이상 상세히 알고 싶지 않았다. 머지않아 그 무기 중 적어도 일부는 인간이 동물에게 잔인하게 대하듯이, 자기보다 힘이 약한 동물들에게 잔인하게 구는 무서운 해충이나 야수를 없애는 데 사용될 것이라고 생각함으로써 겨우 마음의 평온을 되찾을 수 있었다.

결혼하기 전에는 그의 직업이 그를 남편으로 맞아들이는데 장애라고 생각하지 않았다. 어떻게 해서든지 생활을 꾸릴 능력이 필요했으며 그것이 어머니들이 늘 강조하는 첫째 덕목[4]이었다. 때문에 결혼에 이르렀고 신혼 기간을 거쳐 뒤를 돌아볼 정도의 시기가 되기 전까지는 남편의 직업에

3)천박(淺薄): 학문이나 생각이 얕음.

4)덕목(德目): 충(忠) · 효(孝) · 인(仁) · 의(義) 등을 분류하는 명목.

대해 깊이 생각해 보지 않았다. 이제야 그녀는 마치 어두운 곳에서 발이 무언가에 걸려 넘어진 사람처럼 그것이 도대체 무엇인지 궁금해졌다. 그래서 생각으로만 그 주위를 맴돌면서 그것이 어떤 것일까 가늠[5]해 보았다. 희귀한 것인가, 평범한 것인가. 금이 들어 있나, 은이나 납이 들어 있나. 장애물인가 주춧돌[6]인가. 그녀에게 중요한 것인가 별것이 아닌가를 생각해 보았던 것이다.

그녀는 막연한 결론을 내리게 되었고, 그 이후로 그녀는 자신을 소유한 사람의 우둔함과 고상하지 못함을 측은히 여겼다. 스스로도 측은히 여기면서 상상 속에서의 일이나 공상 혹은 탄식을 통해 자신의 섬세하고 우아한 감정을 발산시킴으로써 겨우 생기를 유지할 수 있었다. 그녀가 빠져 있는 상상의 세계는 남편이 알게 되더라도 크게 당황하지는 않을 그런 것이었다.

그녀는 작고 우아했으며 체격은 날씬하고 동작은 매우 경쾌하고 생기가 넘쳤다. 그녀의 눈은 검었으며 그 눈동자에서 신비롭게 빛나는 영롱한 광채가 엘라와 같은 영혼을 소유한 사람들의 특징을 잘 나타내 주었다. 그녀의 눈동자는 남자 친구들의 마음에 고통의 원인이 되었으며 결국 어떤 때는 자신을 상심[7]케 하는 원인이 되기도 했다. 남편은 키가 훤칠하고 얼굴이 길며, 갈색 수염과 함께 생각에 잠긴 듯한 시선을 하고 있었다. 그리고 언제나 아내에게 친절하고 관대했다. 그는 딱딱한 말투로 이야기했으며, 무기를 필수품으로 여기는 이 세상에 대해 대단히 만족하고 있었다.

그들 부부는 그들이 찾는 집까지 걸어갔다. 그 집은 바다를 향해 테라스[8]가 있었고, 집 앞에는 바람과 바닷물을 막는 상록수로 조그마한 정원을

5)가늠: 목표에 맞고 안 맞음을 헤아리는 표준. 시세의 기미를 엿보는 눈치.

6)주춧돌: 기둥 밑에 괴는 돌멩이 등으로 쓰인 돌.

7)상심(傷心): 마음을 상함. 마음을 태움.

8)테라스(terrasse): 여염집이나 다방 · 음식점 등에서 가로나 정원에 뻗쳐 나온 곳.

이루고 있었으며, 현관까지 돌층계가 나 있었다.

그 집은 옆에 늘어선 여러 집들과 마찬가지로 번지가 있었는데 모두들 '뉴 퍼레이드 13번지' 라고 불렀다. 그러나 다른 집들보다 약간 컸기에 집주인 여자만은 굳이 코버어그 저택이라는 이름을 고집했다. 그곳은 때마침 여름철이라 햇볕이 들고 생기가 돌았다. 그러나 겨울에는 비와 바람 때문에 문 앞에 모래 포대를 쌓고 열쇠 구멍까지 틀어막아야 했다. 비바람에 페인트칠이 거의 다 벗겨져 초벌칠[9]과 이음새를 메운 칠자국이 드러나 보였다.

그가 돌아오기를 기다리고 있던 집주인 여자는 길가에서 그들을 맞이하여 방을 보여 주었다. 그녀는 미망인[10]으로, 전문직에 종사하던 남편의 갑작스러운 죽음으로 어려운 처지에 놓이게 되었다고 했다. 아울러 그 집의 편리한 점을 근심어린 말투로 얘기했다.

마치밀 부인은 위치와 집이 마음에 든다고 했다. 그러나 집이 작아서 방을 다 쓰지 않으면 불편하겠다고 말했다. 집주인은 실망한 표정으로 생각에 잠겼다.

그녀는 매우 솔직하게 손님들이 꼭 자기 집에 머무시기를 바란다고 말했다. 그러나 안타깝게도 방 둘은 어느 독신 신사가 영구 임대중이었다. 해수욕철의 특별 방세를 내는 것은 아니었지만 일년 내내 방을 빌리고 있으며 문제를 일으키지 않는 아주 훌륭하고 흥미로운 젊은이이기 때문에 비싼 세를 받더라도 한 달 '임대' 를 위해 그를 내보내고 싶지는 않다는 것이었다.

"그러나 혹시 그 분이 잠시 동안 나가 있겠다고 하실지는 모르겠군요." 집주인은 이렇게 덧붙여 말했다.

---

9)초벌칠: 칠이 곱게 될 수 있도록 첫 번에 칠하는 밑칠. 첫 번째 칠.

10)미망인(未亡人): 남편이 죽고 홀로 사는 여인.

그들은 그녀의 의견을 받아들이지 않고 중개업자에게 더 문의를 해 볼 생각으로 호텔로 돌아왔다. 그들이 호텔로 돌아와 차를 마시려고 앉자마자 그 집주인에게서 전화가 걸려왔다. 그 신사분이 친절하게도 3~4주일 자기 방을 내줄 테니 새로 오신 손님들을 내보내지 말라고 제안했다는 것이었다.

"매우 친절하신 분이군요. 그렇지만 그 분에게 그런 불편을 끼쳐 드리고 싶지 않아요."

마치밀 부인이 이렇게 대답하였다.

"천만에요, 불편을 끼쳐 드리는 것이 아닙니다."

집주인이 웅변조로 말했다.

"그 분은 말이에요, 보통 젊은이와는 전혀 다른 분입니다. 마치 꿈을 꾸는 듯하고 고독하며 약간 우울한 분이지요. 제철인 지금보다는 남서풍이 문 앞으로 몰려들고 바닷물이 이곳 큰길가에까지 덮쳐서 사람의 그림자가 전혀 보이지 않을 때를 더 좋아하십니다. 기분 전환도 할 겸 가끔 찾아가는 건너편 섬의 어느 작은 별장으로 가시겠답니다."

그러니까 그들이 왔으면 한다고 그녀는 말했다.

그래서 마치밀 일가는 이튿날 그 집에 짐을 풀었다. 집은 매우 만족스러웠다. 점심 식사를 마친 후에 마치밀 씨는 부두로 산책을 나갔으며, 마치밀 부인은 아이들을 모래 사장으로 놀러 보낸 다음 이것저것 살펴보기도 하고, 옷장 문에 달린 거울을 들여다보기도 하면서 편안하게 자리를 잡았다.

그녀는 그 젊은 신사가 쓰던 뒤쪽의 작은 거실에서 다른 방에서는 볼 수 없었던, 그래서 그의 사적인 면모를 눈치챌 수 있는 다른 가구들을 찾아냈다. 해수욕철에 찾는 손님들이라면 그런 책들에 흥미가 없으리라 생각했는지 이 방의 전 주인은 눈에 잘 안 띄도록 구석에 책을 쌓아 놓았다. 그

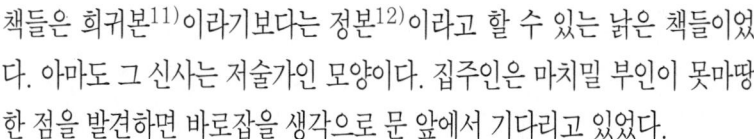

책들은 희귀본[11]이라기보다는 정본[12]이라고 할 수 있는 낡은 책들이었다. 아마도 그 신사는 저술가인 모양이다. 집주인은 마치밀 부인이 못마땅한 점을 발견하면 바로잡을 생각으로 문 앞에서 기다리고 있었다.

"책들이 있으니, 이 방을 제 방으로 썼으면 좋겠네요."

마치밀 부인이 말하였다. "그런데 방을 내주신 신사분은 책이 무척 많으시네요. 제가 좀 읽어도 괜찮을까요, 후퍼 부인."

"아무렴요. 괜찮고 말고요. 그 분은 책이 참 많으시죠. 그 분은 문학 방면에 어느 정도 명성이 있으신 분이에요. 사실 그 분은 시인이랍니다. 예, 시인이지요 그리고 대단한 부자는 아니지만 시를 쓰며 살 정도의 자기 수입도 있답니다."

"시인이요? 그래요! 그런 줄은 전혀 몰랐군요."

마치밀 부인은 책 한 권을 펼쳐들고 첫 장에 있는 책 주인의 이름을 살펴보았다.

"어머나!" 그녀는 환성을 올리고 말을 계속하였다.

"저도 잘 아는 이름이에요. 로버트 트리위. 잘 알고 말고요. 그 분의 시도 알고 있지요. 우리가 빌린 방이 바로 그 분 방이라니, 우리가 그 분을 쫓아낸 셈이로군요."

잠시 후 엘라 마치밀은 혼자 앉아서 호기심과 놀라움을 느끼며 로버트 트리위를 생각하고 있었다. 그녀 자신의 최근 생활을 보면 그런 호기심은 당연했다. 나름대로 두각[13]을 나타내기 위해 애쓰는 문인의 외동딸인 엘라 역시 지난 1~2년간은 직접 시를 쓰고 있었다. 그녀는 시를 통해 고통스럽게 자신을 감싸고 있는 감정들을 쏟아놓을 수 있는 적절한 통로를 찾

11)희귀본(稀貴本): 드물고 진귀한 책.

12)정본(正本): 문서의 원본.

13)두각(頭角): 여럿 가운데서 우뚝 뛰어난 학식이나 재능, 기예.

으려 했던 것이다. 살림살이를 꾸려나가고 평범한 남편에게 아기를 낳아 주는 우울한 생활을 하는 가운데 그녀의 정신은 침체 상태에 빠지게 되었고, 결국에는 맑고 반짝이던 지난날의 생기가 떠나버렸기 때문이었다. 그녀는 남자 이름으로 시를 기고해서 여러 무명 잡지에 실었으며, 상당히 유명한 잡지에 두 차례나 발표되기도 했다. 그녀의 시가 유명한 잡지에 두 번째로 실렸을 때, 공교롭게도 로버트 트리위의 시와 함께 실렸었다. 그녀의 시가 작은 활자로 아래쪽에 실리고 바로 그 위에 로버트 트리위가 같은 주제로 쓴 시 2~3편이 큰 활자체로 실렸던 것이다. 사실 이들 두 사람은 신문에 보도된 비극적인 사건에 놀라 동시에 그것에 관한 시를 지었던 것이고, 편집자는 이 두 사람의 시가 우연히도 일치함에 대해 언급하고 두 시가 모두 탁월하여 함께 발표한다고 주석[14]을 달았다.

이런 일이 있은 뒤, '존 아이비'라는 필명[15]으로 시를 발표하던 엘라는 어디에 나오든 로버트 트리위라는 이름으로 실린 작품에 깊은 관심을 기울여 왔다. 반면 로버트 트리위는 남성으로서는 당연한 일이지만 성별 차이라는 문제에 대해 별로 관심이 없었으며 여성으로 행세하려는 생각은 꿈에도 해본 일이 없었다. 마치밀 부인은 그 반대의 경우였다. 즉, 남성으로 행세하는 일에 만족을 느끼고 있었다. 만약 시에 표현한 그녀의 정서가 수완[16] 좋은 사업가의 부인, 무미 건조한 총기 제조업자의 부인이자 세 아이의 어머니에게서 나왔다는 것을 사람들이 알게 된다면 그녀의 영감은 신뢰성을 잃게 될지도 모르기 때문이었다.

트리위의 시는 기발하기보다도 정열적이고, 세련되기보다는 풍요하다는 면에서 최근의 여러 시인들의 작품들과는 격이 달랐다. 그는 상징주의

14)주석(註釋): 낱말이나 문장의 뜻을 쉽게 풀이함. 또, 그 글.

15)필명(筆名): 문예상 작품에 쓰는 아호(문인 · 학자 · 화가 등이 본명 외에 갖는 고상하고 멋이 있는 호).

16)수완(手腕): 일을 꾸미고 치러나가는 재간.

자도 퇴폐주의자도 아니었다. 그는 인간 생활에는 행운이 있는 것처럼 최악의 우연도 있음을 관조[17]할 줄 안다는 의미에서 비관주의자였다. 내용과 상관 없는 형식과 운율의 우수성에 대하여서는 전혀 애착을 느끼지 않기 때문에 가끔 그의 감정이 예술적인 형식을 능가할 때는 운을 잘 안 맞춘 채로 엘리자베스 양식의 소네트[18]를 써낼 때도 있었다. 그 때마다 엄격한 비평가들로부터 그런 실수를 저질러서는 안 된다는 지적을 받곤 하였다.

엘라 마치밀은 슬프지만 가망 없는 시기심에 사로잡혀 이 경쟁자의 작품을 수없이 읽어보고 운율을 살펴보았다. 미약한 자신의 시와 비교하면 할수록 그의 시가 강력한 힘을 지니고 있음을 그녀는 언제나 느낄 수 있었다. 그녀는 그의 경향을 모방해 보기도 했지만 도저히 그의 수준을 따르지 못했기 때문에 깊은 비탄에 빠질 때도 있었다. 몇 달 후 그녀는 출판사의 목록에서 트리위 씨가 시편들을 모아 한 권의 시집을 낸다는 광고를 보게 되었다. 얼마 뒤 실제로 시집이 출판되었으며 다소간에 칭찬도 받았다. 뿐만 아니라 그 시집은 출판 비용을 충당할 정도는 팔렸다.

이와 같은 사태 진전에 자극을 받은 '존 아이비'는 자신도 시편을 모아, 지금까지 발표를 많이 못했기에 공표된 몇 편의 시와 미발표 원고들을 덧붙여, 한 권의 시집을 만들어 볼 생각을 품게 되었다. 그녀는 출판 비용 때문에 막대한 손해를 보았다. 소수의 서평이 그녀의 빈약한 시집에 대해 언급했지만 아무도 그것에 대해 이야기하는 사람이 없었다. 그리고 아무도 사는 사람이 없었다. 그리하여 그 시집은 세상의 빛을 본 지 2주일 뒤에는 영영 묻혀 버리게 되었다.

이 시인은 바로 그 무렵 자신이 셋째 아이를 밴 것을 알게 되었고 그로

---

17)관조(觀照): 지혜로써 사리를 비춰 봄. 예술 작품을 고요한 마음으로 관찰, 음미함.

18)소네트(Sonnet): 13세기경 이탈리아에서 발생한 10음절 14행의 단시형.

인해 관심을 딴 곳으로 돌릴 수 있었다. 그녀에게 집안 일이 없었더라면 시집 출판의 실패는 더 큰 타격이 되었을지도 모른다. 남편은 병원 치료비와 출판 경비까지 지불하였고 그것으로써 당분간 모든 일은 끝장이 나고 말았다. 그녀는 비록 한 세기를 풍미[19)]하는 시인은 못 되었지만 그렇다고 흔해빠진 엉터리는 아니었다. 엘라는 최근 들어 과거의 시적 영감이 다시 한 번 살아나는 것을 느끼고 있었다. 그런데 때마침 우연하게도 그녀는 자신이 로버트 트리위의 방에 있음을 알게 된 것이다. 그녀는 생각에 잠긴 채 의자에서 일어나 동료 시인으로서의 흥미를 지니고 방 안을 두루 살폈다. 다른 책들 틈에 그의 시집도 끼여 있었다. 그 내용은 이미 익히 알고 있었지만 그녀는 마치 그것이 말을 걸기라도 한 것처럼 다시 읽어 보았다. 그리고 사소한 용무를 구실로 안주인 후퍼 부인을 부른 뒤 젊은 시인에 대해 물어보았다.

"한 번 만나 보시면 그 분에게 흥미를 갖게 될 겁니다. 그렇지만 그 분은 너무 수줍어하시기 때문에 만나실 수 있을지 모르겠습니다." 후퍼 부인은 그 방의 이전 거주자에 대한 호기심을 풀어주는 것을 전혀 꺼리지 않는 것 같았다. "여기 산 지 오래되었냐구요? 예, 2년 가까이 되었지요. 여기서 묵지 않을 때에도 언제나 방은 그냥 두고 있었으니까요. 아마도 이 지방의 온화한 공기가 그의 가슴에 좋기 때문에 언제든지 돌아올 수 있도록 해 두고 싶어하시죠. 그 분은 대부분의 시간을 글을 쓰거나 책을 읽으며 보내고, 별로 많은 사람들을 만나지는 않아요. 그렇지만 사실은 매우 선량하고 친절한 분이어서 누구든지 그를 사귀기만 하면 가까이 지내려고 한답니다. 그렇게 다정한 사람은 흔치 않으니까요."

"아, 그 분은 친절하고 착하시군요."

"그렇구 말구요. 내가 부탁만 하면 무엇이든지 들어준답니다. 가끔 나는

---

19)풍미(風靡)): 바람에 몰려 초목이 쓰러지듯이 위세에 딸려 저절로 쏠림.

이런 말을 하지요. '트리위 씨, 기운이 없어 보이시네.' 그러면 그 분은 '어떻게 아셨는지 모르겠습니다만 사실 그렇습니다, 후퍼 부인' 하고 대답한답니다. 그래서 나는 그 분에게 권하지요. '기분 전환을 해 보시면 어떨까요!' 그러면 그 분은 하루나 이틀 후에는 파리나 노르웨이 또는 그 밖의 지방의 여행을 가겠다고 하지요. 그리고 돌아올 때면 훨씬 생기가 넘쳐흐르는 걸요."

"아, 그래요. 그 분은 정말 감수성이 예민하신 분이시군요."

"그렇지요. 하지만 어떤 점에서는 이상하실 때도 있답니다. 한 번은 밤이 늦었는데 시 한 편을 완성하시고는 밤새 그것을 낭송하면서 방 안을 걸어다닌 적이 있었어요. 그런데 마룻바닥이 얇아서, 말씀드렸지만, 사실 너무 급하게 지은 집이거든요. 그 분이 위에서 그러셔서 잠이 들 수가 없었어요. 그래서 제가 결국 그 분께 잠 좀 자게 해 달라고 부탁을 드리게 되었죠……. 그래도 그 분과는 매우 사이가 좋답니다."

이것은 이들이 기회 있을 때마다 그 유망[20] 한 시인에 대하여 나눈 대화의 시초에 지나지 않았다. 한 번은 후퍼 부인 때문에 전에는 알아보지 못했던 것에 엘라는 관심을 갖게 되었다. 그것은 침대머리 커튼 뒤 벽지에 연필로 자디잘게 끄적거린 글씨였다.

"아, 어디 좀 볼까요."

마치밀 부인은 허리를 굽혀 아름다운 얼굴을 벽 가까이 갖다대면서 애정어린 호기심이 일어나는 것을 감출 수 없었다.

"이것이 바로 그 분 시의 출발이고 최초의 착상[21] 이에요."

후퍼 부인은 사정을 잘 알고 있는 듯한 어조로 말을 계속하였다.

"그 분은 이걸 대부분 지워버리려 했지만 아직은 읽을 수 있지요. 제 생

20)유망(有望): 희망이 있음. 앞으로 잘 될 듯함.

21)착상(着想): 일의 실마리가 될 만한 생각. 창작할 때 그 내용을 머리 속에서 구성하는 일.

각으로는 그 분이 밤중에 잠에서 깨어났다가 머리에 떠오른 구절을 아침에 잊어 버릴까봐 벽지에 적어둔 걸 거예요. 여기 씌어진 것 중에서 일부는 나중에 잡지에 발표된 것을 내 눈으로도 확인했어요. 어떤 것은 최근에 새로 쓴 거지요. 이건 저도 전에는 보지 못한 건데요 바로 며칠 전에 써 둔 모양이에요."

"아, 그렇군요!"

엘라 마치밀은 까닭없이 얼굴을 붉혔다. 그리고 불현듯 집주인이 이런 정보를 제공해 주었으므로 이제 그만 나가 주었으면 하는 생각이 일어났다. 그녀는 문학적이라기보다는 형언할 수 없는 개인적인 호기심에서 그 글을 혼자 읽고 싶었던 것이다. 그녀는 거기에서 얻을 수 있는 큰 즐거움을 기대하며 혼자 읽을 수 있을 때까지 기다렸다.

한편 엘라의 남편은 섬 밖에 풍랑이 거칠게 일었기 때문에 별로 좋은 선원이 못 되는 아내와 함께 나가기보다 혼자서 배를 타는 것이 훨씬 더 즐거울 거라 생각했다. 그는 관광용 기선에 이처럼 혼자 타는 것을 조금도 싫어하지 않았다. 그 배에서는 달밤에 남녀가 춤을 추기도 하고 갑자기 껴안기도 했다. 그는 배에 별의별 사람들이 다 있어서 그런 곳에 아내를 데리고 가고 싶지 않다고 돌려서 이야기했다. 이 부유한 제조업자가 숙소를 떠나 이렇게 바다 바람을 쏘이며 기분을 전환하고 있는 동안, 엘라의 생활은 적어도 외관상으로는 무척 단조로워 날마다 몇 시간씩 해수욕을 하고 바닷가를 산책하는 것이 전부였다. 그러나 시에 대한 충동이 다시 강하게 일어나자 그녀는 열정에 휩싸였으며 주변에서 무슨 일이 일어나고 있는지 거의 의식하지 못했다.

그녀는 최근에 나온 트리위의 시집을 외울 정도로 반복해 읽었고 그의 시를 능가하는 시를 한 번 써 보려고 많은 시간을 허비하였다.

그러나 결국 실패한 채 울음을 터뜨렸다. 주변을 둘러싸고 있으면서도 접근할 수 없는 스승의 자석과 같은 매력은 지적이고 추상적인 요소보다는 개인적인 요소가 더 강했기에, 그녀는 이를 이해할 수 없었다. 그녀는 분명히 밤이나 낮이나 똑같은 환경에 둘러싸여 있었으며 그 환경은 늘 그녀에게 그의 존재를 문자 그대로 속삭임을 통해 전해 주었다. 그러나 그는 아직 한 번도 보지 못한 사람이었다. 그리고 그녀의 마음을 사로잡고 있는 것이 그녀가 가까이 할 수 있는 첫 번째의 적절한 대상에 자신의 벅찬 감정을 쏟아부으려는 충동일 뿐이라는 것을 엘라 자신은 이해하지 못했다.

문명이 결실을 위해 고안[22]해 낸 결혼이라는 실용적 조건에서 나온 애정이 흔히 그렇듯이 남편의 부인에 대한 사랑은 우정 정도에 그칠 뿐 부인의 사랑보다, 아니 그만큼도 오래 가지 않았다. 그런데 그녀는 매우 정열적인 여성이었기에 어떻게든 자신의 정열을 충족시켜야 했으며, 이 우연한 기회를 이용하기 시작하였다. 더구나 이번 기회는 우연이 제공해 주는 것치고는 너무나 고상한 것이었다.

하루는 아이들이 벽장에서 숨바꼭질을 하다가 신이 나서 옷장 속의 옷을 꺼냈다. 후퍼 부인은 그것은 트리위 씨의 것이라고 말하며 다시 벽장 못에 걸어 두었다. 환상에 사로잡힌 엘라는 그날 오후 늦게 주위에 아무도 없는 틈을 타서 그 벽장 문을 열고 거기 걸려 있는 옷 중 하나인 레인코트를 꺼내 입어보았다.

"엘리야의 외투여!" 그녀는 중얼거렸다.

"나에게 영감을 불어넣어 영광스러운 천재인 그와 한 번 겨룰 수 있게 하소서!"

이런 생각에 잠길 때면 그녀는 언제나 눈물에 젖게 되었다. 이윽고 그녀는 거울에 비친 자신의 모습을 바라보았다. 그의 심장이 이 외투 속에서 고동쳤으며, 그의 두뇌가 이 모자 밑에서, 그녀로서는 도저히 미치지 못할

22)고안(考案): 어떤 안을 생각하여 냄.

고상한 사유[23]를 전개했으리라. 그와 비교해 볼 때 그녀는 미약함을 느끼지 않을 수 없었으며, 이러한 의식이 몹시 가슴을 아프게 했다. 옷을 벗기도 전에 문이 열리더니 남편이 방 안에 들어왔다.

"도대체 뭐하는 거요?"

그녀는 얼굴을 붉히며 얼른 옷을 벗었다.

"이 벽장 속에 걸려 있더군요." 그녀가 대답하였다.

"그래서 장난으로 한 번 입어 본 거예요. 이런 장난이라도 해야지, 너무 심심해요. 당신은 늘 집에 안 계시니까요."

"늘 집에 없다고? 그야……."

그녀는 그날 저녁에 안주인과 더 많은 이야기를 주고받았다. 그 시인에게 애정 비슷한 것을 품어 온 안주인은 그에 대하여 이야기하기를 무척 좋아하였다.

"트리위 씨에게 꽤 흥미를 갖고 계신 모양이군요." 집주인이 말했다. "방금 전갈이 왔는데 내일 오후에 들러서 내가 집에 있으면 이 방에서 필요하신 책을 찾아가시겠답니다. 그래도 괜찮겠지요?"

"아 그럼요!"

"만나 보실 의향[24]만 있으시다면 트리위 씨를 만나실 수 있을 거예요."

그녀는 남모르는 즐거움을 느끼며 약속을 하고 그 사람에 대한 생각을 하면서 잠자리에 들었다.

이튿날 아침 남편은 이렇게 말하였다.

"엘! 난 당신이 한 말을 곰곰이 생각해 봤소. 바로 내가 밤낮 혼자 나다니면서 당신에게는 아무런 즐거움을 주지 못한 채 내버려 둔다는 말 말이오. 당신의 말이 맞는 것 같소. 오늘은 바다가 조용하니 당신과 함께 요트

23)사유(思惟): 생각함.

24)의향(意向): 무엇을 하려는 생각.

나 타러 가고 싶소."

엘라가 남편의 그와 같은 제안에 대해 기쁘지 않은 것은 이번이 처음이었다. 그러나 그 자리에서는 남편의 제안에 동의하지 않을 수 없었다. 출발 시간이 다가오자 그녀는 준비를 갖추기 시작하였다. 그러나 그녀는 생각에 잠겨 우두커니 서 있었다. 이제는 분명 사랑을 느끼는 그 시인을 보고 싶다는 열망이 다른 모든 생각을 압도[25]하였다.

"가고 싶지 않아. 그냥 갈 수는 없어. 안 갈 거야." 그녀는 중얼거렸다.

그녀는 남편에게 뱃놀이를 하고 싶은 생각이 없어졌다고 말하였다. 그러자 남편은 별 상관을 하지 않고 나가버렸다.

그날은 아이들이 모두 해변에 나가고 없었으므로 집 안은 조용하였다. 햇볕이 비치는 가운데 창문덮개가 담 너머 바다의 부드럽고 끊임없는 파도에 맞춰 흔들렸다. 여름 한 철 고용된 외국인으로 이루어진 '그린 싸일리지언'이라는 악단의 연주가 마을 대부분의 주민들과 산책하는 사람을 모두 끌어가버려 코버어그 저택 근처에는 아무도 없었다. 문에서 노크 소리가 들려왔다.

마치밀 부인은 하녀가 나가보는 것 같지 않아 몸이 달았다. 책들은 지금 그녀가 앉아 있는 방에 있는데 아무도 나타나지 않았다. 그녀는 벨을 눌렀다.

"누군가 문 앞에서 기다리고 있어요." 그녀가 말하였다.

"아니예요, 부인. 벌써 간 지 오래돼요. 제가 나가 보았는 걸요."

하녀가 대답하자 곧 후퍼 부인이 방 안으로 들어섰다.

"실망이 되네요." 그녀가 말을 이었다.

"트리위 씨는 결국 안 오신답니다."

"그렇지만 전 노크 소리를 들은 것 같은데요."

---

25)압도(壓倒): 눌러서 넘어뜨림. 뛰어나서 남을 능가함.

"그건 어떤 분이 집을 잘못 알고 방을 빌리러 왔던 겁니다. 깜빡 잊고 말씀 안 드렸는데 트리위 씨는 점심 조금 전에 쪽지를 보내셨어요. 책이 필요 없게 되어 오지 않겠으니 차 준비는 필요 없다고요."

엘라는 크게 실망하였다. 한동안 「이별의 삶」이란 그의 슬픈 시조차도 읽을 수 없었다. 그토록 그녀의 들뜬 가슴은 아팠고 눈에는 눈물이 고였다. 아이들이 양말을 적시고 엄마 앞에 달려와서 놀고 온 이야기를 조잘대어도 보통 때의 반도 관심이 가지 않았다.

"후퍼 부인, 저…… 여기 계시던 그 분의 사진이 혹시 있나요?"

그녀는 그의 이름을 대는 것이 이상하게도 부끄럽게 생각되었다.

"예, 있어요. 부인의 침실 난로 선반 위에 있는 사진틀에 있지요."

"거기에는 공작[26] 부처[27]의 사진이 있던데요?"

"예, 그렇죠. 그러나 그 분 사진은 그 밑에 있습니다. 원래는 그 분 사진틀이에요. 제가 일부러 사온 거죠. 그런데 그 분이 가시면서 제게 부탁했답니다. '제발 이 방에 드는 분에게 제 사진이 눈에 띄지 않게 가려 주세요. 전 그들이 나를 바라보는 게 싫을 뿐 아니라, 그들도 내가 쳐다보는 것을 원치 않을 테니까요.' 그래서 제가 그 분의 사진 앞에다 임시로 공작 부처의 사진을 끼웠답니다. 마침 사진을 넣을 틀도 없었고 장식용으로는 왕족 사진이 더 어울릴 것 같아서요. 그 사진만 꺼내면 그 아래 그 분 사진이 있을 거예요. 아마 그 분이 아시더라도 상관 없을 겁니다. 그 분께서는 이 방에 드는 분이 이렇게 아름다운 귀부인인 줄 미처 몰랐을 거예요. 그렇지 않다면 아마 숨을 생각은 하지 않았을 거예요."

"그 분은 잘 생기셨나요?" 그녀는 수줍어하며 물었다.

---

26)공작: 오등작(공작 · 후작 · 백작 · 자작 · 남작)의 첫째 작위.

27)부처(夫妻): 부부

"글쎄요, 다른 사람은 어떨지 모르지만 저는 그렇게 생각하는데요."

"저도 그렇게 생각할까요?" 그녀는 진지하게 물었다.

"부인께서도 그러실 겁니다. 어떤 사람들은 그 분이 잘생겼다기보다는 매우 강한 인상을 준다고 하지요. 큰 눈에 늘 생각에 잠긴 듯한 분인데 주위를 빨리 살필 때면 시 쓰는 것으로는 생계를 유지하지 못하는 시인에게서 기대할 만한 날카로운 눈빛을 보게 됩니다."

"나이가 얼마나 되었지요?"

"아마 부인보다는 몇 살 손위[28]일 겁니다. 서른 한둘쯤 되셨을 거예요."

실은 엘라도 서른을 넘긴 나이였다. 그렇지만 그렇게 나이 들어 보이지 않았다. 비록 그녀의 천성[29]은 어리고 감정적이었지만, 이미 그녀의 나이는 첫사랑보다는 마지막 사랑이 더 강할지도 모른다고 생각할 만한 때에 이르고 있었다. 그리고 안됐지만, 이제 머지않아 적어도 허영심이 많은 여자라면 창문에 등을 돌리거나 덧문을 반쯤 내리지 않고서는 찾아 온 남자 방문객을 맞아들이려고 하지 않게 될 만큼 나이를 먹고, 그리하여 한결 더 우울한 인생을 맞이하게 될 것이다. 그녀는 후퍼 부인이 한 말을 생각해 보고는 더 이상 나이에 대해서는 얘기하지 않았다.

그 때 전보가 한 장 왔다. 남편에게서 온 것이었는데 남편은 친구들과 함께 요트로 해협[30]을 따라 버드머쓰까지 가게 되었으며 다음날에야 돌아오겠다는 내용이었다.

그녀는 가벼운 식사를 마치고 바닷가에서 아이들과 함께 해질 무렵까지 머물며 무슨 격정적인 일이 일어날 것을 조용히 기대하는 심정으로 방에

28)손위 : 저보다 항렬이나 나이가 높은 사람.

29)천성(天性): 타고난 성품.

30)해협(海峽): 육지 또는 섬 사이의 좁고 긴 바다.

아직 가려져 있는 사진을 생각했다. 이 젊은 여인은 공상이라고 하는 미묘한 사치를 즐기는데 능숙했으므로, 남편이 그날 밤에 돌아오지 않을 것을 알자 참을성 없이 이층으로 뛰어올라가 그 사진을 꺼내 보는 일은 삼가하였다.

그녀는 훤한 오후의 햇살이 비출 때보다는 고요, 촛불, 엄숙한 바다, 별들이 빚어내는 낭만적인 분위기에서 혼자 사진을 살펴보기를 원했다.

그녀는 아이들을 잠자리에 들게 했다. 그리고 아직 열 시도 되지 않았는데 바로 침실로 들어가서 강한 호기심을 충족시키기 위한 준비를 했다. 우선 거추장스러운 옷을 벗어 버리고 실내복으로 갈아입은 다음, 책상 앞에 의자를 갖다 놓고 걸터앉아서 트리위의 가장 달콤한 시 몇 편을 읽었다. 그리고 사진틀을 불 앞으로 들고 와서 뒤를 열고 사진을 꺼내 눈앞에 놓았다.

그의 얼굴은 매우 인상적이었다. 멋진 검은 콧수염과 턱수염을 길렀으며 깊숙이 눌러 쓴 모자가 이마를 가리고 있었다. 아까 안주인이 말하던 커다란 검은 눈은 무한한 슬픔의 가능성을 보여주는 듯했다. 잘생긴 이마 밑의 눈은 그것을 바라보는 상대편 얼굴을 보고 온 우주를 읽어내는 듯했고, 상대 얼굴에 떠오르는 미래상에 대해 별로 즐거워하지 않는 눈빛이었다.

엘라는 나지막하고 풍부하고 부드러운 목소리로 중얼거렸다.

"지금까지 그토록 잔인하게 몇 번이나 저의 빛을 가린 사람이 바로 당신이군요."

그녀는 오랫동안 그 사진을 바라보면서 깊은 생각에 잠겼다. 그녀의 두 눈에는 마침내 눈물이 고였으며 사진에 입술을 댔다. 그러다가 갑작스레 웃어대고는 눈물을 닦았다.

남편과 세 아이를 가진 여인이 낯모르는 사나이에게 이렇게 터무니없이 마음이 끌린다는 것이 얼마나 사악한 일인가 하고 그녀는 생각했다. 아니다. 그는 모르는 사나이가 아니다. 그녀는 그의 감정과 생각을 자기 것처럼 이해할 수 있었다.

그의 생각과 감정은 그녀의 생각과 감정과 똑같은 것으로 남편에게서는 찾아볼 수 없는 것이었다. 남편이야 가족을 부양[31]해야 되므로 그런 감정이 없는 것이 잘된 일인지도 모른다.

"사실, 이 사람이 진정한 나와 가깝다고 할 수 있어. 비록 한 번도 만나보지는 못했지만, 윌보다는 이 사람이 진정한 나와 훨씬 더 가깝다고 할 수 있을 거야."

그녀는 중얼거렸다.

그녀는 침대 곁 탁자 위에 그의 책과 사진을 놓았다.

그녀는 베개에 몸을 기댄 채 전에 종종 로버트 트리위의 시를 읽으면서 감동적이고 진실하다고 표시해 두었던 부분을 다시 읽었다. 그리고 나서 시집을 치우고 그의 사진을 침대 한쪽 끝에 세워 놓고는 누워서 생각에 잠겼다. 그리고는 다시 머리 위의 벽지에 희미하게 남아 있는 연필 자국을 촛불을 들고 살펴보았다. 거기에 그대로 적혀 있었다. 셸리의 단편처럼 어구, 연구,[32] 화운[33]이, 시행의 첫 구절 혹은 중간 짧은 것조차 너무도 강렬하고 너무도 달콤하며 너무도 생생해서, 그를 둘러싸고 있었듯이 지금 그녀를 둘러싸고 있는 벽으로부터 시인의 따뜻하고 사랑스러운 숨결이 스며나와 그녀의 볼을 어루만지는 것 같았다. 그는 수없이 이렇게 손을 들었을 것이다. 손에 연필을 들고. 이렇게 팔을 뻗었으니까 글이 비스듬히 쓰여진 게 틀림없었다.

31)부양(扶養): 혼자 살아갈 능력이 없는 사람의 생활을 돌봄.

32)연구(聯句): 한시의 대구(對句 - 대를 맞춘 시의 글귀).

33)화운(和韻): 남이 지은 시의 문자를 써서 답시를 지음.

시인의 세계가 어떤 형상을 이루고 있는지는 이렇게 묘사되어 있었다.

살아 있는 인간보다 더 진실한 형상들
불멸이 키우는 아기들

이렇게 묘사되어 있는 이 시인의 세계는 틀림없이 비평가들의 구설수[34]도 두려워하지 않고 자연스럽게 자신을 표출할 수 있는, 깊은 밤에 사색과 정신의 모색[35]을 통해 얻어진 것이리라. 아마 이것들은 달빛에서나 등불 아래서, 희미하게 먼동이 트는 새벽녘에 급하게 쓴 것이지, 환한 대낮에 쓴 것일 리가 없다. 쉽게 사라지는 상상을 포착했을 때 그의 팔이 놓여 있던 곳에는 지금 그녀의 머리카락이 스치고 있다. 그녀는 시인의 정신에 깊이 잠기고, 마치 천상의 영기[36]를 들이키듯 시인의 정신에 흠뻑 취해 그의 속삭임을 들으며 잠들어 있었다.

그녀가 이와 같이 꿈에 빠져 있을 때 계단을 올라오는 발소리가 들렸다. 곧 그녀는 바로 문 밖으로부터 남편의 무거운 발소리를 들었다.

"엘, 어디 있어?"

그녀가 자신이 빠져 있던 환상을 남편에게 설명해 주려 애쓰더라도 그는 무슨 뜻인지 알아채지 못했을 것이다. 그러나 그녀는 자기가 하고 있던 일을 남편에게 알려서는 안 된다는 본능적인 생각에 그 사진을 베개 밑에 슬쩍 감추었다. 남편은 저녁을 잘 먹은 사람처럼 문을 활짝 열어젖혔다.

"이거 실례했군. 머리가 아파? 내가 방해했나 보군."

윌리엄 마치밀이 말했다.

---

34)구설수: 남에게 시비하는 말을 들을 운수.

35)모색(摸索): 더듬어 찾음.

36)영기(靈氣): 신령스럽고 기묘한 기운.

"아녜요. 머리가 아픈 게 아녜요." 그녀는 대답했다.

"웬일로 이렇게 돌아오셨어요?"

"오늘 안에 돌아올 수 있는 방법이 있더군. 내일은 또 갈 곳이 있으니 거기서 하루를 더 허비하고 싶지 않았소."

"식당으로 내려갈까요?"

"아니, 나도 몹시 피곤하오. 저녁은 잘 먹었소. 나도 곧 자야겠소. 내일 아침에는 여섯 시에 일어나야 하거든. 아마 당신 일어나기 훨씬 전일 테니까 방해가 되지는 않을 거요."

그는 그렇게 말하고 방으로 들어왔다. 그녀는 그의 동작을 주시하면서 사진을 가만히 더 안으로 밀어넣었다.

"정말 몸이 불편한 것 아니오?"

아내 위로 몸을 구부리며 물었다.

"아녜요. 단지 기분이 좀 언짢을 뿐이에요."

"그렇다면 괜찮지만."

그는 몸을 굽혀 그녀에게 키스했다.

"오늘 밤 당신하고 같이 지내고 싶소."

이튿날 아침 마치밀은 여섯 시에 눈을 떴다. 그녀는 남편이 깨어나 하품을 하면서 중얼거리는 것을 들었다.

"밑에서 소리 나는 게 도대체 뭐야, 이거?"

그는 아내가 자는 줄 알고 주변을 뒤져서 무엇인가 꺼냈다.

그녀는 반쯤 뜬 눈을 통해 그것이 트리위 씨의 사진임을 알게 되었다.

"제기랄 이게 뭐야!" 남편이 소리쳤다.

"왜 그러세요?" 아내가 물었다.

"오오, 당신도 깨었소? 하하하!"

왜 그렇게 웃으세요?"

"웬 녀석의 사진이야. 집주인의 친구 같은데. 그런데 이 사진이 어떻게 여기 와 있을까? 자리를 펼 때 선반을 건드려서 떨어졌나 보군!"

"어제 내가 보던 사진인데, 그렇다면 떨어진 것이 틀림없군요."

"오오, 그럼 이 작자가 당신의 친구요? 하나님 맙소사!"

엘라는 존경의 대상에 대한 충성심 때문에 남편의 조소[37)]를 잠자코 듣고만 있을 수 없었다.

"그는 똑똑한 사람이에요."

그녀의 부드러운 목소리는 떨렸으며 그녀 자신이 생각하기에도 상황에 맞지 않는 말처럼 느껴졌다.

"그는 유망한 시인이에요. 나는 아직 한 번도 만나본 일이 없지만 우리가 들기 전에 이 방 두 개를 쓰고 있던 사람이에요."

"그걸 어떻게 아나, 한 번 만나 보지도 못했다면서 어떻게 그걸 알지?"

"후퍼 부인이 사진을 저한테 보여 주면서 말했어요."

"아, 그래. 난 이제 그만 가야겠군. 오늘은 일찍 돌아오게 될 거요. 함께 가지 못해 미안하오. 아이들이 물에 빠지지 않도록 조심해야 하오."

그날 마치밀 부인은 후퍼 부인에게 트리위 씨가 언제 올 것 같으냐고 물어보았다.

그녀는 대답하였다. "손님들이 떠나시기 전 다음 주쯤에 이 근처에 있는 친구 집에 며칠 묵으실 거예요. 그 땐 꼭 오실 거예요."

마치밀은 오후 일찍 돌아왔다. 그는 자기가 없는 동안에 도착한 편지들을 뜯어보고 갑자기 가족들과 함께 당초의 계획보다 일주일 앞당겨서, 사흘 후에 떠나야겠다고 말했다.

"일주일쯤 더 있으면 안 될까요?" 그녀는 남편에게 애원했다.

"전 여기가 좋아요."

---

37)조소(嘲笑) : 비웃는 웃음.

"그렇지만, 난 안 좋은 걸. 점점 싱거워지는 것 같소."

"그럼 나하고 아이들은 남겨두고 혼자 가세요."

"엘라, 당신도 고집이 어지간하구료. 무엇 때문에 그렇게 한단 말이오? 그럼 당신을 데리러 와야 하지 않소. 그러지 말고 함께 돌아갑시다. 얼마 후에 노스 웨일즈나 브라이튼에 가서 지내기로 합시다. 그리고 여기서도 아직 사흘은 더 남아 있잖소!"

따를 수 없는 시적 재능에 경탄을 보내며 이제는 완전히 애정을 느끼게 된 그 남자를 만나지 못할 운명인 것처럼 느껴졌다. 그러나 그녀는 마지막 노력을 하기로 결심했다. 그녀는 트리위가 맞은편 섬의 번화한 도시에서 별로 멀지 않은 조용한 곳에 머물러 있다는 사실을 집주인으로부터 알아내고 다음날 오후 근처의 부두에서 배를 타고 그리로 건너가보았다.

그것은 얼마나 허황된 여행이었던가! 엘라는 그 집 위치를 어렴풋이 알고 있을 뿐이었다. 그의 집인 듯 싶은 것을 찾아낸 다음 그녀는 길 가는 사람에게 저 집에 시인이 살고 있느냐고 물었다. 하지만 대답은 모른다는 것이었다. 그런데 설사 그가 산다고 하더라도 어떻게 감히 방문할 수 있겠는가? 혹시 한 번 방문해 달라고 청할 수는 있었겠지만 그럴 용기도 없었다. 그녀는 안타까운 심정으로 그림처럼 아름다운 바닷가의 언덕을 서성거리다가 시간이 되자 배를 타고 저녁 시간에 늦지 않게 돌아왔다.

남편은 뜻밖에도 마지막 순간에 그렇게 원하니 나중에 자기가 데리러 오지 않아도 집에 돌아올 수만 있다면 주말까지 아이들과 함께 머물러 있어도 좋다고 말하였다. 그녀는 무척 기뻤으나 내색[38]을 하지는 않았다. 이튿날 아침 마치밀은 혼자서 떠났다.

그러나 트리위는 그 주가 다 지나가도록 찾아오지 않았다.

토요일 아침에 마치밀 가의 나머지 가족들은 그녀에게 그렇게 정열을

38)내색(內色): 마음에 느낀 것을 얼굴에 드러냄. 또, 그 안색.

불태우게 하던 고장을 떠났다. 쓸쓸하고 황량[39]하기 짝이 없는 기차, 뜨거워진 좌석에 내리쬐는 먼지를 가득 머금은 햇볕, 길게 뻗은 더러운 철로, 낮게 드리운 전선들, 이런 것들이 그녀의 길동무였다. 창 밖으로 보이던 짙푸른 수평선이 시야에서 사라지고 그와 더불어 그녀가 머물던 시인의 집도 사라져 버렸다. 축 처진 기분으로 책을 읽으려고 했지만 눈물이 나왔다.

마치밀 씨의 사업은 번창 일로[40]에 있었으며 그의 가족은 커다란 새 집에 살고 있었다. 집은 그가 사업을 경영하는 중부 도시에서 몇 마일 떨어진 곳에 있었으며 대지가 꽤 넓었다. 교외의 생활이 으레 그렇듯이 어떤 계절에는 몹시 쓸쓸했다. 엘라는 따라서 그녀의 취미인 서정시나 비가[41]를 쓰며 지낼 시간을 충분히 가질 수 있었다. 그녀는 집에 돌아오자 애독하던 잡지 최신호에서 트리위 씨의 시를 발견했다. 그것은 그녀가 쏠런트 시로 피서가기 직전에 쓴 것이 분명했다. 후퍼 부인이 최근의 것이라고 말했던 벽지의 시구가 들어 있었던 것이다. 엘라는 더 이상 참지 못하고 충동적으로 펜을 들어 존 아이비라는 이름으로 동료 시인의 한 사람으로서 보내는 축하 편지를 썼다. 동일한 정서적 일에 바친 자신의 노력은 결실을 거두지 못한 데 비해, 그는 자기 영혼을 움직이는 사상을 성공적으로 운율[42]에 담은 것에 대해 축하의 편지를 썼던 것이다.

감히 답장을 기대하지 못했는데 2~3일 후 축하 편지에 대한 회신이 왔다. 예의 바르면서도 간결한 문구로 자기는 아이비 씨의 시를 잘은 모르지만 언젠가 아주 촉망되는 시가 발표된 것을 기억한다고 했다. 또 아이비 씨와 편지로 사귀게 된 것을 매우 기뻐한다면서 앞으로 쓰는 시에 대해 큰

39)황량(荒涼): 황폐하여 쓸쓸함.

40)일로(一路): 한 줄기로 곧장 뻗친 길.

41)비가(悲歌): 슬프고 애절한 노래.

42)운율(韻律): 시문(詩文)의 음성적(音聲的) 형식.

관심을 갖고 보겠다는 사연이 적혀 있었다.

그녀의 서신은 남자가 쓴 편지로 본다면 좀 어리고 소심한 면이 있었던 것 같다. 트리위 씨의 답장은 선배이며 한 수 위라는 듯한 어조였기 때문이다. 그렇지만 그것이 무슨 상관이 있단 말인가? 그가 답장을 보내오지 않았는가! 그녀가 잘 아는 바로 그 방에서 그의 손으로 직접 써 보낸 편지인 것이다.

이렇게 시작된 그들의 편지 왕래는 두 달 남짓 계속되었다. 엘라 마치밀은 가끔 자기가 쓴 시구 가운데서 가장 잘 되었다고 생각되는 것을 몇 편 보냈다. 그는 매우 감사히 받았다는 이야기는 했지만 자세히 읽었다는 말은 없었으며 회신에 자기 시를 보내는 법도 없었다. 트리위 씨는 그녀가 남자인 줄 알고 답하고 있다고 생각했으니 망정이지 그렇지 않았다면 그녀는 훨씬 더 상처를 받았을 것이다.

그러나 그와 같은 상황으로는 만족스럽지가 않았다. 그가 자신을 한 번 보기만 하면 사태는 전혀 달라질 것이라는 아첨의 목소리가 그녀의 마음 한구석에서 흘러나왔다. 기쁘게도 우연한 기회로 그럴 필요가 없게 되었지만, 그렇지 않았던들 그녀는 주저하지 않고 자기가 여자라는 것을 상대방에게 밝혀서라도 상황을 바꾸었을 것이다. 그 지방과 도시에서 가장 중요한 신문의 편집인인 남편의 친구가 어느 날 저녁 그들 내외와 식사를 같이 하였다. 그들의 화제가 시인에 관한 것으로 바뀌자 그 친구는 풍경화가인 자기 아우가 트리위 씨의 친구라는 말을 하고, 그 둘이 지금은 웨일즈에 함께 머물고 있다고 말했다.

엘라는 이 편집인의 아우도 알고 있었다. 이튿날 아침 그녀는 편지를 써서 화가에게 돌아가는 길에 자기 집에 들러서 며칠 동안 묵어가라는 내용의 초대를 하고, 친구인 트리위 씨와도 친교를 나누고 싶으므로 가능하면 함께 와달라고 요청하였다. 며칠 후에 답장이 왔다. 자기와 친구인 트리위는 남부 지방으로 가는 길에 기꺼이 그녀의 초청에 응하겠으며 다음 주 이러이러한 날에 방문하겠다고 했다.

엘라는 즐겁고 힘이 났다. 계획이 성공한 것이다. 사모하면서도 아직까지 만나보지 못한 사람이 오게 된 것이다. '보라, 그는 우리 집 담 너머에서 있다. 그는 창을 바라본다. 창살 사이로 모습을 드러냈다.' 이렇게 그녀는 열광적으로 읊었다. '또 보라, 겨울은 가고 비가 그쳤다. 이 땅에도 꽃이 만발[43]하여 새들이 찾아와 노래할 때가 되었다. 이 땅 위에는 산비둘기의 노래 소리가 들려온다.'

그런데 그가 오면 묵고 식사할 여러 가지 준비를 해야 됐다. 그녀는 몹시 신경을 써 준비를 갖추고 그날이 오기만을 고대[44]했다.

오후 다섯 시쯤 초인종 소리와 함께 편집인의 동생 목소리가 현관에서 들려왔다. 그녀는 여류 시인이었지만, 아니 스스로 그렇게 생각하고 있었지만, 엘라는 값진 옷감으로 된 유행 의상을 공들여 입는 것을 피할 만큼 숭고한 여자는 아니었다. 그 옷은 최근 런던에 갔을 때 본드 가(街)에 있는 양장점에서 산 것이었다. 예술적이고 낭만적인 기질의 여인들에게 유행하는 스타일로서 그리스의 카이튼이란 옷과 비슷한 종류의 것이었다.

손님은 응접실로 들어왔다. 그녀는 손님의 뒤를 넘겨보았다. 그러나 뒤에 따라오는 사람은 없었다. 도대체 로버트 트리위는 어디 있단 말인가?

"아, 정말 미안합니다."

화가는 인사를 나눈 다음에 이렇게 말을 이었다.

"트리위는 정말 묘한 친구입니다, 마치밀 부인. 처음에는 오겠다고

---

43)만발(滿發): 많은 꽃이 활짝 다 핌.

44)고대(苦待): 몹시 기다림.

하더니, 이제는 못 오겠다고 하는군요. 배낭을 지고 여러 마일을 걸어 와서 먼지를 잔뜩 뒤집어썼거든요. 그래서 그대로 집으로 가겠다고 했습니다."

"그럼, 그 분은 안 오시는 건가요?"

"예, 안 옵니다. 저더러 대신 사과를 해달라고 부탁하더군요."

"언제 그, 그 분과 헤어지셨나요?"

그녀는 아랫입술이 몹시 떨리기 시작하여 마치 트레몰로[45)]와 같은 목소리가 나왔다. 그녀는 이 지겨운 상황에서 벗어나 어디서 엉엉 울고 싶은 기분이었다.

"지금 막 저 건너 큰길에서 헤어졌답니다."

"예? 그렇다면 우리 집 문 앞을 지나갔단 말씀인가요?"

네, 우리가 문 앞까지 왔을 때…… 정말 훌륭한 문이더군요. 제가 봤던 현대식 철문 중에서 가장 훌륭한 것이었습니다. 거기까지 와서 걸음을 멈추자 잠깐 이야기를 나누었지요. 그 친구는 작별을 하고 돌아가고 싶다고 고집을 부렸지요. 사실 그는 지금 기분이 우울해서 어떤 사람도 만나기 싫다더군요. 참 좋은 친구고 다정한 친구입니다만 때로 안정을 잃고 우울해질 때가 있습니다. 너무 심각하게 생각하는 경향이 많아요. 그 사람의 시는 취향에 따라서는 너무 에로틱하고 정열적인 면이 있지요. 그는 어제 발간된 잡지에서 굉장한 혹평[46)]을 받았답니다. 정거장에서 우연히 그것을 읽게 된 거지요. 아마 부인도 읽으셨겠지요?"

"아니오."

'읽지 않기를 잘 하셨습니다. 생각할 값어치도 없는 글이죠. 그 잡지를

45)트레몰로(tremolo): 일음(一音) 이음(二音) 또는 몇 개의 음을 될 수 있는 대로 빨리 반복하는 연주법.

46)혹평(酷評): 가혹하게 비평하는 일.

팔아주는 편협[47]한 구독자들을 즐겁게 하기 위해 쓴 글에 지나지 않으니까요. 그렇지만 그는 그 글을 보고 화를 냈습니다. 그의 기분을 상하게 한 것은 말도 안 되는 엉뚱한 비난 때문이었습니다. 정당한 공격이야 참을 수 있지만, 반박[48]할 수도 없고 퍼지는 것을 막을 수도 없는 거짓말은 견딜 수 없다고 하더군요. 트리위의 약점은 바로 이런데 있어요. 그는 혼자서 살기 때문에 사교계나 상업계의 번잡한 세계에 살았다면 아무렇지 않을 것에도 마음에 큰 상처를 받곤 합니다. 그래서 이곳에 오고 싶지 않다는 것이었어요. 너무 최신식이고 이거 실례가 될지 모르겠습니다만 돈이 많이 들어가 보인다고 하면서……."

"그렇지만 여기에는 공감하는 사람이 있다는 것을 아마 아셨을 텐데요! 혹시 이 주소로 띄운 편지를 받았다는 이야기는 못 들으셨어요?"

"예, 예, 그 말은 들었습니다. 존 아이비라고요. 아마 그 때 여기 와 있던 부인의 친척일 거라고 생각하더군요."

"그 분께서 아이비를 좋아하신다는 말은 없으셨나요?"

"글쎄요, 아이비라는 사람에게 흥미를 갖고 있는지는 모르겠습니다."

"그의 시에 관해서는요?"

"제가 알기에는 그의 시에도 별 흥미는 없는 것 같더군요."

로버트 트리위는 그녀의 집이나 시나 그것을 쓴 사람에게 전혀 흥미를 갖지 않았다는 것이다. 그녀는 이 자리를 벗어날 수 있게 되자마자 아이들에게로 달려가서 그들에게 마구 키스를 퍼부음으로써 상한 감정을 씻어 버리려고 애를 썼지만 아이들마저 그녀의 남편처럼 평범해 보인다는데 생각이 미치자 갑자기 혐오감이 치솟았다.

---

47)편협(偏狹): 도량(너그러운 마음과 깊은 생각)이 좁음.

48)반박(反駁): 남의 의견에 반대하여 잘못된 것을 공격하여 말함.
남에게서 받은 비난 공격에 대하여 도리어 잘못을 논하여 비난함.

우둔[49]하고 순진한 풍경 화가는 그녀가 기다리던 사람은 그가 아니고 트리위뿐이라는 것을 그녀와 이야기를 나누면서도 깨닫지 못하였다. 그는 이 방문을 매우 즐겁게 생각하였으며 엘라의 남편과 어울려 다니기를 매우 좋아하였다. 엘라의 남편도 그를 매우 좋아하였다. 그리하여 그 근처를 모조리 구경시켰지만 그들은 모두 엘라의 상한 기분을 알아차리지 못하였다.

화가가 떠난 지 하루나 이틀밖에 되지 않은 어느 날 아침 그녀는 이층에 혼자 앉아 방금 배달된 런던 신문에 눈을 돌리고 있었다. 그녀는 거기에서 다음과 같은 기사를 발견하였다.

시인의 자살

장래가 촉망되는 서정 시인의 한 사람으로서 최근 몇 년간 잘 알려진 로버트 트리위 씨는 지난 토요일 밤 쏠런트시에 있는 그의 숙소에서 권총으로 바른편 관자놀이를 쏘아 자살하였다. 잘 알려진 사실이지만 그는 최근 새로운 시집을 내어 지금보다 훨씬 광범위한 독자들의 주의를 끌고 있었다. 『미지의 여성에게 드리는 서정시』라는 제목으로 엮은 이 시집은 대개 정열적인 시편으로 그것이 전달하는 감정의 폭넓음 때문에 이미 칭송을 받은 바 있지만, 한 잡지에서 신랄[50]한 비평의 대상이 되었다. 확실한 것은 아니지만 문제의 잡지가 그의 책상 위에 놓여 있었으며 그와 같은 비평이 지상(紙上)에 실린 후로 그가 매우 침울했다는 사실로 미루어 보아, 그 글 때문에 이런 슬픈 사건이 발생하지 않았나 추측되고 있다.

수사 결과에 대해서도 보도되어 있었으며, 멀리 있는 친구에게 남긴 다

49)우둔(愚鈍): 어리석고 둔함.
50)신랄(辛辣): 수단이 몹시 가혹함.

음과 같은 편지 내용도 실려 있었다.

친애하는 벗에게

이 편지가 미처 자네 손에 들어가기 전에 나는 이미 내 주위의 것을 더 이상 보고 듣고 알게 되는 괴로움을 면하고 있을 걸세. 나는 나의 이 처사[51]가 타당하고 논리적이라고 생각하네만, 구태여 자네에게 구구[52]한 설명을 늘어놓아 번거롭게 하고 싶지는 않네. 만일 하나님께서 내게 어머니나, 누이나, 그 밖에 날 몹시 아껴주는 여성을 보내 주셨더라면 나는 내 생명을 더 연장해야 할 필요를 느꼈을지도 모르겠네. 그러나 자네도 알다시피 나는 오랫동안 이와 같은, 찾을 수 없는 여인을 동경했다네. 알다시피 그녀가, 발견할 수 없고 손에 잡히지 않는 그 여인이 내 마지막 시집에 영감을 불어넣었네. 세상에는 구구한 말들이 떠돌지만 그건 어디까지나 내 환상의 여인에 불과했으며 실재하는 여인은 아니네. 그녀는 나타나지 않았으며 만날 수 없었고, 끝내 얻을 수 없었다네. 어느 여인이든 나를 가혹하고 거만하게 취급했기에 내 자살을 빚었다고 비난받게 하고 싶지 않으므로 이 점을 분명히 밝혀 두는 것이 좋으리라고 생각하네. 하숙집 주인에게 이런 불미[53]스런 일을 저질러 죄송하다고 전해 주게. 그렇지만 내가 그 방에 묵었다는 것은 아마 곧 잊혀질 걸세. 비용을 치를 만한 돈은 내 이름으로 은행에 예금되어 있네.

R. 트리위

엘라는 얻어맞은 듯 멍청하게 앉아 있다가 옆방으로 달려가서 침대에

51)처사(處事): 일을 처리함.
52)구구(區區): 작고 어리석음. 변변하지 못한.
53)불미(不美): 아름답지 못한.

얼굴을 묻고 쓰러져 버렸다.

그녀의 슬픔과 괴로움은 그녀를 갈기갈기 조각내 수천 조각으로 부숴버리는 것 같았다. 그녀는 한 시간 이상이나 격한 슬픔에 휩싸여 있었다. 그녀의 떨리는 입술로 간신히 중얼거렸다.

"오, 만일 그가 나를 알기만 했더라면…… 나를, 나를 알기만 했다면! 내가 그를 만나기만 했다면. 단 한 번이라도, 그래서 그의 뜨거운 이마에 내 손을 얹고…… 키스를 했더라면…… 내가 그를 얼마나 사랑하는지 알려줄 수 있었다면…… 그를 위해 어떤 수치나 비방도 달게 받고 그를 위해 살고 그를 위해 죽겠다는 것을 알려줄 수만 있었다면! 그랬더라면 그 귀중한 목숨은 건질 수 있었을 것인데…… 그렇지만, 아냐…… 그건 허용될 리가 없지."

모든 가능성은 사라져 버렸다. 이제는 영영 만날 가망이 없어져 버렸다. 그런 시간은 결코 실현될 수 없었지만, 그녀의 환상에는 지금까지도 만남의 순간이 보이는 듯했다.

존재할 수도 있었지만 이젠 영원히 사라진 시간
남자와 여자의 마음이 잉태해 낳았건만
그러나 그런 시간이 불가능한 삭막한 삶

그녀는 가능한 한 억제된 문체로 쏠런트시에 있는 숙소 집주인에게 제3자의 입장으로 편지를 썼다. 후퍼 부인에게, 마치밀 부인이 신문에서 그 시인의 죽음에 관한 기사를 읽었으며, 후퍼 부인께서도 알다시피 코버어그 저택에 머물고 있는 동안에 트리위 씨에게 커다란 흥미를 갖고 있었으

54)우편환: 멀리 떨어져 있는 사람에게 송금하는 경우 현금 대신에 우체국을 통해 서류를 송달하여 목적을 이루는 제도(통상환, 소액환, 전신환, 국제환의 네 종류가 있음).

므로 그의 관뚜껑이 덮이기 전에 그의 머리카락을 조금 얻어서 보내 주었으면 고맙겠다고 부탁한 다음 1파운드의 우편환[54]을 동봉하였다.

회신 우편으로 요청한 물건이 든 편지가 왔다. 엘라는 사진을 받아들자 눈물을 흘리며 그것을 비밀 서랍에 넣어두었다. 그리고 머리카락을 흰 리본으로 매어 고이 품속에 간직하고 아무도 보지 않는 곳에서 가끔씩 꺼내어 입을 맞추었다.

"대체 그게 뭐요?"

한 번은 그녀가 그러고 있을 때 신문을 보던 남편이 쳐다보며 물었다.
"뭘 보고 우는 거요? 머리카락을? 대체 누구의 머리칼이오?"

"죽었어요!" 그녀가 중얼거렸다.

"누가?"

"당신이 굳이 요구하지 않으시면 지금은 대답하고 싶지 않아요!"

그녀의 목소리 속에는 침통한 흐느낌이 서려 있었다.

"그래, 알겠소."

"대답하지 않아도 괜찮겠죠? 나중에 알려 드릴게요."

"그럼, 그렇게 해요."

그는 특별한 곡조도 없는 휘파람을 불면서 나가버렸다. 그렇지만 그는 시에 있는 공장에 도착하자 다시 그 일이 머리에 떠올랐다. 그도 쏠런트시에 묵었던 집에서 자살극이 벌어진 사실을 알고 있었다. 그리고 최근 아내가 그의 시집을 보고 있던 것을 기억했으며 그들이 쏠런트시에서 머물 때 집주인이 트리위에 대해 이야기하던 것도 기억났다. 그는 갑자기 외쳤다.

"물론 그 녀석일 거야. 대체 그 녀석을 무슨 재주로 알게 되었담. 여자란 참으로 교활한 동물이란 말이야!"

그는 그 문제는 잊어버리기로 하고 차분히 사무를 처리했다. 이 때쯤 집에 있는 엘라는 결심을 하게 되었다. 후퍼 부인은 머리카락과 사진을

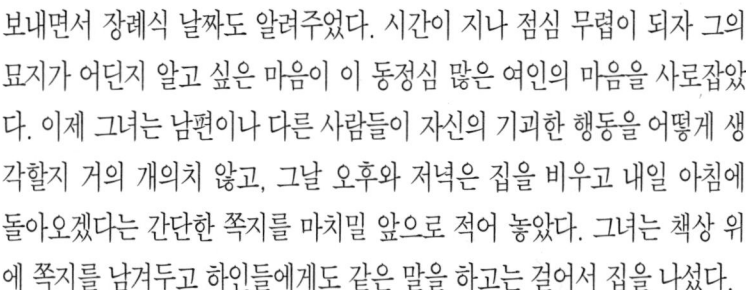

보내면서 장례식 날짜도 알려주었다. 시간이 지나 점심 무렵이 되자 그의 묘지가 어딘지 알고 싶은 마음이 이 동정심 많은 여인의 마음을 사로잡았다. 이제 그녀는 남편이나 다른 사람들이 자신의 기괴한 행동을 어떻게 생각할지 거의 개의치 않고, 그날 오후와 저녁은 집을 비우고 내일 아침에 돌아오겠다는 간단한 쪽지를 마치밀 앞으로 적어 놓았다. 그녀는 책상 위에 쪽지를 남겨두고 하인들에게도 같은 말을 하고는 걸어서 집을 나섰다.

마치밀 씨가 오후 일찍 집으로 돌아왔을 때 하인들은 근심스러운 표정을 지었다. 유모는 그를 조용한 방으로 안내하며 지난 며칠 동안의 부인의 태도로 보아 부인은 너무나 큰 슬픔에 잠겨 있으므로 혹시 투신[55] 자살이라도 하러 나선 것이 아닌지 걱정이라고 말했다. 마치밀은 곰곰이 생각해 보았다. 그러나 아내가 그랬으리라고는 생각지 않았다. 그는 집안 사람들에게 행방은 밝히지 않았지만 자기를 기다리느라고 밤을 새지는 말라고 당부한 뒤 집을 나섰다. 그는 정거장으로 달려가 쏠런트시행 차표를 샀다.

그는 급행을 타고 나섰지만 그곳에 도착했을 때는 이미 주위가 컴컴했다. 그는 아내가 자기보다 먼저 떠났다면 완행차밖에 없으므로 그녀가 자기보다 별로 빨리 도착하지는 못했으리라는 것을 알고 있었다. 쏠런트시는 이제 제철이 지났기에 길거리는 몹시 쓸쓸하고 마차도 드물고 요금이 쌌다. 그는 묘지로 가는 길을 물어 곧 그곳에 다다랐다. 문은 잠겨 있었다. 묘지 관리인은 경내에 아무도 없다고 말하면서도 문은 열어 주었다. 시간은 별로 늦지 않았으나 가을이라 어둠이 짙게 깔려 있었다. 그는 관리인의 설명을 따라 그날 매장[56]한 묘지가 있다는 구획을 향해 꾸불꾸불한 길을 더듬어 갔다. 그는 풀뿌리에 발끝을 채이기도 하고 말뚝에 걸리기도 하면

55)투신(投身): 높은 곳에서 밑으로, 또는 달려오는 차량에 몸을 던짐.

56)매장(埋葬): 죽은 사람을 땅에 묻음.

서 가끔 몸을 구부리고 사람의 모양이 보이지 않나 두루 살폈다. 아무도 눈에 띄지 않았다. 그러나 사람들이 지나간 흔적이 있는 지역에 이르게 되었는데 거기 새로 묻은 무덤 곁에 웅크리고 있는 사람의 모습을 발견하였다. 그녀도 그의 발소리를 듣고 땅에서 벌떡 일어섰다.

"엘! 이게 무슨 바보 짓이오?" 그는 격분한 어조로 입을 열었다.

"집에서 뛰쳐나오다니, 나는 그런 일은 상상도 못했소! 그렇다고 이 가엾은 사나이를 질투하자는 게 아니오. 그러나 결혼을 해서 아이를 셋씩 가지고 머지않아 넷째가 탄생할 당신 같은 여인이 죽은 옛 애인에게 정신을 잃는다는 것은 얼마나 어리석은 짓이요! 당신은 여기 갇혀 있다는 것을 알고 있소? 아마 밤새도록 이곳에서 벗어나지 못했을 거요."

그녀는 아무 말도 하지 않았다.

"당신을 위해 하는 말인데 그 사람과 깊은 관계를 맺지 않았길 바라오."

"그런 모욕적인 말씀은 입에 담지 마세요, 윌."

"명심해요. 난 이런 일은 더 이상 용납 못하겠소. 알겠소?"

"알았어요." 그녀가 말했다.

그는 그녀의 팔을 끼고 묘지 밖으로 나갔다. 그렇지만 그날 밤으로 돌아갈 수는 없었다. 그리고 초라한 모습을 남의 눈에 띄고 싶지 않아서 그는 아내를 정거장 근처에 있는 허술한 여관으로 데리고 갔다. 그리하여 이튿날 이른 아침에 그곳을 떠났다.

말로는 해결할 수 없는, 결혼 생활에서 흔히 일어나는 불협화음의 일종이라는 생각에 그들은 한마디의 말도 나누지 않고 여행을 하게 되었다. 그리고 정오가 되어서야 집에 도착하였다.

여러 달이 지나갔다. 두 사람은 아무도 감히 이 일에 대해 입을 열려고 하지 않았다. 엘라는 너무 자주 슬프고 무력한 기분에 사로잡히는 것 같았으며, 시름시름 앓는다는 표현이 어울릴 듯했다. 그녀에게는 네 번째 해산의 괴로움을 겪어야 할 날이 점점 다가왔다. 그러나 그것이 그녀로 하여금 기운이 나게 하지는 못했다.

"아무래도 이번에는 이겨 낼 것 같지 않아요."

어느 날 그녀는 이렇게 말하였다.

"원, 그런 소리가 어디 있소? 지금까지 잘 견뎌 왔는데, 이번이라고 못할 게 뭐 있소?"

그러나 그녀는 고개를 가로저었다.

"전 꼭 죽을 것 같아요. 넬리와 프랭크와 티니만 아니라면 차라리 그쪽이 나을 것 같아요."

"나는 어떡하구?"

"당신이야 저를 대신할 사람을 곧 찾으실 수 있을 거예요."

그녀는 서글픈 미소를 지으며 중얼거렸다.

"그리고 당신은 마땅히 그럴 권리가 있어요. 정말이에요."

"엘, 당신은 아직도 그…… 시인 친구를 못 잊는 게 아니요?"

그녀는 남편의 이와 같은 비난에 긍정도 부정도 하지 않았다.

"나는 아무래도 이번에는 병을 이기지 못할 것 같아요."

그녀는 되풀이했다. "틀림없이 그럴 거라는 예감이 들어요."

이와 같은 생각은 흔히 그렇듯이 나쁜 일의 시작이 되는 법이다. 그래서 6주일이 지난 오월 어느 날, 맥도 없고 핏기도 없는 그녀는 숨을 쉬는 것조차도 힘겨워하며 누워 있었다. 별로 필요로 하지 않는 아이를 낳기 위해 그녀는 살찌고 건강한 육체와 서서히 작별하고 있었던 것이다. 그녀는 임종하기 전에 마치밀에게 조용히 입을 열었다.

"윌, 저는 당신에게 그 일, 당신도 아시겠지민 우리가 쏠런트시에 갔을 때 일어난 일을 숨김 없이 고백하고 싶었어요. 내가 무엇에 사로잡혔는지 모르겠어요. 어떻게 당신, 남편인 당신을 그렇게 잊어버릴 수 있었는지 저도 도무지 알 수 없어요. 저는 병적인 상태였고, 당신은 친절하지 않을 뿐 아니라 저를 무시한다고 느끼고, 반면 그 사람은 저와 같은 수준이거나 훨씬 더 우월하다고 생각했어요. 아마 또 다른 애인을 필요로 했다기보다는 좀더 저를 이해해 주는 사람을 원하고 있었나봐요."

그녀는 기진맥진하여 더 이상 남편에게 이야기하지 못한 채 몇 시간 후에 갑자기 숨을 거두고 말았다. 윌리엄 마치밀은 여러 해 동안 참아 온 남편들이 그러하듯이 지난날의 질투로 말미암아 마음이 산란해지지는 않았다. 그리고 이미 죽어 자기에게 아무런 불편도 끼칠 수 없는 사내에 대한 애정 고백을 아내에게 강요하지도 않았다.

그런데 아내가 죽은 여러 해 후에 재혼할 여인을 집으로 맞아들이기 전에 없앨 생각으로 잊었던 편지들을 뒤적이다가 우연히 봉투 속에서 한 줌의 머리카락과 시인의 사진을 발견했다. 사진 뒤에는 날짜가 적혀 있었는데 죽은 부인의 필체였다. 그것은 바로 그들이 쏠런트시에 머물던 때였다.

마치밀은 무언가 마음에 걸리는 게 있어 어머니의 죽음을 초래한 막내아이를 데리고 왔다. 그 아이는 벌써 걸어다니며 수선을 떨 나이였다. 그는 아이를 무릎 위에 앉히고 머리카락을 어린애의 머리 위에 대보았다. 또 사진을 테이블 위에 놓고 아이의 얼굴과 자세히 비교했다. 잘 알려져 있으면서도 설명하기는 곤란한 자연의 술책으로 그 아이의 모습에는 분명히 엘라는 한 번도 만나보지 못한 남자와 닮은 흔적이 발견되었다. 그 시인의 꿈꾸는 듯하고 독특한 표정이 마치 생각을 물려받았다는 듯 아이의 표정에 서려 있었으며 머리카락도 같은 색이었다.

"어쩐지 그럴 것 같더라니까." 마치밀은 혼자서 중얼거렸다.

"그러니까 그놈하고 하숙집에서 놀아났었군! 어디 보자! 날짜가 8월 둘째 주고 태어난 것이 5월 세 번째 주니…… 그래…… 그랬었군. 저리 가라! 이 못된 놈아. 넌 나와는 상관 없는 놈이다!"

▦ 작가소개 **토마스 하디(Tomas Hardy ;1840 ~ 1928)**

19세기 후반의 영국을 대표하는 작가. 원래 건축을 공부하다가, 서른이 넘어서야 문학에 관심을 쏟기 시작했다. 이후 그의 천재성이 발휘되어 방대하고 찬란한 문학적 업적을 쌓았다. 그가 남긴 작품만도 장편 14권, 단편집 4권, 시집이 10권이나 된다.
하디의 작품들을 보면, 우선 내용상으로 한결같이 침울하고 어두운데 그것은 그가 갖고 있는 운명적인 페시미즘을 고스란히 바닥에 깔고 있기 때문이다. 구조상으로 그의 작품들은 뛰어난 건축학적 구조를 갖고 있어 거의가 균형 있는 구성미로 짜여져 있다. 그리고 자연과 농촌 풍경 묘사에 뛰어난 그의 작품은 단편, 장편을 막론하고 모두 그의 고향인 영국 남부의 웨섹스 지방을 무대로 하고 있어 그의 소설을 '웨섹스 스토리' 라고 부른다. 비탈진 황무지, 깊은 숲, 목장, 교회, 여인숙, 해수욕장 따위 소박한 자연을 배경으로 파란 많은 인생이 펼쳐지는 것이 그의 소설들이다.
주요 작품으로는 장편 소설 「귀향」, 「테스」, 「캐스터 브리지 시장」, 「박명한 주드」, 단편집 「알리샤의 일기」, 「인생의 조그만 역설」, 「낯선 세 나그네」, 시집 「웨섹스 시집」, 「과거와 현재의 시」 등이 있다.

▦ 작품해설

감수성이 깊은 여인인 엘라는 남편 마치밀에게 전혀 찾아볼 수 없는 감정을 꿈속에서 만난 듯한 시인 로버트 트리위로부터 얻게 되고 그를 사랑하게 된다. 엘라는 단 한번도 만난 적이 없는 낯모르는 사내에게 터무니없이 마음이 끌리는 것을 사악하다고 생각했지만, 흐르는 감정을 억제할 수는 없었다. 트리위 역시 자신의 마지막 시집에 영감을 불어 넣어준 미지의 여인을 사랑하지만 끝내 자살하고 만다. 그의 자살로 인해 엘라 역시 병에 걸려 죽게 된다. 정열적인 한 시인과 그를 동경하던 한 여인의 숙명을 균형있는 구성력으로 탄탄하게 그려낸 작품이다.

▦ 읽고나서

문제 엘라가 로버트 트리위의 시를 보며 마음이 끌리는 이유는?
- 자기 영혼을 움직이는 사상을 성공적으로 운율에 담았기 때문에

문제 로버트 트리위에게 환상의 여인은 어떠한 의미인가?
- 생명을 연장해야 할 이유를 갖게하는 동경의 여인

2인조(二人組) 도둑

막심 고리키

두 사람의 도둑이 있었는데 한 사람은 플라시 노가,[1] 또 한 사람은 우포바유시치[2]였다.

그들은 읍내를 벗어난 외딴 곳에 살고 있었다. 산골짜기의 계곡 언저리에 개흙[3]과 나무토막을 반반씩 섞어 처덕처덕 엮어놓은 초라한 오두막들이, 마치 조개탄 따위를 내동댕이친 것과 같이 묘하게 이리저리 흩어져 있었다. 그 중의 한 채가 두 사람의 거처였다. 그들의 일터는 주로 읍내에서 가까운 부락들이었다. 왜냐하면 읍내에서는 도둑질하기 힘들었고, 그렇다고 해서 자기네들의 거처에서 가까운 부락은 눈에 띌 만한 것이 없었기 때문이다.

두 사람 다 조심성이 대단했다. 훔쳐내는 것이라곤 헝겊 나부랭이라든가, 낙타털 외투라든가, 또는 도끼, 마구(馬具), 양복저고리가 아니면 닭 따위가 고작인데, 뭐든 '집어내기' 만 하면 그 마을에는 당분간 나타나지

1)플라시 노가: 춤추는 발이라는 뜻.

2)우포바유시치: 희망을 가진 사람. 뭔가 기대하고 있는 사람이라는 뜻.

3)개흙: 색이 검고 입자가 고우며 끈기가 있는 흙.

않는 것을 원칙으로 하고 있다. 그런데 그토록 철저하게 하고 있건만 읍내를 벗어난 변두리의 농민들은 그들을 잘 알고 있어서, 기회만 오면 반주검으로 만들어 놓겠다고 단단히 벼르고 있었다. 그러나 그와 같은 기회가 농민들한테는 끝내 주어지지 않았다. 사실 농민들의 끊임없는 협박을 받아온 지 어언 여섯 해가 되어가건만, 아직도 두 사람의 뼈대가 온전하게 남아있는 점만 봐도 알 수가 있다.

플라시 노가는 키가 후리후리하고 굽은 등에 마른 몸매지만 근육과 뼈대가 불거진, 40세는 되어 보이는 사내였다. 걸을 때면 고개를 수그리고 긴 팔로 뒷짐을 진 채로 점잖게 뚜벅뚜벅 발을 옮겨놓지만, 불안스러운 눈을 껌벅이며 항상 빈틈없이 사면 팔방을 두리번거리곤 한다. 머리를 짧게 깎았으며 아래 턱수염은 밀어내서 없고 입술까지 내리덮인 희끄무레한 콧수염이 얼굴에 노기를 띤 것 같이 사나워 보이게 한다. 왼쪽 다리는 아마도 삐었거나 부러졌거나 했던 것이 어긋난 채로 나아버렸는지, 오른쪽 다리보다도 길었다. 그래서 걸어갈 때 왼발을 들어올리면 그것이 공간에 떠올라서는 제풀에 방향을 바꾼다. 걸을 때의 이런 특징이 바로 '춤추는 발' 이란 별명의 유래였다.

우포바유시치는 짝패보다는 댓 살이나 더 먹었을까, 키는 짝패보다 작고 어깨는 훨씬 벌어졌다. 게다가 자주 힘없이 쿨룩거리곤 한다. 광대뼈가 나오고 보기 좋은 반백의 턱수염이 나 있는 얼굴은 병자처럼 누렇게 떠 있었다. 커다랗고 검은 눈알이 무엇을 볼 적마다, 잘못을 사과하기라도 하는 양 부드럽게 빛난다. 걸음을 옮길 때면 다소 성난 듯이 입술을 깨물며 곧장 슬픈 노랫가락을 휘파람으로 불곤 하는데, 그 가락은 언제나 같은 노래뿐이었다. 어깨에 걸치고 있는 것은 갖가지 빛깔의 누더기 조각을 모아서 만든 짤막한 옷이어서 어쩐지 솜을 넣은 양복저고리같이 보인다. 이와는 반대로 플라시 노가의 옷은 허리띠로 졸라매게 된, 기다란 회색의 농사꾼 외투 그것으로 꾸려나갔다.

우포바유시치는 농사꾼이었으나, 짝패는 성당지기의 아들로서 보이 노릇이라든가 당구장 사환 따위를 지낸 적이 있었다. 그들은 일 년 열두 달을 꼭 붙어다녔다. 그래서 농부들은 이들의 모습을 보기만 하면 으레 이렇게 빈정거렸다.

"또 겨리[4]짝이 나타났군 — 저 보라니까, 꼭 둘이 붙어버렸어!"

그런데 이 인간 겨리는 어느 곳을 막론하고, 날카롭게 사방 팔방을 살피면서 남과 마주치는 것을 피해 시골길을 다니곤 했다. 우포바유시치는 기침으로 쿨룩거리면서도 버릇이 된 그 노래를 휘파람으로 불곤 했다. 짝패의 그 왼발은 공간에서 춤을 추고 있는데, 마치 그 발이 자기 주인 나리를 위험한 길목에서 다른 곳으로 이끌어가는 길잡이를 하고 있는 것과도 같았다. 때로는 어느 숲가에서라든가 밀밭이라든가 골짜기 구석 같은 곳에서 나자빠진 채로, 먹고 살기 위해서는 어떻게 도둑질해야 하는가를 조용히 의논하고 있을 때도 있곤 했다.

겨울이 되면 늑대까지도 — 이 두 친구의 경우와는 달리 살아가기 위한 싸움에는 훨씬 더 유리한 조건을 갖고 있는 — 그 늑대까지도 생활난에 허덕이곤 한다. 바싹 말라 뼈대가 드러나고 허기가 지곤 해서 눈을 부라리고 길을 따라 냄새를 맡으며 쏘다닌다. 늑대에게는 때려 잡을라치면 제 몸을 지키기 위한 발톱과 이빨이 있다. 더구나 늑대는 아무 것과도 타협하지 않는다. 이 아무 것과도 타협하지 않는다는 점은 인간에게 있어서는 요긴한 것이다. 왜냐하면 생존을 위한 싸움에서 이겨내자면 인간은 많은 지혜를 지니고 있어야 하며, 그것이 없다면 야수의 마음을 가진 것이 되기 때문이다.

겨울이 되자 두 친구의 형편은 나빠졌다. 둘이서 함께, 해질 무렵이면 자

4)겨리: 소 두 마리가 끄는 쟁기.

주 읍내의 사거리로 가서, 순경의 눈에 띄지 않도록 조심하면서, 오가는 사람들의 소맷자락에 매달리곤 했다. 도둑질로 지내기란 인제 여간해서는 어렵다. 이 마을 저 마을을 모조리 쏘다니는 것이 귀찮기도 하고, 견딜 수 없이 추운데다가 눈 위에 발자국이 역력히 남게 된다. 그뿐만 아니라, 온갖 것이 죄다 눈으로 덮혀 버리므로 부락으로 찾아간댔자 허탕을 칠 것은 뻔한 노릇이다. 그러기 때문에 겨울이 되면 이 겨리짝은 허기와 싸우느라고 몹시 쇠잔해져서 오직 봄철만을 애타게 기다렸다. 아마도 이 두 사람처럼 미칠 듯이 봄을 애타게 기다리는 사람은 없을 만큼……

겨우 봄이 다가왔다. 바싹 여위어서 병자처럼 보이는 그들은 골짜기에 있는 오두막집에서 기어나와 그야말로 기쁜 듯 들판을 바라보았다. 들판에서는 날이 갈수록 빠른 속도로 눈이 녹으면서 여기저기 검붉은 해토[5]가 드러났다. 웅덩이가 거울처럼 반짝거렸고 개울에서는 졸졸거리는 맑은 소리가 울려왔다. 태양은 따스한 애무의 손길을 땅 위로 내려보낸다. 햇살은 힘을 솟게 한다 — 땅이 완전히 마르기에는 언제까지 걸린다든가, 끝판에 가서는 언제쯤 부락으로 '사격' 하러 가게 되겠는가 하는 식으로…… 우포바유시치는 때마침 불면증에 걸려 있었으므로, 날이 샐 무렵이면 짝패를 두드려 깨우면서 매우 즐거운 듯이 이렇게 일러 준 일도 한두 번이 아니었다.

"여보게! 어서 일어나게…… 그리치[6]가 날아왔네!"

"날아왔다니?"

"암! 저것 보게나, 울음 소리가 들리잖나?"

오두막을 나선 그들은 이 봄을 알리는, 빛깔이 검은 새가 바쁜 듯이 큰 울음 소리로 대기를 뒤흔들면서 새로운 보금자리를 치거나 묵은 둥우리를

---

6)해토(解土): 얼었던 흙이 녹아서 풀림.

6)그리치: 까마귀의 일종. 해충을 잡아먹는 유익한 새.

고치는 모습을 오랫동안 질력도 내지 않고 쳐다보고 있었다.

"이번엔 종달새 차례일세."

낡아서 삭아 문드러진 그물을 손질하면서 우포바유시치가 지껄였다.

종달새가 나타났다. 그들은 들판으로 나가서 장소를 가려 눈 녹은 땅에다 그물을 쳐놓는다. 그 일을 끝내면 젖어서 진창투성이가 되어가지고는 들판을 뛰어다니면서, 멀리서 날아와 허기도 졌으려니와 지치기도 한 새가, 겨우 눈 밑에서 드러나기 시작한 질퍽한 지면에서 연방 먹이를 찾고 있는 것을 그물 속으로 몰아 넣는다. 새를 잡게 되면 그들은 그것을 한 마리에 5코페이카, 아니면 10코페이카씩 받고 팔았다. 다음에는 어저귀 나물이 돋아났다. 그들은 그것을 뜯어 모아서는 장터 채소 가게로 가져갔다. 봄철은 날마다 이 두 사람에게 무엇인가 새로운 것을 베풀어 주었다 — 비록 보잘것 없는 것이지만 어쨌든 새로운 돈벌이가 생겼다. 그들은 무엇이든 닥치는 대로 써 먹을 수 있었다. 버들개지, 승아, 샴피니온[7], 딸기, 버섯 — 그 무엇이든간에 이 두 사람의 눈길을 벗어날 수는 없었다. 군인들이 사격 연습에 나가면 — 그것이 끝난 연후에 둘이는 참호 속으로 숨어 들어가서 탄알을 주워 모으고, 이윽고 한 푼트에 12코페이카씩으로 그것을 팔아 넘겼다. 통틀어 이와 같은 풋나물로는, 이 겨리짝이 아사 지경에서 포식의 기쁨을 마음껏 즐기기엔 아직도 부족하다고 하겠다. 배가 꽉 찼다는 쾌감, 삼켜버린 음식물을 새기려는 활발한 밥통의 움직임, 그것을 두 사람이 즐길 계제[8]라곤 거의 없었던 것이다.

어느 날, 때는 4월로 나뭇가지에는 바야흐로 새싹이 움트고, 숲은 아직도 짙은 남색의 희미한 광선으로 싸였으며, 햇볕을 속속들이 쬔 갈색의 기

---

7)샴피니온: 버섯의 일종.

8)계제(階梯): 일이 잘돼 가거나 생기게 된 좋은 기회.

름진 들판에 싹들이 목을 내밀었을까 말까 할 무렵 — 우리의 두 친구는 넓은 한길을 걷고 있었다. 가면서 손수 만든 하치 담배의 궐련을 푹푹 피우며 연방 얘기를 주고받는다.

"자네 기침 소리가 거칠어지는 것 같군 그래."

플라시 노가가 조용히 건넨 말이다.

"뭐 이것쯤 — 아무 것도 아닐세…… 이렇게 햇볕을 쬐면 — 이내 나을 거야……"

"음…… 하지만 말일세, 병원에 한 번 가보는 게 좋지 않겠나?……"

"아이구 여보게! 병원엘 가봤댔자 뭘 하겠다고? 죽을 팔자라면 결국은 죽고 마는 거지."

"그야 그렇지만……"

그들은 한길 자작나무 사이로 걷고 있었다. 자작나무가 무늬진 잔가지 그늘을 두 사람에게 던져주고 있었다. 참새가 길 위로 뛰어다니면서 힘있게 짹짹거린다.

"걸으면 더 나빠지겠지?"

잠시 말소리가 멎었다가, 플라시 노가가 알아차린 듯 물어보았다.

"그야 숨을 마음대로 쉴 수 없으니까 그렇지."

우포바유시치가 풀이를 한다.

"요즘엔 공기가 너무 탁한데다가 습기가 많지 않은가. 그러니까 조금이라도 들이마시기가 힘에 겹거든."

그는 걸음을 멈추고 서서 담배를 피우며 걱정스레 짝패를 바라보았다. 우포바유시치는 기침 때문에 몸을 비비 꼬며 가슴을 쥐어뜯었다. 얼굴이 새파랗게 질렸다.

"인후에 암만해도 구멍이 나겠군."

연달아 기침을 하면서 그는 이렇게 뇌까렸다.

참새를 몰이하면서 앞으로 나아갔다.

"우선 개시로 노릴 곳은 무히나네렷다……"

피우던 담배를 내버리고 침을 뱉으면서 플라시 노가가 꺼낸 말이다.

"무히나네 뒤꼍을 뒤져보기로 하세…… 꽤 쓸모 있는 게 있을지도 모르니, 마음놓고 있는 틈을 타서 해치운다면…… 그러고는 — 시프초비야 숲곁에 사는 구즈네치하네를 훑어보고서…… 그 다음으로는 말코프카네를 둘러보세…… 그게 끝나거든 돌아가기로 하지 않겠나."

"그럼 30베르스타 가량 걷는 셈이 되겠군 그래."

우포바유시치의 대꾸였다.

"하지만 빈손으로 돌아가게 되지는 않겠지……"

길 왼쪽으로 숲이 있었다. 숲은 거무스레한 것이 어쩐지 마음에 내키지 않는 성싶다. 헐벗은 나무들의 가지에는, 눈을 즐겁게 해 줄 만한 푸른 무늬가 아직은 하나도 보이지 않았다. 숲을 벗어난 언저리에 솜털이 푹신하게 돋은 망아지가 서성거리고 있다. 옆구리가 푹 들어갔고 갈비뼈가 그 대로 불거져 있어, 흡사 나무통에다 테를 씌운 것 같은 꼬락서니다. 두 친구는 발길을 멈추고서 한동안 바라보고 있었다. 망아지는 땅바닥에다 코쭝배기를 짓누르며, 느릿느릿 발을 옮겨가면서, 샛노란 싹을 입에 물고 다 자라지 않은 이빨로 잘근잘근 씹고 있었다.

"저놈도 빼빼 말랐군 그래……"

우포바유시치가 중얼거렸다.

"이리 와! 워, 워!"

플라시 노가가 손짓을 했다.

망아지는 소리 나는 쪽을 흘끗 보더니 싫다는 듯이 목을 흔들고는 다시 아래로 목을 축 늘어뜨렸다.

"자네는 싫다네."

망아지의 내키지 않는 동작을 우포바유시치는 이렇게 풀이했다.

"해치우세! 저놈을 말이야 — 타타르 사람들한테 끌고 가면, 7루블쯤 문제없네. 어때?"

궁리 끝에 플라시 노가가 퉁겼다.

"그렇게는 안 줄걸. 그만한 값어치가 없으니까 말일세!"

"하지만 가죽이 있지 않나?"

"가죽? 그래 가죽 값으로 그렇게 준다는 건가? 아마 고작해야 가죽 값으로 3루블이겠지."

"고것밖에 안 된담!"

"생각해 보게나! 도대체 저 놈의 망아지가 무슨 가죽이 저렇담? 가죽이라기보다는 꼭 누더기 삼베로 만든 감발[9] 같구먼"

플라시 노가는 짝패를 뚫어지게 바라보더니 걸음을 멈추면서 뇌까린다.

"그럼 어떡한단 말인가?"

"힘들겠는데!"

주저하는 말투로 우포바유시치가 내뱉듯이 지껄였다.

"뭐 말인가?"

"역시 발자국이 남지 않겠나…… 땅이 아직도 이렇게 질퍽거리니…… 행방이 이내 탄로날 걸……"

"저놈의 망아지한테 짚신을 신겨 보면 어떨까……"

"그래 좋도록 해보세……"

"이걸로 결정은 났것다! 우선 망아지를 숲 속으로 몰아넣고서 골짜기에 숨어서 밤까지 기다리기로 하세…… 밤이 되거들랑 끌어내서 타타르 사람들 마을로 끌고 간다는 순서렷다. 멀지는 않지 — 겨우 3베르스타쯤 되니까……"

---

9)감발: 버선 대신 발에 감는 무명천.

"잘 될까?"

우포바유시치가 고개를 갸웃거렸다.

"어쨌든 해치우세! 5루블은 들어오겠지…… 그저, 들키지 않도록만 하세……"

플라시 노가가 자신 있게 말했다.

두 사람은 위를 둘러보고는 도로를 가로질러 수풀로 향했다. 망아지는 그들을 보자 콧소리를 내며 꼬리를 쳐들었으나, 여전히 성글게 돋은 싹을 뜯어먹기 시작했다.

숲 속의 깊은 골짜기의 구석은 공기가 서늘하고 고요하며 어슴푸레하다. 시냇물의 속삭임이 애수를 띠고 정적을 꿰뚫으며 들려온다. 가파른 벼랑에서는 호두, 카리나, 인동 따위의 마디진 가지들이 늘어져 있다. 흙벽을 힘없이 뚫고 모습을 나타내고 있는 것은, 눈이 녹아내린 물에 씻겨서 드러난 나무 뿌리인가 보다. 그것보다도 한층 더 괴괴한 것은 숲이다. 황혼의 어슴푸레한 빛이 죽음과도 같은 그 색채의 단조로움을 더욱 짙게 하며, 언저리에 서려 있는 낙심한 듯한 침묵의 이 숲을 마치 묘지처럼 음산하고 엄숙한 적막으로 물들이고 있는 것이다.

골짜기 구석에 커다란 흙더미와 함께 몰려난 한 무더기 백양나무 그늘에, 그 괴괴하게 습기 찬 어둠 속에 두 친구가 자리를 잡은 지는 이미 오래되었다. 그들 사이에는 모닥불이 빨갛게 타고 있었다. 그 위로 손을 뻗쳐 불을 쬐면서 그들은 마른 가지를 조금씩 던지고 있었는데, 이는 모닥불이 끊임없이 활활 타올라서 연기가 나지 않도록 하기 위해서였다. 그 곳으로부터 아주 가까운 곳에 말이 서 있었다. 우포바유시치의 누더기 옷에서 찢어낸 소맷자락을 망아지 대가리에 씌워 가리고 어느 나무 줄기에다 고삐를 매어 놓은 것이다

우포바유시치는 편안히 도사리고 앉아서 감개 무량하다는 듯 불꽃을

지켜보거나 버릇인 휘파람을 불곤 한다. 절름발이는 버들강아지를 한 다발 베어다가 부지런히 바구니를 짜고 있다. 너무나 바빠서 입도 떼지 않는다.

낙망한 듯한 시냇물의 멜로디와 불행한 사나이의 차분한 휘파람 소리만이, 황혼과 숲과의 고요 속을 하염없이 감돌고 있었다. 때때로 모닥불 속에서 나뭇가지가 소리를 냈다. 톡톡 튀기도 하고 한숨이라도 쉬는 듯 '쉬잇' 소리를 내기도 했다. 흡사 불 속에서 사라져가는 자기네들보다도 훨씬 더 괴로운 이 두 사람의 삶에 깊은 동정을 베풀기라도 하는 것처럼.

"그만하고 어디 행차해 볼까?"

우포바유시치가 물었다.

"아직 이르네…… 아주 어두워진 다음에 떠나기로 하세."

일손도 멈추지 않은 채 거들떠보지도 않으면서 플라시 노가가 대꾸했다.

우포바유시치는 한숨을 내쉬면서 다시금 기침을 시작한다.

"왜 그러지…… 추운 게 아닌가, 응?"

한참 후에 짝패가 물어본 말이었다.

"그렇지는 않아…… 어쩐지 처량해지면서 넋이 빠져나가 버린 것만 같아서……"

"아픈 탓이겠지……"

"그럴지도 모르겠네만서도…… 하지만 다른 원인일지도 모르겠어."

그러자 플라시 노가가 타이른다.

"자네 말일세, 너무 외곬으로만 생각지 않는 편이 좋겠네……"

"뭘 말인가?"

"뭘 말인가라니, 무엇이든 말일세……"

"그건 안 될 말이지."

우포바유시치는 여기서 갑자기 기운이 솟구친다.

"난 생각을 하지 않곤 못 견디는 성미라서, 이를테면 저런 걸 봐도……"

망아지를 가리켰다.

"곧장 이렇게 생각을 하지…… '어쩌자고 저렇듯 궁상맞게 생겼을까. 하지만 살림하는 데는 — 꽤 쓸모가 있는 놈이지!' 라고 말일세. 나도 말일세, 버젓한 살림을 꾸려본 적이 있다네…… 그 무렵엔 참말 부지런했었지만."

"그럼 무슨 벌이를 했단 말인가?"

냉정하게 플라시 노가가 되묻는다.

"자네한테서 그런 쓸데없는 소릴 듣고 싶지 않네…… 휘파람을 불고 한숨을 쉬어 봤댔자 — 그게 뭐가 된단 말인가?"

우포바유시치는 그 말에는 대꾸도 하지 않고서 잘게 꺾은 한 움큼의 마른 가지를 모닥불에 던지고는 불꽃이 타올라 습기 찬 대기 속으로 사라져 가는 것을 눈여겨 보고 있다. 잇따라 눈을 껌벅이고 얼굴에는 어두운 그림자가 스쳐간다. 이윽고 그는 망아지가 매여 있는 쪽으로 고개를 돌리고는 유심히 그 모습을 훑어보고 있다.

망아지는 땅에서 솟아나기라도 한 것처럼 꼼짝도 않고 있다.

"무슨 말이든 간편하게 생각지 않으면 안 되네.'

거칠게 타이르듯 플라시 노가가 말했다.

"우리의 생활이란 우선 이런 거지. 낮이 가고 밤이 온다…… 거기서 하루가 끝난단 말이야! 먹을 것이 있으면…… 다행이고 없으면…… 훌쩍훌쩍 울다가, 그게 끝나면 모든 게 끝장이라네…… 그런 걸 말일세, 자넨 괜히 어렵게만 생각을 하니…… 듣기도 싫단 말일세. 모두가 자네 병 탓일세만, 그건."

"그렇게 말하면 병이 난 탓인지도 모르겠네만."

우포바유시치는 고개를 끄덕이더니 이렇게 덧붙인다.

"하지만 따지고 보면…… 맘이 약한 탓인지도 모르겠네."

"그 맘이 약하다는 것도 병 때문일세."

단호하게 플라시 노가는 선고했다.

그는 작은 가지를 이빨로 물어 끊어서, 그것을 휘둘러 핑핑 대기를 가르면서 오달지게[10] 뇌까린다.

"보게나, 난 건강한 몸일세…… 그 따위 것은 아무 것도 없다네!"

망아지가 발을 굴렀기 때문에 무엇인가 그 고요하던 멜로디에 새로운 가락을 멀리하고 날아가 버렸다.

우포바유시치는 산새의 행방을 지켜보면서 낮은 소리로 입을 뗀다.

"저게 무슨 새일까? 뜸부기라면 숲 속에 있어 봤댔자 별수없을 테고…… 그렇다면 저건 스윌리스테리일까……?"

"아냐, 때까치일 걸세."

플라시 노가가 대꾸했다.

"때까치라면 아직은 제철이 아니잖겠나. 더구나 때까치는 소나무 숲에 처박혀 있는 법이니까, 이런 데로 올 리가 없네…… 그러니 저건 확실히 스윌리스테리에 틀림이 없네."

"그렇다면 그래 두지!"

"틀림없지."

우포바유시치는 크게 고개를 끄덕였으나, 웬일인지 푹 한숨을 내쉬었다.

플라시 노가의 두 손이 날쌔게 움직이고 있었다. 이미 바구니 밑바닥은 엮어 매듭을 지었고 이젠 허리통이 그럴싸하게 되어가고 있었다. 창칼로 알맞게 줄거리를 자르고 이빨로 끊어 다듬어서는 손가락을 재치 있게 놀려 굽히거나 엮거나 한다. 콧구멍으로 숨을 내쉴 적마다 콧수염이 하늘거린다.

10) 오달지게: 올차고 야무져 실속있게.

우포바유시치는 이런 손놀림을 바라보거나, 머리를 떨군 채 화석처럼 굳어버린 망아지를 바라보거나, 혹은 하늘을 쳐다보거나 한다. 쳐다보는 하늘은 거의 어둠에 싸여 있었으나 별은 보이지 않았다.

"농사꾼이 말을 찾으러 와서 말일세" 갑자기 그는 들뜬 목소리로 입을 열기 시작한다.

"없어진 걸 알게 되면…… 저리 가 봐도 이리 찾아 봐도…… 망아지가 사라져 버린 걸 알게 된다면 어쩐다지?"

우포바유시치는 두 손으로 그런 시늉을 해 보였다. 어쩐지 멍청한 표정이면서도 눈만은 무엇인가 번쩍거리는 것을 보고 있는 듯 연방 껌벅이고 있었다.

"성급하게 자네 왜 그런 말을 끄집어내는가?"

사나운 기세로 플라시 노가가 나무랐다.

"뭐 좀 옛일을 생각해 냈기 때문일세만……"

변명이라도 하듯이 우포바유시치가 대답했다.

"어떤 일을?"

"무슨 일…… 즉, 그…… 바로 말을 도둑맞았다는 얘기네만…… 우리 집 마부가 말일세…… 미하일라라고 불렀지만…… 이렇게 덩치가 큰 농사꾼이었는데…… 곰보딱지였지…… 그래서 말하자면 도둑을 맞지 않았겠나…… 꼴을 먹이려고 말을 풀어놓았더니 그만 없어졌네 그려! 결국 미하일라란 놈이 말이 없어졌다는 걸 알게 됐으니, 글쎄, 땅바닥에 꽝하고 쓰러지더니 엉엉 울며 한바탕 소란을 피웠지. 응, 여보게, 그 때 놈이 얼마나 통곡을 했는지 알겠나?…… 쓰러진 채로 말일세. 꼭 발목을 꺾어 놓은 것처럼 말일세."

"그래서?"

"그래서…… 말하자면 그런 꼬락서니로 언제까지나 그놈은 뉘우치고 있었네만……"

"그래서 자넨 어쨌단 말인가?"

우포바유시치는 짝패의 모난 질문을 받자 무의식 중에 뒤로 물러나면서 더듬거리는 말로 대답을 늘어놓는다.

"그래서 난 그런 일이, 말하자면…… 생각났다는 걸세…… 말을 잃어버린다는 것은 농사꾼에겐 팔을 잘리는 거나 진배없다는 얘기를 말일세."

"난 자네한테 다시 한 번 다짐해 두겠네만."

우포바유시치를 쏘아보면서 플라시 노가는 꾸짓 듯 뒷말을 잇는다.

"그런 소린 하지 말게. 아주 내색도 하지 말아 주게! 그런 엉터리 수작이 도움이 되는 일은 절대로 없을 테니…… 알겠나. 마부나 미하일라나 떠들어 봤댔자 다 쓸데없는 노릇일세."

"하지만 불쌍하지 않은가?"

어깨를 들먹이며 우포바유시치가 대들었다.

"불쌍하다고? 흥, 우리들은 불쌍한 인간이 아니란 말인가?"

"아니, 그저 얘기를 꺼내 봤을 뿐이네."

"그렇다면 이제부턴 쓸데없는 소릴랑 그만두게…… 좀 있다가 곧 떠나야겠으니."

"곧 말인가?"

"그래……"

우포바유시치는 모닥불 곁으로 다가앉아 나뭇가지로 불더미를 쑤시면서 다시금, 바구니 엮기에 골몰하는 플라시 노가를 곁눈으로 흘끗 쳐다보더니 조용히 예의 부탁의 말을 건네기 시작한다.

"망아지를 풀어 주는 게 좋을 것 같은데……"

"자네가 그토록 비겁한 인간인 줄은 꿈에도 몰랐네."

생각할수록 슬픈 듯 플라시 노가는 외쳤다.

"나쁜 짓을 하자는 게 아닐세!"

낮은 목소리였으나 상대를 설득하듯이 우포바유시치는 뒷말을 잇는다.

"생각해 보게나 그려, 여간 위험한 짓이 아니야! 4베르스타나 끌고 가서 말일세…… 애먹은 끝에 타타르 사람들이 안 사겠다고 나오면 어떡할 셈인가? 그 때 가선 어떻게 된다지?"

"그렇게 된다면 내가 책임지기로 하지!"

"그렇다면 할 수 없군 그래! 풀어 주는 게 좋을 것 같은데…… 저런 더럽고 말라빠진 말인 바에야!"

플라시 노가는 아무 대꾸도 않은 채 오직 더욱 재빠르게 손끝을 놀리고 있었다.

"저 따위 것에 누가 목돈을 내놓겠다고!"

낮은 소리로, 그러나 끈질기게 우포바유시치는 늘어놓는다.

"이러고 있을 게 아니라, 벌써 제일 알맞은 시간이 됐으니까…… 보게나, 곧 어두워질 걸세…… 그러니 우리도 여길 나가서 두본카 쪽으로 가보지 않겠나…… 응, 여보게, 좀더 직성이 풀리는 일에 손을 대 보는 편이 낫겠네만."

우포바유시치의 변함없는 주장이 냇물 소리에 뒤섞이면서, 부지런히 손끝을 놀리고 있는 플라시 노가를 쑤시기 시작했다. 그는 입술을 짓씹으며 말이 없었다. 잘 맺어지지 않던 울[11]이 손끝에서 뚝하고 부러졌다.

"지금쯤은 아낙네들도 마전터[12]로 나갔을 게고……"

망아지가 길게 울더니 대가리를 빼내려고 안간힘을 쓴다. 싸여서인지 한결 참혹하고 가련한 모습이었다. 플라시 노가는 망아지가 서 있는 쪽을 흘끗 돌아다보고는 불더미에다 퉤 하고 마른침을 뱉었다.

---

11)울: 속이 비고 위가 트인 물건의 가를 둘러싼 부분.

12)마전터: 피륙을 바래는 일을 하는 곳.

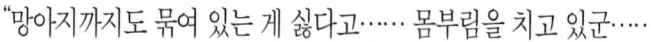

“망아지까지도 묶여 있는 게 싫다고…… 몸부림을 치고 있군……”

“언제까지 가야만 자네 넋두린 끝나겠나?”

“사실대로 말하는 걸세…… 그렇게 화낼 일이 아닐세. 응, 스테판…… 망아질랑 숲 속으로 쫓아버리세. 나쁜 짓을 하자는 게 아니니까.”

“자네 오늘은 배가 안 고픈 모양이로군?”

플라시 노가가 소리쳤다.

“그럴 리가 있나……”

상대의 화난 소리에 질겁을 한 우포바유시치가 어물어물 대꾸했다.

“그렇다면 잔소릴랑 말게, 그러다간 이쪽이 굶어 죽을 테니까. 난 아무것도 겁날 게 없으니까 말일세……”

유포바유시치는 말없이 그렇게 말하는 짝패를 쳐다보았다 — 짝패는 버들개지를 한데 그러모아서 동여매어 다발을 만들고 있었다. 숨소리가 거칠다. 불꽃에 비춰어 윤곽이 드러난 덥석부리 얼굴이 벌겋게 달아 있었다. 우포바유시치는 옆으로 눈길을 돌리면서 괴로운 듯 한숨 짓는다.

“잘 들어 두게, 난 결코 겁내고 있진 않네…… 맘먹은 대로 해 보일 테니까.”

분명히 거센 소리로 플라시 노가가 말을 꺼낸다.

“다만, 미리 말해 두지만, 자네가 그렇게 꼬리를 사리겠다면……그걸로 벌써 나와는 손을 끊은 셈일세! 그렇게 해 두는 편이 얼마나 나을지 모르겠네! 나는 자넬 잘 알고 있는 셈이지…… 말하자면.”

“말하자면…… 변덕쟁이란 말이지……”

“옳은 말씀!”

우포바유시치는 몸을 굽히며 쿨룩거리기 시작했다. 기침의 발작이 가라앉자 후 하고 큰 숨을내쉬면서 입을 뗀다.

“그것뿐이 아닐세, 오늘 밤에 아무래도 뭔가 잘못된 것 같은데! 어쩐지 망아지하고 함께 있다가는 당할 것만 같아서 그래……"

"그만 해 두게!"

플라시 노가가 버럭 소리쳤다.

그는 버들개지의 다발을 집어 어깨에 메고는 아직도 못 다 엮은 바구니를 겨드랑이에 끼더니 벌떡 일어섰다.

우포바유시치도 동시에 일어서며 짝패 쪽을 흘끔 쳐다보고는 조용한 걸음으로 망아지한테 다가갔다.

"워, 워!…… 괜찮아…… 걱정할 것 없단다!……"

우포바유시치의 말소리가 음산한 산골짜기로 메아리쳐 갔다.

"똑바로 서렴! 자아 가자! 음, 어디 어디? 그렇지!"

플라시 노가는 망아지 대가리에서 누더기를 벗겨 주면서 언제까지나 그 옆에서 꾸물거리는 우포바유시치를 보고는 윗수염을 씰룩거렸다.

"빨리 하잖고 뭘 하고 있는 거야!"

발걸음을 내디디며 플라시 노가가 뇌까렸다.

"곧 다 되네."

우포바유시치의 대꾸였다.

이윽고 두 사람은 떨기나무가 우거진 곳을 헤쳐 나아가며, 골짜기를 따라서 구석구석 차분하게 들어찬 어둠을 뚫고 말없이 걸어갔다.

망아지도 역시 그들의 뒤를 따르고 있었다.

한참 후에 뒤에서 냇물의 멜로디를 깨뜨리고 풍덩하는 물소리가 들려왔다.

"아뿔싸, 저놈의 망아지 좀 봐라…… 개울 속으로 빠져들었군!……"

우포바유시치의 말이었다.

플라시 노가는 밉살스럽다는 듯이 코를 벌름거렸다.

골짜기의 어둠 속으로, 덮치는 듯 싶은 침묵 속으로, 여기서는 상당히 멀어진 언저리에서 소리 없이 산들거리는 떨기나무들의 조용한 바람결이 흘러온다. 바로 그 언저리에는 모닥불이 남은 불꽃이 빨갛게 땅 위에 비치고 있어, 마치 성내거나 조롱하거나 하는 도깨비의 눈알 같기도 하다.

달이 떠올랐다.

투명한 달빛이 연하(煙霞)[13] 와도 같이 뽀얀 광채를 골짜기에 넘쳐흐르게 해 주었다. 어디서나 물체의 그림자가 떨어졌다. 숲은 더욱더 깊어져 갔고 정적은 점점 더 짙어지면서 한층 엄숙해져 갔다. 달빛에 은색으로 비쳐진 자작나무의 흰 줄기가 참나무, 느릅나무, 그 밖의 잡목들의 검은 자리를 배경으로 삼아 촛불과도 같이 윤곽을 드러냈다.

두 친구는 산골짜기를 묵묵히 걸어갔다. 길이 험해서 발길을 옮겨놓기가 힘들었다. 미끄러지거나 수렁에 깊이 빠지곤 했다. 우포바유시치는 쉴새없이 쿨룩거리고 있었다. 가슴 속이 피리처럼 울리는가 하면 씩씩거리기도 하고 때로는 비명에 가까운 신음 소리를 내기도 한다. 앞서 가는 것이 플라시 노가여서 그의 큰 몸뚱이의 그림자가 우포바유시치 위로 떨어진다.

"정신 차려 걷게, 응, 여보게!"

별안간 플라시 노가가 나무라듯, 화라도 난 듯한 말투로 입을 열었다.

"아니, 어디로 가는 거야? 뭘 찾는 거야?"

우포바유시치는 한숨을 몰아쉬면서 아무런 대꾸가 없다.

"요새는 말일세, 밤이 참새 주둥이보다도 짧다네…… 밝을녘까지는 마을에 돌아가야겠는데…… 그래 가지고야 어디 가겠나? 그야말로 마님네들 행차 같군……"

"괴로워서 그래, 여보게!"

나직한 소리로 우포바유시치가 중얼거렸다.

---

13)연하(煙霞): 안개와 노을.

"괴롭다니?"

비꼬는 듯이 플라시 노가가 소리친다.

"왜?"

"숨을 쉬는 게 여간 힘들어야지……"

병든 도둑의 대답이었다.

"숨을 쉬는 게? 왜 숨쉬는 게 힘들담?"

"병든 탓이겠지……"

"거짓말 말게! 자네가 흘게[14)]빠진 탓이지."

플라시 노가는 그 자리에서 발걸음을 멈추고 짝패를 향해 돌아서더니, 그의 코끝에 손을 갖다 대며 이렇게 덧붙인다.

"자네가 흘게빠졌으니까 숨도 제대로 못 쉬게 되지…… 그렇잖은가?"

우포바유시치는 머리를 수그리며 사과라도 하듯이 중얼거렸다.

"알겠네……"

그는 좀더 지껄이고 싶었으나, 그 때 다시 기침이 나기 시작했다. 우포바유시치는 두 손으로 나무 줄기를 부여잡고 그 자리에서 발을 구르며, 머리를 흔들흔들 치올리며 입을 딱 벌린 채로 쉴새없이 쿨룩거렸다.

플라시 노가는 피골이 상접한 짝패의 얼굴을, 달빛에 비쳐 흙빛으로, 혹은 창백하게 보이는 그 얼굴을 말없이 보고 있었다.

"그렇게 쿨룩거려서야 숲 속의 온갖 화상[15)]들이 잠을 깨겠네 그려!"

참다못해 그가 쥐어박듯 내뱉은 말이었다.

그러나 우포바유시치가 기침의 발작을 멈추고 머리를 흔들어 올리면서 큰 숨을 내쉬자마자, 어쩔 수 없이 플라시 노가도 명령조의 말투이기는 했으나 이렇게 짝패한테 말을 건넨다.

---

14)흘게: 매듭·사개·고동·사북 등의 단단히 죈 정도나, 무엇에 맞추어서 짠 자리.

15)화상(畵像): 얼굴의 속어로 상대방이 마땅치 못하여 꾸짖는 말.

"자, 좀 쉬었다 가세!

두 사람은 축축한 땅바닥에 주저앉았다.

우거진 떨기나무의 그늘로 가려져 있는 곳이었다. 플라시 노가는 섣담배를 종이에 말아 피우더니, 그 불꽃을 눈여겨보면서 서서히 말을 건넨다.

"그래도 집에 뭣이든 먹을 것이라도 있다면야…… 우리들도 집으로 돌아갈 수 있겠는데……"

"그야 말할 나위도 없지!……"

우포바유시치가 맞장구를 쳤다.

플라시 노가는 흘끗 이마 너머로 짝패를 쳐다보며 말을 잇는다.

"그놈의 집이란 데는 낟알 한 톨 없으니, 별수없이 우리들은 가는 데까지 가 봐야 하잖겠나……"

"음……"

우포바유시치의 한숨 소리였다.

"그래 봤자 역시 어쩔 수 없게 될지도 모르지. 뭐 이렇다 할 만한 좋은 곳이 있는 것도 아니니까 말일세…… 따지고 보면야 우리들이 흘게빠진 탓이지! 얼마나 흘게빠진 놈들인지 어이가 없네만!……"

플라시 노가의 들뜬 음성이 대기를 뚫는 듯했다. 그 기세에 커다란 불안이라도 느꼈는지, 우포바유시치는 연달아 몸을 비꼬다가는 큰 숨을 몰아쉬며 목구멍에서 씩씩 기묘한 소리를 내곤 했다.

"하지만 먹지 않고서야 견딜 수가 있어야지…… 오히려 여간 먹고 싶은 게 아니란 말야. 못 견딜 정도로 뱃속에서 쪼르륵 소리가 난단 말일세!"

플라시 노가의 나무라는 것 같은 큰소리가 여기서 끝났다. 우포바유시치는 결심을 새롭게 한 듯 벌떡 일어섰다.

"어딜 가는 건가?"

플라시 노가가 물었다.

"자, 가세."

"자네 어찌된 셈인가? 그렇게 훌쩍 나서니……"

"가 보는 거야!"

"옳거니, 가 보세……"

플라시 노가도 일어섰다.

"짐작이 가는 곳도 없지만."

"상관 있나, 될 대로 되라지!"

우포바유시치는 절망적으로 손을 내저었다.

"터무니없이 신명이 났네 그려!"

"당연하지 않겠나? 마냥 자네한테 구박을 받은 데다가 된서리까지 맞았으니 말일세…… 제기랄!"

"하지만 어째서 그렇게 터무니 없는 생각이 들었나?"

"어째서냐고?"

"그래, 어째서냔 말이냐!"

"아마 불쌍한 생각이 들어서였겠지?"

"퉤! 누가 말이야?"

"인간이 말일세! 인간이란 게 불쌍해져서 그랬지……"

"인간이?"

플라시 노가가 느릿하게 되물었다.

"헛허…… 나서시지, 손을 잡고서 냄새를 맡고 그러고는 버려보시지, 하란 말씀일세! 음, 자넨 어쩌자고 그런 호인이 됐단 말인가? 도대체 그 인간이란 놈들이 자네한테 뭐가 되는 건가? 그걸 자네가 알고나 있나? 인간이란 놈들은 말일세, 자네 목덜미를 움켜잡고서 그야말로 벼룩을 잡듯이…… 손톱으로 깨뜨리는 놈들이라네! 그래도 자넨 그 인간들이 가엾다는 건가?…… 그래! 그렇다면 그야말로 자네는 바보 수작을 일부러 내보이는 거

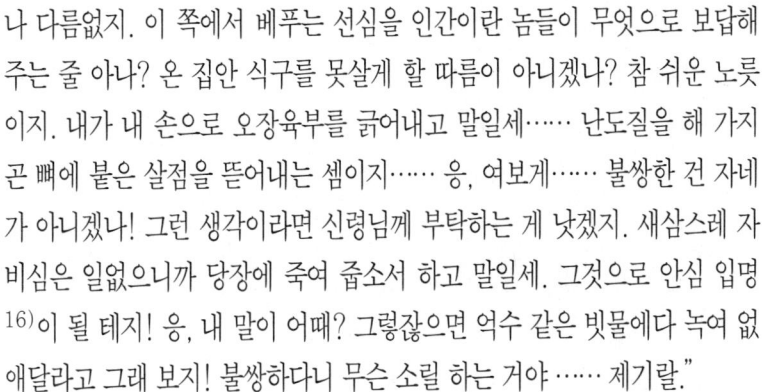

나 다름없지. 이 쪽에서 베푸는 선심을 인간이란 놈들이 무엇으로 보답해 주는 줄 아나? 온 집안 식구를 못살게 할 따름이 아니겠나? 참 쉬운 노릇이지. 내가 내 손으로 오장육부를 긁어내고 말일세…… 난도질을 해 가지곤 뼈에 붙은 살점을 뜯어내는 셈이지…… 응, 여보게…… 불쌍한 건 자네가 아니겠나! 그런 생각이라면 신령님께 부탁하는 게 낫겠지. 새삼스레 자비심은 일없으니까 당장에 죽여 줍소서 하고 말일세. 그것으로 안심 입명[16]이 될 테지! 응, 내 말이 어때? 그렇잖으면 억수 같은 빗물에다 녹여 없애달라고 그래 보지! 불쌍하다니 무슨 소릴 하는 거야 …… 제기랄."

플라시 노가는 완전히 흥분해 버렸다. 그의 말소리는 날카롭고 짝패에 대한 비난과 멸시에 가득 차 숲 속으로 메아리쳐 갔다. 그러자 나뭇가지들이 나직한 속삭임으로 부시럭거리면서, 마치 이 통쾌하고 신념에 넘치는 말에 동감의 뜻을 나타내는 것 같았다.

우포바유시치는 떨리는 다리에 힘을 주어 내디디며, 윗도리 소맷자락에다 손을 쑤셔넣고는, 가슴께까지 머리를 푹 숙인 채로 힘없는 발걸음을 옮기고 있었다.

"기다려 주게!"

이윽고 우포바유시치가 입을 열었다.

"이젠 틀렸을까? 마을에라도 당도하면…… 괜찮아질지도 모르겠지만…… 거기까지 가서…… 혼자 가서…… 자넨 안 따라오는 게 더 좋겠네. 뭣이든 닥치는 대로 우선 집어 내면…… 집으로 가겠으니까!…… 빨리 가서…… 한숨 자야겠네! 난 도저히 못 견디겠어……"

거기까지 말했는데 벌써 숨이 차서 가슴 속에서는 씩씩거리는 소리가 들끓고 있었다. 플라시 노가는 수상쩍은 듯이 짝패를 훑어보더니 — 걸음을 멈추고 무엇인가 말을 하려 했다 — 그러나 손을 흔들고는 아무 말도 꺼내

16)안심 입명((安心立命): 천명을 좇아 마음의 안정을 얻음.

지 않은 채 다시금 걷기 시작했다.

그로부터 말없이 꽤 걸어갔다. 어디선지 가깝게 새 소리가 나고 멀리서는 개 짖는 소리가 들려온다. 얼마 후에는 구슬픈 야경의 종소리가 멀리 마을 성당에서 흘러와서는 숲의 침묵 속으로 파묻혀 버린다. 희뿌연 달빛 속에 거대한 검은 집처럼 떠 있는, 어디선가 날아온 커다란 새가 산골짜기를, 듣기 싫은 날개 소리를 내면서 지나갔다.

"부어론일까…… 아니면 그라치란 놈일까?"

플라시 노가가 한눈을 팔고 있었다.

"안 되겠군……"

털썩 땅바닥에 쓰러지면서 우포바유시치가 말했다. "자네, 상관 말고 어서 가 보게. 난 여기 남아 있을 테니까…… 이젠 더 못 걷겠네. 숨이 탁탁 막히고 눈이 아물거려서……"

"흥, 또 시작인가?"

플라시 노가가 불만스레 뇌까렸다.

"참말로 아무리해도 못 걷겠단 말인가?"

"못 걷겠어……"

"낭패로군! 흥!"

"아주 지쳐버렸네……"

"조금만 더 가면 되는 걸! 우물쭈물하다가는 또 아침부터 밥 한술 못 먹고 싸다녀야 하네."

"난 안 되겠네. 이걸로 인제…… 난 끝장일세! 이것 보게, 피가 이렇게 나오는 걸!"

이렇게 지껄이던 우포바유시치는 플라시 노가의 얼굴 앞으로 무언가 거무스레한 것으로 더럽혀진 손바닥을 내밀었다. 짝패는 그 손을 곁눈으로 흘겨보면서 목소리를 낮추어 물어본다.

"그럼 어떡하면 좋겠나?"

"자네만 가 보게…… 난 남아 있을 테니까…… 인제 여기서 일어나지 못할 걸세, 틀림없이……"

"자네만이라니, 내가 어디를 간단 말인가? 나 혼자 마을로 가서 마을 놈들한테…… 인간들에게 말을 걸어 봤댔자 신통한 일이 없을 건 뻔하지 않은가?"

"그야 눈에 띄기만 하면 맞아 죽을 판이지."

"도대체 이건…… 어떻게 해야 좋담…… 이대로 있다간, 마을 놈들한테 들킬 뿐이겠고……"

둔한 기침 소리와 함께 입에서 핏덩어리를 토하면서 우포바유시치는 뒤로 나자빠져버렸다.

"피가 나오나?"

플라시 노가가 물어보았으나, 눈은 딴 데로 쏠려 있었으므로 곁에 버티고 서 있을 따름이었다.

"굉장히 나오는군!"

우포바유시치는 들릴락말락 지껄이고는 또다시 쿨룩거렸다. 플라시 노가는 면박이라도 주는 것처럼 일부러 큰소리를 친다.

"의원이라도 불러왔으면 좋겠구먼!"

"의원을?"

가냘픈 소리로 우포바유시치가 입을 열었다.

"하지만 될 수 있으면 자네…… 일어나서 걸어보지 않겠나…… 아주 천천히 걸어도 좋으니까."

"도저히 가망 없네."

플라시 노가는 짝패의 머리맡에 쭈그리고 앉아 두 손으로 무릎을 감싸고는 근심스레 그 얼굴을 들여다보았다. 우포바유시치의 가슴은 야릇하게 물

걸치며 씩씩 둔하게 소리가 나고, 눈망울이 푹 꺼졌으며, 입술은 괴상하게 늘어나 말라붙은 것 같이 보인다.

피가 실올같이 뺨으로 흘러내리고 있다.

"아직도 자꾸 나오나?"

조용히 플라시 노가가 물어보았는데, 그 말투는 어쩐지 존경어린 듯한 느낌이 들었다.

우포바유시치의 얼굴은 씰룩거리고 있다.

"나오는데……"

가냘프고 죄어드는 듯한 소리가 들렸다.

플라시 노가는 두 무릎 사이로 머리를 처박은 채 그대로 말이 없다.

두 사람의 머리 위로는 골짜기의 벼랑이 솟아 있다. 벼랑에는 눈이 녹아 내린 물에 패어, 깊어진 물결이 몇 갈래 나 있었다. 벼랑 위에서도 달빛을 받아, 산발한 머리처럼 더부룩한 나무가 산골짜기를 기웃거리고 있다. 다시 다른 쪽 벼랑은 더 한층 가파르며 온통 떨기나무로 뒤덮여 있다. 그 시꺼먼 떨기 숲에는 군데군데 흰 나무줄기가 뻗쳐 있고, 그 메마른 가지에 그라치의 둥우리가 또렷하게 드러나 있다…… 달빛이 비오듯 내리덮고 있는 골짜기는 흡사 인생의 색채를 잃은, 멋쩍은 꿈결같다. 더구나 차분히 흘러내리는 냇물 소리가 멍이 든 정적에다 한층 더 음영을 던져 주어, 그 적막한 분위기를 한결 강렬하게 풍기고 있다.

"이젠 이별일세!……"

가까스로 알아들을 만한 소리로 우포바유시치가 말했으나, 곧이어 큰소리로 뚜렷하게 되풀이한다.

"이젠 이별이란 말이야, 스테판!"

플라시 노가의 온몸이 부르르 떨렸다. 뜻하지 않게 비실거리며 숨소리마저 거칠어졌다. 그러나 목을 무릎 사이에서 빼내자 말을 더듬으며 낮은 소리로, 그것이 마치 방해가 되어서는 안 되겠다는 듯이 입을 연다.

"자네, 무슨 쓸데없는 말을 하나…… 뭐 염려할 건 없어. 여보게!"

"예수님!……"

우포바유시치가 괴롭게 숨을 몰아쉬었다.

"아무렇지도 않은 걸 가지고 그래!"

짝패의 얼굴을 들여다보면서 플라시 노가가 중얼거린다.

"조금만 더 참으면 가라앉네…… 좀 있으면 나아질 걸 가지고 뭘 그래."

우포바유시치는 쿨룩거리기 시작했다. 가슴 속에서 새로 소리가 났다. 마치 젖은 헝겊이 갈비뼈에 스치는 것 같은 그런 소리였다. 플라시 노가는 그것을 보고는 수염을 씰룩거렸다. 기침이 멎자 우포바유시치는 커다란 소리를 내면서 단속[17]적인 호흡을 시작했다. 마치 온 힘을 다하여 어디론가 뛰어가는 듯한 그런 호흡이다. 한동안 그런 호흡을 계속하더니, 이윽고 입을 연다.

"용서해 주게, 응, 스테판…… 뭣 때문에 난…… 난 망아지를 그렇게까지…… 나 용서해 주게나, 여보게!"

"나야말로…… 자네에게 용서를 바라겠네!"

짝패의 말을 플라시 노가가 가로막고 잠시 후 이렇게 덧붙인다.

"난…… 대체, 난 인제 어디로 가야 하나? 어떻게 살아가야 하나?"

"그까짓 건 아무 것도 아닐세! 자네가 행복하게 살도록 내가……"

우포바유시치는 가벼운 숨을 몰아 내쉬더니, 꺼냈던 이야기가 채 끝나기도 전에 입을 다물고 말았다.

그 후로는 씩씩거리는 소리가 들렸다. 두 발이 뻗쳐졌다…… 한 발만이 다른 쪽으로 기울어졌다.

플라시 노가는 눈도 깜박이지 못한 채 짝패를 지켜보고 있었다. 몇 분인

17)단속(斷續): 끊어졌다 이어졌다 하는 것.

가 침묵이 흘렀다. 여러 시간이 지난 게 아닌가 싶을 만큼 꽤 오랜 시간이었다. 그 때 우포바유시치가 별안간 고개를 쳐들었다. 그러나 머리는 이내 힘없이 뚝 떨어졌다.

"왜 그래, 여보게?"

플라시 노가가 짝패한테 몸을 기울였다. 그러나 짝패는 아무 대꾸가 없었다 — 조용히, 그리고 가만히 움직이지 않았다.

그로부터 다시 한동안 그대로 친구 곁에 앉아 있다가, 이윽고 플라시 노가는 일어나 모자를 벗고서 십자를 긋고 나서는 서서히 발걸음을 옮겨서 골짜기 저 쪽으로 걸어갔다. 그는 험상궂은 표정을 짓고 있었다. 눈썹도 수염도 노기를 띠고 있었다. 한 걸음 한 걸음씩 발로 땅바닥을 치는 듯한, 땅바닥을 아프게 해 주고야 말겠다는 듯한 억센 발걸음이었다.

별안간 큰소리가 울렸다 …… 흙더미가 골짜기로 굴러 떨어지는 소리였는지도 모르겠다.

산골짜기의 찬 습기와 싸늘한 공기에 부딪친 음향은 그리 길지는 못했다 …… 소리가 났는가 싶더니 이내 사라져 갔다 …… *

▦ 작가소개 **막심 고리키(Maksim Gor'kii ; 1868 ~ 1936)**

러시아의 소설가로 1892년에 처녀작 「마카르 추드라」로 문단의 인정을 받았고, 그 얼마 뒤에 「체르카시」로 일약 러시아 문학의 기수가 되었다.

고리키는 일찍 부모를 여의고 외조부 밑에서 자라면서 소학교도 중단한 채 양화점 사환, 제빵 기술사, 여객선의 접시닦이, 철도화물의 승무원 등을 지내면서 문학 수업을 받았는데, 그의 작품은 모두가 직접적인 체험을 바탕으로 한 것으로 도시와 도시 변두리의 생활을 배경으로 모든 계층의 러시아인들이 총동원되고 있다.

그가 소설에서 주제로 즐겨 다루는 것은 소시민과 룸펜 프롤레타리아의 대립이다. 탁월한 기법에 의한 과도기 영웅의 창출과 힘있는 필치의 자연 묘사는 그로하여금 한 시기를 긋는 위대한 러시아의 작가가 되게 하였다.

주요 작품으로는 「유년시대」, 「어머니」, 「나의 대학」, 「사람들 속에서」, 희곡「밑바닥」 등이 있다.

▦ 작품해설

「2인조 도둑」은 고리키가 그의 소설에서 즐겨 다루는 소시민과 룸펜 프롤레타리아의 대립을 그린 소설로, 이 작품에서도 룸펜 프롤레타리아의 영웅성이 강조되고 있다. 소시민은 현체제를 지켜나가는 첨병으로, 룸펜 프롤레타리아는 으레 현존 사회제도의 부조리와 부정에 항거하는 존재요, 압박받는 인간의 개성을 위해 반항하는 영웅으로 표현되었다. 말하자면 그의 소설은 부랑자의 로맨틱한 반항과 영웅주의와, 소심하고 비굴한 소시민성의 대립을 그린 것들이다.

▦ 읽고나서

문제 이 글에서 등장 인물들이 갈등을 일으키는 계기는?

- 망아지를 훔치는 일.

문제 우포바유시치의 죽음을 계기로 플라시 노가의 달라지는 모습을 표현하기 시작한 문상은?

- 춤추는 듯한 발걸음에서 억센 발걸음으로

독본 이야기

볼프강 보르헤르트

"모두들 재봉틀과 라디오, 아이스 박스, 전화를 가지고 있다. 그러니 우리는 이제 무엇을 만들지?"
하고 공장주는 물었다.
"폭탄을."
하고 발명가는 말했다.
"전쟁을."
하고 장군은 말했다.
"다른 일이 전혀 안 된다면 그렇게 하지."
하고 공장주는 말했다.

하얀 가운을 입은 사람이 종이에 숫자를 썼다. 거기다 아주 작고 얌전한 글자들을 더 써넣었다.
그리고는 하얀 가운을 벗고 창가에 있는 꽃을 한 시간 동안 가꾸었다. 꽃한 송이가 시든 것을 보자 그는 울었다.
종이에는 숫자가 쓰여 있었다. 이 숫자에 의해 사람들을, 반 그램으로 두 시간 동안에 2천 명을 죽일 수 있었다.
햇빛이 그 꽃을 비추고 있었다.
그리고 종이도 비추고 있었다.

남자들 둘이서 이야기를 하고 있었다.
"견적을 내 볼까요?"
"타일을 써서 말이요?"
"물론 파란 타일을 써서 말씀이죠."
"4천 마르크[1]입니다."
"4천 마르크요? 좋소. 그런데 여보시오, 내가 알맞은 시기에 초콜릿 생산을 하는 대신 화약 생산으로 전환하지 않았었다면 이 4천 마르크를 지불하지 못했을 거요."
"그러면 저도 이런 욕실을 지어 드리지 않았을 걸요."
"파란 타일을 쓰시오."
"파란 타일로 하지요."
이 두 남자들은 작별했다.
공장주와 토목업자였다.
전쟁중이었다.

구주희장(九住戱場). 남자들 둘이서 이야기를 하고 있었다.
"저런, 선생님. 검은 옷을 입으셨군요. 장례식이라도 있었소?"
"아니야, 아니야, 축제가 있었지. 젊은이들이 일선으로 가니까 연설을 좀 했소. 스파르타를 회상했고, 크라우세비쯔(Clause-witz)를 인용했고, 조국이니 명예니 하는 개념을 주입했고, 휠더린(Holdërlin)을 읽으라고 했

1)마르크(Mark) : 독일의 화폐 단위.

고, 랑겐마르크(Langenmarck)를 회상했지. 감동적인 축하연이었지. 정말 감동적이었어. 젊은이들은 '무쇠를 자라나게 하신 하느님' 이란 노래를 했고, 눈들이 빛났어. 감격적이었어, 정말 감격적이었단 말이야."

"제발, 선생님 그만 하세요. 무섭군요."

선생은 놀라서 상대방을 노려봤다. 그는 이야기를 하는 동안 수없이 조그만 십자가들을 종이에 그리고 있었던 것이다. 수없이 작은 십자가들을. 그는 일어서서 웃었다. 그리고는 다시 구주희용 공을 들고는 판에다 굴렸다. 나직이 천둥 같은 소리가 났다. 그러자 뒤쪽에서 구주가 쓰러졌다. 그것들은 모두 조그만 남자들처럼 보였다.

남자들 둘이서 이야기를 하고 있었다.

"그런데 어떻게 지내오?"

"그저 형편없습니다."

"몇이나 여분[2)]이 있소?"

"잘 되면 4천이나 될까?"

"최고로 8백은 드리죠."

서로 흥정[3)]을 했다.

"천으로 해 드리죠."

"고맙소."

두 사람은 작별했다.

그들은 사람들 이야기를 하고 있었던 것이다.

장군들이었다.

전쟁중이었다.

---

2)여분(餘分): 나머지.

3)흥정: 교섭 등에서, 상대방의 나오는 태도를 보아 늦추었다 당겼다 하여, 형세를 자기에게 유리하게 이끄는 일. 물건을 사고 팔기 위해 품질 · 값 등을 의논함.

남자들 둘이서 이야기를 하고 있었다.

"지원병이요?"

"물론이지."

"몇 살이요?"

"열여덟, 당신은?"

"나두."

둘은 작별했다.

둘은 군인이었다.

그 중 하나가 쓰러졌다. 그는 죽었다.

전쟁이다.

전쟁이 끝났을 때 군인들은 집으로 돌아왔다. 그러나 빵이 없었다. 그때 그는 빵을 가진 사람을 보았다. 그래서 그 사람을 때려 죽였다.

"너는 사람을 죽여서는 안 된다."

하고 판사가 말했다.

"왜 안 돼요?"

하고 군인은 물었다.

평화회의가 끝났을 때 장관들이 시가를 지나가게 되었다.

"쏴 보시지 않겠어요. 선생님들."

하고 입술이 빨간 처녀들이 외쳤다. 이 때 장관들은 모두 하나씩 총을 들고 인형으로 만든 남자들을 향해 쏘았다.

한참 쏘고 있을 때 늙은 부인 하나가 와서 이들의 총을 모두 뺏었다. 장관들 중의 하나가 다시 총을 가지려고 하자 부인은 그의 따귀를 한 대 갈겼다.

어머니였다.

옛날에 남자 둘이 살았었다.

두 살이 되었을 때 이들은 서로 주먹질을 했다.

열두 살이 되었을 때 그들은 서로 몽둥이질을 했고, 돌멩이를 던졌다.

22세가 되었을 때 전후해서 이들은 총을 쐈다.

42세가 되었을 때 서로 폭탄을 던졌다.

그리고 62세가 되었을 때 서로 세균을 들고나섰다.

82세가 되었을 때 이들은 죽었고 나란히 묻혀졌다.

백 년이 지난 후 지렁이 한 마리가 이곳을 파고 지나갔을 때는 여기에 서로 다른 두 사람이 묻혀 있다는 것을 전혀 모르고 있었다. 똑같은 흙이었다. 모두가 똑같은 흙이었다.

기원 5천 년에 두더지 한 마리 땅에서 대가리를 내밀었을 때 안심하고 확인한 것은,

나무는 여전히 나무였고,

까마귀는 매양[4] 까악까악 울고,

개는 여전히 네 발을 가졌다는 것이었다.

방어[5]며, 별,

이끼와 바다.

이들은 모두 여전했고

그리고 가끔

가끔, 인간을 만날 수 있었다. *

---

4)매양: 번번이. 언제든지.

5)방어: 전갱이과의 온대성 바다물고기로 몸은 1m 가량, 긴 방추형이고 등은 청회색 배는 은백색임.

▦작가소개 **볼프강 보르헤르트(Wolfgang Borchert, 1921~1947)**

함부르크 출생. 1941년 동부전선에서 부상을 입었으며 완쾌 후 다시 전선에 나갔다가 1945년 미군 포로가 되어 석방.

도보로 고향으로 돌아와서 함부르크 극장에서 연출 조수로 있다가 유일한 희곡의 초연도 보지 못하고 요절. 그의 생전에 출판된 시집 「가로등」과 「밤과 별」 1948, 단편집 「민들레」 1947, 그리고 그의 문명(文名)을 떨치게 한 희곡 「문 밖에서」는 동부전선에서 부상을 입고 귀환한 복원군인을 원재로 하여, 고향에 돌아왔으나 가정도 일터도 상실한 젊은이의 비참한 모습, 그리고 허위와 허식, 냉혹으로 가득 찬 세상 인심을 묘사하여 전후 독일의 정신상황을 여실히 나타내고 있다. 이 작품은 서독 극장에서 일대 센세이션을 일으키고 독점적 인기를 얻은 바 있다.

▦작품해설

일종의 우화이며 문명 비판적인 작품이다. 이 작품에서는 구체적인 인물, 사건이 전혀 등장하지 않는다. 단지 제시되는 내용은 전쟁과 전쟁에서 이득을 취하는 이들, 전쟁으로 삶이 황폐해 가는 사람들의 단편적인 모습일 뿐이다. 이들의 모습은 결국 인류가 종말을 향해 치닫고 있음을 보여준다. 이 전쟁은 어떤 특정한 전쟁이 아닌 일반전쟁이며 더 나가서는 인간들 사이에 벌어지는 파괴와 대결의 모든 형태를 가르킨다.

작가는 이런 암울한 인식, 문명에 대한 비판의식을 감정이 섞이지 않은 간결한 문체로 제시함으로써 독특한 효과를 거두고 있다.

▦읽고나서

문제 본문에서 '하얀 가운을 입고 ~ 하얀 가운을 벗고' 가 의미하는 것은?
- 사람들의 이중적인 모습

문제 기원 5천년에 두더지가 고개를 내밀었을 때 눈에 보인 현상이 의미하는 것은 무엇인가?
- 인간이 일으킨 숱한 갈등과 전쟁도 오랜 세월과 자연 앞에서는 미미할 따름으로 자연은 변함이 없으나 인간의 잔혹성과 파괴성이 점철된 역사로 인하여 인간은 인간에 의해 그저 '가끔 보일' 정도로 멸망해 간다.

팔십 야드의 질주

어윈 쇼오

멀리서 높이 넘겨준 공을 잡으려고 그는 껑충 뛰어올랐다. 공이 두 손바닥에 철썩하고 달라붙는 것을 느끼며 그는 맹렬히 달려든 '하프 백[1]'을 뿌리치려고 엉덩이를 내둘렀다. '센터'[2]가 눈앞에 나타나더니 두 손으로 기를 쓰고 달링의 무릎을 휙 스치고 지나갔다.

이 때 달링은 껑충 뛰어올라 '스크럼[3] 라인' 근처의 난전 속에서도 앞을 가로막은 사람 하나와 덤벼드는 전위 한 명을 보기 좋게 넘어 뛰었다. 이제 10야드 앞에는 사람이 없어서 가쁜하게 숨을 내쉬며 속력을 내기 시작했다. 정강이받이가 다리에 맞부딪쳐 오르내렸고 뒤에서 구두징 소리가 들려왔다. 그들로부터 점점 멀어지며, 딴 '백'들이 그를 '사이드 라인[4]' 쪽으로 향하게 하려는 것을 보았다. 자기에게 몰려드는 무리며 자리를 다투는 '블로커'들 하며, 아직도 남아 있는 거리하며, 이 모든 정경이 갑자기

1)하프 백(half back): 축구 · 하키 등에서, 전위의 중앙 위치. 또, 그 위치에 있는 경기자.

2)센터(center): 센터 포워드. 축구의 제일 앞쪽의 중견 공격수.

3)스크럼(scrum): 럭비에서, 양편 선수가 어깨를 맞대고 그 사이로 굴려 넣은 공을 자기 편 쪽으로 빼내어 돌리는 일. 여럿이 팔을 꽉 끼고 뭉치는 일.

4)사이드 라인(side line): 구기(球技)에서 경기장을 구획하는 세로 줄.

머리 속에 환히 떠오르며 난생 처음으로 사람과 소리와 속력의 혼잡이 무의미한 것만이 아님을 느꼈다.

그는 달릴 때 미소를 약간 짓고 있었다. 두 손으로 가볍게 공을 몸 앞에 움켜쥐고서, 두 무릎은 높이 뛰었고, 이리저리 뚫고 나가는 그의 엉덩이는, 방어진이 깨뜨려진 경기장을 달리는 '백'의 여자 같은 엉덩이와 같았다.

제일 '하프 백'이 그에게 공격해오자 그는 최후의 순간에 홱 몸을 돌려 그의 어깨 공격을 끄떡없이 받아넘기고 살짝 피하면서 곧장 달렸다. 구두징이 뗏장[5] 속으로 푹푹 파고들었다. 이제 남은 것은 '세이프티 맨' 뿐이었다. 그는 팔을 구부리고 손을 펴고는 조심스럽게 달링에게 대들었다. 달링은 공을 꽉 움켜안으며 전신에 힘을 주어 바짝 몰아채며 2백 파운드의 전 체중을 한데 모아서 공격했다. 그는 '세이프티 맨'을 뚫고 나갈 자신이 있었다. 아무런 생각도 없이 사지를 멋지게 움직이며 그가 '세이프티 맨'에 맞부딪쳐 그를 떠넘긴 순간 상대의 코에서 피가 쏟아져 나와 그의 손 위에 떨어지고 입은 한쪽으로 일그러졌다. 달링은 몸을 돌려빼어 공을 꼭 부둥켜안은 채 '세이프티 맨'을 버려두고 구두징 소리를 뒤에 남기며 '골 라인'을 향하여 가뿐히 달렸다.

얼마 전의 일이었던가? 그 때는 가을이었지. 밤이면 날이 추워서 땅도 단단해진 때였고 운동장 근처 단풍잎이 바람에 휘날려 연습 경기장을 넘어가고, 처녀들은 오후에 풋볼 연습을 구경하러 올 때 스웨터 위에 폴로코트를 입기 시작할 무렵이었다…… 그러니까 15년 전 일이었구나. 달링은 지금 그 때와 같은 그 경기장 위를 봄날의 황혼 속에서 천천히 걸어가고 있었다. 깨끗한 구두에 더블 신사복을 입은, 서른다섯 살의 남자가 된 그는 그 15년 동안 체중이 10파운드 늘었지만 뚱뚱해 보이지는 않았고, 1925년과

5)뗏장 : 흙을 붙여 떠낸 잔디 조각.

1940년 사이를 지나간 세월만이 그의 얼굴에 깃들어 있었다.

코치는 혼자서 말없는 미소를 띠고 있었고 조코치들은 서로 기쁜 얼굴로 쳐다보고 있었다. 2급 선수 중의 어느 한 사람이 뜻밖에 좋은 플레이를 보여주어, 그들의 면목을 세우며 2천 달러의 돈을 획득할 것이 조금씩이나마 더 확실해져 갈 때마다 그들은 언제나 그렇게 기뻐하는 것이었다.

달링은 미소를 띠며 뛰어나와서 가쁘게 심호흡을 했다. 그에게는 이번이 최종의 연습이었고 방금 80야드나 달렸는데도 피곤하지 않고 가뿐한 기분이었다. 얼굴에는 땀이 흘렀고 운동 셔츠도 흠뻑 젖었지만, 그는 피부에 기름처럼 미끈미끈하고 따스한 습기가 기분 좋았다. 경기장 저편 한구석에서 몇 선수들이 공차기 연습을 하고 있었고 가죽 신발에 부딪치는 공의 쿵쿵 소리가 오후의 공기 속에 유쾌하게 울렸다. 1학년생들은 옆 경기장에서 응원의 환성을 울리고 있었고, '쿼터 백'의 날카로운 절규, 열한 쌍의 구두징 소리, 코치들의

"뚫어라, 지금 뚫어!"하는 소리, 선수들의 웃음소리……

이런 모든 것들이 어쩐지 행복을 느끼게 했다. 그가 경기장 가운데로 뛰어 돌아왔을 때, 그는 '사이드 라인' 밖에 늘어선 학생들의 갈채와 환호성에 귀를 기울이면서, 그렇게까지 잘 뛰었으니 코치도 이제는 틀림없이 일리노이 팀과의 토요일 경기에 그를 내보내지 않을 수 없겠지 하고 생각했다.

15년 전…… 하고 달링은 회상해 봤다. 연습 후의 냉수욕, 살갗에서 뭉게뭉게 김을 피우는 뜨거운 물, 흰 비누 거품, 물이 흘러내려 타올로 문지르며 부르는 젊은이들의 노랫소리, 분주하게 드나드는 감독들, 코를 찌르는 노루발풀 기름의 향내, 그가 옷을 입을 때 누구 할 것 없이 그의 등을 두들겨 주던 일, 주장이란 지위를 여간 대견한 것으로 자처하는 주장 팩 카아드가 그가 있는 곳까지 와서 악수를 청하며,

"달링, 앞으로 2년 동안은 어느 시합에나 나가 줘야겠네." 하던 일……

감독 대리는 그의 다리 상처를 알콜로 닦아내고 요도를 발라주는 등 법석댔다. 약 기운이 쑤시기 시작하자 그는 새삼스럽게 자기의 몸이 싱싱하고 튼튼하다는 것을 깨달았다. 감독은 상처에 반창고를 붙여주었다. 그리고 목욕에서 갓 나온 불그스레한 살갗에 대조되어 하얀 반창고의 빛깔이 한결 달링의 눈에 띄었다.

그는 천천히 옷을 주워 입었다.

그는 몸을 풀고 난 뒤에 부드러운 셔츠를 입고, 포근한 털 양말을 신고, 따뜻한 플란넬[6] 바지를 입는 것이 마치 그의 살갗에 대한 상금처럼 여겨졌다. 그는 냉수를 세 컵이나 들이켰다. 찬물은 뱃속으로 싸늘하게 흘러내려 연습 중 땀 흘리고, 달리고, 소리쳐서 잔뜩 메마른 목과 뱃속을 축여주었다.

해는 이미 졌고 관람석 뒤의 하늘은 푸른빛을 띠고 있었다. 그는 관람석 위로 높이 솟은 나무를 바라보며 혼자 조용히 웃음을 지었다. 토요 경주 때 경기장으로 달려나가는 선수들을 보며 7만 관중이 환호성을 울릴 적에, 그 우렁찬 환성의 일부는 자기에게 보내는 것임을 알고 있었다. 천천히 발을 옮기며 그의 발밑에 밟혀서 고요한 황혼 속에 자박자박 기분 좋게 나는 자갈 소리에 귀를 기울였다. 피부에 옷이 가볍게 흔들리는 것을 느끼며 엷은 저녁 공기를 들이마셨다. 물기가 덜 가신 그의 머리카락과 귀밑과 목덜미에 부는 바람은 한결 부드럽고 훨씬 시원했다.

길에서 루이즈가 자기의 차를 타고 그를 기다리고 있었다. 차 덮개는 걷어 내려져 있었다. 그는 그녀를 볼 때마다 언제나 그렇듯이 그녀의 아름다움을 새삼스럽게 깨달았다. 헝클어진 금발과 무엇을 찾는 듯한 큰 눈하며 선명한 입술에는 미소가 떠돌고 있었다.

---

6)플란넬(flannel): 평직으로 짠, 털이 보풀보풀 일어나는 부드러운 모직물.

그녀는 문을 열어젖혔다.

"오늘도 잘 되셨어요?"하고 그녀는 물었다.

"괜찮게 했어요"하고 그는 대답했다.

그는 차에 올라 그 푹신한 쿠션 속에 호화롭게 파묻히며 두 다리를 쭉 폈다. 그는 조금 전에 달린 80야드를 생각하고 빙그레 웃었다.

"꽤 괜찮게 됐어요."

그녀는 잠깐 경색하여 그를 바라보다가 몸을 돌려 어린 소녀처럼 좌석에 무릎을 꿇고 두 손으로 그의 무릎을 움켜쥐었다. 그리고는 팔다리를 뻗고 머리를 그의 머리 위에 바짝 가져 갔다. 달링은 손을 천천히 올려 그녀의 볼에 자기 손등을 비볐다. 그녀의 볼에는 백 피트 저편에 떨어져 있는 가로등 빛이 희미하게 비쳤다. 그들은 서로 바라보고 빙그레 웃었다.

루이즈는 차를 호수까지 몰았다. 그들은 말없이 앉아서 호수 저편 산등성이 너머에서 떠오르는 달을 바라보았다. 마침내 그는 팔을 내밀어 그녀를 지긋이 끌어당겨 키스했다. 그녀의 입술은 녹아지고 그녀의 몸은 품속으로 가라앉고 그녀의 눈에는 차츰 눈물이 고였다. 그는 그 순간 처음으로 그녀를 마음대로 할 수 있다는 것을 알았다.

"오늘 저녁 일곱 시 반에"하고 그는 말했다.

"부르러 가겠습니다. 외출할 수 있겠지요?"

그녀는 그를 쳐다보았다. 그녀는 미소를 짓고 있었으나 눈에는 아직도 눈물이 가득 고여 있었다.

"예"하고 그녀는 대답했다.

"나오겠어요. 당신은 어떠세요? 코치가 화내지 않을까요?"

달링은 싱긋이 웃었다.

"코치는 내 손아귀에 들어 있어요"하고 그는 말했다.

"일곱 시 반까지 기다릴 수 있겠소?"

그녀도 생긋 웃으며 그에게 대답했다. "기다리겠어요."

그들은 키스한 뒤 저녁을 먹으러 자동차를 타고 시가로 돌아갔다. 그는 집으로 돌아오는 길에 노래를 불렀다.

지금 서른다섯 살이 된 크리스챤 달링은 어느 때보다 더 푸르게 운동장을 덮은 가냘픈 봄 풀밭 위에 앉아서, 황혼 속에 폐허처럼 쓸쓸한 경기장을 바라보며 생각에 잠겼다. 그는 그 토요일 첫 팀에서부터 시작하여 그 후 2년 동안 매주 토요일 경기마다 출전했으나 예상했던 것처럼 만족스러운 성과는 한 번도 올리지 못했다. 그는 한 번도 다른 경기자를 떼어 놓고 달려보지 못하였다. 가장 많이 달린 것이 기껏 35야드였고 그것도 거의 이긴 것이나 다름없는 게임 때 일이었다.

그리고는 위스콘신 출신인 독일계의 무표정한 녀석 디트리히가 제3팀에서 올라왔다. 그 녀석은 황소같이 달렸다. 매주 토요일 경기 때마다 방위선을 산산 조각을 내며 마구 뚫고 들며, 부상당하는 일도 없고 표정도 변하는 일이 없었다. 그는 네 차례면 세 번은 공을 독점하여 누구나 '헤드라인' 밖으로 나가지 못하게 했고, 다른 선수 전체보다도 더 많이 경기장을 차지하고, 많은 점수를 따며 전미 대표 선수로 지목을 받게 되었다. 달링은 훌륭한 '블로커' 선수였다. 그는 토요일 오후마다 미시간 팀, 일리노이 팀, 퍼듀우 팀에서 태클과 앤드를 보는 그 몸이 큰 스웨덴인이나 폴란드인과 대전했다. 그는 거대한 무더기 속으로 뛰어들었고 자기 뒤에 기관차처럼 달려오는 디트리히에게 틈을 열어주기 위하여 그가 돌진하고 있을 때, 자기에게 마치 고기를 써는 식칼처럼 내두르는 큼직하고 거칠은 손들을 피하려고 머리를 휘저었다. 아직도 해볼 맛은 있었다.

누구나 그를 좋아했고 그는 자기의 소임을 다했다. 그는 교내에서 남에게 지목을 받았고, 친구들은 무도회 때 애인에게 소개하며 그를 자랑스럽게 생각했다. 루이즈는 그를 사랑했고, 경기 때면 흙투성이가 되어 친어머니도 못 알아 볼 몰골[7]이 되어 있어도 그를 놓치지 않고 지켜보았다. 그녀는 그를 자랑으로 삼고 자기가 크리스챤 달링의 애인이라는 것을 타인에게 과시하고 싶었기 때문에 그를 덮개 내린 차에 태우고 다녔다. 그녀의 아버지는 부자였다. 때문에 그녀는 시계, 파이프, 담배 상자, 맥주 냉장고, 커튼, 지갑, 50달러나 하는 사전 등 닥치는 대로 그에게 선사했다.

"이러다간 당신 아버지의 재산을 탕진[8]하겠소"하며 한 번은 그녀가 일곱 개의 선물 뭉치를 팔에 안고 나타나 침상 의자 위에 쏟아놓는 것을 보고 그는 항의했다.

"그런 말은 그만두세요."

"키스나 해 주세요"하고 루이즈는 말했다.

"당신 아버지를 파산시키고 싶소?"

"난 상관 없어요. 당신에게 선물을 사드리고 싶은 걸요."

"왜요?"

"그러면 내 기분이 좋아요. 키스해 주세요. 저도 웬지 몰라요. 당신이 중요한 인물이라는 사실을 아셨어요?"

"압니다."하고 달링은 진지하게 말했다.

"어제 도서관 앞에서 당신을 기다리고 있을 때 마침 당신이 오는 것을 어느 두 여학생이 보고는 그 중 한 사람이 이렇게 말하는 거예요. 저게 크리스챤 달링이야. 중요한 인물이야."

"무슨 헛소리를."

"저는 중요한 인물을 사랑하고 있는 거예요."

"그건 그렇다고 해도 사십 파운드짜리 사전은 왜 가져왔소?"

---

7)몰골: 볼품 없는 모양새.

8)탕진(蕩盡): 재물을 다 써서 없앰.

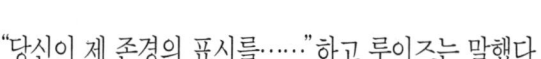

"당신이 제 존경의 표시를……"하고 루이즈는 말했다.

"가지고 계시도록 하고 싶었어요. 제 존경의 표시로 당신을 질식시켜 드리고 싶어요."

15년 전.

그들은 대학을 졸업하고 바로 결혼했다. 그에게는 다른 여자들도 있었지만 모두가 호기심이나 허영심에서 일시적이거나 비밀스럽게 안 여자들이었다. 그에게 몸을 내던지며 아양 피우던 여인들, 남학생의 여름 캠프에서 일한 예쁜 보모, 갑자기 바람둥이가 된 고향 출신의 한 노처녀, 여섯 달 동안이나 슬금슬금 그의 뒤를 쫓다가 루이즈가 모친상으로 떠나고 없는 두 주간을 이용한 루이즈의 한 친구 등등. 아마 루이즈도 눈치챘을 것이다.

그러나 그녀는 아무 말도 않고 그를 끔찍이 사랑하며 그의 방을 선물로 가득 채웠다. 토요일 오후면 '스크럼 라인'에서 그 덩치가 큰 스웨덴인이나 폴란드인과 싸우는 그를 경건하게 지켜보고 있었다. 그와 결혼하여 뉴욕에 살림을 차리고 나이트 클럽, 극장, 일류 요리점에 데려갈 계획을 세웠다. 그녀는 처음부터 그가 자랑이었다. 키가 훤칠하고, 하얀 치아로 미소 짓는 달링. 몸집이 크면서도 동작이 빠르고 운동가의 매력을 지닌 달링. 극장 대합실에서 야회복으로 화려하게 차려 입은 유명한 여인들로부터 호감 어린 시선을 받는 달링. 그의 옆에서 자기가 황홀하게 서 있는 것이었다.

잉크 제조업을 하는 그녀의 아버지는 뉴욕 지점을 신설하여 달링이 경영할 수 있도록 그에게 삼백 장의 계산서를 주었다. 그들은 냇물을 전망할 수 있는 비크먼 플레이스에서 연수입 1만5천 달러로 살았다. 당시는 경기가 좋은 시절이어서 잉크도 잘 팔렸기 때문이다. 그들은 쇼라는 쇼는 다 보고 주류 밀매[9]소는 모두 찾아다니고, 1년에 1만5천 달러를 버는 대로 다 썼다.

9)밀매(密賣): 금제(禁制)를 어기고 몰래 물건을 팖.

그리고 오후에는 루이즈는 미술관이나, 달링이 끝까지 앉아 있기를 싫어하는 비교적 심각한 류의 주간 연극 공연에 혼자 나가고, 그는 로잘리바의 악단에서 댄스하는 여자나, 구리 광산을 셋이나 가진 어떤 자의 아내와 동침하기도 했다. 그는 일주일에 세 번씩이나 연식 정구를 하고도 끔쩍 안 했다.

루이즈는 같은 실내에 있을 때는 남편에게서 잠시도 시선을 떼지 않고서 구두쇠와 같은 미소를 띠며 몰래 바라보았다. 그녀는 방 안에 사람이 가득 찬 속으로 어떻게 뚫고 와서는 낮은 목소리로 정색해서 말했다.

"제가 생전에 본 미남자 중에서 당신이 최고예요. 한 잔 드시겠어요?"

1929년의 불경기는 다른 모든 사람에게 닥쳐왔듯이 달링과 그의 아내와 잉크 제조업자인 그의 장인에게도 닥쳐왔다. 장인은 1933년까지 버티었으나 그만 모든 것을 포기했다. 달링이 회사의 장부를 보러 시카고에 갔을 때는 남은 것이라고는 빚과 못 다 판 서너 갤런의 잉크뿐이었다.

"제발, 크리스찬"하고 루이즈는 비크먼 플레이스의 깨끗한 아파트에 앉아서 말했다. 밖에는 냇물이 내다보이고 벽에는 뒤피와 브라이크와 피카소의 복제판들이 걸려 있었다.

"어쩌자고 당신은 오후 두 시부터 술을 시작하세요?"

"그것밖에 할 일이 없으니까 그렇지."하며 달링은 넉 잔째를 비우고는 유리잔을 내려놓았다.

"위스키 이리 줘." 루이즈는 그의 잔을 채웠다.

"저하고 산보나 나가요"하고 그녀는 말했다. "냇가나 산책해요."

"냇가엔 나가기 싫소"하며 그는 뒤피와 브라이크와 피카소의 그림을 곁눈으로 쏘아보았다.

"5번가(街)나 산책해요."

"5번가 걷기도 싫소."

"그럼"하고 루이즈는 정답게 말했다.

"미술관에는 가시겠어요? 클레라는 화가의 개인전이 있어요."

"미술관 같은 데는 어디고 싫소. 여기에 앉아서 스카치 위스키를 마시고 싶소."하고 달링은 말했다.

"도대체 이 그림 나부랭이는 누가 걸었소?"

"제가 걸었어요."

"나는 이 그림들이 싫소."

"그럼 떼겠어요"하고 루이즈는 말했다.

"그대로 놔둬요. 오후면 할 일이 생겨서 좋소. 그림들을 미워하는 일이라도 할 수 있으니까." 달링은 한 잔 쭉 들이켰다.

"요즘 그림은 모두가 저 모양으로 그리나?"

"그래요. 여보, 이제 좀 그만 마셔요."

"당신도 저런 그림을 좋아하오?"

"예, 좋아요."

"진심으로?"

"진심으로요."

달링은 복제판을 재차 주의해서 바라보았다.

"루이즈 데커 아가씨, 중서부 제일의 미인이여, 나는 말을 그린 그림이 좋소. 당신은 왜 저런 그림을 좋아할까?

"그저 지난 몇 해 동안 여러 미술관에 드나든 것이 그렇게……"

"오후마다 하는 일이 그것이오?"

"오후면 그것이 제 일과예요."

"내 오후의 일은 술 마시는 일이지."

위스키 잔을 손에 단단히 잡고 벽에 걸린 그림들을 노려보고 앉아 있는 남편의 정수리[10]에다 루이즈는 가벼운 키스를 했다. 그녀는 코트를 입고

서 그 이상 한마디도 없이 밖으로 나갔다. 그녀는 초저녁 때 여성 패션 잡지사에 취직을 하고 돌아왔다.

그들은 번화가로 이사했고, 루이즈는 아침마다 직장에 나가고, 달링은 집에 들어앉아 술을 마셨다. 청구서는 들어오는 대로 다 루이즈가 지불했다. 그녀는 달링이 직장을 구하는 대로 직장을 곧 그만둔다고 했다. 그러나 그녀는 잡지사의 일을 나날이 더 맡아, 저자들과 만나며, 삽화와 표지를 그릴 화가를 찾는가 하면 모델이 될 여배우를 구하고, 그럴 만한 사람들과 술좌석에도 나가며, 새 친구를 수없이 사귀어 달링에게도 충실히 소개했다.

"당신 모자가 난 싫어."하고 어느 날 저녁 그녀가 돌아와서 마티니 술내를 풍기면서 그에게 키스했을 때 그는 말했다.

"제 모자가 어떻게 됐어요, 베이비?"하고 그녀는 손가락으로 그의 머리를 쓰다듬으며 물었다.

"모두들 아주 멋지다고 하는데요."

"너무 멋지단 말이야"하고 그는 말했다.

"당신에겐 안 어울려. 서른다섯 살의 돈 많고 아주 세련된, 게다가 숭배자를 많이 거느린 여자에게나 맞겠소."

루이즈는 웃었다.

"제가 지금 서른다섯 살의 돈 많고 아주 세련된, 게다가 숭배자들을 많이 거느린 여자가 될 연습을 하고 있는 걸요."하고 그녀는 말했다.

그는 그녀를 빤히 바라보았다.

"자, 그렇게 짜증내지 마세요, 베이비. 이 모자를 썼어도 여전히 순진한 아내예요." 그녀는 모자를 벗어 구석에 팽개치고 그의 무릎 위에 앉았다. "보세요? 주부 넘버 원이죠."

"당신 입김으로 기차를 움직이겠소."하고 달링은 말했다.

10)정수리: 머리 위에 숫구멍(갓난 아이 정수리의 발딱발딱 뛰는 연한 곳)이 있는 자리.

심술을 부리자는 것이 아니라, 권태에서 나온 자기의 말이었다. 자기의 아내가 이상하게도 새 모자를 쓴 낯선 여자로, 조그만 차양 밑의 눈 속에 비밀스럽고 자신이 있고 아는 체하는, 어떤 새로운 표정을 가진 낯선 여자로 보인 순간의 충격 때문이기도 했다. 루이즈는 남편의 턱 밑에 자기의 고개를 처박아 술내가 풍기지 않도록 했다.

"어느 저자를 초대해야 했어요."하고 그녀는 말했다.

"오자크 마운틴즈의 출신인데 술을 붕어가 물마시듯 해요. 공산주의자예요."

"오자크 지방 출신의 공산주의자가 부녀자의 잡지에 도대체 뭘 쓴단 말이오." 루이즈는 킬킬 웃었다.

"잡지업이 요즈음은 뒤주박죽이 돼 버렸어요. 출판사들이 각 방면에 발판을 잡으려고 해요. 또 요즈음은 일흔 살을 안 넘은 저자치고 공산주의자가 아닌 사람이 없어요."

"나는 당신이 그런 사람들과 교제하는 것이 좋게 여겨지지 않소. 루이즈"하고 달링은 말했다.

"그들하고 술까지 마시고."

"그 사람은 아주 선량하고 온순한 사람이에요"하고 루이즈는 말했다.

"그는 어니스트 다우슨을 읽어요."

"어니스트 다우슨이 누군데?"

루이즈는 그의 팔을 톡톡 치고 일어서서 머리를 매만졌다.

"영국의 시인이에요."

달링은 자기가 그녀에게 뭔지 실망을 준 것 같이 느껴졌다.

"어니스트 다우슨이 누군가를 나도 알고 있었어야 했소?"

"아니, 난 목욕이나 하겠어요."

그녀가 나간 뒤에 달링은 모자가 던져진 방 구석으로 가서 그것을 집어

들었다. 그것은 지푸라기 조각과, 빨간 꽃과 베일[11] 이외의 아무 것도 아니었고, 그의 큰 손 위에 놓고 보면 아무런 의미도 없는 물건이었다. 그러나 아내의 머리에 얹혀서는 뭣인가의 표시였다. 대도시, 자기 남편 외의 남자와 술집에도 음식점에도 가는 멋지고 아는 체하는 여자들, 보통사람은 알 수도 없는 일에 대한 대화, 붓 대신에 팔꿈치로 그리기나 한 것 같은 불란서 화가들, 전체를 통해 멜로디 한 가닥도 안 들어 있는 심포니[12]를 쓰는 작가들, 정치라면 무엇이나 다 아는 작가들과 작가에 대해서라면 무엇이나 다 아는 여인들, 프롤레타리아 운동, 마르크스. 그런데 어찌 된 셈인지 5달러나 하는 만찬과 미국에서도 제일가는 미모의 여인들과, 사람을 웃기는 요정들과, 끝을 안 맺어도 곧장 통하며 남모를 즐거움이 통하는 토막말들과, 자기 남편을 '베이비'라고 부르는 여자들 등과 마르크스가 교묘하게 뒤섞여 있었다. 그는 그 모자를, 지푸라기 조각과 빨간 꽃과 조그만 베일에 불과한 것을 내려놓았다. 그는 곧 위스키를 조금 마시고는 욕실로 들어갔다. 그의 아내는 탕 속에 푹 잠겨 노래를 부르고 소녀처럼 이따금 미소를 지으며 손으로 물을 가볍게 노질[13]하고 있었다. 탕에서는 목욕염의 향기가 가볍게 풍겨나오고 있었다.

그는 아내 앞에 서서 아내를 내려다보았다. 그녀는 미소를 지으며 그를 쳐다보았다. 눈을 반쯤 감고 빨간 몸뚱아리가 향기로운 따뜻한 물 속에서 어른거렸다. 그는 또 한 번 다시 전과 같이 아름답다는, 그녀가 그에게는 필요하다는 깨달음을 불현듯이 마음 속 깊이 뭉클하게 느꼈다.

"내가 여기에 들어온 것은"하고 그는 말했다.

"당신이 나를 '베이비'라고 부르지 말도록 말하기 위해서요."

---

11)베일(veil): 면사포. 씌워서 보이지 않게 하는 물건.

12)심포니(symphony): 교향곡(관현악을 위하여 작곡한 보통 4악장으로 된 곡).

13)노질: 노를 저어 배를 부리는 짓.

그녀는 탕 속에서 그를 쳐다보았다. 그의 의미의 반은 깨달은 듯이 그녀의 눈에는 순간 슬픈 빛이 가득 찼다. 그는 무릎을 꿇고 그녀를 팔로 휘감았다. 그는 소매가 물 속에 잠긴 것도 상관치 않았고, 셔츠와 재킷은 물에 젖었다. 그는 말없이 그녀를 움켜잡고 숨이 막히도록 미친 듯이 꼭 껴안고 자포[14]적인, 파고드는 듯한, 한스러운 키스를 그녀에게 퍼부었다.

그는 그 후로 부동산과 자동차를 판매하는 일자리를 얻었다. 그러나 나무 명패를 올려놓은 책상도 가졌고, 매일 아침 아홉 시면 충실히 출근했었는데도, 어쩐 일인지 그는 전혀 매상고를 올리지 못했고 돈을 전혀 벌지 못했다.

루이즈는 부주필[15]이 되었다. 집에는 낯설은 남녀 손님들이 득실거렸다. 그들은 말이 빠르고 벽화나 소설가나 노동 조합 같은 추상적인 문제로 핏대를 올렸다. 깜둥이 단편 소설가들은 루이즈가 내는 술을 마셨다. 유태인도 많았고, 얼굴에 흉터가 있고 주먹에 매듭이 굵은 체구가 큰 심각한 사람들도 있었다. 이들은 파업 감시 전초선의 얘기나 광산굴 앞이나, 공장 문 앞에서 총이나 쇠몽둥이로 싸운 얘기를 침착하게 지껄였다. 루이즈는 그들 틈을 태연하게 돌아다니며 그들의 얘기를 잘 알아들었다. 그녀의 의견에 그들도 귀를 기울였으며, 마치 남자인 것처럼 토론도 하였다. 그녀도 못 들어본 책을 탐독[16]하고 거리를 쫓아다니고 흥분했다. 두려움도 없이 언제나 경탄하며, 뉴욕의 백만 가지 조류를 집으로 빨아들이는 것이었다.

그녀의 친구들은 달링을 좋아했다. 때로는 한쪽 구석으로 빠져나가 프린스튼 팀에 새로 등장한 '풀백' 선수나 '더블 윙백' 전술의 쇠퇴라든지 주식 거래 시세의 얘기까지도 하고 싶어하는 사람도 있었다.

14)자포(自暴): 자포자기. 실망·불만 등 때문에 스스로 자기의 전도를 파괴하고 돌보지 않음.
15)주필(主筆): 신문사 등에서 기자의 수위에 앉아 중요 사설 · 논설 등을 집필하는 사람.
16)탐독(耽讀): 어떤 책을 특별히 즐겨서 읽음.

그러나 달링은 거의 언제나 폭풍같이 쏟아지는 말에 묻혀서 묵묵히 방관[17]하고 있었다. "이 사태의 변증법[18]적 해석…… 그 극장은 전문적인 사기 흥행사에게 넘어갔어…… 피카소? 해골을 그려가지고 그 값으로 1만 달러나 긁어모을 권리를 누가 가졌단 말인가…… 나는 트로츠키를 절대 지지한다…… 포우야말로 미국 최후의 비평가였지. 그가 죽었을 때 미국의 문학 비평의 무덤 위에 조화가 오른 거야. 그들이 내 최신작을 혹평했대서 이런 말을 하는 것이 아니라……"

때때로 그는 담배 연기와 소란한 틈 사이로 진득이 자기를 바라보는 루이즈의 시선과 부딪쳤다. 그럴 때 그는 아내의 시선을 피하고 자리를 떠날 구실을 찾아내어, 얼음을 더 가지러 간다거나 혹은 술병마개를 트기 위해서 부엌에 가는 것이었다.

"어서 오시오"하고 캐덜 플래허티가 어느 여자하고 문간에 서서 말하고 있었다.

"가서 이것을 보셔야 돼요. 14번가 '시민 헤퍼토리'에서 한대요. 일요일 밤밖에 구경할 수 없어요. 보고 나오면서는 즐거워 노래하리란 걸 보증할 수 있어요."

플래허티는 코가 이그러진, 키가 크고 젊은 아일랜드 사람이었다. 그는 부두 노동자 조합 전속 변호사였다. 이 집에 가끔 출입한지 6개월인데 누구와 토론이 벌어지면 큰소리로 떠들어서 누구의 말문이고 막아버렸다.

"'레프티를 기다리면서'라는 새 연극인데 택시 운전사들을 다룬 거예요."

"오데스래요"하고 플래허티와 함께 있던 여자가 말했다.

"오데스란 사람의 작품이래요."

"난 못 들은 이름인데"하고 달링은 말했다.

---

17)방관(傍觀): 어떤 일에 관계하지 않고 추이를 보고만 있음.

18)변증법(辨證法): 사유·정신·역사 등의 발전을 반대물·모순의 투쟁·종합으로서 파악하는 사고법.

"신인이에요."하고 그 여자는 말했다.

"폭격을 보는 것 같습니다."하고 플래허티는 말했다.

눈에는 벌써 호기심이 나타났다.

"종일 앉아서 일요판 '타임즈'에 묻혀 지냈으니까 기분 전환에도 좋겠어요."

"택시 운전사야 날마다 실컷 보지 않나"하고 달링은 말했다. 그것은 본심에서가 아니라 플래허티의 주위에 있는 것이 싫기 때문이었다.

"영화나 보러 갑시다."

"이런 걸작은 이전에 본 일이 없을 거요." 플래허티는 말했다.

"그는 이 작품을 야구방망이로 썼답니다."

"어서 가요"하고 루이는 졸랐다. "틀림없이 좋을 거예요."

"그 사람은 머리가 길어요"하고 플래허티와 함께 있던 여자가 말했다. "오데스 말이에요. 그를 어느 파티에서 만났어요. 그 사람은 배우예요. 밤새도록 말 한마디 안 했어요."

"나는 14번가에는 가기 싫소."하고 달링은 플래허티와 그의 여자가 가기를 바라면서 말했다. "우울한 곳이야."

"아이, 어쩜!"하고 루이즈는 큰소리를 질렀다. 그녀는 달링을 냉담하게 바라보았다. 마치 방금 소개받아 그의 사람됨을 살피며 또 별로 좋게 생각않는 것 같았다. 그는 자기를 바라보는 그녀의 얼굴에서 무엇인가 새롭고 위험한 것을 보았다. 그는 무엇인가 말하고 싶었으나 플래허티와 그의 빌어먹을 여자가 앞에 있어서 어쨌든 그는 뭐라고 말해야 할지 몰랐다.

"저는 가겠어요"하며 루이즈는 코트를 집어들었다.

"저는 14번가가 우울한 곳이라고는 생각지 않아요."

"그야말로"하고 플래허티는 그녀가 코트를 입는 것을 거들어주며 말하고 있었다.

"브루클린 여자식의 '게티스버그 전투'야."

"아무도 그 사람의 말문을 못 열었어요"하고 플래허티의 여자는 문으로 나가면서 말했다.

"밤새도록 꼭 한 곳에만 앉아 있었어요."

문이 닫혔다. 루이즈는 그에게 인사말도 없었다. 달링은 방 안을 네 바퀴 돌다가 소파 위의 일요판 '타임즈'지 위에 아무렇게나 뻗고 누웠다. 그는 소파 위에 잠시 동안 누운 채 두 여인 사이에 끼여서 여자들의 팔을 잡고 떠들어대며 거리를 걸어가고 있을 플래허티를 생각했다.

루이즈는 한결 예뻐 보였다. 그녀가 성난 듯이 코트를 입는 동안에도 그날 오후에 감은 그녀의 머리털은 보들보들 윤이 흘렀고 차분했다. 그녀가 지금은 자기의 아름다움을 알고 있어 이를 최대한으로 과장한 것도 이유의 하나이겠지만 루이즈는 해마다 아름다워만 갔다.

"어리석은 짓이야." 중얼거리며 달링은 일어섰다.

"참 어리석은 짓이야." 그는 코트를 입고 제일 가까운 바에 갔다. 그는 한쪽 구석에 틀어박혀 돈이 모자랄 때까지 혼자 다섯 잔을 들이켰다.

그로부터 여러 해는 내내 안개가 자욱이 낀 내리막길이었다. 루이즈는 그에게 늘 잘했었고 어떤 면에서는 정다웁고 친절했었다. 그리고 그가 린든에게 투표하겠다고 말했을 때, 꼭 한 번 그들은 싸웠던 것이다.

"아아, 어쩜!"하고 그녀는 말했다.

"당신 머리 속에선 아무런 변화가 안 일어나요? 신문도 못 보셨어요? 그 돈 한푼 없는 공화당원을!" 그녀는 나중에 그의 감정을 상하게 한 일을 미안해 하고 사과했지만 마치 어린애를 달래는 듯한 태도였다.

그도 무척 애를 썼다. 미술관에도 음악회에도 서점에도 가보며 아내와 같은 길에 들어서보려고 애썼지만 되지 않았다. 그는 싫증이 났다. 그가 본 것, 들은 것, 의무적으로 읽은 것이 어느 하나도 그에게는 의미가 없었다. 마침내 그는 포기했다. 그는 루이즈가 늦게 들어와서 아무런 말 한마디 없이 잠자리에 들어갈 것을 미리 알고, 혼자서 저녁 식사를 할 때마다 이혼을 생각해 봤다. 그러나 그녀를 다시 못 보는 데서 올 외로움과 절망이 견디기 어려우리라는 것을 그는 잘 알고 있었다. 그래서 그는 아내에게 충실했고 아내가 가는 곳은 어디나 곧잘 같이 가며 그녀가 원하면 무엇이나 들어주었다. 그는 어느 브로커 사무소에 조그만 일자리를 얻어서 자기 생활비와 자기 술값을 벌고 있었다.

그 후로 그는 어느 양복점의 외교원[19]으로 각 대학을 돌아다니는 일을 의뢰받았다.

"우리가 필요한 사람은"하고 로젠버그 씨는 말했다.

"사람의 눈에 곧 '대학 출신이구나' 하고 보일 수 있는 사람입니다."

로젠버그는 달링의 넓은 어깨와 단정한 웃음과 잘 빗질한 머리와 정직해 보이고 주름 없는 얼굴을 만족한 듯이 살펴보았다.

"솔직히 말씀해서 달링 씨, 저는 기꺼이 제의하고 싶습니다. 제가 탐문한 바로는 모교에서 인기가 높으시고 알프렛 디트리히와 함께 '백 피일드' 선수로 계셨던 것도 알고 있었습니다."

달링은 수긍했다.

"디트리히는 어떻게 됐습니까?"

"주형(鑄型)[20]을 하고 다닌지가 이제 7년이 됐습니다. 쇠띠말이에요. 그는 풋볼 직업 선수가 되었다가 목이 부러졌답니다."

달링은 빙그레 웃었다. 결과는, 하여튼 잘되었었군.

"우리 양복은 잘 팔리는 물건입니다, 달링 씨."하고 로젠버그는 말했다.

---

19)외교원(外交員): 회사·상점 등에서, 권유·교섭·주문 등을 위해 방문을 전문으로 하는 사람.

20)주형(鑄型): 쇠붙이를 녹여 부어서 만드는 물건의 원본. 거푸집.

"우리들에게는 날씬하게 잘 지어진 코트도 있습니다. '브룩스 브라더즈' 양복점이라고 저희에게 없는 것을 가졌답디까? 명성만 높았지, 그저 그럴 뿐이죠."

"나는 주급 56달러를 벌게 됐소" 달링은 그날 밤에 루이즈에게 말했다.

"수당도 받게 되오. 저축도 조금은 할 수 있으니 그 때는 뉴욕에 돌아와서 정말 새출발을 하겠소."

"그래요, 베이비."하고 루이즈는 말했다.

"당분간"하고 달링은 조심스럽게 말했다.

"한 달에 한 번씩 휴일과 여름에는 여기로 돌아올 수 있소. 서로 자주 만날 수도 있을 것이오."

"그래요, 베이비." 그는 그녀의 얼굴을 살펴보았다.

서른다섯 살인데, 전의 어느 때보다 아름다웠지만 5년 동안을 인내와 친절과 권태를 참아온 흔적 때문에 얼굴이 흐려 보였다.

"당신 의견은 어떻소?"하고 그는 물었다.

"받아들일까?"

그는 충심으로 그녀가 "염려 마세요, 베이비. 여기 그대로 계세요." 해주기를 열렬히 갈망하였다.

그러나 그가 예측한 대로 그녀는 말했다. "받아들이는 게 좋겠지요."

그는 고개를 끄덕였다. 그는 일어나서 그녀에게 등을 돌리고 창 밖을 내다볼 수밖에 없었다. 그녀가 그를 알아온 15년 동안 그녀에게 한 번도 보인 적이 없는 것이 그의 얼굴에 명백히 나타났기 때문이었다.

"50달러라면 참 큰돈이지."하고 그는 말했다.

"나는 50달러를 다시 벌게 되리라고는 생각도 못했지." 그는 웃었다. 루이즈도 따라 웃었다.

크리스챤 달링은 경기장의 부드러운 풀밭 위에 앉아 있었다. 관람석의 그늘이 그가 앉은 곳까지 길어졌다. 멀리서 대학의 불빛이 엷은 저녁 노을 저편에 희미하게 보였다. 15년. 플래허티는 지금도 아내를 찾아다니며 그녀에게 술을 내고, 어느 바에 가서나 그 큰소리와 그 절제 없는 웃음으로 가득 채우고 있겠지. 달링은 반쯤 감은 눈에, 15년 전의 청년이 패스해 온 공을 붙잡고 '하프 백' 을 빠져나가 경기장을 거뜬히 달려가는 모습이 어른거렸다. 그의 무릎은 높고 민첩하고 경쾌했고, '세이프티 맨' 을 지나가리라는 자신감에 미소를 짓고 있었다. 그 때가 절정이었구나하고 달링은 생각했다.

15년 전 어느 가을날 오후. 죽음과는 거리가 멀었던 스무 살 때, 허파에는 공기가 잘 통하고 무엇이나 하면 된다는 자신이 넘쳐 있었고, 아무나 때려 눕히고, 무엇이나 앞설 수 있는 때였다. 그리고 경기 후의 샤워나 냉수 세 컵과 물기 안 마른 머리에 시원하던 밤공기, 그리고 덮개를 내린 차 속에서 모자를 쓰지 않은 채 웃음을 띠고 앉은 루이즈, 그리고 진심어린 그녀의 첫 키스. 연습 경기의 80야드 질주와 그리고 한 처녀의 키스를 절정[21]으로 하고 그 후는 만사[22]가 쇠퇴 일로였다. 달링은 웃었다. 아마도 그는 소용 없는 일을 연습한 것 같다. 그는 1929년이나 뉴욕시나 장차 성숙한 여성이 될 처녀에 대비하는 연습은 안 했었다. 그녀가 나에게 접근했고 순간이나마 나와 같이 했던 지점이, 내가 만일 알았더라면 그녀의 손을 꼭 잡고 그녀를 데려갈 수도 있었을 지점이 어디엔가 틀림없이 있었으리라고 그는 생각했다. 그런데 그는 그것을 안 적이 없었던 것이다. 지금 그는 여기 15년 전의 경기장에 와 있고 그의 아내는 다른 도시에서 더 훌륭한 다른 사내와 식사를 나누며, 새롭고 다른 언어, 아무도 자기에게는 가르쳐준 일이 없는 언어로 그 사내와 얘기하고 있는 것이었다.

---

21)절정(絶頂): 사물의 치오른 극도.

22)만사(萬事): 많은 여러 가지 일.

달링은 일어나 히죽이 웃었다. 웃지 않으면 눈물이 나올 것만 같았다. 그는 주위를 살펴보았다.

여기가 그 때 그 지점이었다. 오카너가 패스해 준 공이 미끄러져서 이곳으로 날아왔었다…… 좋은 기회다. 달링은 두 손을 올렸다. 공이 철썩 맞아드는 촉감이 다시 느껴졌다. 그는 '하프 백'을 잡아떼려고 엉덩이를 뒤틀고 센터로 꺾어들며, '스크럼 라인' 땅 위에 얽혀 넘어진 두 사람을 무릎을 높여 보기 좋게 뛰어넘어 거침없이 속력을 뽑아 10야드를 달렸다. 두 손에는 공을 가볍게 움켜쥐고 그에게 달려드는 '하프 백'을 돌려 빼고 무너진 방위선의 백 선수같이 거의 여자처럼 엉덩이를 뒤흔들며 '세이프티 맨'에게로 돌진했다. 그의 구두는 잔디밭 뗏장 위에서 쿵쿵거렸고, 팔을 빳빳이 하고 팔꿈치를 꼭 붙이며 '골 라인'을 향해 가볍고 기쁜 걸음을 내달았다.

그는 '골 라인'까지 달리고 나서 발걸음을 늦추고서야 풀밭에 앉아 그를 신기한 눈으로 보고 있는 한 쌍의 젊은 남녀를 발견했다.

그는 움찔하고 멈추어 두 팔을 떨어뜨렸다.

"전에……" 하고 그는 컨디션도 좋고 달려서 숨이 가빠진 것도 아닌데 조금 숨을 헐떡거리며 말했다.

"전에 — 난 여기서 경기를 했었소."

그 소년은 아무 말도 안 했다.

달링은 멋쩍은 웃음을 지으며 빤히 바라보다가는 어깨를 움츠리고 돌아서서 그의 호텔로 향했다.

얼굴에서 땀이 솟아나 칼라 속으로 흘러내렸다. ✽

▦ 작가소개 **어윈 쇼오(Iwin Show ; 1913 ~1984)**

뉴욕 브롱크스에서 태어난 유태계 미국인으로서 극작가이자 소설가이다.
대학 시절 미식 축구 선수로도 활약한 바 있는 쇼오는 라디오 시나리오 「죽은 자를 묻어라」로 극작가 생활을 시작하였고 헤밍웨이, 헨리 밀러와 더불어 현대 미국의 대중 문학의 기수가 되었다.
그의 첫 장편 소설인 「젊은 사자들」은 제2차 세계대전이 낳은 대표적인 전쟁소설로 발표되자마자 선풍적인 인기를 불러일으켜 1958년에 영화화되기도 했으며, 쇼오를 확고한 작가의 기반에 올려놓은 작품이다.
대표작으로는 소설 「젊은 사자들」, 「다정한 사람들」, 「쾌락으로의 도피 」, 「도시의 환영」 등이 있다.

▦ 작품해설

중년에 접어든 한 남자가 자신의 무모하고도 찬란했던 젊음을 회상하며 젊음과 함께 사라져버린 그 무엇인가를 그리워하는 모습을 그린 작품이다.
풋볼 선수였던 달링은 훌륭한 '블로커' 선수였고 누구나 좋아하는 풍모를 가지고 있었다. 그의 아내 루이즈는 달링과 여러 면에서 어울리지 않았지만, 그를 중요한 인물로 생각하고 그에게 충실했다. 하지만 달링은 풋볼 외에 다른 일에는 전혀 소질이 없었다. 결국 사업이 실패하자 술에 찌들어가고 이를 보던 루이즈는 자신의 일을 시작한다. 여성 패션 잡지사에 취직을 한 루이즈가 그 속에서 날로 성장할수록 달링은 초라해져만 간다. 루이즈가 플래허티와 친하게 지내는 모습을 보고 달링 역시 자신의 일을 찾는다. 그리고 찾아간 옛 운동장. 그는 예전에 자신이 딱 한번 해 보았던 80야드의 질주를 다시 시도한다.

▦ 읽고나서

문제 15년 뒤 경기장에서 달링이 느끼는 감정은?
- 무심하게 지나간 세월에 대한 아쉬움

문제 현재 달링이 아내 루이즈에게 느끼는 이질감을 표현한 문장은?
- '지금 그는 여기 15년 전의 경기장에 와 있고 그의 아내는 다른 도시에서 더 훌륭한 다른 사내와 식사를 나누며, 새롭고 다른 언어, 아무도 자기에게는 가르쳐 준 일이 없는 언어로 그 사내와 얘기 하고 있는 것이었다.'

큰 바위 얼굴

나다니엘 호손

어느 날 오후 해질 무렵, 어머니와 어린 아들은 자기네 오막살이[1]집 문 앞에 앉아서 큰 바위 얼굴에 대한 이야기를 하고 있었다. 그 큰 바위 얼굴은 여러 마일이나 떨어져 있었지만, 눈만 뜨면 햇빛에 비쳐서 그 모양이 뚜렷하게 보였다.

대체 그 큰 바위 얼굴은 무엇일까?

높은 산들에 둘러싸인 분지가 하나 있었다. 그곳은 꽤 넓은 골짜기로 많은 사람이 살고 있었다.

그곳에 사는 순박한 사람들 중에는 가파른 산허리의 빽빽한 수풀로 둘러싸인 곳에 통나무 집을 짓고 사는 사람들도 있고, 또 골짜기로 내리뻗은 비탈이나 평탄한 지면의 기름진 흙에 농사를 지으며 안락하게 사는 사람들도 있으며, 또 한 곳에는 인구가 조밀하게 모여서 마을을 이루고 사는 사람들도 있었다.

거기에서는 높은 산악 지대로부터 내리지르는 격류를 이용하여 방직 공장의 기계를 돌리고 있었다.

---

1) 오막살이: 오두막집(작게 지어 사람이 겨우 거처할 만한 집)에서 사는 살림살이.

아무튼, 이 골짜기에는 주민의 수도 많았고, 사는 모습도 가지가지였으나, 그들에게 한 가지 공통된 점은 모두가 그 큰 바위 얼굴에 대한 일종의 친밀감을 가지고 있다는 것이었다. 그 중에는 그 위대한 자연 현상에 대하여 유달리 감격하는 사람들도 없지 않았다.

그렇게 모든 사람이 우러러보는 큰 바위 얼굴은, 자연이 장엄한 유희적 기분으로 만든 작품으로, 깎아지른 듯한 절벽 위에 몇 개의 바위로 되어 있었다. 그리고 그 바위들이 조화를 이루어, 적당한 거리에서 바라다보면, 확실히 사람의 얼굴과 같았다.

마치 굉장한 거인이나 타이탄이 절벽 위에 자기 자신의 얼굴을 조각한 것 같이 보이는 것이었다.

넓은 아치형의 이마는 높이가 삼십여 미터나 되고, 갸름한 콧날에 넓은 입술, 만약에 우람한 그 입술이 말을 한다면 천둥 소리가 골짜기의 이 끝에서 저 끝까지 울릴 것만 같았다.

아주 가까이 대하면, 그 거대한 얼굴의 윤곽은 없어지고, 무겁고 큰 바위들이 폐허에 있는 것처럼 질서 없이 포개져 놓인 것으로만 보일 것이다.

그러나 차차 뒤로 물러서면서 보면 그 신기한 형상이 점점 알아볼 수 있게 드러나고, 멀어질수록 더욱더 사람의 얼굴과 같아져서, 그 본래의 거룩한 모습을 볼 수 있게 된다.

그리고 희미해질 만큼 멀어지면, 큰 바위 얼굴은 구름과 안개에 싸여 정말 살아 있는 것 같이 보이는 것이었다.

이곳 아이들이 그 큰 얼굴을 쳐다보며 자라난다는 것은 큰 행운이었다. 왜냐하면 그 얼굴은 생김생김이 숭고하고 웅장하면서도 표정이 다정스러워, 마치 그 사랑은 온 인류를 포옹하고도 남을 것만 같기 때문이었다.

그저 그것을 보는 것만으로도 큰 교육이 되었다.

이곳의 사람들은 이 골짜기의 토지가 기름진 것은, 구름을 찬란하게 꾸미고, 정다움을 햇빛 속에 펼치면서, 언제나 이 골짜기를 내려다보고 있는 이 자비스러운 얼굴의 덕분이라는 믿음을 갖고 있었다.

우리가 아까 이야기를 시작한 것과 같이, 어머니와 어린 소년은 오막살이집 문 앞에 앉아서 큰 바위 얼굴을 쳐다보며, 그것에 대하여 이야기를 하고 있었다. 그 아이의 이름은 어니스트였다.

"어머니!" 하고 아이는 말하였다.

그 때, 그 타이탄과 같은 얼굴은 그에게 미소를 보내는 것만 같았다.

"저 큰 바위 얼굴이 말을 할 수 있었으면 좋겠어요. 저렇게 친절해 보이니까, 목소리도 매우 듣기 좋겠지요? 만약에 내가 저런 얼굴을 가진 사람을 만난다면, 나는 정말 그를 존경하게 될 거예요."

"만약에 옛날 사람들의 예언이 실현된다면, 우리는 언제고 저것과 똑같은 얼굴을 가진 사람을 볼 수 있을 거란다."

"어떤 예언 말씀이어요, 어머니? 어서 이야기 좀 해 주세요."

어니스트는 열심히 물었다. 그리하여 어머니는 자기가 어니스트보다 더 어렸을 때 자기 어머니에게서 들은 이야기를 그에게 하기 시작하였다.

그것은 지나간 일에 대한 것이 아니고, 앞으로 일어날 일에 대한 이야기였다. 그러나 그것은 매우 오래 전부터 전하여 내려오는 이야기로, 옛날에 이 골짜기에 살고 있던 아메리칸 인디언들도 역시 그들의 조상들로부터 그 이야기를 들어왔다고 한다. 그 조상들이 확인한 바에 의하면, 그 이야기는 최초에, 산골짜기를 흐르는 시내가 조잘거리고, 나무 끝을 스치는 바람이 속삭여 주었다는 것이다.

그 이야기의 요지는, 장차 언제고 이 근처에 한 아이가 태어날 것인데, 그 아이는 고아[2] 한 인물이 될 운명을 타고날 것이며, 그 아이는 성장하면서 점점 큰 바위 얼굴을 닮아간다는 것이다.

2)고아(高雅): 고상하고 우아함.

아직도 많은 노인들과 어린애들이 열렬한 희망과 변하지 않는 신념으로 이 오래 된 예언을 믿고 있다. 그러나 아무리 기다려도 그 얼굴을 가진 사람을 아직 만나지 못한 여러 사람들은 그 예언을 그저 허황된 이야기라고 단정했다. 아무튼 예언이 말하는 위대한 인물은 아직 나타나지 않았다.

"어머니! 어머니!" 어니스트는 손뼉을 치며 외쳤다.

"내가 커서 그런 사람을 만나 보았으면……"

애정이 많고 생각이 깊은 그의 어머니는, 자기 아들의 큰 희망을 깨뜨리지 않는 것이 현명한 일이라고 생각했다. 그래서 그는 아들에게,

"너는 아마 그런 사람을 만날 거야." 라고만 말하였다.

그 뒤, 어니스트는 어머니께서 해 주신 이야기를 늘 기억하고 있었다. 큰 바위 얼굴을 쳐다볼 때마다, 그의 마음 속에는 어머니께 들은 이야기가 떠오르는 것이었다.

그는 그가 출생한 그 오막살이집에서 어린 시절을 지내는 동안, 늘 어머니 말씀에 순종하였고, 어머니께서 하시는 모든 일을 그의 조그마한 손으로, 그리고 사랑하는 마음으로 도와드렸다. 이리하여 한 행복스러운, 그러나 가끔 명상을 하는 이 어린 아이는 점점 온순하고 겸손한 소년으로 자라갔다.

밭에서 일을 하기 때문에 햇볕에 검게 그을었지만, 그의 얼굴에는 유명한 학교에서 교육을 받은 소년들보다 더 총명한 빛이 떠올랐다.

어니스트에게는 선생님이 계시지 않았다. 다만 하나의 선생님이 있다면, 그것은 바로 저 큰 바위 얼굴이었다. 어니스트는 하루의 일이 끝나면, 몇 시간이고 그 바위를 쳐다보는 것이었다. 그러면 그 큰 얼굴이 자기를 알아보고, 자기를 격려하는 친절한 미소를 보내 준다고 생각하는 것이었다.

물론 그 큰 바위 얼굴이 어니스트에게만 더 친절하게 비칠 리는 없지만 그렇다고 어린 어니스트의 생각을 덮어놓고 틀렸다고만 할 수는 없었다.

사실 깊은 믿음을 갖고 있는 순진하고 맑은 그의 마음은 다른 사람들이 보지 못하는 것을 볼 수 있었으며, 모든 사람이 다 누릴 수 있는 사랑이라도 자기만이 받고 있는 줄로 생각했던 것이다.

바로 이 무렵에, 이 분지 일대에는 마침내, 옛날부터 전해오던 것과 같이 큰 바위 얼굴처럼 생긴 위인이 나타났다는 소문이 돌았다.

여러 해 전에 한 젊은 사람이 이 골짜기를 떠나, 먼 항구로 가서 돈을 좀 벌어 가게를 내었다. 그의 이름은 — 그의 본명인지, 그의 처세상에서, 혹은 그가 성공한 데서 온 별명인지는 모르나 — 개더고올드라고 했다.

빈틈 없고, 민활[3]한데다가, 하늘이 주신 비상한 재능, 즉 세상 사람들이 '재수'라고 부르는 행운을 타고나서, 그는 대단한 거상이 되었던 것이다.

그는 자신의 재산을 계산하는 데만도 오랜 시일이 걸릴 만큼 큰 부자가 되었다. 그리고 자기의 고향에 돌아가서 여생을 마치겠다고 결심했다.

그렇게 생각하자, 그는 자기 같은 백만장자[4]가 살기에 적합한 대궐 같은 집을 짓게 하려고, 한 능숙한 목수를 고향으로 보냈다.

먼저 말한 바와 같이, 벌써 이 골짜기에는 개더고올드야말로 지금까지 오래 기다렸던 예언의 인물이요, 그의 얼굴은 틀림없이 큰 바위 얼굴 그대로라는 소문이 돌았다.

지금까지 그의 아버지가 살고 있던 초라한 농가 집터에, 마치 요술의 힘으로 꾸며 놓은 듯한 굉장한 건물이 선 것을 본 사람들은, 그 소문이 거짓 없는 사실일 거라고 더욱더 확실히 믿게 되었다.

어니스트는 예언의 인물이 드디어 그가 태어난 고향에 나타났다는 생각으로 몹시 마음이 설레었다.

그는 어린 마음으로, 막대한 재산을 가진 개더고올드는 곧 자선의 천사

---

3)민활(敏活): 민첩하고 활발함.

4)백만장자: 재산이 썩 많은 사람.

가 되어, 큰 바위 얼굴의 미소와 같이 너그럽고 자비스럽게 모든 사람들의 생활을 돌보아 줄 것이라고 생각했다.

그는 늘 하듯이, 큰 바위 얼굴이 자기에게 답례를 하며, 친절하게 자기를 돌보아 주리라고 상상하면서, 그것을 쳐다보고 있었다. 그 때, 꾸불꾸불한 길을 따라서 빨리 달려오는 마차 바퀴 소리가 들렸다.

"야! 오신다." 도착하는 광경을 보려고 모인 사람들이 외쳤다.

"위대한 개더고올드 씨가 오셨다!"

네 마리의 말이 끄는 마차가 길모퉁이를 속력을 내어 달렸다. 마차 안에서 창 밖으로 조금 내민 것은 조그마한 늙은이의 얼굴이었다. 그의 피부는 마치 자기 자신의 마이더스[5]의 손으로 빚어 만든 것 같은 누른빛이었다. 이마는 좁고, 작고 매서운 눈가에는 수많은 잔주름이 잡혀 있으며, 얇은 입술은 꼭 다물려 더욱더 얇게 보였다.

"큰 바위 얼굴과 똑같다!" 사람들은 소리를 질렀다.

"옛날 사람의 예언은 참말이다. 마침내 위인은 우리에게 오셨다!"

사람들이 그를 보고 옛날 사람의 예언의 얼굴과 똑같다고 믿는 것에 어니스트는 정말 어리둥절하였다. 길가에는 때마침 먼 지역으로부터 방랑해 온 늙은 거지 하나와 어린 거지들이 있었다. 이 불쌍한 거지는 마차가 지나갈 때 손을 내밀고 슬픈 목소리로 애걸을 하였다.

누런 손이 — 이것이야말로 재물을 긁어 모은 바로 그 손이었다 — 마차 밖으로 나오더니, 동전 몇 닢[6]을 땅 위에다 떨어뜨렸다. 그것을 볼 때에, 이 위인을 개더고올드라고 부르게 된 것도 그럴 듯하지만, 스캐터카퍼[7]라

---

5)Midas: 미다스의 영어명. 그리이스 신화에 나오는 인물(손에 닿는 것은 무엇이든지 황금으로 변하게 하는 힘을 가졌다 함).

6)닢: 쇠붙이로 만든 돈이나 가마니같이 납작한 물건을 낱낱의 뜻으로 세는 말.

7)스캐터카퍼(Scattercopper): 동전을 뿌리는 사람이란 뜻으로, 개더고올드(Gathergold), 즉 황금을 주워모으는 사람에 견주어 한 말.

불러도 그 별명은 틀리지는 않을 것 같았다.

그럼에도 불구하고, 사람들은 예전과 다름없는 굳은 신념을 가지고, 큰 바위 얼굴과 똑같다고 소리쳤다.

그러나 어니스트는 낙심하면서, 주름살이 많이 잡힌 영악하고 탐욕에 가득 찬 그 얼굴에서 고개를 돌렸다. 그리고 산허리를 쳐다보았다. 거기에는 맑게 빛나는 얼굴 모습이, 모여드는 안개에 싸여, 막 지려는 햇빛을 받고 있었다.

그 형상은 그의 마음을 한없이 즐겁게 하였다. 그 후덕한 입술은 무슨 말을 하는 것만 같았다.

"그 사람은 온다. 걱정하지 말아라. 그 사람은 꼭 온다!"

세월은 흘러갔다. 어니스트도 이제는 소년이 아니다. 그는 젊은이가 되었다. 그는 그 골짜기에서 사는 사람들의 주의를 끄는 일이 별로 없었다. 그도 그럴 것이, 그의 일상 생활에는 유달리 뚜렷한 점이 없었던 것이다.

그가 남과 다른 점이 있다면, 아직도 하루의 일을 마치고 혼자 조용히 그 큰 바위 얼굴을 쳐다보며 명상을 하는 점이었다. 그것은 다른 사람들의 생각에는 참으로 바보 같은 짓이었다. 그러나 어니스트는 부지런하고 친절하며, 사람이 좋고, 자기가 할 일은 어김없이 하였으므로, 아무도 그를 비난하지는 않았다.

사람들은 그 큰 바위 얼굴이 그의 선생님이라는 것과, 큰 바위 얼굴에 나타난 높은 감정이, 이 젊은이의 가슴을, 다른 사람의 그것보다 더 넓고 깊고 인정미가 가득 차게 만든다는 것은 몰랐다. 그들은 그 큰 바위 얼굴이 책에서 배우는 것보다 더 많은 지혜를 주며, 또 그것을 쳐다봄으로써 다른 사람의 추행을 보고 경계를 하여, 현재의 생활보다 더 나은 생활이 앞으로 이루어지리라는 것을 몰랐다.

어니스트도 들 가운데에서, 또 화롯가에서, 그리고 그가 혼자 깊이 생각하는 어느 곳에서나, 그렇게 자연스럽게 떠오르는 사상과 감정이, 사람들과의 접촉에서 일어나는 것보다 더 품격이 높은 것임을 몰랐다.

그의 어머니께서 처음으로 오랜 예언을 일러 주시던 때와 다름없이 순박한 그는, 골짜기를 내려다보고 있는 그 얼굴을 쳐다보며 그것과 똑같이 생긴 인물이 좀처럼 나타나지 않는 것을 이상스럽게 생각하였다.

이러한 동안에 개더고올드는 죽어 땅 속에 묻혔다. 기괴한 일은, 그의 육체요 영혼이었던 재산은 그의 생전에 사라져버리고, 우글쭈글하고 누런 살갗으로 덮인 산 해골만이 그에게 남더라는 것이었다.

그의 황금이 녹아 스러지면서[8]부터 누구나 다 인정하는 것은, 이 거덜난[9] 상인의 천한 생김새와 산 위에 있는 장엄한 얼굴 사이에는 서로 닮은 점이라고는 아무 것도 없다는 것이었다.

그래서 사람들은 그의 생존 중에 벌써 그를 존경하는 마음이 부쩍 줄었고, 죽은 뒤에는 까맣게 그를 잊어버리고 말았다.

그런데 이 골짜기 태생으로 여러 해 전에 군대에 들어가 수없는 격전을 겪고 난 끝에, 이제 와서는 저명한 장군이 된 사람이 있었다.

본명은 무엇인지 잘 모르나, 병영이나 전쟁터에서는 오울드 블럿 앤드 던더라는 별명으로 알려져 있었다. 이 백전[10]의 용사도 이제는 노령과 상처로 몸이 허약해지고, 소란한 군대 생활과 오랫동안 귓속에 울려오던 북소리며 나팔 소리에 그만 싫증이 나서, 고향에 돌아가 안식을 얻어보려는 희망을 발표하였다.

그렇기 때문에, 골짜기의 흥분은 이루 형언할 수 없었다. 그리고 많은 사람들이, 오울드 블럿 앤드 던더 장군이 어떻게 생겼는지를 알기 위하여 전

8)스러지다: 나타난 형태가 차츰 희미해지면서 없어지다.

9)거덜나다: 살림이나 무슨 일이 흔들리어 결딴나다.

10)백전(百戰): 수없이 많은 전투나 전쟁.

에는 몇 해를 두고 한 번도 거들떠보지 않던 큰 바위 얼굴을 쳐다보며 시간을 보냈다.

큰 잔치가 벌어지는 날, 어니스트는 골짜기 사람들과 함께 일터를 떠나, 숲 속의 향연이 마련되어 있는 곳으로 갔다.

어니스트는 발돋움을 하여, 이 저명한 큰 손님을 먼빛으로라도 보고싶어 하였다.

그러나 많은 사람들은 축사와 연설과, 장군의 입에서 흘러나올 답사를 한마디도 빠뜨리지 않으려는 듯이 식탁 주위에 몰려들고, 따라온 군대는 호위병의 직책을 다하느라고 총검으로 사람들을 무지하게 밀었다.

성품이 원래 겸손한 어니스트는 뒤로 밀려, 그의 얼굴을 볼 수가 없었다. 그는 스스로를 위로하려고, 큰 바위 얼굴이 있는 쪽으로 향하였다.

그는 전과 다름없이 성실해 보이고, 오래 마음 속에 품고 있던 친구를 대하듯 다정히 그를 마주 보고 미소를 띠는 것이었다. 이 때, 이 영웅의 용모와 멀리 산허리 위에 있는 얼굴과를 비교해 보는 여러 사람들의 말이 들렸다.

"판에 박은 듯한 똑같은 얼굴이다!" 한 사람이 기뻐 날뛰면서 외쳤다.

"영락없이 같구나! 바로 그 얼굴이야!" 또 다른 사람이 맞장구를 쳤다.

"닮았고 말고! 저건 오울드 블럿 앤드 던더가 바로 커다란 거울 속에 비쳐 있는 것 같은 걸." 하고 세 번째 사람이 외쳤다.

"아무렴, 그렇고 말고! 장군이야말로 고금[11]을 통하여 가장 위대한 인물이거든." 그리고는, 이 세 사람이 함께 높이 소리쳤다.

그것이 군중에게 전파처럼 퍼져서 수천의 입으로부터 큰 고함을 일으키고, 그 고함 소리는 산중 수 마일을 울려퍼져 나가서, 큰 바위 얼굴이 천둥 같은 숨결로 고함지른 것이나 아닌가 하고 의심할 정도였다.

---

11)고금(古今): 옛적과 지금.

"장군이다! 장군이다!" 마침내 사람들의 고함 소리가 들려왔다.

"쉬, 조용히! 장군이 연설을 하신다."

그 말대로, 식사가 끝나고, 박수 갈채[12] 속에 그의 건강을 위한 축배가 올려진 뒤에 이어, 장군은 감사의 뜻을 표하기 위하여 일어섰다.

어니스트는 그를 보았다. 그의 머리 위에는 월계수 얽힌 푸른 나뭇가지가 아치를 이루고, 깃발은 그의 이마에 그늘을 지어 주듯 축 늘어져 있었다. 그리고 또, 숲이 트인 곳으로 큰 바위 얼굴도 볼 수 있었다.

그러면 이들 사이에 사람들이 증언한 바와 같은 유사함이 정말로 있었던 것일까? 어니스트는 그러한 점을 찾아낼 수가 없었다.

그는 수없는 격전과 갖은 풍상[13]에 찌든 얼굴을 유심히 바라보았다. 그 얼굴에는 정력이 넘쳐 흐르고 강한 의지가 나타나 있었다. 그러나 신중한 지혜와 깊고 넓고 다사로운 자비심은 찾아볼 수가 없었다.

큰 바위 얼굴은 준엄한 표정을 하고 있다 하더라도, 한편에는 분명히 더 온화한 빛이 있어서 그 표정을 눅이고 있었다.

"예언의 인물이 아니다."

어니스트는 군중 사이를 빠져 나가면서, 홀로 한숨을 내쉬었다.

"아직도 더 기다려야 할 것인가?"

또다시, 여러 해가 평온한 가운데 흘러갔다. 어니스트는 아직도 그가 태어난 골짜기에 살고 있었고, 이제는 이미 중년의 남자가 되었다.

그리고 미미한 정도나마 차차 사람들 사이에 알려지게 되었다. 그는 지금도 예전과 같이 생계를 위해 일을 하는, 여전히 순박한 마음을 지닌 사람이었다.

그러나 그는 여러 가지 많은 일을 생각하기도 하고 느끼기도 하였고, 생

12)박수 갈채: 계속해서 손뼉을 치며 칭찬함.

13)풍상(風霜): 많이 겪은 세상의 고난.

애의 가장 좋은 시절의 태반을 인류를 위해 훌륭한 일을 해 보겠다는 신성한 희망으로 보내 왔었다.

어느덧 자기도 모르는 사이에 그는 전도사가 되었다. 그의 맑고 높은 순박한 사상은 소리 없이 그의 덕행으로 나타나기도 하였으나, 그것은 또 그의 설교 중에서도 흘러나오는 것이었다. 그는 듣는 사람으로 하여금 깊은 감명을 받고 새로운 생활을 이룩해 나가게 할 진리를 토했다.

청중은 바로 자기네의 이웃 사람이요 친근한 벗인 어니스트가 범상한 사람이 아니라고는 생각조차 해 본 일이 없었을 것이다. 더욱이 어니스트 자신은 꿈에도 그런 생각을 품지 않았다.

그러나 개울물의 속삭임과도 같이 한결같은 힘으로, 그의 입에서는 아직까지 그 어느 누구도 말해 보지 못한 사상이 술술 흘러나오는 것이었다.

얼마간 시간이 흘러 사람들의 마음이 냉정해지자, 그들은 오울드 블럿 앤드 던더 장군의 험상궂은 인상과 산 위에 있는 자비로운 얼굴과는 비슷한 점이 없다는 것을 깨닫게 되었다.

그러나 이제 또다시 큰 바위 얼굴과 똑같은 얼굴이, 어떤 저명한 정치가의 넓은 어깨 위에 나타났다는 소식이 들려오고, 신문에는 그것을 확인하는 많은 기사가 실렸다.

그는 개더고울드 씨나 오울드 블럿 앤드 던더 씨와 마찬가지로 이 골짜기에서 태어났으나, 일찍이 그 고장을 떠나 법률과 정치에 종사하여 왔었다.

부자의 재산과 무사의 칼 대신에 그는 오직 한 개의 혀를 가졌을 뿐이었으나, 그것은 앞의 두 가지를 합친 것보다 더 강력한 것이었다.

그의 언변은 놀랄 만큼 유창하여서, 그가 말하려 하는 것이 무엇이든 청중은 그의 말을 믿지 않을 수 없게 되어 그른 것도 옳게 보고, 정당한 것도 그르게 여기게 되었다.

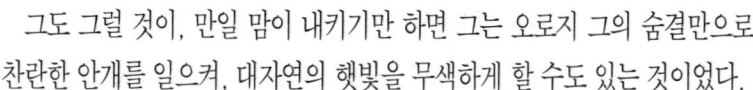

그도 그럴 것이, 만일 맘이 내키기만 하면 그는 오로지 그의 숨결만으로 찬란한 안개를 일으켜, 대자연의 햇빛을 무색하게 할 수도 있는 것이었다.

그 언변은 때로는 천둥과도 같이 무섭게 울리기도 하고, 때로는, 한없이 은은한 음악 소리와도 같이 속삭이기도 하였다. 그것은 격전의 질풍[14]이었고 평화의 노래였다. 사실 그럴 리는 없겠지만, 그는 그 혀 속에 심장을 지니고 있는 듯하였다.

실로 놀라운 사람이었다. 그의 혀로 하여금 상상할 수 있는 한의 모든 성공을 가져오게 했을 때 — 그의 혀가 말하는 소리가 각 주의 정부와 여러 군주의 조정에 올리고, 그리하여 방방 곡곡에 외치는 목소리로 온 세계에 그의 명성이 떨치게 된 뒤에 — 마침내 그의 혀는 국민으로 하여금 그를 대통령으로 선출하도록 설복시키고야 말았다.

이보다 앞서 그의 이름이 세상에 알려지기 시작하자, 그의 숭배자들은 그와 큰 바위 얼굴과의 사이에 비슷한 모습을 찾아내었다.

이런 사실로 이 신사는 오울드 스토우니 피즈[15]라는 이름으로 전국에 알려지게 되었다.

친구들이 그를 대통령으로 추대하려고 전력을 다하고 있을 때, 그는 자기 고향인 이 골짜기를 방문하려고 출발하였다.

기마 행렬은 주 경계선에서 그를 맞으려고 출발하였다. 그리고 모든 사람들은 일을 쉬고 길가에 모여, 그가 지나가는 것을 보려고 하였다. 그 사람들 속에는 어니스트도 있었다.

기마 행렬은 요란한 말발굽 소리를 내며 달려왔다. 먼지가 어떻게나 뿌옇게 나는지, 어니스트는 산의 얼굴을 볼 수가 없었다. 그리고 악대가 연주하는 감격적인 음악의 우렁찬 반향이 골짜기에 퍼져, 이 골짜기 구석마다

14) 질풍(疾風): 대단히 빠르게 부는 바람.

15) 오울드 스토우니 피즈(Old Stony Phiz): 큰 바위 얼굴과 같은 얼굴의 늙은이란 뜻.

저명한 손님을 환영하는 술렁거림으로 가득 찼다.

그러나 가장 웅대한 광경은 멀리 솟은 절벽이 그 음악을 되울리는 것이었다. 사람들은 모자를 벗어 위로 던지며 큰소리로 외쳤다. 그 열기는 마음에서 마음으로 통하였고, 어니스트의 가슴도 달아올랐다. 그도 모자를 위로 던지며 큰소리로, "위인 만세! 오울드 스토우니 피즈 만세!"

하고 외쳤다. 그러나 아직도 그 사람을 보지 못하였다.

"왔다!" 어니스트 가까이 서 있던 사람들이 외쳤다.

"저기 저기, 오울드 스토우니 피즈를 봐라. 그리고 저 산 위의 노인을 봐라. 마치 쌍둥이같지 않느냐?"

이같은 화려한 행렬 한가운데에, 네 마리의 흰말이 끄는 뚜껑 없는 사륜마차가 왔다. 그 수레 안에는 모자를 벗어든 유명한 정치가 오울드 스토우니 피즈 자신이 앉아 있었다.

"어때! 희한하지!" 어니스트의 곁에 사람이 그에게 말했다.

큰 바위 얼굴은 이제야 제짝을 만났다. 솔직히 말하여, 마차에서 고개를 끄덕거리며 미소를 띠고 있는 얼굴 생김을 처음으로 보았을 때, 어니스트는 산 위에 있는 얼굴과 흡사하다고 생각하였다. 훤하게 벗어진 넓은 이마며, 그 밖에 얼굴 형상이 참으로 대담하고 힘있게 보여, 마치 타이탄과 같은 전형과 경쟁하려고 만들어진 것 같았다.

그러나 그 산 중턱의 얼굴을 빛나게 하며 그 육중한 화강석 물체를 정신적인 것으로 영화시키고 있는 장엄이나 위풍이나, 신과 같은 사랑의 위대한 표정은 찾아볼 길이 없었다.

무엇인지 원래부터 결핍되었거나, 그렇지 않으면 있던 것이 없어져 버린 것 같았다. 이 놀랄 만한 천품을 지닌 정치가의 눈시울에는 지친 우울한 빛이 깃들여 있는 것이었다

그러나 어니스트의 곁에 사람은 팔꿈치로 그를 쿡쿡 찌르면서 대답을 재

촉하였다.

"어때? 어떤가 말이야! 이 사람이야말로 저 산 중턱의 노인과 똑같지 않아?"

"아니오!" 어니스트는 무뚝뚝하게 말했다.

"아니, 조금도 닮지 않았소."

"그렇다면, 저 큰 바위 얼굴에게 미안한데." 이렇게 대답하고, 곁에 사람은 오울드 스토우니 피즈를 위하여 다시 환호성을 올렸다.

그러나 어니스트는 아주 낙심한 것 같이 우울하게 그곳을 떠났다. 예언을 실현시킬 수 있는 사람이 그렇게 할 의사가 없는 것 같이 보였기 때문에 그는 슬펐다.

세월은 꼬리를 이어 덧없이 지나갔다. 그리고 이제는 어니스트의 머리에도 서리가 내렸다. 이마에는 점잖은 주름살이 잡히고, 양쪽 뺨에는 고랑이 생겼다.

그는 정말 늙은이가 되었다. 그러나 헛되이 나이만 먹은 것은 아니었다. 머리 위의 백발보다 더 많은 현명한 생각이 머리 속에 깃들여 있고, 이마와 뺨의 주름살에는 인생 행로에서 시련을 통해 얻은 지혜가 간직되어 있는 것이었다.

어니스트는 이미 무명의 존재는 아니었다. 수많은 사람이 좇아다니는 명예가, 찾지도 않고 원하지도 않는 그를 찾아오고야 말았고 그의 이름은 그가 살고 있는 산골을 넘어 세상에 널리 알려지게 되었다.

어니스트가 이렇게 늙어가고 있을 무렵에, 인자하신 하나님의 섭리[16]로 새로운 시인 한 사람이 세상에 나타났다. 그도 역시 이곳 출신이었다.

그러나 꿈같은 그 고장을 멀리 떠나, 일생의 태반을 도시의 잡음 속에서

16)섭리(攝理): 하느님이 세계를 지배 · 소유하면서 인간을 구제의 목적으로 영원한 계획에 의하여 인도하는 질서와 그 은혜.

아름다운 음률을 쏟아놓고 있었다.

또 그는, 큰 바위 얼굴의 웅대한 입으로 읊어도 부끄럽지 않을 만큼 장엄한 송가[17]로 그 바위를 찬양한 적도 있었다. 말하자면, 이 천재는 훌륭한 재능을 몸에 지니고 하늘에서 내려온 것이라고도 할 수 있었다.

그가 산을 읊으면, 모든 사람들은 한층 더 장엄함이 그 산허리에, 또는 그 산꼭대기에 나타나는 것을 보았다.

그가 아름다운 호수를 노래 부르면 하늘은 미소를 던져, 그 호수 위를 영원히 비추려 하였다.

망망[18]한 바다를 읊으면 그 깊고 넓은 무서운 가슴이, 그의 정서에 감격하여 약동하는 듯이 보였다.

이 시인이 행복한 눈으로 세상을 축복하면, 온 세상은 과거와는 다른, 더 훌륭한 모습을 가지게 되었다. 조물주는 자기가 손수 창조한 세계에 마지막으로 마음을 기울인 가장 훌륭한 솜씨로 그를 내려보냈던 것이었다.

그 시인이 와서 해석을 하고 조물주의 창조를 완성시킬 때까지는 천지 창조는 완성된 것이 아닌 것 같았다.

이 시인의 시는 마침내 어니스트의 손에까지 들어가게 되었다. 그는 늘 일이 끝난 뒤에, 자기 집 문 앞에 놓인 긴 의자에 앉아서 그 시들을 읽었다.

그 자리는 오랫동안 그가 큰 바위 얼굴을 보며 사색에 잠기는 곳이었다.

그리고 지금 자기의 영혼에 강한 충격을 주는 그 시들을 읽고서, 그는 눈을 들어 인자하게 자기를 보고 있는 그 얼굴을 쳐다보았다.

"오, 장엄한 벗이여!" 그는 큰 바위 얼굴을 보고 중얼거렸다.

"이 사람이야말로 그대를 닮을 자격이 있는 사람이 아닙니까!"

---

17)송가(頌歌): 찬양하는 노래.

18)망망(茫茫): 넓고 멀리 아득함.

그 얼굴은 미소를 머금은 것 같았으나, 아무 대답이 없었다.

한편 이 시인은 그가 그렇게도 멀리 떨어져 있었지만, 어니스트의 소문을 들었을 뿐 아니라, 그의 인격에 대하여 사모하는 나머지, 배우지 아니한 지혜와 그의 생활의 고아한 순수성이 일치되고 있는 이 사람을 몹시도 만나고 싶어하였다.

그래서 어느 여름 아침에 기차를 타고, 며칠 후 어니스트의 집에서 과히 멀지 않은 곳에서 내렸다. 전에 개더고울드의 저택이었던 호텔이 바로 옆에 있었지만, 그는 손가방을 든 채 어니스트의 집을 찾아가서 거기서 일박을 청하려고 생각하였다.

문 앞에 가까이 가서, 점잖은 노인이 책을 한 손에 들고 읽다가는 그 책갈피에 손가락을 끼운 채 큰 바위 얼굴을 쳐다보며 또 그 책을 들여다보고 하는 것을 보았다.

"안녕하십니까? 지나가는 나그네올시다. 하룻밤 묵어 갈 수 있겠습니까?"

하고 그 시인은 말을 건넸다.

"예, 그렇게 하십시오." 하고 그는 웃으면서,

"저 큰 바위 얼굴이 저렇게 다정한 얼굴로 손님을 맞이하는 것을 본 일이 없는데요." 하고 말하였다.

시인은 어니스트 옆에 앉아서, 서로 이야기를 주고받기 시작하였다.

시인은 전에도 아주 재치있고 지혜로운 사람들과 이야기해 본 일이 있었으나, 어니스트처럼 자유 자재로 사상과 감정이 우러난 위대한 진리를 소박한 말솜씨로 매우 알기 쉽게 말하는 사람을 대해 본 적이 없었다.

시인의 이야기에 귀를 기울이고 있는 어니스트에게는 그 큰 바위 얼굴이 몸을 앞으로 내밀고 귀를 기울이는 것만 같았다. 그는 열심으로 시인의 광채 나는 눈을 들여다보았다.

"손님께서는 비범한 재주를 가지셨으니, 대체 뉘십니까?"

하고 어니스트는 물었다. 시인은 어니스트가 읽고 있던 책을 가리키며,

"당신께서는 이 책을 읽으셨지요? 그러면 저를 아실 것입니다. 제가 이 책을 지은 사람입니다." 하고 그는 대답하였다.

어니스트는 다시 한 번 전보다 더 유심히 그 시인의 모습을 살폈다. 그리고 그 큰 바위 얼굴을 쳐다보고는, 이상하다는 표정으로 다시 한 번 더 손님을 쳐다보았다. 그러나 그의 얼굴에는 실망의 빛이 떠올랐다. 머리를 내흔들며 한숨을 내뿜는다.

"왜 슬퍼하십니까?" 하고 시인은 물어보았다.

"저는 일생 동안 예언이 실현되기를 기다리고 있었습니다. 제가 이 시를 읽을 적에, 이 시를 쓴 분이야말로 그 예언을 실현시켜 줄 분이 아닐까 하고 생각했던 것입니다."

하고 그는 대답하였다. 시인은 얼굴에 약간 미소를 띠면서 말하기를,

"주인께서는 저에게서 저 큰 바위 얼굴과 닮은 점을 찾기를 원하셨다는 말씀이지요? 그렇습니다. 저는 그 정도밖에 아니됩니다. 저 역시 앞서 나타난 세 사람들과 같이 당신에게 또 하나의 실망을 더해 드렸을 뿐입니다. 정말로 부끄럽고 슬픈 이야기입니다마는, 저는 저기 있는 인자하고 장엄하게 생긴 얼굴에 비할 가치가 없는 인간입니다." 하였다.

"왜요? 여기 담긴 생각이 신선하지 않단 말씀입니까?"

하고, 어니스트는 시집을 가리키며 말하였다. 시인은,

"그 시에는 신의 뜻을 전하는 바가 있습니다. 하늘 나라의 노래의 먼 반향쯤은 들릴 것입니다. 친애하는 어니스트 씨! 그러나 나의 생활은 나의 사상과 일치되지 못하였습니다. 나 역시 큰 꿈을 가졌었습니다. 그러나 그것들은 다만 꿈으로 그치고, 나는 빈약하고 속된 현실 속에서 살기를 택하게 되고, 그렇게 살아왔습니다. 때로는 터놓고 말씀을 드리면, 나의 작품들이 자연 속에, 또는 인생 속에 그 존재를 더 확실히 나타냈다고 하는 장엄

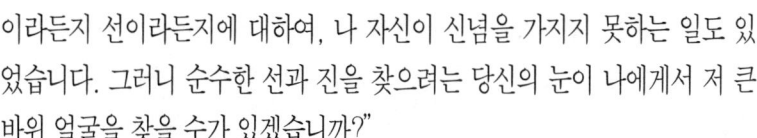

이라든지 선이라든지에 대하여, 나 자신이 신념을 가지지 못하는 일도 있었습니다. 그러니 순수한 선과 진을 찾으려는 당신의 눈이 나에게서 저 큰 바위 얼굴을 찾을 수가 있겠습니까?"

하고 슬프게 대답하였다. 그의 두 눈에는 눈물이 어리어 있었다. 어니스트의 눈에도 눈물이 괴었다. 저녁 해가 질 무렵에, 오래 전부터 흔히 해온 관례대로 어니스트는 야외에서 동네 사람들에게 이야기를 하기로 되어 있었다. 그와 시인은 아직도 이야기를 주고받으며, 서로 팔을 끼고 그곳으로 갔다. 그곳은 나지막한 산에 둘러싸인 작은 구석진 곳이었다.

뒤에는 회색 절벽이 솟아 있고, 앞으로는 많은 담쟁이 덩굴들이 무성하여 울퉁불퉁한 벼랑으로부터 줄기줄기 덩굴이 내려와, 험상궂은 바위를 마치 비단 휘장처럼 덮고 있었다.

그 평지보다 약간 높은 곳에 푸른 나뭇잎으로 둘러싸인 아늑한 곳이 있으니, 그곳은 한 사람이 들어가서 자기의 진심으로부터 우러나오는 몸짓을 하며 이야기를 할 수 있을 정도의 공간이었다.

어니스트는 이 자연이 만들어준 연단[19]에 올라가서, 따뜻하고 다정한 웃음을 띠며 청중들을 돌아다보았다.

그들은 설 사람은 서고, 앉을 사람은 앉고, 기댈 사람은 기대고, 저마다 편한 자세를 취하고 있었다. 서산에 기울어져 가는 해는 그들의 모습을 비춰주고, 햇빛이 잘 통하지 않는, 고목이 울창하고 엄숙한 숲 속에 다소 명랑한 빛을 던져주고 있다. 또 한쪽을 바라보면, 그 큰 바위 얼굴이 예나 이제나 다름없이 유쾌하고 장엄하면서도 인자한 모습으로 보였다.

어니스트는 자기의 마음 속에 있는 바를 청중들에게 이야기하기 시작하였다. 그의 말은 자신의 사상과 일치되어 있어 힘이 있었고, 자신의 사상은 자기의 일상 생활과 조화되어 있었으므로 현실성과 깊이가 있었다.

---

19)연단(演壇): 강연이나 연설을 하는 사람이 올라서는 단.

이 설교자의 하는 말은 다순한 음성이 아니요, 생명의 부르짖음이었다. 그 속에는 선한 행위와 신성한 사람으로 된 그의 일생이 융해[20]되어 있었기 때문이었다.

마치 윤택하고 순결한 진주가 그의 귀중한 생명수 속에 녹아들어간 것 같았다. 그의 이야기에 귀를 기울이고 있던 시인은, 어니스트의 인간과 품격이 자기가 쓴 어느 시보다 더 고아한 시라고 느꼈다.

그는 눈물어린 눈으로 그 존엄한 사람을 우러러보았다. 그리고 그 온화하고 다정하고 사려 깊은 얼굴에 백발이 흩어져 있는 모습이야말로 예언자와 성자다운 모습이라고 혼자서 생각하였다. 저 쪽 멀리, 그러나 뚜렷이 넘어가는 태양의 황금빛 속에 높이 큰 바위 얼굴이 보였다.

그 주위를 둘러싼 흰 구름은 어니스트의 이마를 덮고 있는 백발과도 같았다. 그 광대하고 자비스러운 모습은 온 세상을 포옹하는 듯하였다.

그 순간 어니스트의 얼굴은 그가 말하려던 생각에 일치되어, 자비심이 섞인 장엄한 표정을 지었다.

그 시인은 참을 수 없는 충동으로 팔을 높이 들고 외쳤다.

"보시오! 보시오! 어니스트야말로 큰 바위 얼굴과 똑같습니다.'

모든 사람들은 어니스트를 쳐다보았다. 그리고 그 안목[21] 있는 시인의 말이 사실인 것을 알았다. 예언은 실현되었다.

그러나 할 말을 다 마친 어니스트는 시인의 팔을 잡고 천천히 집으로 돌아가면서, 아직도 자기보다 더 현명하고 선한 사람이 큰 바위 얼굴 같은 얼굴을 가지고 쉬 나타나기를 마음 속으로 바라는 것이었다. ✻

---

20)융해(融解): 녹아드는 현상. 고체에 열을 가했을 때 액체가 되는 현상.

21)안목(眼目): 사물을 보고 분별하는 견문과 학식.

▦ 작가소개 **나다니엘 호손(Nathaniel Hawthorne ;1804~1864)**

호손은 미국 문학사상 뉴 잉글랜드 문학 전성기의 거장으로 낭만주의적인 색채 속에서 상징과 우의, 괴이와 신비를 작품 속에 엮어 승화시켰다.

그의 작품들은 리얼리즘보다는 상징을 솜씨 있게 구사하는 로맨스인데 특히 인간의 내면을 외면적인 형상의 껍질로 교묘하게 싸서 복잡 미묘한 인간 심리의 진실을 표현하는 매우 뛰어난 문학으로 평가받고 있다.

자유주의와 초월주의에 싸인 그는 인간 본연의 신성을 믿으면서도 악마의 존재를 부정하지 못하고 인간의 죄를 심각하게 생각한 결과 「주홍글씨」와 같은 죄악의 회한과 고민상을 그려내기도 했다.

호손은 죄악이나 양심 등의 문제를 탐구하고 그것에 대한 소설을 썼지만 인물을 지나치게 상징화하는 난해한 면이 있는가 하면, 작품의 현실성이 부족하다는 이유로 비판을 받기도 했다.

주요 작품으로는 「주홍글씨」, 「이상한 책」, 「일곱 박공의 집」, 「트와이즈 톨즈 테일즈」 등이 있다.

▦ 작품해설

이 작품에서는 모든 것이 개성보다는 상징으로 쓰여져 있으며, 세속의 명성에 대한 가치와 인간의 마음 속에 있는 부화뇌동성에 대해 신랄하게 비웃고 있다. 그리하여 진실로 위대한 인간은 순박하고 겸허한 자세로 자신의 삶을 영위하는 사람이라는 교훈을 주고 있다. 이야기 속에는 호손식의 도덕의식 - 말 · 사상 · 실생활의 합일, 언행일치 -이 짙게 깔려 있으며 교훈이나 상징이 풍부하다.

▦ 읽고나서

문제 작품에서 느낄 수 있는 작가의 세계관은 무엇인가?

- 말, 생활, 사상의 합일(合一)

문제 이 작품을 작가의 문학세계를 잘 반영한 작품이라고 하는 이유는 무엇인가?

- 1841년 브르크농장의 실험촌에 참가한 작가는 이상주의자들에게 환멸을 느끼는데, 작품 주인공인 어니스트 소년이 바로 그러한 자신의 분신이다.

오른손

알렉산드르 솔제니친

지난 겨울, 나는 거의 다 죽은 몸이 되어 타슈켄트에 도착했다. 결국 나는 죽을 곳을 찾아 이곳에 온 거나 다름없었다. 그러나 운명은 나를 좀더 살게 해 주었다. 한 달, 또 한 달, 이렇게 석 달이 지나갔다. 겁을 모르는 타슈켄트의 봄은 어느새 창문 뒤로 물러가고 벌써 여름으로 접어들고 있었다. 여기저기 싱싱한 녹음이 우거지고 날씨도 완연히 따스해지자, 나는 비틀거리는 걸음이나마 산책을 나다니게 되었다. 나는 자신의 몸이 회복되어 가고 있다고는 꿈에도 생각하지 못했다. 나는 자기에게 추가된 생명의 유예 기간이 몇 해가 아니라, 몇 달에 지나지 않는다고 늘 생각하고 있었던 것이다. 나는 의과대학 부속 건물 사이에 나 있는 숲이 무성한 공원의 자갈길과 아스팔트 길을 따라 천천히 걸어다녔다. 나는 자주 쉬어가지 않으면 안 되었고, 때로는 심한 구토 때문에 머리를 낮게 하고 잠시 누워 있어야 했다.

나는 주위의 환자들과는 달랐다 — 나는 그들보다 많은 권리를 박탈당하고 있었고, 그들보다 많은 침묵을 강요당하고 있었다. 딴 환자들에게는 자주 친척들이 찾아와서 동정의 눈물을 흘리곤 했다. 그들의 근심, 그들의 목적은 단 하나 — 어떻게 해서라도 하루 속히 병을 완치시키는 데 있었다. 그러나 내게는 병을 완치시킨다는 것이 조금도 자신에게 이로울 것이 없었다. 이 봄에 나를 찾아 줄 혈연이라고는 이 세상에 한 사람도 없었다. 게다가 내게는 공민증(公民證)조차 없었다. 가령, 지금 내 몸이 완치된다 하더라도 나는 이 푸르름과 비옥한 땅을 버리고 종신 유형[1]을 받았던 그 광야로 다시 되돌아가야 하는 것이다. 거기서는 두 주일마다 평점을 매기는 공개 감시가 따르고, 사령관도 이젠 나처럼 죽어가는 환자의 치료를 위해 더 이상 후송해 주지도 않을 것이다. 나는 내 주위에 있는 다른 환자들에게 이러한 자초지종[2]을 이야기할 수는 없었다. 또, 가령 이야기를 한다 해도 그들은 내 말을 이해해 주지도 못할 것이다……

그러나 그 대신 나는 10년이라는 기나긴 사색(思索)의 경험을 통해서 인생의 진미(眞味)는 많은 것에서 얻어지는 것이 아니라, 아주 사소한 것에서 얻어질 수 있다는, 그 불안전한 걸음걸이에서, 가슴의 통증을 피하기 위한 조심스러운 호흡 속에서, 그리고 어쩌다가 수프 속에서 맞닥뜨리는 얼지 않은 한 알의 감자 속에서 삶의 진미를 되씹고 있었던 것이다. 그리하여 이 봄은 내 생애에 있어서, 가장 괴로운 봄인 동시에 가장 황홀한 봄이기도 했다. 이 세계의 모든 것이 내게는 오랫동안 망각[3]되었던 것이 아니면, 난생 처음 보는 것들이었다 — 아이스크림 판매차(販賣車), 펌프 청소기, 가느다란 빨강무 다발을 파는 아낙네들, 심지어 무너진 담을 넘어 풀밭으로 들어오는 길 잃은 망아지에 이르기까지, 모든 것이 내게는 새롭고 흥미로운 것들이었다. 날이 갈수록 산책하는 거리도 조금씩 멀어져서, 이젠 멀리 떨어진 공원에까지 산책을 즐기게 되었다. 장엄한 아침 해가 떠오른

1)종신유형(終身流刑): 중죄에 대한 형벌로 죽을 때까지 먼 곳이나 섬으로 귀양 보냄.

2)자초지종(自初至終): 시작부터 끝까지 이르는 동안. 또, 그 일.

3)망각(忘却): 기억에서 아주 사라져 버린 상태. 잊어버림.

후, 따스한 남쪽의 낮을 거쳐 황색 전등 같은 저녁이 깊어질 때까지, 공원은 항상 사람들의 움직임으로 활기를 띠고 있었다. 몇 개의 가로수 길이 한 곳에 교차되어 정문으로 통하는 곳에 돌처럼 굳은 미소를 머금은 스탈린의 거대한 설화 석고상(雪花石膏像)이 하얗게 빛나고 있었다. 거기서 정문으로 나가는 길가에는 석고상보다 좀 작은 반신상(半身像)들이 동일한 간격을 두고 띄엄띄엄 나열되어 있었다. 그 다음에는 간이(簡易) 문방구점이 있고, 거기서는 볼펜과 호기심을 끄는 수첩들을 팔고 있었다. 전에는 내게도 수첩이 있었지만, 그것으로 인해 엉뚱한 결과를 보게 되면서부터 나는 숫제 수첩을 가지지 않는 편이 낫다고 결심했던 것이다. 정문 바로 옆에는 과일 가게와 중앙 아시아식 다방이 있었다. 줄무늬 환자복을 입은 우리 환자들에게는 다방 출입이 금지되어 있었지만, 열린 칸막이를 통해서 바깥에서도 다방 안의 광경을 들여다볼 수 있었다. 나는 지금까지 녹차(綠茶)냐 흑차(黑茶)냐에 따라 차 마시는 사람들의 좌석이 구별되는 이러한 다방을 본 적이 없었다. 다방 안은 탁자를 갖춘 유럽식 부분과, 촘촘히 마룻바닥 위에 앉게 된 우즈베크식 부분으로 나뉘어 있었다. 탁자에 앉은 사람들은 바삐 마시고 먹은 다음에 빈 찻잔 위에 차값으로 잔돈을 남겨놓고 나가곤 했으나, 마루 쪽에는 뜨거운 여름 햇볕을 피하기 위해 쳐두었던 갈대 차양 밑에 돗자리를 깔고 앉아서 몇 시간씩 누워 있는 사람도 있고, 연거푸 차를 마시면서 마치 기나긴 낮 동안 그들이 할 일이라곤 아무 것도 없다는 듯이, 한나절씩 주사위놀이를 하는 사람도 있었다. 환자들도 과일 가게에서는 물건을 살 수 있었으나, 내가 가진 유형수(流刑囚)의 돈으로는 감히 엄두도 낼 수 없었다. 나는 산더미처럼 쌓인 은행이며 건포도며 싱싱한 버찌들을 부러운 눈으로 바라보기만 하고 그곳을 떠났다.

그 앞에는 높다란 담이 계속되고, 환자들에게는 역시 담 밖으로의 출입이 금지되고 있었다. 하루에도 두세 번씩 취주악대의 장례 행진곡이 이 담을 넘어 병원 구내로 들려오곤 했다. 백만의 인구를 가진 이 도시의 공동 묘지가 바로 이 병원 옆에 있었기 때문이다. 느린 장례 행렬이 병원 구역을 다 벗어날 때까지 약 10분씩 행진곡이 울려퍼졌다. 쿵쿵 박자를 맞추는 북소리가 유난히 음울하게 들려왔다. 그러나 아무도 그 소리에 관심을 돌리지 않았다. 그렇지 않아도 그들의 근심은 너무나도 많았기 때문이다. 건강한 사람은 흘끗 한 번 눈을 주고는 제각기 갈 곳을 찾아 바삐 걸음을 서둘렀다(그들은 자기에게 무엇이 필요한가를 잘 알고 있었던 것이다). 한편 환자들은 행진곡이 울려퍼지면 병동 창문에서 얼굴을 내밀거나 걸음을 멈추고서 오랫동안 장송곡에 귀를 기울이는 것이었다.

자신의 병이 눈에 띄게 회복되어 가고 있으며, 이제 살 수 있다는 신념이 확고해지자, 나는 전보다 더 울적한 심정으로 주위의 모든 것을 관찰하기 시작했다 — 이 모든 것을 버리고 떠나기가 아쉬웠던 것이다. 의과대학 운동장에서는 하얀 에이프런을 걸친 사람들이 하얀 테니스 공을 주고받고 있었다. 나는 테니스를 무척 하고 싶었으나, 아직까지 그런 기회를 가질 수 없었다. 공원에는 가지가 무성한 소담스런 떡갈나무들이 우아한 일본산(産) 아카시아에 그늘을 던지고 서 있었다. 팔각형 분수대에서는 가느다란 은빛 물줄기가 나무 우죽[4]을 향해 시원스럽게 솟구치고 있었다. 그리고 나는 몇 년 만에 처음으로 파릇파릇 윤기 도는 잔디밭의 풀을 보았다(수용소에서는 풀만 보면 원수처럼 뽑아 버리라는 명령이 있었기 때문에, 내가 있던 유형지에서는 풀 한 포기 찾아볼 수 없었다). 나는 풀밭에 엎드려 따스한 햇볕을 받으면서 평화롭게 풀 냄새를 들이마시는 것만으로도 둥둥 하늘로 떠오르는 듯한 지고(至高)[5]의 행복감을 맛볼 수 있었다.

그러나 풀밭에 누워 있는 것은 나 혼자만이 아니었다. 의과대학 여학

4)우죽: 나무나 대의 우두머리의 가지.

5)지고(至高): 지극히 높음.

생들이 여기저기 흩어져서 귀여운 목소리로 두툼한 교과서를 암기하기에 여념이 없었다. 재빨리 무슨 말인가를 주고받으면서 구두 시험을 마치고 돌아오는 학생도 있었고, 간편한 복장으로 운동복이 든 손가방을 앞뒤로 흔들면서 실내 체육관으로 가는 여대생도 눈에 띄었다. 저녁 때가 되면, 낮보다 몇 곱절이나 매력을 더 풍기는 원피스 차림의 아가씨들이 자갈 길을 거닐며 분수 주위를 맴돌곤 하였다. 병원의 자갈 길과 아스팔트 길에는 젊은 여의사에서부터 간호원, 실험실 조수, 기록계원, 의복 관리원, 그리고 환자들을 방문하는 여자 친척에 이르기까지 하루 종일 여자들의 인파(人波)가 끊이지 않았다. 내 곁을 지나는 여자들 중에는 우아하고도 단정한 할라트[6]을 입은 여자가 있는가 하면, 선명한 색깔의 남장 옷을 입은 여자, 그리고 좀더 부유한 층이라면 반쯤 투명해 보이는 옷에, 대나무 손잡이가 달린 빨강, 파랑, 분홍빛의 최신형 중국산 양산들을 머리 위로 흔들면서 지나가는 여자도 있었다.

그러나 나는 서글프다. 여윌 대로 여윈 얼굴, 수용소 특유의 음울한 주름살, 핏기가 가신 잿빛 피부, 게다가 점진[7]적인 병중독(病中毒)과 약물 중독으로 해서 볼빛마저 시퍼렇게 변해 있었다. 항상 복종하고 도피하는 수용소의 습성이 몸에 배어 있어서 등은 나도 모르게 구부정하게 되어 있었다. 줄무늬 저고리는 간간이 배 언저리까지 내려오고 바지는 무릎 위에서 끝나 있었고, 누렇게 색이 바랜 발싸개의 양 끝은 뭉툭한 수용소의 방한화(防寒靴)로부터 비죽이 밖으로 비어져 나와 있었다.

어느 날 저녁 무렵이었다. 나는 정문 옆에 서서 지나가는 사람들을 바라보고 있었다. 평상시와 다름없는 인파가 내 옆을 스쳐갔다. 양산들이 빙글빙글 돌고 비단옷과 밝은 띠를 두른 명주 바지, 수놓은 저고리와 두건(頭

6)할라트: 소매가 넓은 아시아식 겉옷.

7)점진(漸進): 차차 나아감.

巾)들이 번쩍거렸다. 여러 목소리가 한데 뒤섞이고, 과일이 매매되고, 칸막이 뒤에서는 차를 마시며 노름들을 하고 있었다. 바로 그 옆에는 거지처럼 남루한 옷차림을 한 왜소[8] 한 노인 하나가 칸막이에 몸을 기대고 서 있었다. 노인은 헐떡이는 목소리로 이렇게 애원하고 있었다.

"동무…… 동무……"

자기 일에 바쁜 군중은 그의 말을 알아듣지 못했다. 나는 그 노인에게로 다가갔다.

"왜 그러시죠, 노인?"

노인의 배는 임신한 여자보다도 더 불러 있어서 벌어진 바지 허리통을 붕대로 감싸고 있었다. 구두창을 갈아끼운 묵직한 그의 장화 위에는 뽀얗게 먼지가 앉아 있었다. 소매가 너덜너덜 다 닳아빠진 두꺼운 외투는 날씨에 관계없이 그의 어깨에 무거운 부담을 주고 있었고, 그의 머리에는 채마밭[9]의 허수아비에게나 어울릴 낡아빠진 모자가 얹혀 있었다.

퉁퉁 부은 그의 두 눈에는 생기가 하나도 없었다.

그는 주먹을 쥔 한쪽 손을 간신히 조금 쳐들었다. 나는 거기서 땀이 밴 구겨진 종이 한 장을 끄집어냈다. 그것은 째지는 듯한 펜으로 모가 나게 쓴 보브로프 시민(市民)의 입원 수속을 부탁하는 의뢰서였다. 그 의뢰서 위에는 푸른 잉크와 붉은 잉크로 비스듬히 옆으로 쓴 두 개의 단서[10]가 붙어 있었다. 푸른 잉크는 시 보건소에서 쓴 것으로 적당한 이유를 들어 입원을 거절하고 있었으나, 붉은 잉크는 입원 환자로 받아 줄 것을 의과대학 부속 병원 당국에 지시하고 있었다. 푸른 잉크는 어제 쓴 것이었고 붉은 잉크는 오늘 쓴 것이었다.

8)왜소(矮小): 빈약하게 작음.

9)채마밭: 남새밭. 채소를 심은 밭.

10)단서(但書): 그 앞에 나온 본문의 설명이나 조건 · 예외임을 나타내는 글.

"아, 그러시다면"

나는 귀머거리에게라도 말하듯이 큰소리로 그에게 설명해 주었다.

"당신은 제1병동에 있는 환자 접수실로 가야 합니다. 자, 저 쪽으로 가십시오. 저 기념비들을 따라 곧바로 가면 돼요……"

그러나 노인에게는 더 이상 뭐라고 물어볼 기력도 없거니와, 평탄한 아스팔트 길마저 걸어갈 수 없을 정도로 기력이 완전히 쇠진해 있음을 나는 알아차렸다. 게다가 손에 들고 있는, 1킬로그램 반쯤은 나갈 누더기 보따리는 그로서는 도저히 감당하기 힘든 부담이었다. 여기서 나는 이렇게 결심했다.

"좋습니다. 제가 안내해 드리죠. 자, 갑시다. 그 보따리는 이리 주십시오."

노인은 순순히 내 말에 따랐다. 그는 안도의 빛을 띠면서 내게 보따리를 맡기고는 내가 부축하는 팔에 몸을 기대고, 아스팔트 길에 장화를 끌다시피하면서 걸었다. 나는 먼지에 바랜 불그죽죽한 외투 너머로 그의 팔꿈치를 붙잡은 채 노인을 이끌어갔다. 복부 팽만[11]에 의한 중력(重力) 때문에 노인의 몸은 자꾸 앞으로 기울어졌다. 노인은 가쁘게 숨을 몰아쉬고 있었다. 마침내 우리는 모퉁이를 돌았다. 길가에 벤치가 보였다. 나의 동반자는 좀 쉬었다가 가자고 요청했다. 나 역시 너무 오랫동안 서 있었기 때문에 구역질이 나기 시작했던 참이었다. 우리는 벤치에 앉았다. 여기서도 아까의 그 분수가 바라다보였다.

여기까지 오는 동안에도 노인은 몇 마디의 이야기를 내게 들려주었으며, 숨이 다시 가라앉으면 노인은 다시 자기 말을 계속했다. 그는 우랄 지방으로 가게 되어 있었다. 그래서 그의 여권에도 우랄의 사증(査證)[12]이 찍혀

---

11)팽만(膨滿): 부풀어 오름.

12)사증(査證): 여행권 따위의 검사 증명. 비자(visa).

있었는데, 바로 그것이 불행의 발단이었다. 노인은 타흐나타슈 근처에서 병에 걸리고 말았다(나의 기억으로는 운하가 건설되기 시작한 곳이다). 그는 우트렌치의 병원에서 한 달이나 묵으면서 배와 다리에서 물을 뽑았으나, 병은 더 악화될 뿐이어서 병원 당국은 노인을 딴 곳으로 추방해 버리고 말았다. 그는 차르제우에서 기차를 내려 우르사브치 에예프스카야 병원에 갔으나, 거기서도 노인의 병을 치료해 줄 곳은 없었다. 병원 당국은 그의 여권대로 우랄로 가라는 것이었다. 노인에게는 이미 기차를 타고 갈만한 기력도 없거니와 기차표를 살 만한 돈도 남아 있지 않았다. 결국 이렇게 되어 노인은 이틀 전에 이곳 타슈켄트로 입원을 바라며 찾아오게 된 것이었다.

나는 노인이 남쪽에서 무슨 일을 했으며, 왜 그런 몸으로 여기 오게 되었는지에 대해서는 물어보려고도 하지 않았다. 병원의 진찰 조서에 의하면 그의 병은 가망이 없었고, 그 얼굴을 관찰해도 치명[13]적인 병이라는 것이 느껴졌다. 나는 지금까지 수많은 환자를 보아 온 경험에서 이 노인에게는 이미 삶에 대한 의지(意志)가 조금도 남아 있지 않다는 것을 명백히 느낄 수 있었다. 시들 대로 시든 핏기 없는 두 입술, 무슨 말인지 알아들을 수 없는 이야기들, 다 풀어진 흐릿한 두 눈…… 가벼운 모자까지도 노인을 피로하게 하는 것 같았다. 그는 가까스로 손을 들어 모자를 무릎 위로 끌어내렸다. 그는 다시 한 손을 쳐들어서 더러운 소매로 이마의 땀을 닦았다. 먼지투성이의 빗질하지 않은 머리지만 아직도 금발(金髮)이었다. 그의 노화(老化)는 나이 탓이 아니라 병 때문이었던 것이다. 애처로울 정도로 가는 그의 목덜미에는 여분의 피부가 여기저기 늘어져 있었고, 목 앞에 불거진 세모진 후골(喉骨)만이 혼자 떨어져 왔다갔다하고 있었다. 머리를 기대고 싶어도 기댈 곳이 없었다. 노인은 모자를 무릎 위에 얹고 두 눈을 감은 채 죽은 듯이 움직이지 않았다. 그는 잠시 숨을 돌리기 위해 여기 앉아 있다는

13)치명(致命): 죽을 지경에 이르럼.

사실이며, 이제 곧 환자 접수실로 가야 한다는 사실을 까맣게 잊고 있는 듯했다.

우리 앞 가까이에 있는 분수대에서는 은실 같은 물줄기가 소리도 없이 하늘로 치솟고 있었다. 이 때 나의 동반자는 크게 한숨을 내쉬고 가슴 위에서 머리를 흔들고는 누런 눈꺼풀을 슬며시 치켜뜨고 비스듬히 나를 쳐다보면서 이렇게 말했다.

"담배 가진 것 있으면 좀 얻읍시다, 동무."

"무슨 말씀을 하시는 거예요, 영감!"하고 나는 외쳤다.

"영감이나 나는 담배를 피우지 않아도 살까말까한 입장들이에요. 담배를 피우겠다뇨! 나도 자진해서 한 달 전에 담배를 끊고 말았답니다. 꽤 힘들긴 했지만."

노인은 코를 골기 시작했다. 그러나 잠시 후 또다시 누런 눈꺼풀 밑으로 비스듬히 나를 올려다보면서 말하는 것이었다.

"어쨌든, 3루블 가량 줄 수 없겠소, 동무?"

나는 노인에게 돈을 줄 것인지 말 것인지, 잠시 생각에 잠겼다. 노인이 무슨 말을 하든 아직까지 유형수(流刑囚)의 신세를 면치 못하고 있는 나에 비할 때, 그래도 노인은 현재 자유인이 아니냐 말이다. 나는 유형지에서 몇 해를 일하면서도 돈 한푼 받아 본 적이 없었다. 돈을 지불할 때면 경호대비(警護隊費)니, 지역 조명비니, 군견비(軍犬費)니, 관구비(管區費)니, 야채수프값이니 해서 몽땅 공제해 버리고 마는 것이었다.

나는 보기에도 우스꽝스러운 윗도리의 조그만 윗주머니에서 유포[14)]로 만든 지갑을 꺼내서 그 속에 든 돈을 계산해 보고는, 크게 한숨을 내쉬며 3루블짜리 지폐 한 장을 노인에게 내어주었다.

"고맙소."

---

14)유포(油布) : 기름과 찰흙을 먹인 천으로 방수용으로 쓰임.

노인은 목쉰 소리로 말했다. 노인은 힘없이 손을 간신히 들어 3루블 지폐를 받아 주머니에 넣고 빈 손을 털썩 무릎 위로 떨어뜨렸다. 그러고는 노인의 머리는 다시금 가슴 위에 파묻히고 말았다. 우리는 얼마 동안 말이 없었다.

그러는 사이에 한 처녀가 우리 앞을 지나가고, 뒤이어 여대생 둘이 또 지나갔다. 세 처녀가 모두 무척 내 마음에 들었다. 여자들의 목소리는 고사하고 그들의 구두 소리조차 몇 년씩 못 듣고 지내던 때가 생각났다.

"노인에게 입원 결정이 내렸다는 건 정말 다행한 일입니다. 그렇지 않았다면 1주일 가량은 여기서 공연히 시간을 낭비했을 거예요. 하긴 그것이 보통이죠. 많은 사람들이 그런 일을 당하고 있으니까요."

그러자 노인은 가슴에서 턱을 떼고 내게로 몸을 돌렸다. 그의 두 눈에는 어떤 목적 의식이 뚜렷이 반영되고 있었다. 목소리는 떨렸으나 말은 아까보다도 알아듣기 쉬웠다.

"젊은이! 거기서 나를 받아들인 건 과거의 공적을 참작했기 때문일 거요. 난 혁명에 참가했던 노병(老兵)[15]이란 말이오. 차르츠인 근처에서 세르게이 미노느이치, 키로프께서 자진해서 내게 악수를 청했다면 알 거요. 그러나 난 의당 개인 은급(恩給)[16]을 받아야 마땅한 거요."

수염이 텁수룩한 그의 얼굴에서 볼과 입술이 바르르 떨리더니 거만한 미소의 흔적이 떠올랐다.

나는 노인의 누더기 옷을 바라보고 다시 한 번 그의 모습을 바라보았다.

"그런데 왜 은급을 받지 못하는 거죠?"

"망할 놈의 세상 때문이지."

노인은 크게 한숨을 내쉬었다.

15)노병(老兵): 군사(軍事)에 오래 종사하여 노숙한 병사. 늙은 병사.

16)은급(恩給): 정부가 법정 조건을 갖추어 퇴직한 사람에게 죽을 때까지 주는 연금.

"이젠 아무도 날 인정해 주지 않는단 말이오. 어떤 기록 문서는 불에 타 버리고, 또 어떤 것은 잃어버리고, 그렇다고 증인들을 부를 수도 없는 노릇이고, 세르게이 미노느이치도 숙청을 당했으니 말이오…… 그 때의 증명서를 베껴 두지 않았던 게 잘못이었지…… 하긴 여기 그 때의 증명이 하나 남긴 했지만……"

노인은 손가락마다 퉁퉁 부어올라 제대로 말을 듣지 않는 오른손을 호주머니 속으로 쑤셔넣었다. 그러나 짧은 시간이나마 활기를 띠었던 노인의 이야기는 중단되고, 그는 또다시 손과 머리를 떨구고는 죽은 듯이 움직이지 않았다.

벌써 해는 병원 너머로 지고 있었다. 환자 접수실까지는 여기서 백 보 가량밖에 남아 있지 않았다. 그러나 대학 병원에서 방을 얻기란 그리 쉬운 일이 아니기 때문에 우린 빨리 서둘러야만 했다. 나는 노인의 어깨를 잡으면서 말했다.

"영감, 정신 차리세요! 저기 문이 보입니까? 저기 문이 보입니까? 보이죠? 우선 제가 가서 말해 보겠습니다. 노인께서 혼자 오실 수 있다면 오셔도 좋고요. 아니, 여기서 저를 기다리세요, 이 보따리는 제가 맡아 두겠습니다."

그는 알았다는 듯이 머리를 끄덕였다.

크고 더러운 홀은 여러 개의 조잡한 칸막이로 차단되어 있었는데, 그 한 부분을 환자 접수실이 차지하고 있었고, 칸막이 저 쪽에는 목욕탕과 탈의실(脫衣室), 이발소가 있었다. 접수실에는 낮이면 으레 환자들로 혼잡을 이루어서, 자기 차례가 올 때까지 오랫동안 기다리는 것이 보통이다. 그런데 오늘따라 이상하게도 접수실에는 사람의 그림자 하나 볼 수 없었다. 나는 베니어 판자로 닫힌 조그만 접수구 창문을 두드렸다. 짙은 보랏빛 입술연지를 바르고 납작코를 한, 매우 젊은 여사무원이 창구를 열었다.

"무슨 용무죠?"

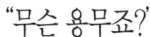

그녀는 책상에 앉아서 스파이 만화물에 열중하고 있었던 것 같았다. 그녀는 재빨리 나를 흘겨보았다.

"그 사람은 잘 걷지 못합니다. 제가 곧 그 사람을 이리로 데리고 오죠."

"누가 데려오랬어요……?"

그녀는 의뢰서를 보지도 않고 날카롭게 외쳤다.

"병원 규칙을 모르세요? 환자 접수는 오전 9시부터예요!"

나는 먼저 여사무원이 창문을 내리지 못하게 하려고, 들어갈 수 있는 데까지 머리와 손을 좁다란 창구 속으로 밀어넣었다. 그러고는 아랫입술을 찡그리고 고릴라와 같은 험한 인상을 지으면서 목쉰 소리로 위협하듯 말했다.

"이것 봐요, 아가씨! 그렇다고 내가 순순히 물러갈 줄 아오?"

그녀는 겁이 났던지, 책상을 뒤로 물리치면서 아까보다는 좀 누그러진 어조로 이렇게 말했다.

"접수는 없어요. 동무! 아침 9시에 오세요."

"그 의뢰서나 읽고 말하란 말이오!"

나는 불만 섞인 나직한 어조로 충고하듯 말했다. 여사무원은 의뢰서를 읽었다.

"이게 어쨌다는 거예요! 규칙하곤 아무 상관도 없어요. 그리고 내일은 아마 입원실이 없을지도 몰라요. 오늘 아침에도 없었으니까요."

오늘 아침에도 방이 없었다는 그녀의 말 속에는 나를 모욕함으로써 느끼는 어떤 만족감 같은 것이 깃들어 있었다.

"그렇지만 한길에 사람을 버려둘 순 없지 않아요? 그 사람은 아무 데도 갈 곳이 없어요."

내 몸이 창구로부터 뒤로 물러나고 수용소 특유의 거친 태도가 좀 누그러지자, 그녀의 얼굴 표정은 나와는 반대로 다시 험악해졌다.

"딴 곳에서 오는 사람이 한두 사람인 줄 아세요? 그들을 어디다가 수용하란 말이에요? 병원을 아파트로 만들란 말이군요!"

"그렇지만 그 사람이 어떤 상태에 놓여 있는지 한 번 가 보면 알 거요."

"뭐라고요! 아니, 환자를 수집하러 다니란 말인가요! 난 간호원이 아녜요." 그녀는 재빨리 이렇게 내쏘고는 납작코를 거만스럽게 씰룩거렸다.

"그렇다면 당신은 누굴 위해 여기 앉아 있는 거요?"

손바닥으로 베니어판을 쾅 내리치자 하얀 분가루가 사방으로 흩어졌다.

"차라리 문을 닫는 게 낫지!"

"당신이 뭔데 그래요! 뻔뻔스럽게도!"

그녀의 분노는 극도에 달했다. 그녀는 벌떡 자리에서 일어나 어디론가 뛰쳐나갔다가 다시 복도에 나타나며 말했다.

"당신은 도대체 뭐예요! 날 가르치려 들지 말아요. 그건 구급차(救急車)가 할 일이에요!"

그 짙은 보랏빛 입술이 아니었던들, 그리고 역시 그 보랏빛 매니큐어가 아니었던들, 그녀가 그렇게까지 바보로 보이진 않았을 것 같았다. 그녀의 눈썹은 의미 심장하게 움찔거렸다. 윗옷의 앞가슴 부분이 무더위 때문에 넓게 벌어지고 있어서 멋진 장밋빛 삼각 머플러와 공청기장(共青旗章)이 살짝 엿보였다.

"뭐요? 그 사람이 제 발로 이리 걸어오면 안 되고 구급차에 의해 길바닥에서 실려 오면 받아줄 수 있단 말이오? 도대체 그런 규칙이 어디 있소?"

그녀는 거만한 눈으로 어리둥절한 내 얼굴을 바라다보았고, 나 역시 그녀를 바라보았다. 그녀는 크게 코웃음을 치고는 멸시하는 표정으로 이렇게 말했다.

"그래요, 환자! 그런 규칙이 있습니다.!"

그녀는 이렇게 대답하고 칸막이 뒤로 사라져 버렸다.

내 뒤에서 바스락 소리가 들렸다. 나는 뒤돌아보았다. 노인은 어느새 거기 와 있었던 것이다. 그는 지금까지의 대화를 다 들어 알고 있었다. 노인은 벽을 의지하여 커다란 정원용 벤치로 몸을 옮기면서 힘없이 오른손을 흔들어 보였다. 그 손에는 헐어빠진 종이 지갑 하나가 쥐어져 있었다. "자, 이걸……"

노인을 부축해서 벤치 위에 앉혔다. 노인은 자기에게 남아 있는 유일한 증명서를 종이 지갑에서 꺼내려고 갖은 애를 다 썼으나 손가락들이 말을 안 들어 꺼낼 수가 없었다. 나는 노인에게 낡은 종이를 받아들고 펼쳐 보았다. 종이가 떨어져 나가지 않게, 종이를 접은 곳마다 밑을 덧붙이고 있었다. 거기에는 타자기로 친 희미한 글줄들이 다음과 같이 적혀 있었다.

'만국(萬國)의 프롤레타리아[17]들이여, 단결하라!'

증 명 서

N · K 보브로프 동무는 1921년에 세계 혁명의 특별 임무를 띤 영예로운 ××현(縣) 부대에 실제로 근무한 사실이 있으며, 수많은 반동 분자를 자기 손으로 처단한 그 공로를 치하하여 이 증명서를 수여하는 바임.

정치 위원 ○○○(서명)

그 다음에는 아무 것도 씌어 있지 않았다. 나는 한 손으로 가슴을 만지면서 나직한 소리로 물었다.

"아니, '특별 임무' 란 뭐죠? 어떤 거예요?"

"글쎄, 그 여자한테 보여 줘요."

---

17)프롤레타리아: 자본주의 사회에서 생산수단을 갖지 않고 자기 노동력을 자본가에게 팔아 생활하는 도동자. 임금 노동자.

노인은 아래로 내리감기려는 눈꺼풀을 간신히 뜨고서는 이렇게 대답했다. 나는 종이 지갑에서 증명서를 끄집어낼 수도 없을 정도로 쇠약해진 그의 손을 바라보았다. 손가락 마디마다 퉁퉁 부어오르고, 검붉은 혈관이 불룩 튀어나온 유난히 작은 손이었다. 나는 말을 탄 혁명군들이 마음껏 칼을 휘루르면서 지상의 적병들을 한칼에 쓰러뜨리던 광경을 머리에 그려 보았다. 참 이상한 일이다. 사벨을 한번 휘두르기만 하면 머리와 목, 한쪽 어깨가 뎅경 떨어져 나가던 바로 그 오른손이었다. 그런데 지금은 종이 조각 하나도 제대로 잡을 수 없다니……

나는 베니어판 창구로 다가가서 다시 한 번 그녀에게 달라붙었다. 여사무원은 거들떠보지도 않고 계속해서 만화를 읽고 있었다. 나는 낡아빠진 증명서를 말없이 그녀의 책 위에 얹어놓고는 솟구치는 구토 때문에 연방 가슴을 내리쓸면서 출구 쪽으로 걸어갔다. 나는 머리를 낮게 하고 한시 바삐 어딘가에 누워야 했던 것이다.

"왜 여기 이런 종이를 놓는 거예요? 빨리 가져가요."

앙칼진 처녀의 목소리가 등 뒤에서 들려왔다.

노병(老兵)은 깊숙이 벤치 안으로 물러앉았다.

머리는 물론, 그의 두 어깨까지 동체 속으로 푹 빠져버린 것 같았다.

기능을 잃고 마비된 손가락은 벌려진 채로 축 늘어져 있었다.

열어젖힌 외투는 아래로 미끄러져 내렸다.

팽팽하게 부어오른 배는 굴곡진 양 허벅다리 위에 움직이지 않고 놓여 있었다. *

▦ 작가소개 **알렉산드로 솔제니친(Alexander Solzhenitsyn ; 1918 ~)**

러시아의 소설가로 1962년, 강제 노동 수용소의 암흑상을 파헤친 처녀작 「이반 데니소비치의 하루」로 세계적인 작가로 명성을 떨치게 된 후 계속하여 「암 병동」, 「제1권」 등 소련의 어두운 과거를 폭로하는 소설을 발표, 1969년에는 작가 동맹에서 제명되었다.

그의 소설들은 모두가 자유와 빵의 문제를 다룬 것들이다. 자유가 극단적으로 제약된 상황이 사람이 사람답게 사는 길을 얼마나 일그러뜨리고 있는가 하는 것이 그의 문학적 주제이다. 그의 소설을 가리켜 정치 색채가 지나쳐 문학적 재미가 덜하다고 말하는 사람도 적지 않다.

솔제니친은 제2차 세계대전에 참전, 공로를 세워 훈장을 받기도 했으나, 전쟁 말기에 스탈린을 비난했다는 죄로 체포되어 복역하다가, 스탈린 사망 후 11년 만에 자유의 몸이 되어 명예가 회복되었다. 1970년에는 노벨 문학상을 받았고, 1974년에 서방 세계로 강제 추방되었다.

주요 작품으로는 장편 「이반 데니소비치의 하루」, 「암 병동」, 「수용군도」, 단편 「마트료자의 집」, 「크레체토프카 역에서 생긴 일」 등이 있다.

▦ 작품해설

작가인 솔제니친의 수용소 시대를 소재로 한 소설이다. 회복기에 접어들어가는 주인공. 하지만 그는 병이 회복되면 종신유형을 받은 광야로 다시 돌아가야만 하는 자신의 처지 때문에 날이 갈수록 더 우울해지고 주변에 대한 애착이 더해간다. 그러던 어느 날 병색이 짙은 남루한 차림의 왜소한 노인을 만난다. 한때 그 노인은 '수많은 반동분자를 자기 손으로 처단한' 노병이었지만, 지금은 자기에게 남아 있는 유일한 증명서조차 꺼낼 수 없을 정도의 병마와 소외에 시달리고 있다. 스탈린 시대의 소련이 인간의 창의적 삶을 얼마나 가로막았는가를 보여주는 작품이다.

▦ 읽고나서

문제 작가가 작중 화자를 통해 제시하고자 하는 인생에 대한 진미는?

- 인생의 진미는 크고 많은 것에서가 아니라, 사소한 것에서 얻어진다.

문제 글에서 찾을 수 있는 도움을 줄 것이라고 믿었던 것이 오히려 '해를 끼치는 물건' 은 무엇인가?

- • 주인공 : 수첩. • 노병(老兵) : 증명서

살인자

어니스트 헤밍웨이

헨리의 간이 식당[1] 문이 열리고 두 사내가 들어왔다. 그들은 카운터에 앉았다.

"뭘 드시겠습니까?" 조지가 물었다.

"뭘 먹을까?" 두 사람 중 한 사람이 말했다. "앨, 뭘 먹고 싶은가?"

"모르겠네." 앨이 말했다. "뭘 먹고 싶은지 나도 모르겠네."

바깥은 차츰 어두워지기 시작했다. 창 밖에는 외등이 켜져 있었다. 카운터에 앉은 두 사내는 차림표를 들여다보았다. 카운터 저 쪽 끝에서 닉 에덤스가 두 사람을 바라보았다. 그는 그들이 들어오기전까지 조지와 얘기를 하고 있었다.

"나는 애플 소스에 으깬 감자를 곁들인 구운 텐덜로인[2]을 먹겠어."

첫째 사내가 말했다.

"그건 아직 준비가 돼 있지 않은데요."

"그럼 왜 그걸 메뉴에 올려 놓고 있는 거야?"

1)간이 식당: 간단하고 값싼 식사를 제공하는 식당.

2)텐덜로인: 소 · 돼지의 허리께의 연한 살(고급 스테이크용).

"그건 정식(定食)[3]이거든요." 조지가 변명을 했다.

"여섯 시엔 드실 수 있습니다." 조지는 카운터 뒷벽의 시계를 보았다.

"저, 지금 다섯 시군요."

"시계는 다섯 시 이십 분을 가리키고 있지 않나." 둘째 사내가 말했다.

"네, 이 시계는 이십 분쯤 빠릅니다."

"형편 없는 시계로구먼." 첫째 사내가 말했다.

"그럼 뭘 먹을 수 있다는 거야?"

"샌드위치 같으면 뭐든지 가능합니다." 하고 조지가 말했다. "그리구 햄 에그나 베이컨 에그, 간(肝) 베이컨이나 스테이크 같은 것도요."

"내게는 그린 피스와 크림 소스와 으깬 감자를 곁들인 치킨 크로켓을 줘."

"그것도 정식인데요."

"우리가 먹고 싶다는 건 모두 정식이라니. 그런 식으로 하는 게 너희들 수법이로군."

"방금 말씀드린 대로 햄 에그나 베이컨 에그나 간……"

"좋아, 난 햄 에그를 줘." 앨이라는 사내가 말했다.

이 사내는 맥고모자를 쓰고 검은 더블 외투를 입었다. 얼굴은 작고 창백한데 입술은 야무지게 꽉 다물고 있었다. 그리고 비단 머플러에 장갑을 끼었다.

"내게는 베이컨 에그를 줘." 다른 한 사내가 말했다.

이 사내는 앨과 거의 비슷한 몸집이었다. 두 사람의 얼굴은 달랐으나 옷차림은 쌍둥이처럼 비슷했다. 두 사람 다 외투가 너무 작은 것 같이 보였다. 그들은 팔꿈치를 카운터에 대고 몸을 앞으로 내밀 듯하고 앉아 있었다.

"뭐 마실 건 있어?" 앨이 물었다.

"실비어 맥주나 비보, 아니면 진저 에일을 드시죠."

---

3)정식(定食): 식당 등에서 일정한 격식에 따라 차리는 한 상의 음식.

"나는 마실 것이 있냐고 물은 거야."

"방금 말씀드린 것뿐입니다."

"정말 형편 없는 동네로구먼." 다른 사내가 말했다.

"이 동네 이름이 뭐지?"

"서미트라고 합니다."

"그런 이름 들어본 적 있나?" 앨이 같이 온 사내에게 물었다.

"못 들어 봤어."

"그럼 밤엔 여기서 뭘 하지?" 앨이 물었다.

"아마 정식을 먹으러 올 테지."하고 동행이 말했다.

"모두 여기 와서 희한한 요리를 먹을 테지."

"그렇습니다."하고 조지가 말했다.

"그래 정말 그렇다고 생각하나?" 앨이 조지에게 물었다.

"그렇구 말구요." 하고 조지가 대답했다.

"흥, 넌 제법 영리한 애로구나."

"그렇습니다."하고 조지가 말했다.

"그런데 사실은 그렇지 않아." 몸집이 작은 사내가 말했다.

"앨, 정말 그런가?"

"글쎄, 맹추[4]일는지도 몰라."하고 앨은 닉을 돌아보았다.

"네 이름은 뭐야?"

"애덤스예요."

"이 녀석도 영리한 애로군."하고 앨이 말했다.

"여보게, 막스. 이 녀석도 영리할 것 같지 않은가?"

"이 거리엔 영리한 애들이 얼마든지 있지."하고 막스가 말했다.

조지는 햄 에그 접시 하나와 베이컨 에그 접시 하나를 카운터 위에 놓았

4)맹추: 무엇이든지 곧잘 잊어버리는 흐리멍덩한 사람을 욕하는 말.

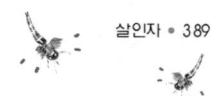

다. 그것은 둘 다 큰 접시였다. 그는 또 튀긴 감자 접시를 두 개 놓더니 취사실 문을 닫았다.

"어느 것이 손님 겁니까?" 그는 앨에게 물었다.

"그것두 몰라?"

"햄 에그였지요."

"정말 영리한 친구로구먼." 막스가 말했다.

그는 몸을 앞으로 내밀고 햄 에그를 집었다. 두 사내는 장갑을 낀 채 먹기 시작했다. 조지는 그들이 먹는 것을 바라보고 있었다.

"넌 대관절[5] 뭘 그렇게 보고 있는 거야?" 막스가 조지에게 말했다.

"보긴요."

"제기랄, 보고 있었지. 틀림없이 날 보고 있었어."

"여보게 막스, 저 사람은 그저 장난삼아 그렇게 말해 봤을 뿐이네."

하고 앨이 말했다. 조지가 웃었다.

"이봐, 웃긴 왜 웃는 거야?"하고 막스가 조지에게 말했다.

"전혀 웃을 필요가 없잖아, 안 그래?"

"네, 알았습니다."하고 조지가 말했다.

"그래 저 친구는 알았다고 하는군." 막스는 앨을 보고 말했다.

"저 친구는 그걸로 좋은 줄 알고 있네. 그건 재미있는 농담이지."

"응, 제법 머리가 좋군 그래."하고 말했다. 두 사람은 먹기를 계속했다.

"카운터 저 쪽에 있는 영리한 애 이름은 뭐라고 하더라?"

하고 앨이 막스에게 물었다.

"이봐, 영리한 친구." 막스가 닉을 보고 말했다.

"넌 카운터로 돌아가서 네 친구 옆에 있어."

"어째서요?"하고 닉이 물었다.

5)대관절: 여러 말 할 것 없이 요점만 말하건대. 도대체.

"아무튼 그래야 해."

"영리한 친구, 잔말 말고 돌아가 있는 게 좋을 것 같아." 앨이 말했다. 닉은 카운터 뒤쪽으로 돌아갔다.

"어떻게 할 작정인가요?"하고 조지가 물었다.

"남이야 어떻게 하건, 걱정할 거 없어."하고 앨이 말했다.

"취사실엔 누가 있지?"

"검둥이가 있지요."

"검둥이라니?"

"요리사 말이에요."

"이리 나오라고 해."

"대관절 손님들은 어디 계신 줄 알고 계십니까?"

"자기들이 어디 있는 것쯤은 잘 알고 있지."

막스라고 부르는 사내가 말했다. "우리가 그렇게 바보같이 보이는가?"

"어리석은 말 말게." 앨이 막스에게 말했다. "도대체 뭣 때문에 이런 풋내기하고 말씨름을 하나."

그는 조지를 돌아보고 말했다. "검둥이더러 이리 나오라고 해."

"그를 어떻게 하실 작정이세요?"

"어떻게 하긴. 이 영리한 친구야, 좀 머리를 쓰란 말이야. 우리가 검둥이들한테 뭘 어쩐단 말인가?"

조지는 취사실로 통하는 작은 문을 열었다.

"샘"하고 불렀다.

"잠깐 나와 봐." 취사실 문이 열리며 검둥이가 나왔다.

"왜 그러세요?"하고 검둥이가 의아한 표정으로 말했다. 카운터에 앉아 있던 두 사내는 힐끗 그를 쳐다보았다.

"좋아, 검둥이는 그대로 거기 서 있어."하고 앨이 말했다.

에이프런을 두른 채 거기 선 검둥이 샘은 카운터에 앉아 있는 두 사내를 바라보고 있었다.

"네, 그러지요." 그는 말했다. 앨은 걸상에서 내려섰다.

"난 이 검둥이와 영리한 청년을 데리고 취사실로 들어가겠네."

하고 그는 말했다.

"이봐, 검둥이는 취사실로 돌아가. 영리한 친구, 자네도 같이 들어가게."

자그마한 사내가 닉과 검둥이 요리사를 따라 취사실로 들어갔다.

그들이 들어간 뒤 문이 닫혔다. 막스라는 청년은 카운터에 조지와 마주 앉아 있었다. 그는 조지를 보지도 않고 카운터 뒷벽에 길게 걸려 있는 거울을 들여다보고 있었다. 헨리의 음식점은 원래 술집이었던 것을 간이 식당으로 고쳐 수리했던 것이다.

"그런데 영리한 친구." 막스는 거울을 들여다보며 말문을 열었다.

"왜 자네는 아무 말도 안 하지?"

"대관절 왜 이러시는 겁니까?"

"여보게, 앨." 막스는 안에다 대고 소리를 질렀다.

"여기 있는 영리한 애가, 왜 이러느냐고 묻고 있네."

"자네가 얘기해 주면 되잖아." 앨의 목소리가 안에서 들려왔다.

"대관절 왜 이러는 줄 아나?"

"어떻게 된 영문[6]인지 통 모르겠어요."

"그렇지만 어떻게 상상도 할 수 없나?"

막스는 지껄이면서도 줄곧 거울을 들여다보고 있었다.

"제 입으로 말씀드리고 싶지 않아요."

"여보게, 앨. 영리한 애가 무슨 일이 벌어질 것인지 자기 입으론 말하고 싶지 않다고 하네그려."

---

6)영문: 까닭. 형편.

"그렇게 일일이 보고하지 않아도 다 들려." 앨이 취사실에서 말했다. 그는 요리 접시를 내보내는 창구를 열어 토마토 케첩병으로 받쳐 놓았다.

"이봐, 영리한 친구." 그는 취사실에서 조지를 향해 말했다.

"거기서 좀더 옆으로 비켜 서게. 막스, 자네도 약간 왼쪽으로 움직여 주게." 마치 단체 사진을 찍기 위해 배치를 정하고 있는 사진사같았다.

"이봐, 영리한 친구."하고 막스가 말했다.

"대관절 무슨 일이 일어날 것 같은가?" 조지는 아무 말도 하지 않았다.

"그럼 내가 얘기해 주지."하고 막스가 말했다.

"우리는 이제부터 어떤 스웨덴 사람을 죽여야 해. 자네도 올 앤더슨이라는 큼직한 스웨덴 사람을 알고 있을 테지?"

"네."

"그 친구는 매일 밤 저녁 식사를 하러 여기 오지?"

"가끔 오시지요."

"여섯 시에 오는 거 아닌가?"

"네, 오실 적엔……"

"우리는 그런 걸 모두 알고 있어…… 인제 다른 얘길 하지. 영화 구경을 갈 때가 있나?"

"어쩌다 한 번씩 가죠."

"영화 구경은 더 자주 하는 게 좋을 거야. 영화라는 건 자네같이 영리한 청년에겐 상당히 유익하거든."

"손님들은 어째서 올 앤더슨을 죽이려 하십니까? 그 사람이 손님들에게 무슨 짓을 했어요?"

"지금까지 그 작자는 우리를 건드릴 기회가 없었지. 아무튼 우릴 본 적도 없거든."

"그래서 오늘 밤 한 번만 우리 얼굴을 보여 주려는 거야."하고 앨이 안에서 참견했다.

"그럼 어째서 손님들은 그 사람을 죽이려 하십니까?"

"어떤 친구를 위해서야. 친구한테 부탁을 받았지."

"닥쳐." 앨이 취사실에서 소리쳤다. "자네는 말이 너무 많아."

"하지만 이 친구가 너무 지루해하면 안 되잖나. 안 그래, 영리한 친구?"

"자네는 너무 말이 많다니까."하고 앨이 말했다.

"검둥이나 이 영리한 친구는 자기들끼리 마음놓고 심심치 않게 시간을 보내고 있어. 수녀원의 여자 친구처럼 사이 좋게 묶여 있거든."

"자네는 수도원[7]에 있었던 적이 있을 테지?"

"글쎄요."

"자네는 유대인의 수도원에 있었어. 틀림없어." 조지는 시계를 보았다.

"혹시 손님들이 들어오면 요리사가 휴가중이라고 말해. 그래도 좀처럼 물러가지 않으면, 자네가 안에 들어가서 요리를 만들겠다 — 이렇게 말하는 거야. 알았나, 영리한 친구?"

"잘 알았습니다."하고 조지는 대답했다.

"하지만 그 후에 저희들을 어떻게 하실 작정이세요?"

"그건 때와 장소 나름[8]이지."하고 막스가 말했다. "그건 미리 알 수 없지."

조지는 시계를 쳐다보았다. 여섯 시 십오 분이었다. 앞쪽 문이 열렸다. 시내 전차 운전사가 들어왔다.

"잘 있었어, 조지?" 그는 말했다. "저녁을 먹여 주겠나?"

"샘이 외출했는데요."하고 조지가 말했다.

"삼십 분 후에라야 돌아올 텐데요."

---

7)수도원(修道院): 일정한 규율 밑에서 금욕적인 공동 생활을 하면서 수행을 쌓는 천주교의 수사나 수녀의 단체. 또, 그 곳.

8)나름: 명사나 동사 밑에 붙어, 그 됨됨이나 하기에 달림을 나타내는 말.

"그럼 다른 데로 가 보는 게 좋겠구먼."하고 운전사가 말했다.

조지는 시계를 보았다. 여섯 시 이십 분이었다.

"제법 잘했어. 영리한 친구."하고 막스가 말했다.

"자네는 흠잡을 데 없는 꼬마 신사야."

"총알 맛을 보게 될까 봐 겁이 났기 때문이지." 앨이 취사실에서 말했다.

"아냐."하고 막스는 말했다.

"그렇잖지. 이 영리한 애는 좋은 사람이야. 좋은 사람이라 마음에 들었어."

여섯 시 오십오 분이 되자 "그 사람은 안 오는군요."하고 조지가 말했다. 그 밖에 두 사람의 손님이 이 식당에 들어왔다. 조지는 한 번 취사실에 들어가, 손님이 가지고 가겠다고 한 선물용 햄 에그 샌드위치를 만들어 주었다. 그가 취사실에 들어가 보니, 앨은 맥고모자를 뒤로 젖혀 쓰고 끝을 짧게 자른 산탄총을 선반에 올려놓고 문 옆에 놓인 걸상에 앉아 있었다. 닉과 요리사는 입을 수건으로 틀어막히어 등을 마주 댄 채 꽁꽁 묶여 한쪽 구석에 쭈그리고 앉아 있었다. 조지는 샌드위치를 만들어 그것을 유지(油紙)에 싸서 봉지에 넣어 가지고 나갔다. 손님은 그것을 받고 돈을 내고는 밖으로 나갔다.

"역시 영리한 애라서 뭐든지 척척 잘하는군." 막스가 말했다.

"요리도 잘 만들고, 결혼이라도 하면 마누라를 잘 위해 주겠는걸."

"어떻습니까." 조지가 말했다.

"친구 분인 올 앤더슨은 올 것 같지도 않군요."

"십 분만 더 기다려 보지."하고 막스가 말했다. 막스는 거울과 시계를 바라보았다. 시계 바늘은 일곱 시를 가리키다가 이윽고 일곱 시 오 분을 가리켰다. "여보게, 앨." 막스가 말했다.

"인제 나가는 게 좋을 것 같네. 그 작자[9]가 오긴 글렀네."

9)작자: '위인(爲人)'의 낮은 말.

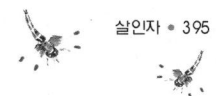

"오 분만 더 기다려 보세." 앨은 안에서 말했다. 오 분이 지나자 한 사내가 들어왔다. 조지는 요리사가 앓고 있다고 말했다.

"그럼 왜 다른 요리사를 데려오지 않소?" 그 사내는 이렇게 말했다.

"당신은 식당 영업을 하는 게 아니오?" 손님은 나갔다.

"인제 가세, 앨."하고 막스가 말했다.

"이 영리한 애 둘과 검둥이는 어떻게 할까?"

"내버려 둬도 괜찮아."

"그렇게 생각하나?"

"그야 그렇지. 인제 이번 일은 끝난 거야."

"아무래도 못마땅해." 앨이 말했다.

"방법이 좀 신통치 못해. 자네는 말이 너무 많아."

"무슨 소릴 하는 거야."하고 막스가 말했다.

"기분 전환도 좀 해야 할 게 아닌가."

"그렇지만 너무 말이 많아." 앨이 말했다. 그는 취사실에서 나왔다. 끝이 잘린 산탄총은 아주 꼭 끼는 외투 아랫부분을 약간 불룩하게 했다. 그는 장갑을 낀 채 외투 매무시[10]를 바로잡았다.

"잘 있게, 영리한 친구." 그는 조지에게 말했다.

"자네는 정말 운이 좋았어."

"정말 그래."하고 막스는 말했다. "이런 때엔 경마라도 하면 좋을 걸."

두 사내는 앞문으로 나갔다. 조지는 창문 너머로, 그들이 아크등[11] 밑을 지나 한길을 건너가는 것을 바라보고 있었다. 몸에 착 붙은 외투에 맥고모자를 쓴 모습은 아무래도 떠돌이 연예인으로밖엔 보이지 않았다. 조지는

---

10)매무시: 옷을 입을 때 매고 여미는 뒷단속.

11)아크등: 두 개의 탄소봉의 첨단을 접속시켜 여기에 강한 전류를 통하면서 떼면 호상방전을 일으켜서, 이것에 의해 백열광을 내는 전등.

흔들문으로 취사실에 들어가 닉과 요리사를 풀어주었다.

"이런 짓은 인제 질색이에요." 요리사 샘이 말했다.

"이런 짓은 정말 끔찍해요."

닉은 일어섰다. 입을 수건으로 틀어막힌 일은 난생 처음이었다.

"정말 놀라운 일이야." 그는 말했다. "무서운 짓을 하는 녀석들이었어." 그는 그래도 질린 기색은 보이지 않으려고 애썼다.

"그놈들은 올 앤더슨을 죽이려는 거야."하고 조지가 말했다.

"그 사람이 식사하러 오면 쏘아 죽일 작정이었지."

"올 앤더슨을?"

"그렇지."

요리사는 양손 엄지손가락으로 입끝을 눌렀다. "인제 돌아갔어요?"

"응, 인제 가 버렸어."하고 조지가 말했다.

"그런 작자들은 정말 싫어요."하고 요리사가 말했다.

"그런 꼴은 인제 정말 당하고 싶지 않아요."

"이봐, 닉." 조지는 닉에게 말했다.

"자네는 올 앤더슨을 만나러 가는 게 좋을 거야."

"그러지."

"당신은 그런 일엔 전혀 참견하지 않는게 좋아요."하고 요리사 샘이 말했다. "그런 일은 모른 체하는 게 좋을 거예요."

"가고 싶지 않으면 가지 않아도 좋아."하고 조지가 말했다.

"그런 일에 말려들면 재미없을 텐데."하고 요리사가 말했다.

"참견을 안 하는 게 좋을 거예요."

"만나러 갔다 오겠어." 닉이 조지에게 말했다.

"그 사람은 어디 살고 있지?"

"젊은 사람은 자기가 하고 싶은 일을 언제나 잘 알고 있을 텐데……"

"그 사람은 허시네 하숙집에 묵고 있어." 조지가 닉에게 말했다.

"거기에 가 보겠어."

바깥에 나가니, 아크등이 마른 나뭇가지 너머로 눈부시게 반짝이고 있었다. 닉은 전차 선로 옆의 길을 올라갔다가 다음 아크등이 있는 데서 골목으로 접어들었다. 셋째 번 집이 허시의 하숙집이었다. 닉은 돌층계를 두 층계 올라가서 초인종을 눌렀다. 여자가 나왔다.

"올 앤더슨 씨는 댁에 계신가요?"

"만나 보시려구요?"

"네, 계시면……" 닉은 여자를 따라 층계를 하나 올라가 안쪽 복도 끝까지 갔다. 여자는 문을 노크했다. "누구세요?"

"앤더슨 씨, 어떤 분이 찾아오셨군요."하고 여자가 말했다.

"저는 닉 애덤스입니다."

"들어오세요."

닉은 문을 열고 방으로 들어갔다. 올 앤더슨은 옷을 모두 입은 채 침대에 누워 있었다. 그는 헤비 웨이트급 현상 권투 선수였다. 몸이 침대에서 비어져 나와 있었다. 머리에는 베개를 둘 겹쳐 베고 있었다. 그는 닉 쪽을 돌아다보지도 않았다.

"무슨 일이 있었나?"

"저는 헨리네 식당에 있었어요." 닉은 말했다.

"그런데 웬 사람들이 둘이나 들어와서 저하고 요리사를 묶어놓더군요. 그들은 당신을 죽이러 왔다고 말했어요."

이렇게 말을 하니 어쩐지 터무니 없는 얘기같이 들렸다. 올 앤더슨은 아무 말도 하지 않았다.

"그들은 저희들을 취사실로 끌고 갔어요." 닉은 말을 이었다.

"당신이 저녁 식사를 하러 오면 총을 쏘아 죽이려고 했던 거예요."

올 앤더슨은 벽을 바라본 채 아무 말도 하지 않았다.

"당신한테 알려 드리는 게 좋을 거라고 조지가 말하기에……"

"거기 대해선 나로서는 어떻게 할 수가 없지." 올 앤더슨이 말했다.

"그들이 어떤 모습이었는지 얘기해 드리겠어요."

"그 녀석들에 대해선 별로 알고 싶지 않아." 올 앤더슨은 말했다. 그는 여전히 벽을 바라보고 있었다. "일부러 알리러 와 주었는데 미안하군."

"그런 건 괜찮아요." 닉은 침대에 누워 있는 큰 사내를 조심스레 보았다.

"경찰에 신고해 드릴까요?"

"아냐."하고 올 앤더슨은 말했다. "경찰에서도 어쩔 도리가 없을 걸."

"제가 해 드릴 만한 일이 없을까요?"

"없지, 아무 것도 할 일이 없어."

"아마 그저 위협을 했을지도 모르죠."

"아냐, 위협만은 아니지." 올 앤더슨은 벽 쪽으로 돌아누웠다.

"한 가지 분명한 건."하고 그는 벽을 향해 말하듯이 입을 열었다.

"나는 아무래도 외출할 결심을 할 수 없다는 거야. 오늘은 온종일 여기 있었거든."

"아무래도 이 거리를 떠나지 못하겠어요?"

"그래."하고 올 앤더슨은 말했다.

"인제 여기저기 달아나지 않기로 했어." 그는 물끄러미 벽을 보고 있었다.

"지금은 어떻게 할 도리가 없는 거야."

"어떻게 잘 얘기해 볼 수는 없어요?"

"안 돼. 나는 실수를 하고 말았거든." 여전히 단조[12)]로운 목소리로 그는 말을 이었다.

"아무 것도 할 일이 없네. 얼마 후엔 나가 볼 결심도 할 수 있겠지만……"

---

12)단조(單調): 음향 등의 가락이 단일함. 사물이 단순하고 변화가 없어 싱거움.

"그럼 저는 돌아가서 조지한테 그렇게 말하는 게 좋겠지요."

하고 닉이 말했다.

"잘 가게."하고 올 앤더슨은 닉 쪽을 돌아보지도 않았다.

"일부러 와 줘서 고맙네."

닉은 밖으로 나왔다. 문을 닫으며 뒤돌아봤으나 올 앤더슨은 여전히 옷을 입은 채 침대에 누워 벽을 바라보고 있었다.

"그 분은 온종일 방 안에서만 계시더군요."

여자 주인이 아래층에서 말했다.

"아마 몸이 불편하신 모양이지요? 나는 그 분을 보고 이렇게 말했어요 — '앤더슨 씨, 이렇게 날씨가 좋은 가을날엔 바깥에 나가서 산책이라도 하시는 게 좋을 텐데요.' — 하지만 그 분은 그러고 싶지 않으셨던가봐요."

"바깥에 나가고 싶지 않은 모양이지요."

"몸이 불편하시다면 정말 안됐어요."하고 여자가 말했다. "참 좋은 분이세요. 권투 선수였다지요?"

"그래요."

"그 분이 권투 선수라는 건 얼굴이라도 자세히 보기 전엔 알 수 없어요." 하고 여자가 말했다. 두 사람은 앞문 바로 안쪽에서 서서 얘기하고 있었다. "아주 상냥한 분이라서."

"그럼 안녕히 주무세요, 허시 씨." 닉이 말했다.

"나는 허시 씨가 아니에요."하고 여자가 말했다. "그 분은 이 집 주인이세요. 나는 그 분 대신 여기서 일하고 있을 뿐이에요. 난 벨이라고 해요."

"그럼 벨 씨, 안녕히 주무세요."하고 닉이 말했다.

"안녕히 가세요."하고 여자도 말했다.

닉은 어두운 골목을, 아크등이 반짝이고 있는 모퉁이까지 걸어갔다. 거기서 전찻길에 나가 헨리네 식당으로 돌아갔다. 조지는 식당 안에 있었는데, 카운터 뒤에 서 있었다. "올은 만났나?"

"응"하고 닉이 말했다.

"그 사람은 방 안에 틀어박혀 바깥에 나오려고도 하지 않더군."

요리사는 닉의 목소리를 듣고 취사실 문을 열었다.

"나는 그런 얘긴 듣고 싶지 않아요." 이렇게 말하고 그는 문을 닫았다.

"그 얘길 모두 들려줬을 테지?"하고 조지가 물었다.

"물론이지. 나는 얘기해 줬지만 그 사람은 다 알고 있는 것 같았어."

"그래, 어떻게 할 생각이라던가?"

"아무 것도 할 생각이 없다는 거야."

"놈들한테 죽게 될 거야."

"아마 그렇겠지."

"틀림없이 시카고에서 무슨 일이 있었던 것 같아."

"그럴 거야."하고 닉이 말했다.

"정말 무서운 일이 벌어지게 됐군. 소름이 끼쳐." 두 사람은 잠시 아무 말도 하지 않았다. 조지는 수건을 집어 카운터를 닦았다.

"대관절 그 사람은 무슨 짓을 했을까?"하고 닉이 물었다.

"아마 누굴 배신했을지도 몰라. 그런 일 때문이라면 그런 인간들은 대수롭잖게 사람을 죽이거든."

"나는 이곳을 떠날 생각이야."하고 닉이 말했다.

"그래?"하고 조지가 말을 받았다. "그러는 것도 좋을 거야."

"그 사람이 죽게 될 것을 뻔히 알면서 방 안에서 가만히 기다리고 있다고 생각하는 건 나로선 견딜 수 없는 일이야, 정말 끔찍한 일이지."

"응"하고 조지가 말했다.

"그런 건 생각지 않는 게 좋아." *

▦ 작가소개 　　　**어니스트 헤밍웨이(Ernest Hemingway ; 1898 ~ 1961)**

헤밍웨이는 미국의 소설가로 그의 소설은 20세기 영미 문학에서 후배 작가들에게 가장 큰 영향을 끼쳤으며, 거의 모든 작품이 영화화되었다.

그는 일리노이 주 오크 파크에서 의사인 아버지와 음악에 소양이 깊은 어머니 사이에서 태어났다. 그는 문화인인 어머니보다 직선적이고 격렬하여 야성에 가까운 아버지의 기질을 이어받아 인간을 포함한 생물의 기본적 생태, 삶과 죽음의 문제, 특히 '격렬한 죽음'을 둘러싼 용기와 겁에 대해서 깊은 관심을 가졌다. 그 후 문단에 뛰어들기 위해 열심히 노력하다가 파리로 건너가 G. 스타인, E. 파운드로부터 주로 문체와 표현 방법의 가르침을 받고 보도 기자로서 취재에 열중하는 한편, 가난한 생활과 필사적으로 싸우며 문필 생활을 계속하였다.

그의 소설의 특징은 하드보일드로 불리는 간결 직설체로, 구어(口語)와 사실주의의 특징을 극단적으로 활용함으로써 새로운 스타일의 소설을 창출해 냈다. 그는 인물과 행동에 역점을 두고 소설을 써나갔기 때문에 행동의 작가라고 불리기도 하며, 사상과 이념이 결핍되었다 해서 반지성주의 작가라 불리기도 했다. 그는 「노인과 바다」로 노벨 문학상을 받았다. 주요 작품으로 「누구를 위하여 종은 울리나」, 「무기여 잘 있거라」, 「태양은 다시 떠오른다」, 「노인과 바다」 등이 있다.

▦ 작품해설

낯선 두 사내가 인질을 잡고 공개적으로 사람을 죽이겠다고 선언하다가 그 대상이 찾아오지 않자, 운이 좋았다는 말을 남기고 떠난다. 죽이거나 죽음을 당하는데 대해서 어떠한 설명도 찾을 수 없는 이 작품은 비정한 폭력 세계와 그 비리가 몰고 오는 허무와 절망을 그리고 있다. 특히 이를 지켜보는 민감한 소년이 느끼는 공포와 전율을 설명이 없는 간결한 스타일 속에 잘 압축한 작가의 문체가 돋보인다.

▦ 읽고나서

문제 작품에서 보이는 작가의 문체가 갖는 특징은?

- 문장이 간결하고 힘이 넘친다.

문제 이러한 작가의 문체가 가지는 장점은 무엇인가?

- 독자로 하여금 작품을 읽어갈수록 팽팽한 긴장을 느끼게 한다.

산월기

나카지마 아쓰시

당(唐)나라 현종(玄宗) 때인 천보(天寶) 말년의 일이다.

농서 사람 이징은 학식이 많고 재능이 뛰어나, 젊어서 진사시(進士試)에 급제하여 강남현의 위(尉)에 임명되었다. 그러나 남과 쉽게 타협을 하지 못하는 성격인데다 자신의 실력에 비해 너무 낮은 관직에 머물러 있다는 생각 때문에 항상 앙앙[1]불락, 마음이 편치 못했다. 그래서 당장 갈 곳이 없음에도 관직을 박차고, 물러나 버리고는 고산(故山) 괵략 땅에서 조용히 생활하며, 모든 사람과의 교류도 끊은 채 오직 시작(詩作)에만 심혈을 기울이고 있었다.

하급 관리로 남아 오랜 세월을 속악[2]한 윗사람들 앞에서 무릎을 꿇고 지내기보다는, 시인이 되어 후세에 이름을 남기고자 하는 생각에서였다. 그러나 문명(文名)[3]은 생각처럼 쉽게 얻어지지 않았고 생활도 날로 궁핍해졌다.

1)앙앙: 마음에 불만스런 모양.

2)속악(俗惡): 속되고 악함. 품이 낮고 나쁨.

3)문명(文名): 글을 잘하여 난 이름.

이징은 점차 초조해지기 시작했다. 이 무렵부터 몸은 말라빠지고 뼈가 불거져 용모도 험상궂게 변하는 데다 쓸데없이 눈빛만 날카롭게 빛나 일찍이 진사에 급제했을 무렵의 아름다운 미소년의 모습은 찾아볼 수 없게 되었다.

몇 년 후 가난을 못 이긴 나머지 처자의 의식문제를 해결하기 위하여 결국 절개를 꺾고 다시 동쪽으로 가 일개 지방 관리로 봉직하게 되었다. 이는 호구지책[4]이기도 했지만 한편으로는 자신의 시작 생활에 거의 절망했기 때문이기도 했다. 자신의 동년배는 이미 높은 자리에 앉아 있었고, 과거에는 그가 우습게 여겨 상대도 하지 않았던 자들의 명령을 받아야 하는 것이, 왕년에 수재로 이름을 날렸던 이징의 자존심에 얼마나 많은 상처를 입혔는지는 쉽게 상상할 수 있을 것이다.

그는 모든 일에 만족하지 못하고 늘 남을 거스르기만 하다가, 급기야는 더 이상 자신을 통제할 수 없는 지경에까지 이르게 되었다. 1년 후 공적인 일로 여행을 떠나 여수 강변에 머무르고 있을 때, 그는 결국 발광을 하고 말았다.

어느 날 한밤중에 이징은 갑자기 안색이 바뀌며 잠자리에서 일어나더니 무언가 뜻 모를 소리를 지르면서 그 길로 어둠 속으로 뛰쳐나갔다. 그리고는 영영 돌아오지 않았다. 사람들은 근처의 야산을 다 뒤져봤지만 아무런 흔적도 찾지 못했다. 그후 이징이 어떻게 되었는지를 아는 이는 아무도 없었다.

이듬해 진군 사람 운참이 감찰어사(監察御使)의 칙명[5]을 받아 영남지방으로 가는 도중에 상어 땅에서 묵게 되었다. 이튿날 아직 날도 밝지 않은 이른 신새벽에 다음 행선지를 향해 일행과 함께 막 출발하려고 하는데, 역

---

4)호구지책(糊口之策): 호구지계. 먹고 사는 방책

5)칙명(勅命): 칙령. 임금의 명령

리(驛吏)가 말하기를, 이제부터 가는 길에는 사람을 잡아먹는 호랑이가 출몰하기 때문에 밝은 대낮이 아니면 지나갈 수가 없다, 지금은 너무 시간이 이르니 잠시 기다렸다가 날이 밝으면 떠나는 것이 좋을 듯하다는 것이었다. 그러나 원참은 일행이 많은 것을 마음 든든히 생각하여 역리의 말을 뿌리치고 그대로 출발했다.

새벽 달빛을 의지하여 숲길을 지나가는데, 과연 사나운 호랑이 한 마리가 풀숲에서 뛰어나왔다. 호랑이는 원참에게 달려드는가 싶더니 갑자기 몸을 휙 돌려 풀숲으로 되돌아갔다. 그리고는 풀숲에서 인간의 목소리로 '하마터면 큰일 날 뻔했다' 는 말을 되풀이하여 중얼거리는 것이었다. 그 목소리는 원참이 어디선가 들은 기억이 있는 귀에 익은 목소리였다. 원참은 놀랍고 경황없는[6] 중에도 순간적으로 그 목소리의 주인공이 기억나서 외쳤다.

"그 목소리의 주인은 나의 벗 이징 군이 아닌가?"

원참은 이징과 함께 같은 해에 진사시에 급제[7]하였다. 친구가 적은 이징에게 그는 가장 친한 벗이었다. 온화한 원참의 성격이 과격한 이징의 성격과 충돌하지 않았기 때문이었을 것이다.

풀숲에서는 잠시 중얼거리는 소리가 멎었다. 흐느끼는 듯한 소리가 희미하게 들려올 뿐이었다. 조금 나지막한 소리로 대답하는 소리가 들려왔다.

"그렇다네. 나는 농서의 이징이라네."

원참은 두려움도 잊은 채 말에서 내려 풀숲으로 다가가 오랜만에 옛친구와 목소리로나마 인사를 나눴다. 그리고 왜 풀숲에 숨어서 나오지 않느냐고 물었다. 이징의 목소리가 대답했다.

"나는 지금 짐승의 몸을 하고 있다네. 어떻게 창피한 줄도 모르고 나의

---

6)경황없는: 분주하거나 마음이 상하여 흥미가 없는.

7)급제(及第): 과거에 합격됨.

이 비참한 모습을 옛친구인 자네 앞에 내보일 수가 있겠나. 그리고 또 나의 이 모습을 본다면 자네는 틀림없이 두려워 피하고 싶을 걸세. 그러나 나는 지금 뜻밖에도 옛친구와 이렇게 만나게 되니 부끄러운 생각도 잊어버릴 만큼 기쁘다네. 제발 잠시만이라도 좋으니, 나의 추악한 외모를 상관 말고 일찍이 자네의 친구였던 나와 이야기를 나누지 않겠나?"

나중에 생각해보면 참으로 이상하리만큼, 그 때 원참은 이 초자연의 기이함을 그대로 받아들이고 조금도 의심하려고 하지 않았다. 그는 부하에게 명하여 행렬을 멈추게 하였다. 그리고 풀숲가에 서서 보이지 않는 친구와 목소리로 이야기를 나누었다. 원참은 지금 서울 장안(長安)의 사정과 옛친구들의 소식, 그리고 자신의 현재 지위를 얘기해 주었고, 그에 대해 이징은 축하의 말을 했다. 젊은 시절의 절친했던 친구끼리의 그 격의없는 어조로 서로 이야기를 주고받은 다음, 원참은 이징이 어떻게 하여 지금의 모습으로 변하게 되었는지 그 연유를 물었다.

"지금으로부터 1년 전의 일일세. 내가 여행을 떠나 여수의 강가에 묵던 날 밤에 한숨을 자고 나서 눈을 떴더니, 문 밖에서 누군가가 내 이름을 부르고 있질 않겠나. 그 소리를 좇아 밖으로 나가 보았다네. 그 소리는 어둠 속에서 멀어지면서 자꾸 나를 부르는 것이었네. 생각 없이 나는 그 소리를 따라 달리기 시작했지. 정신 없이 달려가는 동안에 어느새 길은 숲 속으로 접어들고 있었고, 그리고 나는 나도 모르는 새에 네 발로 달리고 있지 뭔가. 이상한 힘이 몸 속에 가득 찬 듯한 느낌이 들어 훌쩍 바위 위로 뛰어올라 달려갔다네. 정신을 차리고 보니 손과 팔꿈치 등에 털이 나 있는 듯했네. 조금 밝아진 후 골짜기에 흐르는 물에 내 모습을 비춰보았더니 난 이미 호랑이로 변해 있더군, 처음에는 내 눈을 믿을 수가 없었지. 그리고는 이것은 꿈일 거라고 생각했지. 나는 꿈속에서 이것은 꿈이라고 여기며 꿈을 꾼 적이 있었거든, 그러나 이것은 아무래도 꿈이 아니라는 생각이 들자, 나는 망연자실[8)] 했다네. 그리고 두려웠네. 도대체 어떻게 이런 일이 일어날 수가 있는가 하고 생각하니 너무도 무서웠지. 도대체 어째서 이런 일이 일어난 것인지 알 수 없었네. 나로서는 아무 것도 알 수 없는 일이야. 이유도 모르는 채 주어진 현상과 상황을 그대로 받아들여 그저 살아가는 것이 우리 짐승들의 운명이라네.

나는 죽음을 생각했지. 그러나 마침 토끼 한 마리가 눈앞에서 달려가는 것을 본 순간, 내 안의 인간은 순식간에 자취를 감추고 말았다네. 다시 내 안의 인간이 눈을 떴을 때 내 입은 토끼의 피로 얼룩져 있었고 주변에는 토끼의 털이 흩어져 있었다네. 이것이 호랑이로서의 첫 경험이었지. 그로부터 지금까지 내가 어떤 짓을 계속해 왔는지에 대해서는 자네의 상상에 맡기겠네. 그저 하루에 몇 시간 동안은 반드시 인간의 마음이 돌아온다네. 그런 때에는 예전과 같이 인간의 말도 할 수가 있고 복잡한 생각에 시달리기도 하지. 그리고 경서(經書)[9)]의 장(章)과 구절(句節)도 떠올라 읊조릴 수도 있네. 그 인간의 마음으로 호랑이로서의 자신의 잔악한 행동을 깨닫고 자신의 운명을 돌이켜 볼 때가 가장 한심스럽고 또한 두렵고 분하기도 하지. 그러나 인간으로 되돌아가는 그 몇 시간도 날을 거듭함에 따라 점차 줄어간다네.

이제까지는 줄곧 내가 왜 호랑이가 되었는가 하고 이상하게만 생각하고 있었는데. 얼마 전에 문득 정신을 차리고 보니 나는 왜 이전에 인간이었던가 하고 생각하고 있질 않겠나. 참으로 무서운 일일세. 이제 조금 더 지나면 내 안의 인간의 마음은 짐승으로서의 습관 속에 푹 파묻혀 사라져버릴 것이라네. 마치 옛 궁궐의 초석이 점차로 모래흙 속에 묻혀버리듯이 말일세. 그렇게 되면 결국 나는 자신의 과거를 전부 잊어버리고 한 마리의 호랑

8)망연자실(茫然自失): 정신을 잃고 어리둥절함.

9)경서(經書): 유교의 경전.

이로서 미쳐 돌아다니며, 오늘처럼 길에서 자네를 만나도 몰라보고 자네를 잡아먹고도 아무런 죄의식도 갖지 못할 것일세. 인간이나 짐승이나 원래는 다른 존재였던 것일까? 처음에는 그것을 기억하고 있다가 점차 잊어버리고는, 아예 처음부터 자신은 지금과 같은 모습의 짐승이었다고 생각하게 되는 것은 아닐까? 아니 그런 것은 아무래도 좋네. 내 안의 인간의 심정이 완전히 사라지고 나면 오히려 그쪽이 내게는 속 편한 일일지도 모르지. 그런데 내 안의 인간은 그것을 가장 두려워하고 있다네. 아아, 이 얼마나 두렵고 슬프고 비통한 일인가? 나 자신이 인간이었다는 기억이 없어지는 것이! 이 기분은 아무도 모를 걸세. 아무도 몰라. 나와 같은 신세가 되지 않고서는. 아, 그렇지, 내가 인간이었음을 완전히 잊어버리기 전에 한 가지 부탁해 둘 일이 있다네."

원참의 일행은 숨을 죽이고 풀숲의 목소리에 귀를 기울였다.

그 소리는 계속해서 말했다.

"다른 게 아니라네. 나는 원래 시인으로서의 이름을 얻을 작정이었네. 그러나 그 뜻을 채 이루기도 전에 이런 신세가 되어버렸지. 일찍이 써놓은 수백 편의 시는 아직 세상에 알려지지 않았다네. 그 유고(遺稿)[10]의 소재도 이미 알 수 없게 되었겠지. 그런데 그 중에 내가 아직 기억하여 외울 수 있는 것이 수십 편 있다네. 나를 위하여 이것을 기록하여 후세에 전해 주었으면 하네. 그렇다고 해서 이로써 나 자신이 하나의 어엿한 시인이 되자는 것은 아닐세. 작품의 좋고 나쁨은 나도 잘 모르겠고, 어쨌든 내가 파산하여 미쳐버리기까지 하며 집착[11]했었던 것을 일부만이라도 전하지 않고서는 죽어도 온전히 죽을 수 없을 것 같다네."

원참은 부하에게 명하여 풀숲에서 하는 말을 받아적게 했다. 이징의 목

10)유고(遺稿): 죽은 사람이 남긴 원고.

11)집착(執着): 마음에 새겨두고 잊지 않음.

소리는 풀숲 전체에 낭랑하게 울려퍼졌다. 장단(長短)을 모두 합하니 30여 편이 되었는데, 격조가 높고 우아하며, 표현의 의도나 그 취향이 탁월하여, 한 편 한 편 모두가 한 번 읽으면 작자의 재능의 비범함을 금방 알 수 있는 것들이었다. 그러나 원참은 감탄을 하면서도 한편으로는 다음과 같이 생각했다. 과연 작자의 소질이 일류(一流)에 속하는 것에는 의심할 여지가 없다. 그러나 그냥 이대로 일류 작품이 되기에는 어딘가 - 아주 미묘한 점에 있어서 - 모자라는 데가 있지 않은가.

자신의 옛 시를 다 읊은 이징은 갑자기 어조를 바꾸어 스스로를 비웃는 듯이 말했다.

"참 부끄러운 이야기지만 이런 비참한 모습을 하고 있는 지금도 나는 내 시집이 장안의 풍류인들 책상 위에 놓여져 있는 모습을 꿈에 보고는 한다네. 굴속에 엎드려 꾸는 꿈속에서 말일세. 나를 비웃게나. 시인이 되지 못해 호랑이가 된 이 가련한 사내를."

원참은 그 옛날 청년 이징이 자신을 비웃던 모습을 떠올리며 씁쓸히 그 이야기를 듣고 있었다.

"그렇지. 이왕 웃음거리가 된 김에 지금의 심정을 시로 읊어보겠네.

이 호랑이 속에 옛날의 이징이 살아 있다는 표시로 말야."

원참은 다시 부하에게 명하여 이것을 받아적게 했다.

偶因狂疾成殊類
災患相仍不可逃
今日爪牙誰敢敵
當時聲跡共相高
我爲異物蓬茅下
君已乘軺氣勢豪

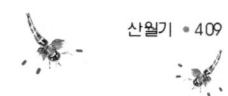

此夕溪山對明月
不成長嘯但成嘷

어쩌다 광기에 휩싸여 짐승이 되어
불행한 운명의 굴레 벗어나지 못하네
이내 호랑이의 날카로운 이빨을 누가 당하랴
돌이켜보면 그대와 나 명성도 높았지
그러나 나는 지금 풀숲의 한 마리 짐승
그대는 수레 위에 높이 앉은 고관이로다.
오늘 밤 그대를 만나 골짜기의 밝은 달 바라보며
소리높여 시를 읊어도 짐승의 울음되어 메아리치네.

차가운 달빛 아래 땅을 촉촉이 적시는 이슬과 나무 사이를 가르는 찬바람은 때가 이미 새벽이 되었음을 알리고 있었다. 사람들은 일의 기이함마저 잊은 채 숙연[12]히 이 시인의 불행함을 한탄했다. 이징의 목소리는 다시 이어졌다.

"아까는 왜 이러한 운명으로 되어버렸는지를 모르겠노라고 말했지만, 생각해보면 짐작이 가는 데가 전혀 없는 것도 아닐세. 내가 아직 인간이었을 때, 나는 애써 사람들과의 교제를 피했다네. 사람들은 나를 오만하다고 자존심이 강하다고 말했지. 실은 그것이 어쩌면 수치심에 가까운 것이라는 것을 사람들은 몰랐던 거야. 물론 일찍이 온 고을에서 귀재(鬼才)라 불리던 내게 자존심이 전혀 없었다고는 말하지 않겠네. 그러나 그것은 겁 많은 자존심이라고 해도 좋을 만한 것이었다네.

나는 시로써 명성 얻기를 원하면서도 스스로 스승을 찾아가려고 하지도

12)숙연(肅然): 고요하고 엄숙한 모양. 삼가 두려워 하는 모양.

친구들과 어울려 절차 탁마(切磋琢磨)[13]에 힘쓰려고도 하지 않았다네. 그렇다고 해서 속인(俗人)들과 어울려 잘 지냈는가 하면 그렇지도 못했지. 이 또한 나의 겁 많은 자존심과 존대한 수치심의 소치라고 할 수 있을 걸세. 내가 구슬이 아님을 두려워했기 때문에 애써 노력하여 닦으려고도 하지 않았고, 또 내가 구슬임을 어느 정도 믿고 있었기 때문에 평범한 인간들과 어울리지도 못했던 것이라네. 나는 세상과 사람들에게서 차례로 떠나 수치와 분노로 말미암아 점점 겁 많은 자존심을 먹여 내 안의 맹수를 살찌우는 결과를 초래하고 말았다네. 인간은 누구나 다 맹수를 부리는 자이며 그 맹수라고 할 수 있는 것이 바로 각 인간의 성정(性情)[14]이라고 하지. 내 경우에는 이 존대한 수치심이 바로 맹수였던 걸세. 호랑이였던 거야. 이것이 나를 손상시키고, 아내를 괴롭히고, 친구들에게 상처를 입히고, 급기야는 나의 외모를 이렇게 속마음과 어울리는 것으로 바꿔버리고 만 거라네.

지금 생각하면 나는 내가 갖고 있던 약간의 재능을 허비해 버린 셈이지. 인생은 아무 것도 이루지 않기에는 너무도 길지만 무엇인가를 이루기에는 너무도 짧은 것이라고 입으로는 경구(驚句)를 읊조리면서, 사실은 자신의 부족한 재능이 드러날지도 모른다는 비겁한 두려움과 고심(苦心)[15]을 싫어하는 게으름이 나의 모든 것이었던 게지. 나보다도 훨씬 모자라는 재능을 가졌음에도 불구하고 오로지 그것을 갈고 닦는 데 전념한 결과 당당히 시인이 된 자들이 얼마든지 있는데 말야. 호랑이가 되어버린 지금에야 겨우 그것을 깨달았지 뭔가. 그것을 생각하면 나는 지금도 가슴이 타는 듯한 회한[16]을 느낀다네.

13)절차탁마(切磋琢磨): 옥 · 돌 따위를 갈고 깎는 것과 같이 학문 · 덕행을 닦음.

14)성정(性情): 타고난 본성. 성질과 심정.

15)고심(苦心): 마음과 힘을 다하여 애씀.

16)회한(悔恨): 뉘우치고 한탄함.

나는 이제 인간으로서의 생활은 불가능하다네. 설령 내가 지금 머리 속으로 아무리 훌륭한 시를 짓는다고 해도 그걸 어떻게 세상에 발표할 수 있겠나?

그런데다가 내 머리는 날이 갈수록 호랑이에 가깝게 되어가고 있다네. 어찌하면 좋겠는가? 내가 허송해 버린 과거를, 이것만 생각하면 나는 견딜 수 없다네. 그럴 때면 나는 맞은편 산꼭대기의 바위에 올라가 인적이 드문 계곡을 향해 울부짖는다네. 이 가슴이 찢어지는 듯한 슬픔을 누군가에게 호소하고 싶어서라네. 나는 어제 밤에도 저 쪽에서 달을 향하여 울부짖었다네. 누군가가 나의 이 괴로움을 알아주었으면 하는 심정에서 말일세. 그러나 다른 짐승들은 나의 울음 소리를 듣고 그저 한 마리의 호랑이가 분에 못 이겨 미쳐 울어대고 있는 것으로밖에 생각해 주지 않는다네. 하늘을 향해 울부짖고 땅에 엎드려 통곡을 하여도 누구 하나 내 심정을 알아주는 자가 없다네. 마치 인간이었을 때의 나의 상처받기 쉬운 속마음을 아무도 알아주지 않았던 것처럼 말일세. 내 털가죽이 젖어 있는 것은 단지 밤이슬 때문만은 아니라네."

얼마 지나지 않아 날이 밝아오기 시작했다. 나무 사이로 어디에선가 날이 새는 것을 알리는 피리 소리가 구슬프게 들려왔다. 이제 이별을 고하지 않으면 안 되겠군. 취하지 않으면 안 되는 – 호랑이로 돌아가지 않으면 안 되는– 시간이 다가왔으니.

"그런데 또 한 가지 헤어지기 전에 꼭 부탁해야 할 것이 있네. 그것은 내 처자의 일이라네. 그들은 아직 괵략에 있지. 그들은 내 운명에 대해서 모르고 있다네. 자네가 일을 다 마치고 돌아가거든 나는 이미 죽었다고 그들에게 전해 주지 않겠나? 결코 오늘의 이 일만은 밝히지 말아주게나. 뻔뻔스러운 부탁이네만, 그들의 어려움을 불쌍히 여겨 노상[17]에서 굶주려 죽

17)노상(路上): 길바닥. 길 위.

지 않도록 헤아려 준다면 나로서는 그보다 더 큰 은혜와 행복이 없겠네."

말이 다 끝나자, 풀숲에서 통곡하는 소리가 들려왔다. 원참도 눈물을 머금으며 기꺼이 이징의 뜻을 따르겠노라고 대답했다. 그러나 이징의 목소리는 곧 자신을 비웃는 투로 말했다.

"사실은 이것을 먼저 부탁했어야 하지. 내가 인간이었다면 말일세. 굶어 얼어죽기 직전에 있는 처자보다도 나의 보잘것 없는 시(詩) 나부랭이에 더 신경을 쓰고 있었으니. 그러니까 이런 짐승으로 변하지 않았겠는가?"

그리고 다음과 같이 부언[18]하여 말했다.

"자네가 영남에서 돌아올 때쯤에는 내가 취해 있어 친구인 줄도 모르고 달려들지도 모르니 절대로 이 길을 지나가지 말게나. 그리고 지금 헤어지고 나서 전방(前方) 1백 보쯤에 있는 언덕 위로 올라가 이 쪽을 돌아다보아주게나. 지금의 내 모습을 다시 한 번 보여주고 싶어서 그러네. 그건 나의 용맹을 자랑하고 싶어서가 아니라네. 나의 추악한 모습을 보여줌으로써 또다시 이곳을 지나며 나를 만나려고 하는 마음이 일지 않게 하기 위함이라네."

원참은 풀숲을 향하여 정중히 이별을 고하고 말에 올랐다. 풀숲에서는 또다시 참을 수 없는 듯한 오열이 새어나왔다. 원참도 몇 번이나 풀숲을 돌아보며 눈물 속에 발걸음을 떼었다.

일행은 언덕 위로 올라가서는 그들이 이야기를 들으며 서 있었던 숲 속을 바라보았다. 그리고 곧 한 마리의 호랑이가 풀숲에서 뛰어나오는 것을 보았다. 호랑이는 이미 하얗게 빛을 잃은 달을 올려다보며 한두 번 포효하는가 싶더니 다시 풀숲으로 되돌아가 자취를 감추었다. ✲

18)부언(附言): 덧붙여 말함.

▦ 작가소개 **나카지마 아쓰시**

나카지마 아쓰시는 기품 있는 고전적 문체와 인간 존재의 부조리성을 추구하는 작품 경향을 보이고 있으며, 오늘날 일본 근대문학의 중요한 부분을 차지하는 작가로 자리매김하고 있다. 나카지마 아쓰시의 작품들은 고전에 근거한 것들이 많은데 근원적인 배경에는 고대의 시원적 상황에 나타난 인간 존재의 본질을 고전 속에서 찾아내는 작가의 안목에 있다. 어릴 때부터 몸이 허약했고, 일찍 육친의 죽음을 경험했던 나카지마는 삶과 죽음의 본질에 대해 일찍 접근했다. 어려서부터 글을 써왔지만 병(천식)이 든 뒤에야 작품을 발표하기 시작했다. 단편 「산월기」가 잡지에 실리고 장편 「빛과 바람과 꿈」이 연재되면서 단기간에 문단의 주목을 받은 그는 투병중에 쫓기듯 작품을 썼다. 문단에 등장한 후 해를 못 넘기고 서른셋의 나이로 생을 마감하고 만다.

▦ 작품해설

산월기는 중국의 전기 소설 인호전(人虎傳)에서 모티브를 얻고 있는 작품.

사람이 호랑이가 된다는 중국의 설화에서 암시받은 듯한 설정은 환상적이고 우화적이다. 리얼리즘의 입장에서는 무리인 이 작품은 아주 뛰어난 현대 단편의 한 전범으로 교과서에도 수록된 일본의 대표적 단편이다.

호랑이로 변하여 울부짖는 시인 이징의 후회는 삶이 한 번밖에 주어지지 않는다는 아쉬운 진리를 새삼 깨닫게 한다. 모쪼록 인간은-조금 잘나고 조금 못난 모두는- 함께 어우러져 울고 웃으며 한 세상 같이 살아가야 할 나약한 존재임을 느끼게 하는 작품이다. 이징과 같이 삶의 선택이 영원히 후회스럽게 살지 않기 위해서는 모두 자기 앞에 주어진 삶의 조건을 인식하고, 번민하고 갈등하며 때론 좌절을, 때론 기쁨을 맛보며 삶에 정면으로 부딪혀 나가는 것이 필요할 것이다. 자신에게 주어진 인생이라는 길을 큰 눈으로 바로 인식하고 분명한 자기 의식과 가치 판단으로써 개척해 나가야 하지 않을까 ?

▦ 읽고나서

문제 이 글의 주제를 나타내는 사자성어를 찾고 그 뜻을 쓰시오.

- 절차탁마(切磋琢磨). 옥 · 돌 따위를 갈고 닦는 것과 같이 덕행과 학문을 닦고 노력하여 쉬지 않음.

문제 글에서 인간과 짐승의 차이를 나타내는 문구는?

- 주어진 현상과 상황을 있는 그대로 받아들여 살아가는 것은 짐승이다.

크리스마스 선물

오 헨리

1달러 87센트,[1] 그것이 전부였다.

그리고 그 중에서 60센트는 1센트짜리 동전이었다. 반찬 가게나 채소 가게, 푸줏간[2]에서 우격다짐[3]으로 값을 깎아서 한 번에 한 푼, 두 푼씩 모은 것이었다.

그런 야박한 흥정이 너무 인색한 것 같아 마음 속으로 자책(自責)을 느끼면서 남몰래 얼굴을 붉히곤 했다. 델라는 세 번이나 돈을 세었다. 1달러 87센트. 이튿날은 크리스마스였다.

초라한 소파에 몸을 던지고 엉엉 우는 수밖에 없었다. 그래서 델라는 울고 있는지도 몰랐다. 울면서도 인생은 어쩜 흐느낌과 훌쩍임과 미소로 되풀이되는 나날이고, 그 중에서도 훌쩍임이 많다는 생각을 했다.

이 집 주부가 차차 흐느낌에서 훌쩍임으로 옮아가는 사이에 집구경이나 해두자.

---

1)센트(cent): 미국의 화폐 단위로 1/100달러.

2)푸줏간: 식육점. 쇠고기 · 돼지고기 등을 파는 가게.

3)우격다짐: 억지로 남을 굴복시킴. 또, 그러한 행위.

한 주일에 8달러의 방세를 내는 가구가 딸린 방이었다. 필설[4]로 그릴 수 없다고 하면 다소 과장이 되겠지만, 확실히 거지떼가 몰려올까봐 조심해야 할 집이었다.

아래층 현관에는 편지가 들어간 일이 없는 편지함이 있었고, 사람 손가락으로는 종을 누른 일이 없는 초인종이 있었다. 또 거기에는 '미스터 제임스 딜링검 영' 이라는 이름이 박힌 명함이 붙어 있었다.

딜링검이라는 이름도 그 주인이 전에 주급 30달러를 받아 잘살 동안은 팔팔하게 생기가 있었다. 그러나 수입이 20달러로 줄어든 지금은 딜링검이라는 철자 하나하나마다 희미해 보였고, 마치 얌전하고 눈에 안 띄는 T자 하나쯤 빠져도 전혀 모르리라는 생각을 심각하게 하고 있을 것 같았다.

그러나 미스터 제임스 딜링검 영이 귀가해서 위층 자기 방으로 올라가면, 이미 델라라고 여러분에게 소개한 미시즈 딜링검 영이 '짐' 이라고 불러주고 다정스럽게 안아준다. 이건 퍽 좋은 일이다.

델라는 울음을 그치고 분첩으로 볼을 두드렸다. 그 여자는 창가에 서서 회색 뒷마당, 회색 담장을 타고 걸어가는 회색 고양이를 힘없이 바라보았다.

내일이 크리스마스인데 짐에게 선물 사줄 돈은 1달러 87센트밖에 없었다. 몇 달을 두고 힘 자라는 대로 한 푼 두 푼 아껴 모았는데도 이 모양이었다.

한 주일에 20달러는 금방 없어졌다. 생각보다 지출이 많았다. 지출이란 항상 그런 법이다. 짐에게 선물 사줄 돈이 겨우 1달러 87센트.

사랑하는 짐에게 뭐 그럴듯한 물건을 선물할 계획을 세우면서 얼마나 많은 시간을 행복하게 보냈던가? 훌륭하고 흔치 않은 진짜 물건. 짐이 가지

---

4)필설(筆舌): 붓과 혀. 곧, 말과 글.

는 명예의 값어치가 그래도 비슷하게는 있어야 하겠기에 —

이 창문 사이의 벽에는 거울이 걸려 있었다. 아마 여러분도 주세 8달러짜리 방에 걸린 거울을 보았을 것이다. 거울에 잇따라 세로의 줄무늬가 생기기 때문에, 아주 몸이 가늘고 동작이 민첩한 사람이어야만 이 거울에 자기를 비춰보고 비교적 정확한 모습을 얻어볼 수 있었다.

델라는 몸이 호리호리했으므로 진작 이 기술을 습득하고 있었다.

갑자기 그 여자는 홱 돌아서서 거울 앞에 가 섰다. 눈은 찬란하게 빛났으나, 20초 이내에 얼굴빛이 창백해졌다. 얼른 머리를 풀어서 길게 늘어뜨렸다.

제임스 딜링검 내외가 크게 자랑으로 삼는 두 가지 재산이 있었다. 하나는 짐이 아버지에게 물려받은 것으로, 할아버지 때부터 내려온 금시계였으며, 다른 하나는 델라의 머리였다.

만약 시바 여왕이 바로 이웃에 살았다 해도, 델라가 창 밖으로 자기 머리를 말리려고 드리울 때는 여왕의 보석이나 미모도 무색했을 것이며, 솔로몬 왕이 금은 보화를 지하실에 산더미만큼 쌓아놓고 산다 해도 짐이 그 앞을 지날 때마다 자기 금시계를 꺼내 보았다면 왕은 부러워서 수염을 꼬았을 것이다.

이제 델라의 아름다운 머리는 갈색 폭포수처럼 물결치고 빛나면서 그녀의 몸 위로 늘어졌다. 무릎 밑까지 늘어뜨린 그 머리는 마치 옷을 한 벌 걸친 것 같았다.

이윽고 그 여자는 초조한 듯 빠른 솜씨로 다시 머리를 틀어올렸다. 잠깐 머뭇거리며 조용히 서 있는데, 눈물이 한두 방울 붉은 색의 낡은 융단에 떨어졌다.

낡은 갈색 윗도리를 급히 주워 입었다. 낡은 갈색 모자를 썼다. 치마 바람을 날리며, 눈엔 아직도 반짝이는 물방울을 그렁대며, 그녀는 문 밖으로 나가서 계단을 내려가 거리로 뛰어나갔다.

그녀가 걸음을 멈춘 곳에 '소프로니 부인, 각종 머리 전문'이라는 간판이 있었다. 델라는 한 층을 뛰어 올라가 숨을 헐떡이며 정신을 가다듬었다. 몸집이 크고 살갗이 너무 희고 태도가 냉정한 마담은 소프로니라는 이름에 어울리지 않았다.

"내 머리 사시겠어요?"

하고 델라가 물었다.

"머리 사는 게 직업이니까요."

하고 마담이 말했다.

"모자를 벗으세요. 머리를 한 번 봐야지요."

갈색 폭포수가 물결치며 쏟아졌다.

"20달러예요."

하면서 마담은 익숙한 솜씨로 머리채를 들어보았다.

"빨리 주세요."

하고 델라가 말했다.

아아, 그 다음 두 시간은 장밋빛 날개에 실려 날아갔다. 이 따위 낡아빠진 비유는 아무래도 좋다. 그녀는 짐을 위한 선물을 찾으려고 가게를 뒤지며 다녔다.

마침내 그 여자는 선물을 발견했는데, 그 선물은 확실히 다른 누구도 아닌 바로 짐을 위해서 만들어진 물건이었다. 어떤 가게에도 그런 물건은 없었다. 가게마다 샅샅이 뒤졌는데도 없었다.

그것은 플래티나로 만든 시계줄인데, 좋은 물건이란 으레 그렇지만 장식은 간단하고 점잖았다. 값싼 장식으로써가 아니라, 질로써 정당하게 진가를 인정할 만한 물건이었다.

그것은 또한 그 시계에 달면 아주 어울릴 만한 물건이었다. 그 물건을 보자마자 그녀는 이것이야말로 짐이 가져야 한다고 생각했다. 그것은 짐과도 비슷했다. 품위와 가치 — 그것은 짐에게나 그 시계줄에게나 해당이 되는 표현이었다.

시계줄 값으로 21달러를 치르고 그 여자는 남은 87센트를 가지고 바삐 집으로 돌아왔다. 이 시계줄을 달면 짐도 누구 앞에서든지 당당히 시계를 보려고 해도 좋을 것이다.

짐의 시계는 훌륭한 물건이었지만 줄 대신 낡은 가죽끈을 달고 있었으므로 그는 남몰래 시계를 보곤 했다.

델라는 집에 닿자 황홀감에서 약간 깨어나 분별과 이성을 되찾았다. 머리 다듬는 집게를 꺼내고 가스에 불을 켜놓고는, 애정과 돈을 아끼지 않는 마음이 합쳐서 생긴 폐허를 다듬기 시작했다. 사랑은 언제나 엄청난 일 — 보통 사업이 아닌 것이다.

40분 후에 그녀의 머리는 조그맣고 차근차근하게 컬[5]되어 마치 장난꾸러기 학생의 머리처럼 되었다. 그녀는 거울에 비친 자신의 모습을 오래도록 주의 깊게 살펴보았다.

"짐이 나를 두 번 다시 안 보겠다고 하지 말았으면."

하고 그녀는 혼자 중얼거렸다.

"코니아일랜드의 합창대 소녀같다고 하겠네. 그렇지만 달리 무슨 수가 있었던 게 아니야. 아아! 1달러 87센트로 난들 무슨 수가 있었겠느냐 말이야."

7시에는 커피를 끓여놓고 난로 뒤쪽에 프라이팬을 얹고서 언제든지 요리를 할 수 있도록 뜨겁게 해 놓았다.

짐은 늦은 일이 없었다. 델라는 시계줄을 소중히 한 손에 쥐고 언제나 그가 돌아오는 문 가의 테이블 한구석에 앉아 있었다.

---

5)컬(curl) : 머리카락을 곱슬곱슬하게 지지는 일. 또, 그러한 머리털.

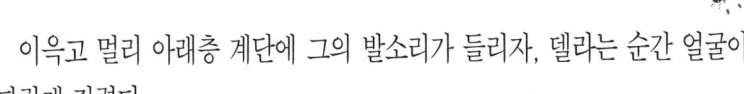

이윽고 멀리 아래층 계단에 그의 발소리가 들리자, 델라는 순간 얼굴이 파랗게 질렸다.

아무 것도 아닌 보통 일에도 가만히 기도를 드리는 버릇이 있는 델라는 나지막하게 기도했다.

"하나님 빕니다. 그이가 나를 예쁘다고 생각하게 해 주세요."

문이 열리고 짐이 들어와 앉았다. 그는 몸이 야위긴 했으나 무척 성실한 사람처럼 보였다.

가엾게도 지금 나이가 겨우 스물두 살인데 가족을 거느리고 고생을 하고 있었다. 그는 외투도 새로 지어 입어야 했고 장갑도 없었다.

짐은 메추라기 냄새를 맡은 사냥개처럼 움직이지 않고 문 안에 우뚝 서 있었다. 그의 눈은 델라를 주시하고 있었으며, 그 시선엔 그 여자가 알 수 없는 기미[6]가 들어 있어서 와락 겁이 났다. 그것은 노여움도 아니고 놀람도 아니고 책망도 공포도 아니고, 델라가 미리 각오한 어떠한 감정도 아니었다.

그는 그 이상한 표정으로 아내를 뚫어지게 바라보고 있었다.

델라는 어색하게 테이블 곁을 떠나 그에게로 다가갔다.

"여보, 짐."

하고 그 여자는 말했다.

"그런 눈으로 보지 마세요. 나 당신한테 선물을 하지 않고 크리스마스를 넘길 수가 없어서 머리를 잘라 팔았어요. 또 자랄 테니까 괜찮죠, 네? 그러지 않을 수 없었어요. 내 머리는 빨리 자라요. 짐, 메리 크리스마스라고 해줘요. 그리고 우리 즐거운 기분을 갖도록 해요. 내가 얼마나 멋있는 정말 예쁘고 훌륭한 선물을 마련했는지 당신은 모르실 거예요."

"머리를 잘랐어?"

---

6)기미: 낌새. 일이 되어 가는 형편.

하고 짐은 말에 힘을 주어 물었다.

아무리 머리를 쥐어짜도 이 엄연한 사실이 빨리 이해가 되지 않는 모양이었다.

"잘라서 팔았어요."

하고 델라가 말했다.

"그래도 전이나 다름없이 날 좋아하시죠? 머리카락이 없어도 나는 나예요, 그렇죠?"

짐은 이상하다는 듯이 방을 둘러보았다.

"당신 머리칼이 없어졌다는 거요?"

그는 바보스런 표정으로 또 물었다.

"찾아도 없어요."

하고 델라가 말했다.

"팔아버렸다니까요. 팔아버려서 없어요. 오늘은 크리스마스 이브예요. 귀여워해 주세요. 당신을 위해서 없앴으니까요. 아마 내 머리숱은 셀 수 있었겠지만,"

하고 그 여자는 갑자기 애정이 담뿍 담긴 목소리로 말했다.

"당신에게 쏟는 내 사랑은 아무도 세지 못할 거예요. 저녁 차릴까요?"

짐은 멍한 상태에서 갑자기 깨어나는 것 같았다. 그는 사랑하는 아내 델라를 끌어안았다.

우리는 10초 동안만 이와는 관계 없는 다른 면을 신중히 살펴보도록 하자.

한 주일에 8달러거나 일 년에 백만 달러거나 — 다른 것이 뭔가? 수학자나 재담꾼은 오히려 그릇된 해답을 내릴 것이다. 동방 박사는 귀중한 선물을 가지고 왔지만 그건 그들이 모르는 일이었다. 이 애매한 말은 나중에 알게 되리라.

짐은 외투 호주머니에서 종이에 싼 것을 꺼내서 테이블 위에 놓았다.

"날 오해하지 말아, 델."

하고 그는 말했다.

"당신이 머리를 잘랐거나 면도로 밀었거나 감았거나 당신을 사랑하는 내 마음은 변하지 않을 거야. 그러나 그것을 열어보면 내가 왜 처음에 한동안 넋을 잃었었나 알게 될 거야."

희고 민첩한 손가락이 종이를 풀었다.

그 순간 황홀하고 즐거운 외침이 있었고 다음에는 아아! 하고 갑작스럽게 여자다운 발작적인 눈물과 흐느낌으로 옮아가서, 이 집 주인은 곧 갖은 수단을 다해서 아내를 달래야 했다.

빗이 나란히 놓여 있었던 것이다 — 델라가 브로드웨이의 상점 진열장에 있는 것을 보고 오랫동안 동경하던 빗으로 옆과 뒤에 꽂는 한 쌍이었다.

진짜 대모[7]로 만든 아름다운 빗으로 빗등에는 보석이 박혀 있어서, 지금은 없지만 아름다운 머리에 꽂으면 매우 알맞을 빛깔이었다.

값비싼 빗이라는 것은 그녀도 알기 때문에 그것을 갖는다는 건 전혀 엄두도 못 내던 장식품이었는데, 이제는 그것을 돋보이게 할 머리가 없었다.

그러나 그 여자는 그 물건을 가슴에 끌어안았다. 마침내 몽롱한 눈과 미소가 담긴 얼굴을 들고 말했다.

"내 머리는 금방 자라요. 짐!"

그리고 델라는 꼬리에 불이 붙은 고양이처럼 뛰면서 부르짖었다.

"오오, 오오!"

짐은 자기가 받을 아름다운 선물을 아직 보지 못하고 있었다. 그 여자는 손바닥을 벌리고 열렬한 태도로 그것을 남편 앞에 내밀었다. 무딘 귀금속

7)대모: 열대 · 아열대의 바다에 사는 바다거북의 하나.

이지만 그 여자의 명랑하고 열렬한 정신에 반사해서 번쩍번쩍 빛나는 것 같았다.

멋있죠, 짐? 온 거리를 헤매서 발견한 거예요. 이젠 하루에 백 번 시계를 꺼내 봐야 할 거예요. 시계 이리 주세요. 잘 어울리나 보고 싶어요."

짐은 시키는 대로 하지 않고 침상을 뒹굴면서, 두 손을 머리 뒤로 베고 빙그레 웃었다.

"델"

하고 그가 말했다.

"둘 다 크리스마스 선물은 당분간 넣어두기로 하자구. 지금 당장 쓰기에는 너무나 훌륭해. 난 당신 빗 살 돈을 마련하려고 시계를 팔았어. 자아, 인제 저녁이나 차리지."

동방 박사는 여러분도 알다시피 현명한 사람들이다 — 놀라울 만큼 현명하게, 구유[8]에 든 아기에게 선물을 가지고 왔다.

현명했으니까 선물 또한 현명한 물건이었음에 틀림없고, 아마 중복될 때는 교환할 수 있는 특전까지도 마련했었을 것이다.

그런데 여기서 나는 가장 현명하지 못하게 그들의 최대의 가보를 희생한, 어리석은 가난한 부부의 대수롭지 않은 이야기를 그나마도 서툴게 이야기했다.

그러나 현대인들에게 마지막으로 한마디 하고 싶은 것은, 선물을 주는 모든 사람 가운데서 이 부부가 가장 현명하다는 것이다.

진실로 선물을 주고받는 모든 사람 중에서 이 사람들이 가장 현명했다. 어디를 가든 이런 사람들이 가장 현명한 사람들이다.

이들이야말로 진짜 동방 박사인 것이다. ✻

8)구유: 마소의 먹이를 담아주는 그릇.

▦ 작가소개 **오 헨리(O. Henry ; 1862 ~ 1910)**

미국의 단편 작가로 본명은 윌리엄 시드니 포터. 그의 소설은 모파상의 영향을 받아, 풍자와 기지가 넘치면서도 애수가 감도는 것이 특징이다.
그는 은행의 공금 횡령죄로 기소되어 라틴 아메리카로 도망쳤다가 아내의 병으로 귀국, 그 임종에 입회한 후 재판을 받고 4년형을 선고받았으나, 모범수로 3년 3개월 만에 출옥했다. 복역 중 단편을 쓰기 시작하여 출옥 후 뉴욕에서 작가로 활약했다.
대표작 「크리스마스 선물」, 「마지막 잎새」가 나타내고 있는 것 같이 서민의 애환과 유머를 절묘한 구성으로 나타내고, 뜻밖의 결말을 짓는 데에 그의 특징이 있다. 그의 작품들 속에 나오는 주인공들은 대개가 가난하고 힘없는 불쌍한 사람들이다. 그리고 이 주인공들은 가령 흉악한 강도이거나 떠돌이 방랑자라도 한결같이 착하기만 하다. 이것은 그가 인생을 낙관적으로 보며 따뜻하게 감싸주려는, 인정미 넘치는 세계관을 가지고 있다는 것을 느낄 수 있게 한다. 또한 파란곡절이 많은 과거의 경험에서 깊은 인생의 지혜를 터득했음을 짐작할 만하다.
주요 작품으로 「마지막 잎새」, 「크리스마스 선물」 등 수백 편의 단편이 있다.

▦ 작품해설

남편이 시계 줄이 없어 시계를 차지 못하고 있는 것을 늘 안타깝게 생각해 온 아내가 자신의 아름다운 금발머리를 잘라 판 돈으로 시계줄을 샀는데, 남편은 아내의 금발머리를 위해 시계를 팔아 아내에게 줄 선물로 빗을 샀다는 내용으로, 서민의 삶의 애환을 따뜻하게 그리는 오 헨리의 특징이 고스란히 잘 살아 있는 작품이다. 이 작품을 통해 진정한 사랑에 대해 다시 한번 생각해 보아야 할 것이다. 이 작품의 원제를 그대로 번역하면 「동방박사의 선물」이다. 동방박사는 예루살렘의 동방 페르시아의 점성가들로 세 사람의 현자는 별을 보고 성인이 태어난 것을 알고는 예루살렘으로 와서 아기 예수를 배알하고 예물을 바쳤다.

▦ 읽고나서

문제 작품에서 작가가 '이들 부부는 가장 행복하다' 고 하는 이유는?

- 자신을 희생하면서까지 진정 마음에서 우러나오는 선물을 했으므로

문제 이 작품을 통해 본 작가 '오 헨리' 의 글쓰기 유형은?

- 서민의 삶과 애환을 재기를 바탕으로 절묘하게 구성하고, 뜻밖의 결말 등으로 인간미가 넘친다.

아름다운 청 춘

헤르만 헤세

1890년대가 절반쯤 지나 갔을 무렵이었다. 당시 나는 고향에 있는 작고 영세한 공장에서 견습공으로 있었으나, 그 해에 나는 그 고향 마을을 영영 떠나버렸다. 나는 18세 때에 매일 청춘을 즐기며 마치 참새가 공기를 느끼듯 내 주위에서 그것을 느끼고 있었으나, 나 자신의 청춘이 얼마나 아름다운 것인가에 대해서는 아무 것도 모르고 있었다. 지나간 세월을 하나하나 기억하지 못하고 있는 늙은 사람들에게는 내가 이야기하고자 하는 해에 우리 지방이 선풍 곧 폭풍에 휩쓸렸는데 그것이 우리 나라에서는 전무후무[1)]한 일이었다는 것을 상기시켜 주면 좋겠다.

바로 그 해의 일이었다. 2, 3일 전 나는 강철로 만든 자귀[2)]에 왼쪽 손을 다쳤다. 그 상처는 구멍이 생기고 부풀어올라 그 손을 붕대로 목에 걸고 다니지 않으면 안 되었기 때문에 공장에는 갈 수가 없었다.

나는 아직 기억하고 있지만 그 여름 내내 우리들 마을의 좁은 골짜기는 여태까지 없었던 침울한 날씨가 계속되었고 여러 번, 여러 날을 두고 폭풍

1)전무후무(前無後無): 전에도 없었고 앞으로도 없음.

2)자귀: 나무를 깎아 다듬는 연장의 하나.

우가 계속되었던 것이다. 그것은 물론 내가 엉뚱했던 탓으로 나도 모르는 사이에 접촉되지 않던 자연의 격렬한 불안이었으나, 그러나 그 작은 일까지도 나의 추억 가운데 떠오른다. 가령 내가 낚시질을 나간 황혼 무렵, 바람을 탄 공기에 고기가 이상하게 움직이고 있는 것을 발견하였다. 그것들은 무턱대고 서로 다투며 몇 번이나 미지근한 물 속에서 퉁겨 올라와서는 마구 낚시에 걸렸다.

이윽고 바람이 간간이 불어와 조금이라도 시원해지면 조용한 이른 아침엔 벌써 어딘가 가을다운 공기가 흐르고 있었다.

어느 날 아침, 나는 집을 나서며 호주머니 속에 한 권의 책과 한 조각의 빵을 넣고 마음이 내키는 대로 걸어갔다. 어릴 때의 습관에 따라서 나는 아직 그늘져 있는 집 뒤쪽의 정원으로 먼저 달려갔다. 나의 아버지가 심은 지극히 작고 가늘었던 느티나무가, 높고 굳건히 서 있으며 그 나무 그늘에는 밝은 갈색의 침엽[3]이 떨어져 있었으나 그곳은 이 몇 해 이후로는 안래홍(雁來紅) 외에는 어떠한 화초도 자라나지 않을 것 같이 생각되었다. 그러나 그 부근에 만들어진 기다란 화단에는 어머니가 심은 꽃나무들이 빛깔을 다투며 즐겁게 무럭무럭 자라나서 일요일마다 거기서 커다란 꽃다발이 만들어졌다. 그 화단에는 불타는 사랑을 뜻하는 주홍빛 다발로 된 작은 꽃나무가 있었고, 또 한 그루의 훌쭉한 줄기에는 붉고 흰 하트 형의 많은 꽃이 가느다란 가지에 붙어 있었는데, 그것은 여자의 심장이라고 불리우고 다른 한 그루는 콧대가 센 오만이라고 불리웠다. 그 바로 옆에 줄기가 긴 오랑캐 국화가 피어 있었는데 그것은 아직 채 꽃이 피지는 않았으며 그 사이에는 굵은 석련화(石蓮花)와 우스꽝스러운 돌뱀이꽃이 보드라운 가시를 내밀고 땅 위로 뻗어가고 있었다. 이 기다란 화단은 우리들의 귀여운 장소이며 꿈의 꽃밭이었다. 그것은 두 가지의 둥근 모양으로 만들어진, 장

3)침엽(針葉): 바늘 모양이나 인편(비늘 조각) 모양으로 된 초목의 잎.

미보다 더욱 귀하고 사랑스러운 이상한 꽃이 서로 무성히 피어 있었기 때문이었다. 여기에 해가 비치어 등덩굴 위에 빛나기 시작하면 어느 꽃나무든 순전히 그만의 독특한 모습과 아름다움을 보이고, 글라디올러스는 짙고 번지르르한 색을 자랑하고, 헤리오트로핀은 잿빛으로 피어나 마술에 걸린 자기의 괴로운 향기 속에 잠긴 듯 줄기는 축 늘어져 있었다. 방울꽃나무는 곤두서서 네 겹으로 되어 있는 괘종과 같은 꽃들을 흔들고 있었다. 가을의 기린초(麒麟草)와 푸른 초래죽(草來竹), 복숭아 나무에는 꿀벌이 요란스럽게 떼를 짓고 무성한 상춘등(常春藤)의 덩굴 위에는 작은 갈색의 거미가 분주히 돌아다니고 있었다. 뱀덩굴 위에는 사람들이 참새모기라든가 가을제비라고 부르는 굵다란 몸집에 투명한 날개를 가진, 재빠르고도 시끄럽게 소리치는 모기가 공중에서 떨고 있었다.

휴일의 허전한 느낌으로 나의 발길은 차례차례로 그것들을 보고 다니며 이곳 저곳에서 향기가 있는 산형 화서의 냄새를 맡고 조심성 있게 손끝으로 꽃 덮개를 열고 들여다보며 비밀에 싸여 있는 창백한 밑바닥의 색깔과 엽맥[4]과 화심[5]이며 부드러운 머리칼 같은 섬유며 투명하고 길쭉하고 가느다란 줄기의 조용한 조직을 관찰하였다.

그 사이에 수증기와 양털같이 포근한 구름들이 이상하게 얽혀 혼란스런 흐린 아침 하늘을 쳐다보았다. 오늘은 반드시 또 거센 바람이 불어오리라고 생각되었기 때문에 오후에는 두세 시쯤 낚시를 가려고 나는 생각하였다. 지렁이를 찾으려고 길가에서 두세 개의 응회석[6]을 열심히 뒤적거렸으나 회색의 메마른 다족충[7]의 무리가 기어나와 이리저리로 흩어져 갔을 뿐이다.

4)엽맥(葉脈): 잎에 분포하는 수분이나 양분의 통로가 되는 유관속(維管束).

5)화심(花心): 꽃술이 있는 부분.

6)응회석(凝灰石): 화산 분출시에 재나 모래가 엉겨 된 암석.

7)다족충(多足蟲): 발의 수효가 많은 곤충.

무엇을 시작해야 좋을까, 하고 생각했으나 당장에는 할 일을 생각해 낼 수가 없었다. 1년 전 마지막 휴가를 갔었을 때 나는 아직 어린 아이에 지나지 않았다. 그 무렵 내가 가장 즐겨했던, 개암나무의 열매를 화살에 꽂아 표적에 쏘아 붙이거나 종이연을 띄우거나 돌바닥의 쥐구멍에 화약을 폭발시켰던 그 모든 일은 내 영혼의 일부가 지쳐버린 것 같이 이미 옛날의 매력과 빛을 가지고 있지 않았다. 또한 일찍이 그렇게 마음 끌리고 기쁨을 느꼈던 소리에조차 응할 수 없었다.

의아해 하며 남몰래 마음이 아픔을 느끼면서 나는 나의 어릴 때의 환희에 넘친, 무엇이든지 잘 알 수 있는 주변을 둘러보았다. 자그마한 마당이며 풀잎들로 꾸며진 발코니며 초록빛 이끼가 낀 포석[8]이 있는 습기찬, 햇빛이 들지 않는 안마당이 나의 눈에 띄었으나 그것은 옛날과는 다른 모습을 하고 있어서, 꽃마저 메마를 리 없는 그 매력을 약간 잃어버리고 있었다. 마당의 한쪽 구석에는 낡은 물통이 쓸쓸하게 보잘것 없이 놓여져 있었다. 지난날 나는 여기서 반나절을 물을 흘려 보내면서 목제의 물방아 바퀴를 달아 아버지를 괴롭혔던 일이 있다. 그 때 난데없이 방축[9]을 쌓은 운하에 거센 홍수가 일어난 일까지도 있었다. 그 풍우에 버려진 물통은 나의 변함없는 귀염을 받았던 오락물이었으며 내가 그것을 바라보고 있으니까 그 아이의 기쁨인 목혼(木魂)마저 나의 마음에 되살아났으나, 그것은 슬픈 색깔에 물들어서 이미 샘도 아니고 흐름도 아니고 더욱이나 나이아가라 폭포는 아니었다.

생각에 잠겨 울타리를 뛰어넘자 하늘빛 줄번지꽃이 나의 얼굴을 쓰다듬었기 때문에 그것을 따서 입에 물었다. 나는 산보를 하고 산에서 우리 마을을 바라보려고 했었다. 산보한다는 따위는 어릴 때의 나로서는 도저히

8)포석(鋪石): 까는 돌. 도로 포장에 쓰이는 돌.

9)방축: 물을 막기 위해 쌓은 둑.

생각도 하지 못할 얼마간은 즐거운 생각이기도 하였다. 아이들은 산보 같은 것은 하지 않는다. 그들은 도둑이 되고 기사가 되고 또 인디언이 되어 숲으로 가고 떼[10]를 다루는 사공이 되고 어부가 되고, 또 물방아 제조자가 되어 강으로 가고 나비며 도마뱀을 쫓아서 숲 속으로 달렸다. 그 때문에 내게 있어서 산보라는 것은 무엇을 시작해야 할지 모를 어른들의 의젓해 보이는, 얼마쯤은 지루한 행동으로 생각되었다.

나의 하늘빛 줄번지꽃은 곧 시들어 버렸기 때문에 내버리고 이번에는 꺾어 든 노랑 버들의 작은 가지를 깨물자 그것은 쓰면서도 향기로운 맛이 났다. 큼직한 양치(羊齒)가 자라 있던 선로(線路)의 둑 있는 곳에서 한 마리의 초록빛 도마뱀이 나의 발목을 지나갔으나 그 때 다시금 어린 마음이 싹터서 나는 쉴 사이도 없이 달음질쳐서 숨을 죽이고 그를 살피다가 나중에는 그 겁먹은 동물을 겨우 나의 손아귀에 살짝 잡아 쥐었다. 그 하얗게 빛나고 작은 보석 같은 눈을 바라보며 옛날에 뒤쫓아다니던 무렵의 즐거운 생각을 하며, 매끄럽고 활발한 몸집과 굳어진 다리가 나의 손가락 새에서 비비꼬이며 버티는 것을 느꼈다. 그러나 곧 흥미는 사라지고 이 손에 잡은 동물을 어떻게 하면 좋을 것인가 알 수 없게 되었다. 어떻게 할래야 할 수도 없고 이미 그곳에는 행복도 없었다. 허리를 굽히고 손바닥을 펴니 잠시 동안 이상히 여기던 도마뱀은 뱃가죽으로 달아나버렸다. 기차가, 번쩍이고 있는 선로 위를 달려와서 나의 옆을 지나가고 내가 그것을 보내던 순간, 여기에서 진실한 기쁨은 이 이상 꽃을 피우지는 못하리라고 느끼고 이 기차와 함께 떠나서 세계를 돌아다니고 싶다고 열심히 생각하였다.

선로지기가 가까이 있는지 없는지 주변을 돌아보았으나 보이는 것도 들리는 것도 없었기 때문에 재빨리 나는 선로를 뛰어넘어서 맞은편의 높은 자갈바위에 기어올라갔다. 그곳에는 아직 여기저기에 철도공사의 폭약 장

10)떼: 나무 · 대 등의 토막을 엮어 물에 띄워서 타고 다니게 된 물건.

진 구멍이 검게 남아 있는 것이 보였다. 위쪽으로 빠져나가는 길을 알고 있었기 때문에 질긴, 이미 꽃이 떨어진 바위고사리를 단단히 쥐었다. 붉은 바위에는 메마른 태양의 더위가 타고 있어서 뜨거운 모래는 기어오를 때마다 나의 소매 안에 흘러들었다. 위를 바라보니 깎은 듯한 암벽 위에 놀라우리 만큼 가깝고 따사롭게 빛나는 하늘이 펼쳐 있었다. 힘들이지 않고 나는 봉우리 위에 올라서서 바위 모퉁이에 몸을 의지하고 무릎을 안으로 뻗고는 가는 침이 있는 아카시아나무 그루를 부축하고 있을 수가 있었다. 그리고 곧 험난한 비탈을 이루고 있는 얼마 안 되는 풀밭으로 나왔다. 아래쪽의 비탈진 지름길을 통하여 기차가 달리고 있는 이 조용한 작은 황무지[11]는 옛날의 내게는 즐거운 피난처였다. 한 번도 베어낸 적이 없는 무성한 강인한 잡초들 외에 작고 곱다란 가시가 있는 장미나무와 바람에 불리며 자라난 비틀어진 두세 그루의 아카시아나무가 엷고 투명한 잎사귀에 햇볕을 받고 있었다. 위쪽의 붉은 암벽으로 구분된 이 잡초의 섬에서 그 옛날 나는 로빈슨이 되어 산 때가 있으나, 이 씁쓸한 장소는 수직으로 올라가는 등반으로 그것을 정복하려는 용기와 모험심을 가지고 있는 사람 이외에는 어느 누구의 소유도 아니라고 생각하였다. 나는 열두 살 때 이곳 바위에 나의 이름을 새기고 여기에서 나는 로자 폰 단넨불크를 읽고 몰락하는 인디언 족의 용감한 추장[12]을 제재(題材)로 한 소년다운 희곡을 만들었다.

태양에 탄 풀은 검푸르고 흰 머리카락과 같이 험한 벼랑에서 휘날리고, 타서 이지러진 바위고사리의 잎은 바람이 없는 따사로움 가운데 강하게 젊은 향기를 뿜고 있었다. 나는 메마른 황무지에 드러누워서, 빼저릴 정도로 아름답게 정리된 곱다란 아카시아의 잎이 반들반들 태양을 쪼이며 짙

11)황무지(荒蕪地): 거두지 않아 거칠어진 땅.

12)추장(推奬): 야만인들이 사는 마을의 우두머리.

은 감색빛 하늘에 머물고 있는 것을 바라보며 생각에 잠겼다. 이제야말로 나의 생활과 나의 미래가 눈앞에 펼쳐지기 위한 진실한 시간인 것 같이 생각되었다.

그러나 나는 아무런 새로운 것도 발견하지 못하였다. 나를 위협하고 있는 빈곤과 정복당한 기쁨이나 습성을 띤 사상이 보기 싫게 퇴색하여 가는 것을 알 수 있을 뿐이었다. 싫어하면서도 내가 몸을 맡기지 않으면 안 되었던 일이며 아주 잃어버린 어린 날의 행복에 대하여, 나의 직업은 내게 하등의 보상도 안 되고 나는 그다지 그것을 좋아하지도 않고 또 오랫동안 충실하지도 못하였다. 그것은 내게서 본다면 의심할 바 없이 어딘가 새로운 만족이 찾아질는지도 모르는 세계로 가는 유일한 길이었다. 이 만족이란 대체 어떠한 종류의 것이었을까?

세상에 발을 내디뎌서 돈을 벌 수도 있을 것이고 무엇을 하고 또 계획하기 전에 아버지나 어머니의 눈치를 살필 필요가 없으며 일요일에는 구주희(九柱戱)놀이도 하고 맥주를 마실 수도 있다. 그러나 이러한 모든 일은 단순한 여흥[13]에 불과하며 결코 나를 기다리고 있는 새로운 생활의 본의는 아니라는 것을 나는 충분히 알고 있었다. 미래의 의의는 다른 데 있으며 보다 깊은, 보다 아름다운, 보다 남 모르는 곳에 있어서 그것은 여자라든가 사랑이라든가 하는 것과 상관이 있다고 느끼고 있었다. 그곳에 깊은 환희와 만족이 숨겨져 있음에 틀림없고 만약 그렇지 않다면 어린것의 기쁨을 희생으로 한 것이 의미가 없는 일이 되었을 것이다.

사랑에 대해서 나는 잘 알고 있으며 몇 쌍의 연인들을 보고는 이상하게 마음이 취하는 사랑의 시를 읽은 때가 있었다. 나 자신도 여태까지 몇 번인가 사랑에 빠져서 남자가 생명을 걸고 죽음을 무릅쓰는 마음을 꿈속에서 느낀 일이 있다.

13)여흥(餘興): 놀이 끝에 남아 있는 흥.

이미 처녀들과 함께 걷기도 하는 학교 동무들이 있으며 또 공장에서 있었던 일요일 무도회의 일이며 밤마다 창문을 뛰어넘는 일을 예사로 이야기할 수 있는 동료가 있었다. 그러나 나 자신에 있어서는, 사랑은 아직 잠겨 있는 화원이며 나는 그 문 앞에서 겁에 짓눌린 동경[14)]을 품고 기다리고 있었다.

지난주 초, 바로 손을 다치기 조금 전에, 뚜렷한 최초의 말소리가 나를 부르는 것을 듣고 그리고 나는 이별을 고하는 자의 침착하지 못한 이상한 상태에 빠져서 여태까지의 생활은 과거로 사라지고 미래의 뜻이 뚜렷해졌다.

어느 날 저녁, 공장의 이등 견습생이 곁에 와서 나를 끌고 집으로 돌아가면서 나에게 꼭 알맞은 아름다운 처녀를 알고 있는데 아직 그 처녀를 좋아하는 사람이 생기지 않았으며 나 이외의 어떠한 사람도 좋아하지 않고 내게 보내주려고 비단의 돈지갑을 짜고 있다는 것을 알려주었다. 그는 그 처녀의 이름을 말하려고 하지 않았다. 나는 캐어묻다가 마지막에는 퉁명스런 태도까지 보였을 때에 그는 멈춰 서서 — 마침 우리들은 물방앗간이 있는 다리 근처에 다다르고 있었다 — 목소리를 낮추고 말하였다.

"우리들 바로 뒤에서 오고 있어."

절반은 기대에 가득 차고 절반은 그 모든 말이 어리석은 장난에 불과할지 모른다고 두려워하면서 당황하여 나는 돌아보았다.

방직공장에서 나온 젊은 처녀가 우리들 뒤에서 다리의 계단을 올라왔다. 그 처녀는 내가 견진성사(堅振聖事)[15)]의 수업 때부터 알고 있던 벨타 페트린이었다. 그녀는 멈춰 서서 나를 보더니 웃음을 띠고 점점 얼굴을 붉히더니 급기야 그의 얼굴 전체가 빨갛게 타올랐다. 나는 황급히 달려서 집

14)동경(憧憬): 어떤 일에 마음이 팔려 그것만을 애틋하게 생각함.

15)견진성사(堅振聖事): 칠성사(예수가 정한 일곱 가지 성사 곧, 세례 · 견진 · 고백 · 성체 · 병자 · 신품 · 혼인)의 하나. 영세한 신자에게 은총을 더하기 위해 주교가 신자의 이마에 성유를 바르고 성신과 그 칠은(七恩)을 받도록 하는 성사.

으로 돌아와버렸다.

그 후 그 처녀는 길에서 두 번 나와 마주쳤다. 한 번은 우리들이 일하고 있는 방직공장에서, 또 한 번은 저녁 때 집으로 돌아오는 길에서. 그녀는 인사를 하면서,

"이제 나오세요?"

라고 말하였을 뿐이었다. 그것은 이야기를 계속하고 싶은 마음을 암시하고 있었으나 나는 고개를 끄덕이며 으응, 하고 대답했을 뿐 당황히 사라져갔다.

이리하여 이 사건에 나는 깊이 빠졌으나 그것을 어떻게 해야 잊을 수 있을지 몰랐다. 어여쁜 여자를 사랑하는 일에 관하여 여태까지 나는 여러 번 깊은 욕망을 품고 있었다. 그런데 지금 나보다 약간 크고 아름다운 금발의 여자가 나타났으며 그녀는 내게서 키스를 받고 싶어하고 나의 팔에서 쉴 것을 바라고 있는 것이다. 그녀는 키가 크고 건강하여 살결은 희고 얼굴은 불그스레 아름다우며 목덜미엔 곱슬머리가 드리워지고 눈은 기대와 사랑이 가득 차 있었다. 그러나 나는 한 번도 그녀에 관해서 생각한 적도 없고 한 번도 그녀를 사랑한 적도 없었다. 한 번도 부러운 꿈을 안고 그녀의 뒤를 따른 적이 없고 한 번도 떨면서 그녀의 이름을 나의 베개에 속삭인 일도 없었다. 원했더라면 나는 그녀를 애무하고 나의 것으로 할 수 있었음에 틀림없으나, 나는 그녀 앞에 무릎을 꿇고 기도할 수가 없었다. 여기에서 도대체 무엇이 생겨날 수 있단 말인가?

불쾌해져서 나는 숲 속에서 일어났다.

아아, 그러나 때가 좋지 못하다. 나의 공장의 연한이 내일이라도 끝마쳐진다면 여기에서 멀리 길을 떠나서 새로이 시작하고 모든 것을 잊어버렸으면, 하고 나는 생각하였다.

다만 어떻게 해서라도 내가 살고 있다는 것을 느끼기 위하여 아무리 고

되더라도 나는 완전히 산에 올라가버릴 것을 결심하였다. 그 봉우리는 마을 뒤에 높이 솟아 있어서 바윗돌 사이를 기어오르며 잣나무 숲과 무너지기 쉬운 바위로 뒤덮인 산들이 잇닿은, 보다 높은 곳으로 기를 써서 올라갔다. 땀을 흘리고 숨을 헐떡이며 올라가서 햇빛이 쪼이는 봉우리의 산들산들한 바람을 맘껏 호흡하였다. 꽃이 다 져버린 장미는 덩굴에 걸려 있다가 손을 대며 지나가니까 빛 바랜 잎이 떨어졌다. 초록색 잎의 작은 노랑딸기는 햇빛을 받는 쪽만 금속성의 갈색을 띤 희미한 빛에 물들기 시작하고 있었다. 공주나비는 하늘하늘 고요하고 따사로운 공기 속을 날아와서 빛나는 색깔을 내뿜고 있었다. 푸르스름한 분가루를 뿜고 있는 통날초의 꽃에서 붉고 검은 반점이 있는 수많은 갑충[16]이 소리 없이 이상한 밀집을 이루어 길고 가느다란 다리를 자동적으로 움직이고 있었다. 벌써 하늘에는 한 점의 구름도 없어지고 주변의 숲은 검푸른 도토리나무의 가지 끝에 날카롭게 단절되어 청명한 푸름 속에 펼쳐져 있었다.

우리들이 학생이었을 때에 언제나 가을의 횃불을 치던 가장 높은 바위에 서서 뒤를 돌아보곤 했다. 아래쪽 반은 그늘진 흐름이 빛나고, 희게 거품이 일고 있는 물방아의 홈이 빛나고 있는 것도 보였다. 그 평지에는 갈색의 지붕이 보이는 우리들의 옛 마을이 드러누웠고 그 위를 푸른 대낮의 부엌 연기가 조용히 직선으로 하늘에 오르고 있었다. 또 그곳에는 나의 아버지의 집과 옛 다리가 걸려 있고 작고 붉은 북쇠통 위의 불이 날름거리고 있는 우리들의 공장이 보였다. 훨씬 강 아래엔 납작한 지붕에 풀이 자란, 희게 번쩍이고 있는 유리창 뒤에서 수많은 다른 사람들과 함께 벨타 페그린턴이 일을 하고 있는 방직공장이 있었다. 아아, 그 여자! 나는 그 여자에 관해서 아무 것도 알려고 하지 않는다.

---

16)갑충(甲蟲): 초시류(딱정벌레목)의 곤충의 총칭. 겉날개가 가죽같이 질기고 단단한 성질로 된 개똥벌레 · 딱정벌레 · 풍뎅이 따위.

정원이며 놀이터며 은밀한 장소며 모든 고향의 거리는 죄다 알고 있는 옛날 그대로의 친밀감으로 나를 지켜보고 있으며 교회 시계탑의 금빛 바늘은 햇볕을 받아 반짝반짝 빛나고, 그늘진 물방앗간의 운하에는 집과 나무들이 온통 시원스럽게 검은 그림자가 되어 뚜렷이 비쳤다. 다만 나만이 변하였을 뿐, 나와 이 그림자 사이에 소원(疏遠)[17]이란 무서운 장막이 걸려 있는 것은 오로지 나 때문이었다. 벽이며 냇물이며 숲으로 이루어진 작은 이 구역에 이미 나의 생활은 안전에 만족하여 갇혀 있지는 않았다. 나의 마음은 보다 강한 밧줄로 이 장소에 묶여 있으면서도 이곳에 뿌리를 내리지 않고, 둘레의 한계도 없이 도처[18]의 좁은 세계를 넘어서 멀리로 나아가려는 동경이 물결치고 있었다. 스스로의 슬픔을 품고 내가 아래쪽을 바라보고 있는 동안에 갖는 나의 비밀스러운 생활의 희망이 — 아버지의 말이며 존경하는 시인의 말이 — 나 자신의 남 모르는 맹세와 함께 나의 감정 속에 엄숙히 솟아올라서 성인이 되고 자기 자신의 운명을 의식하고 손에 잡는 것이 참다운 것이며 한결 거룩한 것으로 생각되었다. 그리고 곧 이 생각은 벨타 페그린턴에 관한 일이기 때문에 나를 억누르고 있던 의혹 속으로 빛깔처럼 떨어져갔다. 그녀가 어여쁘고 그리고 나를 좋아할는지 모르지만 마치 행복이 완성되어 있는 무엇처럼 조금도 노력하지 않고 여자의 손에서 받는다는 것은 결코 내가 할 일은 아니었다.

벌써 정오까지는 얼마 시간이 남지 않았다. 산에 오른다는 흥미가 없어지고 생각에 잠겨, 나는 마을로 가 좁은 산길을 내려왔다. 어릴 때 여름이 올 때마다 무성하던 잣나무 속에서 공주나비가 검은 털이 많은 벌레를 잡고 있던 작은 철교 밑을 기어가서 묘지의 벽 옆을 지나갔으나 그 문 앞에는 이끼가 짙은 호두나무가 검은 그림자를 떨어뜨리고 있었다. 문은 열린

17)소원(疏遠): 정분이 성기어 사이가 탐탁하지 아니하고 멂. 오랫동안 격조함.

18)도처(到處): 가는 곳마다. 여러 곳.

채였으며 안쪽에서 샘물이 흐르는 소리가 들렸다. 그 바로 옆에는 오월제며 사당제 때의 요리가 놓여지고 건배를 올리고 연설이 행하여지고 춤이 있는 유원지의 식장이 있었다. 지금 그것은 고목이 된 느티나무의 그늘 밑이 되어 붉은 모래 위에 눈부신 태양의 반점을 떨어뜨리고 조용히 잊혀진 듯이 가로누워 있었다.

이 골짜기의 밑바닥인 길은 해가 비치는 흐름을 따라가 한낮의 더위가 불타고 있고 번쩍거리고 있는 집채들과 마주 보이는 이 시냇가에는 약간의 멀구나무와 단풍이 엷은 잎을 달고 늦은 여름인 것처럼 누렇게 변하고 있었다. 습관처럼 나는 냇물 기슭을 걸어가며 고기의 모양을 내려다보았다. 들여다보이는 강물 속에는 수염처럼 자라 있는 물풀들이 기다랗게 물결치고, 그 사이의 검푸른 곳에 내가 정확히 알고 있는 여기저기에 한 마리씩 굵다란 고기가 물줄기에 거슬러 수염을 쭉 뻗고 힘없이 몸을 가누고 있었다. 그러다가 때때로 작고 검은 은빛의 가마우지[19]들이 떼를 지어 수면 위를 날아갔다. 아침에 나는 낚시를 오지 않기 다행이었다고 생각했으나, 공기며 물이며 두 개의 둥근 바위 사이의 맑은 물 속에 거무스레한 몇 년 묵은 잉어가 쉬고 있는 모양은 기필코 오늘 오후에는 무엇을 낚으리라는 것을 틀림없이 약속하는 것 같았다. 나는 그것을 마음 가운데 기억하고 걸어가서는 눈부신 거리에서 문을 지나고 지하실과 같이 차디찬 집의 현관에 들어섰을 때 후우, 한숨을 내쉬었다.

"오늘은 또 틀림없이 바람이 불 것이다."

라고 식사 때 날씨에 민감한 아버지는 말하였다. 하늘에는 구름도 없고 서쪽 바람의 기색도 느껴지지 않는다고 나는 말문을 열었으나 그는 미소를 띠며 말하였다.

19)가마우지: 가마우지과의 물새로 몸은 검고 등과 죽지에 푸른 자줏빛 광택이 나며, 부리가 길고 발가락에 물갈퀴가 있음.

"얼마나 공기가 긴장하고 있는가, 그것을 너는 느끼지 못했나보구나? 곧 알게 될 거야."

그렇다손 치더라도 아주 무더워서 하수구는 남풍이 불 때처럼 몹시 냄새를 풍기고 있었다. 그제야 나는 등산과 들이킨 열기에 피로를 느끼고 마당이 내려다보이는 베란다로 나갔다. 멍하니, 주의하면서도 여러 번 졸음에 겨워서 나는 갈도므의 영웅 클턴 장군의 이야기를 읽고 있었으나 금시라도 바람이 불어올 것 같은 낌새가 내게도 점점 느껴졌다. 여전히 하늘은 맑고 높았으나 공기는 차츰 무거워져서 마치 하늘 위에 걸려 있는 작열[20] 하는 태양 앞에서 구름이 잔뜩 층을 이루고 있는 것 같았다. 두 시에 나는 집으로 들어가서 도구 준비를 시작하였다. 줄과 낚시를 살피고 있는 동안에 나는 성급히도 고기를 낚는 강렬한 흥분을 느끼고 더욱 깊고도 열정적인 만족이 내게 남아 있다는 것을 감사히 생각하였다.

그 오후의, 특별히 서늘하고 숨이 막히는 고요는 잊혀지지 않고 나의 기억에 남아 있다. 나는 고기 바구니를 달고 냇물의 아래쪽, 이미 그 절반은 높은 집들의 그늘이 되어 있는 작은 다리까지 갔다. 근방의 방직공장에서 빛의 날개 소리와 같은 졸음을 북돋우는 단조로운 기계음이 들리고 위쪽 물방앗간에서는 톱날이 부서지는 둥근 톱이 거실대는 소리가 쉴새 없이 들렸다. 그 외에는 지극히 조용했고, 직공들은 일터의 구석에 들어박혀 버리고 길에는 사람 그림자도 없었다. 물방앗간의 물 속 섬에는 한 사내 아이가 발가숭이가 되어 물에 젖은 돌 사이를 돌아다니고 있었다. 바퀴 목수의 주인 일터에는 벽에 거치른 판자가 기대어 있고, 볕에 쬐어 코르크 냄새를 몹시 풍기고, 그 메마른 취기(臭氣)[21]는 내게까지 흘러와서 풍겼는데, 얼마쯤은 비린내가 서린 물향기 속에서 뚜렷이 분간할 수 있었다.

고기들도 사나운 날씨를 예감하고 있었는지 어색한 움직임을 하고 있었

20)작열(灼熱): 열을 받아서 뜨거워짐. 몹시 더움을 형용하는 말.

다. 최초의 15분 사이에 두세 마리의 송어를 낚았고, 곱다란 붉은 배지느러미를 달고 있는 큼직한 놈은 내가 거의 손으로 잡으려는 순간에 낚시줄을 끊고 달아나버렸다. 그러자 곧 고기들 사이에도 불안이 나타나 송어는 흙탕물 속으로 깊이 잠기고 한 번도 입질을 하려고 하지 않았으며 작은 새끼 고기떼가 수면에 모이고 차차 다른 무리에 섞여서 함께 달아나듯 냇물을 헤치며 갔다. 모든 것이 이제부터는 판이[22] 한 날씨로 변하려는 징후였으나, 공기는 유리처럼 조용하고 하늘은 흐려 있지 않았다.

어떤 나쁜 개울물이 고기를 쫓았으리라고 나는 생각하고 아직 단념할 결심이 생기지 않아서 다른 자리를 찾아 방직공장의 하수도 있는 곳으로 갔다. 거기서 창고 옆에 자리를 발견하고 도구를 준비하려 하고 있을 바로 그 때, 공장의 계단으로 뚫어진 창에서 벨타의 모습이 나타났는데, 이쪽을 보고 내게 손짓을 하였다. 그러나 나는 그것이 보이지 않는 듯이 낚시 도구 위에 몸을 기울였다. 냇물은 벽으로 둘러싸인 개천을 거무스레 흐르고 거기에 머리를 발치 사이에 드리우고 앉아 있는 나의 모습이 물결에 흔들거리는 윤곽을 이루고 비쳐 있는 것이 보였다. 위쪽 창문에 여태까지 서 있던 처녀는 나의 이름을 불렀으나 나는 꼼짝도 하지 않고 물을 들여다보고 머리를 돌리지 않았다.

낚시질은 헛수고였으며 여기서도 고기들은 무슨 급한 볼일이나 있는 것처럼 바삐 돌아다니고 있었다. 지루한 더위에 짓눌려 이제 오늘은 더 아무것도 기대하지 않고 작은 벽 위에서 앉은 채로 빨리 날이 저물기를 원했다. 뒤편에서는 방직공장의 광장에서 기계 소리가 끊임없이 들리고 개천은 푸른 이끼가 서려 습기찬 벽을 따라 낮은 소리를 내며 흘렀다. 나는 졸음이 오고 어떻게든지 되라는 마음이 들었다. 몸이 너무나 고단했기 때문

---

21)취기(臭氣): 유기물 기타의 물질이 분해하여 생기는 가스에서 나는 불쾌한 냄새.

22)판이(判異): 아주 다름.

에 그저 앉은 자세 그대로 다시금 나의 낚싯줄을 끌어올리려고는 하지 않았다.

아마 그대로 반 시간이나 지났을 때쯤 갑자기 나는 깊은 불안감에 쫓기어 이 어처구니 없는 나태함에서 깨어났다. 한 가닥의 불안스런 바람이 억눌려 부질없이[23] 홀로 맴돌았다. 공기는 찐득찐득하고 김빠진 듯했으며 두세 마리의 제비가 놀라서 주변을 아슬아슬하게 날았다. 나는 현기증이 났기 때문에 어쩌면 일사병[24]에 걸렸는지도 모른다고 생각하였다. 물은 전보다도 더욱 강렬히 냄새를 풍기고 있는 것 같았으며 위장 속에서 치밀어 오르는 듯한 기분 나쁜 느낌에 머리가 흔들흔들하고 땀이 쭉 흘러 나왔다. 나는 낚싯줄을 끌어올리고 물방울로 손을 추긴 다음 도구를 걷기 시작하였다.

내가 일어섰을 때 방직공장 앞 광장에는 자욱한 먼지가, 피어오르는 구름같이 회오리를 치고 있는 것이 보이고 문득 그것은 다음 순간에 높이 솟구쳐 단 한 조각의 구름으로 뭉쳤다. 동요[25]하는 공중 위에 새가 재촉하듯 쫓겨 날아가고 연달아 골짜기 아래쪽에서 공기가 억센 눈보라처럼 부옇게 되어 있는 것이 보였다. 칼날 같은 바람은 원수나 되는 것처럼 내게 불어닥쳐서 낚싯줄을 물로 앗아가고 동시에 나의 모자를 빼앗아가고 주먹다짐을 하듯이 나의 얼굴을 갈겼다.

눈벽과 같이 저쪽 지붕 위에 머물고 있던 흰 공기는 돌연 차디차고 숨가쁘게 나를 감쌌다. 개천물은 속도가 빠른 물방아 바퀴에 부딪친 듯이 높이 치솟아 낚싯줄을 앗아가고, 울부짖는 황야[26]가 나의 주위에서 미친 듯이 파괴하여 나의 머리와 손은 그 무엇에 얻어맞고 나의 옆에서는 땅의 흙이

23)부질없다: 대수롭지 않거나 쓸모가 없다.

24)일사병(日射病): 여름철 강한 햇볕을 오랫동안 쬐면서 노동, 행진 등을 할 때에 일어나는 병 (심한 두통 · 현기증이 일어나고, 숨이 차며 인사불성이 되어 졸도하기도 함)

25)동요(動搖): 흔들려 움직임. 어수선하고 떠들썩하여 갈팡질팡함..

퉁겨오르고 모래와 나무토막들이 공중으로 휘날렸다.

모든 것이 내게는 알 수 없는 일이었다. 다만 무슨 무서운 일이 일어나서 위험하다는 것만을 느끼게 되었다. 한 발자국씩 뛰어 창고로 달려가서 놀라움과 공포에 넋을 잃고 그 안으로 들어갔다. 쇠로 만들어진 기둥을 부여잡고 현기증과 동물적인 공포 때문에 숨도 쉬지 않고 정신 없이 한참 동안 서 있었는데, 겨우 정신을 돌이킬 수가 있었다. 여태까지 한 번도 본 적이 없고 또 있을 것 같지도 않는 폭풍우가 악마와 같이 지나가고 상공에서는 험상궂은 광포[27)]한 포효[28)]가 울리고 내 위의 평평한 지붕이며 들머리[29)]의 지상을, 커다랗고 흰 우박이 굵다란 뭉치가 되어서 부딪치고 그 큰 알맹이 얼음이 내게까지 굴러왔다. 우박과 바람은 무서운 울부짖음을 토하고 생물이 얻어맞은 듯 물거품을 일으키고 불길한 물결은 벽을 치고 있었다.

나는 순식간에 모든 것이, 판자며 지붕이며 나뭇가지가 공중으로 휘날리고 돌과 담벽 부스러기가 떨어지고 연방 그 뒤에 뿌려진 우박으로 덮어버린 것을 보았다. 세차게 해머로 얻어맞은 듯 기왓장이 부서지고 유리가 깨져서 빗물통에 떨어지는 소리를 들었다.

바로 이 때, 한 사람이 공장에서 얼음으로 뒤덮인 앞마당을 가로질러서 폭풍우를 뚫고 옷자락을 휘날리며 몸을 비스듬히 이 쪽으로 달려왔다. 그 모습은 무섭게 혼란스런 대홍수의 한가운데서 저항하여 내게로 점점 비틀거리며 다가왔다. 창고 안으로 들어오자 내게로 뛰어와서는 귀여운 눈을 크게 뜨고 조용하면서도 좀 생소[30)]한 얼굴로 은근히 웃으면서 다가왔다. 말없는 다사로움이 감도는 입술이 나의 입술을 찾고 팔이 나의 목을 감고

26)황야(荒野): 거칠게 된 들.

27)광포(狂暴): 마음의 사나움. 행동이 난폭함.

28)포효(咆哮): 사납게 외침. 사나운 짐승이 소리를 지름.

29)들머리: 들어가는 첫머리.

숨도 쉬지 않고 한량없이[31] 오랫동안 키스를 하고 그 블론드의 젖은 머리칼은 나의 볼에 사뭇[32] 붙어 있었다. 주위는 우박의 소나기가 온 천지를 진동시키고 잠자코 있던 사랑의 폭동은 더욱 무섭게 나를 휘감았다.

우리들은 말도 없이 바싹 붙어 바닥 위에 앉아 있었다. 나는 겁쟁이처럼 이상한 마음에 사로잡혀 벨타의 머리를 쓰다듬고 나의 입술을 그녀의 볼록하고 생기있는 입술에 갖다대었다. 그녀의 체온이 달갑고 괴롭게 나를 감쌌다. 나는 눈을 감고 그녀는 나의 머리 위에서 물결치는 가슴이며 무릎에 손을 대고 가벼이 난처한 손으로 나의 얼굴과 머리칼을 쓰다듬었다.

현기증이 나는 어둠 속에서 깨어나 눈을 떴을 때 진심에 가득한 얼굴이 슬픈 아름다움을 띠고 나를 내려다보고 있었다. 그녀의 황홀한 두 눈은 나를 뚫어지게 보고 있었다. 흩어진 머리칼 밑 그녀의 밝은 이마에서는 가느다란 한줄기의 붉은 피가 얼굴을 흐르고 목 있는 곳까지 주룩 그어졌다.

"어떻게 된 거야? 도대체 어떻게 된 거냐구?"

나는 걱정에 가득 차서 물었다.

그녀는 나의 눈을 더욱 뚫어지게 쳐다보며 힘없이 빙그레 웃었다.

"이 세상이 없어지는 것 같아요."

그녀가 낮은 목소리로 말을 했을 때 억누를 듯한 폭풍의 소동이 그녀의 말을 앗아갔다.

"피가 나오고 있어." 라고 나는 말했다.

"우박 때문이에요. 내버려둬요! 당신 무서워?"

---

30)생소(生疎): 친하지 아니함. 익숙하지 못함.

31)한량없다: 끝이 없다. 한이 없다.

32)사뭇: 거리낌 없이 마구. 마음대로 마냥 .

"아니, 그렇지만 당신은?"

"조금도 무섭지 않아요. 아아, 이제 온 읍내가 무너질 것 같아요. 정말 당신은 나를 사랑해 주시겠지요?"

나는 입을 다물고 슬픈 애정에 넘쳐 있는 그녀의 커다란 밝은 눈을 마술에 걸린 듯 바라보았다. 그 눈이 나의 눈에 가까워지고 그녀의 입술이 깊게 삼켜진 듯 나의 입술에 겹쳐져 있을 동안 나는 곁눈질도 못하고 그녀의 느닷없는 눈길에 쫓겨 쳐다보고 있었다. 그녀의 왼쪽 눈가의 희고 젊은 피부 위를 엷은 진홍의 피가 흐르고 있었다. 그리고 나의 감각은 도취되어 어찌할 바를 모르면서도 가슴은 이와 같은 폭풍 속에서 사뭇 나의 의지를 기억하고 빼앗기려는 것에서 달아나려고 애쓰며 마구 비벼대었다. 내가 일어서자 그녀는 내가 동정하고 있다는 것을 나의 눈에서 알아냈다.

그러자 그녀는 몸을 주춤거리고 성난 듯이 나를 응시하였다. 나는 불쌍한, 그리고 불안한 태도로 그녀에게 손을 내밀자 그녀는 그 손을 두 손으로 잡고 그 속에 얼굴을 묻고 무릎을 꿇으며 엎드려 울기 시작했다. 나의 떨리는 손에 눈물이 따뜻하게 흘렀다. 당황해서 나는 내려다보았다. 그녀의 머리는 흐느껴 울며 나의 손을 가리고 그녀의 토실토실한 손등에는 잔털이 가만히 떨고 있었다. 만약 이것이 다른 사람, 내가 진실로 사랑하고 나의 넋을 바칠 수 있는 사람이었다면 그 얼마나 이 사랑스런 잔털을 귀엽게 손가락으로 매만져 주고 이 흰 광대뼈에 키스를 해 주었을 것인가를 열심히 생각하였다. 그러나 나의 피는 차츰 진정되고 나의 청춘과 사랑을 바치기 싫은 이 여자가 바로 나의 발밑에 무릎을 꿇고 있는 것을 보고 수치의 괴로움을 느꼈다.

내가 마법에 걸린 그 1년이나 흐른 듯 느꼈던 여러 가지 작은 감동과 대단한 날들처럼 기억 속에 남아 있는 이 모든 일은 현실에서는 몇 분간밖에 지나지 않았던 것이다. 뜻밖에 빛이 들어오고 푸른 하늘이 조각조각으로 온화하고 청명함 속에 젖어 나타나고 그리고 문득 메스로 날카롭게 단절된 듯이 폭풍의 소리가 지나가고 놀라우리 만큼 믿을 수 없는 고요가 우리들을 에워싼 것이다.

환상적인 꿈의 동굴에서 나오던 나는, 창고 안에서 다시금 깨어난 듯한 햇빛 속으로 나아가서 아직 내가 살아 있는 것을 이상하게 생각하였다. 황폐[33]한 안마당은 처참[34]한 꼴을 보이고 땅바닥은 파 뒤집히고, 말에 짓밟힌 것처럼 도처에 커다란 눈뭉치가 쌓이고 나의 낚시 도구는 어디론가 없어지고 고기 바구니도 안 보였다. 공장은 사람들의 소동으로 난장판[35]을 이루고 깨어져 떨어진 수많은 유리창 문으로 넓은 홀이 보이고 문간에서 사람들이 비비대며 밖으로 쏟아져 나왔다. 바닥에는 유리의 파편[36]이며 깨어진 기왓장의 조각들이 한껏 흐트러져 긴 양철의 빗물통에서 빠져나와서 비틀어진 채 처마 밑에 비스듬히 걸려 있었다.

그런데 나는 방금 일어났던 모든 일을 잊어버리고 도대체 무슨 일이 일어났는지 얼마만한 참사[37]를 폭풍우가 저질러 놓고 지나갔는지 보고 싶은 호기심 이외에는 아무 것도 느끼지 못했다. 공장의 부서진 창문이며 지붕의 기와는 정말 허황하고 무참한 꼴을 나타내고 있었으나 그래도 아직 그다지 혹독하게 못 쓸 정도는 아니었으며, 회오리 바람이 내게 준 무서운 인상과는 별로 어울리지 않았다. 나는 안심하고 그래도 반쯤은 이상하게 실망하며 술이 깬 것처럼 후유, 한숨을 내쉬었다. 집들은 전과 다름없이 나란히 서 있고 산도 변함없이 골짜기 양편의 저편에 있었다. 아니 세계는 몰락하지 않았던 것이다.

---

33)황폐(荒廢): 그냥 버려두어 거칠고 못 쓰게 됨.

34)처참(悽慘): 슬프고 참혹함.

35)난장판: 여러 사람이 마구 떠들어 뒤죽박죽이 된 판.

36)파편(破片): 깨어진 조각.

37)참사(慘事): 비참한 일. 참혹한 사건.

그럼에도 내가 공장의 안마당을 나와서 다리를 건너고 최초의 골목에 들어섰을 때, 재화(災禍)[38]는 또다시 한층 참담한 광경을 보이고 있었다. 작은 길가에는 파편이며 부서진 창문의 창살로 가득 차 있었으며 굴뚝은 무너지고 여러 지붕이 부서져 사람들은 놀라고 비탄에 빠져서 갈 길을 못 잡고 제각각의 문간에 서 있었다. 그 모두가 그림에서 본 것 같은 점령당하고 약탈[39]된 시가와 꼭 같았다. 돌뭉치며 나뭇가지가 길을 막고 나무토막이며 조각 난 돌의 뒤 곳곳에 창구멍이 들여다보이고, 정원의 울타리는 땅 위에 넘어지고 더러는 넘어질 듯 벽에 기대어 있었다. 행방불명이 된 아이들을 찾는다는 둥 우박 때문에 들에서 죽은 사람도 있었다 한다. 주위에는 은화만큼 커다란 우박이며 그보다 더욱 큰 것도 있었다.

나는 집에 돌아가서 집과 정원의 손해를 보기에는 아직 너무 흥분하고 있었다. 누군가가 내게 있었던 일을 눈치채지 않는가 하는 것에는 생각이 미치지 않았고 사실 나는 그것에 개의치 않았다. 이 이상 나는 이 파편 속을 뿌리치면서 걷는 것을 그만두고 교외로 가는 길을 걷기로 결심하였다.

묘지 옆에 있는 옛날부터 축제의 장소로 쓰이던 곳에서 소년 시절을 그 그늘에서 놀며 큰 축제를 축복한 일이 있는, 내가 좋아하는 장소가 나를 꾀듯이 머리에 떠올랐다. 산에서 내려올 때 그 옆을 지나간 이후 아직 네 시간이나 다섯 시간밖에 경과되지 않은 것을 알고 놀랐으나 그로부터 오랜 시간이 지나간 것처럼 생각되었다.

그래서 골목을 되돌아가서 아래쪽 다리를 건넜다. 담의 뚫어진 밑에서 마당의 붉은 모래와 바위로 만들어진 교회의 탑이 간신히 서 있는 것이 보이고 체조장도 대단한 피해를 입지 않은 것을 알았다. 지붕이 보이는 옛 요리점이 저 멀리 쓸쓸하게 서 있었다. 그것은 옛날과 다름없이 서 있고

---

38)재화(災禍): 재액(재앙과 액운)과 화난(재앙과 환난).

39)약탈(掠奪): 폭력을 써서 빼앗음.

더욱 이상한 모양으로 보이기는 했으나 어떻게 된 셈인지 당장에는 알 수가 없었다. 정확하게 생각해 내려고 애써서 비로소 요리점 앞에는 언제나 두 그루의 높은 포플러가 서 있다는 것에 겨우 생각이 미쳤다.

그 포플러나무는 이미 그곳에 없었다. 옛날부터의 그리운 풍경이 파괴되었고 좋아하던 장소는 피해를 입고 있었다. 그 사이에 또 많은 것과 귀중한 것들이 멸망해 버리지는 않았는가, 하는 불길한 예감이 솟아났다. 문득 나는 얼마나 알뜰하게 내가 고향을 사랑하고 있는가? 나의 마음과 행복이 얼마나 깊이 이 지붕과 탑과 다리와 골목과 나무와 정원과 숲에 뿌리 박고 있는가? 숨 가쁜 가운데도 유난히 뚜렷이 느꼈던 것이다. 새로운 흥분과 불안에 걸려 나는 위쪽, 축제 때의 광장까지 줄곧 뛰어갔다.

나는 그곳에 멈춰 서서 나의 가장 정든 장소가 여지없이 파괴당하고 형언할 수 없으리 만큼 황폐해 있는 것을 보았다. 그 그늘에서 축제일을 보내고 학교 생도이던 우리가 세 사람, 네 사람이나 둘러싸 그 나무 둥치를 안아도 모자라던 그리운 느티나무는 꺾여져서 쥐어틀리고 뿌리째 뽑혀서 넘어지고 땅 위에 집채만한 구멍을 파고 있었다. 나무 한 그루도 제자리에 남아 있질 않아 몸서리 칠 듯한 싸움터로 변했고 보리수도 단풍도 덮쳐서 넘어져 있었다.

이 넓은 장소는 가지가 찢긴 둥치며 뿌리며 흙뭉치며 무서운 잔해[40]의 산을 이루고 억센 둥치는 아직 땅 속에 있었으나 나무는 없어지고, 꺾이고 비틀리고 희게 터져 나간 곳이 많이 드러나 보였다.

이 이상 나는 걸어가는 것이 불가능해지고 광장과의 거리는 집높이까지 마구 내던져진 나무 조각으로 가로막혀 있었다. 그리고 나의 최초의 유년 시절 이래 깊고 신성한 그늘과 높은 나무 아래서 멍하니 하늘이 파괴된 곳을 응시하고 있었다. 나는 나 자신의 모든 사사로운 뿌리가 뽑혀 사정없이

40) 잔해(殘骸): 남아 있는 사체의 뼈나 물건의 뼈대.

내리쬐는 햇빛 아래 내던져진 듯한 생각이 들었다.

온종일 돌아다녔으나 이미 숲의 길도, 그리운 호두나무 그늘도, 어릴 때 기어올라간 떡갈나무조차도 한 그루 없이 마을의 주위는 먼 곳까지 도처에, 파편이며 구멍이며 풀을 벤 듯이 무너진 숲의 언덕이며 뼈아프게 노출된 나무 뿌리를 태양 아래 드러내놓고 있는 수목의 사해[41]뿐이었다. 나와 나의 유년 시절 사이에는 한줄기 공간이 생기고 이미 나의 고향은 옛날과는 달라져 있었다. 지나간 날의 사랑의 마음도, 어리석은 내게서 멀어져가고 그 후 곧 나는 한 인간으로서 보람을 위하여 그리고 그 최초의 그림자가 나를 스쳐간 내 인생과 싸우기 위하여 이 마을을 떠나왔던 것이다. ✻

41)사해(死骸): 사체의 형해(形骸: 사람의 몸과 몸을 이룬 뼈).

▦ 작가소개　**헤르만 헤세(Herman Hesse ; 1877 ~ 1962)**

독일의 시인이며 소설가로 토마스 만과 함께 독일 최대 작가로 불리며, 20세기 독일의 양심을 대표하는 지성으로 꼽힌다.
아버지가 목사인 영향으로 그는 어려서 수도원 부속 신학교에 들어갔으나 중퇴하고, 시계 수리공, 서점 점원 등을 하면서 문학 수업을 했다. 27세 때 소설 「향수」로 일약 문명을 떨치게 된다. 1946년에는 노벨 문학상과 괴테상을 받았다.
자연과 인간을 사랑하고 방랑과 자유를 만끽하는 서정적인 문학으로 출발한 헤세는, 평생을 통하여 이 길에 정진하여 신로맨티시즘 문학의 완성자로서 추앙받고 있다. 그의 작품의 진가는 체험과 생활을 아름답고 원숙한 필치로 조형화시켜 구름, 산천, 바람, 바다 등의 자연을 배경으로 하는 평화스런 인간의 생활을 동경하고, 스스로의 내면적 생활의 변화와 성장을 깊은 관찰을 통해서 표현하는 데 있다.
주요 작품으로 「데미안」, 「수레바퀴 아래서」, 「유리알 유희」, 「싯다르타」, 「청춘 시집」 등이 있다.

▦ 작품해설

객지생활을 하다 귀향하는 이야기로 자전적인 추억담이 짙게 베어 있다. 주인공의 청춘기에 있었던 사랑의 일화가 작품의 중심을 이루고 있다. 이제는 그러한 가슴 떨리는 사랑을 경험할 수 없는, 중년의 나이에서 돌아보는 청춘과 사랑을 아름답고 풋풋하게 그리고 있다. 정겨운 고향 모습과 고향 사람들의 인정, 전원적인 배경은 이 소설의 분위기를 자연스럽고 아름답게 해 주고 있을 뿐 아니라 이 사랑의 일화로 인해 한편으로 고향에 대한 향수를 느끼게도 한다. 어른의 시각에서 자신의 청춘과 사랑을 회상하는 형식으로 되어 있고 작가의 종교적 세계관(무상감)을 엿볼 수 있는 문장을 많이 볼 수 있다

▦ 읽고나서

문제 젊은 시절 작가가 지향했던 청춘의 의미는?
- 자기 자신의 운명을 개척하는 것

문제 젊은 시절, '나' 가 처한 환경과 상반된 의지가 잘 나타난 문장은?
- '나의 마음은 보다 강한 밧줄로 이 장소에 묶여 있으면서도 이곳에 뿌리를 내리지 않고, 둘레의 한계도 없이 도처의 좁은 세계를 넘어서 멀리로 나아가려는 동경이 물결치고 있었다.'

중·고교생을 위한 세계명작단편 50선 ㊤

초판발행 • 2000년 7월 10일
4 쇄 • 2005년 1월 10일
지은이 • 오 헨리 외 / 감수 • 강희근 · 김 훈
펴낸이 • 이종선 / 펴낸곳 • 도서출판 한 빛
출판등록 • 1991. 4. 2 제 10-468호

전화 • 333-7710 / 팩스 • 714-8337
값 • 9,000원

✻ 잘못 만들어진 책은 교환해 드리겠습니다

ISBN 89-86218-09-7